TARA HYLAND

Die Melville-Schwestern

Buch

Mit fünfzehn kommt Caitlin O'Dwyer von Irland nach London in das Haus ihres leiblichen Vaters, des Inhabers des exklusiven Modehauses Melville. Die in bescheidenen Verhältnissen aufgewachsene Caitlin fühlt sich fremd in der großbürgerlichen Umgebung ihrer neuen Familie und wird mit ihren Halbschwestern lange nicht richtig warm. Doch als heranwachsende junge Frau findet sie ihren Weg als Modedesignerin. Und als das Imperium der Melvilles durch eine feindliche Übernahme bedroht wird, liegt es an ihr, die Existenz des Modehauses zu retten – gemeinsam mit ihren Halbschwestern …

Autorin

Tara Hyland wurde 1976 geboren. Nach ihrem Geschichtsstudium in Cambridge arbeitete sie mehrere Jahre in der Londoner City, bevor sie sich ganz dem Schreiben widmete. *Die Melville-Schwestern* ist ihr viel beachtetes Debüt als Romanautorin. Tara Hyland lebt mit ihrem Mann in London.

Weitere Romane der Autorin
sind bei Blanvalet in Planung.

Prolog

London, Dezember 1974

Die junge Frau eilte die Straße hinunter. Zum vierten Mal innerhalb einer Stunde überquerte sie den Eaton Square. Sie wusste das so genau, weil sie mitgezählt hatte, und sie hatte den beunruhigenden Verdacht, dass der Polizist an der Ecke es ebenfalls getan hatte. Sie warf den Kopf zurück und versuchte so auszusehen, als gehörte sie hierher, in diese noblen Straßenzüge mit den stuckverzierten Stadthäusern, für die Belgravia berühmt war. Aber sie machte sich wenig Hoffnungen. Die abgetragenen Schuhe und der billige Mantel verrieten sofort, dass Katie O'Dwyer an einem Ort wie diesem nichts verloren hatte. Als sie in der Mitte der Häuserzeile angelangt war, verlangsamte sich ihr Schritt, bis sie vor Nummer zwanzig stehen blieb. Die stattliche Residenz im klassizistischen Stil der georgianischen Epoche fügte sich mit ihren sechs Stockwerken und der jungfräulich weißen Fassade nahtlos in den Straßenzug ein. Sie erkannte auf den ersten Blick, dass er nicht zu Hause war. Nur im Untergeschoss, dem Dienstbotenquartier, brannte Licht. Oben, wo er wohnte, lag alles im Dunkeln. Am liebsten hätte sie angeklopft und gefragt, ob sie in der Wärme warten dürfe. Aber sie wusste, dass ihre Anwesenheit zu Fragen führen würde, und das wollte sie ihm keinesfalls antun. Stattdessen wechselte sie auf die andere Straßenseite, wo eine Parkbank stand. Sie bot ihr freien Blick auf das Haus und war daher ein geeigneter Platz zum Warten.

Leichter Nieselregen setzte ein. Wider Willen musste Katie lächeln. An dem Abend vor gut einem Jahr, als sie in England angekommen war, hatte es ebenfalls geregnet. Sie rief sich ins Gedächtnis, wie sie nach der Überfahrt in Holyhead von Bord gegangen war, noch leicht seekrank und mit klopfendem Herzen, weil sie Irland endlich entflohen war.

Nicht dass das Leben daheim so schlecht gewesen wäre – es war einfach öde. Sie war als einziges Kind zweier überängstlicher Eltern in einem kleinen Dorf im County Mayo im konservativen Westen des Landes aufgewachsen. Nachdem die beiden fünfzehn Jahre lang vergeblich versucht hatten, Kinder zu bekommen, hatten sie die Hoffnung auf Nachwuchs mehr oder weniger aufgegeben, als kurz nach dem vierzigsten Geburtstag ihrer Mutter die kleine Katie erschienen war. Sie hatten ihre lang ersehnte Tochter behandelt wie ein rohes Ei, das jeden Moment zerbrechen konnte. Als Katie endlich achtzehn wurde, gierte sie nach Freiheit; sie brannte darauf, nach London zu gehen, die Carnaby Street und King's Road zu sehen. Es war nicht einfach gewesen, das ihren Eltern klarzumachen. Doch nach wochenlangem Betteln und Streiten hatten sie ihre Tochter unter Tränen an den Docks von Dún Laoghaire verabschiedet.

Glückselig hatte Kate die katholische Pension in Earls Court erreicht. Doch Arbeit zu finden, war schwieriger, als sie sich vorgestellt hatte. Der Optimismus der frühen siebziger Jahre war verflogen. Inflation und Arbeitslosigkeit nahmen zu; die IRA überzog England mit einer Terrorkampagne, die es allen Iren zusätzlich erschwerte, einen Job zu finden. Sie trug sich schon mit dem Gedanken aufzugeben und heimzufahren, als Nuala, eines der Mädchen in ihrem Schlafsaal, etwas von einer freien Stelle in ihrer Firma erzählte.

»Die Arbeitszeiten sind mies und die Bezahlung ist lausig«, erklärte ihr Nuala fröhlich. »Aber immerhin ist es ein Job, stimmt's?«

Tatsächlich fand Katie die Vorstellung, als Verkäuferin bei Melville zu arbeiten, schrecklich glamourös. Das exklusive englische

Modehaus war für seine handgefertigten Lederschuhe, die exquisiten Taschen und farbenfrohen Schals international angesehen und wurde mit gutem Geschmack und ebensolcher Abstammung gleichgesetzt. Katies Heldinnen, Anne Hepburn und Jackie Onassis, waren beide kürzlich mit Melville-Handtaschen fotografiert worden, wie an der typischen m-förmigen Schnalle zu erkennen war.

Am nächsten Morgen zog Katie ihre besten Sachen an und machte sich auf den Weg in die Old Bond Street, die Adresse für die elegantesten und exklusivsten Geschäfte Londons. Mit großen Augen eilte sie an Kunstgalerien und Juwelierläden vorbei, an Designerläden wie Gucci und Chanel … bis sie zu Melville gelangte. Schon von außen wirkte das Geschäft einschüchternd. Die verdunkelten Scheiben und mächtigen Samtvorhänge hinter den Fenstern verwehrten jeden Blick ins Ladeninnere. Ein livrierter Portier hielt ihr die goldbeschlagenen Türen auf. Katie holte tief Luft und trat ein.

Das war ihr erster Fehler.

»Verkäuferinnen müssen den Personaleingang nehmen«, erklärte ihr Anne Harper, die Verkaufsleiterin, später während ihrer kurzen Führung durch das Geschäft. Nuala hatte ein gutes Wort für Katie eingelegt, darum hatte Mrs Harper nach einem raschen Bewerbungsgespräch eingewilligt, Katie auf Probe einzustellen. Sie sagte das so, als erwarte sie nicht, dass Katies Anstellung darüber hinaus Bestand hätte.

»Falls ich Sie noch einmal dabei erwische, dass Sie durch den Haupteingang hereinkommen, werden Sie entlassen«, fuhr Mrs Harper fort. »Außerdem werden Sie fristlos entlassen, falls Sie zu spät kommen oder falls sich ein Kunde über Sie beschwert.«

Katie war schon bald von der irrigen Idee geheilt, dass es glamourös sein könnte, bei Melville zu arbeiten. Nuala hatte nicht übertrieben: Die Arbeitszeiten waren mies; die Löhne erbärmlich; die Menschen unfreundlich – Kunden und Kollegen gleichermaßen. Ihre Freundin Nuala, die als Sekretärin in der

Firmenzentrale nebenan arbeitete, bekam sie so gut wie nie zu sehen, und die anderen Verkäuferinnen stammten größtenteils aus wohlhabenden Familien und überbrückten mit dieser Anstellung nur die Zeit, bis sie weggeheiratet wurden. Katie wusste, dass man auf sie, das schlichte irische Landmädel, herabsah. Wenn die anderen ihre Pläne fürs Wochenende schmiedeten – Pläne, die Katie grundsätzlich nicht einschlossen –, tat sie so, als würde sie nichts hören.

Angesichts dieser offenen Feindseligkeit hätte Katie sich wahrscheinlich schon bald nach einem neuen Job umgesehen. Aber dann geschah etwas Unvorhergesehenes. Sie verliebte sich.

Alles begann mit einer Serie von Diebstählen. Fünf Handtaschen verschwanden aus dem Lager, gefolgt von einem Dutzend Seidenschals. Als wenig später in der Kasse zwanzig Pfund fehlten, beschloss das Management endlich durchzugreifen. Direkt nach Ladenschluss rief Mrs Harper alle Angestellten zusammen. An jenem Abend wurden am Ausgang sämtliche Taschen kontrolliert.

Katie reihte sich wie alle anderen in die Schlange ein. Während sie wartete, stieß jemand gegen ihren Arm. Sie drehte sich um und erblickte Fiona Clifton, eine pferdegesichtige Landpomeranze, die immer besonders unfreundlich zu ihr war. Fionas schmales Gesicht teilte sich zu einem zähnebleckenden Grinsen. »Entschuldige, Kleine«, wieherte sie.

Katie wollte schon antworten, dass nichts passiert sei. Doch im selben Moment wurde sie nach vorn gerufen und musste ihre Tasche öffnen. Katie schaute zu, wie der Sicherheitsbeauftragte des Hauses ihren Schirm herauszog, den Lippenstift von Max Factor und ein Taschentuch. Anschließend durchsuchte er ihre Manteltaschen. Unter den Blicken von Mrs Harper und den übrigen Angestellten angelte er einen Zwanzigpfundschein heraus. Er drehte ihn um und brachte eine orangefarben leuchtende Markierung zum Vorschein, womit der Schein als Kassengeld erkennbar gemacht worden war.

»Der gehört mir nicht!«, wehrte sie sich. »Den muss mir jemand zugesteckt haben!«

Aber niemand glaubte ihr.

Mrs Harper packte Katie am Arm. »Sie kommen mit mir. Mr Melville möchte das persönlich regeln.«

Katie sackte das Herz in die Hose. William Melville war der Urenkel des Firmengründers. Er war ein respekteinflößender Mann, der nie die Zeit gefunden hatte, ihre Etage im Laden zu besuchen. Sie machte sich keine Hoffnungen, dass er ihr Gehör schenken könnte. Aber ihr blieb nichts anderes übrig, als Mrs Harper in die Firmenzentrale zu folgen.

Die Zentrale lag genau hinter dem Laden und wirkte von innen wie ein altes Herrenhaus: voll dezent beleuchteter, mit tiefen Teppichen belegter Flure mit düster blickenden Ahnenporträts an den Wänden. William Melvilles Büro befand sich im obersten Stock. Mrs Harper klopfte an die schwere Tür.

»Herein«, bellte eine ruppige Stimme.

Der Raum war mindestens so einschüchternd wie der Flur. In der Mitte stand ein eleganter Louis-XIV.-Schreibtisch aus massiver, dunkler Eiche, dessen Oberfläche mit burgunderrotem Leder überzogen war. Katie mutmaßte ganz richtig, dass der Mann dahinter William Melville sein musste. Er war groß und gut gebaut; kräftig, ernst und unnachgiebig; ein Mann, wie dazu geschaffen, ein Unternehmen wie dieses zu leiten. Er sah nicht auf, als sie eintraten.

»Einen Moment«, murmelte er.

Katie konnte sich kaum ruhig verhalten. Noch immer hielt Mrs Harper ihren Arm fest umklammert, und allmählich begann ihr Griff zu schmerzen, aber Katie wagte nicht, sich ihr zu entziehen.

Schließlich klappte Mr Melville die Akte auf seinem Schreibtisch zu und ließ sich dazu herab aufzusehen. »Was kann ich für Sie tun, Anne?«

Seine Stimme klang kräftig und klar und in Katies Ohren furchterregend vornehm.

Sie starrte wie gelähmt geradeaus, während Mrs Harper schilderte, was sich zugetragen hatte. William Melville sah sie nicht ein einziges Mal an. Katie machte sich keine Hoffnungen mehr. Ohne jeden Zweifel würde er Mrs Harper jedes Wort glauben und wahrscheinlich die Polizei rufen. Die Vorstellung, in Schimpf und Schande nach Irland zurückgeschickt zu werden und ihre Eltern so zu enttäuschen … Sie spürte Tränen in den Augen und blinzelte sie weg. Diese Genugtuung würde sie ihnen nicht gönnen.

Schließlich hatte Mrs Harper alles erzählt. Williams Blick kam auf Katie zu liegen. Er war erst Anfang dreißig, aber sein ernstes Gesicht, der Maßanzug aus der Savile Row und das leichte Grau an seinen Schläfen ließen ihn älter wirken. Er sah sie lange an, als versuchte er sie einzuschätzen. Sie schaute trotzig zurück. Sein Blick senkte sich auf Mrs Harpers Hand, die immer noch Katies Arm umklammert hielt. Er runzelte die Stirn. »Ich glaube, Sie können die junge Dame jetzt loslassen, Anne«, sagte er milde. »Ich bezweifle, dass sie fliehen wird.«

Die Verkaufsleiterin tat wie geheißen. Dann wandte sich William an Katie.

»Also, Katie«, sprach er sie an, als wären sie alte Bekannte. »Warum in aller Welt bereiten Sie Mrs Harper solche Unannehmlichkeiten?« Aus seinem Tonfall sprach nur leiser Tadel.

Er sah sie fragend an, als warte er auf eine Antwort. Katie blieb stumm. Sie hatte keine Ahnung, wovon er sprach. Als sie nichts sagte, wandte er sich kopfschüttelnd an Mrs Harper.

»Bitte entschuldigen Sie vielmals, Anne. Aber ich weiß mit Sicherheit, dass Katie den Schein nicht gestohlen hat. Ich habe das Geld heute Vormittag aus der Kasse genommen und ihr gegeben, damit sie meine Wäsche aus der Reinigung holen kann. Meine Sekretärin ist heute nicht da, darum habe ich Katie gebeten, während ihrer Mittagspause kurz hinüberzulaufen.«

Katie sah ihn ungläubig an, während er Mrs Harper zwang, sich widerwillig bei ihr zu entschuldigen. Sie hatte keine Ahnung, warum er für sie log, aber wenn sie dadurch ihren Job behalten würde, hielt sie gern den Mund.

»Warum haben Sie das gemacht?«, fragte Katie, nachdem Mrs Harper das Büro verlassen hatte.

William zuckte mit der Nonchalance eines Mannes, der es gewohnt ist, dass seine Anordnungen ohne Nachfrage ausgeführt werden, mit den Achseln.

»Sie haben ausgesehen, als könnten Sie Beistand gebrauchen.«

Sie brauchte ein paar Sekunden, um das zu verarbeiten.

»Danke«, sagte sie schließlich.

»Keine Ursache.« Sein Blick wurde kühl. »Aber passen Sie auf, dass so etwas nicht wieder passiert. Nächstes Mal werde ich nicht so nachsichtig sein.«

In diesem Moment ging ihr auf, dass er sie immer noch für schuldig hielt.

»Ich habe doch gar nicht...«, setzte sie zu einer Erklärung an. Doch er schnitt ihr das Wort ab.

»Ich will nur sichergehen, dass das nicht wieder vorkommt«, erklärte er spröde.

Er beugte sich wieder über seine Akte und zeigte damit an, dass für ihn die Unterhaltung beendet war. Katie hätte gern noch etwas gesagt, aber sie wusste, dass das zwecklos war. Stattdessen huschte sie aus dem Raum.

Sie eilte die Treppe hinunter und hinaus in die klare Winternacht. Sie wusste, dass sie sich eigentlich erleichtert fühlen sollte – sie war noch einmal davongekommen. Aber aus irgendeinem Grund deprimierte sie der Vorfall. Der Gedanke, dass William Melville sie für eine Diebin hielt, war ihr unerträglich.

Einen Monat später wurde die wahre Schuldige gefasst. Der Sicherheitsdienst erwischte Fiona Clifton dabei, wie sie im Lagerraum fünf Paar Schuhe in einen Rucksack steckte. Offenbar hatte Daddys monatlicher Scheck nicht ausgereicht, um ihren regen Kokainkonsum zu finanzieren. Sie wurde fristlos entlassen.

Nachdem Katies Name damit endgültig reingewaschen war, erhielt sie eine zweite, etwas gespreizte Entschuldigung von Mrs Harper… und eine handgeschriebene Einladung von William Melville zu einem Essen am selben Abend.

Er hatte sie nicht gebeten, über ihre Verabredung Stillschweigen zu bewahren. Trotzdem behielt sie die Neuigkeit für sich, denn sie wollte den anderen Mädchen keinen Stoff zum Klatschen liefern. Stattdessen verließ sie wie an jedem anderen Abend den Laden um sieben Uhr und vertrödelte anschließend eine Stunde in einem nahe gelegenen Café. Während sie wartete, spürte sie, wie nervös sie war. Sie hatte nur wenig Erfahrung mit Männern. Dank ihres aparten gälischen Aussehens – lackschwarzes Haar und schneeweiße Haut - und ihrer ausgeprägten weiblichen Rundungen hatte sie zahlreiche Verehrer, doch noch nie einen festen Freund gehabt. Daheim hatte der drohende Blick ihres Vaters alle Bewerber in die Flucht geschlagen. In London hatte sie zwar mehr Freiheiten genossen, doch ihre strenge katholische Erziehung hatte dazu geführt, dass alle Verabredungen auf die gleiche Weise endeten, nämlich damit, dass Katie grapschende Finger wegschlug und anschließend in mürrischem Schweigen heimgebracht wurde. Sie hatte schon beschlossen, dass sie sofort gehen würde, falls William in irgendeiner Art aufdringlich werden sollte – selbst wenn das zur Folge hatte, dass sie ihren Job verlor. Schließlich war sie nicht *so ein* Mädchen.

Fünf Minuten vor acht stand sie wieder vor dem Kaufhauseingang. Er erwartete sie bereits. Überpünktlich, bemerkte sie, und in seinem dunkelblauen Kaschmirmantel unglaublich vornehm aussehend. In ihrer Schleifenbluse aus Polyester und dem knielangen Cordrock war sie, so fürchtete sie, keine angemessene Begleitung. Weil sie nicht wusste, wie sie ihn ansprechen sollte, wartete sie still ab.

»Ich bin froh, dass du gekommen bist, Katie«, sagte er mit seiner tiefen, kultivierten Stimme, neben der sie ihren irischen Akzent deutlicher als sonst wahrnahm.

»Vielen Dank für die Einladung, Mr Melville.«

Er lächelte sie an. »Wenn wir zusammen essen gehen wollen, muss ich darauf bestehen, dass wir uns duzen.«

Sie zögerte nur einen winzigen Moment und erwiderte dann sein Lächeln.

»Danke … William«, sagte sie.

Für Katie war der Abend ein einziger Traum. William führte sie ins Ritz aus. Das Restaurant war mit seinem altmodischen Charme und seinem diskreten Service genauso, wie sie es sich immer vorgestellt hatte. Nachdem es so nah bei seinem Büro lag, aß er dort offenbar öfter. Sie konnte sich nicht vorstellen, dass sie ein solches Erlebnis je so gleichmütig und unbeteiligt hinnehmen könnte wie William. Sie sprach ihren Gedanken aus, ohne lang zu überlegen, ob das nicht anmaßend war. Er erwiderte lächelnd, wenn er alles durch ihre Augen betrachte, wisse er den Luxus wieder zu genießen. Sie hatte Angst gehabt, dass sie in Williams Gesellschaft linkisch und schüchtern wirken könnte. Aber er schien so aufrichtig an ihr interessiert, dass sie merkte, wie sie sich entspannte.

Nach dem Essen bestand er darauf, sie von seinem Chauffeur nach Hause fahren zu lassen. Sie lehnten sich in die glatten Ledersitze des Rolls-Royce zurück, und Katie war sicher, dass sie diesen Abend als einen der schönsten ihres Lebens im Gedächtnis behalten würde.

Als sie bei ihrer Pension angekommen waren, stieg er, ganz Gentleman, vor ihr aus, um ihr den Schlag zu öffnen.

»Gute Nacht, Katie«, verabschiedete er sich.

Er beugte sich vor, um ihr einen Handkuss zu geben. Sie spürte seine Lippen über ihre Haut streifen und bekam eine Gänsehaut. Ohne ein weiteres Wort drehte sie sich um und floh mitsamt ihren neu gewonnenen Eindrücken ins Haus.

Sie hatten keine Pläne geschmiedet, sich wiederzutreffen. Aber am folgenden Donnerstag erhielt Katie eine weitere Nachricht von William, ob sie Zeit und Lust hätte, mit ihm essen zu gehen.

Diesmal zögerte sie. Sie wusste, dass er verheiratet war. Sie wusste auch, dass er eine zwei Jahre alte Tochter hatte. Er hatte ihr in der vergangenen Woche von seiner Frau und seinem Kind erzählt. Sie lebten auf seinem Landsitz in Somerset. Unter der Woche wohnte er in seinem Stadthaus in Belgravia, und am Wochenende fuhr er zu ihnen hinaus. Katie hatte keine Ahnung, was ihm diese Einladung bedeutete, aber sie wusste, wie sehr sie selbst sie wertschätzte. Mindestens so sehr, dass sie überlegte, ob sie lieber ablehnen sollte.

Doch dann stand sie allen guten Absichten zum Trotz um zehn vor acht wieder vor dem Kaufhauseingang. Er war schon da. Er lächelte, als er sie sah.

»Ich bin froh, dass du gekommen bist.«

»Ich auch«, antwortete sie und erkannte, dass es ihr ernst war.

»Ich dachte, wir könnten heute Abend woanders hingehen«, meinte er, während sie die Straße entlanggingen. »In ein Lokal …« Er zögerte. »Ein Lokal, wo es … nicht ganz so förmlich zugeht.«

Vermutlich meinte er ein Lokal, in dem man sie nicht so leicht erkennen würde.

Er führte sie in ein kleines französisches Bistro in einer der Nebenstraßen hinter dem Kaufhaus. Es war, wie versprochen, nicht ganz so förmlich. Und Katie merkte, dass sie sich, ungeachtet der Gründe für seine Entscheidung, dort wohler fühlte.

Als eine Woche darauf eine weitere Einladung folgte, überraschte sie das nicht mehr.

Während der nächsten zwei Monate trafen sie sich jeden Donnerstagabend zum Essen. Oberflächlich hatten sie nichts gemeinsam. Trotzdem fanden sie sich gegenseitig faszinierend. William erwähnte seine Frau nie wieder, und Katie sah keinen Anlass, das Thema anzusprechen. Im Gegenteil, sie war überrascht, wie leicht sie vergessen konnte, wer er war. Sie merkte, dass sie ihm von ihrem Tagesablauf erzählte oder davon, wie gemein die anderen Mädchen waren, fast als wäre er eine ihrer Freundinnen.

»Ich könnte das ändern«, sagte er einmal. »Dich in eine andere Abteilung versetzen lassen …«

»Nein«, wehrte sie sanft, aber entschieden ab. »Nein. Du sollst gar nichts unternehmen.«

Sie wollte damit ausdrücken, dass er nichts unternehmen sollte, was Aufmerksamkeit auf sie lenken konnte.

Katie wusste beim besten Willen nicht, was er in ihr sah oder wohin ihre Bekanntschaft seiner Meinung nach führen sollte. Abgesehen von seinen Handküssen hatte er keine Anstalten gemacht, sie zu berühren. Der einzige Mensch, dem sie von ihren Treffen erzählt hatte, war Nuala. Ihre Freundin machte kein Hehl aus ihrem Missfallen. »Der will nur eins von dir, Katie«, beschwor sie Katie immer wieder.

»Nein«, widersprach die jedes Mal. »So ist es nicht.«

Nuala schniefte skeptisch. Sie war mitten in den Vorbereitungen für ihre Hochzeit mit einem jungen Burschen, den sie in einem der vielen irischen Clubs in London kennengelernt hatte, und hielt wenig davon, dass ein verheirateter Mann ein hübsches junges Mädchen zum Essen und Trinken ausführte. »Ach Katie, du Landei. Das glaubst du doch nicht wirklich, oder?«

Tatsächlich hatte sich Katie beinahe selbst überzeugt, dass William und sie nur gute Freunde waren. Bis sie in einer bitterkalten Januarnacht zu seinem Wagen zurückspazierten und sie auf dem vereisten Bürgersteig ausrutschte. Er half ihr auf. Aber als sie an sich herabsah, um den Schaden zu begutachten, stellte sie fest, dass ihre Strumpfhosen zerrissen und ihre Knie aufgeschrammt waren. Tränen stiegen ihr in die Augen.

»Geht es?«, fragte er besorgt.

»Mir ist nichts passiert«, schniefte sie.

»O doch.«

»Ehrlich nicht. Das war einfach nur dumm.«

Als wollte er ihre Worte Lügen strafen, strich er eine Träne von ihrer nassen Wange. Damit machte er alles nur noch schlimmer. Plötzlich konnte sie die Tränen nicht mehr zurückhalten.

William sagte kein Wort. Er legte den Arm um sie und zog sie an sich. Sie wusste, dass es falsch war, aber sie brachte es nicht fertig, sich aus seiner Umarmung zu lösen. Stattdessen schloss sie die Augen und schmiegte sich an seine Brust.

»O Katie, Katie«, murmelte er in ihr Haar. »Was sollen wir bloß tun?«

In dieser Nacht nahm William sie mit nach Hause, statt sie vor ihrer Pension abzusetzen.

Katie wusste, dass das falsch war. Sie wusste, dass sie wahrscheinlich bis in alle Ewigkeit in der Hölle schmoren würde. Aber sie konnte nicht anders. In jener Nacht gab Katie O'Dwyer, die den Nonnen geschworen hatte, sich für die Hochzeitsnacht aufzusparen, sich mit Leib und Seele dem Mann einer anderen Frau hin. Auf den geprägten Seidenlaken eines fremden Bettes öffnete sie sich für William, während dessen Frau und Kind von den Fotos an der Wand auf sie herabblickten.

Nach dem ersten Mal waren Blut und Schmerzen vergessen. Und von jenem Abend an trafen sie sich nicht mehr im Restaurant. Er mietete ihr eine kleine Wohnung in Clapham, und jeden Donnerstag – wie auch montags, dienstags und mittwochs – ließen sie das Abendessen ausfallen und fuhren direkt dorthin, um den Abend in den Armen des anderen zu verbringen.

Acht Monate waren ihnen vergönnt. Acht selige Monate, in denen sie sich vormachen konnten, dass die Welt nicht existierte.

Dann erzählte er ihr eines Abends von einer bevorstehenden Italienreise. Der alljährliche Familienurlaub; er konnte ihn unmöglich ausfallen lassen; zwei Wochen am Comer See, einem Fleck, von dem sie noch nie gehört hatte. Die Vorstellung, William vierzehn Tage lang nicht zu sehen, setzte Katie mehr zu als das Wissen, dass er die Zeit mit seiner Frau verbringen würde. Er küsste ihre Tränen weg und versprach ihr, sie noch am Abend seiner Rückkehr zu besuchen.

Damals sollte Katie zum ersten Mal erleben, wie falsch Männer sein können. Zwei Tage nach Williams Abreise wurde sie in Anne Harpers Büro beordert und bekam mitgeteilt, dass sie entlassen war.

»Aber das kann nicht stimmen«, platzte es aus ihr heraus. »Das können Sie nicht. Fragen Sie …« Sie wollte schon »William« sagen, konnte sich aber gerade noch beherrschen.

Die Geschäftsführerin lächelte böse. »Fragen Sie Mr Melville, wollten Sie sagen?« Katie konnte ihr ansehen, dass sie die Situation genoss. »Ich glaube nicht, dass Ihnen das helfen würde, Katie. Schließlich hat er mich beauftragt, Sie zu entlassen.«

Damit war die Besprechung so gut wie beendet. Katie hörte benommen, wie Anne ihr erklärte, dass man von ihr erwarte, bis zum Wochenende auch ihre Wohnung zu räumen. Dann schob ihr die Geschäftsführerin einen Umschlag über den Schreibtisch zu. »Das sollte Sie für alle Unannehmlichkeiten entschädigen«, verkündete sie kühl. »Und ich brauche Sie bestimmt nicht darauf hinzuweisen, dass dieses Gespräch unter uns bleiben sollte.«

Katie hörte die Warnung in Annes Stimme. Irgendwie brachte sie es fertig, halblaut zu versichern, dass sie keinen Ärger machen wolle, dann stand sie benommen auf und stolperte zur Tür.

Erst als sie allein oben im Umkleideraum stand, öffnete sie den schweren cremefarbenen Umschlag. Insgeheim hatte sie gehofft, er würde eine Nachricht von William enthalten, in der er ihr erklärte, warum er das getan hatte. Stattdessen lag nur eine knappe, förmliche Notiz der Personalabteilung darin, in der ihr unter dem Firmenbriefkopf die Kündigung ausgesprochen wurde und man sie auf den beigelegten Abfindungsscheck über eintausend Pfund hinwies. Angesichts ihres Lohnes und ihrer Betriebszugehörigkeit war die Summe so lächerlich überhöht, dass sie beinahe laut aufgelacht hätte. Stattdessen stopfte sie Umschlag, Brief und Scheck in ihre Tasche und räumte ihren Spind aus. Dann verließ sie, ohne mit irgendwem ein Wort zu wechseln, Melville zum letzten Mal.

Noch am selben Abend erfüllte Katie Williams Wunsch – sie verschwand aus seinem Leben. Er hatte recht, befand sie, während sie ihre Sachen packte. Ein klarer Schnitt war für alle das Beste. Sie wünschte sich zwar, er hätte den Mut aufgebracht, ihr das ins Gesicht zu sagen, aber sie tröstete sich mit dem Gedanken, dass er vielleicht Angst gehabt hatte, wankelmütig zu werden. Diese Vorstellung war immer noch angenehmer als die Alternative: dass er nie etwas für sie empfunden hatte.

Sie kehrte nie mehr zu Melville zurück. Sie fand eine billigere Unterkunft und überzeugte den Besitzer eines kleinen Cafés, sie einzustellen. Außerdem hatte William recht, redete sie sich jeden Abend zu, bevor sie sich in den Schlaf weinte. Diese Geschichte hatte enden müssen. Sie musste ihn vergessen, damit auch er sie vergessen und zu seiner Frau zurückkehren konnte. Das war die anständigste Lösung, sosehr sie auch schmerzte.

Das war vor zwei Monaten gewesen. Trotzdem wartete sie heute vor seinem Haus, in dem sie ihre erste Nacht miteinander verbracht hatten.

Das vertraute Schnurren eines Motors riss Katie aus ihren Gedanken. Sie sah von ihrem Sitzplatz auf der Parkbank hoch. Natürlich, das war Williams Rolls. Ihr Puls ging schneller. Wider besseres Wissen und trotz allem, was vorgefallen war, konnte sie es kaum erwarten, ihn wiederzusehen.

Der Wagen bremste ab und hielt vor seinem Haus. Der Chauffeur stieg als Erster aus, setzte die Schirmmütze auf und öffnete William den Schlag.

Dann trat William auf den Bürgersteig. Selbst im fahlen Licht der Straßenlaterne konnte Katie die breiten Schultern und das ernste Gesicht erkennen. Sie wollte ihn schon rufen. Aber dann drehte er sich zum Wagen um und streckte die Hand aus. Katie sah, wie schlanke Finger sein kräftiges Handgelenk umfassten.

Sie erkannte die elegante Blondine im Fuchspelz auf den ersten Blick; es war seine Frau Isabelle. Katie fragte sich, wo die beiden wohl den Abend verbracht hatten. In der Oper? Bei einem Essen mit Freunden? Nicht dass es sie etwas anging.

Sie beobachtete, wie sie gemeinsam die Stufen hochstiegen und im Haus verschwanden. Einen Augenblick später erstrahlte der Weihnachtsbaum im Wohnzimmer. Im schummerigen Licht sah sie, wie William Isabelle in seine Arme zog. Er deutete auf den Mistelzweig an der Decke, und sie kicherte. Dann strich er ihre blonden Haare zurück und beugte sich über sie.

Katie konnte nicht länger zusehen. Sie schloss die Augen und versuchte, das Bild der beiden in inniger Umarmung auszublenden. Ihre Hand kam auf ihrem leicht gewölbten Bauch zu liegen. Jetzt könnte sie ihm ihr Geheimnis keinesfalls mehr verraten. Es war töricht gewesen herzukommen; genauso töricht, wie sich mit einem verheirateten Mann einzulassen. Jetzt musste sie die Konsequenzen alleine tragen.

Erster Teil

Mai 1990 – Dezember 1990

1

Valleymount, Irland

Katie O'Dwyer starb an einem Dienstag. Drei Tage später wurde sie zu Grabe getragen, es war ein warmer Vormittag im Mai, dem ersten Tag in diesem Jahr, der einen Anflug von Sommer nach Valleymount brachte. Das ganze Dorf erschien zu ihrer Beerdigung und zeigte damit, wie beliebt sie bei allen gewesen war, die ihr je begegnet waren.

Ihre fünfzehnjährige Tochter Caitlin stand am Grab und verfolgte, wie die Sargträger den Sarg ihrer Mutter in die Erde senkten. Die Messe hatte sie ohne zu weinen durchgestanden, aber jetzt, während der Priester das Grabgebet sprach, traf sie die Erkenntnis wie ein Schlag. Ihre Mum war von ihr gegangen, und sie war zum ersten Mal in ihrem Leben allein.

Seit Caitlin denken konnte, waren sie immer nur zu zweit gewesen, sie und ihre Mammy. Sie hatte nie erfahren, wie dicht ihre Mutter davor gewesen war, sie aufzugeben.

Schwanger und auf sich allein gestellt, blieben Katie in London nur wenige Möglichkeiten. Sie kannte Mädchen, die ein Kind hatten »wegmachen« lassen, aber das verbat ihr katholischer Glaube. Ihren Eltern zu beichten kam ebenso wenig infrage, darum beschloss sie, das Baby in London zur Welt zu bringen, es zur Adoption freizugeben und danach heimzukehren. Niemand würde je etwas erfahren …

Als sich die Geburt ankündigte, ging sie in ein Heim für ledige Mütter im East End. Die Angestellten zeichneten sich nicht durch Freundlichkeit oder Mitgefühl aus. Stattdessen drängten sie die jungen Mütter dazu, ihre Kinder wegzugeben, und schickten sie anschließend mit der Mahnung, nicht wieder zu sündigen, fort.

Nach einer erstaunlich leichten fünfstündigen Geburt brauchte Katie nur ein einziges Mal in die großen blauen Augen ihrer Tochter zu sehen, und sie wusste, wie sie heißen musste.

»Du siehst genau wie eine Caitlin aus«, flüsterte sie ihrer Neugeborenen zu.

Eine Schwester hörte sie und schnaubte abfällig. »Is' egal, wie du sie nennst, das entscheidet ihre Mutter.«

Aber ich bin ihre Mutter, dachte Katie.

Zwei Tage später verließ sie nach einem erbitterten Streit mit der Oberschwester das Krankenhaus mit Caitlin auf ihrem Arm. Es war ein tapferer Entschluss. Einer, der zur Folge hatte, dass ihr nichts anderes übrig blieb, als nach Irland zurückzukehren.

Caitlin sollte sich später nicht an ihre Großeltern erinnern können, was wahrscheinlich kein Schaden war. Die beiden machten kein Hehl aus ihrer Enttäuschung, als Katie mit ihrem zwei Monate alten Baby vor der Tür stand. Sie boten Katie und ihrem Kind ein Dach über dem Kopf, aber sonst so gut wie nichts. Caitlin behandelten sie wie ein schmutziges kleines Geheimnis. Also brauchten sie auch nicht zu erfahren, dass der Kindsvater verheiratet war, dachte Katie oft.

Als die beiden zwei Jahre darauf starben – erst ihr Vater nach einem Schlaganfall, dann ihre Mutter, deren Herz wenige Wochen später zu schlagen aufhörte –, beschloss Katie, dass sie einen Neuanfang wagen musste. Der dünne goldene Ring an ihrem Finger hatte die Nachbarn nicht täuschen können, und Caitlin sollte nicht an einem Ort aufwachsen, wo sie jeder als Bastard bezeichnete.

Über all die Jahre hatte Katie mit Nuala Verbindung gehalten. Auch Nuala war nach Irland zurückgezogen, zusammen mit dem Mann, den sie in London kennengelernt hatte, und hatte mit ihm in einem pittoresken Dorf namens Valleymount im County Wicklow eine Familie gegründet. Das County, auch als Garten Irlands bekannt, wäre mit seinen üppig grünen Hügeln, den rauschenden Wasserfällen und den glasklaren Seen der ideale Ort, um Caitlin großzuziehen, hatte Katie bei den beiden Besuchen gedacht, die sie ihrer Freundin abgestattet hatte. Und so verkaufte sie die Farm ihrer Eltern und erstand mit dem Erlös nicht weit von ihrer Freundin entfernt eine kleine Hütte.

Es war ein geschickter Schachzug, wie sich herausstellen sollte. Caitlin verbrachte ihre Kindheit in einer Schar von Dorfkindern, mit denen sie barfuß über die malerischen Wiesen rannte oder in den nahen Blessington Lakes badete. Arbeit war im Irland der achtziger Jahre nur schwer zu finden, aber Katie bekam schließlich einen Job als Reinigungsfrau in einem der noblen Hotels in der Gegend. Jeden Tag half Caitlin nach der Schule ihrer Mutter beim Staubwischen in den Zimmern und beim Aufstocken der Toilettenartikel. Obwohl Mutter und Tochter nur wenig Geld hatten, waren beide glücklich. Zweimal im Jahr unternahmen sie die einstündige Busreise nach Dublin, wo sie erst in der Grafton Street bummeln gingen und nachmittags bei Bewley's einen Tee nahmen. Ansonsten genügte es ihnen, in Valleymount – und beieinander zu sein.

»Du hast wirklich Glück, Katie«, bemerkte Nuala öfter neidisch. »Caitlin ist ein Engel.« Ihre eigene Tochter Róisin war das wahrhaftig nicht.

Als Caitlin zwölf wurde, war für sie der Zeitpunkt gekommen, an die örtliche Oberschule Holy Cross zu wechseln. Nachdem es dort nicht einmal zwanzig Schüler pro Klasse gab, mit denen sie größtenteils aufgewachsen war, fühlte sie sich in der Schule fast so aufgehoben wie in einer Großfamilie. Sie war klug, aber keine Musterschülerin. Ihr Interesse galt vor allem der Kunst. Sie verbrachte Stunden mit Zeichnen und konnte mit ein paar kurzen Strichen das Wesen eines Gegenstandes einfangen.

Natürlich brachte die Pubertät weitere Veränderungen mit sich. Mit ihrem Schneewittchenaussehen – lackschwarzes Haar und milchweiße Haut – entwickelte sie sich in atemberaubendem Tempo zu einer ebensolchen Schönheit wie ihre Mutter. Als das Backfischfett dahinschmolz und darunter weibliche Kurven hervortraten, wurden die Jungen, mit denen sie früher so ungeniert gespielt hatte, in ihrer Gegenwart plötzlich schüchtern. Stotternd fragte einer nach dem anderen, ob sie nicht mit ihnen ins Kino gehen wolle. Aber sie lehnte jedes Mal ab. Denn Jungs waren das Einzige, was ihre Mutter ihr verboten hatte.

Caitlin wusste beim besten Willen nicht, warum sie sich nicht mit Jungs treffen durfte. Alle ihre Freundinnen taten es. Samstagabends zogen sie mit ihren neuesten Freunden ab in die Stadt zum Bowling.

»Schleich dich raus, sobald deine Mom eingeschlafen ist, und komm einfach nach«, sagte Róisin. Die beiden Mädchen waren genauso eng befreundet wie ihre Mütter.

Aber Caitlin kam nie mit. Wie immer gehorchte sie ihrer Mutter. Vor allem, weil sie beide niemand anderen hatten. Sie mussten zueinanderhalten, sie konnten nicht im permanenten Kriegszustand leben wie Róisin und ihre Mutter. Róisin verstand das nicht. Aber wahrscheinlich nur, weil sie einen Vater *hatte*, reimte sich Caitlin zusammen; während ihrer noch vor Caitlins Geburt gestorben war, sodass ihre Mutter sie allein großziehen musste. Das war ein finanzieller Drahtseilakt gewesen. Caitlin wollte ihrer Mutter nicht noch mehr Kummer machen.

Manchmal fragte sich Caitlin, warum ihre Mutter nie wieder geheiratet hatte. Im Dorf gab es mehr als genug Männer, die interessiert gewesen wären. Aber wenn Caitlin fragte, schwieg ihre Mutter jedes Mal eisern, woraus Caitlin schloss, dass sie den Tod ihres Vaters nie verwunden hatte. Sie hakte nicht nach, und Mutter und Tochter lebten glücklich und ohne größere Auseinandersetzungen zusammen. Bis vor sechs Monaten.

Es war eines Abends nach dem Essen, als Caitlin begriff, dass ihre Mutter krank war. Als sie die Reste von den Tellern in den Mülleimer schabte, fiel ihr auf, dass Mam den Shepherd's Pie, den Caitlin am Nachmittag im Hauswirtschaftsunterricht zubereitet hatte, kaum angerührt hatte. Der Hackfleischauflauf war vielleicht kein kulinarisches Meisterwerk, aber ihre Mutter hatte sonst immer ihr zuliebe den Teller leer gegessen.

Während der nächsten Tage überwachte Caitlin genau, wie viel in den Mülleimer wanderte. Und richtig, abends rührte Katie ihr Essen kaum noch an. Als Caitlin fragte, ob etwas los sei, tat ihre Mutter es als leichte Magenverstimmung ab. Caitlin hakte nicht nach. Aber ihr fiel auf, dass Katie, statt sie an die Hausaufgaben zu schicken, ihre Tochter widerspruchslos abwaschen ließ, während sie selbst vor dem Fernseher döste.

Auch im Lauf der nächsten Wochen besserte sich Katies Appetit nicht. Es wurde zunehmend schwerer, die eingesunkenen Augen, das matte Haar und die gar nicht mehr fülligen, sondern eingefallenen Wangen zu übersehen. Aber jedes Mal, wenn Caitlin ihrer Mutter vorschlug, zum Arzt zu gehen, lehnte die ärgerlich ab.

»Lass das, Caitlin«, keifte sie eines Donnerstagabends. »Es geht mir…«

Doch sie brachte den Satz nicht zu Ende. Stattdessen rannte sie ins Bad. Caitlin wartete vor der Tür und hörte, wie ihre Mutter das Abendessen hochwürgte, das sie unter Mühen hinuntergezwungen hatte. Als es endlich still wurde, drückte Caitlin die Tür auf. Ihre Mutter war erschöpft auf dem Boden zusammengebrochen. Caitlin trat ans Waschbecken und begann, es sauber zu spülen. Diesmal konnte sie das Blut nicht ignorieren. Sie sagte kein Wort, bis sie ihrer Mutter nach oben und in ihr Nachthemd geholfen hatte. Dann setzte sie sich auf die Bettkante und strich ihrer Mutter übers Haar, bis sie eingeschlafen war.

»Bitte geh zum Arzt«, flüsterte sie schließlich. »Du bist krank.«

Zum ersten Mal widersprach ihre Mutter nicht. Das machte Caitlin am meisten Angst.

Doktor Hannon lächelte sie beide an und erklärte ihnen, es gebe wahrscheinlich keinen Grund zur Sorge, aber er würde Katie gern genauer untersuchen lassen. Das Lächeln konnte die Sorge in seinem Blick nicht übertünchen.

Ein paar Wochen später saßen sie bei einem Spezialisten. Er erklärte ihnen, dass es noch Hoffnung gebe, auch wenn der Bauchspeicheldrüsenkrebs sehr spät festgestellt worden war. Täuschen konnte er die O'Dwyer-Frauen genauso wenig wie Doktor Hannon. Er behauptete, sie würden den Tumor mit einer Chemotherapie zum Schrumpfen bringen und anschließend operieren. In Wahrheit meinte er, dass im Moment eine Operation zwecklos wäre und dass sie für ein Wunder beten müssten.

Wenn Caitlin einmal nicht die Schüssel hielt, in die sich ihre Mutter erbrach, oder ihr nicht half, das Kopftuch über ihrem kahlen Schädel zu binden, kniete sie in der Krankenhauskapelle und betete um ebendieses Wunder. Doch das blieb aus. Als man Katie schließlich den Bauch aufschnitt, war es zu spät. Der Krebs hatte sich ausgebreitet. Sie konnten nur noch abwarten.

Caitlin versuchte ihr Entsetzen zu verbergen, als sie auf die Station kam. Obwohl sie ihre Mutter jeden Tag besuchte und sich an den Geruch nach Desinfektionsmittel und Tod gewöhnt hatte, konnte sie immer noch nicht begreifen, wie schnell es mit ihr bergab gegangen war. Katie hatte inzwischen seit Wochen kaum noch einen Bissen hinuntergezwungen und war zu einem Skelett geschrumpft, das verloren in dem kleinen Krankenhausbett lag. Nur der aufgeblähte, mit Krebszellen angefüllte Bauch zeichnete sich unter der schlichten weißen Krankenhausdecke ab. Ihre Augen waren geschlossen, und Caitlin erkannte nur am schwachen Heben und Senken des Brustkorbs, dass ihre Mutter schlief und noch nicht gestorben war, so fahl war ihr Gesicht.

Caitlin beschäftigte sich damit, einen Platz für die Vase mit dem Glockenblumenstrauß zu finden, den sie an diesem Morgen gepflückt hatte. Es war keine leichte Aufgabe. Der Nachttisch war vollgestellt mit welken Blumen, Karten mit wirkungslosen Genesungswünschen und Weintrauben, die nie gegessen werden sollten. Sie war gerade dabei, die verwelkten Blüten wegzuräumen, als sie ihre Mutter nach ihr rufen hörte.

»Ich bin hier, Mammy«, sagte sie und trat ans Bett. »Kann ich dir was bringen? Vielleicht etwas Wasser?«

»Nein … nein … ich will nichts.«

Katie verstummte erschöpft. Nur ihr angestrengtes Atmen, ein tiefes Pfeifen, war zu hören. Sie hob den Arm und griff nach Caitlins Hand. Ihre Finger waren dünn und kalt wie der Tod.

»Ich habe nicht mehr lang, Cat«, begann sie. Caitlin öffnete den Mund, um diese offenkundige Wahrheit zu leugnen, aber der Blick ihrer Mutter ließ sie innehalten. »Widersprich nicht. Ich muss dir etwas erzählen.«

»Was denn, Mam?«

»Es geht um deinen Vater. Ich habe dir nie viel von ihm erzählt. Dabei hätte ich …«

»Mach dir deswegen keine Sorgen. Er ist tot. Mehr gibt es nicht zu sagen.«

Ihre Mutter schloss die Augen, und als sie wieder aufsah, erkannte Caitlin, dass Tränen darin glänzten. »Genau darum geht es, Caitlin«, flüsterte sie. »Genau das muss ich dir erzählen. Er ist nicht tot.«

Während der nächsten halben Stunde offenbarte Katie ihrer Tochter, wie sie William Melville kennen und lieben gelernt hatte. Sie erzählte ihr von seiner Frau und Tochter. Und dass sie ihre Gefühle füreinander nicht hatten unterdrücken können, obwohl sie genau gewusst hatten, dass ihre Affäre unrecht war. Aus jedem ihrer Worte war die Entschlossenheit herauszuhören, sich alles von der Brust zu reden. Das Totenbett war ein guter Beichtstuhl.

»Er machte Schluss, bevor ich merkte, dass ich schwanger war«, gestand sie, ohne auf die Einzelheiten dieser Trennung einzugehen. »Und wir waren glücklich zu zweit, oder?«, fuhr Katie fort, als Caitlin immer noch schwieg. »Nur wir zwei. Ich hätte es nicht anders haben wollen.«

Caitlin rang sich ein Nicken ab. Sie wusste, dass sie etwas sagen sollte, dass sie ihrer Mutter Trost spenden sollte. Aber ihr fehlten die Worte.

»Ich habe ihm geschrieben, Caitlin.«

Caitlins Kopf zuckte hoch. »Was hast du?«

»Ich wollte ihm erzählen, dass er eine Tochter hat. Eine wunderschöne, fünfzehnjährige Tochter.«

Caitlin zog ihre Hand zurück und stand auf.

»Er hat mir geantwortet«, fuhr Katie eilig fort. »Er hat mir eine Nachricht geschickt, dass er uns besuchen kommt.«

Caitlin bemerkte, wie der Blick ihrer Mutter zur Tür zuckte, als erwarte sie, dass ihr unbekannter Vater jeden Augenblick darin auftauchen würde. Plötzlich begriff sie, warum ihre Mutter nie wieder geheiratet hatte. Sie liebte ihn immer noch. Nach all den Jahren. Caitlin drehte ihr den Rücken zu.

»Caitlin?«, hörte sie die schwache, flehende Stimme ihrer Mutter. Sie spürte die Hand, die nach ihr fassen wollte. »Caitlin? Bitte sei nicht böse. Verzeih mir, dass ich dir nichts von ihm erzählt habe. Ich hätte dir das früher sagen sollen.«

Sie verstummte, und Caitlin begriff, dass sie auf eine Reaktion wartete. Aber Caitlin konnte ihr nicht antworten. Noch nicht.

»Verzeih mir, Caitlin. Sag, dass du mir verzeihst.«

Caitlin schloss die Augen und schluckte die Tränen hinunter. Ihr einziger Gedanke war, dass ihre Mutter sie seit fünfzehn Jahren belogen hatte. Das war zu viel, um es so schnell zu verarbeiten. Aber sie wusste, dass sie es tun musste.

»Es ist okay, Mam«, sagte sie schließlich und öffnete die Augen wieder. »Ich verstehe dich.«

Sie holte tief Luft und drehte sich um.

»Ich verzeihe dir.«

Das letzte Wort erstarb ihr in der Kehle. Entsetzt sah sie ihre Mutter an. Katies Mund war leicht geöffnet, als wollte sie etwas sagen, aber ihre Augen starrten blind ins Leere. Es war zu spät, ihr noch zu vergeben. Sie war schon von ihnen gegangen.

Caitlin saß, so lange sie konnte, an ihrem Bett. Schließlich wurde sie von den Krankenschwestern gedrängt, sich eine Tasse Tee zu holen. Sie war gerade auf dem Rückweg zur Krebsstation, als sie ihn sah, einen großen, gut gekleideten Mann, der mit der Oberschwester sprach. Offenbar hatte er ihren Blick gespürt, denn er schaute auf. Einen Moment lang entgleiste ihm die Miene.

»Katie?«, fragte er.

Die kultivierte englische Stimme beseitigte den letzten Zweifel daran, wer er war.

»Nein. Ich bin Caitlin.«

»Ich dachte nur …«

Caitlin nickte. Sie brauchte keine Erklärung. Sie hatte genug Jugendbilder von ihrer Mutter gesehen, um zu wissen, dass sie leicht zu verwechseln waren. Er hatte ihre Mutter seit sechzehn Jahren nicht gesehen. Für ihn war sie seither keinen Tag gealtert.

Er hatte sich ein Zimmer im Grand genommen, dem Hotel, in dem ihre Mutter gearbeitet hatte, und übernahm die Organisation der Beisetzung. Je öfter Caitlin ihn im Lauf der Woche sah, desto schwerer fiel ihr die Vorstellung, dass er ihr Vater war. Noch weniger konnte sie begreifen, wieso sich ihre Mutter damals mit ihm eingelassen hatte. Sie hatte betont, dass sie sich geliebt hatten. Doch William Melville hatte sich während der wenigen Tage, die Caitlin ihn kannte, weitaus zurückhaltender über ihre Beziehung geäußert.

Während des Gottesdienstes und der Beisetzung blieb er diskret im Hintergrund. Caitlin rechnete halb damit, dass er direkt danach abreisen würde. Aber zu ihrer Überraschung erschien er im Star Inn. Als sie dort ankamen, war das Pub bereits rappelvoll, und alle stürzten sich auf die Platten mit Wurstbrötchen und Schinkensandwiches. William – Caitlin konnte sich nicht überwinden, ihn »Vater« zu nennen, außerdem hatte er sie nicht dazu ermutigt – verfolgte stocksteif und verlegen die allmählich ausufernde Feier.

Gegen fünf begann sich das Pub zu leeren.

Róisin kam auf Caitlin zu. »Wir hauen jetzt ab. Kommst du mit?«

Caitlin sah eine Gruppe von Mädchen an der Tür stehen. Sie hatten zu diesem Anlass schulfrei bekommen und konnten es kaum erwarten, von den Erwachsenen wegzukommen. Caitlin wäre zu gern mit ihnen gegangen und hätte für ein paar Stunden alles vergessen. Aber sie sah William in ihrer Nähe stehen und schloss daraus, dass er noch mit ihr reden wollte.

»Ich komme gleich nach.«

Róisin zuckte mit den Achseln. »Klar.«

Sie verschwand nach draußen zu den anderen. Die Mädchen hatten William den ganzen Nachmittag mit unverhohlener Neugier angestarrt. Eigentlich hätte niemand erfahren sollen, wer er war, aber Caitlin vermutete, dass Róisin es allen erzählt hatte. Beste Freundin oder nicht, sie konnte einfach nichts für sich behalten.

Doch William schien sich an dem Interesse, das er erregte, nicht zu stören. Er ging mit keinem Wort darauf ein, als er Caitlin in eine stille Ecke führte, weg von allen neugierigen Zuhörern.

»Ich muss nach England zurück«, informierte er Caitlin. »Aber ich melde mich in ein paar Tagen bei Nuala, um deinen Flug zu arrangieren.«

»Flug?«

Er nickte knapp. »Ja. Ich bin davon ausgegangen, dass du die nächsten Wochen noch hier verbringen möchtest, um das Schuljahr zu vollenden und dich von deinen Freunden zu verabschieden. Danach kommst du nach England – wo du bei mir und meiner Familie leben wirst.«

Caitlin fiel aus allen Wolken. »Aber ich will hier in Valleymount bleiben.«

Ihr fiel auf, dass Nuala unauffällig im Hintergrund wartete.

Immer wenn ihre Mutter ins Krankenhaus musste, hatte Nuala sie mit offenen Armen aufgenommen. Caitlin hatte angenommen, dass sie jetzt, wo ihre Mam tot war, zu ihr ziehen würde.

»Du kannst nicht allein hierbleiben, Caitlin«, erklärte ihr William.

»Aber Tante Nuala …«

»Nuala ist nicht mit dir verwandt«, fiel er ihr ins Wort. »Im Gegensatz zu mir.«

Caitlin sah unauffällig zu Nuala hinüber, die ihr ein zuversichtliches Lächeln zu schenken versuchte. Aber Caitlin sah der älteren Frau an, dass sie genauso unglücklich über dieses Arrangement war wie Caitlin. Leider schien keine von beiden etwas daran ändern zu können. Wenn William Melville wollte, dass Caitlin zu ihm zog und bei seiner Familie lebte, müsste sie wohl gehorchen.

Später an diesem Abend lag Caitlin wach im Bett. Von der anderen Wand her war Róisins leises Schnarchen zu hören. Es war ein tröstliches Geräusch, an das sie sich während der letzten Wochen gewöhnt hatte, wenn sie wie so oft keinen Schlaf gefunden hatte. Der Anblick ihrer schwächer werdenden Mutter, die unter unausgesetzten Schmerzen litt, weil das Morphin nicht mehr wirkte … diese Bilder waren schwer zu vergessen. Aber nichts davon war mit dem heutigen Tag zu vergleichen. Ihre Mutter im offenen Sarg liegen zu sehen, wo sie fast lebendig aussah, und zugleich zu wissen, dass sie nicht mehr am Leben war. Zu wissen, dass die Leiche nur eine leere Hülle war, die niemals wieder ihre Mutter wäre, selbst wenn sie ihr noch so ähnlich sah.

Bei dem Gedanken daran kamen ihr wieder die Tränen. Caitlin drehte sich zur Wand und drückte die Hand auf den Mund, um ihr Schluchzen zu ersticken, weil sie Róisin nicht schon wieder aufwecken wollte. Ihre sonst eher egoistische und gedankenlose Freundin war ihr in den letzten Wochen eine unglaubliche Stütze gewesen. Sie hätte nicht sagen können, wie oft Róisin nachts neben ihr gesessen und sie im Arm gehalten hatte, während sie sich die Seele aus dem Leib geweint hatte. Róisin oder Nuala.

Und jetzt musste sie diese Familie verlassen, genau wie das Dorf, in dem sie aufgewachsen war, dazu die Menschen, die ihr so vertraut waren und das Haus, das ihr zum Heim geworden war – sie musste alles zurücklassen, was sie noch mit ihrer Mam verband. Stattdessen würde sie zu einem Vater ziehen, den sie nicht kannte, der bis vor vierzehn Tagen nicht einmal von ihrer Existenz gewusst hatte und der an einem Ort lebte, von dem sie nichts wusste.

»Mam, warum musstest du ihm von mir erzählen?«, flüsterte sie ins Dunkel.

Der Gedanke löste neue Zornestränen aus, gefolgt von Gewissensbissen und widerstreitenden Gefühlen. In dieser Nacht ließ der Schlaf lange auf sich warten.

2

Somerset, England

Wild entschlossen, mit diesem Schlag das Spiel für sich zu entscheiden, jagte Elizabeth Melville den Ball über den Court. Doch James Evans, ihr Tenniscoach, stürmte ans Netz und schaffte es, ihre Attacke mit einer geschmeidigen Rückhand zu erwidern. Sie reagierte mit einem Volley und setzte den erbitterten Ballwechsel fort.

Inzwischen spielten sie seit anderthalb Stunden in der glühenden Nachmittagshitze, aber keiner von beiden war bereit, auch nur einen Punkt zu verschenken. Für einen oberflächlichen Beobachter wäre James klar im Vorteil gewesen. Mit seinen ein Meter fünfundachtzig war er gut zehn Zentimeter größer und fünfundzwanzig Kilo schwerer als Elizabeth. Aber Elizabeth besaß eine entscheidende Eigenschaft, die ihm fehlte: einen brennenden Siegeswillen.

Lange blonde Haare flogen hoch in die Luft, braun gebrannte Muskeln spannten sich an, und dann trieb sie den Ball mit einer kraftvollen Vorhand übers Netz. James, noch am Netz, sprintete zur Grundlinie zurück, um ihn abzufangen. Aber er war einen Sekundenbruchteil zu langsam, und der Ball sprang aus seiner Reichweite.

Elizabeth stieß einen gellenden Triumphschrei aus. »Spiel, Satz und Sieg, wenn ich mich nicht irre«, rief sie ihm über den Platz zu.

James schüttelte in gespielter Verzweiflung den Kopf. »Das wäre der wievielte Sieg in dieser Woche – der dritte? Ich fühle mich plötzlich so alt, Elizabeth.«

Sie lachte. Der einstige Profispieler hatte vor einem Monat seinen vierzigsten Geburtstag gefeiert, aber er war noch in bester Verfassung, das wussten sie beide.

»Genau«, zog sie ihn auf. »Wird Zeit, dass du dich aufs Altenteil zurückziehst.«

Ungezwungen plaudernd und lachend spazierten sie die breite Steintreppe hinauf, die von den Tennisplätzen zum restlichen Grundstück führte. James hatte angefangen, Elizabeth zu trainieren, als sie fünf Jahre alt gewesen war. Sie brauchte seine Hilfe schon lange nicht mehr, aber immer wenn sie aus dem Internat nach Hause kam, schaute er vorbei, »damit du nicht abschlaffst«, wie er immer scherzte.

Nicht dass er es jemals als Belastung empfunden hätte, nach Aldringham zu kommen, in jenes altehrwürdige Gutshaus, das Elizabeths Urgroßvater vor über hundert Jahren erworben hatte. Es lag in den sanft gewellten Quantock Hills von Somerset, bot freien Blick auf den Bristol Channel und die walisischen Täler dahinter und war mit seinem Krocketrasen, den stillen Pfaden und dem

Hirschgehege das Abziehbild eines englischen Landsitzes. James war in vielen exklusiven Gutshäusern zu Gast gewesen, aber Aldringham war bei Weitem das beeindruckendste.

Elizabeth und James spazierten zu der Orangerie im georgianischen Stil hinauf, die sich an das Haupthaus anschloss. In dem nach Zitruspflanzen duftenden Konservatorium erwartete sie ein Krug mit hausgemachter Limonade, den Mrs Hutchins, die Haushälterin, für sie bereitgestellt hatte. James ließ sich in den nächsten Sessel fallen und beobachtete wohlgefällig, wie Elizabeth zwei Gläser vollschenkte. Sie reichte ihm eines und ließ sich dann ihm gegenüber nieder, von Kopf bis Fuß die perfekte, wohlerzogene Lady.

Mit ihren siebzehn Jahren war Elizabeth auffallend klug, selbstsicher und unglaublich ehrgeizig. Sie musste überall die Beste sein, auf dem Tennisplatz wie im Klassenzimmer ihres exklusiven Internats. Mit ihren blonden Haaren hatte sie etwas von einer klassischen Statue, wobei sie nicht wirklich schön war – dafür war ihre Nase ein bisschen zu lang und das Kinn zu spitz –, trotzdem wirkte sie durch ihre leicht herablassende, unberührbare Art attraktiv. Sie strahlte etwas aus – ein gelassenes, unbeirrbares Selbstvertrauen und eine absolute Selbstbeherrschung, die für jemanden in ihrem Alter ungewöhnlich waren. James konnte sich hervorragend ausmalen, wie sie im Bett einem unglückseligen Burschen barsche Befehle erteilte und sich mit nicht weniger zufriedengab als dem perfekten Orgasmus. Bei dem Gedanken musste er grinsen.

Elizabeth erwiderte sein Lächeln. »Was für schmutzige Gedanken gehen dir jetzt wieder durch den Kopf?«

Er ignorierte ihre fast gespenstische Gabe, seine Gedanken zu lesen, und stellte stattdessen die Frage, die ihn schon den ganzen Nachmittag beschäftigte: »Ehrlich gesagt habe ich mich gefragt, wann deine Halbschwester eintrifft. Sie kommt doch heute an, nicht wahr?«

Elizabeth zeigte keine Regung. »Stimmt«, antwortete sie gleichmütig.

James war enttäuscht, aber nicht überrascht, dass sie nichts verriet. Genau wie jeder andere hatte er erst aus der Zeitung von William Melvilles Kind der Liebe erfahren.

Elizabeth musste die Neuigkeit schwer getroffen haben – er wusste, wie sie zu ihrem Vater aufsah. Aber bislang hatte sie sich nicht anmerken lassen, was sie von dem Neuzugang zu ihrer Familie hielt. Sie blieb absolut ungerührt.

Bevor James weiter nachbohren konnte, fiel ein Schatten über den Tisch. Er schaute auf und sah William Melville bei ihnen stehen. Er trug lässig-elegante Wochenendkleidung: sorgfältig gebügelte Chinos, Button-down-Hemd und Slipper. Aber trotz des legeren Outfits wirkte er nicht weniger imposant als sonst.

»Daddy!« Elizabeth strahlte ihn mit offener Bewunderung an.

»Elizabeth, Caitlin wird in Kürze eintreffen. Ich habe deiner Mutter gesagt, sie soll bis um vier Uhr mit Amber im Salon erscheinen. Ich erwarte, dass du ebenfalls kommst.«

Das Lächeln auf Elizabeths Gesicht erlosch. »Natürlich«, sagte sie. »Aber ich muss vorher noch duschen, wir sind gerade erst mit unserem Spiel fertig geworden.«

»Mach es kurz«, forderte William sie auf. »Caitlin gehört ab jetzt zur Familie, und ich möchte, dass wir sie alle gemeinsam begrüßen.«

Elizabeth senkte den Blick. »Ja, Daddy.«

Es klang fast wie eine Entschuldigung. Aber James ließ sich nicht täuschen. Für einen winzigen Moment sah er so etwas wie ein Gefühl in Elizabeths Gesicht aufzucken, während sie ihrem Vater nachsah, der zum Haus zurückging. Verstimmung, beschloss er; vielleicht sogar Ärger. Die Emotion war nur einen winzigen Moment zu sehen und sofort wieder verflogen. Wenn er Elizabeth nicht so gut gekannt hätte, wäre ihm die Regung bestimmt entgangen.

Im nächsten Moment stand sie auf und strich ihren Tennisrock glatt.

»Ich fürchte, du musst mich jetzt entschuldigen, James«, sagte sie, als wäre nichts weiter vorgefallen. »Aber wir sollten sicherstellen, dass du nächste Woche eine Revanche bekommst.«

»Jederzeit«, sagte er und wünschte sich insgeheim, er könnte hierbleiben und mit eigenen Augen sehen, wie sich diese neueste Ergänzung im Haushalt der Melvilles machte.

Oben beobachtete Isabelle Melville von ihrem Schlafzimmerfenster aus, wie ihre älteste Tochter ihrem Vater ins Haus folgte. Sie wusste genau, warum William Elizabeth hereingeholt hatte. Und sie wusste auch, dass sie eigentlich nach unten gehen und sich zu ihnen gesellen sollte. Aber sie brauchte noch ein paar Minuten, um sich zu sammeln.

Sie trat an die Frisierkommode, spähte in den Schminkspiegel und versuchte zu entscheiden, ob sie Make-up auftragen sollte, und wenn ja, welches. Trotz ihrer zweiundvierzig Jahre war sie immer noch eine attraktive Frau. Mit ihren blonden Haaren, dem hellen Teint und dem zierlichen Körperbau hatte sie das Glück, zu jenen englischen Rosen zu gehören, die erst spät verblühen. Um die Augen und den Mund hatten sich ein paar verräterische Falten eingekerbt, aber sie hatte schon lange aufgehört, sie überdecken zu wollen, sondern beschlossen, dass sie ihrem schönen, aber eher uninteressanten Gesicht Charakter verliehen.

Nach kurzem Nachdenken entschied sie sich für den natürlichen Look – eine leichte Abdeckung mit getöntem Moisturizer und dazu ein wenig Lipgloss. Beides passte gut zu dem cremefarbenen Leinenkostüm, das sie für diese Gelegenheit angezogen hatte. Sie hatte das Gefühl gehabt, dass es dem Anlass angemessen war, denn es war schick, aber nicht zu förmlich – wenngleich niemand wusste, was die Etikette für die erste Begegnung mit der illegitimen Tochter des eigenen Ehemannes vorschrieb.

Es war eine glückliche Fügung für Isabelle, dass sie nicht zur Verbitterung neigte. Eine weniger gefestigte Frau hätte sich vielleicht dagegen verwahrt, das Kind einer anderen in ihrem Heim aufzunehmen. Isabelle hingegen hatte sich widerstandslos in die

Situation gefügt, denn sie sorgte sich vor allem um das arme junge Mädchen, das eben seine Mutter verloren hatte. Wahrscheinlich war es auch hilfreich, dass ihre Beziehung zu William im Lauf der Jahre zu einer Art Freundschaft gereift war. Nicht dass sie sich je vorgemacht hätte, ihre Ehe sei eine reine Liebesverbindung – wenigstens nicht von Williams Seite her.

Isabelle hatte William seit frühester Kindheit gekannt. Ihr Vater – einer der wichtigsten Baumwolllieferanten für Melville – war eng mit seiner Mutter Rosalind befreundet gewesen, und die beiden Familien hatten viel gemeinsam unternommen. Schon als Kind war Isabelle dem rätselhaften William Melville verfallen. Der schneidige einundzwanzigjährige Cambridge-Student hatte dem dreizehnjährigen Mädchen reichlich Material für pubertäre Schwärmereien geboten.

Mit achtzehn war Isabelle, so vermutete sie, schon halb in William verliebt gewesen. Allerdings hatte er damals wenig für sie übrig gehabt; sie war für seinen Geschmack viel zu oberflächlich. Während viele ihrer Freundinnen sich vom feministischen Geist der Sechziger hatten anstecken lassen und ein Leben als Ärztin, Anwältin oder Geschäftsfrau anstrebten, hatte Isabelle nie vergleichbaren Ehrgeiz gezeigt. Ihre größte Leistung war es gewesen, ihr Debüt zu machen, und das zu einer Zeit, in der das kaum noch von Belang war. Ihr war klar, dass William, schon damals ein überaus ernster junger Mann, sie schrecklich albern fand.

Doch das änderte sich in dem Jahr, in dem sie dreiundzwanzig wurde. Auf ihrem Geburtstagsball kam William zum ersten Mal überhaupt auf sie zu, tanzte mit ihr und umwarb sie so, wie er es bis dahin noch nie getan hatte. In diesem Sommer begleitete er sie zu allen wichtigen gesellschaftlichen Anlässen – nach Henley und Ascot, Goodwood und Glyndebourne. Damals hatte Isabelle nicht zu fragen gewagt, was seinen Sinneswandel herbeigeführt hatte. Sie hatte sich lieber eingeredet, dass sie in seinen Augen reifer geworden war; dass er sie endlich so sah, wie sie wirklich war. Aber wenn Isabelle jetzt zurückblickte, konnte sie erkennen, dass Rosalind, ihre energische Schwiegermutter, ihn ermuntert hatte, ihr den Hof zu machen. Isabelle vermutete, dass sie in Rosalinds Augen die perfekte Ehefrau für William gewesen war: ein hübsches, handzahmes kleines Ding – und vor allem die Alleinerbin der Fabriken ihres Vaters.

Williams Gründe, sich den Wünschen seiner Mutter zu beugen, waren weniger offensichtlich. Bis zu seinem dreißigsten Geburtstag hatte er die Jahre damit verbracht, ein stets wechselndes Ensemble langbeiniger Models durch diverse Clubs wie das Tramp und das Annabel's zu schleifen. Kein Mädchen hatte sein Interesse halten können. Damals, vermutete Isabelle, hatte er sich damit abgefunden, dass er sich wohl nie verlieben würde – wahrscheinlich war ihm daraufhin die Vernunftehe mit ihr als akzeptable Alternative erschienen. Was für Motive ihn auch getrieben haben mochten, im Herbst 1971 hatte er schließlich um Isabelles Hand angehalten. Isabelle hätte William unter allen Bedingungen genommen und hatte darum sofort eingewilligt.

Wenn sie jetzt auf ihr Leben zurückblickte, erkannte sie, dass sie schon lange vor seiner Affäre nicht mehr glücklich gewesen war. Schon im ersten Jahr ihrer Ehe hatte sie sich einsam gefühlt. Ihr war noch gut im Gedächtnis, wie sie nach einer Woche allein in Aldringham nur noch darauf wartete, dass es endlich Freitagabend wurde und William nach Hause kam; nur um in der letzten Minute ans Telefon geholt zu werden und gesagt zu bekommen, dass es im Büro einen Notfall gegeben habe. »Ich habe beschlossen, übers Wochenende in London zu bleiben. Das ist doch nicht schlimm, oder?«

»Nein, natürlich nicht«, hatte sie jedes Mal erwidert und dabei die erdrückende Enttäuschung überspielt, die sie bei der Vorstellung überkam, ein weiteres Wochenende allein zu verbringen.

Natürlich hatte sie Freundinnen; Frauen in ähnlicher Lage, die sie in den unzähligen Wohltätigkeitskomitees kennengelernt hatte, denen sie angehörte. Aber diese Frauen schienen immer so viel mehr Ablenkung zu haben. »Seit ich die Kinder habe, bin ich nur froh, wenn Tim am Montagmorgen abzieht«, hatte ihr Penelope Whitton, eine alte Schulkameradin, anvertraut. Und so kam es, dass sittsame achtzehn Monate nach Williams und Isabelles Hochzeit ihre Tochter Elizabeth geboren wurde.

Aber für Isabelle linderte die Mutterschaft die Einsamkeit nicht. William kam weiterhin nur sporadisch nach Aldringham. Und Elizabeth, ihre kleine Tochter, füllte die Leere in Isabelles Leben nicht so aus, wie sie erhofft hatte. Im Gegenteil, Elizabeth schien deutlich mehr an ihrem Vater als an ihrer Mutter zu hängen. »Daddy bald Hause?«, fragte sie immer wieder hoffnungsvoll, sobald sie sprechen konnte, und ihr kleines Gesicht erstrahlte jedes Mal, wenn sie hörte, dass er bald käme. Am Sonntagabend musste sie regelmäßig alle Kräfte aufbieten, um Elizabeth zu beruhigen, die nach Williams Abfahrt stundenlang schrie. Wieder einmal drohte Isabelle an dem Gefühl ihrer Unzulänglichkeit zu ersticken. Sie erinnerte sich, dass sie verletzt, aber nicht überrascht gewesen war, als sie von Williams Affäre erfahren hatte. Es war Penelope, die sie aufgeklärt hatte, mit einer absichtlich beiläufigen Bemerkung; Penny, die ihn bei ihrem letzten Besuch in London auf der Straße gesehen hatte. »Natürlich habe ich ihn sofort gerufen, Schätzchen, aber anscheinend hat er mich nicht gehört«, hatte sie Isabelle erklärt, um dann hinzuzufügen, dass er viel zu sehr in die Unterhaltung mit seiner Begleitung vertieft war ... seiner *weiblichen* Begleitung. »Mir kam sie nicht bekannt vor«, hatte sie erzählt und dabei genau darauf geachtet, wie Isabelle reagierte. »Aber sie war beängstigend jung; und hübsch dazu ...«

Plötzlich hatte sich alles ineinandergefügt. Im Innersten hatte Isabelle geahnt, dass es jemanden gegeben hatte, schließlich waren die Besuche ihres Mannes in jenem heißen, langen Sommer des Jahres 1974 noch seltener geworden; und wenn er wirklich einmal in Aldringham war, hatte er ganz aufgehört, ihr Bett zu teilen. Das Wissen, dass es einen Grund für seine zunehmende Kälte gab, war beinahe eine Erleichterung.

Aber selbst nachdem die Affäre zu Ende gewesen war – was

sie ein paar Monate später intuitiv gespürt hatte –, hatte das ihrer Ehe nicht geholfen. Er kam zwar wieder öfter nach Hause, aber alles, was sie tat, schien ihn zu verärgern. Sie war nicht sicher, ob sie allein daran zerbrochen war. Auch davor war sie nicht gerade glücklich gewesen. Aber im Verlauf des Jahres 1975 begann sie, unter *Anfällen* zu leiden. Sie begannen ganz harmlos, indem ihr der kalte Schweiß auf die Stirn trat. Gleich darauf begann sie jedes Mal zu zittern und ihr wurde die Brust eng, bis sie kaum noch Luft bekam.

Auf Penelopes Vorschlag hin suchte sie einen diskreten jungen Arzt in der Harley Street auf. Er hörte sich mitfühlend an, wie Isabelle ihre Symptome schilderte, untersuchte sie gründlich und erklärte ihr abschließend, das klänge, als litte sie unter Panikattacken.

»Wir haben alle mit Stress zu kämpfen, Mrs Melville, und jeder geht auf seine eigene Weise damit um. Manche von uns brauchen mehr Hilfe als andere.« Er begann, ein Rezept auszustellen. »Vielen Frauen in Ihrer Situation hilft das hier durch schwierige Phasen.«

Er riss das Rezept vom Block und reichte es ihr. Er hatte ihr Valium verschrieben.

Er riet ihr, jedes Mal eine Pille zu nehmen, wenn sie eine Panikattacke kommen spürte, und ihn nach einem Monat wieder aufzusuchen, damit er feststellen konnte, ob sich ihr Zustand gebessert habe.

Als sie am nächsten Morgen aufwachte und der vertraute Druck auf ihrer Brust lastete, tastete sie in der Nachttischschublade nach der Flasche. Eine kleine Pille später war sie deutlich ruhiger. Für Isabelle war es wie ein Wunder.

Sie hatte William nichts von ihrem Besuch bei Doktor Hayward oder von den Pillen erzählt. Sie spürte instinktiv, dass er sie nicht gutheißen würde. Aber auch wenn er nicht wusste, was sie unternommen hatte, war er mit den Ergebnissen sehr zufrieden. »Ich bin so froh, dass es dir besser geht, Isabelle«, erklärte er ihr am

Heiligabend, während sie zuschauten, wie Elizabeth ihre Socke an den Kamin hängte.

Sie lächelte ihn verträumt an. In den letzten Wochen hatte die Medizin nicht mehr richtig angeschlagen, darum hatte Dr Hayward vorgeschlagen, die Dosis zu erhöhen. Anfangs war ihr nicht wohl dabei gewesen, aber als sie jetzt sah, wie zufrieden William über ihre Fortschritte war, erkannte sie, dass sie richtig gehandelt hatte.

Über die nächsten Monate steigerte sie sich von den weißen zu den gelben und schließlich zu den blauen Pillen. Vielleicht fühlte sie sich manchmal ein bisschen verträumt und verwirrt, und vielleicht waren ihre Reflexe nicht so schnell wie normal, aber wenigstens war die lähmende Angst gebändigt.

Sie konnte sich kaum noch an den Tag erinnern, an dem die kleine, noch nicht fünfjährige Elizabeth von der Schule nach Hause gekommen war und sie bewusstlos am Boden gefunden hatte. Selbst in diesem Alter hatte Elizabeth begriffen, dass etwas Schreckliches passiert war, und sofort die Haushälterin geholt. Ein Krankenwagen wurde gerufen, William musste nach Hause kommen. Nach mehreren angespannten Gesprächen verbrachte Isabelle die folgenden Wochen in einer Privatklinik.

Niemand war sonderlich überrascht, als sie sechs Monate später verkündete, dass sie wieder schwanger sei. Manche Menschen bekommen ein Kind, um ihre Ehe zu retten; Isabelle wollte sich damit selbst retten.

So wie Elizabeth die Tochter ihres Vaters war, so war Amber vom ersten Moment an die Tochter ihrer Mutter. Während Isabelles erstes Kind nach Williams Großmutter väterlicherseits – Elizabeth - benannt worden war, wählte Isabelle diesmal den Namen selbst aus.

Rosalind war schockiert. »Amber? So einen albernen Namen habe ich noch nie gehört. Willst du sie nicht lieber Anna oder Amanda nennen? Das klingt wenigstens halbwegs vernünftig.«

Aber diesmal ließ William seine Frau ausnahmsweise gewähren.

»Sie will es so, und ich werde nicht zulassen, dass du sie aufregst«, erklärte er seiner Mutter mit untypischer Entschiedenheit.

Amber war in jeder Hinsicht die perfekte Tochter für Isabelle. Sie sah sogar aus wie ihre Mutter – mit ihren hellblonden Ringellöckchen, den rosaroten Wangen und der sahneweißen Haut wirkte sie ungleich zerbrechlicher als ihre ältere Schwester. Im Gegensatz zu Elizabeth war sie nicht stark und unabhängig, sondern sie *brauchte* Isabelle vom ersten Atemzug an. Wenn sie auf dem Spielplatz von einem Jungen geschubst wurde, rief sie nach ihrer Mummy; Elizabeth wäre einfach aufgestanden und hätte den Übeltäter ihrerseits umgeschubst. Mit Amber konnte Isabelle endlich all die Dinge unternehmen, die sie mit Elizabeth nie hatte tun können: einkaufen gehen, Tratschen, über Zerwürfnisse unter Freundinnen plaudern.

Seit Ambers Geburt vor elf Jahren befand sich der Melvillesche Haushalt in einer Art Gleichgewicht. Isabelle hätte nicht sagen können, ob sie sich als wirklich *glücklich* bezeichnet hätte, aber sie hatte Frieden gefunden.

Doch dann war Katie O'Dwyer wieder in ihr Leben getreten.

Isabelle brachte es immer noch nicht übers Herz, wütend auf William zu sein. Ihr war nicht entgangen, wie tief es ihn getroffen hatte, als er Katies Brief bekommen hatte. Sie hatte ihm angesehen, wie es ihn quälte, dass er so viele Jahre mit ihr und ihrem Kind versäumt hatte. Sie wusste, wie es ihn schmerzte, dass er Katie vor ihrem Tod nicht wiedergesehen hatte. Sie hatte ihn getröstet, so gut sie konnte. Isabelle wusste, dass sie für ihren Mann nie die Liebe seines Lebens wäre. Dafür war sie seine Vertraute, seine beste Freundin und der einzige Mensch, vor dem er sich verletzlich zeigte, und das genügte ihr.

Jetzt würde in einer halben Stunde ihre Stieftochter eintreffen. Isabelle hatte Williams Entscheidung, sie in seinem Haus aufzunehmen, nicht infrage gestellt und würde alles in ihrer Macht stehende tun, damit sich das Kind hier zu Hause fühlte. Aber so verständnisvoll Isabelle auch war, sie konnte das Gefühl nicht abschütteln, dass Caitlins Ankunft in Aldringham vieles verändern würde. Und sie wusste nicht, ob es zum Besseren wäre. Vor allem nicht für Elizabeth, die ihren Vater so vergötterte und nun so tief von ihm enttäuscht war.

Elizabeth stand auf der Nordseite und beobachtete, wie James' Motorrad die Auffahrt hinunterfuhr. Erst als er außer Sichtweite war, ließ sie das Lächeln von ihrem Gesicht gleiten.

Gott, wie fürchtete sie sich vor diesem Nachmittag. Von der *Indiskretion* ihres Vaters zu erfahren, war schlimm genug gewesen. Aber dass diese Person jetzt bei ihnen leben sollte, wie um sie ständig an seinen Fehltritt zu erinnern, machte alles unendlich schlimmer. Das Getue, das er um dieses Mädchen machte, ärgerte Elizabeth unsagbar, vor allem weil sie ihr Leben lang darum gekämpft hatte, seine Aufmerksamkeit zu erringen. Ein Kampf, den Elizabeth seit dem Tag ihrer Geburt ohne Aussicht auf Erfolg geführt hatte.

Während Caitlin in einem Haus voller Liebe, aber ohne Geld aufgewachsen war, hatte Elizabeth das genaue Gegenteil erlebt. Materiell hatte es ihr an nichts gemangelt. Ihre Geburt wäre einer Prinzessin angemessen gewesen; in einer Privatabteilung des St Mary's Hospitals in London unter der Aufsicht eines weltbekannten Professors für Geburtshilfe und Gynäkologie. Das einzige entscheidende Element, das bei der Entbindung gefehlt hatte, war ihr Vater gewesen.

»Ich wurde in New York aufgehalten«, hatte er seiner vor Erschöpfung heulenden Frau am Telefon erklärt. Er war erst einen Tag nach seiner Erstgeborenen eingetroffen. Dieses gedankenlose Desinteresse sollte für ihre Vater-Tochter-Beziehung bezeichnend werden.

Die junge Elizabeth genoss sämtliche Privilegien und Vorteile, die sich mit Geld kaufen ließen. Jedes Jahr ein neues Pferd; Tennisstunden bei einem ehemaligen Profispieler; einen Olympiasieger als Skilehrer. Nur das, wonach sie sich am meisten sehnte, bekam sie nicht – die Anerkennung ihres Vaters. Für das junge Mädchen war er eine durch und durch rätselhafte Gestalt und übte die Faszination unerreichbarer Dinge aus. Sie verstand schon sehr bald, dass er ein wichtiger Mann war, der das Familienunternehmen leiten musste.

»Daddy musste arbeiten«, sagte Isabelle regelmäßig, wenn er wieder einmal nicht zu einer Preisverleihung, einem Weihnachtskonzert oder einer Ballettaufführung erschienen war. Aber obwohl er nie auftauchte, gab Elizabeth die Hoffnung nie auf, dass er es irgendwann schaffen würde.

Elizabeth empfand das rücksichtslose Desinteresse ihres Vaters als ebenso unverständlich wie schmerzvoll. Von frühester Kindheit an war ihr bewusst, dass sie seine Erstgeborene war, was bedeutete, dass sie eines Tages die Mehrheit am Familienunternehmen erben würde. Das musste doch bedeuten, dass sie ihm wichtig war! Ihre Großmutter und ihr Onkel Piers, der jüngere Bruder ihres Vaters, verhätschelten sie und überschütteten sie – anders als ihre jüngere Schwester Amber – mit Aufmerksamkeit. Offenbar machte sie irgendetwas falsch, sonst hätte sich ihr Vater doch nicht so ambivalent ihr gegenüber verhalten.

O Gott, wie liebte sie ihren Vater und wie verzehrte sie sich nach seiner Anerkennung. Sie wollte ihm gefallen und sie wollte ihm beweisen, dass sie würdig war, das Unternehmen eines Tages zu übernehmen, woraus sich ein zwanghafter Ehrgeiz entwickelte. Für Elizabeth war der zweite Platz etwas für Verlierer. Selbst wenn sie in einem Bereich keine natürliche Begabung besaß, gab sie alles, um die Beste zu werden. Nichts konnte sie daran hindern, alles zu erreichen, was sie sich in den Kopf gesetzt hatte. Im zarten Alter von zehn Jahren war sie vom Pferd gestürzt, als sie versucht hatte, über einen neuen Zaun zu setzen. Der Pferdeknecht war zu ihr gerannt.

»Alles okay, Miss Melville?«

Aber sie war schon wieder auf den Beinen und hielt die Zügel fest in der Hand. »Helfen Sie mir nur wieder auf das Pferd.«

Erst nachdem sie erfolgreich über den Zaun gesetzt hatte, ließ sie ihren Arm von ihm untersuchen. Bis dahin war er lila angelaufen und angeschwollen – und an drei Stellen gebrochen.

Diese Entschlusskraft zeigte sich in jedem Aspekt von Elizabeths Leben und diktierte sogar ihr Aussehen. Sie verwendete teures Make-up, um die Vorzüge ihres Gesichtes herauszustellen, und wählte die Kleidung danach aus, wie sie ihrer Figur schmeichelte. Alle sechs Wochen hatte sie einen fixen Termin bei Hari's in Chelsea, wo ihr mausbraunes Haar präzise geschnitten und mit goldblonden Highlights durchsetzt wurde. Stundenlanges Training verlieh ihrer schlanken Figur Definition und Muskeltonus, und selbst im Winter sorgte sie für eine gesunde Bräune ihrer Haut. Sie investierte viel Arbeit in ihr Aussehen. Aber das störte Elizabeth nicht. Nichts, was sich wirklich lohnte, war leicht zu haben, das war ihr Motto.

Diese Einstellung hatte sie zu einem Siegertypus gemacht. Sie war regelmäßig die Beste in ihrer Klasse in Greycourt; sie war einstimmig zur Klassensprecherin gewählt worden; und alle rechneten fest damit, dass sie noch vor Weihnachten eine Zusage aus Cambridge erhalten würde. Alles in ihrem Leben war perfekt gelaufen, bis ihr Vater, der Mensch, den sie am meisten verehrte, sie so tief enttäuscht hatte. Bedauerlicherweise konnte sie im Gegensatz zu sonst nichts unternehmen, um sein Unvermögen auszubügeln.

Mit einem resignierten Seufzen kehrte sie ins Haus zurück und verschwand nach oben. Als sie den Flur im ersten Stock schon halb entlanggegangen war, sah sie, dass ihre Zimmertür nur angelehnt war. Sie stutzte. Sie erinnerte sich genau, dass sie die Tür auf dem Weg nach draußen zugemacht hatte, was nur einen Schluss zuließ … *Amber*, dachte sie und ging schneller.

Und richtig stand in ihrem Zimmer ihre elfjährige Schwester an der Frisierkommode, Elizabeths antike Schmuckschatulle stand aufgeklappt vor ihr.

»Amber!« Auf den scharfen Ruf ihrer Schwester hin sah Amber schuldbewusst auf. »Habe ich dir nicht gesagt, dass du um Erlaubnis fragen musst, bevor du in meinen Sachen wühlst?«

»Ich wollte ja fragen«, erwiderte Amber mit leisem Schmollen. »Ich hab echt *ewig* nach dir gesucht, aber du warst nicht da. Und da hab ich mir gedacht, dass es dich bestimmt nicht stört...«

Wie oft hatte Elizabeth diese Ausreden gehört. Sie marschierte an die Kommode und knallte den Deckel der Schatulle zu. Sie war aus handgeschnitztem Ebenholz und stammte aus dem neunzehnten Jahrhundert. Ihre Großmutter Rosalind hatte sie ihr zusammen mit einigen Schmuckstücken zu ihrem letzten Geburtstag geschenkt. Schatulle und Schmuck hatten für Elizabeth nicht nur materiellen, sondern auch ideellen Wert, und sie hatte ihrer gedankenlosen kleinen Schwester verboten, damit zu spielen. Aber das schien Amber nicht zu kümmern.

»Und die gibst du auch zurück«, sagte Elizabeth und griff nach der Perlenkette um den Hals ihrer kleinen Schwester.

Doch als sie die Kette über ihren Kopf ziehen wollte, packte Amber ebenfalls zu. Einen winzigen Moment zogen beide in entgegengesetzte Richtungen, dann riss die Schnur. Die Perlen klackerten über den Parkettboden.

»Herrgott noch mal!«, fauchte Elizabeth. »Sieh nur, was jetzt passiert ist.«

Sie kniete sich hin und begann, die Perlen einzusammeln. »Komm schon, Amber, du könntest mir wenigstens helfen.«

»Das war nicht meine Schuld«, sagte Amber mit leichtem Beben in der Stimme.

»Natürlich nicht«, knurrte Elizabeth. »Wie immer.« Sie schaute auf. »Warte nur, bis ich das Granny erzähle.«

Jetzt brach Amber in Tränen aus.

»Mädchen? Was ist hier los?«

Elizabeth und Amber sahen auf, ihre Mutter stand in der offenen Tür. Ehe Elizabeth ein Wort herausgebracht hatte, rannte Amber laut heulend aus dem Zimmer.

»Amber!«, rief Isabelle ihr nach. Aber Amber blieb nicht stehen. Sekunden später knallte ihre Zimmertür zu.

Isabelle wandte sich streng an ihre ältere Tochter. »Elizabeth? Was in aller Welt ist mit Amber los?«

»Sie spielt die Zicke. Wie immer.«

Elizabeth erzählte von der zerrissenen Perlenkette.

»Also, für mich hört sich das nach einem bedauerlichen Unfall an«, meinte Isabelle unsicher, nachdem Elizabeth ihr alles geschildert hatte.

Elizabeth gab sich keine Mühe, ihren Zorn zu unterdrücken. »Ein Unfall! Du weißt ganz genau, dass sie in meinem Zimmer nichts verloren hat.«

Elizabeth wusste selbst nicht, warum sie sich die Mühe machte. Wie immer stellte sich ihre Mutter taub und blind, wenn Amber etwas angestellt hatte. Drei Kindermädchen hatten ihr schon erklärt, dass sie viel zu nachsichtig mit ihrer verzogenen kleinen Tochter war. »Sie handeln sich damit später eine Menge Probleme ein«, hatte das letzte sie gewarnt. »Sie dürfen ihr nicht das Gefühl geben, sie bräuchte sich nur aufzuspielen, und schon würde sie Aufmerksamkeit bekommen.« Elizabeth hatte ihr aus tiefstem Herzen recht gegeben. Aber auch diesmal hatte Isabelle nicht hören wollen, sondern Amber, sogar gegen Williams Willen, Make-up und Kleider tragen lassen, für die das Mädchen eindeutig zu jung war.

Jetzt senkte Isabelle die Stimme. »Bitte, Elizabeth. Du weißt, dass das … also, dass diese Sache wirklich nicht einfach für sie ist.«

»Es ist für keinen von uns einfach, oder, Mummy?«

Elizabeth wartete auf eine Antwort. Als keine kam, seufzte sie. Das war das Problem mit ihrer Mutter – sie war zu schwach. Sie wählte immer den Weg des geringsten Widerstandes. Nur darum hatte sie zugelassen, dass diese Caitlin O'Dwyer zu ihnen zog. Elizabeth wollte nicht in den Kopf, warum sie sich nicht geweigert hatte, denn ihr und den zwei ehelichen Kindern gegenüber war die Situation absolut unfair. Aber wie üblich hatte sich ihre Mutter unterbuttern lassen. Welche Frau würde bei einem Mann bleiben, der sie so erniedrigt hatte?

Elizabeth seufzte ungeduldig. »Könntest du mich alleine lassen, damit ich duschen kann, wenn das alles ist?«

»Ja, natürlich.« Isabelle sah auf ihre Uhr. »Mach lieber schnell. Caitlin …«

»… kommt bald an«, fiel ihr Elizabeth ins Wort. »Ja. Ich weiß.«

Isabelle verzog unter Elizabeths schneidender Bemerkung das Gesicht.

»Dann lasse ich dich jetzt allein«, sagte sie leise.

Elizabeth wollte gerade eine barsche Erwiderung geben, als ein Geräusch von draußen, das Brummen eines Autos auf der gekiesten Auffahrt, sie innehalten ließ. Instinktiv drehten sich Mutter und Tochter zum Fenster um. *Verflucht*, dachte Elizabeth. Jetzt blieb ihr keine Zeit mehr zum Duschen oder umziehen. *Sie* war da.

3

»Miss?« Perkins warf einen Blick in den Rückspiegel. Das Mädchen war in Gedanken versunken und starrte wie schon seit drei Stunden blind aus dem Seitenfenster. Wie sie so zusammengesunken an der Autotür lehnte, wirkte sie ungeheuer jung und ungeheuer traurig. Er hatte beinahe ein schlechtes Gewissen, sie aus ihrem Tagtraum zu holen.

»Miss?«, wiederholte er lauter.

Diesmal schreckte sie hoch. Sie legte die Stirn in Falten und sah ihn mit leeren Augen an.

»Ich hoffe, ich habe Sie nicht erschreckt, Miss Caitlin. Aber ich dachte, es würde Sie vielleicht interessieren – das da drüben ist Aldringham.«

Er deutete in die Ferne und wartete auf eine Reaktion. Die meisten Menschen, selbst wenn sie noch so erfahren und weit gereist waren, schnappten unwillkürlich nach Luft, wenn sie Aldringham zum ersten Mal sahen. Auf einer Hügelkuppe erbaut, schien es die ganze Gegend zu beherrschen. Das riesige Gutshaus, errichtet im klassizistischen Stil des achtzehnten Jahrhunderts, erinnerte an einen römischen Palast. Am schönsten war es zu dieser Tageszeit, wenn die Spätnachmittagssonne die weiße Marmorfassade zum Gleißen brachte. Perkins hätte ihre Ankunft auf keinen besseren Zeitpunkt legen können.

»Beeindruckend, nicht wahr?«, fragte er.

Caitlin sah sich zu keiner Antwort imstande. Sie wollte nicht unhöflich sein, aber es war ihr piepegal, wie Aldringham aussah. Sie interessierte sich einen feuchten Dreck dafür. Wie sollte sie auch, schließlich war sie nur hier, weil ihre Mam gestorben war. Sie spürte, wie ihr schon wieder die Tränen einschossen, und wischte sie hastig weg. Sie hatte sich erst vorhin geschworen, dass sie nicht noch einmal weinen würde. Jedenfalls nicht, bis sie wieder allein war.

Seit der Beerdigung waren sechs Wochen vergangen. Alle hatten ihr versichert, dass es danach besser würde. Was wussten sie schon? Sie hatten keine Ahnung, wie es war, morgens aufzuwachen und sich zu fragen, wozu man überhaupt aufstehen sollte; sich so niedergeschlagen zu fühlen, dass man kaum die Energie aufbrachte, morgens etwas anzuziehen oder einen einzigen Bissen hinunterzuwürgen.

Gott sei Dank hatte es Tante Nuala gegeben. Sie war während dieser schweren Zeit für Caitlin da gewesen. Sie hatte sie als Einzige wirklich verstanden. Sie verstand, wie verwirrt Caitlin war, dass ihre Mutter ihr das angetan und ihr jahrelang Lügen über William erzählt hatte. Sie verstand den Zorn und den Trotz, den Caitlin jetzt empfand und der so untypisch für sie war, dass es ihr selbst Angst machte, gefolgt von Reue und Scham, weil sie so schlecht von ihrer Mutter dachte. »Es ist immer ein Schlag, wenn man herausfindet, dass ein geliebter Mensch Geheimnisse hat«, hatte Nuala ihr erklärt. »Vor allem, wenn es ein so großes Geheimnis ist. Aber deine Mam hatte ihre Gründe. Sie hat immer nur das Beste für dich gewollt. Und du darfst nie vergessen, dass sie dich von ganzem Herzen geliebt hat.«

Vielleicht hatte es den Verrat nicht völlig aufgewogen, aber es hatte wenigstens ein bisschen geholfen.

Nuala schien auch am ehesten gefühlt zu haben, dass die vergangenen sechs Wochen, so schlimm sie auch gewesen waren, trotzdem nicht mit dem heutigen Tag zu vergleichen waren: ihrer Abreise aus Valleymount. Sich von all den Menschen und Orten zu verabschieden, die ihr ans Herz gewachsen waren – das war, als müsste sie die letzte Verbindung zu ihrer Mutter kappen. Am Vorabend war sie mit Nuala zur Hütte hochgegangen und hatte alles zusammengepackt. Als Caitlin nicht in der Lage gewesen war, die Sachen ihrer Mutter zu durchsuchen, hatte Nuala angeboten, das für sie zu übernehmen. »Ich weiß schon, was sie an dich weitergeben wollte«, hatte sie ihr freundlich erklärt.

Nuala hatte sie auch zusammen mit Róisin am Morgen zum Flughafen in Dublin gefahren. »Ruf mich an und sag Bescheid, wann ich dich besuchen kann!«, hatte Róisin ihr am Departure Gate aufgetragen und Caitlin ein letztes Mal in die Arme geschlossen. Ihr wollte nicht in den Kopf, warum sich Caitlin nicht auf ihr neues Leben und die reiche Familie freute. Für Róisin klang ein Leben bei den Melvilles entschieden aufregender, als in Valleymount festzusitzen.

So tröstete sie stattdessen Nuala, die Caitlins Ängste viel besser nachempfinden konnte: »Wenn du da drüben unglücklich bist, dann lass es mich wissen, und wir überlegen gemeinsam, wie du zurückkommen und bei uns leben kannst.«

Caitlin blieb kaum noch Zeit, ihr zu versichern, dass sie zurechtkommen würde, da erschien schon die Stewardess von Aer Lingus, um sie zum Flugzeug zu bringen.

Der Rest der Reise war wie im Nebel vergangen. In Heathrow

wurde sie vom Chauffeur der Melvilles erwartet, der ihre Koffer zu einem schlanken schwarzen Wagen hinausgetragen hatte. Danach folgte die dreistündige Autobahnfahrt, auf der die Stadt erst zur Vorstadt und schließlich zu weich geschwungenen englischen Hügeln ausgedünnt war – bis Perkins ihr Aldringham gezeigt hatte.

»Wir sind gleich da«, bemerkte er jetzt.

Tatsächlich brauchten sie nach dem ersten Blick auf Aldringham noch eine volle Viertelstunde, bevor sie die Privatstraße zum Landhaus erreicht hatten. Ein elektrisches Tor glitt lautlos auf, und der Bentley bog in die sanft geschwungene Zufahrt ein. Riesige Zedern säumten den Weg. Durch die dichten Zweige hindurch erhaschte Caitlin einen kurzen Blick auf die Ländereien: zwanzig Hektar ungezähmten Parklandes, das an einem sanften Abhang in einen gepflegten, manikürten Garten hinter dem Haus überging.

Ein ängstliches Schaudern überlief sie. So schlimm die letzten Monate in Valleymount auch gewesen waren, dort war sie zumindest von Freunden umgeben gewesen, Menschen wie Nuala, die sie und ihre Mutter gemocht hatten. Jetzt sollte sie in einem Haus voller Fremder leben.

William erwartete sie bereits. Er wirkte genauso imposant, wie sie ihn in Erinnerung hatte. Wenn sie sich früher ausgemalt hatte, wie ihr Vater wohl aussah, hatte sie sich immer jemanden wie Róisins Dad vorgestellt: einen schlichten, freundlichen Mann, der ihr vertraut vorkam. William Melville war ganz anders. Mit seiner sonoren Stimme und der steifen Art wirkte er distanziert und reserviert. Caitlin konnte immer noch kaum glauben, dass sie miteinander verwandt sein sollten.

Verlegen stand sie da, während er sich vorbeugte und sie auf beide Wangen küsste. »Willkommen in Aldringham, Caitlin.« Dann drehte er sich zu einer gepflegten Frau um, die halb hinter ihm stand. In ihrem teuer aussehenden cremefarbenen Kostüm und mit dem in einer Hochsteckfrisur gebändigten Haar sah sie schrecklich elegant aus. »Das ist meine Frau Isabelle.«

Caitlin spürte, wie sie vor Nervosität eine Gänsehaut bekam. Sie hatte eine eher feindselige Begrüßung erwartet, doch Isabelle überraschte sie. Ohne jedes Zögern trat sie vor und schloss Caitlin in die Arme.

»Wir freuen uns so, dass du gekommen bist, Caitlin.« Ihre Stimme klang weich und unerwartet aufrichtig.

William nickte, sichtlich erfreut über ihre Reaktion.

»Gut. Gehen wir ins Haus. Meine Töchter möchten dich auch kennenlernen.«

Mit dem gefliesten Boden, den eichenvertäfelten Wänden und der breiten Treppe, die irgendwo im Obergeschoss verschwand, wirkte die Eingangshalle genauso imposant, wie Caitlin sie sich vorgestellt hatte. Allerdings blieb ihr wenig Zeit zum Staunen, denn William führte sie sofort durch ein Labyrinth langer, dunkler Gänge. Sie versuchte sich den Rückweg zur Eingangshalle einzuprägen, gab aber letztendlich auf.

Caitlin fragte sich unwillkürlich, wie Elizabeth und Amber wohl sein mochten. Als Kind hatte sie sich immer Geschwister gewünscht. Aber sie war nicht sicher, ob sie mit Mädchen, die in so einem Haus aufgewachsen waren, irgendetwas gemein hatte.

Schließlich erreichten sie das Wohnzimmer. Während William die schweren Mahagonitüren aufstieß, setzte Caitlin ein freundliches Lächeln auf und hoffte, dass sie sich getäuscht hatte. Doch das war leider nicht so. Sie wurde von zwei abweisenden Mienen empfangen.

»Das ist Elizabeth.« William deutete auf eine hoheitsvolle Blondine, die mit durchgestrecktem Rücken und damenhaft übereinandergeschlagenen Beinen auf der samtbezogenen Chaiselongue saß.

Caitlin war gleichzeitig eingeschüchtert und neidisch. Sie konnte nicht glauben, dass Elizabeth erst siebzehn und damit nur zwei Jahre älter war als sie. Sie wirkte so … *erfahren*. Plötzlich schämte sich Caitlin für ihre abgetragenen Sachen und hob instinktiv die Hand, um ihre widerspenstigen, dicken Locken glatt zu streichen.

»Hi, Elizabeth.« Sie lächelte zaghaft. »Ich freue mich, dich kennenzulernen.«

Elizabeth lächelte kühl zu ihr auf. »Ich freue mich auch.« Ein Hauch von Sarkasmus unterlegte den kühlen Oberklassen-Tonfall.

Caitlins Lächeln wurde wackliger. Elizabeth machte keine Anstalten, noch etwas zu sagen. Sie fixierte Caitlin von ihrem Sitzplatz aus und warf schließlich in einer gelangweilten Geste die langen, blonden Haare zurück.

Bei Amber lag der Fall völlig anders. Während Elizabeth feindselig wirkte, zeigte Amber nicht das leiseste Interesse an ihrer neu eingetroffenen Halbschwester. Sobald sie Caitlin begrüßt hatte, bat sie, gehen zu dürfen.

Isabelle bat Caitlin mit einem kurzen Blick um Verzeihung. »Nein, natürlich darfst du noch nicht gehen. Caitlin ist eben erst angekommen.«

Amber sah sie finster an. Caitlin konnte nicht glauben, dass niemand das Mädchen zurechtwies. Mam hätte ihr nie erlaubt, in diesem Alter noch so unhöflich zu sein. Andererseits war Amber anders als jede Elfjährige, die ihr bis dahin begegnet war. Sie war ein unglaublich hübsches Mädchen, das mit seiner Porzellanhaut und den niedlichen hellblonden Ringellöckchen aussah wie der reinste Engel. Aber ihre natürliche Schönheit wurde durch ihre Aufmachung ruiniert: die einer kleinen Erwachsenen. Ihr schulterfreies Sommerkleid wirkte an ihrem präpubertären Körper genauso unpassend wie der knallrosa Lippenstift und der blaue Lidschatten. Der Gesamteindruck war grotesk und verstörend.

Lange blieb es still. Caitlin sah betreten zu Boden. William sah der Reihe nach alle drei Mädchen an und zog die Stirn in Falten, als könne er nicht verstehen, warum sie nicht augenblicklich Freundschaft schlossen.

»Isabelle, wie wäre es, wenn du uns Tee einschenken würdest? Caitlin, du bist nach der Reise bestimmt hungrig. Möchtest du etwas essen?«

Weil Caitlin während der peinlichen Vorstellungsrunde jeder Appetit vergangen war, antwortete sie, dass sie wirklich keinen Hunger habe, aber dafür nahm sie ein lächerlich zerbrechliches Teetässchen entgegen. Während sie in schrecklicher Angst, sie könnte etwas auf den sündteuer aussehenden Teppich verschütten, vorsichtig daran nippte, rätselte sie, ob sich die Situation wohl irgendwann entkrampfen würde.

Caitlin war nur noch erleichtert, als William eine halbe Stunde später vorschlug, sie solle auf ihr Zimmer gehen und auspacken.

»Damit du dich vor dem Abendessen ein wenig eingewöhnen kannst«, sagte er. Williams Blick heftete sich auf Elizabeth, die bereits aufgestanden war. »Elizabeth, möchtest du Caitlin ihr Zimmer zeigen? Sie kommt in die Rosensuite. Und vielleicht könntest du ihr eine kurze Führung über das Anwesen geben, damit sie sich hier zurechtfindet.«

Einen grässlichen Augenblick lang fürchtete Caitlin, Elizabeth würde sich weigern. Aber ein Blick von William ließ das Mädchen verstummen.

»Gut.« Scharfe grüne Augen richteten sich auf Caitlin. »Und? Kommst du?«

Caitlin musste laufen, um mit Elizabeth mitzuhalten, die sie durch ein weiteres Labyrinth von Gängen und dann zwei Stockwerke hinaufführte. Diese Stiege war nicht mit der pompösen Treppe in der Eingangshalle zu vergleichen. Sie war steil und mit dunkelblauem Teppich belegt – »Die Dienstbotentreppe«, erklärte Elizabeth knapp. Sie benutzten sie nur, weil das der kürzeste Weg zum Ostflügel war, wo Caitlins Zimmer lag. Abgesehen davon sprach Elizabeth kein Wort mit ihr.

Schließlich standen sie vor einer cremefarbenen Tür. Elizabeth blieb davor stehen und reichte Caitlin den Schlüssel. Es war fast wie im Hotel.

»Sollen wir den Rundgang nicht lieber ausfallen lassen? Du bist bestimmt erschöpft.« Sie ließ Caitlin keine Zeit zu antworten.

»Abendessen gibt es um halb acht. Ach ja, und komm auf gar keinen Fall zu spät. Das macht Daddy richtig sauer.«

Sie wandte sich mit wehendem Honighaar ab und ließ Caitlin allein im Gang stehen.

Caitlin sah ihr nach. In ihren Augen standen Tränen. Sie hatte nicht geglaubt, dass sie sich noch elender fühlen könnte als während der letzten Monate. Aber die gelangweilte Herablassung, mit der sie hier behandelt wurde, machte alles noch schlimmer. Noch nie hatte sie sich so nach ihrer Mutter gesehnt wie in diesem Augenblick, in dem sie allein in diesem fremden, feindseligen Haus stand.

Mit hängenden Schultern schloss sie die Tür zu ihrem neuen Zimmer auf. Natürlich war es wunderschön – riesig und von verschwenderischer Eleganz. Aber Caitlin interessierte sich nicht für die antiken Möbel oder den atemberaubenden Blick über Garten und Park. Stattdessen warf sie sich auf das Himmelbett, rollte sich zu einem Ball zusammen und weinte.

»Sie ist *voll* schräg!«

»Amber!« Elizabeths Tadel klang eher halbherzig.

»Aber das ist sie *echt*«, beharrte Amber. »Ich meine, hast du den Pullover gesehen, den sie beim Essen angehabt hat? Und diese *Jeans*. Die waren *total* ohne Form. Und hundertprozentig keine Levi's.« Sie rümpfte die Nase. »O Mann, ich wäre lieber *tot*, als dass mich jemand so sieht.«

Jetzt musste Elizabeth doch lachen. Normalerweise zog sie nicht über andere Leute her, das hielt sie für unter ihrem Niveau. Aber nicht einmal sie konnte der Versuchung widerstehen, sich über den Neuzugang in ihrem Haus auszulassen. Nur darum hatte sie Amber erlaubt, nach dem Abendessen in ihr Zimmer zu kommen.

»Ich weiß genau, was du meinst«, sinnierte Elizabeth. »Zum Friseur könnte sie auch mal gehen.«

Lange Haare waren gut und schön, wenn sie gepflegt waren. Aber mit diesem schwarzen Lockenfilz tat sich Caitlin keinen

Gefallen. Nicht dass sie unattraktiv gewesen wäre. Eigentlich war sie sogar ganz hübsch, musste Elizabeth ihr widerwillig zugestehen – auf diese ungehobelte, keltische Art. Man sah ihr die Schönheit nur kaum an, weil sie so wenig aus sich machte.

Amber beugte sich über Elizabeths Bett. »Weißt du«, flüsterte sie übertrieben laut, »ich glaube, sie ist auch ein bisschen blöd.«

Elizabeth lachte wieder. »Wie kommst du denn darauf?«

»Weil sie beim Essen so still war. Sie hat praktisch kein Wort gesagt.«

Elizabeth ließ sich das durch den Kopf gehen. »Wahrscheinlich ist sie nur deprimiert, weil ihre Mutter gestorben ist.«

Noch während Elizabeth diesen Gedanken aussprach, spürte sie einen Gewissensbiss, weil sie Caitlin so schlecht behandelt hatte. Aber sie fegte ihn sofort beiseite.

»Nicht dass das irgendwas mit uns zu tun hätte«, ergänzte sie hastig.

Amber nickte tiefernst. »Genau«, ahmte sie ihre Schwester nach. »Das hat *gar* nichts mit uns zu tun.«

Später hätte Caitlin nicht mehr sagen können, wie sie jenen ersten Monat in Aldringham überstanden hatte.

William verschwand am Morgen nach ihrer Ankunft. »Er musste nach London fahren«, teilte ihr Isabelle beim Frühstück mit leisem Bedauern mit. »Etwas Dringendes in der Firma. Aber ich bin sicher, dass er so schnell wie möglich zurückkommen wird.«

Der letzte Satz klang wenig überzeugend. *So viel zu seiner Behauptung, dass er mich kennenlernen möchte*, dachte Caitlin und rätselte, warum er eigentlich darauf bestanden hatte, dass sie zu ihm ziehen sollte. Vielleicht würde er sie ja nach Valleymount zurückschicken, wenn es ihm im Grunde egal war, ob sie hier wohnte oder nicht. Aber noch während die Hoffnung zu keimen begann, erkannte sie, dass das irgendwie ein zu großer Wunsch war. Aus einem unerfindlichen Grund wollte William sie hier haben. Wenn es möglich gewesen wäre, ihn zu überzeugen, hätte Nuala ihn überzeugt, so viel stand fest.

Später am Vormittag kam Elizabeth in ihr Zimmer. Ganz eindeutig hatte sie von ihrem Vater den Auftrag bekommen, ihren Gast zu unterhalten, und ganz eindeutig war sie nicht begeistert. »Was willst du heute machen?«

Caitlin sagte ganz aufrichtig, das sei ihr egal.

Elizabeth seufzte. Das war ganz offensichtlich nicht die Antwort, auf die sie gehofft hatte. »Und, kannst du reiten?«, fragte sie ungeduldig.

Caitlin schüttelte den Kopf.

»Tennis spielen?«

Wieder schüttelte Caitlin den Kopf. »*Na toll*«, murmelte Elizabeth leise. »Schön. Dann werde ich es dir wohl beibringen müssen.«

Wie vorherzusehen, endete der Tennisunterricht in einer Katastrophe. Nachdem Elizabeth sie eine Stunde lang ungeduldig über den Platz gehetzt hatte, schlug Caitlin mit hochrotem Kopf und völlig außer Atem vor, wieder ins Haus zu gehen. Elizabeth war sofort einverstanden. Danach wollte Caitlin keine Tennisstunden mehr nehmen, und Elizabeth bot ihr auch keine mehr an. Sie waren einfach grundverschieden. Offen gesagt fand Caitlin Elizabeths mühelose Selbstsicherheit einschüchternd.

Zu ihrer Überraschung war Isabelle ausgesprochen freundlich zu ihr.

»Möchtest du diese Bekannte anrufen, bei der du die letzten Monate gewohnt hast?«, bot sie Caitlin ein paar Tage nach ihrer Ankunft an. »Die Freundin deiner Mutter … wie hieß sie noch?«

»Nuala. Tante Nuala.«

»Ja, natürlich. Nuala. Also, du sollst wissen, dass du Nuala jederzeit anrufen kannst«, versicherte sie ihr freundlich. »Du brauchst nicht erst um Erlaubnis zu fragen. In deinem Zimmer steht ein eigenes Telefon, damit du ungestört reden kannst.«

Caitlin beschloss, bis zum Abend zu warten, weil die Familie dann am ehesten zu Hause wäre. Zum ersten Mal, seit sie nach Aldringham gekommen war, hatte sie etwas, worauf sie sich freuen konnte.

Sobald sie Nualas Stimme hörte, spürte sie, wie ihr die Kehle eng wurde.

»Ach, ich freue mich so, mit dir zu reden, Caitlin«, sagte Nuala liebevoll.

»Ich mich auch«, schniefte Caitlin. Dann sagte sie lieber nichts mehr, aus Angst, dass sie gleich zu weinen anfangen würde. Die Intensität ihrer Gefühle war ihr unheimlich und peinlich zugleich – immerhin war sie noch nicht einmal eine Woche weg.

»Róisin ist auch da«, sagte Nuala, die zu spüren schien, dass bei Caitlin alle Dämme zu brechen drohten. »Ich hole sie mal ans Telefon.«

Mit Róisin konnte sie sich leichter unterhalten. »Wie ist das Haus so?«, wollte ihre Freundin wissen. »Ist es wirklich so groß? Hat es einen Pool? Wann kann ich dich besuchen kommen?«

»Das Haus ist wirklich nett«, antwortete Caitlin ausweichend, weil sie nicht darüber reden wollte. »Erzähl mir lieber, was bei euch so los war.«

Róisin brauchte keine weitere Aufforderung. »Ach, hier läuft alles wie immer. Mary hat jetzt einen Freund, und ihre Mam kriegt deswegen die Krise …«

Róisin plapperte eine halbe Stunde lang weiter, bis sie zum Essen gerufen wurde.

»Ruf bald mal wieder an!«, verabschiedete sie sich aufgekratzt.

Langsam legte Caitlin den Hörer zurück. Nach dem Gespräch fühlte sie sich noch schlechter statt besser. Zu wissen, dass alle ihre Freundinnen in Valleymount waren und sie nicht bei ihnen sein konnte, war grausam.

Zu Caitlins Erleichterung war Isabelle so taktvoll, sie nicht nach ihrem Telefonat zu fragen. Sie konnte ausgesprochen einfühlsam sein, erkannte Caitlin in jenen ersten Wochen. Insgeheim fragte sie sich manchmal, ob Isabelle in Aldringham genauso unglücklich war wie sie. Nachdem William so gut wie nie zu Hause war, füllte seine Frau ihre Tage durch Essensverabredungen mit ihren Freundinnen oder durch Wohltätigkeitsarbeit aus. Außerdem verbrachte sie viel Zeit damit, mit Amber in London shoppen zu gehen. Mehrmals lud sie Caitlin ein, sie zu begleiten. »Wir hätten dich wirklich gern dabei«, sagte sie, ohne sich darum zu kümmern, dass Amber ein Gesicht zog. »Und du brauchst ganz bestimmt ein paar neue Sachen, bevor die Schule wieder anfängt.«

Amber schnaubte. »Das ist untertrieben«, murmelte sie vor sich hin.

Aber bislang hatte Caitlin, trotz Isabelles wiederholter Aufforderung, keine Lust gehabt mitzufahren. Obwohl ihr bewusst war, dass ihre Sachen viel billiger und längst nicht so schick waren wie die der beiden anderen Mädchen, wäre es ihr irgendwie illoyal vorgekommen, die alten Kleider auszuwechseln. Ihre Mutter hatte schwer für diese Sachen gearbeitet – es wäre ihr wie Betrug erschienen.

Ansonsten überließ die Familie Caitlin mehr oder weniger sich selbst. Es waren immer noch Sommerferien, und so hatte sie stundenlang Zeit, das Haus und den Grundbesitz zu erforschen oder sich ihrem liebsten Zeitvertreib, dem Lesen und Zeichnen, zu widmen.

Jeden Tag vermisste sie ihre Mutter und Valleymount. Aldringham war schön, aber kalt, genau wie seine Bewohner. Zwar hatte ihr Zimmer eine eigene Ankleidekammer, dazu einen abgetrennten Wohnbereich und ein luxuriöses Marmorbad. Aber Caitlin lag trotzdem jede Nacht lange wach in ihrem Himmelbett mit den italienischen Bettbezügen und den Daunenkissen und sehnte sich nach ihrem schlichten alten Leben und ihrem wirklichen Heim zurück.

Sie fragte sich, wann – und ob überhaupt – dieses Gefühl sich legen würde.

4

Dass Caitlin Schwierigkeiten hatte, sich einzugewöhnen, war nicht unbemerkt geblieben. William war sich des Problems bewusst und hätte es zu gern gelöst. Aber im Moment saß er in seinem Büro in der Londoner Zentrale von Melville's fest und musste sich auf die vor ihm liegende Aufgabe konzentrieren: die Quartalszahlen.

Bei ihm saßen die beiden Menschen, denen er vertraute wie niemandem sonst: seine Mutter Rosalind und sein Bruder Piers. Obwohl vierzig Prozent des Firmenkapitals an der Londoner Börse gehandelt wurden, war Melville immer noch ein Familienunternehmen. Die wichtigsten Entscheidungen wurden hier, in Williams Büro getroffen, weit entfernt vom Vorstandskonferenzraum und von den anderen Vorstandsmitgliedern.

Piers rückte seine Brille zurecht und begann. »Natürlich fehlen uns noch die endgültigen Daten. Aber die ersten Zahlen sehen vielversprechend aus.«

Mit seinen neununddreißig Jahren war Piers deutlich jünger als William, aber seine langsame, gespreizte Art ließ ihn älter wirken. Genau wie William kleidete er sich elegant wie ein echter englischer Gentleman und drückte sich ebenso gewählt aus, aber damit endete die Ähnlichkeit. Während William eine starke, dunkle, beeindruckende Gestalt mit messerscharfem Verstand und beherrschendem Wesen war, wirkte Piers mit seinen hellen Haaren und dem blassen, fein geschnittenen Gesicht beinahe zerbrechlich, vor allem in Verbindung mit seiner leicht tollpatschigen Art und seinem mangelnden Charisma. Trotz dieser Schwächen – oder vielleicht genau deswegen – war Piers die ideale Besetzung für seine Position als Williams rechte Hand. Andere hätten vielleicht dagegen aufbegehrt, ständig im Schatten des Bruders zu stehen, doch nicht Piers. Weil ihm jeder persönliche Ehrgeiz fehlte und er der Firma bedingungslos ergeben war, hatte es ihn noch nie wirklich gestört, dass William und nicht er zum Haupt des Familienunternehmens bestimmt worden war.

»Im Vergleich zum Vorjahr sind die Verkäufe um fünf Prozent gestiegen«, fuhr er jetzt fort. »Und bei der Bruttohandelsspanne verzeichnen wir einen Zuwachs um fünfzig Basispunkte.«

William hörte aufmerksam zu, während sein Bruder die Zahlen durchging. Piers jugendliche Schüchternheit war über die Jahre zu einer stillen Bedächtigkeit gereift, einer Umsichtigkeit und Konzentration aufs Detail, die ihn zu einem idealen Finanzchef machten.

»Und woher kommt dieser Zuwachs genau?«, fragte William. Er konnte sich die Antwort denken, aber er wollte sie trotzdem hören.

»Vor allem aus dem Bereich *Melville Essentials*.«

William warf seiner Mutter Rosalind einen vielsagenden Blick zu. Die Matriarchin der Familie Melville war eine beeindruckende Frau. Zu ihrer Zeit war es allein ihr Verdienst gewesen, dass die mäßig erfolgreiche englische Firma zu einem international bekannten Markennamen herangewachsen war. Jetzt, mit siebzig, sah sie gut zehn Jahre jünger aus und war immer noch so scharfsinnig wie eine Dreißigjährige.

Sie nickte kurz, um ihm recht zu geben.

»Ich weiß, William.« Es klang amüsiert. »Wieder einmal hast du bewiesen, dass *Melville Essentials* eine hervorragende Idee war.«

Es war lächerlich, das war William bewusst, trotzdem legte er Wert darauf, dass sie ihm recht gab. Mit fünfzig Jahren war er eigentlich zu alt für ein so kindisches Verhalten. Aber es war nicht leicht für William gewesen, Rosalinds Platz an der Firmenspitze zu übernehmen. Auch wenn sie nur durch ihre Heirat und nicht von Geburt an eine Melville war, hatte sie doch mehr für dieses Unternehmen geleistet als irgendjemand sonst. Drei Jahrzehnte lang hatte Rosalind die Firma unbestreitbar erfolgreich geführt. Natürlich war es schwer, aus ihrem Schatten zu treten.

Als William 1972 die Firmenleitung übernommen hatte, war

er entschlossen gewesen, dem Unternehmen seinen Stempel aufzudrücken. Er war über dreißig gewesen und hatte das Gefühl gehabt, keine Zeit verlieren zu dürfen. Damals war Melville mit vierzehn Geschäften in großen Städten auf der ganzen Welt vertreten. Nachdem die Ölkrise und die nachfolgende Rezession die USA und Europa in ihrem Griff hatten, hatte William davon abgesehen, weitere Läden zu eröffnen. Die globale Expansion war das Werk seiner Mutter – er brauchte eine neue Strategie.

Also hatte er alle Stärken und Schwächen des Unternehmens aufgelistet. Die Pret-à-porter-Kollektion hatte sich nie wirklich gut verkauft; die meisten Einnahmen erzielten sie über die Accessoires – Handtaschen und Schuhe. Eingedenk dieser Erkenntnis und der kränkelnden Weltwirtschaft beschloss William, eine Produktreihe in einem niedrigeren Preissegment als dem der traditionellen handgefertigten Lederwaren zu starten. Die neue Linie von Kosmetikkoffern, Handtaschen und Einkaufstaschen würde zwar ebenfalls das Melville-Monogramm tragen, aber aus preisgünstigeren Materialien gefertigt. Über den Verkauf in Kaufhäusern oder Parfümerien sollten, das war der Gedanke dahinter, die Melville-Produkte an eine neue Käuferschicht herangetragen werden, an Menschen, die nicht viel reisten und die es Überwindung kostete, ein edles Markengeschäft zu betreten.

Rosalind hatte davon abgeraten und eingewendet, eine Billigkollektion habe in einem Sortiment von Luxuswaren nichts verloren. Aber William hatte die Neuausrichtung durchgeboxt – und seine Strategie war aufgegangen. *Melville Essentials* war ein solcher Erfolg, dass es der traditionellen Linie Konkurrenz zu machen begann. Als die Verkäufe Ende der achtziger Jahre die Marke von dreihundert Millionen Pfund übersprangen, hatte Rosalind endlich zugegeben, dass sie sich geirrt hatte. Für William war es ein erhebender Moment gewesen. In weniger als zwanzig Jahren hatte er die Verkäufe verdreifacht und die Gewinne vervierfacht. Er war rundum ein Erfolgsmann – wie das *Forbes Magazine* im vergangenen Jahr bemerkt hatte: »William Melville ist Kopf der führenden Modedynastie der Welt.« Eine Kopie dieses Artikels lag immer noch in der obersten Schublade seines Schreibtisches.

»Danke, Piers«, sagte William zehn Minuten später, als Piers den Quartalsbericht abgeschlossen hatte. »Kann ich ihn übers Wochenende zum Lesen nach Hause mitnehmen?«

»Natürlich.«

Piers überreichte ihm seine gebundene Kopie. William steckte den Bericht in seinen Aktenkoffer und ließ das Schloss einschnappen. Dann stand er auf und griff nach seinem Jackett.

Rosalind legte eine knochige Hand auf seinen Arm. »Schatz, musst du wirklich gleich los? Ich habe gehofft, wir könnten noch einen Happen zusammen essen.«

»Tut mir leid, aber ich muss nach Aldringham und nach Caitlin sehen.«

Als könnte er es kaum erwarten, endlich loszufahren, drehte sich William um und stürmte aus der Tür. Sein überstürzter Aufbruch hatte zur Folge, dass er die besorgten Blicke, die seine Mutter und sein Bruder tauschten, nicht mitbekam.

Draußen wartete Perkins im Bentley auf ihn. Es war Freitagabend, und William freute sich nicht auf die Aufgabe, die ihn erwartete. Als er Isabelle am Vorabend angerufen hatte, um sich nach Caitlins Befinden zu erkundigen, hatte ihm die Antwort gar nicht gefallen. So wie es aussah, verbrachte Caitlin immer noch die meiste Zeit allein in ihrem Zimmer.

Er hatte von Anfang an gewusst, dass es für sie nicht einfach werden würde, mit dieser Situation klarzukommen. Aber er wollte ihr so weit wie möglich helfen, sich bei ihnen einzuleben. Immer noch bereute er zutiefst, wie die Sache mit Katie geendet hatte. Jetzt konnte er nur noch sicherstellen, dass Katies Kind – ihr gemeinsames Kind, verbesserte er sich schnell – eine möglichst große Chance auf ein glückliches Leben hatte. Er war sich bewusst, dass er Elizabeth und Amber als Vater nie besonders nahe gewesen war – als hätte er an ihnen unbewusst seine Frustration über seine unglückliche Ehe ausgelassen. Bei Caitlin wollte er diesen Fehler vermeiden. Er wollte sie kennenlernen und an ihrem neuen Leben bei ihnen auf Aldringham teilhaben. Das war das Mindeste, was er für Katie tun konnte.

Später an diesem Abend saß Rosalind Melville allein in der gediegenen Stille ihrer Wohnung in Mayfair. Der luxuriöse, von einem Portier beaufsichtigte Häuserblock in der Grosvenor Street gehörte zu den angesehensten Adressen in London. Aber heute Abend bot ihr die Umgebung keinen Trost.

Auf dem Sekretär vor ihr stand ein halb leer getrunkener Cognacschwenker mit Hennessy Ellipse, ihrem Lieblingstropfen. Daneben lagen die Dokumente, die sie von ihrem Privatanwalt hatte vorbereiten lassen.

»Und du bist dir ganz sicher?«, hatte Gus Fellows, seit über dreißig Jahren ihr Freund und Rechtsbeistand, gefragt, als er die Papiere früher am Abend vorbeigebracht hatte.

Sicher? Sie nahm einen tiefen Schluck Cognac. Sicher war sie sich ganz und gar nicht. Aber leider hatte sie keine Wahl. Dazu lag ihr zu viel an Melville, der Firma, die sie zum Wachsen und Blühen gebracht hatte.

Die Unternehmensgeschichte hatte sie schon immer fasziniert. Angefangen hatte alles 1860 mit der Geburt von John Miller, dem Kind einer Schuhmacherfamilie in Northampton. Damals war die Schuhmacherei noch mehr oder weniger Heimarbeit. Aber John hatte das nicht genügt. Gewitzt und ehrgeizig, wie er war, hatte er schon bald erkannt, dass er nur zu Geld kommen konnte, wenn er die Zwischenhändler ausschaltete. Also schloss er sich mit anderen Händlern zusammen und begann die Läden in London direkt zu beliefern. Weil er alle zusätzlichen Profite in sein Geschäft investierte, konnte er sein Unternehmen vergrößern, ohne Abstriche bei der Qualität der Ware machen zu müssen.

Wie alle guten Geschäftsleute wusste John genau, was seine Zielgruppe verlangte: jene gut situierten Mitglieder der viktorianischen Oberschicht, die bereit waren, für seine qualitätsvollen, handgemachten Lederschuhe ein Vermögen hinzublättern. Nachdem er zu dem Schluss gekommen war, dass sein Geburtsname – Miller – nicht nobel genug klang, änderte er ihn im Jahr 1900 offiziell in Melville. 1910 wurde Melville als einer der ersten Markennamen registriert. Im selben Jahr eröffnete John auch seinen ersten Laden in der erhabenen Old Bond Street. Über die Eingangstür hängte er ein Messingschild mit der eingravierten Aufschrift *Meliora Cogito:* Lateinisch für *Ich strebe nach dem Besseren.* Das sollte zum Motto seiner Firma werden.

Das lebenslange Rauchen forderte 1925 seinen Tribut, als John an Lungenkrebs starb. Sein Sohn Oliver übernahm fortan das Geschäft. Ernst und bedacht, wie er war, war er genau der Richtige, um das Unternehmen durch die stürmischen Jahre nach dem Börsencrash von 1929 zu steuern, sodass Melville während der Dreißiger weiterhin prosperieren konnte.

Rosalind – oder Rosie Flint, wie sie damals hieß – begann 1938, am Vorabend des Zweiten Weltkrieges, für Melville zu arbeiten. Rosie stammte aus einer Arbeiterfamilie: Ihr Vater war Dockarbeiter, ihre Mutter Putzfrau. Mit siebzehn wurde sie wegen einer Stelle als Verkäuferin bei Melville vorstellig. Anfangs zögerte der Geschäftsführer, sie einzustellen – sie wirkte entschieden zu gewöhnlich. Aber sobald sie den Mund aufmachte, änderte er seine Meinung.

»Ich bin schwere Arbeit gewöhnt, und ich bin nie krank«, erklärte sie ihm, als würde sie seine Zweifel ahnen. Sie sah ihm offen ins Gesicht und erklärte mit absoluter Ehrlichkeit: »Glauben Sie mir, ich brauche diese Arbeit und werde bestimmt keine Scherereien machen.«

Er stellte sie sofort ein. Jede Frau, die in ihrer Lage noch so argumentieren konnte, war eine geborene Verkäuferin. Und die männlichen Kunden würden ihren Anblick mit Sicherheit zu schätzen wissen.

Rosie war schlau und ehrgeizig. Sie hatte nicht die Absicht, bis ans Ende ihrer Tage Verkäuferin zu bleiben. Die Arbeit bei Melville war ihre große Chance, und die wollte sie nutzen. Schon nach kurzer Zeit hatte sie ihren Cockneyakzent abgelegt. Nach ebenso kurzer Zeit hatte sie dafür gesorgt, dass Edward Melville, der älteste Sohn und Thronfolger in der Familiendynastie, auf sie aufmerksam geworden war.

Rosie hatte schon viel von Edward gehört. Er war gut aussehend, charmant, gutmütig und zugleich ein berüchtigter Schürzenjäger, der dafür bekannt war, die Mädchen zu betören, bis sie auf Wolken schwebten, um sie dann unvermittelt fallen zu lassen. Rosie wollte mehr als das. Als er sie fragte, ob sie mit ihm ausgehen wolle, lehnte sie sein Angebot höflich ab.

»Ich bin verlobt«, log sie.

Damit stachelte sie Edward, der es nicht gewöhnt war, einen Korb zu bekommen, zusätzlich an. Bis Rosie ihre imaginäre Verlobung aufgelöst und sich einverstanden erklärt hatte, mit ihm auszugehen, war er bereits halb in sie verliebt.

Das war im Sommer 1939. In ganz Europa herrschte nervöse Unruhe. Als Chamberlain im September schließlich Deutschland den Krieg erklärte, schrieb sich Edward als einer der Ersten bei der Royal Air Force ein. Bis zu diesem Zeitpunkt hatte Rosie ihm klugerweise ihre Gunst nicht gewährt. In dieser Nacht tauschten sie in der Gasse hinter der Tanzhalle heiße, stürmische Küsse. Rosalind löste sich als Erste.

Atemlos sagte sie: »Ich wäre so gern mit dir zusammen … richtig.«

»Ganz in der Nähe gibt es eine Pension«, schlug Edward eifrig vor.

Sie sah ihn mit großen, unschuldigen Augen an. »Aber das ist Sünde.«

Edward ließ sich von der Romantik und der Opferbereitschaft der damaligen Zeit hinreißen und hielt auf der Stelle um ihre Hand an. Sie heirateten noch am selben Wochenende mit einer Sondergenehmigung und zwei Fremden als Trauzeugen. Bis seine

Familie davon erfuhr, war es zu spät, um die Hochzeit noch zu verhindern.

»Wie konntest du nur so dumm sein!«, brüllte sein Vater. »Das ist doch nur ein gewöhnliches Flittchen!«

»Sie ist meine Frau, Sir«, erwiderte Edward ganz ruhig. »Du wirst dich an sie gewöhnen müssen.«

Während Edward eine Woche darauf in den Krieg zog, zog Rosie in das Haus der Melvilles im vornehmen Stadtteil Belgravia. Es war nicht so angenehm, wie sie sich vorgestellt hatte. Oliver weigerte sich, mit ihr zu sprechen. Die Mahlzeiten wurden schweigend eingenommen. Mehr als einmal spielte sie mit dem Gedanken, zu ihren Eltern zurückzukehren. Aber sie hatte zu viel investiert, als dass sie so leicht aufgegeben hätte.

Stattdessen suchte sie nach einer Möglichkeit, Oliver für sich zu gewinnen. Der Krieg gab ihr die Gelegenheit, auf die sie gewartet hatte. Nachdem Olivers drei Söhne und ein Großteil der Belegschaft sich freiwillig gemeldet hatten, konnte sie spüren, dass ihr Schwiegervater die Firma nur noch mühsam lenken konnte. Rosie kannte das Geschäft und rechnete sich aus, dass sie ihm helfen konnte. Also erschien sie eines Tages in der Zentrale, bat um einen Schreibtisch und machte sich an die Arbeit.

Zug um Zug begann sie, sich Olivers Respekt zu verdienen. Als die deutschen Bomber kamen, zogen sich seine Frau und seine anderen Schwiegertöchter nach Aldringham zurück.

»Ich nehme an, du wirst auch runterfahren, Rosie«, schnaubte Oliver.

»Nein, ich bleibe hier in London.« Sie atmete kurz durch. »Und ich möchte, dass du mich in Zukunft Rosalind nennst.« Schließlich passte das besser zu ihrem neuen Status.

Als Edward Weihnachten 1941 Heimaturlaub bekam, sah er mit Wohlgefallen, dass sein Vater und seine Frau gut miteinander auskamen. Einen Monat, nachdem er wieder im Feld war, stellte Rosalind überglücklich fest, dass sie schwanger war.

Ihr Glück war nur von kurzer Dauer. Ende August erreichte

sie ein Telegramm. Edwards Flugzeug war über Frankreich abgeschossen worden. Der Schock über diese Nachricht löste in Verbindung mit einem weiteren Bombenalarm bei Rosalind vorzeitige Wehen aus, und zwar inmitten der Menschenmassen im Untergrundbahnhof London Bridge. Als sie schließlich einen gesunden Jungen zur Welt gebracht hatte, wurde sie von einer Woge an Glücksgefühlen hinweggetragen, dank derer sie kurzzeitig sogar ihren vermissten Ehemann vergessen konnte. Sie taufte den Jungen William: ein edler, ehrbarer Name, eines Königs würdig. Der Erstgeborene des Erstgeborenen; Erbe des Melvilleschen Vermögens. Ihre Position war gesichert.

Schließlich erhielten sie Nachricht, dass Edward nicht tot war. Er war Kriegsgefangener in Kreuzburg, einem *Oflag,* kurz für Offizierslager, in Polen. Anfang 1946 kehrte er endlich heim. Rosalind und Oliver erwarteten ihn zusammen mit dem kleinen William am Pier. Sie hatten gehört, dass er nicht verwundet worden war – aber die Army meinte das nur körperlich. Als Edward auf das Pier trat, eilte Rosalind zu ihm, um ihn in die Arme zu schließen. Er blieb teilnahmslos stehen, während sie sich an seinen Hals warf. Es war das erste Mal, dass er seinem dreijährigen Sohn begegnete, doch er starrte den kleinen William nur an und bat kein einziges Mal darum, ihn halten zu dürfen.

Für Rosalind waren es gefährliche Zeiten. Edwards Brüder umkreisten sie wie zwei Haie.

»Er ist nicht mehr zu gebrauchen«, erklärten sie ihrem Vater. »Du darfst ihm das Unternehmen nicht überlassen.«

Aber Rosalind hatte sich in den Kopf gesetzt, dass William die Firma erben sollte. Also ließ sie ihr Kind beim Kindermädchen und begleitete Edward Tag für Tag ins Büro, wo sie ihn wie eine Marionette lenkte.

»Seht ihr? Edward macht das ausgezeichnet«, sagte Oliver regelmäßig zu seinen beiden anderen Söhnen, wenn Rosalind wieder einmal eine ihrer Ideen als die ihres Mannes ausgegeben hatte. »Hört auf zu meckern und bringt mir solche Vorschläge, dann überlege ich eventuell, ob ich euch die Firma überschreibe. Aber so ...«

Die beiden Brüder wussten, wann sie verloren hatten, und taten genau das, was Rosalind erhofft hatte - sie verließen die Firma unter dem Schwur, nie wieder mit ihrem Vater zu sprechen, solange er nicht zur Vernunft gekommen war. Olivers Frau versuchte alles, um ihre Söhne und ihren Ehemann zu versöhnen; aber als sie im Jahr darauf im Schlaf starb, sah es ganz so aus, als wäre die Kluft unüberbrückbar.

Währenddessen wuchs und gedieh das Unternehmen. Die optimistischen Nachkriegsjahre waren eine goldene Zeit für die Modebranche. In Paris leiteten die Entwürfe von Christian Dior eine neue Modeepoche in der Haute Couture ein. Rosalind suchte nach Gelegenheiten, das für Melville zu nutzen. In der Fabrik neben der von Melville waren während des Krieges Fallschirme genäht worden. Rosalind beschloss, das Gebäude aufzukaufen und darin Seidenschals und Mäntel fertigen zu lassen, die genauso hochwertig waren wie die Melville-Schuhe. Außerdem begann sie, in ihrer Lederfabrik auch Taschen und Koffer herstellen zu lassen.

1951 wurde Rosalind wieder schwanger. Gerüchte schwirrten umher. Alle meinten zu wissen, dass Edward seit seiner Heimkehr aus dem Krieg nicht mehr in ihrem Schlafzimmer gewesen sei. Trotzdem gab es keine Beweise. Schließlich brachte sie Anfang des nächsten Jahres ein Kind zur Welt. Diesmal waren die Wehen langwierig und schmerzhaft. Während der kleine William sich den Weg freigekämpft hatte, kam ihr zweiter Sohn gelblich und greinend als schwaches kleines Wesen zur Welt. Sie nannte ihn Piers. Zehn Tage nach der Geburt saß sie wieder an ihrem Schreibtisch.

Fünf Jahre später starb der arme, tragische Edward. Wie im Nachruf der *Times* zu lesen war, hatte der Leichenbeschauer auf einen Unfalltod erkannt. Die Melvilles hatten ihre weitreichenden Verbindungen spielen lassen, damit niemand Wind von der Tatsache bekam, dass Edward seinen Dienstrevolver genommen und sich das Hirn aus dem Kopf geblasen hatte. Rosalind vergoss keine

Tränen. Es war schwer, um jemanden zu weinen, der im Grunde seit über zehn Jahren tot war.

Die Beerdigung fand an einem eisigen Februartag statt. Gegen den Rat des Arztes bestand der bereits gebrechliche Oliver darauf, der Beisetzung seines Lieblingssohnes beizuwohnen. Zwei Tage später lag er mit einer Lungenentzündung im Bett.

Schon lange bevor er wirklich starb, wusste Oliver, dass es mit ihm zu Ende ging. Während er in der kunstvoll bestickten französischen Bettwäsche unter dem Himmel seines Bettes lag und hustend und keuchend seine letzten Tage fristete, kehrten seine Gedanken zu seinen beiden noch lebenden Söhnen zurück. Er hatte sie seit Jahren nicht mehr gesehen. Jetzt wollte er Frieden schließen, denn er spürte, dass seine Zeit zur Neige ging. Er bat Rosalind, sie anzurufen. Sie versicherte ihm, dass sie das tun würde.

»Kommen sie?«, fragte er täglich hoffnungsvoll.

»Morgen«, erklärte sie ihm und tupfte seine Stirn mit einem Schwamm ab. »Morgen sind sie da.«

Eine Woche lang wartete er auf sie und klammerte sich dabei am Leben fest, einsam, verängstigt und ohne zu begreifen, warum ihn niemand außer Rosalind besuchte. Am achten Tag gab er auf. Erst danach setzte sich Rosalind mit seinen Söhnen in Verbindung. Schließlich hatte sie nicht riskieren können, dass er weich wurde und sein Testament zu ihren Gunsten änderte.

Endlich hatte sie allein die Kontrolle über Melville.

Aber das genügte Rosalind nicht. Sie hatte Großes mit der Firma vor. Sie hatte keineswegs die Absicht, das Unternehmen nur zu verwalten, bis William es übernahm – sie wollte es wachsen lassen.

Bis zu diesem Zeitpunkt hatte sich Rosalind aus dem Bekleidungssektor herausgehalten, weil sie wusste, dass Melville unmöglich mit den Pariser Modehäusern mithalten konnte. Aber die sechziger Jahre brachten radikale Umbrüche und die sexuelle Befreiung – gefolgt von einer Moderevolution. Teure, biedere Haute Couture war plötzlich nicht mehr gefragt. Alle wollten billigere, topaktuelle tragefreundliche Sachen, die den Spaß und Enthusiasmus der Streetwear widerspiegelten. Mary Quant und Ossie Clark; die Kings Road und Carnaby Street ... das London der subversiven Swinging Sixties hatte Paris als Modemetropole abgelöst.

Für Rosalind war es der perfekte Zeitpunkt, Melville Apparel auf den Markt zu bringen. Auch wenn es ihr nie gelang, die heißen jungen Talente für sich zu gewinnen, mit denen die Marke wirklich cool geworden wäre, so zeigte doch die Begeisterung für die übrigen Melville-Waren - vor allem die exquisiten Handtaschen und Schuhe -, dass immer noch Bedarf bestand. Hemden, Kleider und Hosen mit dem Melville-Logo wurden in der Vogue und Vanity Fair gefeiert. Die Welt hatte einen unstillbaren Appetit auf Melville.

In einem riskanten Schachzug eröffnete Rosalind überall in Europa und Nordamerika Läden, um aus dieser Beliebtheit Kapital zu schlagen. Um diese Expansionspläne zu finanzieren, wurde ihr vorgeschlagen, einen Teil der Firma an die Londoner Börse zu bringen. Anfangs widerstrebte ihr der Gedanke, weil Melville auf jeden Fall ein Familienunternehmen bleiben sollte. Aber ihre Berater versicherten ihr, dass sie die Mehrheit der Stimmenanteile behalten und nur einen kleinen Teil des Aktienkapitals verkaufen könne.

Am 25. Januar 1964 wurden vierzig Prozent der Melville-Aktien an die Londoner Börse gebracht, während die übrigen sechzig Prozent innerhalb der Familie aufgeteilt wurden: fünfundvierzig Prozent für William, nominelle zehn Prozent für Rosalind und die verbleibenden fünf Prozent für Piers. Mit den neu hinzugewonnenen Geldern finanzierte sie ihren Traum, das Unternehmen international aufzustellen. Als 1965 in der Fifth Avenue die New Yorker Niederlassung eröffnete, war Melville offiziell zur Weltmarke aufgestiegen.

1970 war Melville auf dem Gipfel der Beliebtheit. Der Name war ein Synonym für Glamour und Status, die englische Edelmarke wurde von Filmstars und Jetsettern gekauft. Rosalind konnte stolz auf sich sein. Sie hatte Melville zu einem viel größeren Unternehmen gemacht, als Oliver ihr damals hinterlassen hatte – es war ein Erbe, das sie voller Stolz ihrem ältesten Sohn William überließ.

Natürlich hatte Rosalind für diesen Aufstieg auch Opfer bringen müssen. Nachdem sie ihre Kräfte auf die Firma konzentriert hatte, blieb die Erziehung ihrer Kinder hauptsächlich diversen Kindermädchen und Internaten überlassen. Aber sie hatte das Gefühl, dass dieses Opfer gerechtfertigt war, wenn sie den beiden damit ein so wundervolles Erbe sicherte. Und es schien ihnen nicht geschadet zu haben. Alle drei standen sich sehr nahe; kein Sohn hatte je seine Mutter mehr geachtet; und beide Söhne waren zu klugen, gut aussehenden Männern herangewachsen. Vielleicht war Piers ein bisschen schüchtern und still, eher ein Gefolgsmann als ein Führer. Aber auch wenn er im Schatten seines erfolgreichen älteren Bruders groß geworden war, so schien es ihn doch nicht zu stören, dass er eine kleinere Rolle spielte. Auch dafür hatte Rosalind gesorgt. »Vielleicht ist William das Gesicht von Melville. Aber du bist das Herz«, hatte sie ihm immer und immer wieder erklärt, als er noch klein war. »Du musst auf deinen großen Bruder aufpassen. Du musst ihm helfen, den Namen unserer Familie zu schützen.«

Dann hatten beide Söhne, wie Rosalind es sich immer gewünscht hatte, bei Melville zu arbeiten begonnen.

Als sie beschlossen hatte, einen Teil ihrer Aufgaben abzutreten, hatte William ihren Posten als Geschäftsführer übernommen, allerdings hatten sie und Piers ihm weiterhin mit Rat zur Seite gestanden. Unter William hatte das Unternehmen weiter floriert.

Tatsächlich war alles in bester Ordnung gewesen, bis vor ein paar Monaten diese O'Dwyer-Sache ans Licht gekommen war.

Rosalind hatte William von Anfang an klargemacht, dass sie herzlich wenig von seiner Idee hielt, sein illegitimes Kind in seiner Familie aufzunehmen. »Das ist weder ihr noch Elizabeth oder Amber gegenüber gerecht«, hatte sie ihm gepredigt. »Wenn diese

Nuala bereit ist, für sie zu sorgen, warum lässt du sie dann nicht? Gib ihr in Gottes Namen etwas Geld dafür, aber du darfst sie doch nicht aus ihrem Leben reißen. Und mach deine Familie nicht kaputt.«

William hatte ihr offen in die Augen gesehen und erklärt: »Caitlin *gehört* zu meiner Familie, Mutter.«

Mehr hatte er nicht zu diesem Thema gesagt. Aber das hatte Rosalind alles verraten, was sie wissen musste. William hatte vor, das Mädchen als Familienmitglied zu behandeln; wohingegen sie für Rosalind immer eine Fremde bleiben würde. Und Rosalind gefiel der Gedanke, dass eine Fremde im Unternehmen der Melvilles mitreden könnte, ganz und gar nicht. Ursprünglich hatte sie geplant, William ihre gesamten zehn Prozent an Aktienkapital zu vermachen. Doch Caitlins Ankunft hatte das geändert. Jetzt nahm sie das vor ihr liegende Dokument wieder in die Hand. Es konnte nicht schaden, das Papier ein letztes Mal durchzulesen. Nur um sicherzugehen.

Als Elizabeth an diesem Abend im Arbeitszimmer ihres Vaters saß, versuchte sie möglichst nicht zu zeigen, wie sehr sie seine hartnäckigen Fragen nervten, wie viel Zeit sie mit Caitlin seit ihrer Ankunft verbracht habe.

Viel zu viel, dachte Elizabeth still. »So viel ich konnte«, sagte sie laut. Herr im Himmel, was erwartete er denn? Schließlich hatten sie nichts, aber auch gar nichts gemeinsam. Caitlin war still und schüchtern; sie konnte weder reiten noch Tennis spielen; stattdessen interessierte sie sich ausschließlich fürs Lesen und Zeichnen. Öde. Mit ihren schwarzen Haaren und ihrem irischen Bauerngesicht hatte sie auch keine Ähnlichkeit mit Elizabeth oder Amber, die beide das blonde Haar und das Patrizierantlitz ihrer Großmutter geerbt hatten.

»Ich habe wirklich alles versucht«, sagte Elizabeth. »Aber wir haben keine gemeinsamen Interessen …«

»Ich weiß das zu würdigen, Elizabeth. Aber du bist die Ältere, du musst ihr entgegenkommen. Caitlin hat eine schwere Zeit hinter sich, schließlich ist ihre Mutter gestorben, und sie musste alles zurücklassen.«

Eine Sekunde lang hatte Elizabeth wieder Mitleid mit Caitlin. Trotzdem war das nicht *ihre* Schuld.

»Ich kann verstehen, dass das nicht leicht für euch ist«, fuhr William fort, »aber es gibt keinen Grund, das an Caitlin auszulassen. Sie ist nicht so stark wie du, Elizabeth. Sie braucht deine Hilfe und deinen Schutz.«

Da Elizabeth zu dem Schluss gekommen war, dass sie am schnellsten hier herauskam, wenn sie sich reuig gab, senkte sie demütig den Blick. »Natürlich, Daddy. Ich verstehe. Ich werde mich mehr bemühen.«

»Gut.« Er verstummte kurz, und plötzlich hatte Elizabeth das Gefühl, in eine Falle getappt zu sein. Im nächsten Moment bewahrheiteten sich ihre Ängste, denn er sagte: »Dann macht dir das mit dem nächsten Wochenende bestimmt nichts aus.«

Sie erstarrte. »Was ist mit dem nächsten Wochenende?«

Jedes Jahr verbrachten die Melvilles das Feiertagswochenende im August in ihrer Villa am Comer See. Dieses Jahr hatte Elizabeth mühsam ausgehandelt, dass sie in Aldringham bleiben und fünfzehn Schulfreundinnen beherbergen durfte.

»Ich habe beschlossen, Caitlin bei dir zu lassen. Sie wird im Herbst nach Greycourt kommen, und ich glaube, es wäre schön für sie, vorab ein paar von euren Mitschülern kennenzulernen. Damit sie nicht ins kalte Wasser geworfen wird.«

Elizabeth starrte ihn mit blankem Entsetzen an. Zum Glück hatte sie jahrelange Übung darin, ihre Gefühle zu verbergen.

»Natürlich«, brachte sie heraus. »Das ist eine gute Idee.«

Er entspannte sich. »Exzellent. Ich wusste, dass ich auf dich zählen kann.«

Während Elizabeth in ihr Zimmer zurückging, schmiedete sie bereits Pläne, wie sie Caitlin am nächsten Wochenende so weit wie möglich von ihren Freundinnen fernhalten konnte.

5

Am Freitagmorgen reisten William, Isabelle und Amber nach Italien ab und ließen Elizabeth und Caitlin allein in Aldringham zurück. Schon um drei Uhr nachmittags war die Auffahrt des Anwesens mit Porsches, Mercedes und Ferraris, den Autos von Elizabeths Schulkameraden, vollgestellt. Auf der Sonnenterrasse brutzelten ein Dutzend der beliebtesten Studenten ihrer Schule in der Nachmittagshitze. Die Mädchen lagerten in ihren Stringtangas auf den Liegestühlen und schauten den Jungs zu, die sich im Pool produzierten. Die Jungen waren durch die Bank exzellente Sportler, die Stars des Rugby- und Schwimmteams, und versuchten sich gegenseitig mit doppelten und dreifachen Saltos rückwärts auszustechen.

»Dieses Wochenende lernen wir also deine Stiefschwester kennen?« Die Frage kam von Morgan Woodhouse, zeitweise Elizabeths Freundin und zeitweise ihre Rivalin. Die beiden Mädchen lagen nebeneinander und ließen sich von der glühenden Nachmittagssonne goldbraun braten.

»Halbschwester«, korrigierte Elizabeth automatisch. »Und nein, du wirst sie nicht kennenlernen.« Elizabeth hatte noch am Morgen mit Caitlin gesprochen. Sie hatte dem jüngeren Mädchen erklärt, dass sie gern dabei sein könne, aber dass es für sie wahrscheinlich ziemlich langweilig wäre, dem Schultratsch zu lauschen; allerdings könnte sie später zum Wasserballturnier herauskommen … Als Elizabeth Caitlins Zimmer verlassen hatte, war sie hundertprozentig sicher, dass die Kleine die Botschaft verstanden hatte: Sie war nicht erwünscht.

»Und wie ist das kleine Landei so?«, fragte Morgan. Die meisten Menschen hätten kapiert, dass Elizabeth nicht über Caitlin reden wollte. Morgan nicht.

»Ziemlich einfältig.« Elizabeth drehte sich auf den Bauch, um ihr Desinteresse an diesem Thema zu demonstrieren. »Kann mir jemand den Rücken eincremen?«, fragte sie und wechselte damit geschickt das Thema.

»Aber gern.«

Wie nicht anders zu erwarten, kam das Angebot von Elliott Falconer. Elliott war der Rugbystar von Greycourt und nach allgemeiner Auffassung der bestaussehende Junge der Schule, eine Tatsache, derer er sich nur allzu bewusst war. Außerdem war er ein unverbesserlicher Frauenheld. Elizabeth brauchte ihn nicht zweimal zu bitten. Sekunden später kniete er über ihr und massierte die kühle Sonnencreme in ihre Schultern.

»Kannst du mein Oberteil aufmachen?«, murmelte sie. »Ich will keine weißen Streifen.«

Er kam ihrer Bitte sofort nach und spritzte eine weitere Ladung Sonnenmilch auf ihren Rücken. Seine Hände wanderten nach oben und zur Seite weg, wobei sie wie unabsichtlich über ihre Brüste strichen und dort einen Sekundenbruchteil länger als nötig verharrten. Elizabeth hoffte, dass Morgan nichts davon mitbekam.

Elliott und Morgan waren das heißeste Paar der Schule gewesen, bis er sie Anfang des Sommers in die Wüste geschickt hatte. Seit ihrer Trennung hatte er sich der Aufgabe gewidmet, jede halbwegs ansehnliche Frau anzugraben. Elizabeth hatte ihn bisher jedes Mal abblitzen lassen. Aber Elliott ließ sich nicht so leicht abwimmeln. Prompt spürte sie, wie er an ihrem Schenkel steif zu werden begann. Sie schätzte, dass das Absicht war. Wenn er etwas nicht war, dann subtil.

»Das reicht, Elliott«, sagte sie. Als er nicht augenblicklich zu cremen aufhörte, rammte sie ihm den Ellbogen in die Rippen.

»Jesus, Elizabeth«, beschwerte er sich. »Das hat wehgetan.« Aber es zeigte die gewünschte Wirkung. Er kehrte auf seine Liege zurück, schnappte sich ein Handtuch und warf es über seine Lenden. Er wirkte kein bisschen verlegen.

Dann schob er die Ray Ban in die Stirn und betrachtete sie nachdenklich. »Weißt du, was dein Problem ist?«

Sie biss an. »Was denn?«

»Du bräuchtest einen guten, harten Fick, um dich zu lockern.«

»Leck mich, Elliott.«

Elliott rekelte sich genüsslich. »Wann immer du willst, Elizabeth.«

Elizabeth machte sich nicht die Mühe, darauf zu reagieren. Stattdessen schloss sie die Augen, um anzuzeigen, dass das Gespräch für sie beendet war.

Von der Liege nebenan sah Morgan neidisch auf ihre Freundin. Selbst unter lauter schönen Menschen stach Elizabeth wie üblich heraus. Der weiße Bikini von Dolce & Gabbana präsentierte ihren braun gebrannten, muskulösen Körper in voller Perfektion, und das trägerlose Oberteil verlieh ihr zusammen mit dem winzigen Höschen das Aussehen einer echten Sportlerin. Morgan hatte sich den ganzen Nachmittag lang oben ohne gesonnt und in den unverhohlenen Blicken der Jungs gebadet. Aber wenn sie die unschlagbar elegante Elizabeth neben sich liegen sah, kam sie sich in ihrem Leopardenmuster-Tanga plötzlich billig vor. Sie griff nach einem T-Shirt, um sich zu bedecken.

Sosehr sich Morgan auch bemühte, Elizabeth übertrumpfte sie jedes Mal. Genau wie Elizabeth war Morgan groß, dünn und blond. Aber Elizabeth hatte etwas an sich, das Morgan nicht nachahmen konnte – sie war cool, und zwar ohne jede Anstrengung. Ihr war es tatsächlich scheißegal, was die anderen von ihr hielten. Morgan bemühte sich immer ein wenig zu sehr und war daher dazu bestimmt, in jeder Clique die Nummer zwei zu sein. Sie war sich ihres Status ebenso peinlich bewusst, wie sie entschlossen war, ihn zu ändern.

Kurz fragte sie sich, ob an Elliotts Bemerkung, Elizabeth sei noch Jungfrau, etwas Wahres sein könnte. Letztes Jahr hatte es diese Gerüchte über sie und Mr Butler, den Tennistrainer an ihrer Schule, gegeben. Elizabeth selbst hatte über die Sache kein Wort verloren. Morgan wusste, dass es keinen Zweck hatte nachzufragen. Elizabeth vertraute ihr nie etwas an. Es war nur eines von vielen Ungleichgewichten in ihrer Beziehung. Vielleicht war ja dies das eine Gebiet, auf dem Morgan ihre sonst so überlegene Freundin ausstechen konnte?

Jedenfalls hatte Elizabeth nie viel Interesse an einem festen Freund gezeigt. Morgan war da ganz anders. Sie wollte auf keinen Fall ohne Mann sein. Sehnsüchtig blickte sie zum anderen Ende der Sonnenterrasse, wo Elliott jetzt Lucille Elkin, einen hübschen Rotschopf, anquatschte. Tief im Herzen wusste Morgan genau, dass er ein Arsch war, aber das machte ihn umso anziehender.

Jetzt verfolgte Morgan, wie er das Platinfeuerzeug, das sie ihm zum Geburtstag geschenkt hatte, aus der Tasche zog und sich vorbeugte, um Lucille Feuer zu geben. Die Geste war nervenaufreibend intim. Eifersucht köchelte in ihr auf. Sie wusste, dass es nichts zu bedeuten hatte – so verhielt er sich bei allen Frauen, er flirtete mit jeder. Trotzdem versetzte es ihr einen Stich. Als Elliott etwas sagte, warf Lucille in einem klaren Lachen den Kopf zurück und sonnte sich in seiner Aufmerksamkeit. Morgans Augen wurden schmal.

Sie stand auf. Ein weiterer typischer Charakterzug von Elliott war seine kurze Aufmerksamkeitsspanne. Als sie noch zusammen gewesen waren, hatte Morgan das zum Wahnsinn getrieben. Aber jetzt konnte sie genau das zu ihrem Vorteil nutzen. Sie glitt in den Pool und schwamm ans andere Ende, wo er gefährlich nah am Beckenrand saß. Er hatte ihr den Rücken zugedreht und merkte nicht, dass sie sich näherte. Sie schöpfte eine Handvoll Wasser und spritzte ihn voll. Es war eine kindische Masche, seine Aufmerksamkeit zu erheischen, aber sie funktionierte.

»Hey!«, schrie er auf. Morgan hatte gut gezielt. Er vergaß sein Gespräch mit Lucille und fuhr herum, um festzustellen, wer ihn angegriffen hatte. Als er sah, dass es Morgan war, grinste er, weil er den Streich als das erkannte, was er war – ein Balzruf.

Er stand auf, zog das T-Shirt über den Kopf und entblößte dabei ein perfektes Sixpack. »Das wird dir noch leidtun, Morgan Woodhouse …«, drohte er ihr verspielt.

Irritiert, dass er sie so schnell vergessen hatte, zog Lucille hinter ihm einen Schmollmund. Elliott hechtete in den Pool und durchschnitt mit seinem muskulösen, gebräunten Körper das Wasser. Morgan unternahm einen halbherzigen Fluchtversuch und kreischte theatralisch auf, als er sie um die Taille packte.

»Nicht, Elliott!«, protestierte sie schwach, als er sie mit seinen kräftigen Armen hochhob. »Lass mich runter! Auf der Stelle!«

Aber das meinte sie nicht ernst. Sie genoss es so sehr, im Zentrum seiner Aufmerksamkeit zu stehen. Sie wünschte sich nur, ihm ginge es umgekehrt genauso.

Oben presste Caitlin die Hände auf die Ohren und versuchte, das fröhliche Geschrei vom Pool auszublenden. Es half nichts. Sie hatte den letzten Absatz schon dreimal gelesen und immer noch keine Ahnung, was darin stand. Ein Krimi von Agatha Christie war ihr als geeignete Lektüre erschienen, um einen langen Nachmittag zu verkürzen, aber über dem aufgekratzten Lärmen und Lachen konnte sie sich unmöglich konzentrieren.

Sobald die ersten Gäste eingetroffen waren, hatte sie sich auf ihr Zimmer verzogen. »Du brauchst nicht herunterzukommen, wenn du nicht möchtest«, hatte Elizabeth ihr am Morgen erklärt. »Wahrscheinlich hast du gar keine Lust, ständig neue Leute kennenzulernen, außerdem sind sie in einem anderen Jahrgang als du …« Caitlin hatte genau gewusst, was *das* heißen sollte. Elizabeth glaubte also, sie sei nicht gut genug, um sie ihren Freunden vorzustellen? Im Ernst, wenn sie auch nur entfernt so waren wie Elizabeth, *wollte* sie auf keinen Fall mit ihnen abhängen. Mit diesem trotzigen Gedanken blätterte Caitlin entschlossen die Seite um.

Einen Augenblick später durchschnitt ein weiterer aufgeregter Schrei die Luft. Caitlin seufzte. Sie knickte die Seite ein und legte den Roman weg. Wem wollte sie etwas vormachen? Sie hätte für ihr Leben gern gesehen, was da unten geschah.

Also schlug sie die Decke zurück und trat an das Erkerfenster.

Unten hatte sich etwa ein Dutzend der schönsten Menschen versammelt, die sie je gesehen hatte. Sie bewegten sich mit einem Selbstbewusstsein, das Caitlin bis zu diesem Augenblick höchstens Erwachsenen zugetraut hätte. Vielleicht konnte sie die Gespräche nicht verstehen, aber sie wusste instinktiv, dass sie sich gegenseitig mit raffinierten Wortspielen und witzigen Neckereien aufzogen.

Ihr Blick wurde von einem Pärchen im Pool angezogen – wie auch nicht, schließlich machten die beiden den größten Lärm. Selbst von hier oben konnte Caitlin erkennen, was die beiden trieben. Der Junge jagte das Mädchen durchs Wasser. Sie kreischte und quiekte und spritzte ihn nass, aber sie genoss unübersehbar jede Sekunde. Das Mädchen wirkte wie eine dünnere, blondere Ausgabe von Elizabeth. Sie war wirklich hübsch, dachte Caitlin und spürte einen neidischen Stich. Sie hatte gedacht, dass nur ihre Halbschwester so kultiviert aussah und sich so elegant bewegte. Doch jetzt stellte sich heraus, dass es noch mehr von ihrer Art gab. Und was war, wenn in Greycourt alle Mädchen Elizabeth-Klone waren?

Noch mehr wurde ihr Blick allerdings von dem Jungen angezogen. Mit seinen dunklen, welligen Haaren und den fein gemeißelten Zügen sah er aus wie ein Model oder ein Popstar. Außerdem war er groß und offensichtlich kräftig, denn er hob die Blonde aus dem Wasser, als wäre sie federleicht, und drückte sie fest an seine Brust, obwohl sie sich zappelnd zu befreien versuchte. Dann tunkte er sie unter und lachte laut, als sie wieder auftauchte und ihm wütend drohte.

Eine Sekunde lang wünschte sich Caitlin, sie könnte wie dieses hübsche blonde Mädchen sein, selbstbewusst und offen und ganz unbeschwert im Umgang mit jemandem, der so gut aussah wie er.

Sie passte nicht in diese reiche, privilegierte Welt. Aber sie war auch nicht mehr dieselbe wie damals in Irland. Seit sie hierhergekommen war, hatte sie regelmäßig mit Róisin telefoniert. Beide hatten Pläne geschmiedet, dass Caitlin sie in Irland besuchen sollte, und Róisin hatte es nicht erwarten können, irgendwann nach Aldringham zu kommen. Aber bei den letzten Anrufen in Irland hatte Caitlin das Gefühl gehabt, dass Róisin ein bisschen neidisch auf ihr Leben in Aldringham war. Sie hatte versucht, ihrer Freundin klarzumachen, dass es ihr hier kein bisschen gefiel, aber Róisin konnte einfach nicht verstehen, worüber sie sich beschwerte. Ihr kam alles so glamourös vor: das riesige Haus, der Pool, die Tennisplätze …

»Ich kann gerade nicht reden«, hatte Róisin ihr beim letzten Anruf erklärt. Da hatten sie gerade zwei Minuten miteinander gesprochen. »Ich muss gleich los ins Kino mit Mary und Ann.«

Traurig und mit einem Gefühl der Leere im Bauch hatte Caitlin den Hörer aufgelegt. In Valleymount ging das Leben ohne sie weiter. Sie könnte nie zurückkehren. Sie hing zwischen zwei Welten fest – sie passte nicht zu den Melvilles, war aber auch keine O'Dwyer mehr.

Sie warf einen letzten neidvollen Blick auf das Paar im Pool. Sie brauchte sich gar nicht erst auszumalen, wie es wäre, mit ihnen zu feiern. Sie würde nie die Gelegenheit bekommen, das herauszufinden.

Den ganzen Tag blieb Caitlin allein in ihrem Zimmer. Als es Abend wurde, brachte ihr Mrs Hutchins, die Haushälterin der Melvilles, ein Tablett mit Essen. Caitlin war ihr dankbar. Sie wusste, wie viel das Personal an diesem Wochenende zu tun hatte.

»Ich würde gern ein paar Minuten bleiben und plaudern, Liebes.« Mrs Hutchins stellte das Tablett auf der Frisierkommode ab. »Aber in der Küche brauchen wir jede Hand, damit das Abendessen bis halb acht fertig wird. Ich muss gleich wieder runter.«

Mrs Hutchins schenkte ihr noch einen mitfühlenden Blick und eilte aus dem Zimmer. Caitlin war ein nettes Mädchen, das fanden alle Angestellten. Eigentlich war sie das einzige Kind im Haus, das anständige Manieren hatte, sie vergaß nie, bitte und danke zu sagen. Das zeigte mal wieder, dass man mit Geld nicht alles kaufen konnte.

Eine Stunde später hatte Caitlin ihr Buch ausgelesen. Sie ging ans Fenster. Die Terrasse lag verlassen da. Bestimmt saßen Elizabeth und ihre Freunde gerade beim Essen. Es war die ideale Gelegenheit, ein bisschen frische Luft zu schnappen.

Über die Hintertreppe gelangte sie ins Erdgeschoss. Das Esszimmer lag hinten im Haus, weshalb ihr nichts anderes übrig blieb, als daran vorbeizugehen. Sie schlich so leise wie möglich an der Tür vorbei, doch das Reden und Gelächter, das Gläserklirren und Besteckklappern war so laut, dass sie sowieso niemand gehört hätte.

Draußen ging gerade die Sonne unter. Obwohl es schon dunkel wurde, war es noch warm. Caitlin ging am Pool vorbei und die Steintreppe hinunter. Unten wandte sie sich, statt links auf die hell erleuchteten Tennisplätze zuzugehen, den sanft gewellten Rasenflächen und dem ummauerten Blumengarten zu ihrer Rechten zu.

Sie betrat den Garten durch das Ahorntor. Hier drin gefiel es ihr besonders gut, ihr waren die wild wachsenden Blütenteppiche lieber als die manikürte Schönheit des übrigen Geländes. Die hohen, efeubewachsenen Mauern hatten etwas Romantisches; hier überwucherten sich Rosen, Narzissen und Glockenblumen; Glyzinien erfüllten die Luft mit ihrem Duft und lockten Bienen und Schmetterlinge an.

Caitlin spazierte in die Mitte des Gartens, ihren Lieblingsfleck. Hier gab es eine kleine, von Buchen umstandene Lichtung mit einem bezaubernden Teich in der Mitte. Außer ihr war hier nie jemand. Sie hatte den Platz zu ihrem Versteck erwählt, hier kam sie zum Zeichnen her oder wenn sie dem Haus und den Melvilles entkommen wollte. Es gab auch eine alte Schaukel, die mit schweren Seilen an zwei starken Ästen aufgehängt war. Als Caitlin sie erstmals gesehen hatte, hatte sie Angst gehabt, dass sie vielleicht herunterbrechen könnte. Aber der uralte Baum hatte standgehalten. Seither war sie regelmäßig hergekommen, wenn sie sich elend fühlte, hatte langsam vor- und zurückgeschwungen und dabei in das tiefe Wasser des Teiches gestarrt. Es war der einzige Fleck, an dem sie Frieden empfand.

Doch als sie an diesem Abend die belaubten Zweige beiseiteschob und auf die Lichtung trat, entdeckte sie, dass ihr jemand zuvorgekommen war. Auf der Schaukel saß, rauchend und sanft in der kühlen Abendluft schwingend, der junge Mann, den sie vorhin im Pool beobachtet hatte.

Von Nahem sah er noch besser aus: groß und kräftig, mit dem imponierenden Körperbau eines Rugbyspielers; Augen so dunkel wie sein Haar; ein energisches Kinn und symmetrisches Gesicht.

Plötzlich schreckte sie auf. Was dachte sie sich dabei? Sie wollte zurückweichen. Zum Glück war er so ins Rauchen vertieft, dass er gar nicht aufgesehen hatte. Doch als sie schon fast wieder im Dickicht der Bäume verschwunden war, trat sie auf einen Zweig, der prompt brach und damit die Stille zerschnitt. Verflucht. Das konnte ihm unmöglich entgangen sein.

Sie hatte recht. Er – wer *er* auch war – sah auf und genau in ihre Richtung. Sie starrte ihn mit großen blauen Augen an wie ein erschrecktes Reh. Er starrte zurück, allerdings deutlich entspannter. Genau genommen schien ihn ihre Anwesenheit kein bisschen zu stören. Er zog noch einmal an seiner Zigarette und taxierte sie von Kopf bis Fuß, wobei sein Blick auffällig lang auf ihrem Busen liegen blieb. Sie spürte, wie ihre Wangen heiß wurden, und zog instinktiv die Strickjacke über der Brust zusammen.

»Und wer, wenn die Frage gestattet ist, bist du?«, wollte er schließlich wissen. Er sprach langsam und gelassen mit einem unüberhörbaren Oberklassenakzent und wählte jedes Wort mit Bedacht.

»Caitlin.« Das Wort kam fast quiekend aus ihrem Mund. Sie merkte, wie sie noch röter anlief.

Jetzt grinste er, als würde er sich amüsieren. »Aha«, sagte er. »Du bist also Caitlin.« Er sprach ihren Namen ganz präzise aus. Tatsächlich nahm er sich für jede einzelne Silbe Zeit, so als wäre es selbstverständlich, dass die Welt abwartete, bis er ausgesprochen hatte, was er sagen wollte. »Elizabeths mysteriöse Halbschwester.«

Sie nickte. Die Beschreibung passte so gut wie jede andere. »Genau«, bestätigte sie und lächelte ihn verlegen an.

»Also, Caitlin«, meinte er genüsslich, »wie es der Zufall will, bin ich einer von Elizabeths engsten Freunden. Warum kommst du nicht her?« Er tätschelte das Brett der Schaukel, auf der er saß. »Damit wir uns näher kennenlernen können.«

Sie zögerte nur einen winzigen Moment und kam dann seiner Aufforderung nach. Alle Fluchtgedanken waren auf magische Weise verflogen.

»Ich bin übrigens Elliott«, sagte er, als sie neben ihm Platz genommen hatte. »Elliott Falconer.«

Er sprach den Namen so aus, als müsste er ihr etwas sagen. Aber dass sie ihn nicht kannte, schien ihn nicht weiter zu stören. Im Gegenteil, ihn schien kaum etwas zu stören. Erst jetzt wurde ihr bewusst, dass er Jeans und ein Rugbyshirt trug. Sie fragte sich, wie er damit durchgekommen war. Soweit sie seit ihrer Ankunft in Aldringham mitbekommen hatte, musste sich jeder zum Abendessen fein machen.

Er wechselte die Zigarette in die linke Hand und streckte ihr die Rechte hin. Sie ergriff sie und registrierte überrascht, wie kühl sich seine Haut trotz des warmen Abends anfühlte.

»Warum haben wir dich bis jetzt nicht zu sehen bekommen?«, fragte er.

Weil sie nicht wusste, was sie darauf erwidern sollte, sagte sie nichts. Er schien ihr Dilemma zu erahnen, und sein Grinsen wurde breiter.

»Lass mich raten. Deine liebreizende Halbschwester hat diktiert, dass es für alle Beteiligten besser wäre, wenn du dich in deinem Zimmer verstecken würdest.«

Caitlin lächelte schüchtern, sagte aber immer noch nichts.

»Hmm.« Wieder zog er an seiner Zigarette. »Dieses belastende Schweigen sagt alles.« Er sah sie von der Seite an und schien sie mit diesen dunklen, bohrenden Augen festzunageln. »Ganz unter uns, nimm's dir nicht zu Herzen. Sie meint das nicht persönlich. So ist Lizzie zu allen.«

Er fasste in die Tasche, zog ein Päckchen Marlboros heraus und streckte es ihr hin. Sie schüttelte den Kopf. »Danke, ich rauche nicht.«

Er lachte leise. »Sehr klug. Ein schreckliches Laster. Ich will seit ewigen Zeiten aufhören.«

Aber sein Lob hatte den gegenteiligen Effekt auf Caitlin. Plötzlich kam sie sich naiv und langweilig vor. Während Elliott schweigend rauchte, überlegte sie fieberhaft, was sie Intelligentes sagen könnte. Ihr wollte beim besten Willen nichts einfallen. Sie war schon fast so weit, dass sie ihre Meinung ändern und eine Zigarette annehmen wollte, nur um ein Gesprächsthema zu haben. Aber bevor sie Gelegenheit dazu hatte, verriet das Knacken einiger Zweige, dass noch jemand durchs Gebüsch kam.

Beide schauten auf, wer zu ihnen stieß. Caitlin erkannte sie auf den ersten Blick. Es war die Blondine aus dem Pool, die vorhin mit Elliott herumgealbert hatte. In ihrem wunderschönen Glitzerkleid, das Caitlin nie zu tragen gewagt hätte, sah sie unglaublich elegant aus. Caitlin spürte einen leisen Stich angesichts dieser Unterbrechung. Das blonde Mädchen wirkte auch nicht besonders glücklich.

»Jesus, Elliott, hier steckst du also«, fauchte sie. »Ich habe überall nach dir gesucht.«

Elliott blieb unbeeindruckt. »Ich war nur zwanzig Minuten weg, Morgan. Kein Grund, gleich einen beschissenen Suchtrupp loszuschicken.«

Morgans Augen wurden schmal. Erst jetzt sah sie Caitlin an und nahm sie in Augenschein. Caitlin hatte das Gefühl, dass Morgan nicht gefiel, was sie sah.

»Und wer ist das?« Ihr Blick lag immer noch auf Caitlin, aber die Frage war eindeutig an Elliott gerichtet.

»Meine neue Freundin Caitlin.« Elliott legte den Arm um

Caitlin und drückte sie. »Du weißt schon – Elizabeths Halbschwester.«

»Richtig.« Morgan klang wenig beeindruckt. »Na, egal, ich wollte dir nur ausrichten, dass Elizabeth das Dessert auftragen lassen möchte. Alle warten auf dich.«

Elliott schien das nicht zu stören. »Ich bin sicher, dass sie noch fünf Minuten warten können, ohne zu verhungern.«

Morgans Kiefermuskel zuckte sichtbar. »Mach doch, was du willst, Elliott. Ich gehe jedenfalls wieder rein.«

Nach einem abfälligen Blick auf Caitlin stakste Morgan zum Haus zurück. Elliott wandte sich an Caitlin und verdrehte theatralisch die Augen.

»O Mann. Die Pflicht ruft.« Er nahm einen letzten Zug von seiner Zigarette, ließ sie auf den Boden fallen und trat sie mit dem Absatz aus. Dann stand er auf und verbeugte sich leicht. »Trotzdem war es mir ein Vergnügen, dich kennenzulernen, Caitlin.«

Sie sah ihm nach, während er zum Haus zurückstapfte. Vielleicht würde es in Greycourt gar nicht so schlimm werden.

6

Der zweite Sonntag im September brachte die ersten fallenden Blätter und einen Anflug von Kälte, der das Ende des Sommers ankündigte. Außerdem war es der Tag, an dem die drei Melville-Mädchen ihre Sachen packten und die Reise zur *Greycourt Independent Co-educational School* antraten.

Elizabeth verließ Aldringham als Erste und raste früh – allein – in ihrem arktissilbernen Porsche 911 Carrera davon, ein Geschenk von William zu ihrem siebzehnten Geburtstag. Damit blieb es Perkins überlassen, Caitlin und Amber später am Vormittag zur Schule zu fahren. Natürlich produzierte Amber sich in letzter Minute mit einem Wutausbruch. Sie hatte die Sachen, die sie während der Ferien auf den fast täglichen Shopping-Touren mit ihrer Mutter erstanden hatte, in drei großen und vier kleinen Koffern verstaut. Wie zu erwarten, passten nicht alle in den Kofferraum.

»Amber, du kannst nicht alles mitnehmen«, versuchte Isabelle sie zur Vernunft zu bringen. »Dafür ist einfach nicht genug Platz im Wagen.«

Ambers Mund schnurrte zu einem trotzigen Spalt zusammen. »Ich will aber nicht aussehen wie die letzte Trulla …«

Der Streit ging weiter, bis William schließlich einschreiten musste.

»Amber, du kannst unmöglich so viele Sachen brauchen«, erklärte er müde. »Fünf Tage in der Woche trägst du die Schuluniform …«

Derart in die Enge getrieben, reagierte Amber wie immer in solchen Situationen – sie brach in Tränen aus und rannte ins Haus zurück.

Isabelle folgte ihr. Als sie an Caitlin vorbeikam, die still abwartete, bis das Spektakel vorüber war, fragte sich Isabelle unwillkürlich, was Katie O'Dwyers Geheimnis gewesen war. Wie hatte es die alleinstehende Mutter geschafft, ein so süßes, friedfertiges Kind großzuziehen, das nie Schwierigkeiten machte? Verglichen mit ihren beiden Kindern … Manchmal verzweifelte Isabelle. Elizabeth war zwar klug und vernünftig, aber kalt wie ein Fisch. Und Amber … also, die entwickelte sich allmählich zu einer Plage. Was hatten William und sie nur falsch gemacht?

Eine halbe Stunde später war ein Kompromiss gefunden. Aus praktischen Gründen würden Ambers große Koffer zu Hause bleiben und am nächsten Tag nach Greycourt nachgeschickt. Das besänftigte Amber endlich. Die Tränen trockneten auf wundersame Weise, und kurz darauf waren sie unterwegs.

Caitlins erster Blick auf Greycourt jagte ihr einen ehrfürchtigen Schauer über den Rücken. Es war genauso, wie sie sich ein englisches Edel-Internat vorgestellt hatte. Die honigfarbenen Gebäude waren alt und ehrwürdig; die Gärten makellos; die Spielfelder reichten bis zum Horizont. Mit seinen imposanten, erhabenen Bauten bot es in der kalten, klaren Herbstsonne einen wunderschönen Anblick.

Greycourt war nach Eton, Millfield und Oundle das viertgrößte Internat in Großbritannien und eindeutig das nobelste. Die Schulgebühren betrugen dreißigtausend Pfund pro Jahr, und das sah man der Schule an. Gegründet im Jahr 1840 von David Greycourt, einem philanthropischen Industriellen, um »die Söhne gehobener Herren« zu unterrichten, erstreckte es sich auf einer Grünfläche von vierzig Hektar und lag einen idyllischen Zweieinhalb-Kilometer-Spaziergang außerhalb des pittoresken Marktfleckens Towcester in Northamptonshire.

Greycourt rühmte sich zwar seines starken Traditionssinnes, aber man hatte dort im Lauf der Jahre gelernt, dass der Schlüssel zum Überleben darin lag, mit der Zeit zu gehen. Wie so viele ähnliche Institutionen hatte man 1983 nach einer hitzigen Debatte beschlossen, auch Mädchen zuzulassen. Der Verwaltungsrat hatte bislang keinen Grund gehabt, diesen Entschluss zu bereuen. Inzwischen bot Greycourt knapp tausend Schülern und Schülerinnen zwischen elf und achtzehn Jahren, davon siebenhundert Internatsschülern und dreihundert Tagesschülern, eine erstklassige Ausbildung. Die Erfolge der Schule sprachen für sich: Im letzten Jahr waren fünfundzwanzig Prozent der Absolventen nach Oxford oder Cambridge gegangen, regelmäßig fand sich das Internat in der *Times*-Liste für die Examensergebnisse in der Spitzengruppe wieder; und erst kürzlich hatte man im *Daily Telegraph* euphorisch darüber geschrieben.

All das hatte William Caitlin erzählt, als er ihr eröffnet hatte, dass sie nach Greycourt geschickt werden sollte. Falls er sie damit für die Schule begeistern wollte, war sein Plan nach hinten losgegangen. Sie konnte sich nicht vorstellen, dass sie jemals in so eine Schule passen würde. Doch ein Abschluss in Greycourt war bei den Melvilles eine Tradition, gegen die nicht verstoßen werden durfte.

Normalerweise musste ein Schüler erst eine Aufnahmeprüfung und danach ein persönliches Gespräch mit der Schulleiterin Dr. Phillips bestehen, um aufgenommen zu werden. Aber in Caitlins Fall schaffte es William, dass darüber hinweggesehen wurde. Und als der erste Schultag in Greycourt näher rückte, merkte Caitlin, dass sie sich beinahe auf die Schule freute. Nachdem sie den ganzen Sommer in der klaustrophobischen Abgeschiedenheit von Aldringham verbracht hatte, war es höchste Zeit für einen Tapetenwechsel. Außerdem würde sie Elliott Falconer wiedersehen.

Der schulische Hochglanzprospekt bekundete dem geneigten Leser stolz, dass sich das Internat aus vierzehn Häusern zusammensetzte: acht für Knaben und sechs für Mädchen. Caitlin war dem Berrylands House zugeteilt worden. Als sie es zum ersten Mal sah, war sie unwillkürlich enttäuscht. Es lag wie ein lästiges Anhängsel versteckt am abgeschiedensten Ende des Campus und war während des architektonischen Tiefpunktes der sechziger Jahre errichtet worden. Es hatte nichts von dem altmodischen Charme der prachtvollen neogotischen Gebäude gleich hinter der Einfahrt. Das Einzige, was das Haus auszuzeichnen schien, waren die vielen Brombeerhecken, die den kleinen Garten umsäumten und dem Gebäude seinen Namen gaben.

»Etwas so Modernes hast du nicht erwartet, nicht wahr?« Mrs Collins, die Hausdame in Berrylands, empfing sie mit einem wissenden Lächeln. »Die meisten Schüler möchten lieber ins Gladstone oder ins Pankhurst, die alten Häuser. Sie sind wunderschön eingerichtet, voller Eichenvertäfelungen und Wendeltreppen. Aber vertrau mir«, flüsterte sie ihr verschwörerisch zu, »in diesem Fall ist das Aussehen nicht alles. Im Berrylands haben wir vielleicht keine alten Holzbalkendecken, dafür haben wir funktionierende Duschen, und das ist viel wichtiger. Die Wasserleitungen in diesen alten viktorianischen Kästen lassen eine Menge zu wünschen übrig.«

Caitlin hatte Mrs Collins vom ersten Moment an gern. Die rundliche Frau in den Fünfzigern plapperte ununterbrochen, während sie Caitlin zu ihrem Zimmer führte. In jedem Haus gab es sogenannte Hauseltern, erzählte sie dem Mädchen; ein verheiratetes Paar, das an der Schule unterrichtete. Mrs Collins war Hauswirtschaftslehrerin, und ihr Mann war Fachbetreuer für Physik. »Er schaut später persönlich vorbei und stellt sich vor.«

Caitlin war erleichtert, dass sie so offen und freundlich empfangen wurde. Wie vorherzusehen hatten weder Amber noch Elizabeth Interesse daran gezeigt, ihr bei der Eingewöhnung zu helfen. Elizabeth war viel zu beschäftigt, sie musste schon am Nachmittag ein Treffen aller Präfekten leiten, ihre erste Pflicht in ihrem neuen Amt als Schülersprecherin, und gleich danach zum Tennistraining. Amber, die ebenfalls neu in Greycourt war, kannte viele Schüler ihres Jahrganges schon aus der Vorbereitungsschule, die sie im letzten Jahr besucht hatte. Das bedeutete, dass sie sofort nach ihrer Ankunft von einer Schar Jungen umringt wurde, die alle unbedingt hören wollten, wie sie ihre Ferien verbracht hatte.

Caitlins Zimmer lag im fünften Stock. Als sie im Gang an einem Panoramafenster vorbeikamen, erkannte Caitlin, dass man von hier einen atemberaubenden Blick auf das Schulgelände hatte. Gebäude aus jeder Dekade der vergangenen hundertfünfzig Jahre säumten den Campus, und die aufeinanderprallenden architektonischen Stile dokumentierten die lange Geschichte der Schule.

Draußen herrschte in Greycourt das für den ersten Schultag typische Durcheinander. Seit acht Uhr morgens reisten ständig neue Schüler an. Gehetzte Eltern und Kinder hasteten von den Autos zu den Gebäuden und schleppten Schachteln, Koffer und Taschen die langen, schmalen Treppen hinauf.

»Das ist dein Zimmer«, sagte Mrs Collins und blieb vor einer anonymen beigen Tür mit dem Schild 5c stehen. »Mach dich erst einmal mit deiner Zimmerkameradin bekannt. Sie heißt … äh …«, sie sah kurz auf einer Liste nach. »Ja, du bist mit Georgina Mitchell im Zimmer. Ein nettes Mädchen. Ihr werdet euch bestimmt gut verstehen.«

Im Zimmer nahmen sich die beiden neuen Zimmerkameradinnen argwöhnisch in Augenschein. Caitlin entspannte sich als Erste. Nach einem kurzen Blick auf Georgina war sie zu dem Schluss gekommen, dass sie nichts zu befürchten hatte. Falls das Aussehen irgendwelche Rückschlüsse zuließ, war Georgina ganz anders als Morgan. Sie war ein rundliches Mädchen mit kurzen, drahtigen Haaren und einem rötlichen Gesicht, dem es ganz offensichtlich völlig egal war, was andere von ihr hielten. In ihrer weiten Jeans und dem sackartigen T-Shirt wirkte sie fast männlich.

Caitlin nickte zu Georginas Seite des Zimmers hin. »Du magst wohl Pferde.«

Das war eine Untertreibung. Wände, Schreibtisch und Regal waren mit Reiterdevotionalien überzogen – Postern von Siegern des Grand National, Fotos von Georgina auf diversen Reiterfesten oder mit ihren Siegestrophäen.

Georgina grinste. »Darauf kannst du wetten.«

Damit war das Eis gebrochen. Innerhalb einer halben Stunde hatten die Mädchen Freundschaft geschlossen. Wie sich herausstellte, hatte Georgina – oder George, wie sie lieber genannt werden wollte – ebenso große Bedenken gehabt, weil sie mit einem der Melville-Mädchen ihr Zimmer teilen sollte.

»Aber du scheinst echt okay zu sein«, verkündete sie. »Gar nicht wie Elizabeth.«

Caitlin lächelte. Sie hatte recht gehabt. In Greycourt würde es gar nicht so schlimm werden. Sie fragte sich kurz, ob Georgina wohl Elliott kannte, aber beschloss, dass diese Frage noch warten konnte.

In Greycourt war man redlich bemüht, ein Zusammengehörigkeitsgefühl unter den Schülern zu schaffen. Darum waren sämtliche Mahlzeiten eine Art Zeremoniell und wurden im prächtigen Speisesaal der Schule eingenommen. Die unteren Klassen, eins bis vier, hatten um Punkt sechs Uhr auf ihren Plätzen zu sein. Die Oberschüler aus den Klassen fünf und sechs hatten sich zu der zivilisierteren Zeit von sieben Uhr dreißig einzufinden.

Der Speisesaal selbst war einer Bankethalle aus der Tudorzeit nachempfunden: eine hohe Gewölbedecke, riesige Holzbalken und große Bogenfenster in den Natursteinmauern. Riesige Kerzenleuchter erhellten den Raum – sicherheitstechnisch und gesundheitlich ein Albtraum, aber Tradition war schließlich Tradition. Von den Wänden blickten die Porträts ehemaliger Schulleiter und beobachteten mit finsterer Miene die Schüler beim Essen.

Um neunzehn Uhr zwanzig betraten George und Caitlin zusammen mit den übrigen Oberschülern den Raum. George deutete ans andere Ende des Saales. »Meine Leute sitzen immer da drüben.« Sie winkte einer Freundin, die den Auftrag bekommen hatte, ihnen Plätze freizuhalten.

Anspannung knisterte in der Luft. Weil es das erste Abendessen in diesem Schuljahr war, standen alle in den Gängen, um die letzten Neuigkeiten auszutauschen, und brauchten eine Weile, bevor sie zur Ruhe kamen. George und Caitlin mussten sich durch die Menge quetschen, um an ihren Tisch zu kommen.

Als sich Caitlin zwischen der Wand und dem Rücken eines Rugbyspielers durchzwängte, fiel ihr weiter vorn ein vertrautes Gesicht auf. Es war Elliott, der lässig an der holzvertäfelten Wand lehnte und mit ein paar Mädchen plauderte. Sie wischte die verschwitzten Handflächen an ihrer Jeans ab und versuchte sich eine intelligente Bemerkung einfallen zu lassen. Ohne Erfolg. Stattdessen wurde sie nur langsamer und lächelte schüchtern, als sie an ihm vorbeikam.

»Hi, Elliott.«

»Hi.« Im ersten Moment sah er sie verständnislos an, dann flackerte etwas wie Wiedererkennen in seinem Blick auf. »Du bist Elizabeths Schwester, richtig?«

»Caitlin«, half sie ihm auf die Sprünge und gab sich Mühe, nicht allzu enttäuscht zu sein, dass er ihren Namen vergessen hatte.

Er nickte. »Klar, klar. Caitlin. Logisch.« Er schenkte ihr ein entspanntes Lächeln. Ihr Magen schlug Purzelbäume. »Hab ich doch gewusst. Schön, dass du auch hier bist.« Dann wandte er sich der hübschen Rothaarigen an seiner Seite zu und nahm das Gespräch wieder auf.

Ein paar Sekunden stand Caitlin nur da und kam sich unglaublich dumm vor. Wochenlang hatte sie von dem Augenblick geträumt, in dem sie ihn wiedersehen würde. Und das war er gewesen. Er hatte sie kaum angesehen. Sie überlegte fieberhaft, was sie noch sagen könnte. Aber ehe ihr etwas einfiel, packte George ihre Hand.

»Mach schon. Gleich kommen die Lehrer. Bis dahin sollten wir an unserem Platz sein.«

Caitlin blieb nichts anderes übrig, als ihr zu folgen.

»Kennst du Elliott?«, fragte sie, als sie weit genug von ihm weg waren.

»Jeder hier kennt Elliott Falconer.« So wie George das sagte, klang es nicht besonders schmeichelhaft. Sie blieb kurz stehen und sah Caitlin an. »Warum? Woher kennst du ihn denn?«

Caitlin erklärte es ihr knapp. »Ich glaube, er ist richtig nett«, ergänzte sie, weil sie Georges Meinung über ihn hören wollte.

George schnaubte. »Natürlich. Elliott kann wahnsinnig charmant sein, wenn er will.«

»Und wie gut kennst du ihn?«, hakte Caitlin nach. »Seid ihr befreundet?«

George antwortete nicht gleich. Inzwischen waren sie bei Georges Freunden angekommen. Erst als sie sich gesetzt hatten und Caitlin den anderen vorgestellt worden war, warf George ihr einen langen Seitenblick zu. »Hör zu, du solltest eines über Greycourt wissen. Es gibt hier eine strikte soziale Hierarchie. Leute wie wir«, sie deutete auf ihre Freunde auf der Bank, »sind nicht mit den Elliotts und Morgans an unserer Schule befreundet. Und ehrlich gesagt ist das gut so.«

Bevor Caitlin fragen konnte, was das bedeuten sollte, erklang ein Gong und das Gerede verstummte. Bänke scharrten, als die Schüler sich erhoben. Ein paar Sekunden später betraten die Lehrer den Speisesaal und wanderten in einer langen Prozession zu dem Tisch am Kopfende des Saales. Als sie sich niedergelassen hatten, ging Elizabeth nach vorn, und alle senkten den Kopf. Als Schulsprecherin war es ihre Aufgabe, das Schuljahr mit einem Dankgebet zu eröffnen. Sie begann mit ihrer kräftigen, klaren Stimme Latein zu sprechen.

»Benedice, Dominus, nos et donam tuam …«

Während des ganzen Essens versuchte sich Caitlin darauf zu konzentrieren, was George und ihre Freundinnen redeten. Sie schienen richtig nette, normale Mädchen zu sein, genau wie George selbst. Trotzdem schweifte Caitlins Blick hin und wieder zu Elliotts Tisch. Alle um ihn herum wirkten unglaublich cool. Die Jungen sahen gut aus, die Mädchen waren schlank und hübsch. Caitlin sah sich den leicht zerrupften Haufen an, in dem sie saß. Plötzlich erkannte sie, was George mit den beiden Gruppen meinte, die sich nicht mischten. In ihrer Schule in Irland war das nicht so gewesen. Das Holy Cross war zu klein gewesen, als dass sich Cliquen bilden konnten. Auch das war eine Veränderung, an die sie sich erst gewöhnen musste.

7

Caitlins erster Monat in Greycourt verging wie im Flug, vor allem, weil sie sich an so vieles gewöhnen musste. Auf Schritt und Tritt wurde ihr vor Augen geführt, wie privilegiert sie waren. Die Schule war unglaublich gut ausgestattet. Es gab eine Fechthalle, einen Judo-Dojo, ein wettkampftaugliches Hallenschwimmbad und einen Golfplatz mit neun Löchern. Immer wieder verglich

Caitlin die Anlage im Geist mit Holy Cross. Zwischen den beiden Schulen lagen Welten.

Am deutlichsten wurde das im Unterricht. In Greycourt wurde größter Wert auf akademische Höchstleistungen gelegt – das Schulmotto *sapere aude*, wage zu wissen, sagte genug. Der Unterricht war die reinste Schinderei. Das bekam Caitlin vom ersten Tag an zu spüren. Die Schulsekretärin überreichte ihr einen schlecht fotokopierten Lageplan, und sie verirrte sich prompt in dem Labyrinth dunkler Korridore. Keiner der Schüler, die durch die Gänge eilten, schien daran interessiert, der neuen Mitschülerin zu helfen.

Sie kam fünfzehn Minuten zu spät in ihre erste Stunde, Englisch. Mr Reynolds, ein nagetierhafter Mann mit einem Hang zu Tweedanzügen, wollte keine Erklärungen hören. »Stellen Sie in Zukunft sicher, dass Sie pünktlich in meinem Unterricht erscheinen, Miss Melville«, verkündete er herablassend gelangweilt. »Andernfalls werden Berrylands zehn Hauspunkte abgezogen.«

Caitlin fand einen freien Platz ganz hinten. Sie kannte kein einziges Gesicht im Raum. Die Schüler wurden nach Noten aufgeteilt, und George war mit ihren Freundinnen in der besten Klasse. Caitlin war in die einfachste eingestuft worden – »bis wir wissen, was in dir steckt«, hatte ihr die Schulleiterin während der morgendlichen Besprechung erklärt. Caitlin hatte schon jetzt den Verdacht, dass sie hierbleiben würde.

Im Englischunterricht ging es um die »metaphysischen Dichter« des siebzehnten Jahrhunderts, und Caitlin bekam postwendend eine Kostprobe des darwinistischen Lernansatzes, der in Greycourt verfolgt wurde: Nur die Fähigsten überlebten. Mr Reynolds las die Sonette vor und rief wahllos Schüler auf, die John Donnes berühmte Wortspiele erläutern mussten. Immer wenn jemand eine falsche Antwort gab, stöhnte Mr Reynolds auf, während der Rest der Klasse kicherte.

Schließlich wurde Caitlin aufgerufen. Mr Reynolds beugte sich über ihren Schreibtisch und bellte: »Miss Melville! *Ein Abschied:*

Mit dem Verbot zu trauern. Ein klassisches Donne-Gedicht. Was können Sie mir darüber sagen?«

Elf neugierige Augenpaare richteten sich auf Caitlin und erwarteten gespannt, wie sie sich schlagen würde. Caitlin blickte auf ihre Notizen und versuchte ihre Gedanken zu sammeln. Aber Mr Reynolds ließ ihr keine Gelegenheit dazu.

»Die Zeit ist um, Miss Melville!« Er wandte sich an die ganze Klasse. »Möchte sonst jemand einen Tipp hierzu abgeben?«

Ein Dutzend Hände flogen auf.

»Ja, Miss Adams.« Mr Reynolds trat vor eine atemberaubende Brünette. »Würden Sie uns Aufschluss geben, wo sich Miss Melville außerstande sah?«

»Wir sehen hier, wie Donnes berühmtestes *Konzetto* eingeführt wird«, antwortete die Brünette nach einem abfälligen Blick auf Caitlin. »Die beiden Liebenden werden mit den beiden Nadelpunkten eines Kompasses verglichen. Anfangs erscheint der Vergleich lächerlich, doch Donne zeigt über das gesamte Gedicht hinweg auf, inwiefern er keineswegs abwegig ist.«

Mr Reynolds hatte während ihrer Antwort zustimmend genickt. »Gut, gut, Miss Adams«, sagte er jetzt. Die Brünette erstrahlte unter seinem Lob. »Und wie macht er das?«

Caitlin bemühte sich den Rest der Stunde darum, den Faden nicht zu verlieren, und hatte trotzdem das Gefühl, immer weiter zurückzufallen. Und dies war angeblich die einfachste Klasse …

»Diese ganzen Hausaufgaben schaffe ich nie im Leben«, meinte Caitlin während der ersten Woche zu George. Sie kämpfte gerade mit Trigonometrie. Zwanzig Minuten brütete sie schon über der ersten Aufgabe und hatte immer noch keine Ahnung, wie sie zu lösen war. Und es warteten fünfzehn weitere auf sie, ehe sie auch nur daran denken konnte, schlafen zu gehen.

George warf einen Blick auf die Aufgabe, die Caitlin so zu schaffen machte. »Keine Angst. Dabei kann ich dir helfen.« Sie nickte zu ihrem Geografiebuch hin. »Lass mir nur fünf Minuten Zeit, damit ich das hier fertig machen kann.«

Sie stand zu ihrem Wort. In Windeseile hatte sie die Mathelektionen so vereinfacht, dass Caitlin genau wusste, was sie tun musste. Caitlin hatte es eigentlich nicht anders erwartet. George war ein Naturtalent als Lehrerin. Sie war nur in Berrylands gelandet, weil sie keinen Funken Ehrgeiz im Leib hatte.

Seit Schulbeginn hatte Caitlin mitbekommen, dass jedes Haus in Greycourt seinen eigenen Charakter hatte. Die Rektorin schätzte beim Antrittsgespräch ein, wohin jeder Schüler am besten passte. Für die meisten anderen Häuser war Berrylands ein Witz. Die Schulleitung förderte den Konkurrenzkampf zwischen den einzelnen Häusern, indem sie für akademische Leistungen oder sportliche Siege Punkte vergab. Jedes Jahr wurde eine Tabelle veröffentlicht. »Berrylands landet grundsätzlich auf dem letzten Platz«, hatte George Caitlin fröhlich erklärt.

In Greycourt gab es für alles eine feste Hackordnung. Wie Caitlin schon am ersten Abend bemerkt hatte, gab es eine klare Trennung zwischen populären und unpopulären Schülern. Das bedeutete, dass Elliott in einer ganz anderen Liga spielte als sie. Er war nicht nur zwei Jahre älter, sondern noch dazu ein Mitglied der In-Crowd in Greycourt. Nachdem Caitlin mit George und ihrer Gruppe befreundet war, erschien sie überhaupt nicht auf seinem Radar.

Das traf auch umgekehrt zu. George und ihre Freundinnen hatten für Elliotts Clique genauso wenig übrig.

»Schau dir Barbie wieder an«, bemerkte George hin und wieder gehässig und nickte dabei im Speisesaal zu Morgan hin. »Ich weiß echt nicht, wieso sie sich überhaupt was auf den Teller tut. In einer halben Stunde würgt sie es sowieso wieder hoch.«

Der ganze Tisch lachte. Aber Caitlin sah trotzdem unwillkürlich sehnsüchtig zu Elliott hinüber. Ein Teil von ihr – ein hohler, oberflächlicher Teil, das war ihr klar – wollte zu gern wissen, wie es wohl wäre, von seiner Clique akzeptiert zu werden.

Kunst war das einzige Fach, das Caitlin wirklich genoss. Dazu trug bei, dass sie mit Mr Wright, dem Fachbetreuer, gut auskam. Er war ein sanfter Mann von Anfang vierzig und ein begnadeter Lehrer dazu. Der Elternbeirat war nicht besonders glücklich über seine eher unorthodoxe Kleidung – er trug bevorzugt Black-Sabbath-T-Shirts und schwarze Jeans und hatte einen Diamantenstecker im linken Ohrläppchen. Aber nachdem an seinen Ergebnissen nichts auszusetzen war, hatte man sich damit abgefunden.

Nach Caitlins erster Kunststunde bat er sie, noch im Raum zu bleiben. Sie hatte schon halb damit gerechnet, dass er ihr eröffnen würde, sie entspreche nicht den hier gestellten Erwartungen. Stattdessen fragte er sie, ob sie auch in den Nachmittagskurs kommen wolle, den er mittwochs und freitags gab.

»Eigentlich ist er für die Abschlussklasse gedacht. Aber ich glaube, du würdest davon profitieren, wenn du mitmachen würdest. Natürlich ist die Teilnahme freiwillig.«

Damit meinte er, dass es ein Privileg war, gefragt zu werden.

Der Nachmittagsunterricht stellte sich als unterhaltsamer heraus, als sie erwartet hatte. Der Leistungskurs Kunst wurde wie eine Art »Kunstakademie« gehalten, wobei die Studenten ermuntert wurden, zu experimentieren und ihren eigenen Stil zu entwickeln. Zum ersten Mal hatte Caitlin Gelegenheit zu glänzen.

Das einzige Problem war, dass auch Morgan den Kunstkurs der Abschlussklasse belegt hatte.

Nachdem der Unterricht außerhalb der normalen Schulstunden stattfand, brauchten sie keine Uniform zu tragen, und so erschien Caitlin am ersten Nachmittag in einem knöchellangen kastanienbraunen Zigeunerrock und einem olivgrünen langärmligen T-Shirt. Noch während sie zu ihrer Staffelei ging, beugte sich Morgan zu ihrer Nachbarin. »O Gott, was hat sie da angezogen?«, flüsterte sie so laut, dass jeder es hören musste.

»Keine Ahnung«, kicherte ihre Freundin. »Vielleicht glaubt sie, der Hippie-Look ist wieder in!«

Caitlin ignorierte den Seitenhieb und hoffte, dass Morgan es irgendwann satthätte, gemein zu ihr zu sein. Aber da täuschte sie sich.

Es wurde nicht besser, schon gar nicht, als sich herausstellte, wie begabt Caitlin war. Morgan war es gewohnt, in Kunst die Jahrgangsbeste zu sein, und sie nahm es nicht gut auf, dass Caitlin ihr den Titel streitig machte.

Caitlin trat von ihrer Staffelei zurück, damit Mr Wright sehen konnte, woran sie gearbeitet hatte. Vor vierzehn Tagen hatte er der Klasse ein neues Projekt aufgegeben, das unter dem Thema »Ein alternatives Selbstporträt« stand. Caitlin hatte beschlossen, die Veränderungen auszuloten, die sie in den letzten Monaten durchgemacht hatte. Sie hatte ihre Leinwand in ein Raster von neun Rechtecken unterteilt, die jeweils eine Szene aus ihrem Leben zeigten. Alle neun Bilder fügten sich raffiniert zu einem großen Selbstporträt zusammen.

Es war das erste Mal, dass Mr Wright ihr Werk sah, und sie war gespannt, was er davon hielt. Er betrachtete das Bild nachdenklich und begann schließlich zu nicken. »Gut«, meinte er fast gedankenverloren.

Er starrte das Bild ein paar Sekunden länger an, dann riss er den Blick davon los und richtete ihn auf Caitlin. Seine Miene war todernst.

»Ich meine, es ist mehr als gut. Es ist außergewöhnlich.« Er ging neben ihr in die Hocke. »Weißt du, die Saatchi-Galerie veranstaltet jedes Jahr einen Schülerwettbewerb. Ich finde, du solltest dir ernsthaft überlegen, ob du nicht mitmachen willst. Wenn du gewinnst, werden deine Arbeiten in der Galerie ausgestellt, und du wirst für ein Stipendium an einer der großen Kunstakademien vorgeschlagen.«

Während er das sagte, waren alle anderen Gespräche im Raum verstummt, was zur Folge hatte, dass jeder das noch nie da gewesene Lob hörte. Morgans Kopf ruckte hoch, und sie sah Caitlin wütend an.

Nachdem Mr Wright Caitlins Bild noch etwas länger betrachtet hatte, ging er weiter durch die Klasse, um je nach Bild Lob oder Ratschläge zu verteilen. Schließlich kam er zu Morgan. Auf ihrem Gesicht stand ein zuversichtliches Lächeln. Ihr Gemälde war ein Ölbild, das einem Selbstporträt Picassos aus seiner kubistischen Periode ähnelte.

Mr Wright stand stirnrunzelnd davor. »Morgan«, sagte er schließlich. »Ich glaube, du hast nicht verstanden, worum es geht.«

Morgans Lächeln erlosch.

»Technisch gesehen ist an deiner Arbeit nichts auszusetzen, aber bei einem Selbstporträt geht es immer um Selbstausdruck und Selbsterkenntnis«, erklärte er nachsichtig. »Es sollte den Kern deines Wesens widerspiegeln. Was du mir hier zeigst, ist ein Gemälde von dir im Stil Picassos. Das sagt gar nichts über dich aus.«

Je ausführlicher er wurde, desto intensiver lief Morgans Gesicht rot an. Aber Mr Wright schien das gar nicht zu merken.

»Die Stunde ist gleich zu Ende. Aber vielleicht solltest du das Wochenende nutzen, um dir zu überlegen, was du über dich aussagen möchtest und wie du es am besten ausdrücken könntest.«

Ehe Morgan darauf antworten konnte, läutete die Schulglocke. Die Schüler begannen, aufzuräumen und über ihre Pläne fürs Wochenende zu plaudern. Caitlin wusch ihre Pinsel als Letzte aus. Sie war gerade an ihre Staffelei zurückgekehrt, als Morgan mit einer ihrer Vasallinnen vorbeiging. Sie warf einen abfälligen Blick auf Caitlins Porträt.

»Ich weiß echt nicht, was an dem Bild so toll sein soll.« Sie sprach so laut, dass Caitlin sie hören musste.

»Wahrscheinlich hat Mr Wright nur Mitleid mit ihr«, bestätigte ihre Freundin.

In genau diesem Moment hatte George das Klassenzimmer betreten, um Caitlin abzuholen. Es war Freitagnachmittag, und sie wollten in den Ort, um im *Little Tea Shop* in der Watling Street heiße Schokolade zu trinken und Kuchen zu essen. George bekam Morgans zickigen Kommentar mit und schüttelte den Kopf.

»Denk dir nichts dabei«, erklärte sie Caitlin. »Die sind nur neidisch.«

Caitlin lächelte schwach. Irgendwie machte es dieses Wissen nicht besser.

Rund um Towcester gab es viele malerische Country Pubs. Das *White Hart* gehörte nicht dazu. Es war eine heruntergekommene Bruchbude am Stadtrand mit klebrigem Boden; auf den Toiletten gab es nie Papier; und der Raum stank nach schalem Zigarettenrauch und Bier. Aber der Wirt fragte nur selten nach dem Ausweis, darum hatte die Abschlussklasse von Greycourt das *White Hart* trotz dieser unübersehbaren Mängel zu ihrer Stammkneipe erkoren.

Es war Freitagabend, und wie üblich hielt Elliott Falconer an einem Ende der Bar Hof. Unter dem abgewetzten Tisch, wo niemand es sehen konnte, spürte er Morgans Hand, die sein Bein hinaufglitt und mit den Knöcheln sein Geschlecht massierte. Er seufzte. Wenn er etwas nicht brauchen konnte, dann eine neue Runde mit seiner durchgeknallten Ex.

Er fasste nach unten und schob ihre Hand weg.

»Lass das, Morgan.«

Er sagte das absichtlich barsch, damit es keine Missverständnisse geben konnte. Nicht dass sie in letzter Zeit irgendetwas von dem zu kapieren schien, was er sagte. Wie oft musste man diesem Mädchen eigentlich erklären, dass es aus war? Obwohl er vielleicht falsche Signale aussandte, wenn er sich alle paar Wochen betrank und dann mit ihr schlief…

»Warum suchst du dir nicht jemand anderen?« Er nickte zum anderen Ende des rauchgeschwängerten Raumes hin. »Wie wär's mit dem Typen in der Ecke? Der scheint es echt nötig zu haben.«

Der ganze Tisch drehte sich um und wollte sehen, auf wen er deutete – einen dicken Glatzkopf in den Fünfzigern. Alle lachten, nur Morgan nicht. Sie sah Elliott wütend an.

»Fick dich.«

Alle lachten, weil die obszöne Bemerkung so gar nicht zu ihrer kultivierten Stimme passte.

Elliott setzte sein Bier ab. Dass Morgan so heftig auf seine Frotzeleien reagierte, war nicht normal. Gewöhnlich schluckte sie alles, was er ihr an den Kopf warf. Er war der einzige Mensch in Greycourt, der sie wie Dreck behandeln konnte und damit durchkam.

»Was ist mit dir los?«, fragte er.

Morgan wandte den Blick ab. »Nichts.«

Er wollte die Sache schon vergessen – ehrlich gesagt war es ihm scheißegal. Aber dann sagte Lucille Lewis, die phasenweise Morgans beste Freundin war, etwas Interessantes.

»Es ist wegen Caitlin Melville.« Wie fast alle Mädchen in Greycourt war Lucille bereit, jedes Geheimnis zu verraten, wenn sie dafür ein paar Sekunden in Elliotts Aufmerksamkeit baden konnte. »Morgan ist eifersüchtig, weil sie sich bei Mr Wright einschleimt.«

Morgan durchbohrte sie mit einem zornigen Blick. Sie war nicht scharf darauf, dass der peinliche Vorfall im Klassenzimmer bekannt wurde.

»Was für ein Quatsch«, fuhr sie ihr schnell über den Mund. »Ich bin nur müde.«

Aber Elliott spürte, dass sie log, und rieb postwendend Salz in ihre Wunde.

»Caitlin Melville«, meinte er genüsslich und mit einem lässigen Lächeln. »O ja, ich kann mich an sie erinnern. Die Kleine ist echt heiß.«

Morgan erstarrte an seiner Seite. »Red keinen Scheiß.«

Er zuckte mit den Achseln.

»Tu ich nicht. Sie ist ein Babe.«

Die Jungen am Tisch murmelten zustimmend. Ohne es zu ahnen, war Caitlin für die hormonell aufgeladenen Jungen in Greycourt zum Lustobjekt geworden. Sie war nicht wie die anderen, war in der Umkleide übereinstimmend festgestellt worden. Sie war still, sogar schüchtern. Und die Leute, mit denen sie rumhing – nur Streber und Lesben wie George. Außerdem machte sie nichts aus sich. Andere Mädchen kürzten den Saum ihres Schuluniformrockes oder kauften sich die Blusen eine Nummer zu klein. Caitlin nicht. Sie gab sich nicht einmal Mühe: Sie trug kein Make-up und hatte das rabenschwarze Haar zu einem schlichten Pferdeschwanz zurückgebunden. Aber das war egal. Sie besaß eine natürliche Schönheit, die keine Nachhilfe brauchte: milchweiße Haut, tiefblaue Augen und einen vollen Schmollmund. Und dazu einen Hammerkörper. Während Elizabeth geschmeidig und kompakt wirkte, wartete Caitlin mit präraffaelitischen Kurven auf.

»O ja.« In Elliotts Augen trat ein verträumter Blick. Vorhin beim Abendessen hatte er ihr absichtlich den Weg verstellt, als sie im Speisesaal zu ihrem Platz gegangen war, damit sie sich an ihm vorbeiquetschen musste. Er meinte jetzt noch zu spüren, wie ihr Busen über seine Brust gestrichen war. Sie hatte mindestens 85D, tippte er. In einer Schule, wo die meisten Mädchen entweder aßen wie die Spatzen oder ihr Essen gleich wieder auskotzten, war ein anständiger Vorbau Mangelware und hoch geschätzt. »Sie ist heiß, das steht fest.«

Morgan kniff die Lippen zusammen. Sie konnte es nicht leiden, wenn einem anderen Mädchen Komplimente gemacht wurden. Aber dass ausgerechnet dieses beschränkte kleine Landei gemeint war, machte sie richtig wütend.

»Nur blöd, dass du bei ihr nie landen können wirst«, fuhr sie ihn an. »Die Jungfrau Maria lässt dich bestimmt nicht ran.«

Elliott grinste mit dem gelassenen Selbstvertrauen eines Jungen, der mit der halben Klasse geschlafen hatte und genau wusste, dass es die andere Hälfte nur zu gern tun würde. Ihm war nicht entgangen, dass ihm Caitlins Welpenblick durch die ganze Schule folgte.

»Ach, da wäre ich mir nicht so sicher«, erklärte er mit jener Arroganz, die sein Markenzeichen war.

Der ganze Tisch johlte.

»Das hört sich nach einer Wette an.« Das kam von Sebastian Ashford, Elliotts bestem Freund und Zimmerkameraden.

»Fünfzig Flocken, dass du sie bis zum Schneeball nicht geknallt hast«, ergänzte Sebs identischer Zwillingsbruder Nicholas.

Mit ihrem feinen Knochenbau und den welligen Blondhaaren waren die Ashford-Zwillinge fast mädchenhaft hübsch. Aber die Schönheit beschränkte sich auf ihr Äußeres. Beide waren bis ins Mark zynisch und moralisch bankrott, und mehr als ein Mädchen am Tisch hätte nicht mit Sicherheit sagen können, mit welchem der Zwillinge sie geschlafen hatte oder ob es nicht vielleicht beide gewesen waren. Ihr scharfer Verstand brauchte ständig Ablenkung, und dieses Spielchen schien so gut wie jedes andere geeignet, sie zu unterhalten – wenigstens eine Zeit lang.

Elliott sah sich kurz um, um sicherzugehen, dass Elizabeth Melville nicht in Hörweite war. Vielleicht hatte sie nicht viel für ihre Halbschwester übrig, aber er hatte das Gefühl, dass sie hier einschreiten würde. Erst nachdem er sich überzeugt hatte, dass sie nicht in der Nähe war, nickte er. »Die Wette gilt.«

Eine halbe Stunde später waren die Einsätze gemacht. Elliott würde einen Tausender gewinnen oder verlieren. Das Geld interessierte ihn nicht weiter. Dank der großzügigen finanziellen Unterstützung, die er genoss, würde er den finanziellen Schlag verschmerzen. Hier ging es vor allem um seinen Ruf. Und den wollte er um keinen Preis verlieren.

Es war nicht schwer für Elliott, einen Vorwand zu finden, um mit Caitlin ins Gespräch zu kommen.

Am Montag bekam er während der Mittagspause im Aufenthaltsraum der Abschlussklasse mit, wie zwei der Streber aus der Theatergruppe über sie redeten. So wie es aussah, hatten sie Caitlin bequatscht, das Bühnenbild für die nächste Schulaufführung, *Ein Wintermärchen* anzufertigen. Jetzt hatte sie einem von beiden, Rob Greenway, erklärt, dass die zwei Meter hohen Pappmachésäulen, die sie für den ersten Akt entworfen hatte, inzwischen getrocknet waren. Die beiden würden sie nach Unterrichtsende im Kunstraum treffen und die Säulen dann in die Aula hinuntertragen. Elliott sah seine Chance gekommen. Rob war schnell überredet, dass er ihm seinen Platz überließ.

Als Elliott in den Kunstraum kam, begrüßte er Caitlin wie eine alte Freundin und ging dabei so weit, sich zu beschweren, dass er sie seit Schuljahresbeginn kaum zu Gesicht bekommen hätte. Caitlin musste an die vielen Gelegenheiten denken, bei denen sie Elliott begegnet war und von ihm ignoriert worden war.

Sie sah zu, wie er mühelos eine Säule hochhob. Neben ihm mühte sich Paul Edmunds, die andere Hälfte des für den Abtransport verantwortlichen Teams, mit seiner Säule ab.

»Ich wusste gar nicht, dass du in der Theatergruppe bist«, sagte sie zu Elliott, als er in Richtung Theater losgehen wollte.

Er zuckte lässig mit den Achseln. »Ach, ich helfe nur manchmal aus.« Er grinste. »Hauptsächlich, wenn es was Schweres zu tragen gibt.«

Hinter ihnen war Pauls Schnauben zu hören. Elliott schoss ihm einen bösen Blick zu und drehte sich dann schnell wieder zu Caitlin um. Sie hatte nichts gemerkt. Sie war viel zu beschäftigt damit, sich zu wünschen, sie hätte etwas anderes an als die farbverkleckste Jeans und ihr formloses T-Shirt.

»Also, dann schleppen wir die Dinger mal nach unten …«

Caitlin wünschte sich, der Nachmittag würde nie enden. Zum Glück schien es auch Elliott nicht eilig zu haben, wieder zu gehen. Nachdem die Arbeit erledigt war und Paul sich taktvoll verzogen hatte, lehnte sich Elliott an die Wand und schenkte Caitlin ein entspanntes Lächeln, bei dem ihr Magen zu flattern begann.

»Und, hast du jetzt Zeit für einen Kaffee?«, fragte er. »Wir könnten in die Stadt fahren …«

Caitlin zögerte. »Das geht nicht«, antwortete sie bedauernd. »Ich habe George versprochen, ihr beim Reiten zuzuschauen. Sie hat um vier einen Wettkampf.«

Schick sie doch in die Wüste, lag Elliott auf der Zunge. Aber er konnte sich gerade noch bremsen. Die meisten Mädchen würden ihre Freundin ohne Skrupel versetzen, wenn sie dafür eine Stunde mit ihm verbringen durften. Aber sein Instinkt sagte ihm, dass Caitlin anders war.

»Und wann hättest du dann Zeit?« Er gab sich Mühe, sensibel zu wirken. »Vorausgesetzt, das war keine höfliche Ausrede und du möchtest eigentlich nicht mit mir ausgehen …«

»Wie wäre es mit Samstag?«, schlug sie schnell vor. Sie bemühte sich, sich ihre Begeisterung nicht anmerken zu lassen.

Er hörte sie trotzdem und lächelte lässig. »Samstag wäre perfekt.«

Ihr Gesicht erstrahlte und bestätigte seine Vermutung.

Das würde fast zu einfach werden.

8

Elizabeth hätte nicht sagen können, wann sie Elliott und Caitlin das erste Mal zusammen gesehen hatte. Sie war in diesem Schuljahr schwer beschäftigt: mit ihren vier Leistungskursen, den Verpflichtungen als Schulsprecherin, den schulischen Freizeitaktivitäten, der Bewerbung für Cambridge, den Vorbereitungen für den Schneeball … dadurch blieb ihr wenig Zeit für ihre Mitschüler. Ursprünglich hatte sie nicht einmal zu dem Rugbymatch an diesem Samstag kommen wollen. Sie konnte sich eindeutig etwas Schöneres vorstellen, als im November im kalten Nieselregen zu stehen und dreißig Männern zuzuschauen, die durch den Schlamm rannten. Andererseits handelte es sich um ein Heimspiel gegen Oundle, Greycourts Erzrivalen, und als Schulsprecherin musste sie Teamgeist zeigen. Darum stand sie eingemummelt unter den anderen unerschütterlichen Fans an der Seitenlinie.

Zwei Minuten vor Schluss lag Greycourt drei Punkte zurück. Sebastian, einer der Stürmer, passte den Ball zu Elliott, dem Verbinder. Er stampfte über das Feld, an den Oundle-Verteidigern vorbei … Die Menge jubelte auf, als er den Ball im Malfeld in den Boden rammte, womit Greycourt ein »Versuch« gutgeschrieben wurde und die Mannschaft direkt vor dem Schlusspfiff zwei Punkte vorn lag.

Elizabeth klatschte und jubelte mit den anderen. Sie sah Elliott über das Feld rennen und seine Mannschaft im Lauf abklatschen. Elizabeth verdrehte die Augen. O Gott, immer musste er den Helden spielen. Amüsiert schaute sie zu, wie er auf ein Grüppchen von Rugbygroupies zusteuerte. Jetzt hob er ein Mädchen hoch und wirbelte sie in der Luft herum. *Elliott hat also eine neue Freundin*, dachte Elizabeth. Armes Ding. Sie würde es nicht lange bleiben, so viel stand fest. Schließlich setzte Elliott die Kleine ab. Sie wechselten ein paar Worte, dann gab Elliott ihr einen Kuss und verschwand im Laufschritt zu den Umkleideräumen. Er war zwanzig Meter weg, als er sich noch einmal umdrehte und dem Mädchen etwas zurief. Das Objekt seiner Aufmerksamkeit sah sich um, und endlich konnte Elizabeth ihr Gesicht erkennen.

Elizabeth blinzelte kurz und gleich darauf noch einmal.

Was zum Teufel soll das?, fragte sie sich.

Nach dem Spiel wurden in der Schulkantine Erfrischungen serviert. Sobald sie im Warmen waren, stellte Elizabeth Morgan zur Rede. Falls irgendwer wusste, was sich zwischen Elliott und Caitlin abspielte, dann sie.

»Was läuft da?«, bedrängte sie ihre Freundin.

Morgan folgte ihrem Blick auf Caitlin und Elliott. »Was soll wo laufen?«, fragte sie, um Zeit zu gewinnen.

Elizabeths Augen verengten sich. »Geht Elliott jetzt mit Caitlin?«

Morgan zuckte mit den Achseln. »Sieht so aus …«

»Und wie lange sind sie schon zusammen?«

»Ein paar Wochen …«, gab sie widerstrebend zu. »Vielleicht auch länger.«

Elizabeth schüttelte ungläubig den Kopf. Wie hatte ihr das entgehen können? Okay – sie hatte in diesem Jahr kaum Zeit mit ihrer alten Clique verbracht. Aber trotzdem …

Schuldbewusst dachte sie an das Versprechen, das sie ihrem Vater gegeben hatte. Am Abend vor dem ersten Schultag hatte er sie in sein Arbeitszimmer gerufen und ihr aufgetragen, in Greycourt auf Caitlin aufzupassen. Trotzdem hatte sie kaum ein Wort mit ihrer Halbschwester gewechselt, seit sie hier angekommen waren.

»Warum hast du mir nichts davon gesagt?«, wollte sie jetzt von Morgan wissen.

»Ich weiß nicht … ich habe gedacht, es wäre nicht so wichtig.«

»Nicht so wichtig?« Elizabeth schnaubte. »Sonst kriegst du sofort die Krise, wenn ein anderes Mädchen Elliott ansieht.«

Morgans Lippen wurden schmal. »Also, was soll ich dazu sagen? Ich schätze, ich bin einfach über ihn weg.«

Elizabeth ließ sich das durch den Kopf gehen. Sie war nicht sicher, ob sie Morgan glaubte. Aber wieso sollte ihre Freundin sie anlügen. »Und, ist es ernst?«, fragte sie schließlich.

»Woher soll ich das wissen?«, fauchte Morgan. Diese vielen Fragen behagten ihr gar nicht. Sie wusste, dass Elizabeth klüger war als sie, und hatte Angst, sich zu verzetteln und etwas auszuplaudern. »Warum fragst du sie nicht selbst?«

Elizabeth sah zum anderen Ende der Kantine hin, wo Elliott und Caitlin zusammen Saft tranken. Ausnahmsweise hatte Morgan recht; sie musste die Quelle direkt anzapfen. Trotzdem sagte ihr eine innere Stimme, dass es klüger war, noch abzuwarten, bis sie mit einem von beiden allein reden konnte.

Caitlin zog sich aus seinen Armen.

»Nein, Elliott.« Ihr Blick ging zur Tür, wo ein Stuhl unter der Klinke klemmte, falls seine Zimmerkameraden zurückkommen sollten. »Bitte hör auf.«

»Wirklich?« Er beugte sich über sie. Im weichen Licht der Nachttischlampe konnte sie das ironische Leuchten in seinen dunklen, intelligenten Augen sehen. Er sah ihr an, dass sie es nicht ernst meinte.

Er senkte den Kopf und küsste sie noch einmal. Nach kurzem Zögern entkam ihr ein leises Seufzen, und er wusste, dass sie sich ergeben hatte. Langsam und geschickt rollte er sie auf den Rücken, auch wenn sein schmales Bett unter ihrem gemeinsamen Gewicht gefährlich quietschte. Diesmal sagte sie nicht, dass er aufhören sollte, als sie spürte, wie er ihren grauen Wollrock nach oben schob und seine eine Hand das weiche Fleisch an der Innenseite ihrer Schenkel liebkoste, während die andere langsam ihre Bluse aufknöpfte.

Sie sagte es nicht, weil sie es im Grunde nicht wollte. Im Gegenteil, insgeheim wünschte sie nichts sehnlicher, als dass er weitermachen möge und sie endlich erfuhr, wie es sich anfühlte, wenn seine Finger unter die weißen Baumwollschlüpfer vordrangen, die in Greycourt zur Schuluniform gehörten, und er den dumpfen Druck linderte, der sich zwischen ihren Beinen aufstaute, sobald sie in seiner Nähe war. Noch vor einem Monat hätte sie sich nicht vorstellen können, dass sie je so empfinden könnte. Bis dahin hatte sich Caitlin immer für ein vernünftiges Mädchen gehalten. Doch wenn es um Elliott Falconer ging, konnte sie nicht mehr klar denken. Und das wusste er genau.

Angefangen hatte es an jenem Nachmittag im Kunstsaal. Dann hatten sie ausgemacht, am nächsten Samstag nach dem Mittagessen nach Northampton zu fahren. Den ganzen Vormittag hatte Caitlin gebraucht, um sich zurechtzumachen. Nachdem ihr George keine Hilfe gewesen war, hatte sie schließlich Lucille Lewis, die Modeexpertin im Berrylands, um Rat gefragt. Lucille war zwar mit Morgan befreundet, aber trotzdem erstaunlich nett gewesen. Um elf Uhr hatte Caitlin ihre üblichen formlosen Dunn's-Jeans gegen Lucilles knallenge Levi's getauscht und dazu einen schamlos engen Pulli angezogen. Sie ließ sich von Lucille helfen, ihre wilde Mähne glatt und seidig zu föhnen, bis die Haare in einem ebenholzschwarzen Fluss bis auf ihre Taille reichten, und sie hatte zum ersten Mal überhaupt Make-up aufgelegt. Als sie in den Spiegel gesehen hatte, war sie zufrieden mit dem Ergebnis – sie hätte fast als eines der Mädchen durchgehen können, mit denen er sonst ging.

Sie hatten ausgemacht, dass er sie um zwei in ihrem Zimmer abholen sollte. Sie wartete ewig und ohne auf Georges Ich-hab's-dir-gesagt-Blicke zu achten. Um kurz vor drei tauchte er schließlich auf – offenbar hatte das Rugbytraining länger gedauert. Die Enttäuschung, die ihr die Kehle zugeschnürt hatte, löste sich in Luft auf, als sein Blick sie wohlwollend abtastete. Sie war wegen des tief ausgeschnittenen Tops ein bisschen nervös gewesen. Aber Lucille hatte darauf bestanden, dass sie ihre »wichtigsten Vorzüge«, wie sie es nannte, so auffällig wie möglich präsentierte. Elliotts Reaktion schien Lucille recht zu geben.

»Siehst gut aus, Melville«, erklärte er anerkennend und ließ seinen Blick auf ihren Brüsten ruhen.

Sie erglühte unter seinem Lob und war froh, dass sie sich so viel Mühe gegeben hatte.

Bis sie in die Stadt kamen, war es fast vier, und Caitlin wäre am liebsten gleich wieder umgekehrt. Die Schüler der fünften Klassen mussten samstags um achtzehn Uhr zurück sein. Wenn sie zum Abendessen nicht in der Schule war, würde sie mit Arrest bestraft. Aber Elliott war relaxt wie immer. Er kannte Hannah Goldman, die Schülersprecherin im Berrylands. Er würde anrufen und dafür sorgen, dass sie beide Augen zudrückte.

Caitlin war hin und her gerissen. Sie wollte keinen Ärger bekommen. Aber sie wollte vor Elliott auch nicht wie ein Baby dastehen.

Er bemerkte ihre Unschlüssigkeit und grinste. »Vertrau mir. Würde ich dich je in Schwierigkeiten bringen?«

Es war so leicht, ihm nachzugeben. Wenn sie mit Elliott zusammen war, fühlte sie sich immer unbeschwert und draufgängerisch. Er war so selbstsicher, so gar nicht wie die Jungen, die sie in Valleymount gekannt hatte. Die waren in ihrer Nähe immer nervös geworden und hatten sich viel zu viele Gedanken gemacht. Elliott Falconer, der Rugbystar und beliebteste Junge an der ganzen Schule, nahm die Dinge einfach in die Hand. Er zeigte ihr die malerische Marktstadt Northampton mit den gotischen Bauten und den idyllischen, schwarz gepflasterten Straßen. Aber das Sightseeing schien ihn schnell zu ermüden, darum schlug er vor, lieber etwas zu essen. Sie stimmte jedem seiner Vorschläge nur zu gerne zu.

Er nahm sie mit in den Lamport Swan, ein Pub, das er offenbar besonders gern besuchte. Falls ihr auffiel, dass er einen Tisch reserviert hatte, bevor sie auch nur zugesagt hatte, mit ihm auszugehen, dann behielt sie das für sich.

In Irland war sie so gut wie nie ins Restaurant gegangen, und sie fühlte sich nicht wohl im Swan, sondern kam sich vor, als würde sie eine Erwachsene spielen. Elliott hingegen schien sich hier zu Hause zu fühlen. Er bestellte eine Flasche Rotwein, ohne sie zu fragen, und orderte auch ihr Essen. Für sie war alles aufregend und gefährlich. Als beim Essen sein Bein unter dem Tisch ihres zufällig berührte, spürte sie, wie sich etwas in ihr regte, etwas, von dem sie bis dahin nichts geahnt hatte.

Als sie schließlich um elf nach Greycourt zurückkehrten, brachte er sie noch zu ihrer Haustür. Dort beugte er sich, ohne sie erst um Erlaubnis zu fragen, über sie und küsste sie mit einem Geschick und einer Dreistigkeit, die ihr den Atem raubte. Als er sich, gelassen und entspannt, von ihr löste, starrte sie ihn mit offenem Mund an und floh dann ohne ein weiteres Wort ins Haus.

Elliott war Experte in solchen Dingen. Er wusste, dass es am besten war, erst einmal gar nichts zu unternehmen. Er hatte ihre Reaktion gespürt und wusste, dass er sie am Haken hatte. Der nächste Tag war der Sonntag. Die gesamte Schule ging in die Schulkapelle. Als er an ihr vorbei zu seiner Bank ging, beschenkte er sie mit einem lässigen, wissenden Lächeln. Sie spürte in ihrem Inneren eine so tiefe und starke Begierde auflodern, dass sie unwillkürlich schauderte. Als sie später am Vormittag zu ihrem Haus zurückging, war sie nicht überrascht, dass er schon auf sie wartete.

Seither waren die beiden ein Paar.

Seit sie Elliotts Freundin war, war nichts mehr wie vorher. Plötzlich gehörte sie zu seinem Kreis. Sie saß beim Essen neben ihm;

ging mit den anderen Mädchen zu seinen Rugbyspielen. Jeden Freitag- und Samstagabend gingen sie aus – ins Kino, vielleicht ins White Hart oder auf eine Party in einem der Häuser. Ihr neuer Status war natürlich nicht unbemerkt geblieben, Schüler, die sie bis dahin ignoriert hatten, waren plötzlich sichtlich bemüht, sie zu grüßen.

Anfangs fiel es ihr schwer, mit seiner Clique auszugehen. Sie hatte nicht viel mit ihnen gemeinsam – übrigens auch nicht mit Elliott. Am wenigsten konnte sie seine Zimmerkameraden Sebastian und Nicholas Ashford leiden. Die drei hatten sich das beste Zimmer in der ganzen Schule unter den Nagel gerissen – ein Dreibettzimmer im alten Glockenturm des Heath House. Mit seinem großen Wohnzimmer, der abgetrennten Küche und dem eigenen Bad war es wesentlich luxuriöser als die anderen Unterkünfte. Aber wegen der Ashford-Zwillinge hielt sich Caitlin dort nicht gerne auf. Auch wenn sie es nicht genau benennen konnte, hatten die Brüder etwas Schmieriges an sich. Meist ignorierten die beiden sie, doch ab und zu erwischte sie einen dabei, wie er sie mit einem verstohlenen Grinsen beobachtete – ohne dass sie je hätte sagen können, welcher es war –, als wüssten sie von einem Streich, in den sie nicht eingeweiht war. Außerdem hatten sie Caitlin und Elliott schon mehrmals überrascht, und sie war sicher, dass das kein Zufall gewesen war. Darum bestand sie inzwischen darauf, dass Elliott einen Stuhl unter die Türklinke klemmte.

Sie fragte sich, ob das vielleicht zum Problem werden könnte: die Tatsache, dass sie Elliotts Freunde nicht leiden konnte. Aber ihn schien es nicht zu stören.

Sie wusste, dass fast die ganze Schule über sie redete. Niemand konnte wirklich verstehen, was sie aneinander fanden – oder genauer gesagt, was Elliott an ihr fand. Caitlin konnte sich schon denken, was sie redeten. Also strengte sie sich an, in seiner Clique akzeptiert zu werden. William hatte ihr seit Schuljahresanfang ein großzügiges wöchentliches Taschengeld zukommen lassen, das sie bis jetzt kaum angerührt hatte. Aber jetzt ging sie mit

Lucille shoppen und legte sich eine neue Garderobe zu. Sie stellte fest, dass sie einen guten Blick dafür hatte, was ihr stand. Während Lucille sklavisch den neuesten Modetrends hinterherlief, ob sie ihr schmeichelten oder nicht, war Caitlin wesentlich kritischer.

»Was hältst du davon?«, fragte Lucille, als sie aus der Umkleidekabine trat. Sie waren im Peacocks, einem Kaufhaus in Northampton. Lucille trug einen Rock in A-Linie und ein T-Shirt und hatte nachtschwarze Strumpfhosen zu ihren Doc-Martens-Stiefeln angezogen. Das Outfit stand ihr überhaupt nicht: Sie wirkte darin fast untersetzt. Die beiden Mädchen waren ähnlich gebaut – eher klein und kurvig als groß und schlank –, und Caitlin wäre nicht im Traum eingefallen, so etwas zu tragen. Aber sie wollte ihre neue Freundin nicht verletzen. »Sieht ganz gut aus«, meinte sie taktvoll. »Aber ich glaube, ich habe eben etwas gesehen, das dir noch besser gefallen könnte …«

Fünf Minuten später trat Lucille in einem burgunderroten Jerseykleid aus der Kabine. Es war ähnlich geschnitten, lag aber eng am Körper an und betonte ihre Kurven, statt sie zu verbergen. Lucille sah sensationell darin aus.

»Ich liebe es!« Sie drehte sich vor dem dreiflügeligen Spiegel hin und her, um sich zu bewundern. »Das nehme ich auf jeden Fall.«

Caitlin lächelte über ihre euphorische Begeisterung. Eigentlich hatte sie das Kleid selbst kaufen wollen. Aber sie wusste, dass Lucille an diesem Abend mit Nick Ashford ausgehen wollte. Sie war seit Ewigkeiten in ihn verschossen und wollte richtig scharf aussehen. Caitlin würde ihr das Kleid überlassen. Sie konnte jederzeit etwas anderes finden.

Als Lucille an der Kasse stand, ging ihr unwillkürlich durch den Kopf, dass es gar nicht so übel war, mit Caitlin Melville befreundet zu sein. Morgan hätte sich nie dazu herabgelassen, ihr beim Aussuchen von Anziehsachen zu helfen. Einen Moment lang bekam sie Gewissensbisse wegen der Wette. Aber sie ignorierte sie geflissentlich. Vielleicht würde Elliott, genau wie sie, irgendwann merken, wie nett Caitlin war. Und vielleicht würde er die Wette dann doch nicht durchziehen.

Caitlin war bewusst, dass sie ihre Freunde vernachlässigte. Aber irgendwie landete sie beim Essen regelmäßig in Elliotts Clique und ging nach der Schule immer mit ihnen aus.

George hatte mehr als einmal versucht, mit ihr zu reden. Sie konnte einfach nicht begreifen, wieso sich Caitlin mit Elliott eingelassen hatte, und hatte keine Scheu, sie darauf anzusprechen.

»Typen wie der sind nur auf eines aus«, erklärte sie ihr eines Abends in ihrem Zimmer.

Caitlin wurde rot. »So ist es nicht«, wehrte sie sich ohne große Überzeugung.

George zog skeptisch eine Braue hoch. »Wer's glaubt.«

Als Caitlin jetzt spürte, wie Elliott ihren BH-Träger beiseiteschob, kamen ihr Georges Worte in den Sinn. Sie war vielleicht naiv, aber sie war nicht blöd. Sie wusste, dass Elliott schon erfahren war und mehr von ihr wollte. Aber sie wusste nicht, ob sie bereit war, sich auf mehr einzulassen. Ja, es waren die neunziger Jahre, aber Caitlin war in eine Klosterschule gegangen. Der Gedanke an Sex löste bei ihr die gleiche Angst und gruselige Faszination aus wie bei Tausenden katholischen Schulmädchen vor ihr.

Nicht, dass Elliott sie unter Druck gesetzt hätte. Also, wenigstens nicht mit Worten.

Aber darüber konnte sie jetzt nicht mehr nachdenken. Nicht wenn seine Finger ihre rechte Brust aus der Baumwollschale hoben und sie genauso streichelten, wie Caitlin es gern hatte, bis ihre Brustwarzen hart und fest wurden. Wenn er das machte, war es schwer, überhaupt noch zu denken.

Sie spürte, wie seine andere Hand von der Innenseite ihres Schenkels wegwanderte und zart am Saum ihres Höschens entlangstrich. Normalerweise wehrte sie sich, wenn er ihr an die Wäsche gehen wollte. Aber heute hatte sie ihn nicht rechtzeitig gebremst. Sie wand sich unter seiner Berührung, schmiegte sich in seine Handfläche und sehnte sich danach, dass er weitermachte. Der dünne Stoff wurde langsam feucht, und es gefiel ihm, dass sie schon nass war. Trotzdem ließ er sich nicht hetzen. Seine Berührungen blieben leicht und neckisch. Als würde er genießen, wie sie sich unter seinen Händen wand.

Sie tat, als hätte sie nicht gemerkt, wie sich seine Hand unter den Bund gestohlen hatte und ihren Busch umfasste, sodass sein Zeigefinger auf einem ganz bestimmten Punkt zur Ruhe kam. Langsam und bedächtig begann er, ihn zu reiben. Sie spürte, wie sich zwischen ihren Beinen Druck aufstaute, so als müsste sie pinkeln, nur viel, viel besser. Ein tiefes Stöhnen stieg aus ihrer Kehle. Er hörte es und lachte leise. »Das magst du, wie?«

Sie sagte nichts. Das war auch nicht nötig. Ihre Reaktion sprach für sich selbst. Er kniete sich über sie und schob mit der anderen Hand den Bund ihres Slips zur Seite. Sie versuchte nicht daran zu denken, was er da tat, während er einen Finger in sie schob. Er zögerte kurz, als würde er darauf warten, dass sie sich ihm entwand. Als sie still blieb, schob er den zweiten Finger hinterher.

Der erste hatte sie vollständig ausgefüllt, der zweite schmerzte. Aber es war ein guter Schmerz. Seine Koordination war perfekt, seine Finger bewegten sich langsam vor und zurück, während er weiter ihre Klitoris massierte. Sie spürte, wie es zwischen ihren Beinen noch feuchter wurde. Ihre Hände krallten sich in die Daunendecke. Sie presste die Knie zusammen – nicht um ihn aufzuhalten, sondern um die Empfindung zu steigern. Sie ahnte, dass gleich irgendetwas passieren würde.

Elliott spürte die Veränderung und hielt inne. Genau darauf hatte er gewartet, endlich war sie an dem Punkt, an dem sie nicht mehr zurückwollte. Mit neuer Zuversicht zog er seine Hand zurück und begann seine Jeans aufzuknöpfen.

Das Ratschen des Reißverschlusses holte sie abrupt in die Wirklichkeit zurück. Der Nebel der Lust war wie weggeblasen, und die wohligen Gefühle lösten sich in nichts auf.

»Elliott … nein«, murmelte sie.

Aber er hörte nicht. Er war viel zu beschäftigt, sich aus seiner Jeans zu winden.

»Ehrlich, Elliott, wir sollten das nicht tun …«

Sie versuchte den Rock wieder nach unten zu ziehen, sich zu bedecken, doch er fing ihr Handgelenk ab. Er war keinen Argumenten mehr zugänglich, und dieser Gedanke ließ sie in Panik geraten. Mit aller Kraft stemmte sie ihre freie Hand gegen seine Brust und schubste ihn weg.

»Nein!«

Diesmal war ihr barscher Tonfall unmissverständlich. Er flog nach hinten und schlug mit dem Kopf gegen die Nachttischlampe.

»Fuck!« Er sah sie finster an und rieb sich den Schädel. »Was sollte das denn, verdammte Scheiße?«

»Du hast nicht aufgehört«, murmelte sie.

»Ehrlich, ich hatte nicht den Eindruck, dass du das wolltest«, raunzte er sie an.

Caitlin wandte das Gesicht ab, denn ihr war nur zu bewusst, dass er sie durchschaut hatte. Stattdessen konzentrierte sie sich darauf, ihren Rock glatt zu streichen und die Bluse zuzuknöpfen. Das schlechte Gewissen war wieder da. Jetzt fühlte sie sich schmutzig und schämte sich. Wie hatte sie zulassen können, dass er das mit ihr machte?

In der Stille konnte sie hören, wie sich sein Atem verlangsamte und allmählich beruhigte. Erst dann beugte er sich vor und nahm ihre Hand.

»Hör zu, es tut mir leid. Es ist mit mir durchgegangen. Du weißt, wie das geht. Wenn ich mit dir zusammen bin, kann ich mich irgendwie kaum beherrschen …«

Das waren die magischen Worte, die sie so gern hörte.

Ich kann nicht anders, du bist einfach so schön.

Gott, du machst mich so an.

Ich liebe dich so sehr.

Auch wenn sie sich das nur ungern eingestand, es gefiel ihr, dass sie diese Macht über ihn hatte. Wenn sie beobachtete, wie er die Kontrolle verlor, wie sein Atem schwerer wurde, wie er angestrengt um Beherrschung rang. Das gab ihr ein Gefühl von Macht, das süchtig machte. Einmal hatte er ihr in einem Wutanfall vorgeworfen, sie wolle ihn nur aufgeilen. Ihr waren die Tränen gekommen. Er hatte sich entschuldigt. Aber insgeheim begann sie sich zu fragen, ob er vielleicht recht hatte.

Sie wusste nicht, wie lange sie sich ihm noch verweigern konnte. Jedes Mal, wenn sie ihn abwies, hatte sie Angst, er könnte Schluss mit ihr machen. Sie wollte unbedingt, dass er sie gern hatte. Sie wollte weiter seine Freundin und in seiner Clique bleiben. Zum ersten Mal, seit sie bei den Melvilles gelandet war, fühlte sie sich in dieser privilegierten, abgehobenen Welt aufgenommen. Das wollte sie nicht verlieren.

Ein paar Sekunden weigerte sie sich, ihn anzusehen. Sie konnte nicht einmal genau sagen, wie sie sich fühlte. Wütend, frustriert, verwirrt. War es denn wirklich so schlimm, wenn sie es taten? Ihre Mam hatte ihr zwar all die strikten katholischen Moralvorstellungen eingebläut, aber es war nicht so, als hätte *sie* selbst beherzigt, was sie gepredigt hatte.

Elliott legte die Hand unter ihr Kinn und hob es an, bis sich ihre Blicke trafen. »Hör zu, es tut mir wirklich leid …«

Sie sah in seine ernsten dunklen Augen und schmolz wie jedes Mal dahin. »Ist schon okay. Aber wir sollten jetzt lieber gehen. Sonst kommen wir zu spät zum Essen.«

Daraufhin lächelte er, und sie entspannte sich. Sie konnte kaum glauben, wie verständnisvoll er war. Sie fragte sich nur, wie lange er noch warten würde – oder, noch entscheidender, wie lange sie noch durchhalten würde.

Eine halbe Stunde später saß Elliott Caitlin im Speisesaal gegenüber und tat so, als würde er zuhören, während sie von ihrem Kunstprojekt erzählte. In Wahrheit versuchte er sie mit Gedankenkraft dazu zu bringen, sich noch einmal über den Tisch zu beugen, damit er einen weiteren Blick in ihren sahneweißen Ausschnitt erhaschen konnte.

Inzwischen waren sie seit sechs Wochen zusammen, doch erst heute hatte er es weiter als bis an ihren Busen geschafft. Sechs lange Wochen, in denen er den Musterknaben gespielt hatte. Der ihr die Türen aufhielt. Stühle für sie herauszog. Ihr in den Mantel half. Ihr aufmerksam zuhörte, während sie über ihren bescheuerten Kunstunterricht laberte. Ein Musterknabe, der sie richtig scharfmachte – sich selbst auch –, nur damit sie in der letzten Sekunde mit großen, ängstlichen Augen die Beine zusammenkniff. Und der Musterknabe musste dann so tun, als würde er dieses Gezicke verstehen. Noch nie hatte er für einen lausigen Fick so ackern müssen.

Heute hätte er sie um ein Haar herumgekriegt. Er hatte abgewartet, bis sie fast kam, und darauf gesetzt, dass sie zu scharf wäre, um einen Rückzieher zu machen, wenn er aufs Ganze ging. Aber nein. Er hackte auf die grünen Bohnen auf seinem Teller ein, als wollte er seinen Frust an dem matschigen Gemüse auslassen.

Und seine Frist lief schon bald ab. Noch zwei Wochen bis zum Schneeball. Anscheinend hatte inzwischen die gesamte Abschlussstufe Wetten platziert. Blöderweise standen zwei Drittel der Einsätze gegen ihn. Alle hielten sie für zu zimperlich, um mit ihm rumzumachen. Aber er hatte sich schon einen Plan zurechtgelegt. Er würde sie zum Schneeball einladen und sie den ganzen Abend über einwickeln, bis sie am Ende darum betteln würde. Er spürte, wie sein Schwanz zu zucken begann, wenn er nur daran dachte. Das überraschte ihn am meisten – dass es ihm inzwischen nicht mehr ums Geld oder um seinen Ruf ging. Er wollte sie wirklich. Mehr als jedes andere Mädchen in seinem ganzen Leben. Vielleicht weil sie das erste Mädchen war, das ihn nicht ranlassen wollte.

Er schaute zu, wie sie die schweren schwarzen Haare hinters Ohr schob und mit diesen riesigen, lilablauen Augen zu ihm aufsah. Sie strahlte eine Unschuld aus, die unmöglich gespielt sein konnte. Ihm gefiel der Gedanke, dass er ihr Erster wäre. Anfangs wäre sie bestimmt zurückhaltend, vielleicht sogar schüchtern. Aber wenn er sie erst angewärmt hatte, würde sie garantiert abgehen …

Plötzlich wurde ihm bewusst, dass sie ihn fragend ansah. Scheiße. Er hatte nicht zugehört.

»Was denkst du?«, fragte sie.

Er sah auf ihren Rosenknospenmund, der ihn schmollend ansah. Im Moment dachte er, wie nett es wäre, diese vollen Lippen um seinen harten Schwanz zu spüren.

Sie sah ihn ernst an.

»Elliott? Hast du gehört? Soll ich Öl oder Acryl verwenden?«

Er zwang sich, mit seinen Gedanken in die Gegenwart zurückzukehren, und gab sich alle Mühe, eine passende Antwort zu finden. »Was du für das Beste hältst«, meinte er und wechselte dann das Thema. »Hast du eine Idee, was wir nachher unternehmen könnten?«

Den Rest des Abends verbrachten sie aneinandergekuschelt vor einem Video im Gemeinschaftsraum – ihre Vorstellung von einem gelungenen Abend. Als sie sich schließlich eine gute Nacht wünschten, glaubte er jeden Moment zu explodieren. Er stieg in seinen Wagen und fuhr in den Cave Club in Northampton, wo er sich mit den anderen traf. Aber in Gedanken war er immer noch bei Caitlin. Wie üblich hatte sie ihn richtig angeheizt, jetzt musste er Druck ablassen – und zwar schnell. Sein Blick kam auf der betrunkenen und verzweifelten Morgan zu liegen. Nach zwei weiteren Rum-Cola und der vagen Andeutung, dass er sich vorstellen könnte, zu ihr zurückzukehren, folgte sie ihm bereitwillig aufs Männerklo.

An den Pissoirs standen ein paar Typen, die sie beim Hereinkommen mit vielsagendem Blick taxierten, aber Morgan schien das gar nicht zu bemerken, oder es war ihr egal. Er zog sie in eine Kabine und verriegelte die Tür. Der Gestank nach Urin und Schlimmerem war nicht gerade das ideale Aphrodisiakum, aber er war zu hinüber, als dass ihn das noch gestört hätte. Er schubste sie gegen die verkritzelte Wand, packte ihre Brust und quetschte sie zusammen. Das musste als Vorspiel reichen. Sie zog ihren Slip nach unten und den Rock nach oben und stellte einen Fuß auf den Toilettensitz, um ihm den Zugang zu erleichtern. Als er sich schließlich in ihr weiches, feuchtes Fleisch versenkte, schloss er die Augen und stellte sich vor, sie sei Caitlin.

Elliott war unentschlossen, ob er Morgan mit auf sein Zimmer nehmen sollte – schließlich wäre es nicht besonders geschickt, wenn Caitlin sie miteinander sah. Aber letztendlich war er froh, dass er das Risiko eingegangen war. Nachdem sie ihm einen geblasen hatte, erzählte sie ihm das Neueste über Elizabeth.

»Pass auf«, warnte sie ihn. Sie nahm einen Schluck Wasser, gurgelte damit und spuckte ihn ins Waschbecken. »Sie hat euch im Auge.«

»Na und? Das ist ein freies Land. Sie kann uns nicht verbieten, miteinander auszugehen.«

Morgan schnaubte. »Wenn du das wirklich glaubst, solltest du in Zukunft die Finger von dem Zeug lassen.« Sie nickte zu dem kleinen Joint hin, den er gerade anzünden wollte. »Komm schon, du kennst Elizabeth. Wenn sie glaubt, dass da etwas faul ist, wird sie alles tun, um es zu verhindern.«

Nachdem Morgan gegangen war, dachte Elliott noch lange darüber nach, wie er diese lästige Störung beheben konnte. Die Lösung war eigentlich ganz einfach.

9

Am Nachmittag kam Elizabeth nach dem Rugbyspiel in Caitlins Zimmer, um mit ihr über Elliott zu sprechen.

Caitlin wirkte genauso überrascht wie George, sie zu sehen. Das erinnerte Elizabeth unangenehm daran, dass sie Caitlin bis dahin kein einziges Mal auf ihrem Zimmer besucht hatte. Wieder spürte sie einen kurzen Stich, doch im nächsten Moment beschwichtigte sie ihr schlechtes Gewissen. Immerhin war sie jetzt gekommen, oder vielleicht nicht? Das allein zählte.

Sie fragte George, ob sie allein mit Caitlin sprechen könnte. Erst nachdem George ihre Bücher zusammengepackt hatte und ins Lernzimmer abgezogen war, ließ sich Elizabeth auf Caitlins Bett nieder. Caitlin setzte sich auf den Schreibtisch.

»Worüber willst du mit mir reden?« Caitlin war sichtlich neugierig, warum sich Elizabeth plötzlich für sie interessierte.

»Elliott.« Elizabeth hatte beschlossen, dass es am besten war, direkt zur Sache zu kommen.

Caitlin runzelte die Stirn. »Elliott? Ich weiß nicht ...«

Elizabeth versuchte, das Thema so behutsam wie möglich anzugehen. »Pass auf, mir ist aufgefallen, dass ihr beide viel Zeit miteinander verbringt, und ich mache mir einfach Sorgen um dich.«

»Sorgen um mich? Warum?«

»Also ... ganz ehrlich gesagt glaube ich nicht, dass du mit einem Typen wie ihm gehen solltest. Das fängt schon damit an, dass er zwei Jahre älter ist als du. Und er hat ...« Sie verstummte, weil sie nicht wusste, wie sie das am besten ausdrücken sollte. Caitlin war so abgrundtief naiv, dass Elizabeth unmöglich sagen konnte, wie gut sie jemanden wie Elliott einschätzen konnte. »Also, er hat einen ziemlich üblen Ruf. Wegen seiner Mädchengeschichten.«

Caitlin lächelte. »Ich weiß, dass er viele Freundinnen hatte, Elizabeth. Und ich weiß, dass er ...« Sie errötete. »Dass er Erfahrung hat.«

Also, das war schon mal ein Trost, dachte Elizabeth. Sie war also nicht völlig grün hinter den Ohren. »Aber er ist sehr nett zu mir«, fuhr Caitlin fort.

Elizabeth lachte kurz und schnaubend. »Ja, bis jetzt vielleicht. Elliott kann der perfekte Gentleman sein, wenn er will. Aber das ist alles nur gespielt. Er macht das nur, solange es ihm in den Kram passt. Wenn er erst bekommen hat, worauf er aus ist …« Sie zuckte mit den Achseln und ließ Caitlin ihre eigenen Schlüsse ziehen.

Aber Caitlin schüttelte jetzt schon den Kopf. »So ist er nicht«, behauptete sie.

Elizabeth stieß einen müden Seufzer aus. »Hör zu, Caitlin«, erklärte sie barsch. Sie hatte nicht erwartet, dass sich ihre Halbschwester so stur stellen würde. »Ich glaube, ich kenne ihn wesentlich besser als du.«

Es blieb still. Eine volle Minute lang sagte niemand ein Wort. Dann fragte Caitlin zögerlich: »Magst du ihn denn auch?«

Elizabeth fehlten die Worte. »Ob ich was?« Die Vorstellung war so absurd, dass sie fast aufgelacht hätte. Fast. »Glaubst du etwa, ich würde das nur sagen, weil ich auf Elliott *stehe*?« Sie schnaubte. »Also bitte. Hat er dir das erzählt?«

Tatsächlich hatte Elliott heute Morgen etwas in dieser Richtung zu Caitlin gesagt. Er hatte nicht direkt behauptet, dass Elizabeth eifersüchtig sei, er hatte nur angedeutet, dass sie ihn auffällig meiden würde, seit er mit Morgan ausgegangen war. Aber das konnte Caitlin Elizabeth nicht erzählen, schließlich hatte sie Elliott schwören müssen, das für sich zu behalten. »Nein«, sagte sie stattdessen, auch wenn ihr das Lügen schwerfiel. »Er hat nichts gesagt.«

Aber Elizabeth hörte ihr gar nicht zu. »Und du glaubst ihm, nehme ich an?«

Caitlin zögerte einen winzigen Augenblick zu lang. Sie suchte nach einer Antwort, mit der sie Elizabeth nicht beleidigte und Elliott nicht verriet.

Aber es war schon zu spät. Elizabeth hatte genug gehört.

»Weißt du was? Wenn du nicht auf mich hören willst, dann ist das dein Problem. Dann musst du es eben auf die harte Tour lernen.«

Auf dem Weg nach draußen knallte sie die Tür zu.

Elizabeth beschloss, den ganzen unerfreulichen Vorfall aus dem Gedächtnis zu streichen. Sie hatte wichtigere Dinge im Kopf, als sich darum zu sorgen, was ihre Halbschwester anstellen könnte. Immerhin hatte sie ihren Spruch aufgesagt, wenn Caitlin ihren Rat ignorieren wollte, war das nicht zu ändern. In nur drei Wochen sollte Anfang Dezember ihr Bewerbungsgespräch für die Universität Cambridge stattfinden, und darauf musste sie ihre ganze Kraft konzentrieren.

Sie hatte mit ihrem Vater ausgemacht, ihn am Wochenende vor dem Gespräch in London zu treffen. Als ehemaliger Student am Christ's College hatte er die ganze Prozedur selbst durchgestanden und würde ihr hoffentlich einige gute Tipps geben können. Außerdem war es ein guter Vorwand für Elizabeth, etwas Zeit mit ihm zu verbringen.

In der Woche davor rief sie mehrmals an, um sicherzugehen, dass die Verabredung für Freitagabend stand. Williams Assistentin versicherte ihr zunehmend amüsiert, dass, jawohl, ihr Vater den ganzen Abend für sie freigehalten habe. Am Freitag reiste sie nach Unterrichtsende in bester Laune aus Greycourt ab. Auf der M 11 fuhr sie ihren Porsche aus und legte die Strecke nach London in weniger als anderthalb Stunden zurück, sodass sie früh genug am Eaton Square ankam, um noch ein Bad nehmen zu können.

Sie hatten vereinbart, dass sie sich um halb acht im Le Caprice nahe dem Piccadilly Circus treffen würden. Seit der Eröffnung vor einem Jahrzehnt war die berühmte Brasserie eines von Williams Lieblingslokalen, auch weil sie in bequemer Nähe zu den Büros von Melville lag. Um sieben stand Elizabeth in ihrem schwarzen, trägerlosen Versace-Kleid bereit, mit frisch gewaschenem und sanft über die Schultern fallendem Haar. Sie wollte gerade aus der Tür, als das Telefon läutete.

Er sagte ihr ab. Offenbar war sein alter Freund Magnus Bernstein in der Stadt und hatte ihn in letzter Minute kontaktiert, um festzustellen, ob er an diesem Abend Zeit hatte.

»Eigentlich sollte er mit einem Klienten essen gehen, aber das hat sich zerschlagen. Also habe ich zugesagt, dass ich mich stattdessen mit ihm treffen würde.«

Sie überlegte fieberhaft. »Kann ich mitkommen?«

»Sei nicht albern, Elizabeth. Dir wird doch gewiss etwas Besseres einfallen, um deinen Abend zu verbringen.«

»Aber was ist mit den Fragen bei dem Bewerbungsgespräch, die wir durchsprechen wollten?« Die Worte waren ihr entschlüpft, ehe sie sich bremsen konnte. Sie fand es schrecklich, wie sie klang – winselnd, bettelnd.

William seufzte. »Wir sprechen morgen beim Frühstück darüber, bevor ich nach Somerset fahre. Wie klingt das?«

Ja, stimmte Elizabeth zu; ja, das klang gut. Was hätte sie auch sagen sollen? Nachdem sie sich verabschiedet hatten, setzte sich Elizabeth auf die Treppe und überlegte. Dann griff sie zum Telefon und rief im Claridge's an. Ihr war eingefallen, dass Magnus einmal behauptet hatte, es sei der einzige Ort, an dem er es aushielte, wenn er in London sei. Ihre Erinnerung hatte sie nicht getrogen. Die hilfsbereite Dame am Empfang erklärte ihr, Mr Bernstein sei gerade ausgegangen, aber wenn sie eine Nachricht hinterlassen wolle …

Elizabeth lehnte ab und antwortete, sie würde es später noch einmal probieren. Tatsächlich hatte sie nichts dergleichen vor. Sie wollte ihn viel lieber persönlich sehen.

Elizabeths erste Erinnerungen an Magnus Bernstein waren verschwommen. William hatte ihn Anfang der Achtziger kennengelernt, als Magnus zu Sedwick Hart gewechselt hatte, um dort die Börsenabteilung zu leiten. Die berufliche Beziehung hatte sich schon bald zu einer persönlichen Freundschaft vertieft, und so war es nur natürlich, dass die Familien, nachdem beide Männer älter geworden und Frauen und Kinder bekommen hatten, sich ebenfalls anfreundeten. Als Elizabeth in der Kathedrale von Wells getauft werden sollte, stand Magnus als ihr Pate am Taufbecken. Nicht dass er sich je übertrieben bemüht hätte, seine Taufpatenpflichten zu erfüllen. Er war kein Mann, der sich besonders für Kinder interessierte, nicht einmal für seine eigenen. Die erwarteten Gesten wurden ausgeführt – seine eher farblose Gemahlin schickte zum Geburtstag und zu Weihnachten die erwarteten Karten und teuren Schmuck als Geschenk –, aber davon abgesehen blieb er eine eher konturlose Figur in Elizabeths Leben, fast wie ihr Vater.

Als Elizabeth acht Jahre alt war, zog Magnus nach New York, um dort einen Hedgefonds zu gründen. Für ihn waren das anstrengende Jahre. Bei seinen seltenen Besuchen in London fand er nie die Zeit für einen Ausflug nach Somerset. Elizabeth, die ihn sowieso kaum gekannt hatte, spürte so gut wie gar nicht, dass er aus ihrem Leben verschwunden war. Doch in dem Jahr, in dem sie sechzehn geworden war, dem Jahr vor Caitlins Ankunft in Aldringham, hatte sich das von Grund auf geändert.

Wie üblich hatte die Familie Urlaub in der Villa Regina gemacht, der eleganten Natursteinvilla der Melvilles am Comer See. Der *Lago de Como* in der italienischen Region Lombardei lag keine Stunde von Mailand und nur ein paar Minuten von der Schweiz entfernt, und so war er aufs Schönste von üppig grünen Mittelmeerbergen eingerahmt, die direkt vom Ufer aus aufstiegen und vor einer Kulisse aus schneebedeckten Alpengipfeln standen. Es war ein idyllischer Fleck Erde. Doch in diesem Sommer fand Elizabeth den Urlaub ganz und gar nicht idyllisch. Schon am dritten Tag war ihr sterbenslangweilig. Ihre Mutter und Schwester waren vollauf mit Sonnenbaden und Shopping beschäftigt, was Elizabeth beides nicht interessierte, und ihr Vater telefonierte praktisch den ganzen Tag mit der Firma. Onkel Piers, sonst immer ihr Verbündeter, war in England geblieben, um Rosalind zu pflegen, die sich von einem Sturz erholte. Elizabeth kam sich vor wie im Gefängnis und konnte es kaum erwarten, dass die zwei Wochen zu Ende gingen.

An jenem besonderen Tag war sie früher als alle anderen aus ihrem *Riposo* erwacht. Sie schlüpfte in ein leichtes Sommerkleid und trat auf ihren Balkon. Die drückende Hitze des Augustnachmittages hatte sich zu vorabendlicher Kühle abgemildert; der perfekte Zeitpunkt für einen Spaziergang über das Grundstück.

Sie schaffte es, durchs Haus zu schleichen und nach draußen zu gelangen, ohne jemanden aufzuwecken. Augenblicklich ging es ihr besser. Wie die meisten der exklusiven Grundstücke entlang des Comer Sees war die Villa Regina von einem zauberhaften Garten umgeben, der sich in mehreren Terrassen bis ans Seeufer erstreckte. Sie schlenderte an Olivenbäumen, Zitrusbäumen und Zypressen vorbei und dann die geschwungene, gepflasterte Auffahrt zur Villa entlang. Aus einem Impuls heraus wanderte sie weiter durch die feuchtkühlen unterirdischen Tunnel, die zu dem Pier führten, wo die melvilleschen Segel- und Motorboote festgemacht waren. Sie ging bis zum Ende des Steges, setzte sich auf das Holz und ließ die Beine baumeln, sodass ihre Zehen in das kühle Wasser hingen. Dann schloss sie die Augen und lauschte verträumt dem rhythmischen Klatschen der Wellen gegen die dicke Steinmauer, die das Grundstück umgab.

Dass jemand zu ihr auf den Steg getreten war, merkte sie erst, als das Holz unter dem Gewicht des Neuankömmlings knarrte, so versunken war sie in ihren Tagtraum.

Sie drehte sich um und rechnete damit, ihren Vater zu sehen, doch stattdessen blickte sie zu einem großen, gut aussehenden Mann von Anfang vierzig auf.

»Hallo, Lizzie.« Die vertraute Anrede warf sie aus der Bahn. Er bemerkte ihre Verwirrung und lächelte. »Keine Angst, ich hätte dich auch kaum wiedererkannt – ich hatte vergessen, wie groß du inzwischen geworden bist. Ich bin's, dein Onkel Magnus.« Er streckte Elizabeth eine Hand hin und half ihr auf. Als sie vor ihm stand und er seine sechzehnjährige Patentochter, die ihre neu erworbene Figur in einem hauchdünnen Stofffetzen präsentierte, von Kopf bis Fuß begutachten konnte, änderte sich etwas in seiner Miene. »Obwohl es vielleicht an der Zeit wäre, den Onkel-Quark zu vergessen.«

Sie merkte, wie sich ihre Laune hob. Vielleicht würden die Ferien gar nicht so übel werden.

Magnus hatte den Entschluss, an den Comer See zu kommen, erst in letzter Minute gefasst, erzählte er ihr, während sie zur Villa zurückgingen. Er hatte eben eine schmutzige Scheidung durchgemacht, und seine Exfrau war mit den Kindern in ihr gemeinsames Haus in den Hamptons in die Ferien gefahren. Er hatte sich etwas Zeit für sich selbst gewünscht, und als William vorgeschlagen hatte, eine Woche mit nach Italien zu kommen, hatte er das Gefühl gehabt, dass er genau das brauchte.

Elizabeth hing an seinen Lippen, während er erzählte. Bis zu diesem Sommer hatte sie kein Interesse am anderen Geschlecht gezeigt. In Greycourt hatte sie den Ruf einer Eiskönigin: unnahbar, ernst… eindeutig frigide. Nur so konnten sich die verschmähten Verehrer erklären, dass sie abgewiesen worden waren. In Wahrheit interessierte sie sich einfach nicht für Schuljungen, die nur aufs Saufen und Rummachen aus waren. Magnus Bernstein war ganz anders. Er war klug, weltmännisch und – nachdem er ein persönliches Vermögen von 1,5 Milliarden Dollar angehäuft hatte – auch äußerst erfolgreich. Er war jemand, zu dem Elizabeth aufsehen konnte. Die Tatsache, dass er einundvierzig war, spielte für sie keine Rolle.

Während der nächsten Tage unternahm Elizabeth alles, um so viel Zeit wie möglich mit Magnus zu verbringen. Das war kein Problem. Beide waren gern draußen, und so ließen sie die anderen tagsüber am Pool sonnenbaden, während sie auf dem See Windsurfen oder Wasserskifahren gingen. Die Abende in Como waren ruhig, Nachtleben gab es so gut wie keines. Darum verzogen sie sich nach dem obligatorischen dreistündigen Dinner meist in den Billardraum oder das Fernsehzimmer, wo sie bis tief in die Nacht diskutierten. Es blieb kein Geheimnis, dass sie sehr gut miteinander auskamen, aber niemand dachte sich etwas dabei. Elizabeth war für ihr Alter sehr reif, und Magnus war eine Vaterfigur für sie. Die anderen kamen gar nicht auf den Gedanken, etwas in ihre Beziehung zu interpretieren.

Elizabeth wartete höflich darauf, dass Magnus sein Interesse zeigte. Doch als immer mehr Tage verstrichen, ohne dass etwas passierte, wurde sie allmählich ungeduldig. Hatte sie seine Signale falsch gedeutet? Sie war *sicher*, dass er sie attraktiv fand. Die Ferien gingen bald zu Ende, und ihr war klar, dass nie etwas passieren würde, wenn sie nicht die Initiative ergriff.

Es war der letzte Ferientag. Für alle stand außer Frage, dass Magnus und Elizabeth den Tag zusammen verbringen würden. Auf Elizabeths Vorschlag hin fuhren sie ganz früh mit dem Boot hinaus, weil das die schönste Zeit auf dem Wasser war. Sie segelten quer über den See nach Menaggio und verbrachten den Vormittag mit einer Wanderung durch die Berge, auf der sie die hübschen Dörfer bewunderten, die ihren Weg säumten. Mittags stand die Sonne glühend heiß am Himmel. Sie ließen sich an einem schattigen Fleck unter den dichten Zweigen einer riesigen Kiefer nieder, um das Picknick zu verspeisen, das Elizabeth mitgenommen hatte: hausgemachte Salami, Polenta, Pecorino und perfekt gereifte, auf dem Grundstück angepflanzte Tomaten, dazu eine Flasche des eher durchschnittlichen Rotweines, der für die Lombardei typisch zu sein schien.

Als sie wieder auf dem Boot waren, hatte es keiner von beiden eilig, zur Villa zurückzufahren, so als wäre beiden klar, dass das Ende der Ferien besiegelt wäre. Stattdessen kreuzten sie auf Elizabeths Wunsch hin in eine einsame Bucht, wo sie ankerten und dann schwimmen gingen, um sich nach der morgendlichen Anstrengung abzukühlen.

Magnus hievte sich als Erster aus dem Wasser. Elizabeth beobachtete, wie er sich an Deck zog und wie seine kräftigen Arme sich unter dem Gewicht seines Körpers anspannten. Sie blieb noch etwas im Wasser, wo sie zufrieden planschte und seinen Blick genoss, während er auf dem Deck stand und sich abtrocknete. Sie spritzte mit Wasser, ließ sich auf dem Rücken treiben und schwamm in dem Wissen, dass ihr bronzegoldener Körper am besten aussah, wenn er durch die klaren Wellen schnitt. Im nächsten Moment tauchte sie unter und spähte in die dunklen Tiefen des

Sees. Dann tauchte sie wieder auf, schob sich die nassen Haare aus dem Gesicht und trat mühelos mit ihren kräftigen Beinen Wasser. Er beobachtete sie immer noch, stellte sie zufrieden fest.

Als sie sich genug präsentiert hatte, zog sie sich aus dem Wasser.

»Wow, Lizzie, woher hast du nur diese Energie?«, lachte Magnus, während sie sich abtrocknete. »Ich bin schon vom Zuschauen erschöpft.«

»Ich tue alles, um in Form zu bleiben«, sagte sie und lenkte seinen Blick erneut auf ihren schlanken, geschmeidigen Körper. Er schluckte schwer und wandte verlegen das Gesicht ab.

In stillschweigendem Einverständnis beschlossen sie, sich von der Sonne trocknen zu lassen. Magnus streckte sich auf dem Badehandtuch aus und schirmte die Augen mit einer Hand vor der gleißenden Sonne ab, die sich auf dem Wasser spiegelte. Elizabeth ließ sich neben ihn fallen.

Schweigend lagen sie da. Nur hin und wieder wurde die Stille von schrillem Gelächter durchbrochen, das von einem der auf dem See kreuzenden Boote herüberdrang. Nach einer Weile drehte sich Elizabeth auf die Seite, stützte sich auf einen Ellbogen und sah auf Magnus hinab. Seine Augen waren immer noch geschlossen. Jetzt oder nie. Nach kurzem Zögern fuhr sie mit einem Finger über seinen flachen Bauch. Ihre Berührung war federleicht, fast fragend. Sie wartete kurz ab, ob er sich wegdrehte. Aber das tat er nicht. Stattdessen blieb er völlig reglos liegen, so als hätte er nichts gespürt.

Ermutigt wiederholte sie die Bewegung und strich mit mehreren Fingern über seinen straffen Bauch. Sie hörte, wie sein Atem sofort schneller ging. Langsam und bedächtig umkreiste ihr Daumen seinen Bauchnabel, erst einmal, dann zweimal, bevor er kühn dem Streifen sonnengebleichter Haare folgte, der sich vom Nabel abwärts zog und in seiner Badehose verschwand.

Als sie den Bund erreicht hatte, legte sie eine aufreizende Pause ein und drückte dann sein warmes Fleisch nieder, damit ihr Daumen unter den Gummizug schlüpfen konnte. Als sie die Vertiefung über seinem Beckenknochen erspürte, stieß er ein leises, zufriedenes Seufzen aus, das beinahe wie ein tiefes, kehliges Stöhnen klang. Beide hörten es und erstarrten. So verharrten sie ein paar Sekunden, ohne dass sich einer von beiden bewegt hätte. Nur ihr Atem und das leise Klatschen der Wellen am Rumpf waren zu hören. Elizabeth war klar, dass sie etwas unternehmen musste, und zwar schnell, wenn der Bann nicht gebrochen werden sollte. Also beugte sie sich vor und küsste ihn auf den Mund.

Der Kuss hatte nichts Platonisches an sich, dafür sorgte sie; es konnte keinen Zweifel daran geben, was sie von ihm wollte. Selbst wenn sie sich damit blamierte, lohnte sich das Risiko, denn nur so konnte sie herausfinden, was er empfand.

Ihr Wagemut zahlte sich aus. Denn Magnus erwiderte ihren Kuss. Er hob die Hand und zog ihren Kopf näher. Dann teilten seine Lippen geschickt die ihren, und seine Zunge wagte sich langsam vor, bis sie mit ihrer spielte. Es war nicht Elizabeths erster Kuss, aber es war ganz eindeutig der beste bisher. Ein Kuss voller Erfahrung.

Die sonnendurchwärmten Glieder eng umschlungen, wälzten sie sich über das Badehandtuch. Irgendwo zwischendrin spürte Elizabeth, wie sich die Träger ihres Bikini-Oberteils lösten. Nicht dass es sie gestört hätte. In ihren Badesachen waren sie praktisch nackt. Magnus hätte ihr unmöglich weismachen können, dass er nicht interessiert war. Die letzten zehn Tage hatte sie sich immer wieder diesen einen Augenblick ausgemalt, und jetzt konnte sie es kaum erwarten, ihn zu erleben. Sie hakte die Finger seitlich in ihr Bikini-Unterteil und wollte es schon nach unten streifen. Aber bevor sie dazu kam, hob er die Hände und hielt sie an den Handgelenken fest. »Nicht«, sagte er.

Er zog sich zurück und setzte sich abrupt auf. Unschlüssig, was das bedeuten sollte, blieb sie auf dem Handtuch liegen. Er ließ sich einen Moment Zeit, bis er sich gefangen hatte und sein Atem wieder gleichmäßig ging, dann drehte er sich um und sah sie an.

»O Gott, Elizabeth, es tut mir so leid …«

»Das braucht es nicht.« Sie lächelte ihn an. »Mir hat es gefallen.«

Er lachte heiser. »Ich weiß.« Er fuhr sich mit der Hand durchs Haar. »Mir auch. Aber … also … du bist sechzehn und ich bin einundvierzig. Ich will dich nicht ausnutzen.«

»Das tust du bestimmt nicht.«

Das war ernst gemeint. Elizabeth hatte keine Angst vor dem ersten Mal. Es war nicht ihre Art, einen Rückzieher zu machen oder Dinge zu bereuen, die sie sich in den Kopf gesetzt hatte.

Er lächelte sie ironisch an und wurde dann ernst.

»Das sagst du jetzt vielleicht. Aber ich möchte auf keinen Fall, dass du es später bereust.« Er holte tief Luft. »Dafür mag ich dich zu sehr, Lizzie.«

Sie sah ihn lange an und kam dann zu dem Schluss, dass es ihm ernst war. Plötzlich kam sie sich ungeheuer nackt und jung vor.

Sie setzte sich auf und tastete hektisch nach dem T-Shirt, das sie vorhin abgelegt hatte.

»Klar«, sagte sie und bemühte sich, so auszusehen, als wäre nichts passiert. »Das verstehe ich. Wahrscheinlich hast du recht.« Sie warf lässig das Haar zurück. »Sollten wir nicht zum Haus zurückfahren?«

Magnus öffnete den Mund, als wollte er noch etwas sagen. Aber dann schien er es sich anders zu überlegen.

»Natürlich«, sagte er schließlich. »Fahren wir.«

Elizabeth würde immer stolz darauf sein, wie sie an diesem Tag reagiert hatte. Nachdem sie ihr T-Shirt übergestreift hatte, streckte sie die Hände aus, damit Magnus ihr aufhelfen konnte. Dann schlug sie überraschend gelassen vor, in Bellagio ein *Gelato* zu holen, bevor sie zur Villa Regina zurückfuhren.

Sie schaffte es, eine würdevolle Ruhe auszustrahlen, bis sie sich am nächsten Morgen am Flughafen verabschiedet hatten. Erst nachdem sie im Flugzeug nach England saß, gestand sie sich ein, wie gedemütigt sie sich fühlte. Nachdem man ihr jahrelang erklärt hatte, sie sei ungeheuer reif für ihr Alter, hatte ihr plötzlich jemand das Gegenteil vor Augen geführt. Selbst wenn sie der Masse intellektuell weit voraus war, musste sie noch eine Menge lernen, bevor sie wahrhaft zur Frau geworden war. Und sie war fest entschlossen, das gleich nach der Rückkehr nach England anzugehen.

Die Aufgabe, einen geeigneten Partner zu finden, der sie von ihrer lästigen Jungfernschaft erlöste, ging sie so ruhig und rational an wie die Lösung eines physikalischen Problems. Sie wusste, dass sie unter den Jungen an der Schule freie Auswahl hatte. Aber Greycourt war ein inzestuöser Haufen. Wen sie auch auswählen würde, er würde damit prahlen, dass er die verklemmte Melville-Erbin genagelt hatte, bevor sie Zeit gefunden hatte, ihr Höschen wieder hochzuziehen. Nein, sie brauchte jemanden, der genauso großen Wert auf Diskretion legte wie sie.

Giles Butler, der Tennistrainer, war die naheliegende Antwort. Mit seinen dreißig Jahren war er bei Weitem der heißeste Kandidat im ganzen Fachbereich. Jedes Jahr versuchten scharenweise Mädchen, ihn zu verführen, immer ohne Erfolg. Es war nicht so, dass er gegenüber der Versuchung immun gewesen wäre. Aber mit einer Schülerin zu schlafen, war ein Vergehen, für das ein Lehrer hinausgeworfen werden konnte. Deshalb hielt er sich lieber an die gelangweilten Hausfrauen, die er am Wochenende trainierte. Doch er hatte nicht mit Elizabeth Melville gerechnet. Wenn sie sich etwas vorgenommen hatte, hatte sie bisher noch jedes Mal ihren Willen durchgesetzt.

Ihn zu verführen, war nicht besonders schwer. In ihrer Eigenschaft als Captain des Tennisteams war es für sie kein Problem, ihn in seinem Zimmer aufzusuchen, um die Aufstellung für das kommende Halbjahr zu besprechen. Als sie bei ihm saß, beklagte sie sich über eine Sehnenzerrung in ihrer rechten Wade. Bei jedem anderen Mädchen hätte sich Giles davor gehütet, eine Verletzung in seinem Privatzimmer zu untersuchen. Aber niemandem wäre in den Sinn gekommen, dass sich die vernünftige, vertrauenswürdige Elizabeth danebenbenehmen könnte.

»Mir kommt es nicht geschwollen vor«, meinte er und fuhr

dabei mit seiner kühlen Hand über ihre Wade. Er war so darauf konzentriert, die Verletzung zu ertasten, dass er im ersten Moment gar nicht merkte, wie sie den Fuß anspannte, ihn in seinen Schoß drückte … sanft mit den Zehen sein Geschlecht zu massieren begann …

Er erstarrte. »Elizabeth!«

Er klang schockiert, sogar verärgert. Aber ihr war aufgefallen, dass er ihre Wade immer noch festhielt und keine Anstalten machte, ihren Fuß aus seinem Schoß zu schieben, wo ihre Zehen seinen inzwischen halb erigierten Penis streichelten.

Langsam entzog sie ihm ihren Fuß, stand auf und ging an die Tür, um den Riegel vorzuschieben. Als sie sich wieder umdrehte, war er schon dabei, sein Hemd auszuziehen.

Das erste Mal war überraschend schmerzlos. Sie bekam sogar einen kleinen Orgasmus, auch wenn er nicht mit denen zu vergleichen war, die sie sich selbst in ihrem Zimmer unter der Bettdecke bescherte.

Das ganze Semester hindurch trafen sie sich mindestens zweimal pro Woche in seinem Zimmer. Das kleine Klappbett war der Ort, an dem Elizabeth ihre sexuelle Erziehung erfuhr. So wie überall zeigte sich Elizabeth auch hier ausgesprochen lernbegierig. Aber als es auf Weihnachten zuging, fing Giles zu klammern an, und Elizabeth merkte, dass die Sache sie zu langweilen begann.

»Ich weiß nicht, wie ich es einen ganzen Monat ohne dich aushalten soll«, murmelte er, als sie in der Nacht vor Elizabeths Heimfahrt nebeneinanderlagen. Seine Finger wanderten ihr nacktes Rückgrat entlang, und sie konnte nur mit Mühe ein Schaudern unterdrücken.

Später überreichte er ihr ein wunderschön verpacktes Weihnachtsgeschenk – das sie in Greycourt zurückließ, als sie am nächsten Tag nach Hause fuhr. Außerdem dachte sie gar nicht daran, die zunehmend verzweifelten Anrufe zu erwidern, die sie während der Feiertage in Aldringham erreichten. Als sie im Januar nach Greycourt zurückkam, erklärte sie ihm freundlich, aber unmissverständlich, dass es vorbei war.

Giles war am Boden zerstört. Elizabeth kein bisschen. Sie hatte schon das neueste Mitglied im Kollegium ins Visier genommen, den wesentlich intellektuelleren Geschichtsreferendar Oliver Reynolds. Er hatte eben erst sein Studium in Bristol abgeschlossen und überbrückte die Zeit mit Unterrichten, während er eigentlich eine Karriere als Kricketspieler anstrebte. Sie hatte den Verdacht, dass er sich auch mit anderen Mädchen traf, aber das störte sie nicht weiter. Sie war nicht in ihn verliebt und hatte nicht vor, eine Beziehung mit ihm einzugehen.

Nach Oliver waren noch andere gekommen. Aber niemand von tieferer Bedeutung.

Seit jenem demütigenden Tag in Italien vor über einem Jahr hatte sie Magnus nicht mehr gesehen. Jetzt war sie dank ihrer neu erworbenen Erfahrung bereit, das zu Ende zu bringen, was sie damals begonnen hatten.

Nachdem Elizabeth verwunden hatte, dass sie nicht mit ihrem Vater essen würde, verbrachte sie den Abend lesend in dem Wohnzimmer im Obergeschoss des Hauses am Eaton Square. Als die antike Standuhr endlich elf schlug, legte sie ihr Physikbuch beiseite, ging aus dem Haus und schlug den Weg zur Belgrave Road ein, wo sie sofort ein Taxi fand, das sie zur Brook Street brachte.

Im Claridge's ging sie zuerst an die Rezeption: Magnus war noch nicht zurückgekommen. Sie bat darum, ihm bei seiner Rückkehr auszurichten, er solle in die Bar kommen.

Sie hatte ihren Cognac zur Hälfte geleert, als Magnus auftauchte. Falls er überrascht war, sie zu sehen, ließ er sich das nicht anmerken.

»Du kannst dich glücklich schätzen, dass mich dein Vater nicht zum Hotel gebracht hat«, sagte er, während sie auf den Lift warteten.

Elizabeth sah ihn kühl an. »Ehrlich gesagt glaube ich, dass du dich glücklich schätzen kannst. Schließlich würde Daddy vor allem dem Erwachsenen die Schuld geben. Meinst du nicht auch?«

Magnus lachte immer noch, als sich die Lifttüren schlossen.

Am nächsten Morgen wachte Elizabeth früh in seinem Hotelzimmer auf. Nach einer kurzen Dusche verließ sie den schlafenden Magnus und kehrte an den Eaton Square zurück. Ihr Vater war noch nicht auf. Sie hinterließ ihm eine kurze Nachricht, dass sie nach Greycourt zurückmüsse und im Lauf der Woche anrufen würde.

Den Anruf sparte sie sich. Sie schaffte es auch ohne Williams Tipps nach Cambridge. Sie brauchte ihn nicht. Nach drei problemlos absolvierten Gesprächen war sie überzeugt, ihren Studienplatz gesichert zu haben.

Die ganze Zeit über hatte Elizabeth keinen weiteren Gedanken an Elliott und Caitlin verschwendet. Aber als sie in der nächsten Woche die Ticketbestellungen für den Schneeball durchging, stieß sie auf Elliotts Namen, neben dem in der Spalte »Begleitung« Caitlins Name stand.

Elizabeth lehnte sich zurück und sann kurz nach. Nach ihrer letzten Unterhaltung mit Caitlin hätte sie sich instinktiv lieber aus der Sache herausgehalten. Aber trotz alledem fühlte sie sich bis zu einem gewissen Grad für ihre Halbschwester verantwortlich. Vielleicht musste sie sich mehr Mühe geben, Caitlin zur Einsicht zu bringen.

Schließlich beschloss sie, dass sie später in Caitlins Zimmer vorbeischauen und ihr anbieten würde, mit ihr ein Ballkleid zu kaufen, um Caitlin bei diesem Einkauf noch einmal auf Elliott anzusprechen.

10

Caitlin stand vor dem bodenlangen Spiegel und strich die Falten ihres Abendkleides glatt. Es war der Abend des Schneeballs. Überall in der Schule frisierten sich die Mädchen, legten Make-up auf oder änderten in letzter Minute Kleinigkeiten an ihren Kleidern.

Letztendlich hatte Caitlin ihr Kleid selbst entworfen, nachdem sie am vorigen Samstag einen katastrophalen Shopping-Trip mit Elizabeth durchgemacht hatte. Die beiden Mädchen waren den ganzen Vormittag durch die elegantesten Boutiquen gezogen, und Caitlin hatte ein Kleid nach dem anderen anprobiert. Aber für ihren Geschmack war alles viel zu verkünstelt.

Elizabeth war schon spürbar gereizt gewesen, als sie zufällig an einer Galerie vorbeigekommen waren. Im Fenster hatte Caitlin eine Reproduktion ihres Lieblingsgemäldes entdeckt: Edmund Blair Leightons »Ritterschlag«. Es zeigte eine Jungfrau, die einen knienden Krieger zum Ritter schlug. Das Mädchen war in ein mittelalterliches Gewand aus elfenbeinfarbener Seide gehüllt, das an Taille, Halsausschnitt und Ärmeln mit goldenen keltischen Zeichen bestickt war. Ein Kleid wie aus einem Märchen, das ein lang vergessenes Zeitalter der Ritterlichkeit und Romantik zu neuem Leben erweckte. Plötzlich hatte Caitlin eine Idee. Sie schleifte Elizabeth in ein heruntergekommenes Kurzwarengeschäft und kaufte meterweise herabgesetzten Stoff.

Das Kleid zu nähen war kein Problem. Ihre Mutter war eine geschickte Näherin gewesen, und Caitlin hatte ihr oft geholfen. Mrs Linton, die Hausmutter von Berrylands, erlaubte ihr in ihrer Eigenschaft als Fachbereichsleiterin der Hauswirtschaftsabteilung, abends die schuleigenen Nähmaschinen zu benutzen. Jetzt trug Caitlin eine fast identische Kopie des Gewandes auf dem Gemälde. Sie hatte die helle Seide gegen grünen Samt ausgetauscht, wodurch das Kleid einen Hauch von Winter und Drama bekam und ihrer blassen Haut schmeichelte. Mit den dunklen Haaren, die über ihre Schulter wallten, hätte sie Guinevere in Camelot sein können.

»Du siehst einfach toll aus.«

George stand hinter Caitlin und lächelte sie im Spiegel an.

»Danke«, sagte Caitlin. Sie hob die Hand und wog ihre Locken darin. »Und danke für deine Hilfe.« George hatte stundenlang ihre widerspenstigen Haare zu kleinen Löckchen gezähmt. Caitlin wollte noch etwas sagen und sich dafür entschuldigen, dass sie ihre Freundin in letzter Zeit vernachlässigt hatte, aber ehe sie dazu kam, wurde an die Tür geklopft.

Es war Elliott. Als er Caitlin sah, trat er ehrfürchtig einen Schritt zurück.

»Wow«, sagte er, als hätte jemand daran zweifeln können, was er gerade dachte.

Caitlin lächelte schüchtern zu ihm auf. Sie hatte Angst gehabt, dass ihm ihr Kleid nicht gefallen würde. Sie wusste, dass alle anderen Mädchen sich einen Wettstreit darum liefern würden, wer am meisten Fleisch zeigte. Aber hautenge Stofffetzen schmeichelten ihrer Figur nicht.

Hinter seinem Rücken zog er ein kleines Bukett mit Moosröschen hervor. *Elizabeth kennt ihn überhaupt nicht*, dachte Caitlin. Sie zog die Stirn in Falten. Als sie einkaufen gegangen waren, hatte Elizabeth wieder die Sprache auf Elliott gebracht und genau das Gleiche gesagt wie beim ersten Mal: dass er sie ausnützen würde und wie übel er Morgan damals mitgespielt hatte. Caitlin hatte sich nicht davon abbringen lassen, dass Elizabeth ihn vollkommen falsch einschätzte; Elizabeth war wütend geworden, weil Caitlin nicht auf sie hören wollte; und schließlich waren sie in eisigem Schweigen nach Greycourt zurückgefahren.

So nett, wie Elliott sie jetzt behandelte, war Caitlin sonnenklar, dass sie recht hatte. George nahm ihr die Blumen ab, versprach, ihnen Wasser zu geben, und schickte sie beide aus dem Zimmer. Selbst sie hatte es geschafft, ihre Abneigung gegen Elliott für einen

Abend zu vergessen, und lächelte dem Paar, das sich auf den Weg zum Ball machte, wohlwollend nach. Sie hatte Caitlin noch nie so glücklich erlebt. Sie hoffte, dass ihre Freundin einen wunderschönen Abend verbringen würde. Sie hatte es verdient.

Wie alles andere in Greycourt war auch der jährliche Schneeball ein ungeheuer elegantes und geschmackvolles Ereignis. Die Jungen trugen Smokingjacken, die gekauft, nicht geliehen waren; die Mädchen hatten ihre Abendkleider in vornehmen Geschäften wie Selfridges, Liberty und Harvey Nichols erstanden. Die einzigen Hinweise auf billigere Geschäfte wie Moss Bros oder Top Shop fand man unter den Schülern, die mit einem Stipendium nach Greycourt gekommen waren.

Das Ballkomitee hatte sich in diesem Jahr selbst übertroffen. Das war die einhellige Meinung, als die Ballbesucher in das zirkusgroße Zelt traten, das auf dem Schulgelände errichtet worden war. Natürlich war das zu erwarten gewesen, schließlich war das Ereignis unter Elizabeth Melvilles gestrengem Auge geplant worden.

Die Tanzfläche war voll; am Büfett hatte sich eine Schlange gebildet, weil alle sich an den delikaten Kanapees, die von Fortnum & Mason geliefert worden waren, bedienten; und der Roulettetisch wurde von Zuschauern belagert. Mit ihrem trägerlosen roten Kreppkleid, ihrer Hochsteckfrisur und der Perlenkette um den Schwanenhals sah Elizabeth aristokratischer aus denn je. Sie hatte am Tisch mit den Willkommensgläsern Position bezogen, wo sie alle begrüßen konnte, die den Saal betraten, während sie gleichzeitig darauf achten konnte, dass jeder nur ein Glas Prickelwasser bekam.

Um acht Uhr war die gesamte Abschlussklasse mit ihren Begleitern versammelt. Caitlin und Elliott waren unter den Letzten. Caitlin bemerkte gar nicht, welche Unruhe sie auslösten, als sie Arm in Arm das Zelt betraten. Mit seinem Smoking und den noch feuchten, frisch gewaschenen Haaren sah Elliott aus wie der perfekte Oberklassen-Jungmann. Im Gegensatz dazu wirkte Caitlin gleichzeitig unschuldig und frühreif. Aber die anderen starrten sie nicht an, weil Elliott und Caitlin zweifelsfrei das bestaussehende Paar im Raum war. Die Wette hatte sich herumgesprochen. Fast die ganze Abschlussstufe – wobei Elizabeth Melville bemerkenswerterweise ausgenommen war – wusste, dass dies für Caitlin und Elliott die alles entscheidende Nacht war. Es wurde praktisch über nichts anderes geredet.

Morgans Clique stand zusammengedrängt in einer Ecke und behielt den Eingangsbereich im Auge.

»Sie sieht super aus«, bekannte Lucille Lewis neidisch und sah auf das langweilige, trägerlose schwarze Teil hinunter, das sie selbst trug.

Zustimmendes Gemurmel antwortete ihr.

Morgans Augen wurden schmal. Es gefiel ihr nicht, dass niemand sie zu ihrem Aussehen beglückwünscht hatte. Vielleicht war das perlmuttfarbene Cocktailkleid ein Fehlkauf gewesen. Die Verkäuferin hatte ihr zu erklären versucht, dass sie in der hellen Farbe blass wirken würde, aber wie üblich hatte Morgan nicht auf den gut gemeinten Rat gehört.

»Ich finde, sie sieht voll schräg aus«, verkündete sie entschieden.

Niemand sagte ein Wort. Alle spürten ihre Eifersucht, die sie umso schwächer wirken ließ. Lucy Briars stand neben Morgan und seufzte verträumt. Sie hatte Englisch als Hauptfach und eine Leidenschaft für Liebesromane sowie eine überbordende Fantasie, weshalb sie die knospende Liebe zwischen Caitlin und Elliott genauestens verfolgt hatte.

»Ich frage mich, ob sie ineinander verliebt sind.«

»Mach dich nicht lächerlich«, fuhr Morgan sie an. »Elliott tut das nur, weil er die Wette gewinnen will.«

Aber insgeheim begann sogar sie sich zu fragen, ob Elliotts Gefühle für Caitlin nur gespielt waren. Sie hatte ihn mehrmals dabei ertappt, wie er Caitlin versonnen anstarrte, sobald er sich unbeobachtet glaubte. In seinen Augen glühte dann Lust und … etwas anderes. Zuneigung, genau. Morgan wusste, dass er sie nie so angesehen hatte, während er mit ihr gegangen war, und glaubte vor Eifersucht zu verbrennen. Sie hoffte nur, dass Caitlin heute Abend das bekommen würde, was sie verdient hatte.

Um elf musste Elliott kurz weg. Er entschuldigte sich, er müsse auf die Toilette, doch stattdessen schlich er zum Notausgang hinaus und auf die Rückseite des naturwissenschaftlichen Traktes. Die Lehrer waren heute Abend auf dem Kriegspfad, und dies war der einzige Bereich, den sie nicht regelmäßig patrouillierten. Der Alkoholkonsum wurde dieses Jahr strikt überwacht. Die Schule konnte sich keine Wiederholung des letzten Jahres leisten, in dem zwei Studenten ins Krankenhaus gefahren werden mussten, wo ihnen der Magen ausgepumpt wurde. Auf diese Art von Publicity legte man in Greycourt keinen Wert.

Als er zum Chemiesaal kam, hatte sich schon eine größere Gruppe versammelt. Hierher hatten sich die Raucher und ein paar Pärchen zum Knutschen zurückgezogen. Eine geschäftstüchtige Seele hatte Alkohol mitgebracht und verscherbelte ihn zu Wucherpreisen. Inzwischen waren hier fast mehr Schüler als im Zelt. Es war nur eine Frage der Zeit, bis jemand darauf kam, wo sich alle versteckten.

Ein paar Schüler grüßten Elliott nickend, als er vorbeiging, doch die meisten waren klug genug, ihn nicht zu beachten. Seine nachtschwarze Miene war Mahnung genug. Er verzog sich hinter eine Mauer und ging in die Hocke.

Der Abend lief gar nicht wie geplant. Er hatte geglaubt, es würde leicht und lustig werden. Er hatte nicht erwartet, dass er sich so … na schön, so schämen würde. Als er in Caitlins Zimmer gekommen war und sie so wunderschön und unschuldig vor ihm gestanden hatte, hatte er sich zu fragen begonnen, ob er die Sache nicht lieber abblasen sollte.

Aber wenn er jetzt den Schwanz einzog, würden alle über ihn lachen. Sein Ruf wäre ruiniert. Und das durfte auf keinen Fall geschehen.

Er schob die Hand in die Tasche. Die Pillen waren noch da: GHB, eine frei verkäufliche Alternative zu Anabolika. Er hatte sie ein paar Bodybuildern im hiesigen Fitnesscenter abgekauft, als er zu Beginn der Rugbysaison ein paar Muskeln aufbauen wollte. Außerdem hatten sie den netten Nebeneffekt, wie K.o.-Tropfen zu wirken.

Es war eine Notlösung. Aber eine, die ihm allmählich wie die einzige Möglichkeit erschien. Er zog den silbernen Flachmann heraus, den er mitgebracht hatte, und nahm einen Schluck Wodka. Sofort fühlte er sich besser, darum kippte er noch etwas nach. Er würde gleich wieder ins Zelt gehen. Aber erst brauchte er noch etwas Zeit, um seine Gedanken zu sortieren.

Caitlin amüsierte sich königlich. Das hier war nicht mit den Discoabenden daheim zu vergleichen, auf denen die Jungen aus der Ortsschule missmutig in den Ecken herumgelungert hatten, während die Mädchen kichernd in kleinen Grüppchen zusammengestanden hatten. Hier wurde tatsächlich paarweise getanzt, und nachdem in den vergangenen Wochen alle Schüler einen Kurs in lateinamerikanischen und Standardtänzen besuchen mussten, probierten viele ihr neu erworbenes Können am Walzer, Quickstepp und Jive aus. Alles wirkte ungeheuer erwachsen.

Zum ersten Mal seit ihrer Ankunft in Greycourt fühlte sich Caitlin voll akzeptiert. Immer wieder wurde sie von anderen Mädchen gefragt, woher sie ihr Kleid hatte. Wenn sie ihnen erzählte, dass sie es selbst gemacht hatte, wirkten sie tief beeindruckt.

»Willst du das später mal beruflich machen?«, hatte Lucille sie gefragt und dabei das grüne Samtmieder betastet. »Mode entwerfen?«

»Ich weiß nicht.« Es war eine ehrliche Antwort. Sie hatte sich noch keine Gedanken darüber gemacht, was sie mit ihrem Leben anfangen wollte. Andere Menschen planten alles im Voraus. Sie war anders. Trotzdem war es nett, dass jemand glaubte, sie wäre für einen so anspruchsvollen Beruf geeignet.

Eine Hand kam auf ihrer Schulter zu liegen. Es war Elliott.

Natürlich sah er heute fabelhaft aus, düster und elegant zugleich. Elliott Falconer war ohne jeden Zweifel dazu geboren, einen dunklen Anzug zu tragen. Sie lächelte zu ihm auf. »Ich habe mich schon gefragt, wo du steckst.«

Er zuckte mit den Achseln. »Ich musste nur mal frische Luft schnappen.« Er hielt ihr seine Hand hin. »Tanzt du mit mir?«

Caitlin strahlte. Darauf hatte sie den ganzen Abend gewartet. Sie ließ sich von ihm auf die Tanzfläche führen. Das Timing war perfekt. Die Lichter gingen aus, und eine langsame Nummer wurde aufgelegt, *It Must Have Been Love* von Roxette, das durch *Pretty Woman,* den Blockbuster dieses Sommers, berühmt geworden war. Elliott nahm sie in die Arme. Sie ließ ihren Kopf auf seine breite Brust sinken und schloss die Augen. Gleich darauf spürte sie, wie seine Hand die Haare aus ihrem Gesicht strich und sie fester an ihn drückte. Ihre Körper bewegten sich in völligem Einklang. Caitlin seufzte zufrieden. Genau das hatte sie sich erträumt.

»Komm, wir setzen uns hin«, sagte Elliott nach einer Weile.

Eigentlich hatte Caitlin keine große Lust dazu. Sie hätte lieber weitergetanzt. Aber sie ließ sich von ihm an einen Tisch in der Ecke führen. Es stand abgeschieden hinter einer Dekorationssäule in der Dunkelheit. Gleich darauf begriff sie, warum er ausgerechnet diesen Tisch ausgesucht hatte, wo sie ganz allein waren, als er in die Innentasche seines Jacketts griff und einen kleinen silbernen Flachmann herauszog.

Er streckte ihn ihr hin. »Ladys first.«

Sie zögerte einen Augenblick. Sie hatte noch nie wirklich getrunken, und sie wusste, dass sie damit gegen die Schulordnung verstieß. Nur den Schülern des Abschlussjahrgangs war heute Abend das Trinken erlaubt, und selbst bei denen war der Alkohol rationiert: Sie hatten Gutscheine für ein Glas Sekt beim Empfang und für zwei Drinks an der Bar ausgehändigt bekommen.

Elliott bemerkte ihr Zögern. »Hey, mach dir keine Gedanken. Du musst nicht, wenn du nicht willst.«

Sofort kam sie sich kindisch vor. Was sprach dagegen, einen

winzigen Schluck zu probieren? Sonst hielt sie sich immer an alle Vorschriften. Vielleicht war es an der Zeit, einmal über die Stränge zu schlagen.

Der Wodka brannte überraschend stark in ihrer Kehle. Instinktiv musste sie würgen, und ein paar Tropfen rannen ihr aus dem Mund und übers Kinn. Lachend wischte Caitlin sie weg.

»Du kannst alles haben, wenn du willst«, erklärte ihr Elliott. »Wo das herkommt, gibt es noch mehr.« Weil er nicht glauben sollte, dass sie weniger cool war als Morgan oder Lucille, zwang sie sich, alles auszutrinken. Er schaute zufrieden zu, wie sie den Flachmann leerte und ihn dann zurückgab.

»Braves Mädchen«, sagte er und steckte ihn wieder in seine Tasche.

Dann nahm er ihre Hand und führte sie auf die Tanzfläche zurück.

Für Elizabeth stellte das mitternächtliche Feuerwerk den krönenden Höhepunkt des Abends dar. Es war ihr gelungen, ein professionelles Pyrotechnikerteam zu organisieren, das jetzt gratis ein ausgeklügeltes Feuerwerk abbrannte. Zwei Tage lang hatten die Männer durchgearbeitet und auf den Spielfeldern der Schule Gestelle für die Raketen errichtet, die nun über drei Computer gezündet werden sollten. Die Vorführung sollte exakt vierzehn Minuten und dreiundzwanzig Sekunden dauern, über die volle Dauer von Tschaikowskys 1812-Ouvertüre hinweg, die gleichzeitig über Lautsprecher abgespielt wurde. Der Gipfel des Spektakels war ein komplexes Lichterbild, mit dem das Wappen von Greycourt dargestellt würde.

Um Viertel vor zwölf begann Elizabeth die Gäste nach draußen zu scheuchen. Hundertundfünfzig Schüler und Lehrer versammelten sich auf dem Rugbyfeld. Die spitzen Absätze versanken im schlammigen Boden; die Mädchen bibberten in ihren dünnen Kleidern, waren aber zu eitel, um sich einen Mantel überzuziehen, und hofften stattdessen darauf, dass ihnen ein Junge galanterweise seine Jacke lieh. In den Schulgebäuden schlichen die jüngeren Jahrgänge aus den Betten, drängelten sich hinter den Fenstern der Schlafsäle und pressten die Nasen an die Scheiben, um das Schauspiel nicht zu verpassen.

Caitlin folgte Elliott nach draußen. Auf den Stufen kam sie ins Straucheln, doch er fing sie auf. Sie murmelte ein »Danke«. Was war eigentlich mit ihr los? Sie fühlte sich konfus und benebelt, und ihre Beine waren plötzlich so schwer. Aber sie wollte nichts sagen, weil gleich das Feuerwerk beginnen sollte.

Zehn Sekunden vor Mitternacht begann der Countdown.

»Zehn … neun …«, rief die Menge.

Caitlin versuchte einzustimmen, aber aus irgendeinem Grund kam kein Laut über ihre Lippen.

»Fünf … vier …«

Irgendwas war nicht in Ordnung, das spürte Caitlin jetzt ganz deutlich. Aber wenn sie noch ein paar Minuten durchhielt, konnte sie auf ihr Zimmer und ins Bett gehen.

»Drei … zwei … eins …«

Die erste Rakete explodierte in einem rotgoldenen Regen am Himmel. Die Zuschauer oohten und aahten begeistert.

Irgendwo im Hintergrund versuchte sich Caitlin auf das Schauspiel zu konzentrieren. Doch die Müdigkeit überwältigte sie. Sie konnte weder die Augen offen noch den Kopf oben halten. Vielleicht war es der Alkohol. Obwohl sie nicht das Gefühl hatte, viel getrunken zu haben.

Elliott sagte etwas zu ihr. Sie sah, wie sich seine Lippen bewegten, aber sie verstand kein einziges Wort. Ihr Körper sackte zusammen, und er legte den Arm um ihre Taille, um sie aufrecht zu halten. Und dann … dann …

Nichts.

Elliott trug und schleifte Caitlin durch die halbe Schule. Als er endlich die Wendeltreppe erreicht hatte, die zu seinem Zimmer hinaufführte, war er völlig außer Atem, und sein Anzughemd war schweißdurchtränkt. Er nahm die erste Stufe und knickte prompt unter Caitlins Gewicht ein.

Er beschloss, eine kurze Pause einzulegen, und lehnte Caitlin dazu gegen die Wand. Mit einem Arm hielt er sie fest, mit dem anderen suchte er nach seinen Zigaretten.

Er war so in seine Aufgabe vertieft, dass er gar nicht merkte, wie die Ashford-Zwillinge sich von hinten anschlichen. Sie sahen das bewusstlose Mädchen in seinen Armen und grinsten sich an. »Wohin willst du denn, Loverboy?«

Überzeugt, dass er erwischt worden war, schreckte Elliott zusammen.

Er brauchte eine Sekunde, um zu begreifen, dass es nur seine Schulfreunde waren, die da im Schatten herumlungerten. Mit ihren identischen schwarzen Krawatten waren sie noch schwerer zu unterscheiden.

Er entspannte sich, wenigstens soweit das möglich war, ohne dass Caitlin aus seinen Armen rutschte. »Was macht ihr hier, verfluchte Scheiße?«

»Uns war langweilig«, erklärte Seb.

Nick hielt eine Flasche Champagner hoch, die er hatte mitgehen lassen. »Also haben wir gedacht, wir machen lieber hier ein bisschen Party. Wir haben nicht damit gerechnet, dass du … äh … sagen wir, *noch aktiv* bist.«

Beide richteten einhellig den Blick auf Caitlin, die langsam an der Wand herabsank.

»O Mann«, meinte Seb gedehnt, »die sieht ja echt übel aus, was, Nick?«

Nick nickte feierlich. »Richtig übel, wenn du mich fragst.«

»Sie hat ein bisschen zu viel getrunken«, begann Elliott sich zu rechtfertigen. »Ich dachte, es wäre einfacher, sie hierherzubringen …«

Die Zwillinge zogen gleichzeitig skeptisch die Brauen hoch.

Seb trat vor. »Sollen wir dir helfen?«

Mit der Unterstützung der beiden Zwillinge war es kein Problem, Caitlin die Treppe hinauf und in Elliotts Zimmer zu bugsieren. Sie ließen sie bäuchlings auf das Bett fallen, dann ließen Seb und Nick ihn allein.

Es war längst nicht so schön, wie er sich vorgestellt hatte. Er war es gewohnt, dass die Mädchen reagierten, dass sie genauso scharf waren wie er. Ein schlaffer Körper machte ihn nicht besonders an. Und es half auch nicht, dass das Knallen eines Champagnerkorkens und das Gelächter der Zwillinge durch die Tür drang. Er hatte das Gefühl, dass sie das absichtlich machten.

Irgendwie war es eine Erleichterung, als er endlich fertig war. Er zog Caitlins Kleid zurecht und ging nach drüben zu den anderen.

Als er in den Raum trat, leerte Seb sein Glas und trat an die Tür zu Elliotts Zimmer.

»Was machst du da?«, fragte Elliott nervös.

Seb starrte ihn an. »Was *glaubst* du denn?«

Elliott wollte ihn aufhalten. Aber andererseits war er nicht in der Position, um sich als Moralapostel aufzuspielen. Außerdem war Caitlin bestimmt so hinüber, dass sie nichts mehr mitbekam. Also würde es ihr auch nicht schaden.

Er sah, wie Seb die Tür zu seinem Schlafzimmer schloss.

»Habt ihr noch was zu trinken?«, fragte er Nick.

Irgendwie gab es nichts mehr zu tun, außer sich richtig zu besaufen.

11

Als Caitlin am Morgen nach dem Ball aufwachte, spürte sie sofort, dass etwas nicht stimmte. Oberflächlich war alles so, wie es sein sollte. Sie war in ihrem Zimmer, in ihrem Bett, geborgen unter der rosa Daunendecke, sie trug ihren Pyjama, und ihr Kleid hing ordentlich zusammengefaltet über einem Stuhl. Trotzdem fühlte sie, dass etwas nicht stimmte. Sie fühlte, dass *mit ihr* etwas nicht stimmte. Zum einen schmerzten ihre Glieder, als hätte sie die Grippe, und sie hatte das Gefühl, sich jeden Moment übergeben zu müssen. Sie fragte sich, ob sich so ein Kater anfühlte.

Sie erinnerte sich, dass sie auf dem Ball gewesen war, dass sie getanzt, geschwatzt und gelacht hatte. Danach verblasste alles. Sie ahnte, dass irgendwo in ihrem Hinterkopf Erinnerungen festsaßen, die nur darauf warteten, losgerüttelt zu werden. Sie schloss die Augen und versuchte sich zu erinnern. Aber offenbar war sie stattdessen wieder eingeschlummert. Denn im nächsten Moment träumte sie. Sie fühlte sich wie losgelöst von ihrem Körper und beobachtete sich selbst wie in einem Film …

Sie war in einem Zimmer, ein Zimmer so dunkel wie eine Höhle, und sie lag auf einem Bett voller Mäntel. Anfangs glaubte sie, sie sei allein. Aber dann senkte sich die Matratze, und sie begriff, dass sich jemand auf das Bett gesetzt hatte. Der Moschusduft des Aftershaves verriet ihr, dass es ein Mann war.

»Elliott?«, versuchte sie zu fragen, als er sich über sie beugte.

Aber im nächsten Moment spürte sie sein ganzes Gewicht auf ihrem Leib, spürte, wie er ihre Beine spreizte, und da war ihr klar, dass es unmöglich Elliott sein konnte, denn der würde ihr so etwas nicht antun. Durch den Nebel hindurch spürte sie einen reißenden Schmerz. Dann pumpte er so wild und rücksichtslos drauflos, dass sie am liebsten aufgeschrien hätte. Aber sie brachte keinen Ton heraus. Er machte immer weiter, bis er schließlich erstarrte und dann erschlafft auf ihr zusammensackte.

Nach einer Weile hatte sich sein Atem beruhigt, und er stieg von ihr herunter. Sie lag still da und dachte, dass jetzt wenigstens alles überstanden war. Aber dann ging die Tür auf, sie hörte leises Geflüster, und jemand anderes nahm seinen Platz ein. Und danach noch jemand … bis ihr alles wehtat und sie nur noch hoffte, dass sie endlich aufhören würden.

Als sie diesmal erwachte, waren ihre Wangen tränennass.

Alle wussten Bescheid. Caitlin wusste nicht woher, aber sie wussten Bescheid. Wo sie auch auftauchte, überall wurde sie angestarrt. Als sie über den Korridor zur Dusche ging, konnte sie ihre Blicke spüren. Sie redeten auch über sie. Sobald sie einen Raum betrat, erstarben alle Gespräche, und sie setzten erst wieder ein, wenn sie hinausging. Die Blicke der anderen Schüler folgten ihr, und sie hörte sie hinter vorgehaltener Hand tuscheln und lachen.

Sie schlang das Handtuch fester um ihren Leib und rannte in ihr Zimmer zurück.

Sie wartete darauf, dass Elliott sie besuchen kam. Als er nicht auftauchte, wusste sie nicht recht, was sie tun sollte. Sie hatte niemanden, mit dem sie reden konnte. George konnte ihr kaum in die Augen sehen.

Am Abend ließ sie das Essen ausfallen. Sie erklärte Mrs Linton, der Hausleiterin, dass sie sich nicht gut fühlte. In Wahrheit ertrug sie den Gedanken nicht, von allen angestarrt zu werden.

Sie saß allein in ihrem Zimmer und starrte aus dem Fenster in die Dunkelheit, als jemand klopfte. Sie stand auf, um zu öffnen, weil sie annahm, dass es Mrs Linton war, die nach ihr sehen wollte. Aber als sie die Tür aufzog, stand Elizabeth grimmig und mit strenger Miene vor ihr.

Caitlin sackte das Herz in die Kniekehlen. *Sie hat es also auch gehört.*

»Wir müssen das unbedingt melden.«

Elizabeths Stimme duldete keinen Widerspruch. Sie hatte die Gerüchte im Refektorium der Abschlussklasse gehört. Caitlin mit Elliott und den Ashford-Zwillingen … Morgan hatte die Neuigkeit voller Schadenfreude verbreitet.

Erst hatte sie angenommen, das sei nur Gerede. Sie hatte Caitlin besucht, um ihr zu berichten, was über sie erzählt wurde, damit sie die Sache richtigstellen konnten. Aber sobald sie Caitlins rote Augen und ihr fahles Gesicht gesehen hatte, war ihr aufgegangen, dass viel mehr an der Sache war. Nachdem sie Caitlin gezwungen hatte, ihre Version der Geschichte zu erzählen, war Elizabeth sonnenklar, was vergangene Nacht geschehen war. Caitlin war nur zu naiv, um selbst darauf zu kommen. Sie glaubte, sie sei betrunken gewesen und hätte zugestimmt, etwas zu tun, das sie jetzt bereute. Elizabeth wusste es besser. Sie hatte schon entsprechende Gerüchte gehört, aber sie hätte nie gedacht, dass Elliott so tief sinken könnte, obwohl sie den Zwillingen wirklich alles zugetraut hätte. Wie auch immer, diesmal würden sie nicht davonkommen. Dafür würde Elizabeth sorgen.

»Wir gehen zu Dr Phillips«, sagte sie. »Ich komme mit und stehe dir bei.«

Aber Caitlin ließ sich nicht umstimmen. »Ich will das nicht. Es geht mir gut.«

»Von wegen gut!«, brach es aus Elizabeth heraus. »Gott!« Sie schüttelte ärgerlich den Kopf. »Begreifst du denn gar nichts? Wenn du von Anfang an auf mich gehört hättest, dann wäre vielleicht ...«

Sie verstummte mitten im Satz. Aber es war zu spät. Sie konnte Caitlins verletztem Blick ansehen, dass sie den Satz in Gedanken bereits vollendet hatte: *dann wäre vielleicht gar nichts passiert.*

Verflucht. Hatte sie das wirklich gerade gesagt? Sie hatte bestimmt nicht gewollt, dass Caitlin sich noch elender fühlte. Aber Menschen zu trösten, war eindeutig nicht Elizabeths Stärke. Sie war nur gut, wenn es darum ging, etwas zu unternehmen. Außerdem hatte sie ein schlechtes Gewissen. Wenn sie nicht so beschäftigt gewesen wäre, hätte sie vielleicht mitbekommen, was Elliott und die anderen geplant hatten, und rechzeitig eingreifen können. Sie hatte versprochen, auf Caitlin aufzupassen, und darin hatte sie versagt. Sie hatte keine Ahnung, wie sie das wiedergutmachen sollte.

Caitlin sah zu Elizabeth auf. Sie sah so wütend aus. Caitlin selbst brachte nicht die Kraft auf, wütend zu sein. Sie fühlte sich ... schuldig. Egal, was Elizabeth sagte, sie hatte das Gefühl, dass sie selbst schuld war. Sie hatte es doch gewollt, oder? Immer wenn sie mit Elliott zusammen gewesen war, hatte sie sich gefragt, wie es wohl wäre. Vielleicht hatte er das irgendwie gespürt. Elizabeth sah sie eindringlich an.

»Du kannst gar nichts dafür«, sagte sie, als könnte sie Caitlins Gedanken lesen.

»Vielleicht«, gab Caitlin zögernd zu. »Aber bitte … du darfst zu niemandem etwas sagen.«

»Caitlin …«

»Nein.« Diesmal würde Caitlin sich nicht umstimmen lassen. Sie wollte die ganze Sache vergessen. Wenn sie die Rektorin mit hineinzogen, machten sie alles nur noch schlimmer. »Es ist mein Ernst«, bekräftigte sie. »Du musst schwören, dass du niemandem etwas erzählst.«

Caitlin konnte Elizabeth ansehen, dass sie ihr widersprechen wollte. Aber sie wusste auch, dass es nicht Elizabeths Art war, etwas hinter ihrem Rücken zu unternehmen. Wenn Elizabeth ein Versprechen gab, hielt sie es auch.

»Bitte, Elizabeth. Das ist meine Sache. Und ich will es so.«

Elizabeth seufzte und gab sich widerwillig geschlagen.

»Na gut. Ich werde nichts sagen.« Ihre grünen Augen wurden gefährlich schmal. »Aber ich finde trotzdem, dass er dafür bezahlen sollte.«

Ein paar Tage später wurde das Gerede über Caitlin von einem größeren Skandal abgelöst. Dr Phillips, die Direktorin, hatte einen anonymen Tipp erhalten, dass jemand in der Abschlussklasse größere Mengen Drogen in seinem Zimmer bunkerte. Dem Vorwurf musste nachgegangen werden. Am folgenden Tag gab es noch vor dem Aufstehen eine spontane Durchsuchungsaktion in allen Sechstklässlerzimmern.

Die Suche dauerte nur gute vierzig Minuten. Sie wurde abgeblasen, als im gemeinsamen Wohnraum von Elliott Falconer und den Ashford-Zwillingen ein halbes Kilo Kokain gefunden wurde.

Obwohl die drei eisern beteuerten, unschuldig zu sein, wurden sie in Unterhosen und Rugbyhemden in Dr Phillips' Büro geführt.

Niemand glaubte ihnen. Es war nicht das erste Mal, dass sie mit Gerüchten über Drogen in Verbindung gebracht wurden. Das Kollegium stellte sich blind, solange sich die Sache auf den persönlichen Gebrauch beschränkte, aber diesmal waren sie zu weit gegangen: Kokain war eine harte Droge, und die Menge war viel zu groß für den persönlichen Konsum. Alle drei wurden fristlos der Schule verwiesen.

»Wenn sie keinen Ärger machen«, hatte Dr Phillips den jeweiligen Eltern erklärt, »können wir die Polizei aus dem Spiel lassen.«

Elizabeth äußerte sich nie dazu, und Caitlin fragte sie nie direkt, ob sie etwas mit der Sache zu tun gehabt hatte. Aber als Caitlin das nächste Mal im Gang auf Elizabeth traf, lächelte sie ihre Halbschwester an. Und zum ersten Mal überhaupt wurde ihr Lächeln erwidert.

Danach vergingen die letzten Tage des Herbstsemesters umso schneller. Caitlin tat, als wäre nichts passiert, lachte bei der Theateraufführung der Unterstufe an den passenden Stellen, sang im Gottesdienst mit und knackte beim Weihnachtsessen ihre Glückskekse. Äußerlich war alles ganz normal. Aber innerlich war es ihr unmöglich, wieder die zu werden, die sie vor jenem Abend gewesen war. George lud sie ein, ein paar Tage mit zu ihr zu kommen. Aber Caitlin zeigte kein Interesse. Sie wollte nur in Ruhe gelassen werden.

In Aldringham hatte sie Schwierigkeiten, sich den allgemeinen Weihnachtsvorbereitungen anzuschließen. Sie kam sich lächerlich vor. Der *Vorfall*, wie sie ihn bei sich bezeichnete, war erledigt. *Sie* waren endgültig aus ihrem Leben verschwunden. Es gab keinen Grund, Trübsal zu blasen. Elizabeth hatte ihr einmal unter vier Augen versichert, dass sie gern zuhören würde, wenn Caitlin irgendwann darüber *reden* wollte. Aber Caitlin hatte keinen Zweifel daran gelassen, dass sie nicht darüber sprechen wollte. Sie wollte die ganze Sache hinter sich lassen.

Caitlin hörte lautes Lachen und sah von ihrem Zeichenblock auf. Das große Erkerfenster in ihrem Zimmer bot einen freien Blick auf das Grundstück. Sie sah ausdruckslos auf Amber und Elizabeth, die über den schneebedeckten Rasen zum warmen Haus zurückkehrten. Ihnen folgte Chris, der Reitknecht der Melvilles, der eine zwei Meter hohe Fichte aus dem Wald hinter Aldringham auf der Schulter trug. Die Mädchen waren mit ihm losgezogen, um einen Weihnachtsbaum zu holen. Chris hatte den Baum geschlagen und würde ihn jetzt im Wohnzimmer aufstellen. Später am Abend würden sie ihn bei Mince Pies und Brandy weihnachtlich dekorieren. Es war ein Weihnachtsritual für die Melville-Kinder, hatte Elizabeth ihr beim Frühstück erklärt, und Caitlin eingeladen mitzukommen. Caitlin hatte zugesagt. Doch als es am Nachmittag in den Wald gehen sollte, hatte sie keine Lust mehr gehabt.

Tatsächlich hatte sie in letzter Zeit zu überhaupt nichts Lust. Seit die Weihnachtsferien begonnen hatten, hatte sie eigentlich nur geschlafen und gezeichnet. Elizabeth gab sich alle Mühe, sie aus ihrem Schneckenhaus zu holen, aber Caitlin konnte sich für nichts begeistern.

Die Hälfte der Zeit fühlte sie sich wie betäubt, und damit kam sie zurecht. Aber zwischendurch wurde sie von einer glühenden Wut gepackt, die so brutal war, dass ihr allein der Gedanke, sie könne so etwas empfinden, Angst einjagte. Immer wieder kreisten dieselben nutzlosen Gedanken in ihrem Kopf. Wenn ihre Mutter nicht gestorben wäre … wenn sie damals nicht zu den Melvilles geschickt worden wäre … dann wäre all das nicht passiert. Das Wissen, dass sie besser nie nach Aldringham gekommen wäre, dass sie nicht in diese Welt gehörte, zerfraß sie langsam.

Instinktiv sah sie auf die große Holztruhe, die in der Zimmerecke stand. Sie enthielt alle Kleider und Sachen ihrer Mutter. Tante Nuala hatte sie damals im Juni für Caitlin gepackt, als sie die

Hütte ausräumen mussten. Die Truhe war Caitlin nach Aldringham nachgeschickt worden, als sie damals hergekommen war, aber bis jetzt hatte sie nicht den Mut aufgebracht, auch nur einen Blick hineinzuwerfen. Doch nachdem so viel passiert war, brauchte sie Trost, vielleicht würde sie den in den Sachen ihrer Mutter finden.

Sie trat an die Truhe und kniete davor nieder. Den Schlüssel trug sie immer an einer Kette um ihren Hals. Das Schloss war ein bisschen eingerostet, aber nach einigem Probieren ließ es sich öffnen. Langsam und vorsichtig hob sie den schweren Eichendeckel an. Innen war die Truhe mit weichem, edlem Samt ausgeschlagen. Sie gehörte zu den wenigen Stücken, die Katie aus ihrem Elternhaus mitgenommen hatte, als sie damals nach Wicklow gezogen war. Caitlin sah noch vor sich, wie die Truhe am Fußende des Bettes ihrer Mam gestanden hatte. Jahrelang hatte sie als Wäschetruhe gedient.

Obenauf lagen zwei Fotoalben. Sie schlug das erste auf und blickte auf die genaue, liebevolle Dokumentation ihrer Mutter über das Leben ihrer Tochter – Weihnachts- und Geburtstagsfeste, Ferien und Schulaufführungen. Caitlin merkte, dass sie sich in ihren Erinnerungen zu verlieren begann, und klappte die Alben wieder zu, um sie beiseitezulegen. Erst wollte sie sehen, was sonst noch in der Truhe lag. Die nächste halbe Stunde lang sichtete Caitlin den Inhalt. Nuala hatte alles hineingelegt, was sie sich nur wünschen konnte: angefangen von den Lieblingskleidern ihrer Mutter bis zu den Geschirrstücken, die sie als »die Besten« eingepackt hatte – und zwar einzeln in Zeitungspapier, damit sie nicht zerbrachen.

Ganz unten lag ein Ordner mit offiziellen Dokumenten – Katies Abschlusszeugnis, Caitlins Geburtsurkunde, die Hypotheken auf das Häuschen. Es war nichts dabei, was Caitlin nicht erwartet hätte, bis sie ein kleines Bündel von Briefen herauszog, das mit einem roten Band zusammengeschnürt war. Das versprach, interessant zu werden. Sie wendete den Stapel hin und her. Die teuren Papierumschläge waren elfenbeingelb und identisch in

Größe und Form. Sie löste die Schleife des Bandes und breitete die Umschläge auf dem Boden aus. Es waren insgesamt sechzehn.

Aus irgendeinem Grund ahnte sie, dass sie auf etwas Bedeutendes gestoßen war. Sie zögerte und fragte sich, ob Mam es gebilligt hätte, dass sie ihre persönlichen Briefe öffnete. Aber nachdem sie schon damit angefangen hatte, gab es kein Zurück mehr. Mit etwas schlechtem Gewissen untersuchte sie den ersten Brief. Auf dem Umschlag stand der Name ihrer Mutter getippt, jedoch keine Adresse.

Sie öffnete den Umschlag und zog den Inhalt heraus. Es war ein Brief. Das feste, elfenbeinfarbene Papier war von derselben Qualität wie der Umschlag, stellte sie fest, als sie das Blatt auffaltete. Sie betrachtete es genauer und erkannte nach einer Sekunde, dass es sich um einen geprägten Melville-Firmenbriefbogen handelte. Caitlin überflog den Inhalt und las, dass sie ein offizielles Schreiben vor sich hatte, mit dem der Personalchef ihrer Mutter kündigte. In einer Ecke war mit einer Büroklammer ein Scheck über tausend Pfund angeheftet, der nie eingelöst worden war.

Was hatte das zu bedeuten? Caitlin war das ein Rätsel. Ihre Mutter hatte ihr nicht viel darüber erzählt, wie es mit ihr und William geendet hatte. Sie hatte nur berichtet, dass er mit ihr Schluss gemacht hatte, bevor sie wusste, dass sie schwanger war. Aber dass er ihrer Mam noch dazu gekündigt hatte … Mit klopfendem Herzen öffnete Caitlin den zweiten Umschlag, auch der war nicht adressiert. Wieder enthielt er einen unpersönlichen Begleitbrief, in dem der Scheck als »entsprechend unserer Kündigungsvereinbarung« bezeichnet wurde. Diesmal belief sich der angeheftete Scheck auf fünftausend Pfund. Caitlin wollte den Brief schon zurücklegen, als ihr etwas ins Auge fiel. Das Datum des Schecks: 3. Mai 1975. Das war ihr Geburtstag. Sie brauchte einen Augenblick, um das zu verarbeiten. Das konnte doch kein Zufall sein, das konnte nur eines bedeuten: William hatte immer von ihrer Existenz gewusst.

Die übrigen Briefe waren adressiert und nach Irland geschickt worden – erst ins Haus ihrer Großeltern, dann in ihr Häuschen in Valleymount. Caitlin sah jeden einzelnen durch. Alle enthielten das Gleiche – ein kurzes Begleitschreiben und dazu einen auf ihren Geburtstag datierten Scheck. Der Wert stieg von Jahr zu Jahr um fünf Prozent, aber ansonsten änderte sich nichts.

Erst nach einer Weile hatte Caitlin das Gefühl, wieder klar denken zu können. Sie legte alles in die Truhe zurück, schloss sie und verriegelte sie wieder. Dann ging sie an ihren Schrank, holte einen Rucksack heraus und begann, ihn zu packen. Jetzt war ihr klar, was sie tun musste. Sie musste weg von den Melvilles und ihrer Welt. Sie konnte all das nur hinter sich lassen, wenn sie von hier verschwand und ganz neu anfing.

Heute Abend, schwor sie sich. Sie musste es nur noch bis heute Abend schaffen, dann würde alles gut werden.

»Wo warst du denn heute Nachmittag?«

Dicht gefolgt von Amber, kam Elizabeth die Treppe herunter und auf Caitlin zugelaufen. Die drei waren auf dem Weg in den Salon, wo es einen Aperitif vor dem Abendessen geben sollte.

»Wir haben einen Riesenbaum«, sagte sie und ging neben ihrer Halbschwester her. Als Caitlin nichts darauf sagte, fuhr sie fort: »Und dann haben wir ihn den ganzen Nachmittag über geschmückt.«

Caitlin sagte immer noch kein Wort.

»Und … was hast du so gemacht?«

Caitlin sah sie verständnislos an. »Wann?«

»Heute Nachmittag. Was hast du so gemacht, während wir im Wald waren?«

Caitlin zuckte mit den Achseln. »Nichts Besonderes.«

»Ach.« Elizabeth wusste nicht, was sie sagen sollte. »Also, du hättest wirklich mitkommen sollen«, schloss sie entmutigt.

»Ja, Caitlin, du hättest wirklich mitkommen sollen«, krähte Amber aufgeregt. Sie schob ihre Hand in Caitlins. Elizabeth bemerkte es und lächelte in sich hinein. Zu Ferienbeginn war Amber von

Elizabeth ermahnt worden, netter zu Caitlin zu sein. »Warum?«, hatte sie gefragt.

»Weil ich mich vielleicht in ihr getäuscht habe«, hatte Elizabeth aufrichtig geantwortet. »Sie ist gar nicht so übel.« Das hatte Amber genügt.

Jetzt begann Amber auf dem Weg zum Salon von der Hauptrolle zu erzählen, die sie *ganz sicher* in der Ballettaufführung im Frühling bekommen würde. »Sienna erzählt allen, dass Miss Abbot versprochen hat, sie wird sie nehmen, aber ich kann viel besser tanzen als sie.«

Während Amber drauflosplapperte, warf Elizabeth einen verstohlenen Blick auf Caitlin. Sie sah schrecklich aus: müde und bleich. Ehrlich gesagt sah sie fast so abgezehrt aus wie damals, als sie nach Aldringham gekommen war. Elizabeth machte sich Sorgen. Sie konnte Caitlin ansehen, dass sie zutiefst unglücklich war, und sie war der einzige Mensch, der den Grund dafür kannte. Aber sie wusste nicht, was sie mit ihrem Wissen anfangen sollte.

Caitlin hatte sie beschworen, ihre Privatsphäre zu respektieren, und Elizabeth hatte sich bemüht, genau das zu tun. Sie hatte lang und gründlich darüber nachgedacht, ob es falsch war, nicht zu melden, was in jener Nacht passiert war. Aber Caitlin wollte es so, und Elizabeth war kein Mensch, der das Vertrauen anderer missbrauchte. Sie hatte alles in ihrer Macht stehende getan, um ihr zu helfen – so hatte sie darauf bestanden, Caitlin in eine Klinik im Nachbarort zu fahren, wo sie ein Sperrfeuer an Schwangerschafts- und Geschlechtskrankheitentests durchlaufen musste, hatte dort auf sie gewartet, bis die Behandlung abgeschlossen war, und sie später noch einmal hingefahren, um die Ergebnisse abzuholen, die Gott sei Dank allesamt negativ waren. Sie hatte sich von George eine Liste mit allen Arbeiten geben lassen, die Caitlin bis zum Semesterende abliefern musste, und sie für ihre Halbschwester angefertigt, eine Hilfestellung, von der Caitlin wahrscheinlich gar nichts ahnte.

Aber abgesehen von diesen praktischen Hilfeleistungen hatte

sie nicht recht gewusst, was sie für Caitlin tun konnte. Bis jetzt hatte sie alle Annäherungsversuche abgewiesen. Irgendwie konnte Elizabeth ihr das nicht verübeln. Als ihre Halbschwester in Aldringham angekommen war, hatten sie schließlich nichts unternommen, damit sie sich hier aufgehoben fühlte. Im Nachhinein erkannte Elizabeth, dass sie keinen Gedanken daran verschwendet hatte, wie elend und allein sich Caitlin gefühlt haben musste. Daher war es kaum überraschend, dass Caitlin nichts mehr mit ihr zu tun haben wollte. Aber Elizabeth würde sich davon nicht abschrecken lassen. Beim letzten Mal hatte sie den Fehler gemacht, zu früh aufzugeben. Das würde ihr nicht noch einmal passieren. Sie machte sich nur Sorgen, dass es, was sie jetzt auch unternehmen mochte, vielleicht einfach zu spät war: dass Caitlin schon zu schweren Schaden genommen hatte, um noch etwas zu empfinden.

Der Abend zog sich für Caitlin endlos hin. Es war der Tag vor Heiligabend, und Rosalind war mit Piers nach Aldringham gekommen. Das bedeutete, dass sie ein noch längeres Menü als die üblichen fünf Gänge unter der gewölbten Decke des Speisezimmers aussitzen musste. Danach nahmen alle ihren Kaffee im Salon, wo »die Mädchen«, wie Rosalind es ausdrückte, beauftragt wurden, die Geschenke unter dem Baum zu arrangieren. »Ach, und du auch, Caitlin«, ergänzte sie im Nachhinein.

Bis vor Kurzem hatten sie diese kleinen Sticheleien gekränkt. Aber jetzt berührten sie Caitlin nicht mehr, denn sie wusste, dass sie sich nach dem heutigen Abend nie wieder so etwas anhören musste.

Um zehn hielt sie es nicht länger aus und zog sich unter dem Vorwand zurück, sie fühle sich, als sei eine Grippe im Anzug. Mrs Hutchins war die Einzige, die überhaupt darauf reagierte und Caitlin mit einer Paracetamol und einem Glas Wasser nach oben folgte. Sie schien sie nicht allein lassen zu wollen, sodass sich Caitlin zuletzt schlafend stellte, bis die Haushälterin endlich wieder abzog. Mrs Hutchins war die Einzige, die Caitlin vermissen würde.

Nachdem sie weg war, schlug Caitlin die Augen wieder auf. Sie durfte nicht riskieren, jetzt einzunicken. Stattdessen lag sie wach in der Dunkelheit und wartete darauf, dass es im Haus still wurde. Leider war das in einem so großen Gebäude wie Aldringham unmöglich festzustellen. Stattdessen behielt sie die Uhr neben ihrem Kopf im Auge und verfolgte, wie die fluoreszierenden Zeiger von der Zwölf über die Eins bis zur Zwei weiterwanderten.

Um halb zwei beschloss sie, dass sie gefahrlos aufbrechen konnte. Sie zog eine Jeans, einen Pullover und ihre Turnschuhe an, nahm ihren Rucksack und sah sich ein letztes Mal im Zimmer um. Dann öffnete sie so leise wie möglich die Zimmertür und machte sich, mit vor Aufregung und Angst rasendem Herzen, auf den Weg über den Gang.

Es war unmöglich, völlig lautlos zur Haustür zu kommen. So leise Caitlin auch auftrat, die alten Dielen quietschten und alle Türen knarrten. Sie konnte nur hoffen, dass jeder, der davon aufwachte, diese Geräusche für das normale Ächzen des alten Hauses halten würde und nicht nachsehen kam. Aber auch sie schreckte auf ihrem Weg durch die langen Korridore ein-, zweimal zusammen, weil sie das Gefühl hatte, nicht allein zu sein, oder weil sie etwas gehört hatte, das ein im Wind klapperndes Fenster, aber auch ein anderer Nachtwandler sein konnte.

Sie gelangte problemlos ins Erdgeschoss, aus dem Haus und schließlich an das elektrisch zu öffnende Tor. Sie hatte sich den Code eingeprägt, als Perkins sie aus Greycourt nach Hause gefahren hatte. Unter einem stillen Gebet, dass er nicht geändert worden war, tippte sie ihn ein. Als das Tor lautlos aufschwang, fiel ihr ein Stein vom Herzen.

Zum Bahnhof waren es fünfzehn Kilometer. Fünfzehn Kilometer zu Fuß entlang dunkler, kurvenreicher Landstraßen. Mehr als einmal musste sie sich hinter einen Busch kauern, um einem Wagen auszuweichen, der von einer Weihnachtsfeier nach Hause raste. Sie durfte nicht riskieren, erwischt zu werden. Sie baute darauf, dass niemand sie bis zum späten Vormittag vermissen würde. Auf diese Weise hätte sie reichlich Vorsprung.

Als die kalte Wintersonne aufging, erreichte sie endlich den Bahnhof. Sie schlich in den Wartesaal und kauerte sich so weit wie möglich von der zugigen Eingangstür entfernt in einer Ecke zusammen, um sich aufzuwärmen.

Der Fahrkartenschalter öffnete kurz vor Abfahrt des ersten Zuges. Sie hatte ein paar hundert Pfund dabei, die sie gestern aus Isabelles Frisierkommode genommen hatte. Caitlin O'Dwyer, Diebin und Ausreißerin. Wer hätte das gedacht? In ihren Augen war es ein Vermögen. Aber fünf Minuten später hatte sie den Großteil davon für eine Fahrkarte ausgegeben.

Der Schalterbeamte sah ihr argwöhnisch nach, als sie auf den Bahnsteig ging. Ein junges Mädchen ganz allein, das an Heiligabend eine einfache Fahrkarte nach London kaufte. Sobald sie außer Hörweite war, griff er zum Telefon.

Sie sah sie, sobald sie in London aus dem Zug stieg. Drei Polizisten am Ende des Bahnsteiges, begleitet von zwei stämmigen Männern in dunklen Anzügen, die alle Gesichter in der Menge absuchten. Sie wusste instinktiv, dass sie ihretwegen hier waren. Ängstlich sah sie sich um und suchte nach einem Fluchtweg. Eine Sekunde lang spielte sie mit dem Gedanken, wieder in den Zug zu steigen. Aber die aussteigenden Fahrgäste strömten dem Ausgang zu und schwemmten sie mit. Sie hatte keine andere Wahl, sie musste versuchen, an ihnen vorbeizuschleichen. Also drängte sie sich hinter eine große, laute Familie und versuchte, so zu tun, als gehöre sie dazu.

Zuversichtlich ging sie auf den Ausgang zu. Als einer der Polizisten sie ansah, erwiderte sie trotzig seinen Blick, als hätte sie nichts zu verbergen. Aber ihr Plan, so clever er auch war, ging nicht auf. Eine Hand fasste nach ihr, landete auf ihrer Schulter, und dann sagte jemand: »Würden Sie bitte mitkommen, Miss?«

Neidisch sah sie der großen, glücklichen Familie nach, die ihren Weg ohne sie fortsetzte.

Die zwei stämmigen Männer waren, wie sich herausstellte, leitende Angestellte von William und beauftragt, sie nach Hause zu bringen. Auf dem Weg zurück nach Aldringham fiel kein einziges Wort. Als sie eintrafen, war es früher Abend. William wartete allein auf sie.

Im Arbeitszimmer setzte er zu einer Predigt an, an der er offenbar den ganzen Nachmittag gefeilt hatte. Was hatte sie sich dabei gedacht? Die Gefahr, der sie sich ausgesetzt hatte, die Sorgen, die sie ihm und der übrigen Familie bereitet hatte. Caitlin lauschte mürrisch seinem Vortrag.

William bemerkte ihr ausdrucksloses, wütendes Gesicht und verlor den Mut. Bockig? Caitlin? Es war ein Wort, das er nie mit ihr in Verbindung gebracht hätte. Was war aus dem süßen, stillen Mädchen geworden, das er vor sechs Monaten zu sich geholt hatte? Was hatte sie so werden lassen?

»Begreifst du nicht, wie gefährlich das für dich ist?«, fragte er zunehmend verärgert über ihre Passivität. »Was in aller Welt hast du dir dabei gedacht?«

Wieder keine Antwort.

Williams Gesicht war weiß, so mühsam musste er seinen Zorn zügeln, einen Zorn, der von Angst herrrührte. So mutterseelenallein da draußen hätte ihr alles Mögliche zustoßen können. Wenn Mrs Hutchins nicht in aller Frühe nach ihr gesehen hätte, wenn der Mann am Fahrkartenschalter nicht die Polizei benachrichtigt hätte. Er war für sie verantwortlich. Und er musste hundertprozentig sicherstellen, dass so etwas nicht wieder passierte.

»Ich weiß nicht, ob ich überhaupt zu dir durchdringe, Caitlin. Also lass mich eines klarstellen.« Er beugte sich über den Schreibtisch und sah sie mit steinerner Miene an. »Du kannst so oft fortlaufen, wie du willst. Ich verspreche dir, dass ich dich zurückholen werde. Ganz gleich, wo du dich versteckst und was du tust. Ich *werde* dich finden. Bis du achtzehn bist, bleibst du unter meinem Dach. Verstanden?« Als sie nicht reagierte, wiederholte er die Frage. »Ob du verstanden hast?«

Sie hob langsam den Blick und sah ihm in die Augen. »Ja.«

Er sah sie an. In ihrem Blick las er Trotz, aber auch Resignation.

»Gut.« Er war überzeugt, dass sie ihn verstanden hatte. »Also«, fragte er deutlich sanfter, »gibt es irgendwas, das du mir erzählen möchtest? Vielleicht kann ich dir helfen, wenn du mir verrätst, warum du so unglücklich bist.«

»Es ist nichts«, sagte sie. »Ich bin nur müde. Ich glaube, ich würde mich gern hinlegen, wenn ich darf.«

Caitlin sah ihm an, dass ihn ihre abweisende Reaktion enttäuschte. Aber das war ihr egal. Sie schuldete ihm nichts. Sie war beinahe versucht, ihm zu erzählen, was sie empfand – dass er ihre Mutter im Stich gelassen hatte, als sie ihn am dringendsten gebraucht hatte, und dass er gar nicht so zu tun brauchte, als läge ihm etwas an ihr. Aber das hätte zu nichts geführt. Wenn William sich erst eine Meinung gebildet hatte, war die nicht mehr zu ändern. Aber das bedeutete nicht, dass sie keine Pläne schmieden konnte, dieses Haus zu ihren eigenen Bedingungen zu verlassen.

Als sie nach oben auf ihr Zimmer ging, war ihr Kopf klarer als seit Wochen. Sie gehörte nicht hierher. Doch nachdem William sie nicht gehen ließ, musste sie hierbleiben. Zumindest während der nächsten Jahre. Trotzdem hatte er es selbst gesagt. Sobald sie achtzehn war, sobald sie alt genug war, auf eigenen Füßen zu stehen, würde sie die Melvilles verlassen. Nur dieser Gedanke, dass sie eines Tages entkommen würde, ließ sie durchhalten.

Zweiter Teil

Juni 1993 – Juni 1995

12

»Geh bloß nicht nach Belleville«, beschworen sie die Mädchen in der Pension.

Sie warnten sie mit allem Nachdruck. Belleville war jenes Viertel in Paris, das ein Mädchen um jeden Preis meiden sollte. Belleville war rau, kriminell, schmutzig und gefährlich. Ein gallisches Harlem.

Und es war das einzige Viertel, das sich Caitlin leisten konnte.

Das hatte ihr jedenfalls der Immobilienmakler erklärt, als sie ihm gesagt hatte, wie viel sie zahlen konnte. Vielleicht wäre sie lieber nach Saint Germain oder ins Marais gezogen. Wer nicht? Aber er konnte ihr höchstens etwas in Belleville anbieten.

Eine Stunde später stand Caitlin vor der Adresse, die er aufgeschrieben hatte, und begriff, warum sie die Wohnung so billig bekam. Der Place Ste Marthe lag in dem Gewirr schmaler, gepflasterter Gassen abseits des Boulevard de la Villette und wurde von zwei Reihen halb verfallener Stadthäuser aus der Jahrhundertwende eingefasst. Der Anblick hätte malerisch gewirkt, wären nicht die meisten Gebäude vernagelt oder mit Graffiti überzogen gewesen.

Drinnen sah es kaum besser aus. Eine schmale Stiege führte Caitlin über fünf Stockwerke ins oberste Geschoss. Der Makler hatte die winzige Dachwohnung optimistisch als *Bijou* beschrieben. Das angebliche Schmuckstück offenbarte sich als beengte Kammer, die mit einer kaputten Schlafcouch, einem Gaskocher mit zwei Ringen und einem uralten Kühlschrank vollgestellt war. Im Bad roch es nach Schimmel, und um die Füße der frei stehenden Badewanne hatte sich ein grauer Ring eingefressen. Caitlin sah sich um und musste an Williams geräumiges Penthouse in der exklusiven Rue St-Honoré denken. Dort hätte sie im Luxus leben können.

Doch sie wollte keinen Luxus. Sie wollte Freiheit und Unabhängigkeit. Und die fand sie hier.

Kurz entschlossen drehte sie sich zu der Hauswirtin mit den abfallenden Schultern um und strahlte sie an.

»C'est parfait«, verkündete Caitlin.

Die alte Frau sah sie mit großen Augen an. Aber im nächsten Moment hatte sie sich gefangen. Wenn *la belle anglaise* einen Wucherpreis für diese Müllkippe zahlen wollte, würde sie die Kleine nicht davon abhalten. Sie ließ sich von Caitlin die Kaution bar auszahlen und eilte davon, ehe das Mädchen seine Meinung ändern konnte.

Caitlin öffnete ihren Rucksack und sah sich um, wo sie ihre Sachen aufhängen konnte. Es gab einen winzigen Holzschrank und eine eher wacklig wirkende Kommode. Zum Glück waren ihre Besitztümer überschaubar: ihre Doc-Martins-Stiefel, die All-Star-Turnschuhe, drei Jeans und ein Stapel T-Shirts.

Als Caitlin auszupacken begann, sah sie sich kurz im Spiegel an. Von dem schüchternen, naiven fünfzehnjährigen Mädchen, das vor drei Jahren in Aldringham angekommen war, war nichts mehr zu erkennen. Sie sah inzwischen düsterer aus und weniger gefällig. Die langen Haare waren gekappt worden, sie trug sie jetzt elfenhaft kurz; ein lässiger Schnitt mit einigen langen Strähnen, die ihr beim Arbeiten immer wieder über die Augen fielen und die sie dann unbewusst hinter die Ohren strich. In Greycourt, wo jeder möglichst reich aussehen wollte, war sie damit aufgefallen. Sie brauchte nur in ihrer üblichen Uniform aus einer verblichenen Jeans und dem T-Shirt einer obskuren Indie-Band durch die hundert Jahre alten Gänge der Schule zu spazieren, um sich als Rebellin und Einzelgängerin zu erkennen zu geben.

Greycourt. Gott sei Dank war *das* überstanden. Sie hatte das Versprechen, das sie William an jenem Heiligabend gegeben hatte, gehalten und war bis zu ihrem Abschluss geblieben. Aber sie hatte es zu ihren eigenen Bedingungen getan. Nach ihrer Rückkehr hatte sie kein Interesse mehr daran gezeigt, Freunde zu finden oder akzeptiert zu werden, und es war ihr gleich gewesen, was man über sie redete. Sobald ihr alles egal war, war erstaunlicherweise auch alles einfacher geworden. George hatte sich redlich bemüht, mit ihr befreundet zu bleiben, aber Caitlin hatte sogar sie auf Abstand gehalten. Sie war ein wirklich nettes Mädchen, aber Caitlin war bewusst, dass es nichts bringen würde, sich mit ihr anzufreunden, denn sie hatte nicht die Absicht, mit irgendwem in Verbindung zu bleiben, der sie während der vergangenen drei Jahre gekannt hatte.

Jetzt, mit achtzehn, war sie endlich alt genug, auf eigenen Beinen zu stehen. Paris war ihre Chance, genau das zu tun.

Ironischerweise hatte ausgerechnet William sie auf die Idee gebracht hierherzukommen. Und zwar vor fast einem Jahr. Damals hatte sie sich wie alle anderen Schüler des Abschlussjahrgangs vor allem damit beschäftigt, was sie in Zukunft machen wollte. Kunst war das einzige Fach, in dem sie sich wirklich Mühe gab. Ein Studiengang in Mode und Design lag da nahe.

Die ganzen Herbstferien hatte sie damit zugebracht, Antragsformulare auszufüllen. Central Saint Martins in London stand ganz oben auf ihrer Liste. Dank seines exzentrischen Rufes war es der ideale Ort, um Mode zu studieren. Wahrscheinlich wäre sie auch dort gelandet, wenn William nicht mitbekommen hätte, was sie tat.

»Ich habe ein paar exzellente Verbindungen zu St Martins«, hatte er ihr eröffnet. »Lass mich wissen, wenn dein Vorstellungsgespräch stattfindet, dann kann ich ein Wort für dich einlegen …«

Sofort hatte St Martin für Caitlin jeden Reiz verloren.

Als Perkins sie am darauffolgenden Sonntagabend an der Schule abgesetzt hatte, war sie direkt ins Berufsberatungszimmer gegangen. Sie holte den Ordner mit den Kunst- und Designstudiengängen heraus und begann sich zu informieren, wo man am besten Mode studieren konnte – und zwar außerhalb von London. Keine halbe Stunde später blätterte sie in einem Prospekt der *Chambre Syndicale de la Haute Couture* in Paris.

Caitlin hatte nicht lang gebraucht, um zu dem Schluss zu kommen, dass ihr die Pariser Modeschule die ideale Ausbildung bieten würde. Der zweijährige Studiengang in Modedesign und -technik war weltberühmt und hatte viele große Modeschöpfer hervorgebracht – Yves Saint Laurent, Issey Miyake, Valentino, um nur einige zu nennen.

Noch am selben Abend hatte sie den zehnseitigen Aufnahmeantrag ausgefüllt. Als sie ihren Kunstlehrer um eine Referenz bat, äußerte er sich nicht zu ihrem plötzlichen Meinungsumschwung, aber er wollte wissen, warum sie ihren Antrag als Caitlin O'Dwyer einreichte.

»Der Name Melville ist in der Modewelt zu bekannt«, erklärte sie ihm und jedem anderen, der ihr die gleiche Frage stellte.

Aber in Wahrheit sah sie sich nicht als Melville und würde das nie tun. Paris war ihre Chance, ein neues Leben als Caitlin O'Dwyer zu beginnen.

Sie hatte William nicht erzählt, dass sie sich in Paris beworben hatte. Sie wollte nicht riskieren, dass er sich einmischte. Stattdessen hatte sie einen ihrer freien Studientage genutzt, um zum Vorstellungsgespräch nach Paris zu reisen. Ihr Französisch war gerade gut genug, um sich verständlich zu machen. Ein Komitee schick gekleideter Pariser hatte sie fast zwei Stunden lang nach ihren Vorstellungen und Einflüssen befragt. Sie hatten ausführlich ihr Portfolio studiert und ihre Arbeiten geprüft und kritisiert. Erschöpft und entmutigt hatte sie den Raum verlassen. Die Plätze waren begrenzt, und nachdem sie so in die Mangel genommen worden war, schätzte Caitlin ihre Chancen eher gering ein. Aber dann hatte sie ein paar Wochen darauf einen Anruf bekommen, dass sie aufgenommen war.

William war nicht glücklich darüber. Aber letztendlich konnte er nichts daran ändern. Sie hatte ihren Entschluss gefasst.

Der Schulunterricht hatte offiziell zehn Tage vor Ferienbeginn geendet. Sie hatte keine Zeit verschwendet, um auf den Abschlussball zu warten. Stattdessen war sie kurz nach Valleymount gereist – ihre jährliche Pilgerfahrt ans Grab ihrer Mutter, allerdings hatte sie Nuala diesmal nicht besucht. In den vergangenen drei Jahren war der Kontakt zwischen ihnen spärlicher geworden und hatte sich zuletzt auf den Austausch von Weihnachts- und Geburtstagskarten beschränkt. Caitlin vermutete, dass das hauptsächlich ihre Schuld war. Sie hatte es einfach nicht mehr ertragen, ständig zu erfahren, was da drüben passierte und woran sie keinen Anteil mehr hatte.

Am späten Freitagnachmittag war sie aus Irland zurückgekommen. Das Wochenende hatte sie in Aldringham mit Packen verbracht, und am Montagmorgen hatte sie den Eurostar genommen.

Jetzt war sie mit Auspacken fertig und trat an das große Fenster, das ihr Zimmer beherrschte. Von dort aus konnte sie über die Dächer bis zum Kanal St Martin blicken. In diesem Augenblick vergaß sie William, Greycourt und alles andere. Sie war endlich in Paris. Das allein zählte.

Nachdem Caitlin einen Platz zum Wohnen gefunden hatte, stand als nächster Punkt die Suche nach einem Job auf ihrem Programm. Sie hatte schon vor Monaten beschlossen, dass sie von William keinen Penny annehmen würde. Am nächsten Morgen stand sie früh auf und durchkämmte die Straßen auf der Suche nach Arbeit. Außerdem hatte sie dabei Gelegenheit, das Viertel zu inspizieren.

Es war nicht annähernd so schlimm, wie alle prophezeit hatten. Belleville erstreckte sich entlang der Hügelkette im Nordosten von Paris über das neunzehnte und zwanzigste Arrondissement und war vielleicht eine der ärmeren Ecken der Stadt, aber es war auch farbenfroh und voller Atmosphäre. Die labyrinthischen Straßen des ehemaligen Arbeiterviertels hatten Generationen von verarmten Parisern und Einwanderern eine Heimat geboten. Auf ihrem Rundgang konnte Caitlin auf jedem Meter die Geschichte des Viertels erkennen: Es gab chinesische Nudelrestaurants und jüdische Buchhandlungen; Araber, die in den Ladentüren Shisha rauchten; die Rufe der nordafrikanischen Straßenhändler, die Kochbananen und Süßkartoffeln verkauften. Sie fühlte sich Lichtjahre von den breiten Boulevards und eleganten Boutiquen im Stadtzentrum entfernt. Vielleicht war es gar nicht so übel, hier zu wohnen …

Aber am Spätnachmittag begann ihr Optimismus zu verblassen. Es kam ihr vor, als hätte sie es in jedem Laden, jeder Bar und jedem Café von Belleville bis zum Canal St Martin probiert, ohne dass sie irgendwo Erfolg gehabt hätte. Entweder waren die Saisonkräfte schon eingestellt worden, oder die Eigentümer schüttelten den Kopf, sobald sie ihren heftigen Akzent hörten. Klebrig und verschwitzt beschloss sie, in der Julihitze über den Boulevard de la Villette zu ihrem Apartment zurückzukehren.

Unterwegs kaufte sie in einem Tabakgeschäft eine Ausgabe des *Carrieres et Emplois.* Ein paar Straßen von ihrer Wohnung entfernt kam sie an einer schlichten Café-Bar vorbei, trat ein und bestellte einen Espresso. Der starke Kaffee schmeckte ihr zwar nicht, aber er war das billigste Getränk auf der Speisekarte. Sie fand die Anzeigen für einfache Hilfstätigkeiten und breitete die Zeitung auf dem Tisch aus.

Der Kellner stellte die Tasse vor ihr ab. Doch statt das Geld zu nehmen, das Caitlin schon bereitgelegt hatte, blieb er abwartend neben ihr stehen. Caitlin schaute auf, um zu fragen, was für ein Problem es gab. Vor ihr stand ein großer, dünner, eher weiblich wirkender Mann von etwa vierzig Jahren, der sie unverhohlen anstarrte.

»Kann ich Ihnen irgendwie behilflich sein?«, fragte Caitlin.

Der Mann musste über ihr gestelztes Französisch lächeln.

»*Non.* Aber vielleicht kann ich dir behilflich sein.« Er nickte zu der Zeitung hin. »Du suchst Arbeit?«

»O ja.«

»Eine Kellnerin ist heute nicht zu ihrer Schicht erschienen. Der Besitzer ist verzweifelt. Wenn du sofort anfangen kannst, hast du einen Job.«

Caitlin stürzte den heißen Kaffee hinunter und stand auf.

»Und der Besitzer hat kein Problem mit meinem Französisch?«, fragte sie den Kellner, während sie ihm in die Küche folgte.

»Nein, bestimmt nicht.«

Caitlin zog die Stirn in Falten. »Wie können Sie da so sicher sein?«

Er drehte sich um und grinste sie an. »Weil er vor dir steht.«

Er stellte sich als Alain Chabot vor und breitete über einem weiteren Kaffee seine Lebensgeschichte vor Caitlin aus. Er hatte die *Ecole des Beaux Arts*, die Pariser Kunstakademie, absolviert und seinen Lebensunterhalt als angesehener Bildhauer verdient, bis eine früh einsetzende Osteoporose seiner Karriere ein Ende gesetzt hatte. Statt mit seinem Schicksal zu hadern, hatte er nach neuen Möglichkeiten gesucht – und vor einem Jahr seine gesamten Ersparnisse in das *Café des Amis* investiert.

Es war ein kluger Schachzug gewesen. Alain hatte einen wichtigen Trend erspürt, denn Belleville war dabei, sich zu verändern. Die Gegend, die lange als spröde und abweisend gegolten hatte, begann inzwischen eine weitere Welle von Migranten anzuziehen: die junge, coole Bohème von Paris. Künstler, Schriftsteller und Musiker überschwemmten das Viertel, das sie mit seinen billigen Mieten anlockte. Sie transformierten Belleville in rasendem Tempo in ein brodelndes Künstlerviertel mit aufregendem Nachtleben. Leer stehende Lagerhäuser wurden zu avantgardistischen Galerien umgebaut. Unter die ausländischen Restaurants und Läden entlang der großen Verkehrsadern von Belleville mischten sich angesagte Café-Bars, in denen hippe neue Bands und DJs auftraten. Das Café des Amis war einer der Vorreiter dieser Entwicklung.

»Ich bin selbst überrascht, wie gut es bis jetzt läuft«, erklärte Alain stolz.

Caitlin sah sich zweifelnd um. Es war fast sechs Uhr, und das Café war praktisch leer.

Alain bemerkte ihren Blick und grinste. »Vertrau mir. In ein paar Stunden wirst du es nicht wiedererkennen. Und du wirst dir wünschen, es wäre so ruhig wie jetzt.«

Er hatte recht. Die Nacht war Caitlins Feuertaufe. Gegen Mitternacht war das Café verqualmt, laut und prall gefüllt mit bemüht coolen Gästen. Die meisten waren wegen des DJs gekommen. Der Raum war voll mit Tänzern, die sich zu den elektronischen Beats bewegten und sich für einen späteren Besuch in einem der Clubs warm liefen. Seit einigen Stunden wurde an den Tischen nicht mehr bedient, und Caitlin stand mit fünf anderen hinter der schwach beleuchteten Theke, wo ihr die betrunkenen Gäste über den Lärm und die Musik hinweg zubrüllten, was sie haben wollten. Sie verstand die Bestellungen öfter falsch als richtig, aber zum Glück schien das Alain nicht besonders zu stören. Seit er herausgefunden hatte, dass sie Modedesign studierte, schien er beschlossen zu haben, dass sie perfekt ins Café des Amis passte.

»Wenn du hier arbeitest, lernst du wie von selbst Französisch!«, prophezeite er fröhlich, während sie mühsam eine Bestellung von sechs verschiedenen Drinks zu rekapitulieren versuchte.

Als Neue war es ihr Job, dafür zu sorgen, dass stets genug Gläser hinter der Theke waren. Immer wenn Gefahr bestand, dass die Gläser knapp werden könnten, flitzte sie hinaus auf den breiten Bürgersteig, wo coole junge Dinger in Schwarz rauchend und flirtend an den Tischen saßen und Rotwein oder *Pastis* tranken. Jedes Mal schöpfte sie kurz tief Luft, während sie alle leeren Gläser einsammelte, und rannte dann wieder hinein, um sie auszuspülen.

Als das Café schloss, konnte sie sich kaum noch auf den Beinen halten.

»Keine Angst«, versprach Alain und überreichte ihr ein Bündel Francs. »Es wird mit der Zeit leichter. Glaub mir.«

Er hatte nicht gelogen. Im Lauf des Sommers begann sie sich an den Tagesablauf zu gewöhnen. Die Arbeit war anstrengend, und die Trinkgelder waren nicht besonders gut. Aber ihre Kolleginnen waren nett. Außerdem schien Alain immer knapp an Personal zu sein, sodass sie so viele Extraschichten einlegen konnte, wie sie wollte, bevor das Semester begann.

Wenn sie nicht arbeitete, verbrachte sie die Tage damit, die Stadt zu erforschen. Sie kaufte in einer nahen *Boulangerie* Croissants zum Frühstück, trank *Café au lait* im berühmten *Deux Magots*; und brachte Stunden damit zu, durch die hübschen Straßen und schicken Boutiquen des Marais zu schlendern.

Während ihrer dritten Woche in Paris rief William an, um sich zu erkundigen, wie es ihr ginge.

»Ich bin nächsten Donnerstag in Paris«, erklärte er am Ende ihres kurzen Gesprächs. »Dann können wir zusammen essen gehen. Ich habe im *Tour d'Argent* einen Tisch reservieren lassen.«

»Gern«, antwortete sie pflichtbewusst.

Aber als er in der folgenden Woche anrief, landete er auf dem Anrufbeantworter.

13

Es wurde schon herbstlich, als endlich der Tag kam, an dem Caitlins Studiengang im *Chambre Syndicale* anfangen sollte. Am ersten Tag erschien sie sicherheitshalber eine halbe Stunde zu früh. Trotzdem war sie damit die Letzte in ihrem Kurs. So wurde ihr harsch in Erinnerung gerufen, dass dies die berühmteste Modeschule der Welt war. Hier war Leistung gefragt.

Untergebracht war die Schule in der Rue St Roch 45, abseits der berühmten Rue de Rivoli, in der die Tuilerien und der Louvre lagen. Die Gebäudefassade besaß den altertümlichen Charme und die Eleganz, die das ganze Viertel charakterisierten. Drinnen wurde der Unterricht in großen, luftigen Werkstätten abgehalten, in denen es die obligatorischen weißen Wände, riesige Fenster und Neonleuchten gab. Der Raum wurde von riesigen Schneidetischen beherrscht, die komplett mit Scheren, Nähmaschinen und Schneiderpuppen ausstaffiert waren.

Der ganze Jahrgang umfasste fünfundvierzig Studenten, die gleichmäßig auf drei leichter zu unterrichtende Gruppen aufgeteilt worden waren. Als Caitlin endlich den richtigen Unterrichtsraum gefunden hatte, hatten ihre vierzehn Klassenkameradinnen bereits ihre Plätze eingenommen. Die meisten Studenten waren extravagant gekleidet, als wollten sie schon am ersten Tag ihren persönlichen Stil zur Schau stellen. In ihrer verblichenen Jeans und einem T-Shirt wirkte Caitlin vergleichsweise farblos. Vielleicht fanden es manche seltsam, dass jemand, der Mode entwerfen wollte, sich so wenig für seine eigene Erscheinung interessierte. Aber sie empfand das nicht als Paradox. Für sie ging es beim Modedesign darum, ein Kunstwerk aus Stoff und Garn zu erschaffen, und nicht darum, sklavisch irgendwelchen Modemagazinen zu folgen. Wie sie sich kleidete, sagte nichts über ihr Talent aus.

Die Klasse setzte sich aus Schülern verschiedenster Nationalitäten zusammen – Japanern, Amerikanern und Australiern sowie gebürtigen Franzosen. Die allgemeine Verständigung erfolgte auf Englisch, und ein paar zaghafte Gespräche waren bereits im Gang, allerdings eher, um die Konkurrenz auszuloten, als um wirklich Freundschaft zu schließen.

»Parsons hat mich fast angebettelt, dort zu studieren«, brüstete sich ein forscher New Yorker namens Brooks. »Aber Paris konnte ich natürlich unmöglich ablehnen.«

Ein affektierter junger Mann aus Hongkong stimmte mit ein und ließ den Namen eines weltberühmten Designers fallen, bei dem er während des Sommers ein Praktikum gemacht hatte. »Sie haben mir praktisch einen Job garantiert, wenn ich hier abgeschlossen habe.«

Caitlin blendete sich aus. Schon bald würde sich herausstellen, wer wirklich Talent hatte, es brachte nichts, jetzt schon darüber zu reden. Zum Glück traf bald darauf die Kursleiterin Madame Maigret ein, und alle Gespräche verstummten.

Madame war unnatürlich dünn, unglaublich elegant und ungeheuer furchteinflößend. Die Haut spannte sich so straff über ihrem Gesicht, dass man unmöglich sagen konnte, wie alt sie war. Sie war in klassisches Schwarz und Dunkelblau gekleidet.

»Ab einem gewissen Alter sollte eine Frau aufhören, sich dem Diktat der Mode zu unterwerfen«, erklärte sie der Klasse nach fünf Minuten. »Vielleicht gebietet die Mode gerade, der Welt den Nabel zu zeigen, aber das heißt keineswegs, dass irgendwer meinen sehen möchte, *n'est-ce pas*?«

Daraufhin war ein zaghaftes Kichern zu hören, das sie mit einem strengen Blick erstickte. Sie hinkte erkennbar. »Irgendwann werde ich Ihnen erzählen warum«, versprach sie sibyllinisch. Sie führte als Waffe einen elegant geschnitzten Gehstock mit edelsteinbesetztem Knauf mit sich, den sie vorzugsweise einsetzte, um auf nichts ahnende Studenten zu zielen. Außerdem schien sie gern damit auf den Boden zu pochen, um ihren Worten Nachdruck zu verleihen.

»Alle kommen 'ier'er und glauben, sie werden der nächste Yves Saint Laurent«, prophezeite sie in ihrer Eröffnungsrede und rammte dabei den Stock auf den Boden. Die neuen Schüler ahnten bereits, woher die vielen Macken im Parkett rührten. »Aber unausweichlich werden einige von Ihnen irgendwann – ich sage es nur äußerst ungern – für irgendwelche Versand'äuser designen. Fassen Sie schon jetzt den Entschluss, dass das nicht Sie sein werden.«

Die Studenten nickten einträchtig.

»Der Studiengang gliedert sich in zwei Teile«, fuhr Madame fort. »Um Ihre Kreativität zu fördern, werden Sie ermutigt, Ihren Geist aus jenen Schubladen zu befreien, in denen er es sich bequem gemacht hat. Um Ihre Technik zu verbessern, werden Sie lernen, wie man ein paar Bogen Papier in ein Kleidungsstück für den Laufsteg verwandelt.«

Die Studenten hingen an ihren Lippen. Sie hatte das Design-Team bei Donna Karan in New York geleitet, bevor sie in ihre Heimat zurückgekehrt war, um in diesem Studiengang zu unterrichten, und jeder wusste, dass ihre Tipps Gold wert waren, wenn man wirklich gut werden wollte. Sie hatte phänomenale Verbindungen quer durch die ganze Branche und würde dafür sorgen, dass ihre Lieblingsstudenten von den großen Haute-Couture-Häusern wahrgenommen wurden. Wenn die Studenten irgendwen beeindrucken mussten, dann sie – obwohl Caitlin das Gefühl hatte, dass das keine leichte Aufgabe würde.

Tatsächlich sollte Caitlin während der nächsten Wochen begreifen, wie schwer es war. Der Kurs war viel anspruchsvoller, als sie sich hätte vorstellen können. Die *Chambre Syndicale* war berüchtigt für ihre altmodischen Lernansätze und Lehrmethoden. Trotzdem war sie überrascht, wie rigide der Kurs strukturiert war.

»Im ersten Kursjahr geht es nur darum, technische Fähigkeiten und eine gewisse Routine zu entwickeln«, erklärte Madame ihnen gleich zu Anfang.

Das war nicht gelogen. Caitlin hatte erwartet, dass ihre Kreativität befeuert würde, sobald sie das Studium aufnahm, aber sie musste feststellen, dass stattdessen von ihr erwartet wurde, die mühsame Arbeit der Kleiderherstellung und des Musterschneidens zu meistern; Vorträge über computergestütztes Design anzuhören; und Aufsätze über die Modegeschichte zu verfassen.

»Wann werden wir unsere ersten Sachen entwerfen?«, fragte sie eines Tages nach einer besonders ermüdenden Vorlesung über den Einfluss des Kinos auf die Mode.

Madame bedachte sie mit einem kühlen Blick. »Wenn Sie endlich die schlichte Kunst be'errschen, einen ordentlichen Saum zu nähen.« Um ihren Worten Nachdruck zu verleihen, nahm sie den Rock, an dem Caitlin gearbeitet hatte, und löste in einer lässigen Bewegung die Nähte. Angewidert warf sie das Material auf Caitlins Nähtisch zurück und spazierte davon.

Danach saß Caitlin nur noch still im Unterricht, versuchte alles zu speichern, was Madame erzählte, und ermahnte sich immer wieder, dass sie zum Lernen hier war. Ihr einziger Trost war, dass sich alle anderen genauso abzumühen schienen. Sie konnte nur demütig weiterarbeiten und versuchen, ihr Bestes zu geben.

William bemühte sich, nicht allzu enttäuscht zu sein, nachdem er den Hörer aufgelegt hatte. Caitlin hatte angerufen, um ihm mitzuteilen, dass sie über Ostern nicht nach Hause kommen würde. Sie hätte zu viel zu tun, hatte sie ihm erklärt. An Weihnachten hatte sie dieselbe Entschuldigung vorgebracht, um nicht kommen zu müssen.

Als das Telefon eine Sekunde später erneut läutete, hoffte er, dass es noch einmal Caitlin war, die ihm erklären wollte, dass sie ihre Meinung geändert hatte. Stattdessen war es seine Sekretärin.

»Die anderen haben sich im Konferenzzimmer eingefunden, Mr Melville. Sind Sie dann so weit?«

Nach jahrzehntelanger Übung verstand er es inzwischen meisterhaft, seine Gefühle abzuschotten. Und so schob er seine Ängste wegen der wachsenden Distanz zu seiner mittleren Tochter beiseite. Ausgerechnet heute durfte er sich auf keinen Fall ablenken lassen.

»Ja, ich bin so weit«, antwortete er mit einem Selbstvertrauen, das ihn selbst überraschte.

Er hoffte zu Gott, dass es funktionierte.

Piers Melville hatte an diesem Morgen als Erster von dem Übernahmeversuch gehört. Als Finanzdirektor behielt er den Kurs der

Melville-Aktie stets im Auge. Als die Aktie fünf Prozent höher eröffnete, als sie am Vorabend geschlossen hatte, wusste er, dass etwas in der Luft lag. Ein Anruf beim Luxussektor-Analysten von Morgan Stanley hatte den Grund für den plötzlichen Kurssprung offenbart. Es gab Gerüchte, dass demnächst ein Übernahmeangebot für die Firma abgegeben werden könnte.

»Wer macht das?«, hatte Piers wissen wollen. »Wer steckt dahinter?«

Der Name, den er zu hören bekam, war: »Armand Bouchard«.

Piers war innerlich versteinert. Der französische Großindustrielle stand in dem Ruf, ein gnadenloser Jäger zu sein. Piers hatte den Hörer auf die Gabel geknallt und war sofort nach nebenan in Williams Büro geeilt, ohne erst anzuklopfen. William war selbst gerade am Telefon gewesen. Piers hatte nur einen Blick in das grimmige Gesicht seines Bruders werfen müssen, um zu erkennen, dass er Bescheid wusste.

»Das war Armand Bouchard«, hatte William ihm erklärt. »Er will sich nächste Woche mit uns treffen.«

William hatte sofort bei der amerikanischen Investmentbank Sedgwick Hart angerufen, um Hilfe bei der Abwehr des Übernahmeangebots anzufordern. Sein Verbindungsmann hatte versprochen, seinen Spezialisten für Übernahmeschlachten vorbeizuschicken: Cole Greenway.

Jetzt, am Nachmittag, hatten sich die elf Direktoren von Melville im Konferenzraum versammelt und warteten gemeinsam auf Cole. Als er zehn Minuten später eintraf, war William überrascht. Bis dahin hatte er vor allem mit der Privatbank-Abteilung von Sedgwick Hart zu tun gehabt, und die war mit gestandenen Männern mittleren Alters besetzt, die ausnahmslos eine Privatschule besucht hatten. Cole Greenway war in jeder Hinsicht das genaue Gegenteil. Er war jung, schwarz und Amerikaner und sah in Williams Augen eher nach einem Rapper als nach einem Banker aus. Nur der tausend Dollar teure Anzug von Hugo Boss und die mondäne Armani-Brille ließen seinen wahren Beruf erahnen. William vermutete ganz richtig, dass er beides vor allem deshalb trug.

Aber als Cole zu sprechen begann, lösten sich alle Zweifel, die William gehegt haben mochte, in Luft auf. Obwohl sich Cole erst seit einer Stunde mit Melville beschäftigt hatte, schien er sich bereits ein komplexes Bild des Unternehmens gemacht zu haben, mit dem er den meisten in der Geschäftsleitung Konkurrenz machen konnte. Noch wichtiger war aber, dass er ein enzyklopädisches Wissen über den Angreifer Armand Bouchard besaß.

Der französische Geschäftsmann war der Gründer und Vorstandsvorsitzende des Luxusgüter-Konglomerats Grenier, Massé et Sanci. Seit einigen Jahren war Bouchard auf dem Einkaufstrip. Mit einem Koffer voller Geld in der Hand hatte er die Rezession Anfang der Neunziger, die den Sektor der Luxusgüter besonders hart getroffen hatte, zu seinem Vorteil genutzt, indem er zum Schnäppchenpreis kleinere Unternehmen aufgekauft hatte. Während der letzten Jahre hatte William zahllose Modemarken in der GMS-Gruppe aufgehen sehen. Aber er hätte nie erwartet, dass auch Melville eines Tages in Bouchards Visier geraten könnte.

»Bouchard setzt vorzugsweise auf eine schleichende Mehrheitsübernahme«, hatte Cole seiner gebannten Zuhörerschaft eröffnet und sie über die schicke rechteckige Brille hinweg mit seinen dunkelbraunen Augen angesehen.

Sein Akzent war reinstes New York, und zwar eher Bronx als Upper East Side. Ein Junge aus dem Armenhaus, der es nach oben geschafft hatte, vermutete William.

»Am liebsten sammelt er Aktien, bis er irgendwann die Mehrheit besitzt«, fuhr Cole fort. »Aber nachdem sechzig Prozent des Unternehmens noch im Familienbesitz sind, könnte er das nur schaffen, wenn er Sie überzeugt, an ihn zu verkaufen.«

»Also, das werden wir bestimmt nicht tun!«, fiel William ihm ins Wort.

Cole war beim Reden auf und ab gegangen. Jetzt blieb er stehen und stützte die Hände auf die Lehne eines freien Stuhles. Er lächelte William ironisch an.

»Also, ich will ehrlich sein. Sie sind nicht das erste Unternehmen in Familienbesitz, das so was behauptet. Bouchard ist ein brillanter Stratege. Er wird nicht mit gezogenem Revolver hier aufkreuzen und verlangen, dass Sie ihm das Geschäft überlassen. Er versteht es, äh …« Er hielt inne und suchte nach den richtigen Worten. »Sagen wir, er versteht es, die Menschen zu überzeugen, dass es in ihrem Interesse ist, mit ihm zusammenzuarbeiten. Und ja«, fuhr er fort, als er sah, dass William ihn unterbrechen wollte, »das schließt Menschen wie Sie ein, die zuvor steif und fest behauptet haben, sie würden nichts dergleichen tun.«

William spürte ein erstes Frösteln. »Was sollen wir also tun?«, fragte er ruppig. Niemand sollte ihm ansehen, wie besorgt er war.

Cole richtete sich zu seinen vollen hundertneunzig Zentimetern auf. Es war ein beeindruckender Anblick. »Die besten Chancen haben wir, wenn wir verhindern, dass er auch nur einen Fuß in die Tür bekommt. Und jetzt zeige ich Ihnen, wie wir das schaffen können.«

Ausnahmsweise blieb William still und hörte nur zu.

Cole strahlte eine Energie aus, die den ganzen Raum erfüllte. Im Vorstand saßen größtenteils ältere Männer, die kein Interesse mehr daran hatten, Schlachten zu führen. Sie waren nicht wegen ihres angeborenen Talents, sondern vor allem wegen ihrer Bereitschaft, Williams Vorschläge abzusegnen, in die Geschäftsleitung berufen worden. Cole hingegen wollte ganz eindeutig gewinnen. William war froh. Er wusste, dass ein Außenstehender mitunter nur schwer verstand, wie wichtig die Familie für ein Unternehmen wie dieses war. Aber beides war unlösbar miteinander verwoben.

Unwillkürlich wünschte sich William, seine Mutter wäre jetzt hier. Aber ihre Herzbeschwerden fesselten sie in letzter Zeit ans Bett. William sah nach links, wo sein Bruder saß. Piers war damit beschäftigt, in seiner sauberen, korrekten Handschrift jedes Wort mitzuschreiben, das Cole von sich gab. William konnte sich hundertprozentig darauf verlassen, dass sein Bruder alle Details berücksichtigen würde, während er selbst sich auf das Gesamtbild konzentrierte. Piers würde alles für ihn und das Unternehmen tun. Er war zuverlässig und kompetent, doch er war kein Mann mit Ideen. Er würde darauf warten, dass William die Richtung vorgab. Wohingegen Rosalind – sie hätte sofort den Fehdehandschuh aufgenommen, auch jetzt noch.

Die Porträts der Melville-Männer dreier Generationen blickten von der Wand auf William herab. Er wusste instinktiv, dass sie stolz auf das gewesen wären, was er erreicht hatte. Vielleicht hatte die Marke, auch wenn er das nur ungern zugab, in letzter Zeit ein wenig an Glanz verloren. In den sechziger und siebziger Jahren war der Name Melville für die Öffentlichkeit so unauslöschlich mit Glamour verbunden, dass sich praktisch alles verkauft hatte, solange es das Firmenlabel trug. Das war nicht mehr der Fall. Während der letzten Dekade hatte Melville diesen Flair verloren. Die seit jeher erfolgreichen Accessoire-Kollektionen mit Handtaschen und Schuhen verkauften sich immer noch gut, ihr klassisches englisches Design würde nie aus der Mode kommen. Und die preiswerteren Waren, die über Melville Essentials vertrieben wurden, trugen zum Gewinn bei. Aber der Aufruhr und der Hype, der Melville zu *dem* Modenamen überhaupt gemacht hatte, waren verflogen.

Damit konnte William leben. So wie er es sah, hatte das nichts mit seinen Fähigkeiten als Manager zu tun, es war einfach ein Teil des wirtschaftlichen Kreislaufs, dem alle Luxusgüterhersteller unterlagen. Melville hatte seine Blütezeit vielleicht überlebt, aber es war immer noch eines der größten Modehäuser der Welt, und der Markenname wurde mit Klasse, vornehmer Abstammung und altmodischen englischen Werten gleichgesetzt. Er war immer noch überzeugt, sein Erbe gut verwaltet zu haben.

William leitete Melville in vierter Generation. Auf gar keinen Fall würde er als derjenige in die Geschichte eingehen, der das

Unternehmen verkauft hatte. Das würde Armand Bouchard noch merken.

Bald darauf war die Konferenz beendet. Während die anderen Vorstandsmitglieder den Raum verließen, hielt William Cole zurück.

»Sie glauben also, dass Ihre Strategie funktioniert?«, fragte er eifrig. »Dass wir ihn damit abschrecken können?«

Coles Vorschläge, den Übernahmeversuch durch GMS abzuwehren, hatten ihn beeindruckt. Er war schon jetzt überzeugt, dass Bouchard seinen Angriff abblasen würde.

Cole blieb zurückhaltend. »Wenigstens vorübergehend. Bis er eine Bresche in Ihren Mauern entdeckt.«

Aber William war nicht daran interessiert, Negatives zu hören. Er wollte seinen Sieg auskosten. »Also, Sie werden mit Sicherheit dafür sorgen, dass er nicht fündig wird«, sagte er. Er hatte volles Vertrauen zu Cole, und plötzlich wollte er diesen klugen jungen Mann unbedingt näher kennenlernen. »Cole, ich gebe an diesem Wochenende eine kleine Party auf meinem Landsitz in Somerset. Ich würde Sie gern dazu einladen. Sie können dann auch meine Frau und meine Töchter kennenlernen. Wenn Sie nichts anderes geplant haben, natürlich …«

Cole hatte sehr wohl etwas geplant, etwas mit einem süßen Ding namens Chenille, das er letzten Freitag in den Kensington Roof Gardens aufgerissen hatte. Er konnte sich nichts Langweiligeres vorstellen, als einen Abend mit William Melville zu verbringen. Aber sein Ehrgeiz riet ihm, die Einladung anzunehmen.

»Nichts, was ich nicht absagen könnte«, antwortete er.

»Exzellent!« William strahlte ihn an. »Ich sage Ihnen gleich wann und wo.«

14

Cole pfiff leise durch die Zähne, als das Taxi Aldringham ansteuerte.

»Der reine Wahnsinn!«

Er merkte, wie sich seine Laune besserte. Während der ganzen Zugreise von London hierher hatte er darüber gebrütet, was er alles lieber täte, als das Wochenende bei William Melville zu verbringen. Der Freitagabend war Cole eigentlich heilig. Er schob haufenweise Überstunden und musste zwischendurch Dampf ablassen. Zwei Tage mit irgendwelchen reichen Säcken in Gummistiefeln zu vertun war nicht gerade seine Vorstellung von einem gelungenen Wochenende.

Aber nachdem er das hier gesehen hatte, war sein Ärger verpufft. Aldringham war ein Palast. *Selbst wenn es noch so öde wird, ist es auf jeden Fall ein Erlebnis …*

William begrüßte ihn persönlich, pumpte seine Hand auf und ab und schlug ihn auf den Rücken wie einen lang verschollenen Freund.

»Ich möchte Sie an diesem Wochenende vielen Freunden und Bekannten vorstellen«, verkündete er, während er Cole in die atemberaubende Eingangshalle begleitete. »Und ich möchte Ihnen auch einen geschäftlichen Vorschlag unterbreiten. Aber das kann bis morgen warten.«

Cole hatte sich gefragt, ob das Innere des Hauses wohl mit der beeindruckenden Fassade mithalten konnte – es war schon öfter vorgekommen, dass diese Landschlösser innen vor die Hunde gingen. Aber bei Aldringham war das nicht der Fall. Die Räume im Erdgeschoss waren pracht- und geschmackvoll eingerichtet und warteten mit einer üppigen Holzvertäfelung, kunstvoll handbemalten Decken und gemusterten Steinfliesenböden auf. Sein Zimmer war noch beeindruckender. Wie überall im Haus gab es übermannshohe Fenster unter der luftigen Decke. Aber das Zimmer zeichnete sich vor allem durch seine eindeutig maskuline Atmosphäre aus: gerahmte Jagddrucke und Vitrinen voller Musketen aus der amerikanischen Revolutionszeit. Auf einer Holztafel gegenüber dem Bett war ein ausgestopfter Hirschkopf montiert. Cole ließ sich in den ochsenblutroten Ledersessel fallen und lachte laut auf. Dieser Brother aus der Bronx hatte es definitiv geschafft.

William hatte richtig gelegen, was Coles Vergangenheit anging: Er war ein *sehr* armer Junge, der es *extrem* weit gebracht hatte. Cole Greenwood stammte aus dem verrufenen Soundview-Distrikt in der Bronx. Seine Kindheit hatte er in einem der anonymen Hochhäuser an der 174st und Morrison Avenue verlebt. Bis auf die Tatsache, dass sein Vater schwarz gewesen war, blieb dessen Identität ein Mysterium. Seine Mutter war das Abziehbild einer recht- und chancenlosen Afroamerikanerin: fünf Kinder von vier verschiedenen Vätern und ein endloser Reigen schlecht bezahlter Jobs. Soundview selbst war eine Müllhalde. Das Viertel zeichnete sich einzig durch einen extremen Crack-Verbrauch und zwanzig Morde pro Jahr aus und war wirklich nicht der Ort, an dem Träume verwirklicht wurden. Cole war ein Produkt seiner Umgebung. Als er fünfzehn war, bestand sein Alltag vor allem darin, die Schule zu schwänzen, den ganzen Tag zu trinken und Autos zu knacken.

Aber dann änderte sich alles. An einem bitteren New Yorker Nachmittag wurde sein bester Freund zur Nummer achtzehn der jährlichen Todesopferliste. Ein Querschläger. Ein Leben, das zu Ende ging. Ein weiterer Fall für die Statistik.

»Das wäre ihm nicht passiert, wenn er dort gewesen wäre, wo er eigentlich sein sollte, und zwar im Englischunterricht«, sagte seine Mutter während der Beerdigung immer wieder.

Das rüttelte Cole auf. Er begann, wieder regelmäßig zur Schule zu gehen und im Unterricht aufzupassen. Zu seiner Überraschung merkte er, dass er ein guter Schüler war. Wie sich herausstellte, war er dank seiner Größe auch gut im Basketball. Er bewarb sich für die Schulmannschaft und wurde aufgenommen. Sein Coach erkannte ein ungeschliffenes Talent, wenn er es sah, und behielt ihn im Auge. Als der Zeitpunkt gekommen war, rief er die Scouts an.

Dank eines Basketball-Stipendiums konnte Cole in Dartmouth studieren. Aber er war kein hirnloser Sportler. Er hätte das Stipendium auch für seinen Notendurchschnitt bekommen. Er schaffte es, die ganzen vier Jahre im Basketballteam zu bleiben und gleichzeitig zum besten Viertel seiner Klasse zu gehören. Man redete schon von einer Basketballkarriere in der NBA. Aber immer wieder auftauchende Kniebeschwerden zwangen ihn zum Umdenken. Schon bald war ihm klar, was er in seinem Leben erreichen wollte. Er wollte Geld. Er wollte Sicherheit. Er wollte an die Wall Street.

Er sprach bei allen großen Banken vor. Sedgwick Hart nahm ihn nur zu gerne in ihrem Corporate Finance Department auf. Nachdem dort am besten gezahlt wurde, nahm er das Angebot an. Am ersten Tag wurde er misstrauisch von den anderen Trainees beäugt, die annahmen, er sei nur genommen worden, um die Minderheiten-Quote zu erfüllen. Er bewies ihnen schon bald, dass sie sich täuschten.

Im ersten Jahr arbeitete er durchschnittlich neunzig Stunden pro Woche. Mit vierundzwanzig hatte er es zum Vice President geschafft. Das Wall Street Journal veröffentlichte einen euphorischen Artikel über ihn. Er war der wahr gewordene amerikanische Traum. Letztes Jahr hatte er es im zarten Alter von dreißig Jahren zum Executive Director geschafft. Der jüngste ED aller Zeiten bei Sedgwick Hart.

Am selben Tag, an dem Cole von seiner Beförderung erfuhr, wurde er von einem der Seniorpartner in sein weitläufiges Eckbüro gebeten und bekam eine Versetzung nach London angeboten. Es wurde angedeutet, dass er es innerhalb von zwei Jahren bis zum Partner bringen könne, wenn er die Stelle annahm. Das brauchte man Cole nicht zweimal zu sagen. Er hatte nichts, was ihn in Amerika gehalten hätte. Die Frauen kamen und gingen, doch im Moment war er ganz darauf konzentriert, es an die Spitze zu schaffen.

Cole eroberte London im Sturm. Schon bald hatte er sich in den Büros von Sedgwick Hart an der Canary Wharf einen Namen als Experte für feindliche Übernahmen gemacht. Als sich William Melville auf der Suche nach einem Berater an die Bank wandte, fiel die Wahl unweigerlich auf Cole.

Bei ihrer ersten Begegnung hatte Cole nur einmal in William Melvilles Augen sehen müssen und sofort gewusst, was sein Gegenüber dachte. Er war daran gewöhnt. Zu jung und zu schwarz – sofortiger Argwohn. Aber er brauchte nie lang, um sich zu beweisen. Und dann waren sie alle hin und weg von ihm. Genau wie William jetzt.

Das Gespräch, das er unter der Woche mit GMS geführt hatte, war gut gelaufen. Cole hatte Armand Bouchard deutlich gemacht, dass GMS auf keinen Fall die Kontrolle über das Unternehmen erlangen konnte, solange sechzig Prozent der Aktien im Familienbesitz lagen.

»Wir könnten trotzdem unseren Anteil ausbauen«, hatte der Franzose erwidert. »Und einen Sitz im Aufsichtsrat einfordern.«

Damit hatte Cole gerechnet. »Stimmt. Aber dann würden wir vor Gericht gehen und einen Interessenkonflikt anführen, weil dadurch ein konkurrierendes Modeunternehmen auf unsere Entscheidungen Einfluss nehmen könnte. Sie würden auf einer zweihundert Millionen Pfund schweren Investition sitzen, die Ihnen rein gar nichts bringt.«

Bouchard war gezwungen gewesen, ihm in diesem Punkt recht zu geben und den Übernahmeversuch abzublasen. William war hocherfreut über den Ausgang gewesen und hatte erst recht darauf bestanden, dass Cole am Wochenende kam. Cole konnte sich schon denken, warum. William wäre nicht der erste Klient, der ihn abzuwerben versuchte. Geschafft hatte das noch keiner. Was die finanziellen Anreize anging, konnte es niemand mit einer amerikanischen Investmentbank aufnehmen. Für ihn zählte allein das – die Kohle. Und davon machte er mehr als genug. *Allerdings nicht genug, um mir so ein Schloss leisten zu können*, dachte er und sah sich noch einmal in dem luxuriös eingerichteten Zimmer um. *Wenigstens noch nicht.*

Er stützte das Kinn in die Hand und überlegte, was er jetzt tun sollte. Das Zimmermädchen hatte seine Kleider eingeräumt. Lang hatte sie nicht dazu gebraucht, denn er hatte nur einen geliehenen Smoking mitgebracht, dazu ein Paar Chinos und die Jeans, die er trug.

Er warf einen Blick auf seine TAG Heuer, die er von seinem ersten Bonus gekauft hatte. Es war erst sechs. Bis zum »Preprandial Drink« – was das auch immer sein sollte – war es noch eine Stunde hin, darum beschloss er, eine Runde spazieren zu gehen und sich den Laden genauer anzusehen.

Er fand den Weg ins Erdgeschoss und ließ sich dort von einem Angestellten zeigen, wie er in den Garten kam. Auch der war nicht von schlechten Eltern. Es war eine Mischung aus alteuropäisch-englischer Eleganz und kalifornischer Moderne. Er kam an einen riesigen Infinity-Pool mit unsichtbarer Kante, tauchte einen Finger hinein und stellte beeindruckt fest, dass er beheizt war. Er spazierte weiter, eine riesige Steintreppe hinab, die aus einem Felsbrocken herausgeschlagen war, und an den Rasentennisplätzen vorbei. Von dort aus ging es weiter hügelab, über die riesigen Rasenflächen hinweg abwärts und immer weiter abwärts, bis der manikürte Garten endete und in urwüchsiges Parkgelände überging.

Er blieb stehen, schirmte die Augen ab und ließ den Blick über den Horizont wandern. Ein scheinbar unendlicher Ausblick auf üppige Felder, die von einem weitläufigen Eichen- und Ahornwald gesäumt wurden. Meilenweit war keine Menschenseele zu sehen. Scheiße, er hatte noch nie so viel freien Platz gesehen. Er holte tief Luft und füllte seine Lungen mit frischer Luft. Es war das Sinnbild einer ländlichen Idylle, und er war beeindruckt. Dabei reagierte er eigentlich allergisch auf jede Landschaft ohne Beton und Autos.

Er wollte gerade umkehren, als ihn eine Bewegung in der Ferne innehalten ließ. Weiter hinten war etwas oder jemand aus dem Dickicht der Bäume getreten, von dem das Hirschgehege umgeben war. Es war nur ein Fleck, ein dunkler Punkt am Horizont. Cole runzelte die Stirn und kniff die Augen zusammen. Der Fleck kam näher, bis er ihn schließlich erkennen konnte. Es war ein Pferd mit Reiter, und es kam über das weite, offene Feld auf ihn zugaloppiert.

Cole verstand nichts von Pferden, aber er hatte sehr wohl einen Sinn für die Eleganz des synchronen Zusammenspiels von Mensch und Tier. Außerdem erkannte er, dass der Reiter auf diesem großartigen schwarzen Pferd sich absolut furchtlos bewegte. Jesus, sogar von hier aus jagte ihm das Ding eine Scheißangst ein, wie es da über das Feld angedonnert kam, mit den Hufen den Boden beackerte und über schulterhohes Dickicht setzte. Er bewunderte wirklich den Kerl …

Aber als Pferd und Reiter näher kamen, erkannte Cole, dass er sich getäuscht hatte. Auf dem Tier saß kein Mann. Sondern eine junge Frau. *Und eine heiße dazu*, dachte er grinsend. In ihrer hautengen Reithose, mit der blonden Mähne, die unter der schwarzsamtenen Reitkappe herausflog, und der grimmigen Miene wirkte sie wie eine moderne Lady Godiva – leider Gottes eine voll bekleidete.

Die Hände in die Hüften gestemmt, blieb er stehen und wartete, bis sie auf einer Höhe mit ihm war.

Von Nahem sah sie noch besser aus. Sie war auf englisch-aristokratische Weise schön. Anfang zwanzig, tippte er. Definitiv fürs Gutshaus geboren. Er wusste, wann er ein Klasseweib vor sich hatte. Wenn das Angebot hier von solcher Qualität war, würde das Wochenende vielleicht doch kein kompletter Reinfall werden. Frauen waren für Cole noch nie ein Problem gewesen, und er machte sich schon bereit, seinen Zauber einzusetzen, als das Mädchen das Pferd kurz vor ihm zum Stehen brachte. Leider ließ ihm die Vision keine Gelegenheit dazu.

»Sie haben sich verirrt, nehme ich an?«

Ihre Stimme war genau, wie er es erwartet hatte, klar und hoheitsvoll, ein Zeugnis ihrer edlen Abstammung.

Er grinste lässig. »Nein, ich habe mich nicht verirrt. Ich wollte mich nur ein bisschen umsehen …«

Er wollte schon sagen: »… bevor es Abendessen gibt«, aber sie schnitt ihm das Wort ab.

»Also, Sie sollten wieder zurückgehen«, fuhr sie ihn an. Das Pferd reagierte mit einem Wiehern auf ihre ärgerliche Stimme. Cole sah den Hengst nervös an – das Tier war riesig. Aber das Mädchen tätschelte völlig unbeeindruckt die Mähne des Riesenrosses, um es zu beruhigen.

»Man hat Ihnen doch bestimmt erklärt, wo Sie sich auf dem Gelände aufhalten dürfen und wo nicht. Der Garten gehört nicht dazu. Die Küche befindet sich auf der Seite des Hauses. Falls es irgendwelche Unklarheiten gibt, sollten Sie die mit Ihrem Manager besprechen.«

Er zog die Stirn in Falten, weil er aus ihren Worten nicht recht schlau wurde. Dann ging ihm ein Licht auf. Sie dachte, er gehöre zum Cateringpersonal. Augenblicklich schlug seine Lust in Zorn um. Er erkannte die Geringschätzung in den Augen des Mädchens; wie sie auf ihn herabsah. Sie erinnerte ihn an all die Bostoner Bonzen in Dartmouth, die während des Schuljahres nur zu gern mit ihm, dem großen Baseball-Star, abhingen, aber nicht auf die Idee gekommen waren, er könnte gut genug sein, um mit ihnen in den Sommerferien nach Cape Cod zu fahren.

Er wollte sie schon aufklären, aber sie ließ ihm keine Zeit dazu. Im nächsten Moment zog sie dem Pferd eins mit der Reitgerte über. Es bäumte sich auf und hätte Cole um ein Haar den Huf ins Gesicht geschlagen. Instinktiv duckte er sich weg. Das Mädchen zog die Zügel an und wendete den Hengst mit einem kurzen Ruck. Cole erkannte einen Sekundenbruchteil zu spät, dass er nicht weit genug zurückgetreten war. Wie erstarrt stand er da, während die mächtigen Hufe in eine Pfütze platschten. Schlammwasser spritzte auf und durchnässte seine einzige Jeans.

»Scheiße!«

Die Blondine hörte ihn fluchen und drehte sich kurz um. Ihr Blick huschte über den Schaden.

»Das tut mir leid«, rief sie, ohne auch nur im Geringsten aufrichtig zu wirken. »Aber daran sind Sie selbst schuld. Sie haben hier draußen wirklich nichts zu suchen.«

Damit drückte sie die Schenkel über dem Rumpf des Tieres zusammen und flog in leichtem Galopp davon. Cole sah die arrogante Gestalt in der Ferne entschwinden. Also, wer sie auch war, eines war sicher – sie war eine echte Furie.

Elizabeth war bester Laune, als sie von ihrem Ausritt zurückkehrte, und ihre Laune besserte sich noch weiter, als sie eine Nachricht von Magnus erhielt, dass er es heute Abend hundertprozentig nach Aldringham schaffen würde. Eigentlich war sie nur an diesem Wochenende von der Universität heimgekommen, weil die winzige Chance bestand, dass sie ihn treffen könnte.

Auch nach drei Jahren trafen sie sich noch, wann immer es ihnen möglich war. Nicht dass sie keine anderen Partner gehabt hätten. Magnus hatte das von Anfang an klargestellt. »Wir haben viel Spaß zusammen, Elizabeth«, hatte er gesagt. »Aber mehr auch nicht. Eine feste Beziehung wird nie daraus werden.«

Anfangs hatte sie das getroffen. Aber nach einiger Zeit war sie zu dem Schluss gekommen, dass er recht hatte. In ein paar Monaten würde sie bei Melville anfangen. Sie musste sich auf ihre Karriere konzentrieren. Für eine Beziehung hatte sie keine Zeit. Und sie hatte nichts gegen Sex ohne emotionale Bindung. In Cambridge hatte sie auch andere Männer gehabt, und jeder einzelne davon war ein guter Fang gewesen. Aber sobald die Jungs Ernst machen wollten, hatte sie Schluss gemacht. Magnus war die einzige Konstante in ihrem Liebesleben.

Der Gedanke, dass er unten wartete, ließ sie schnell duschen und in ihr »Ghostdress« schlüpfen, ein leichtes Kleid aus knallweißem Crepe, gegen das sich ihre auf dem Tennisplatz erworbene

Bräune umso klarer abzeichnete. Sie ließ die feuchten Haare offen und stieg in passende High Heels. Gott sei Dank war Magnus groß genug, dass sie solche Schuhe tragen konnte.

Unten wurden im Salon Aperitifs serviert. Elizabeth traf als eine der Letzten ein. Der knapp zwanzig Meter lange Raum war schon voller Herren mit schwarzer Krawatte, deren Begleiterinnen farbige Akzente setzten. Als Zugeständnis dem Frühling gegenüber hatte man die Schiebefenster geöffnet und die Damastvorhänge zurückgebunden, damit eine leichte Brise den Raum durchziehen konnte.

Elizabeth nahm ein Glas Champagner von dem Tablett eines vorbeiwandernden Kellners und begann, sich unter die Gäste zu mischen. Gäste zu unterhalten, war kein Problem für Elizabeth – ein Lächeln hier, ein paar inhaltsleere Gefälligkeiten dort. Sie bewegte sich so mühelos durch die Gesellschaft, dass jeder glaubte, sie käme ihren Gastgeberpflichten nach, während sie in Wahrheit nur nach Magnus Ausschau hielt. Einen schrecklichen Moment fragte sie sich, ob er vielleicht doch nicht gekommen war. Aber dann erspähte sie ihn am anderen Ende des Raumes gleich neben dem Kamin.

Er sah gut aus, besser als gut, korrigierte sie sich, er sah fantastisch aus. Mit seinen fünfundvierzig Jahren war er auf intelligente, vornehme Weise das Bild von einem Mann. Und er war immer noch schlank, nichts deutete auf jenen Wohlstandsbauch hin, den die meisten Banker nach jahrelangen Geschäftsessen entwickelten. Offenbar hatte er gespürt, dass Elizabeth ihn ansah, denn er schaute auf und in ihre Richtung. Als er sie erkannte, lächelte er.

Sie sah, wie sein Mund ein »Hi« formte. Sie gab ihm ein Zeichen, dass sie zu ihm kommen würde. Aber bevor sie sich in Bewegung setzen konnte, stand ihr Vater neben ihr.

»Ach, da bist du ja, Elizabeth.«

Magnus sah von seinem Standpunkt aus, was sich abspielte, und zuckte kurz mit den Achseln, als wollte er sagen, dann sprechen wir uns später. Elizabeth unterdrückte ihre Enttäuschung und schenkte ihrem Vater ihre ganze Aufmerksamkeit.

»Ja, Daddy?«

Er nahm sie am Arm. »Ich wollte dir den jungen Mann vorstellen, von dem ich dir erzählt habe, diesen Jungen von Sedgwick Hart.«

Elizabeth setzte ein höfliches Lächeln auf und ließ sich von ihm durch den Raum führen. Sie hatte nicht das leiseste Interesse, das Finanzgenie kennenzulernen, von dem ihr Vater die ganze Woche geschwärmt hatte. Aber es war einfacher, William Melville seinen Willen zu lassen, als sich mit ihm anzulegen.

Als sie sich der provisorisch eingerichteten Bar näherten, wurde William langsamer. Ein großer, gut gebauter Mann hatte ihnen den Rücken zugewandt. Er war in ein Gespräch mit einem Unternehmer vertieft, der Elizabeth entfernt bekannt vorkam. Sie blieb im Hintergrund, während William leicht auf eine breite Schulter tippte, um ihn auf sich aufmerksam zu machen.

»Entschuldigen Sie die Unterbrechung«, hörte sie ihren Vater sagen, »aber ich wollte Ihnen meine älteste Tochter Elizabeth vorstellen.«

Elizabeth gefror das Lächeln im Gesicht, als sich der Mann umdrehte und sie ihn auf den ersten Blick wiedererkannte.

»Elizabeth«, fuhr ihr Vater fort, der nichts bemerkt zu haben schien. »Das ist der Mann, von dem ich dir erzählt habe und der mir in der letzten Woche eine so große Hilfe war. Das ist Cole Greenwood.«

Cole hätte gedacht, dass er die Situation mehr genießen würde. Er hatte die blonde Reiterin erspäht, sobald sie die Treppe heruntergekommen war. Schon bald darauf hatte er herausbekommen, wer sie war: eine von William Melvilles Töchtern. Ein verzogenes Gör, das mit einem Silberlöffel im Mund geboren worden war.

Er hatte sich schon darauf gefreut, Rache nehmen zu können und zu beobachten, wie das Lächeln auf dem Gesicht des Mädchens erlosch, sobald sie erkannte, was für einen Fauxpas sie begangen hatte. Aber zu seinem Erstaunen entschuldigte sie sich nicht einmal. Sie reichte ihm nur die Hand, als hätte sie ihn vorhin nicht beleidigt. Mann, die Kleine war wirklich cool.

Als sie am Esstisch Platz nahmen, ärgerte sich Cole gleich wieder. Es gab eine feste Sitzordnung, und William hatte ihn neben Elizabeth platziert. Cole hatte das Gefühl, dass sie genauso wenig glücklich über dieses Arrangement war. Als die Bedienungen den ersten Gang – gebratene Taube – servierten, sah er, wie ihr Blick zu einem großen, einflussreich wirkenden Mann am anderen Ende des Tisches hinüberwanderte – Magnus Bernstein, Besitzer des Aries-Hedgefonds. Cole spürte, wie ihn beruflicher Neid stach. Natürlich würde sie lieber neben jemandem wie ihm sitzen, dachte er, und säbelte wütend an seinem Stück Fleisch herum; jemandem ihres Schlages. Nun, er würde sie so oder so zwingen, sich zu entschuldigen.

Er räusperte sich, um sie auf sich aufmerksam zu machen. »Also, Elizabeth«, setzte er an. »Ich nehme an, Sie hätten nicht erwartet, heute Abend neben mir zu sitzen?« Aus seiner Stimme sprach leise Provokation.

»Verzeihung?«

Sie hatte sich nicht einmal die Mühe gemacht, in seine Richtung zu sehen, sondern butterte weiter ihr Brötchen. Sie klang fast gelangweilt. Er versuchte, seinen Zorn hinunterzuschlucken, schaffte es aber nicht.

»Sie wissen schon. Vorhin. Draußen im Garten. Da haben Sie offensichtlich angenommen, ich würde hier arbeiten.« So leicht würde sie ihm nicht davonkommen. »Vielleicht sollten Sie sich nicht so von Ihren Vorurteilen leiten lassen.«

»Was für Vorurteilen?«, fragte sie unschuldig und teilte ihr Brötchen in zwei Hälften. »Gegen Amerikaner?«

»Ach, spielen Sie doch nicht das Unschuldslamm.«

Sie seufzte. Aber seine Worte hatten offenbar Eindruck gemacht, denn sie legte ihr Messer ab und fixierte ihn mit einem kühlen Blick. »Sie glauben, deshalb hätte ich angenommen, dass

Sie hier arbeiten? Weil Sie …« Sie machte eine dramatische Pause, »… *schwarz* sind?«

Die letzten Worte hatte sie im Bühnenflüsterton gezischt. Cole hatte das starke Gefühl, dass sie ihn verarschen wollte.

»Ist es nicht so?«, wollte er wissen.

Ihre hübschen rosa Lippen teilten sich zu einem Lächeln. »Kaum.« Ihr Tonfall sagte *Spiel dich nicht so auf.* »Vielleicht ist es Ihnen nicht aufgefallen, aber Sie sind der Einzige unter fünfzig Jahren, den mein Vater an diesem Wochenende eingeladen hat. Und ganz eindeutig der Einzige, der in Jeans gekommen ist. Nur daraus habe ich den naheliegenden Schluss gezogen, dass Sie nicht zu seinen Gästen gehören.«

Sie wartete ab, ob er etwas entgegnen würde. Er versuchte sich an einer geistreichen Erwiderung, aber ihm wollte nichts einfallen. Er sah die Freude in ihren intelligenten grünen Augen aufblitzen, als sie erkannte, dass sie ihn drangekriegt hatte. »So wie es aussieht, bin ich hier nicht die Einzige, die Vorurteile hat«, sagte sie schließlich.

Sie griff nach ihrem Glas und nahm einen Schluck Mineralwasser. Dann wandte sie sich ihm noch einmal zu, als wäre ihr noch etwas eingefallen.

»Ach ja, und wenn Sie sich wirklich anpassen wollen«, erklärte sie ihm mit verschwörerisch gesenkter Stimme, »dann sollten Sie vielleicht auf den Leihsmoking verzichten. Alle anderen haben ihren maßschneidern lassen.«

Sie lächelte ihn zuckersüß an. Im nächsten Moment drehte sie sich zu dem Mann auf ihrer anderen Seite um und verwickelte ihn in ein Gespräch. Cole wurde bis zum Ende des Dinners ignoriert.

Das restliche Wochenende hielt sich Cole von ihr fern. Als er am Sonntagabend endlich abfuhr, war er erleichtert, dass er sie nie wiedersehen musste.

15

Das erste Jahr in Paris verging für Caitlin wie im Flug. Wenn sie keinen Unterricht hatte und keine Hausaufgaben machen musste, arbeitete sie im Café des Amis.

»Du darfst nicht aufhören«, bedrängte Alain sie, als der Studiengang im Chambre Syndicale begann. »Du bist die beste Angestellte, die ich je hatte.«

Weil Caitlin immer noch Geld brauchte, nahm sie sein Angebot gern an. So oft wie möglich arbeitete sie im Café; das bedeutete, dass sie an den meisten Samstagen und Sonntagen wie auch unter der Woche während der Abendschicht bis weit nach Mitternacht bleiben musste, um das Café zu schließen. Um sieben Uhr morgens erschien sie wieder, um Croissants und Kaffee zum Frühstück zu servieren, bevor sie sich zu einem weiteren zermürbenden Studientag ins Chambre Syndicale begab. Sie war todmüde, aber glücklich. Denn sie hatte genau das erreicht, was sie sich in den Kopf gesetzt hatte, als sie nach Paris gekommen war – sie stand auf eigenen Beinen.

Diesmal machte sie keine Kompromisse. Am ersten Freitag nach Unterrichtsende beschlossen ein paar ihrer Mitstudenten, abends auszugehen. Sie luden Caitlin ein mitzukommen.

»Wir gehen ins Hotel Costes«, erklärte ihr Brooke. »Da soll es absolut cool sein.«

Das Fünfsternehotel, im Herzen des Modebezirks um die Rue Saint Honoré gelegen, war berühmt für seine üppig bestückte und von reichen Jetsettern frequentierte Bar. Sobald sie dort einliefen, erkannte Caitlin, dass das dunkle, leicht schmuddlige Lokal nichts für sie war. Aufgetakelte Gäste, die überteuerte Cocktails schlürften, alte Böcke auf der Suche nach Frischfleisch, Caitlin verschwand nach dem ersten Drink.

Es war das erste und letzte Mal, dass Caitlin mit ihren Mitstudenten ausging. Sie waren ganz nett, aber ein bisschen gedankenlos und oberflächlich, und vor allem darauf aus, in die In-Treffs wie das *La Perle* oder die *Buddha-Bar* zu kommen. Solche Menschen hatte sie während der Zeit in Greycourt mit Leuten wie Morgan zur Genüge erlebt.

Stattdessen begann sie, sich mit den Stammgästen im Café des Amis anzufreunden. Dort verkehrte eine interessante Mischung von Musikern, Autoren und Künstlern. Alain machte sie mit ihnen bekannt. »Das ist Caitlin. Sie wird eines Tages eine berühmte Modedesignerin«, erklärte er unweigerlich, auch wenn sie ihn noch so oft bat, damit aufzuhören.

Die Lebens- und anderen Künstler nahmen sie nur zu gern in ihren Kreisen auf und zeigten ihr die schrägen Bars und Clubs in den umgebauten Ateliers von Belleville, Oberkampf und Ménilmontant. Sie wussten nichts über Caitlins Vergangenheit oder ihre Familie, und sie interessierten sich auch nicht dafür. Sie nahmen Caitlin einfach als eine der ihren auf. Wenn sie nach ihrem Namen gefragt wurde, stellte sie sich als Caitlin O'Dwyer vor und erklärte, sie stamme aus Irland. Niemand hatte einen Grund, das anzuzweifeln.

Der einzige Nachteil ihres Jobs im Café des Amis war, dass sie ständig angebaggert wurden. Das gehörte für alle Bedienungen zum Berufsrisiko, und Caitlin lernte schon bald damit umzugehen. Sie gab allen Möchtegernverehrern einen Korb und erklärte ihnen und sich selbst, sie sei zu beschäftigt für eine Beziehung. Manche waren aufdringlicher als andere, aber irgendwann hatte es jeder kapiert. Alain konnte nicht verstehen, warum sie so eisern war.

»Was ist denn schiefgelaufen?«, fragte er frustriert, als er sah, wie Jules Martel, der Leadsänger der an diesem Abend im Café auftretenden Indie-Band, davonschlich, nachdem sich Caitlin geweigert hatte, ein Glas mit ihm zu trinken.

Caitlin war damit beschäftigt, die Theke zu polieren. »Nichts.«

»Warum trinkst du dann nichts mit ihm?«

»Weil ich nicht will, Alain.«

Die Härte in ihrer Stimme bewirkte, dass er das Thema fallen ließ. Aber nur vorübergehend. Er plauderte für sein Leben gern und taumelte von einem romantischen Drama ins nächste. Caitlin lauschte geduldig und ebenso amüsiert wie distanziert seinen Geschichten. Trotzdem erzählte sie nie etwas über sich selbst. Manchmal vertraute er ihr ein Geheimnis an, in der Hoffnung, sie würde ihm im Gegenzug auch eines offenbaren. Aber das tat sie nie. Wenn er sie direkt fragte, wich sie jedes Mal aus.

»Da gibt es nicht viel zu erzählen«, antwortete sie, wenn er sich nach ihrer Familie oder ihrer Kindheit erkundigte.

»Und was ist mit Männern?«, parierte er mit seinem Lieblingsthema. »Wartet zu Hause jemand auf dich?« Das war nur geraten, aber er beobachtete genau, ob sie sich verraten würde. »Vielleicht jemand, der deine Liebe nicht erwidert?«

Caitlin lachte nur. »Nein, Alain. Da wartet niemand. Ist es so schwer zu begreifen, dass ich auch ohne Mann glücklich sein kann? Dass ich niemanden brauche?«

Daraufhin schüttelte er den Kopf. »Aber jeder braucht jemanden im Leben, Caitlin. Einen Mann.«

»Ich habe dich, oder etwa nicht?« Sie kniff ihn liebevoll in die Speckröllchen. »Mehr Mann brauche ich nicht.«

Gewöhnlich brachte ihn das zum Schweigen. Mindestens für einen Tag.

Als am Ende des ersten Studienjahres der Mietvertrag für Caitlins Apartment auslief, schlug Alain ihr vor, in die geräumigere Wohnung über dem Café des Amis zu ziehen.

»Ich mache dir einen guten Preis«, sagte er. »Dafür passt du ein bisschen auf das Café auf.«

Anfangs wollte sie nicht recht, weil sie wusste, dass sie die Wohnung mit jemandem teilen würde. Sie genoss es, allein zu wohnen. Aber die Miete, die er verlangte, war so lächerlich billig, dass sie es sich nicht leisten konnte abzulehnen.

Wie sich herausstellte, musste sie die Wohnung mit nur einem anderen Mädchen teilen, Veronique Chabot. Die große, gertenschlanke Blondine arbeitete als Modell in der Ecole des Beaux Arts, musste ihr Einkommen aber aufbessern, indem sie von Zeit zu Zeit im Café aushalf. Die beiden Mädchen hätten nicht unterschiedlicher sein können. Veronique ging auf die Menschen zu und flirtete gern; Caitlin war reserviert und introvertiert. Aber obwohl sie so verschieden waren, kamen sie gut miteinander aus, solange sie das Thema Männer ausklammerten.

Veronique ging gern aus und hatte zahllose Bewunderer, jeder von ihnen kannte zudem einen Freund, der auf der Suche nach einem Mädchen war. Veronique war auf der Suche nach einer Komplizin bei ihren Streifzügen, und ihre Mitbewohnerin Caitlin erschien ihr wie die ideale Kandidatin dafür. Sie schloss sich Alains Feldzug an, Caitlin zu verkuppeln, und fragte sie ständig, ob sie nicht als Vierte zu einem Essen oder zum Trinken mitkommen wolle. Anfangs suchte Caitlin noch nach Ausreden, warum sie nicht mitkommen konnte. Nach einer Weile sparte sie sich das.

»Ich verstehe dich einfach nicht«, meinte Veronique jedes Mal und sah sich dabei fassungslos in der Wohnung um. »Was willst du denn ganz alleine hier?«

»Zeichnen«, antwortete Caitlin nüchtern. »Lesen. Schlafen.«

Dazu fiel Veronique nichts mehr ein.

Während des ersten Jahres wurde das Studium kaum einfacher. Caitlin erntete von Madame immer noch mehr Kritik als Lob, und manchmal fragte sie sich im Stillen, ob sie je Fortschritte machen würde. Aber sie bestand die Prüfungen zum Semesterende, und eigentlich zählte nur das. William lud sie ein, die Sommerferien mit der Familie in der Villa am Comer See zu verbringen. Aber sie lehnte ab, sie blieb lieber in Paris und arbeitete.

Das ganze Jahr lang war sie ihrem Entschluss, sich von den Melvilles fernzuhalten, treu geblieben. William rief sie regelmäßig an, genau wie Elizabeth. Seit jenem ersten Semester in Greycourt hatte Elizabeth sich fortwährend um sie bemüht. Sie hatte ihr sogar angeboten, nach Frankreich zu kommen und Caitlin in Paris zu besuchen, als sie hörte, dass sie nicht nach Como kommen würde.

»Niemand hat *so viel* zu tun«, meinte sie halb amüsiert, halb verärgert, als Caitlin ihre Standardausrede vorbrachte, warum ein Besuch keine gute Idee sei. Aber sie hatte nicht weiter nachgehakt, sondern Caitlin stattdessen weiterhin einmal pro Monat angerufen.

Als im Herbst das nächste Semester begann, stellte Caitlin erleichtert fest, dass der Kurs allmählich einfacher wurde. Nachdem sie die ermüdenden Grundfertigkeiten wie das Musterschneiden inzwischen im Schlaf beherrschten, bekam die Klasse endlich Gelegenheit, ihr Wissen in die Praxis umzusetzen. Die Studenten bekamen Projekte mit spezifischen Anforderungen als Aufgabe – eine Kollektion, eine Marke oder eine Modelinie zu entwerfen –, so als arbeiteten sie in einem richtigen Atelier.

Ungefähr zur Semesterhalbzeit stellte Madame den Studenten die bis dahin umfassendste Aufgabe. »Das gibt mir die Möglichkeit festzustellen, ob Sie wirklich beherrschen, was Sie bis jetzt gelernt haben, nämlich das Muster entwerfen, anzeichnen und schneiden, das Nesselmodell nähen und die Endverarbeitung«, erklärte sie der Klasse. »Und was noch wichtiger ist, Sie bekommen dadurch die Möglichkeit, Ihre Kreativität auszuleben und Ihren eigenen Stil zu finden.«

Die Studenten rutschten aufgeregt auf den Stühlen herum und begannen, sich tuschelnd auszutauschen. Unter den Schülern herrschte starker Konkurrenzkampf, und jeder einzelne von ihnen sah jetzt seine Chance gekommen, sich zu beweisen. Madame pochte mit dem Stock auf den Boden. Alle schreckten hoch und verstummten, so wie noch jedes Mal.

»Ihre Aufgabe besteht darin, ein Abendkleid zu entwerfen, das von einer bestimmten historischen Epoche inspiriert ist. Die jeweilige Epoche werde ich Ihnen zuteilen.« Sie begann mit deutlicherem Hinken als sonst durch das Zimmer zu wandern.

»Lassen Sie Ihre Gedanken fließen«, befahl sie. »Suchen Sie nach einer Methode, das Vergangene aufzunehmen und es ins Jetzt zu übertragen. Suchen Sie nach Inspiration, wo es nur geht – in Zeitschriften, auf dem Flohmarkt, in Antiquitätenläden oder in den Nachtclubs, die Sie zweifellos abends frequentieren, während Sie eigentlich lernen sollten.« Leises Gelächter lief durch die Klasse. Madame erstickte es mit einem strengen Blick. »Vergessen Sie nicht, es gibt bei dieser Aufgabe keine falsche Antwort. Jetzt kommt es allein auf Ihre Kreativität an.«

Brookes Hand flog hoch. Madame nickte ihr zu. »Und bis wann sollen wir fertig sein?«

»Ich erwarte in zwei Wochen ein fertiges Produkt«, verkündete Madame. »Ach ja, und Sie werden diese Arbeit in Ihrer Freizeit erledigen.«

Caitlin bekam das viktorianische Zeitalter zugeteilt.

»Die jeweilige Epoche soll nur als Sprungbrett dienen«, erklärte Madame der Klasse. »Überlegen Sie, was Sie mit dieser Epoche verbinden. Finden Sie etwas daran, das Sie interessiert, und nehmen Sie das auf. Eigentlich sollte es egal sein, was Sie zeichnen oder entwerfen. Ihr Stück soll vor allem etwas über Sie aussagen. Bringen Sie Ihre Persönlichkeit in Ihre Arbeit ein. Nur dann wird es Ihnen gelingen, etwas wahrhaft Einzigartiges und Individuelles zu erschaffen.«

Also tat Caitlin genau das.

Während der nächsten Tage vertiefte sie sich ins viktorianische Zeitalter. Sie konzentrierte sich auf die düsteren Aspekte: die kriminelle Unterwelt mit ihren Taschendieben und Grabräubern; die extremen Unterschiede zwischen Reich und Arm, Prüderie und Verderbtheit; die Gewalt und die Elendsviertel. Sie las noch einmal Shelley, Stoker und Radcliffe, um ein Gespür für die Begeisterung für das Mittelalter im neunzehnten Jahrhundert zu entwickeln.

Noch während sie recherchierte, begann sie zu zeichnen. Nicht das Kleid selbst, sondern jene Elemente, die sie besonders faszinierten: eine Pferdekutsche in den nebligen Straßen von London, windgepeitschte Burgen mit grimassierenden Wasserspeiern, mächtige Giebel mit Ornamenten und düstere Bogengänge. Die Zeichnungen hatten kein spezifisches Thema, sie sollten vor allem das Gefühl und die Stimmung vermitteln, die sie mit ihrem Kleid einfangen wollte.

Auf ein Thema kam Caitlin immer wieder zurück: den Tod. Die Viktorianer waren vom Tod besessen, und die Witwen trugen während der langen Trauerzeiten aufwendig gearbeitete schwarze Kleider. Es war eine ungewöhnliche Idee für ein Abendkleid, aber Caitlin hatte das Gefühl, dass sie funktionieren könnte.

Also verließ sie sich auf ihren Instinkt und machte sich kundig, welcher Stil und welche Materialien traditionell für Trauerkleidung verwendet worden waren. Sobald sie alle Fakten verinnerlicht hatte, wurde es lustig. Sie kopierte den Grundschnitt eines viktorianischen Trauerkleides, vertiefte den Ausschnitt und kürzte den Saum. Statt des traditionellen Krepps verwendete sie einen dekadent wirkenden, tieflila Knautschsamt mit schwarzem Spitzenbesatz.

Das Ergebnis war ein prunkvolles Kostüm, das gleichzeitig üppig und sinnlich, dramatisch und extravagant wirkte, eine Mischung aus Glamour, Gothic und Punk. Es war nicht nur ein Kleid, sondern genauso ein Theaterstück und Kunstwerk. Zum ersten Mal überhaupt hatte Caitlin das Gefühl, über sich hinausgewachsen zu sein – und ohne es zu ahnen, hatte sie damit ihren Stil als Designerin gefunden.

Aber der kreative Prozess war nur der Anfang. Nachdem sie den Entwurf fertig hatte, musste sie sich überlegen, wie sie das Kleid zum Leben erwecken, wie sie es Stoff werden lassen sollte. Es war ein langer, mühsamer Prozess. In einem richtigen Modeatelier arbeiteten Näherinnen und Musterschneiderinnen dem Designer zu, bis das Nesselmodell so perfekt saß, dass es als Musterstück in dem gewählten Stoff nachgeschneidert werden konnte. Bei diesem Projekt hingegen wurde von den Studenten erwartet, alle Zwischenstufen eigenhändig abzuarbeiten.

»Eines Tages werden Sie ein ganzes Team haben, das Ihnen zur Seite steht«, erklärte ihnen Madame. »Aber bis es so weit ist, müssen Sie in der Lage sein, alles selbst zu erledigen.«

Es war eine zeitraubende und frustrierende Arbeit. Aber Caitlin sah schon jetzt die Vorteile: Dass sie mit Nesselstoff oder *Toile* eine Probeversion des Kleides in ungefärbter Baumwolle anfertigte, um kleine Fehler im Design auszumerzen, hatte zur Folge, dass sie weniger von dem teuren Samt und Spitzengewebe vergeudete, die sie für das Musterstück gekauft hatte.

Viel zu schnell kam der Tag, an dem sie ihre Arbeiten vorstellen mussten. Caitlin merkte, wie sie während Madames Rundgang durch die Klasse immer verzagter wurde. Die Lehrerin schien mit den Ergebnissen ganz und gar nicht zufrieden.

»Trostlos, trostlos, trostlos«, verkündete Madame, als sie ihre Runde durch die deprimierte Klasse zur Hälfte absolviert hatte.

Caitlin war als Letzte an der Reihe, ihr Kleid vorzustellen. Sie trat zurück und machte sich auf den unausweichlichen Verriss durch Madame gefasst. Leises Geflüster lief durch die Klasse, während sich ihre Klassenkameraden ansahen, was sie zustande gebracht hatte. Caitlin blickte stur geradeaus. Alle wandten sich Madame zu und erwarteten ihren Urteilsspruch. Madame stand auf und spazierte langsam zu Caitlins Schneiderpuppe hinüber, um das Kleid aus nächster Nähe zu begutachten.

»Technisch gibt es an dem Entwurf noch viel zu verbessern«, begann sie. »Aber darauf kommt es hier nicht an.« Caitlins Kopf fuhr überrascht hoch. Die übrige Klasse ließ Madame nicht aus den Augen. »Schließlich suche ich nicht nach einer Schneiderin«, fuhr sie fort. »Wir sind hier, um Designer auszubilden.« Zum ersten Mal überhaupt lächelten die kalten grauen Augen Caitlin an. »Mademoiselle O'Dwyer, Sie haben hier etwas ganz Besonderes geschaffen. Ihre Arbeit hat Leidenschaft und Individualität. Genau danach suchen wir.«

Und dann gab sie Caitlin die beste Note der ganzen Klasse.

Nachdem die Studenten gegangen waren, blieb Madame noch lange vor Caitlins Kleid stehen. Sie konnte sich noch gut an Caitlins Bewerbungsgespräch vor über einem Jahr erinnern. Sie hatte sich schon damals von den Hunderten von Kandidaten abgehoben. Ein stilles Mädchen mit einer ausgesprochen interessanten Mappe – in vieler Hinsicht ganz und gar nicht weltgewandt, aber mit starker Identität. Ihre Arbeiten waren vielversprechend gewesen, sie hatten eine Originalität gezeigt, die nicht gelehrt und auch nicht erlernt werden konnte. Genau dieses Potenzial sah Madame heute wieder.

Ihre Arbeiten hatten einen Aha-Effekt, der sie von den anderen abhob, sie zeigten eine Düsterkeit und eine Selbstreflexion, die wesentlich weiter entwickelt schien als beim Rest der Klasse. Madame hatte nur selten erlebt, dass ein Student ein Stück von solchem Tiefgang ablieferte. Während sie das Skizzenheft durchblätterte, das Caitlin mit abgegeben hatte und in dem die Entwicklung ihrer Ideen zum endgültigen Kleid festgehalten war, konnte sie erkennen, woher sie ihre Inspiration genommen hatte. Das Kleid war reinster, nachtschwarzer Viktorianismus, es beschwor Bilder von blutroten Lippen, totenblassen Wangen und dunklem Samt herauf, deren Wurzeln in die Zeiten von Graf Dracula und Anne Radcliffes »Udolpho« zurückreichten. Außerdem zeigte das Mädchen eine beeindruckende Liebe für kleinste Details – aus dem übrig gebliebenen Stoff hatte sie ein passendes Kropfband gefertigt, ein zehn Zentimeter breites Band aus künstlich gealterter schwarzer Spitze mit einem Besatz aus Jettperlen, das in diesem Zusammenspiel an ein Spinnennetz erinnerte. Alles stand in deutlichem Bezug zum viktorianischen Zeitalter. Aber obwohl sie ihre Inspirationen aus der historischen Epoche gezogen hatte, wirkte das, was sie daraus gemacht hatte, absolut modern. Es war, in einem Wort, *parfait*.

16

Das letzte Semester in Cambridge verging für Elizabeth rasend schnell. Sie lernte angestrengt für ihre Prüfungen, und als die Resultate der Abschlussklausuren in der Universitätsverwaltung ausgehängt wurden, war niemand überrascht, dass sie als Jahrgangsbeste abgeschlossen hatte.

Nachdem sie den Reigen der Gartenpartys und Collegebälle während der im Juni stattfindenden sogenannten »Maiwoche« absolviert hatte, flog Elizabeth nach Italien, wo sie in Florenz einen Kurs in Kunstgeschichte besuchte. Als sie Ende August nach London zurückkehrte, freute sie sich schon darauf, sich der nächsten Herausforderung zu stellen, jener, die ihr am wichtigsten war: bei Melville zu arbeiten. Sie hätte zwar am Eaton Square wohnen können, aber sie zog es vor, eine eigene Wohnung anzumieten, schließlich hatte sie schon immer Wert auf ihre persönliche Freiheit gelegt. Sie fand eine Dachgeschosswohnung in einem wunderschönen alten Stadthaus in Mayfair, nur ein paar Straßen vom Haus ihrer Großmutter entfernt und so nahe bei der Firmenzentrale, dass sie zu Fuß zur Arbeit gehen konnte.

An ihrem ersten Arbeitstag bei Melville war sie um halb acht startklar. Sie trat aus dem Haus und in die strahlende Morgensonne. So früh war die Luft noch kühl, aber sie konnte schon spüren, dass es ein weiterer wunderschöner Septembertag würde.

Als sie an Purdey & Sons vorbeikam, der seit dem neunzehnten Jahrhundert in der South Adley Street angesiedelten Waffenschmiede, prüfte sie kurz im Schaufenster ihr Spiegelbild. In ihrem dunkelgrauen Kostüm und mit der korrekten Aktentasche aus Leder in der Hand wirkte sie durch und durch professionell. Sie hatte sich besondere Mühe gegeben, wie eine Geschäftsfrau aufzutreten, weil sie hoffte, dass die Menschen dann über ihr jugendliches Alter und ihr hübsches Gesicht hinwegsehen würden. Die blonden Haare hatte sie zu einer Pagenfrisur schneiden lassen; das Make-up hatte sie auf ein Minimum beschränkt; und ihre Kleidung wirkte streng und klassisch.

Sie brauchte nicht lang zur Old Bond Street. Dort marschierte sie an der Ladenfront vorbei und bog danach in die kleine Verbindungsgasse zur Albemarle Street, wo der Eingang zur Zentrale von Melville lag. Die Nummer fünfzehn war wie alle anderen Gebäude in der Albemarle Street einst eine luxuriöse Stadtresidenz gewesen. Das unter Denkmalschutz stehende Haus war einfühlsam in ein hochmodernes Bürogebäude mit altmodischem Charme umgewandelt worden. Sie tippte den Sicherheitscode ein, und die Eingangstür wurde entriegelt. Beschwingt trat sie ein.

Der Empfangsbereich war von derselben unterkühlten Eleganz wie der Rest des Gebäudes: gedämpfte Farben, dicke Teppiche, frische Blumen. Die Empfangsdame kannte Elizabeth schon vom Sehen. Sie begrüßte sie mit einem strahlenden falschen Lächeln.

»Ihr Vater möchte, dass Sie direkt in sein Büro kommen, Miss Melville.«

Elizabeth fuhr mit dem Aufzug in den sechsten Stock, wo sich die Büros der Geschäftsleitung befanden. Während der Fahrt überprüfte sie ein letztes Mal ihre Aufmachung. Sie strich ihren Rock glatt und vergewisserte sich, dass ihr Make-up und Haar in Ordnung waren. Es war lächerlich, aber sie war nervös. Es stand so viel auf dem Spiel. Ihr ganzes Leben hatte sie darauf hingearbeitet, eines Tages die Firma zu leiten. Und wenn sich jetzt herausstellte, dass sie gar nicht gut darin war? Elizabeth Melville, die nie auch nur den Hauch eines Selbstzweifels gespürt hatte, hatte zum ersten Mal Angst.

Falls sie auf ein Wort der Aufmunterung von ihrem Vater gehofft hatte, wurde sie herbe enttäuscht. Sobald sie in sein Büro trat, setzte er zu einem Vortrag darüber an, dass sie wie jede andere Angestellte behandelt würde und keine Sonderrechte erwarten dürfe, nur weil sie seine Tochter sei.

»Ich habe beschlossen, dass du im Strategy Department anfängst«, verkündete William. »Dort schlägt das Herz unseres Unternehmens, du kannst dort viel lernen. Ich habe einen neuen Mann eingestellt, der das Team leitet. Sehr klug, sehr gut. Ehrlich gesagt glaube ich, dass du ihm schon begegnet bist …« Ein Klopfen unterbrach ihn. »Aha, wie aufs Stichwort. Das muss er sein.«

Einen Sekundenbruchteil, bevor die Tür aufging, ahnte Elizabeth, wer ihr neuer Boss wäre. Ihr Herz stockte, als Cole Greenwood in den Raum trat.

Sie musste an ihre letzte Begegnung während jenes Wochenendes in Aldringham vor fast sechs Monaten denken. Sie erinnerte sich daran, wie sie seine Hose mit Schlamm bespritzt und wie furienhaft sie sich aufgeführt hatte, und hoffte nur, dass er es nicht tat. Seinem kalten Lächeln nach zu schließen, erinnerte er sich sehr wohl.

»So sehen wir uns wieder, Elizabeth«, sagte er, um alle Zweifel auszuräumen.

Er war genauso, wie sie ihn in Erinnerung hatte: fast bedrohlich groß; mit diesen kühlen, arroganten, dunklen Augen. Peinlicherweise wandte Elizabeth den Blick zuerst ab.

Falls William die Spannung im Raum bemerkt hatte, ließ er es sich nicht anmerken.

»Gut«, sagte er. »Also, ich bin schon gespannt auf Coles Bericht über deine Fortschritte, Elizabeth.«

Damit waren beide entlassen.

Cole machte sich nicht die Mühe, ihr die Tür aufzuhalten, als sie das Büro verließen. Mit seinen langen Beinen flog er über den Korridor, ohne auf sie zu warten. Elizabeth musste zwischendurch laufen, um nicht abgehängt zu werden. Schweigend warteten sie darauf, dass der Lift eintraf. Als sie einstiegen, drückte er den Knopf für den fünften Stock. Sobald die Tür zugeglitten war, versuchte sie, das Eis zu brechen.

»Ich habe von Daddy nur Gutes über Sie gehört«, sagte sie fröhlich. »Ich freue mich schon darauf, mit Ihnen zu arbeiten.«

Er sah sie eisig an.

»Für mich«, korrigierte er.

»Verzeihung?«

»Sie werden *für mich* arbeiten, nicht mit mir.« Er sprach jedes Wort langsam und betont aus, als würde er mit einem Kind reden. »Das ist etwas anderes. Etwas ganz anderes.«

Die Aufzugtür öffnete sich, und er trat aus der Kabine. Er machte sich nicht die Mühe nachzusehen, ob sie ihm folgte. Sie holte tief Luft. Also schön, wenn er so spielen wollte, dann musste sie eben mitspielen – wenigstens vorerst.

Das Strategy Department war in einem Großraumbüro mit riesigen Fenstern untergebracht, die auf die geschäftige Straße gingen. Wie sich herausstellte, würde Elizabeth nicht bei den anderen sitzen.

»Im Moment haben wir keinen Schreibtisch frei«, erklärte Cole und führte sie in eine kleine, fensterlose Kammer am hintersten Ende des Großraumbüros. »Hoffentlich werden wir in ein paar Wochen etwas Geeigneteres für Sie finden.«

Elizabeth sah sich frustriert um. Der Raum war kaum größer als eine Besenkammer und der einzige Einrichtungsgegenstand ein hastig in die Ecke geschobener Schreibtisch, von dem aus man auf eine mit blauem Filz und Stecknadeln bedeckte Wand blickte. Das einzige Licht kam von der nackten Glühbirne an der Decke.

»Nun, was sagen Sie dazu?«, fragte Cole fröhlich.

Seine dunklen Augen warnten sie davor, sich zu beklagen. Irgendwie schluckte sie die Bemerkung hinunter, die ihr auf der Zunge lag. Falls das ein Test war, war sie entschlossen, ihn mit fliegenden Fahnen zu bestehen.

»Das ist wunderbar, danke«, brachte sie heraus.

Er reagierte mit der Andeutung eines Lächelns.

»Gut. Dann richten Sie sich schon mal ein. Später kommt jemand vorbei und erklärt Ihnen, womit Sie anfangen.«

Als Cole weg war, folgte sie seinen Anweisungen. Sie schaltete den Computer ein. Sie machte sich mit dem Telefon vertraut. Und dann wartete sie.

Nach einer Stunde bekam sie die erste Aufgabe zugewiesen. Eine gut dreißigjährige Brünette mit verhärtetem Gesicht kam in die Kammer marschiert und knallte einen Karton voller Zeitschriften auf Elizabeths Schreibtisch. Die Frau stellte sich als Kathleen McDonnell vor, Coles Stellvertreterin. Sie hatte einen starken Glasgower Akzent – sie kam aus einer gestandenen Arbeiterfamilie – und eine tiefe Abneigung gegen jeden, der ihrem Gefühl nach nur durch Beziehungen und nicht durch eigene Verdienste nach oben gelangt war. Unaufgefordert ratterte sie ihren kompletten Lebenslauf herunter, ganz offenkundig, um Elizabeth wissen zu lassen, dass sie ihren Job verdient hatte. Allem Anschein nach hatte sie die letzten zehn Jahre im Marketing gearbeitet, hauptsächlich in großen Firmen. Elizabeth dachte lieblos, dass es gefühlte zwei Jahrzehnte gewesen sein mussten, wenn man nach Kathleens Stirnfalten gehen konnte.

Nachdem Kathleen ihren Sermon aufgesagt hatte, erklärte sie Elizabeth, was sie tun sollte: jede Zeitschrift Seite für Seite durchblättern und einen Post-it einlegen, sobald Melville oder eine Konkurrenzfirma erwähnt wurde. Elizabeth war gerade damit beschäftigt zu überschlagen, wie viele Tage sie dafür brauchen würde, als neue Gesichter in ihre Kammer platzten und noch mehr Material anschleppten. Elizabeth beobachtete fassungslos, wie Kathleens Assistenten weitere acht Kartons abstellten, die mit bis zu zehn Jahre alten Zeitschriften gefüllt waren.

»Wozu muss das gemacht werden?«, fragte Elizabeth schließlich.

»Um Veränderungen in unserer Werbestrategie zu analysieren.«

Die Antwort war vage genug, um alle weiteren Fragen zu unterbinden.

»Aber das wird ewig dauern …«

Kathleen zuckte mit den Achseln und wollte schon Elizabeths Kammer verlassen, doch dann hielt sie noch einmal inne, um das Messer ein letztes Mal umzudrehen.

»Ach ja, und könnten Sie noch im Büro herumgehen und die

Kaffeebestellungen aufnehmen, bevor Sie damit anfangen? Niemand mag die Brühe, die unsere Kaffeemaschinen zusammenbrauen, darum schicken wir um elf und um drei den jüngsten Mitarbeiter zum Kaffeeholen.«

Elizabeth starrte sie ungläubig an.

»Sie brauchen das nicht zu bezahlen«, versicherte ihr Kathleen. »In der Küche steht eine Kaffeekasse.«

Als wäre Geld das Problem!

»Ich hole ganz bestimmt keinen Kaffee«, sagte Elizabeth nur.

Kathleen sah sie säuerlich an. »Bei mir brauchen Sie sich nicht zu beschweren. Wenn Sie ein Problem damit haben, sollten Sie das mit Cole besprechen«, erklärte sie ihr und rauschte ab.

Offenbar war dieser Satz das Kommando für alle, den Rückzug anzutreten.

»Na schön«, erklärte Elizabeth ihrer leeren Besenkammer. »Das werde ich.«

Cole war nicht überrascht, als er Elizabeth durch den Gang auf sein Büro zustaksen sah. Er hatte sich schon gefragt, wie lange es dauern würde, bis sie sich beschweren kam. Seinetwegen konnte sie jammern und zetern, so viel sie wollte. Sie würde sich damit keine Freude machen.

Er hatte vor Wut gekocht, als William Melville ihn an diesem Morgen angerufen und ihm eröffnet hatte, dass seine älteste Tochter in Coles Abteilung arbeiten würde. Für mindestens sechs Monate. Wie meistens hatte Cole aus seinem Herzen keine Mördergrube gemacht.

»Was soll ich verflucht noch mal mit ihr anfangen, William? Wir haben keine Zeit, Babysitter zu spielen.«

William hatte gelacht. Cole gehörte zu den ganz wenigen Menschen, die so mit ihm reden durften. Hauptsächlich weil William den brillanten Kopf, der sein Strategy Department leitete, auf keinen Fall verlieren wollte.

»Elizabeth ist ein sehr kluges Mädchen, Cole«, erklärte er nachsichtig. »Sie braucht keinen ›Babysitter‹, wie Sie es ausdrücken. Ehrlich gesagt glaube ich, dass Sie überrascht sein werden.«

Cole hatte geschnaubt. Das bezweifelte er schwer.

Aber wie üblich hatte William Melville seinen Willen durchgesetzt. Manchmal war es Cole immer noch ein Rätsel, wie er bei Melville gelandet war. Nicht lange nach jenem Wochenende in Aldringham hatte William ihn angerufen und zum Mittagessen eingeladen. Er war aus reiner Neugier hingegangen. Nachdem er zehn Jahre in einer großen, hochmodernen amerikanischen Investmentbank gearbeitet hatte, strahlte eine verschlafene Luxusgüterfirma für ihn keinen Reiz aus.

Aber William hatte nicht lockergelassen. Zu Coles Überraschung hatte das Paket, das er ihm geschnürt hatte, seinen Verdienst bei Sedgwick Hart weit übertroffen. Vor allem aber hatte es Cole der angebotene Job angetan. Auf Melville kamen schwere Zeiten zu, hatte William ihm gestanden. Zum ersten Mal seit vielen Jahren gingen die Absatzzahlen zurück. Die Firma musste umstrukturiert werden, aber William wusste nicht genau wie. Cole sollte es ihm verraten. Als Chef des neu gebildeten Strategy Departments würde er allein bestimmen, wen er einstellte und welche Projekte er für vielversprechend genug hielt, um sie zu verfolgen. Cole ließ sich kaufen.

Abgeworben zu werden, hatte Cole einen Kick gegeben. Er war stolz auf das, was er geschafft hatte. Darum missfiel es ihm, dass William ihm jetzt seine missratene Göre in die Abteilung gesetzt hatte. In seinem Strategy Department saßen einige der schlauesten Köpfe in der ganzen Branche. Und jeder Einzelne hatte sich den Arsch aufgearbeitet, um es so weit zu bringen. Es wurmte ihn, dass Elizabeth einen Freifahrtschein bekommen sollte.

»Na schön. Wenn Sie unbedingt wollen, William«, hatte er schließlich gesagt. »Aber ich warne Sie, ich werde Ihre Tochter genauso behandeln wie alle anderen. Und das bedeutet, dass sie sich hocharbeiten muss.«

Zu seiner Überraschung hatte William nur leise gelacht.

»Glauben Sie mir, Cole, ich würde es nicht anders haben wollen.«

Cole war entschlossen, ihn beim Wort zu nehmen. Er hatte sein Team zusammengerufen, allen die Lage erklärt – und verkündet, dass Elizabeth keine Sonderbehandlung bekommen würde.

Cole konnte nicht abstreiten, dass er den Vormittag genossen hatte. Elizabeths Miene, als ihr aufgegangen war, unter wem sie arbeiten würde … das hatte ihr das herablassende Lächeln vom Gesicht gewischt. Hier war sie nur eine unter vielen. Als sie laut an seine Glastür klopfte, dämmerte ihm, dass die Botschaft noch nicht wirklich angekommen war. Na gut, er würde ihr nur zu gern persönlich Bescheid stoßen.

Aber zuerst las er weiter in dem Bericht auf seinem Schreibtisch. Er wartete ab, bis sie zum zweiten Mal anklopfte, und sah dann endlich auf, als hätte er keine Ahnung, warum sie da draußen stand. Er winkte sie herein und deutete auf den Stuhl vor seinem Schreibtisch. Sie blieb lieber stehen. Vermutlich glaubte sie, dass sie so einschüchternder wirkte. Er lehnte sich zurück und sah sie erwartungsvoll und fast wohlwollend an.

»Elizabeth, was kann ich für Sie tun?«

Von Nahem sah sie noch wütender aus, als er erwartet hatte. Er konnte sehen, dass sie gegen ihren Zorn ankämpfte, dass sie ihre ganze englische Oberklassen-Selbstbeherrschung aufbieten musste, um ihre Gefühle zu unterdrücken. Sie warf den Kopf zurück und ließ das feine blonde Haar auf ihre Schultern fallen. Er hatte es länger in Erinnerung gehabt. Bestimmt hatte sie es abgeschnitten, um an ihrem ersten Arbeitstag möglichst professionell zu wirken. Irgendwie wirkte es so kurz geschnitten richtig niedlich … Mann, wo war dieser Gedanke denn hergekommen? Er verscheuchte ihn und konzentrierte sich wieder auf die wütenden grünen Augen.

Sie kam ohne Umschweife auf den Punkt.

»Kathleen war eben bei mir. Sie hat mir das kleine Projekt erklärt, mit dem sie mich beschäftigen will.« Bei ihr klang »Projekt« wie ein schmutziges Wort.

»Und?«, fragte er nachsichtig.

»Und?« Ihre Stimme bebte. »Ist das alles, was Sie dazu zu sagen haben? Ich habe einen Abschluss in Cambridge gemacht, und Sie erwarten von mir, dass ich eine Woche lang Post-its in Zeitschriften klebe?«

Sie machte keinen Hehl aus ihrer Fassungslosigkeit.

»Und«, fuhr sie schon fast schrill fort, »als wäre das nicht genug, muss ich für alle Kaffee holen!«

Sie klang so echauffiert, dass er beinahe gelacht hätte. Aber er verkniff sich das Lächeln und verwandelte es in ein Seufzen. Dann massierte er seine Nasenwurzel, als hätte er eigentlich Besseres zu tun, als sich mit solchen Lappalien zu beschäftigen.

»Wissen Sie, Elizabeth, ich weiß wirklich nicht, ob wir Ihnen im Moment etwas anderes zu tun geben können.« Er gab sich Mühe, ganz neutral zu klingen, weil er wusste, dass sie das noch mehr ärgern würde. »In meiner Abteilung arbeiten lauter erfahrene Leute. Wir sprechen hier von Ex-Investmentbankern, Management Consultants, Senior Brand Managern. Sie sind die Besten in ihrem Fach, und alle haben etwas beizutragen. Sie hingegen ...« Er ließ den Satz in der Luft hängen und zeigte ihr damit genau, was er von ihren Fähigkeiten hielt.

Elizabeth sah die Schadenfreude in Coles Augen leuchten und wusste, dass sie auf verlorenem Posten kämpfte. Das war schlicht und einfach die Vergeltung für ihre letzte Begegnung. Zutiefst frustriert zupfte sie an einem Knopf ihrer dunkelgrauen Kostümjacke. Sie musste an die eleganten Kostüme denken, die sie in der vergangenen Woche in idiotischer Vorfreude auf ihren neuen Job gekauft hatte. Wenn sie hier nur in modrigen alten Kartons voller verstaubter Zeitschriften wühlen würde, konnte sie ihre Kostüme wieder wegpacken und morgen in Jeans auftauchen.

»Aber es muss doch noch irgendwas anderes für mich zu tun geben«, erklärte sie schließlich.

Es war der letzte Versuch, ihn zur Vernunft zu bringen.

Cole zuckte mit den Achseln. »Vielleicht zu gegebener Zeit. Wenn Sie Ihr Können unter Beweis gestellt haben. Aber man hat mir gesagt, dass Sie genau wie jeder andere ganz unten anfangen sollen.«

»Ja, aber …« Sie verstummte unvermittelt.

Aber was? Ganz unten bedeutete für sie etwas anderes? Selbst sie konnte erkennen, wie lächerlich das klang.

Er bemerkte ihr Zögern und versetzte ihr den Todesstoß.

»Also«, sagte er und lehnte sich in seinem Stuhl zurück, »wenn Sie damit ein Problem haben, können Sie sich gern bei Ihrem Daddy beschweren.«

Das würde dir gefallen, dachte sie bei sich. Nein, diese Befriedigung würde sie ihm nicht gönnen.

»Kein Problem«, antwortete sie gepresst.

»Braves Mädchen. Und jetzt sollten Sie sich mit dem Kaffee beeilen. Ich wette, da draußen wartet ein ganzes Büro voller durstiger Leute.«

Sie musste ihre gesamte Willenskraft aufwenden, um sich die scharfe Erwiderung zu verkneifen, die ihr auf der Zunge lag. So würdevoll wie in ihrer Situation nur möglich kehrte sie auf dem Absatz um, verließ sein Büro und ging einen Notizblock holen, um die Kaffeebestellungen aufzunehmen.

Der Tag wurde immer schlimmer. Als endlich alle nach Hause gingen, hatte Elizabeth die Nase so voll, dass sie es sich anders überlegt hatte und sich nun doch bei ihrem Vater beschweren wollte. Doch als sie seinen Anschluss wählte, stellte seine Sekretärin sie stattdessen zu Onkel Piers durch.

Anscheinend war William unterwegs nach Aldringham, weil es Probleme mit Amber gab.

»Kann ich dir bei irgendwas helfen?«, fragte Piers.

Elizabeth war zwar versucht, ihm die ganze Geschichte aufzutischen, aber sie zögerte. Er klang so fürsorglich, und sie wusste genau, dass er ihr zuhören und mit ihr leiden würde. Sie wusste, dass viele Menschen ihren Onkel für tollpatschig und unbedarft hielten, aber genau das machte ihn wesentlich zugänglicher als ihren Vater. Ihrem netten Onkel Piers hatte sie jederzeit ihr Herz ausschütten können – sie hätte nicht mehr zählen können, wie oft er sich bei William für sie eingesetzt hatte. Aber es war nicht fair, ihn in diese Sache hineinzuziehen.

»Nein«, sagte sie. »Alles bestens.«

Sie versprach Piers, dass sie ihm alles über ihre erste Woche erzählen würde, wenn sie am Freitagabend essen gingen. Als sie den Hörer auflegte, fühlte sie sich schon besser. Ihr würde bestimmt eine Strategie einfallen, wie sie mit Cole fertig werden konnte.

17

Amber Melville nahm einen letzten tiefen Zug von ihrer Marlboro Light, als Perkins in die Zufahrt bog. Als Erstes erblickte sie den Bentley ihres Vaters, der in der Auffahrt stand. »Fuck«, fluchte sie leise.

Sie ließ hastig das Fenster herunterfahren und schnippte die Zigarette hinaus. Es wäre nicht gut, wenn er sie auch noch beim Rauchen erwischte.

»Fuck, Fuck, Fuck«, fluchte sie noch einmal.

Sie war darauf vorbereitet gewesen, sich ihrer Mutter zu stellen, aber nicht ihm. Offen gestanden war sie überrascht, dass er überhaupt hier war. Vielleicht war das naiv. Sie war eben aus dem dritten Internat innerhalb eines Jahres geflogen. Da musste selbst Daddy hellhörig werden und reagieren.

Sie klappte ihre gebraucht gekaufte Handtasche auf, zog etwas Tigerbalsam heraus und verschmierte einen winzigen Klecks unter den Augen. Augenblicklich begannen sie zu tränen. Es war ein

Trick, den sie vor einiger Zeit gelernt hatte. Tränen waren in Situationen wie dieser immer die beste Verteidigung. Sie hoffte nur, dass niemand den intensiven Mentholgeruch bemerkte.

Sie überließ es Perkins, ihr Gepäck auszuladen. Mrs Hutchins empfing sie schmallippig und unwirsch in der Eingangshalle.

»Deine Eltern warten im Salon auf dich«, erklärte sie steif.

Amber hörte die Missbilligung in ihrer Stimme, aber das war ihr egal. Die alte Kuh sollte sich um ihren eigenen Kram kümmern.

»Bringen Sie mir ein stilles Mineralwasser?«, fragte Amber beiläufig im Vorbeigehen. Die Haushälterin reagierte mit einem Schniefen auf das fehlende »Bitte« oder »Danke«. Aber sie tat, was Amber ihr aufgetragen hatte.

Vor dem Salon blieb Amber kurz stehen, um im vergoldeten Spiegel ihr Aussehen zu überprüfen. Ihr gefiel, was sie sah. Die Pubertät hatte es gut mit Amber Melville gemeint. Mit ihren fünfzehn Jahren war sie langgliedrig wie ein halbwüchsiges Fohlen. Sie war groß und schlank, hatte platinblonde Locken und cremeweiße Haut, es war schon jetzt unübersehbar, dass sie eines Tages die Schönste unter den Melville-Mädchen wäre – und das war keine eitle Einbildung. Außerdem sah man ihr dank ihres Engelsgesichtes viel nach, das wusste sie ganz genau. Niemand, der in das Kornblumenblau ihrer großen, kindlich unschuldigen Augen blickte, konnte sich vorstellen, dass sie tatsächlich so viel Unfug anstellte.

Schon jetzt überlegte sie, wie sie sich aus dieser Geschichte herausreden könnte. Eigentlich wusste sie überhaupt nicht, was der ganze Aufruhr sollte. Es war schließlich nicht wie beim letzten Mal, als man sie beim Kiffen erwischt hatte. Sie hatte sich nur den Nabel piercen lassen – wirklich nicht das Verbrechen des Jahrhunderts. Die Schulleitung hätte gar nichts davon mitbekommen, wenn sich beim Umziehen vor dem Sport nicht alle Mädchen um sie geschart hätten, um sich mit eigenen Augen zu überzeugen. Natürlich hatte sich die Turnlehrerin bemüßigt gefühlt, ebenfalls herzukommen und nachzusehen, was da ablief. Trotzdem war es Ambers Meinung nach lächerlich, jemanden deswegen von der Schule zu schmeißen – obwohl es wahrscheinlich nicht besonders geschickt gewesen war, dass sie das Geld für ihr Piercing aus der Brieftasche ihrer Englischlehrerin geklaut hatte.

»Aber du bekommst doch wirklich genug Taschengeld.« Dass eine ihrer Schülerinnen so etwas tat, schien die Rektorin sichtbar zu verwirren und zu verstören.

Amber hatte nur mit den Achseln gezuckt. Das Geld zu klauen, hatte mit zu ihrer Mutprobe gehört. Sie hatte keine Sekunde lang daran gezweifelt, dass das nur logisch war.

Sie war immer noch überrascht, dass sich ihr Vater die Mühe gemacht hatte, nach Hause zu kommen, um ihr persönlich die Leviten zu lesen. Normalerweise hatte er keine Zeit für solche Banalitäten, er war viel zu sehr damit beschäftigt, sein Imperium zu leiten. Amber konnte an einer Hand abzählen, wie oft sie ihn in den letzten achtzehn Monaten zu Gesicht bekommen hatte. Das war für sie nichts Neues. Er war in ihrem Leben immer nur eine Randfigur gewesen. Sie wusste ohne Zweifel und ohne jedes Selbstmitleid, dass sie das Kind war, das ihm am wenigsten bedeutete. Dazu brauchte man kein Genie zu sein. Elizabeth war ihm so ähnlich, dass es schon fast beängstigend war. Und dass er an Caitlin einen Narren gefressen hatte und es kaum ertrug, sie nicht mehr zu sehen, war überdeutlich. Wohingegen Amber … sie war vor allem ihrer Mutter ähnlich, und die schätzte er nicht besonders. Also konnte sie nur das böse Mädchen spielen.

Natürlich war sie nicht immer so gewesen. Als kleines Mädchen hatte sie sich mustergültig benommen. Aber niemand außer ihrer Mutter schien das wahrzunehmen oder sich dafür zu interessieren. Dann, mit fünf Jahren, hatte sie eines Tages ein paar Zündhölzer zum Spielen gefunden. Sie hatte versehentlich den antiken Orientteppich ihrer Großmutter in Brand gesetzt und hätte um ein Haar einen Flügel von Aldringham eingeäschert. Ihr Vater war postwendend aus London angereist. Doch hinterher erinnerte sie sich weder an seinen Zornesausbruch noch an die zehn Minuten, während derer er ihr zur Strafe den Hintern versohlt hatte. Sie erinnerte sich einzig und allein daran, dass er sie endlich einmal wahrgenommen hatte. Von da an hatte sie immer etwas angestellt, wenn sie Aufmerksamkeit erregen wollte.

Sie massierte noch etwas Tigerbalsam ein, der in ihren Augen brannte und sie zum Weinen brachte, und klopfte dann an die Tür. Die herrische Stimme ihres Vaters dröhnte durch das Holz und gebot ihr einzutreten. Sie setzte eine gebührend zerknirschte Miene auf und schob die schwere Eichentür auf.

Drinnen war alles so, wie sie es erwartet hatte. Ihr Vater saß mit finsterem Gesicht in der Mitte des Zimmers und ärgerte sich einzig und allein darüber, dass er sich schon wieder mit seiner missratenen Tochter beschäftigen musste. Ihre Mutter stand leise weinend in der Ecke und machte sich bestimmt vor allem darüber Sorgen, was ihre Schickeria-Freundinnen wohl sagen würden, wenn sie herausfanden, was passiert war. Zum ersten Mal fragte sich Amber, was ihre Eltern wohl mit ihr vorhatten. Vielleicht würde sie auf die hiesige Privatschule geschickt. Das wäre nicht so schlimm. Es könnte sogar ganz lustig werden, zur Abwechslung einige Zeit zu Hause zu wohnen. Oder vielleicht würde sie bis zum Semesterende von der Schule genommen.

Also, das wäre sogar ein Bonus. Sie brauchte sowieso keinen Abschluss. Sobald sie sechzehn war, würde sie von der Schule abgehen. Um ein Model zu werden wie Naomi Campbell, Linda Evangelista, Christy Turlington oder Kate Moss, das total angesagte Schulmädchen aus Croydon, brauchte sie keine abgeschlossene Schulbildung. Amber hatte ihr Zimmer mit Postern dieser Frauen tapeziert. Stundenlang stand sie vor dem Spiegel, kopierte ihre Posen und dachte sich insgeheim, dass sie genauso schön war. Sie musste nur das nächste Jahr überleben, dann konnte sie tun und lassen, was sie wollte. Und das bedeutete, dass sie diesen Nachmittag möglichst unbeschadet überstehen musste.

Sie sah ihren Vater mit tränennassen Augen an.

»Es tut mir so leid, Daddy«, setzte sie an und wischte sich mit dem Handrücken über die Wangen. Verdammt, sie hatte zu viel Tigerbalsam aufgetragen.

Ehe sie weitersprechen konnte, hob ihr Vater die Hand.

»Amber, ich will keine Entschuldigungen mehr hören. Ehrlich gesagt habe ich die gründlich satt.«

Inzwischen war Amber die Strafpredigten ihres Vaters gewöhnt, aber selbst sie spürte ein Frösteln, als sie seine eisige Stimme hörte.

Das Gesicht zu einer grimmigen Miene versteinert, beugte sich William in seinem Sessel vor.

»Wir haben es mit Nachsicht versucht, Amber, aber die scheint bei dir nicht zu fruchten. Damit zwingst du mich, eine dauerhafte Lösung zu finden.«

Amber schluckte schwer. Das hörte sich gar nicht gut an.

Seine dauerhafte Lösung stellte sich als ein weiteres Internat heraus. Es war schwer, sich darauf zu freuen. Amber blieb nicht einmal Zeit zum Auspacken. Knapp eine Stunde nach ihrer Ankunft wurde sie wieder weggeschickt. Diesmal zur Stirling Hall in Yorkshire.

»Stirling Hall ist eine Schule, die auf Schüler mit disziplinarischen Problemen spezialisiert ist«, hatte ihr Vater ihr eröffnet. »Dort hat man reichlich Erfahrung im Umgang mit verstörten Kindern. Ich glaube, das ist der richtige Ort für dich, Amber.«

So viel zu ihrem Plan, möglichst unbeschadet davonzukommen.

Amber schmollte gar nicht erst. Das führte zu nichts. Bei ihrem Vater hatte das noch nie etwas gebracht, nur bei ihrer wachsweichen Mutter. Außerdem hatte sie keine besondere Angst vor Stirling Hall. Vielleicht redete ihr Vater gern von Zucht und Strenge. Aber auch in diesen Schulen gab es Schlupfwinkel; man musste sie nur finden. Und sie war zuversichtlich, dass sie die Richtige war, sie zu finden.

Die North York Moors waren so trist und trostlos, wie Amber sie sich vorgestellt hatte. Ruinen von Klöstern und Gutshäusern, umrahmt von brach liegenden Feldern, gespenstischen Wäldern und kargem Ackerland. Stirling Hall selbst war eine finstere mittelalterliche Burg, die auf das dreizehnte Jahrhundert zurückging und in einem zwanzig Hektar großen Landschaftsschutzgebiet lag. Sie thronte auf der Spitze einer Felsenklippe hoch über der zerklüfteten Küste von Yorkshire. Die grauen, seit Jahrhunderten dem peitschenden Regen und grausamen Wind des englischen Winters ausgesetzten Gebäude waren fleckig und die Wasserspeier abgebröckelt. Der Bau sah eher nach einem Gefängnis als nach einer Schule aus.

Drinnen wurde Amber von einer grimmig dreinblickenden Mrs Dauston empfangen, ihrer Hausleiterin. Zu viel Speck und zu wenig Liebe hatten sie zu einer verbitterten alten Jungfer werden lassen – jene Art von Mensch, die auf keinen Fall unterrichten sollte. Jedes Jahr musste sie zusehen, wie all diese privilegierten jungen Mädchen auszogen, um das Leben zu führen, das sie sich einst erträumt hatte. Das hinterließ einen bitteren Nachgeschmack. Mrs Dauston fand es nur gerecht, wenn sie ihre Enttäuschung an ihren Schutzbefohlenen ausließ.

Sie begutachtete Amber Melville vom Scheitel bis zur Sohle. Solche wie sie hatte sie hier schon viele gesehen. Das Engelsgesicht konnte sie keine Sekunde lang irreführen. Das junge Ding war eindeutig zu reich und zu schön und musste dringend ein bisschen zurückgestutzt werden. Sie stattete Amber mit einem zehn Zentimeter dicken, ledergebundenen Regelbuch aus – dem Ehrenkodex von Stirling Hall – und befahl ihr, sich alle Vorschriften einzuprägen.

»Jeder, der diese Regeln bricht, wird rigoros zur Verantwortung gezogen«, verkündete sie mit ihrem derben schottischen Knurren, während sie durch ein Labyrinth von Gängen zu Ambers neuem Zimmer wanderten. Die Worte prallten als hohles Echo von den hohen Decken zurück und ließen Amber zusammenzucken.

Es war eisig kalt in den Mauern, obwohl erst September war. Die Steinböden und der spürbare Luftzug, der durch die schlecht schließenden Türen und Fenster drang, verhießen nichts Gutes. Genauso wenig wie die winzigen Heizkörper. Amber wollte sich lieber nicht ausmalen, wie es hier im Winter war. Man hatte nichts unternommen, um die Räume irgendwie gemütlich zu machen. Anders als in Ambers vorigen Schulen gab es weder Vasen mit frischen Blumen, noch Anschlagbretter mit Angeboten für Sport oder andere Freizeitaktivitäten. Allmählich begann sie sich ernsthaft Sorgen zu machen. Vielleicht war es doch nicht so schlau gewesen, sich aus St Margaret's werfen zu lassen.

Ambers Zimmer war, wie sich herausstellte, genauso abweisend wie die ganze Schule. Es war eine winzige, vollgestellte Kammer mit hohen, schmalen Fenstern. Die welligen Tapeten und der deutlich wahrnehmbare muffige Geruch ließen auf Probleme mit feuchtem Mauerwerk schließen. Das Mobiliar beschränkte sich auf zwei schmale Einzelbetten, zwei Schreibtische und zwei kleine Schränke. Der einzige Wandschmuck waren zwei Schilder – »Rauchen verboten« und »Keine Klebestreifen«. Ihre Mitbewohnerin sah auch nicht gerade spannend aus. Ein kleines, dickes Mädchen mit dicker Schildpattbrille und strengem Dutt. Sie begrüßte Amber mit steinerner Miene.

»Mein Name ist Eva Mendoza«, erklärte sie in präzisem, überdeutlichem Englisch. »*Iech* freue mich, *diech* kennenzulernen.«

Der Akzent bestätigte, was Amber aufgrund des südamerikanischen Namens und des dunklen Teints bereits vermutet hatte.

»Eva ist die Schulsprecherin für euren Jahrgang«, verkündete Mrs Dauston stolz. Scheinbar verlegen über dieses Lob senkte Eva den Blick. »Sie ist eine unserer Erfolgsgeschichten.«

Amber hatte das Gefühl, dass Evas Verhalten ihr als Vorbild dienen sollte. *Na super*, dachte Amber und betrachtete das andere Mädchen verstohlen. Offenbar hatte man sie in ein Zimmer mit der schlimmsten Streberin im ganzen Jahrgang gesteckt. Eva würde wahrscheinlich alles petzen, was Amber anstellen mochte.

Aber Amber hätte sich nicht mehr in ihrer Zimmerkameradin täuschen können. Sobald Mrs Dauston gegangen war, entspannte sich Evas Gesicht.

»Und warum *biest* du hier?«, fragte sie und plumpste dabei auf das schmale Bett.

Sie setzte die Brille ab, schüttelte die Haare aus und öffnete die obersten Knöpfe ihrer Bluse. Innerhalb weniger Sekunden hatte sie sich von einem schlichten, arglosen Schulmädchen in eine lateinamerikanische Lolita verwandelt. Amber erkannte, dass sie irrtümlich die männermordenden Kurven für Babyspeck gehalten hatte und auf eine sorgfältig zusammengestellte Verkleidung hereingefallen war.

»Warum ich hier bin?« Amber zuckte mit den Achseln. »Eigentlich wegen allem.«

Eva nickte wissend. »Ich auch.«

Sie tastete unter ihrem Bett herum und zog eine Packung Zigaretten hervor, von denen sie Amber eine anbot. Amber zögerte. Ihr Blick wanderte zu dem »Rauchen verboten«-Schild.

»Und was ist mit …?«

Eva lächelte durchtrieben.

»Es gibt hier viel zu viele Regeln. Du musst nur herausfienden, wie du sie brechen kannst, ohne dass es wer merkt.«

Amber grinste ebenfalls. Vielleicht war sie hier doch genau am richtigen Fleck gelandet.

Eva war für Amber ein echtes Vorbild. Allerdings nicht so, wie es Mrs Dauston erhofft hatte. Ihre Zimmerkameradin war das Produkt der Vereinigung eines korrupten Funktionärs der brasilianischen Arbeiterpartei mit einem üppig gebauten Filmstar, und sie hatte den Grips und den Körper, um mit allem durchzukommen, was sie sich in den Kopf setzte. Seit sie fünf geworden war, redeten ihre Eltern kaum noch miteinander oder mit ihr. Nachdem die Eltern sich weder für sie noch ihre Erziehung interessiert hatten, war Eva ohne Aufsicht aufgewachsen und hatte alles angestellt, was ihr gerade eingefallen war, ohne sich je um die Konsequenzen zu scheren. Das hatten die beiden Mädchen gemeinsam. Wie Eva Amber ohne jedes Selbstmitleid erklärt hatte, hatten ihre Eltern sie nach Stirling Hall geschickt, um ein peinliches Problem unter den Teppich zu kehren. Amber wusste genau, wie sie das meinte.

Amber hatte sich immer für ziemlich clever gehalten. In St Margaret's hatte sie sogar unter den älteren Jahrgängen als cool und als Trendsetterin gegolten. Aber gegen Eva war sie ein Waisenmädchen. Sie war völlig ungezähmt und furchterregend bewandert in allen verbotenen Dingen. Innerhalb einer Woche machte sie Amber mit Caipirinha bekannt; den Wundern der Schönheitschirurgie – »*Iech* habe *miet* dreizehn meine Brüste und meine Nase machen lassen, das tun in Rio alle« – und vor allem und unter Schmerzen mit *Cavados*, auf gut Englisch dem »Brazilian Waxing«.

»Aua!«, kreischte Amber auf, als der erste Wachsstreifen abgezogen wurde. Sie lag rücklings mit gespreizten Beinen auf dem Bett und hatte sich noch nie in ihrem Leben so nackt und so wund gefühlt. Insgeheim war sie immer stolz auf ihren hellblonden Busch gewesen. Aber Eva hatte darauf bestanden, dass alles bis auf eine kleine Landebahn verschwinden musste.

»Psst«, hatte Eva zwischen ihren Beinen gezischt. Sie drückte ihr ein Stück Pappe in die Hand. »Hier. Beiß da drauf. Du *wiellst* doch nicht, dass Mrs Dauston reinkommt, oder?«

Amber biss zu. Es half kaum. Aber wenigstens hörte sie niemand.

Wie sich herausstellte, hatte Eva bereits Erfahrung. Sie hatte ihre Unschuld letztes Jahr im Karneval an einen amerikanischen College-Studenten verloren. Damals war sie gerade vierzehn geworden.

»Es war Scheiße«, informierte sie Amber, die mit großen Augen lauschte. »Seine *Cacete* war *wienzig.*« Eva hielt zur Illustration ihren kleinen Finger hoch. »Aber keine Angst. Es wird besser, *saca*?«

Amber verschlang gierig jedes schmutzige Detail.

»Ich habe ihm eine *Boquete* gegeben, ich zeig dir, wie das geht.«

»Er hat ihn mir in den *Cu* gesteckt. Das hat brutal wehgetan. Nächstes Mal sage ich: Nein danke!«

Eine neue Welt tat sich vor Amber auf, die bis dahin nur ein bisschen mit Andy Dalton von der Knabenschule neben St Margaret's herumgefummelt hatte. Andy war damals der heißeste Junge in der gesamten Abschlussklasse gewesen, aber kaum erfahrener als sie. Nach dem hektischen Gefummel während des Abschlussballes hatte sie keine große Lust verspürt, noch weiterzugehen. Aber wenn Eva davon erzählte – von den verschiedenen Positionen, wie es war, wenn ein Junge einen leckte -, merkte Amber, dass es sie durchaus interessierte, was es mit der ganzen Sache auf sich hatte.

Als Amber am Sonntag nach ihrer Ankunft ihre Mutter anrief, konnte sie ihr wahrheitsgemäß berichten, dass sie in den letzten vier Tagen mehr gelernt hatte als im ganzen letzten Jahr in St Margaret's.

18

»Salut, Caitlin!«

Ein Dutzend Stimmen begrüßte Caitlin, als sie in das enge Wohnzimmer trat. Sie gab sich alle Mühe, Enthusiasmus zu heucheln. Sie hatte wieder bis spätabends in der Schule bleiben müssen und gehofft, sich ausruhen zu können, wenn sie in ihre Wohnung kam. Stattdessen musste sie feststellen, dass Veronique wieder eine ihrer spontanen Partys feierte. Zigarettenrauch und Gelächter erfüllten die Luft. Überall standen leere Weinflaschen auf dem Boden. Jules Martel, Caitlins ewiger Verehrer, hatte eine Gitarre mitgebracht. Er saß im Schneidersitz auf einem Kissen, strich leise über die Saiten und begleitete ein ihr unbekanntes Mädchen, das vor sich hin sang.

Veronique lag quer auf der Couch und hatte den Kopf in Lucien Dubois' Schoß gebettet. Caitlin lächelte in sich hinein. Veronique hatte eine Schwäche für düstere, leidende Künstler, und Lucien fiel genau in ihr Beuteschema. Der für seine Porträts des modernen Pariser Alltagslebens bekannte Straßenfotograf war wahnsinnig cool und sah rasend gut aus. Er war groß, schlank sowie von dramatischer Düsterkeit und obendrein eine bekannte und schwer zu übersehende Figur in der Szene von Belleville. Caitlin sah ihn oft im Café, meist mit ein, zwei weiblichen Fans im Schlepptau.

Vor ein paar Wochen hatte die Neuigkeit die Runde gemacht, dass er mit seiner derzeitigen Freundin, einem der Models an der Ecole des Beaux Arts, Schluss gemacht hatte. Sofort hatte ihn Veronique ins Radar genommen. So wie sie jetzt dalag und sich von Lucien das Haar streicheln ließ, hatte sie ihr Ziel offenbar schon halb erreicht, mutmaßte Caitlin.

Veronique rekelte sich faul und streckte ihre langen Beine so aus, dass Lucien es nicht übersehen konnte. »Nimm dir ein Glas und setz dich zu uns, Caitlin.«

Jules hörte zu spielen auf und erhob sich hastig. »Du kannst dich hierhersetzen, wenn du möchtest.«

»Danke«, sagte Caitlin. »Vielleicht nachher. Erst muss ich mir was zu essen machen.«

Caitlin spürte einen leisen Stich, als sie Jules' enttäuschten Blick bemerkte. Er schien wirklich nett zu sein, aber sie war schlicht nicht interessiert.

Sie verzog sich in die winzige Küche. Diese Woche war Veronique mit Einkaufen an der Reihe, und das bedeutete, dass nichts im Kühlschrank war – nachdem Veronique ausschließlich von Kaffee und Zigaretten lebte, sollten alle anderen das doch auch können, oder? Nach längerem Suchen entdeckte Caitlin ein paar Nudeln im Schrank und ein offenes Glas Pesto, das noch nicht allzu übel roch.

Während die Pasta vor sich hin kochte, zog sie einen Stuhl ans Fenster und kletterte aufs Dach hinaus. Es war nicht wirklich als Terrasse ausgelegt, aber es war der einzige Außenbereich, den die Wohnung besaß, darum saßen die Mädchen oft hier draußen. Veronique nahm hier Sonnenbäder, wann immer sich die Gelegenheit bot, während Caitlin gern abends im Freien saß und die erfrischende nächtliche Brise genoss, um im diffusen Licht aus den umliegenden Häusern zu zeichnen oder zu lesen. Jetzt holte sie ihren Skizzenblock heraus, um sich anzuschauen, woran sie den ganzen Tag gearbeitet hatte.

Sie saß noch nicht lange draußen, als sie den Stuhl knarren hörte. Sie sah auf und erkannte einen Mann, der zu ihr aufs Dach kletterte. Erst dachte sie, es sei Jules. Aber dann richtete er sich auf. Im Gegenlicht aus der Küche konnte sie die dunklen Kleider, das totenbleiche Gesicht und die kohleschwarzen, schulterlangen Locken erkennen. Es war Lucien. Unwillkürlich wurde ihr leichter ums Herz. Sie hatte absolut keine Lust, sich heute Abend mit Jules herumzuschlagen.

»Was machst du hier draußen?«, fragte sie ihn.

Er hielt ein Päckchen Zigaretten hoch. Sie schenkte ihm ein kleines Lächeln. Er war der Einzige in ihrem Freundeskreis, der höflich genug war, zum Rauchen hinauszugehen. Im Grunde machte es keinen Unterschied – die ganze Wohnung stank bereits nach Nikotin. Aber Caitlin wusste die Geste zu schätzen.

Lucien lehnte sich gegen die Mauer und zündete seine Zigarette an. Er rauchte schweigend. Das war nicht ungewöhnlich. Er war kein großer Redner. Caitlin schätzte, dass sie in den zwei Jahren, die sie ihn inzwischen kannte, höchstens zwei Sätze mit ihm gewechselt hatte. Darum überraschte es sie umso mehr, als er zu ihrem Skizzenblock hin nickte. »Kann ich mal sehen?«

Eigentlich konnte sie es nicht leiden, wenn jemand ihre Arbeiten sehen wollte. Aber seine Bitte kam so überraschend, dass sie automatisch zustimmte. »Klar.«

Er legte die Zigarette auf der Mauer ab und blätterte durch ihre Zeichnungen. Ihr gegenwärtiges Projekt drehte sich um den Einfluss des Filmes auf die Mode.

»Ich benutze *Shoot* als Inspiration.« Es war der neueste Blockbuster aus Hollywood. Er handelte von einem Gangster im Chicago der dreißiger Jahre. Ihre Zeichnungen zeigten hoch angesetzte Anzüge mit wattierten Schultern und ausgestellten Beinen, die zu aggressiven Damenkostümen umgearbeitet worden waren, aber auch verspielte Abendkleider, die von Charleston-Mädchen inspiriert waren.

»Deine Entwürfe sind unglaublich dramatisch und theatralisch«, bemerkte er. Er sah auf und wirkte tatsächlich interessiert. »Willst du so was mal beruflich machen?«

»Ja, ich schätze schon. Wenn ich kann.«

Er sah den Skizzenblock bis zum Ende durch und gab ihn dann zurück. »Das wirst du bestimmt. Soweit ich das beurteilen kann, hast du echt Talent und Originalität.«

»Danke«, murmelte Caitlin, der sein Lob ein bisschen peinlich war. Aber sie fühlte sich auch geschmeichelt. Es war ein großes Kompliment, und es kam von einem Mann, der nach allgemeiner Auffassung einer der kommenden Pariser Künstler war.

Lucien nahm seine Zigarette wieder auf, zog ein letztes Mal daran und drückte den Stummel auf der Mauer aus.

»Wir sehen uns drinnen«, sagte er und verschwand wieder in der Wohnung.

Gleich nachdem er gegangen war, piepte die Herduhr. Caitlin bereitete ihre Nudeln fertig zu und nahm den Teller mit hinüber zu den anderen. Nach ein paar Drinks schlüpfte sie ins Bett. Als sie den Raum verließ, hatte Lucien gerade angefangen, Veronique die Füße zu massieren. Man brauchte kein Genie zu sein, um sich auszurechnen, wie die Nacht enden würde.

Aber als sie am nächsten Morgen in die Küche kam, saß Veronique bereits am Frühstückstisch, vor sich eine *Bol* mit Kaffee. Sie war allein.

»Wo ist Lucien?«, fragte Caitlin. »So wie ihr gestern rumgemacht habt, war ich überzeugt, dass er noch hier ist.«

Veronique zuckte gleichgültig mit den Achseln. »Ich auch. Aber er musste noch weg. Nächstes Mal, eh?«

Das nächste Mal ließ nicht lange auf sich warten. Ein paar Abende danach hatten die beiden Mädchen die Spätschicht im Café übernommen. Es war ein Dienstagabend, und der Laden war wie tot. Alain war vor einer Stunde nach Hause gegangen und hatte ihnen aufgetragen, das Café zuzusperren. Es waren nur noch zwei Gäste da, Lucien und Jules. Caitlin saß zeichnend an der Bar. Am anderen Ende des Cafés hatte sich Veronique zu Lucien und Jules an den Tisch gesetzt. Die drei tranken *Pastis*, unterhielten sich und flirteten.

»Setz dich doch zu uns!«, rief Jules ihr zu.

Aber Caitlin schüttelte den Kopf. »Ich habe zu viel zu tun.«

Um elf überlegte sie ernsthaft, ins Bett zu gehen. Als Veronique zu ihr kam, hoffte Caitlin, sie würde ihr anbieten, das Abschließen zu übernehmen. Aber ihre Mitbewohnerin hatte andere Pläne. Die beiden Männer wollten noch ins *La Flèche d'Or*, einen Club in der Nähe. Sie hatten Veronique gefragt, ob sie mitkommen wollte, und sie wollte Caitlin ebenfalls mitnehmen, als Date für Jules.

»Bitte sag, dass du mitkommst.« Veronique sah zu dem Tisch, an dem die beiden Männer saßen, und senkte die Stimme. »Vielleicht ist das meine einzige Chance bei Lucien.«

Caitlin bezweifelte das schwer. Soweit sie sich erinnern konnte, hatte Veronique in den Monaten, die sie zusammenwohnten, noch jeden Mann bekommen, auf den sie es abgesehen hatte.

»Bitte«, säuselte Veronique. »Jules ist wirklich süß, Ehrenwort.«

Caitlin sah zu Jules hinüber. Er lächelte zaghaft zurück. Er war ein junger Mann mit arglosem Gesicht und wirkte viel weniger einschüchternd als Lucien. Caitlin war sicher, dass sie seiner Herr werden konnte.

Sie seufzte. »Na schön, ich komme mit.«

»*Fantastique!*«, jubelte Veronique und schloss ihre Freundin in die Arme.

Lachend schubste Caitlin sie weg. Sie nahm ihre Schürze ab, stopfte sie unter die Theke und fuhr sich einmal mit der Hand durch die kurzen dunklen Haare.

»Na gut. Dann los.«

Veronique sah zweifelnd auf Caitlins Jeans, das ärmellose Top und auf ihr ungeschminktes Gesicht. »Willst du dich nicht wenigstens umziehen? Ich habe ein Kleid, das du anziehen könntest…«

Caitlin sah sie drohend an. »Veronique«, warnte sie. »Treib's nicht zu weit.«

Drei Stunden später wünschte sich Caitlin, sie wäre ihrem Instinkt gefolgt und zu Hause geblieben. Anfangs war der Abend, wenigstens im Großen und Ganzen, nett gewesen. Sie mochte das *Flêche d'Or*. Es war in einem Bahnhof untergebracht, der von einigen ehemaligen Studenten der Ecole des Beaux Arts in einen Club umgewandelt worden war. Das hatte zur Folge, dass hier viele aus der Künstlergemeinde auftauchten, vor allem wegen der billigen Drinks, der immer avantgardistischen Livemusik und der Tatsache, dass der Club bis fünf Uhr morgens geöffnet war.

Aber während die Band ziemlich gut gewesen war, war ihr kleiner Ausflug zu viert kein so großer Erfolg.

Veronique, die sich sonst allein auf ihre Optik verließ, um die Männer zu umgarnen, mühte sich ab, mit Lucien Konversation zu betreiben.

Sie beugte sich zu ihm und strich mit der Hand über seinen Arm. »Ich habe gehört, du stellst schon wieder aus, Lucien«, schnurrte sie. »Das ist bestimmt total aufregend.«

»Ja«, sagte er und schüttelte ihre Hand ab.

Caitlin verkniff sich ein Lächeln. Das war typisch für Veroniques Technik: aufmerksam zuhören, überschwängliche Komplimente verteilen und ihm das Gefühl vermitteln, sie würde ihn vergöttern. Dummerweise schien Lucien darauf nicht anzuspringen.

Aber Veronique war nicht so leicht abzuschütteln. »Und wo stellst du aus?«, fragte sie nach.

»Im Nabi.«

Veronique sah ihn verständnislos an. Aber in Caitlins Augen glühte Interesse auf. »Wirklich?«, fragte sie ohne nachzudenken. »Im Le Nabi? Fantastisch.«

Lucien schien beeindruckt, dass sie es kannte. Gerüchteweise handelte es sich um eine der aufregendsten Galerien, die es zurzeit in Paris gab, aber sie stand in keinem Kunstführer, weil sie in einem besetzten Haus untergebracht war.

»Ich wollte schon immer mal dorthin«, beantwortete sie seine unausgesprochene Frage. »Sie sollen da sagenhafte Ausstellungen machen, habe ich gehört.«

Lucien wirkte amüsiert. »Ich hoffe nur, du änderst deine Meinung nicht, nachdem du meine Arbeiten gesehen hast.«

Veroniques Blick sprang zwischen Caitlin und Lucien hin und her.

»Redet doch nicht ständig über die Arbeit«, fauchte sie. »Das nervt.«

Caitlin wollte Veronique schon fast fragen, worüber sie denn reden *wollte,* aber sie konnte sich gerade noch beherrschen. Stattdessen beschloss sie, dass sie Lucien und Veronique in Ruhe lassen und lieber versuchen würde, Jules kennenzulernen. Dummerweise war er zu schüchtern, um auch nur eine ihrer Fragen zu beantworten. Nach einer Weile gab sie ihre Bemühungen auf und konzentrierte sich auf die Band. Jules spürte ihr Desinteresse und ging dazu über, sich zuzuschütten. Mit neu erwachtem, alkoholbeflügeltem Selbstbewusstsein beugte er sich zu Caitlin hinüber, legte den Arm um sie und hauchte ihr seinen Bieratem ins Gesicht.

»Weißt du, ich hab dich richtig gern, Caitlin«, lallte er.

»Danke.« Sie schob ihn weg. Aber das schien er nicht begreifen zu wollen. Er war zu betrunken, um zu merken, dass sie kein Interesse hatte.

Jules richtete seinen glasigen Blick auf Lucien. »Hey, bist du nicht dran, was zu holen?«

Lucien nickte zu den leeren Flaschen auf dem Tisch hin. »Vielleicht hast du genug, eh, Jules?«

»Pfff! Du willst dich nur drücken …«

Lucien zuckte nonchalant mit den Achseln. »Na gut.« Er sah Veronique und Caitlin an. »*Mesdemoiselles?* Noch einmal das Gleiche?«

»Für mich nicht«, lehnte Caitlin ab. »Ich gehe heim …«

»Ach, komm schon, Caitlin.« Veronique verdrehte die Augen. »Du kannst doch nicht schon gehen wollen.« Sie wandte sich an die Männer und schien gar nicht zu merken, dass sich ihre Mitbewohnerin unwohl fühlte. »Seit Caitlin nach Paris gekommen ist, ist sie Single, wisst ihr? Kein Wunder, wo sie praktisch nie ausgeht.«

In diesem Augenblick hätte Caitlin Veronique mit dem größten Vergnügen erdrosselt.

Jules war zu betrunken, um diese Information zu verarbeiten. Aber Lucien zog eine Braue hoch. »Und warum, Caitlin? Magst du die Franzosen nicht?«

Sie wusste nicht genau, ob er sie aufziehen wollte, und gab knallrot ihre Standardantwort: »Doch. Mir fehlt einfach die Zeit für einen festen Freund.«

Lucien schüttelte nachsichtig den Kopf. »Niemandem sollte die Zeit für etwas Romantik fehlen.« Wieder wusste sie nicht, ob er das ironisch meinte oder nicht. Bevor sie etwas darauf erwidern konnte, beugte sich Jules über den Tisch und warf dabei mehrere Flaschen um. »Lucien! Was ist los? Hör auf zu quatschen und geh endlich Bier holen!«

Lucien sah Caitlin mit hochgezogener Braue an, als wollte er sagen: *Was soll man da machen?*

»Wenn du meinst, Jules.«

Lucien ging eine neue Runde holen. Sobald er aufgestanden war, verschwand Veronique auf die Toilette.

»Bleiben nur noch wir zwei«, lallte Jules. Er schob eine Hand vor und drückte Caitlins Knie. Sie widerstand dem Impuls, ihm einen Tritt zu versetzen.

Wenn Caitlin flüchten wollte, musste sie es sofort tun, bevor Veronique von der Toilette zurückkam, so viel war ihr klar.

»Da drüben stehen ein paar Freunde, denen ich kurz Hallo sagen will«, log sie Jules an. »Ich bin gleich zurück.«

Er war zu betrunken, um zu bemerken, dass sie ihren Mantel und ihre Handtasche mitnahm.

Sie war schon fast am Ausgang, als sie Lucien in die Arme lief, der mit vier Bierflaschen von der Bar zurückkehrte. Als er auf den Mantel und die Tasche in ihrer Hand sah, bekam sie unwillkürlich ein schlechtes Gewissen.

Wieder zog er fragend eine Braue hoch. »Du gehst schon?«

»Bevor Jules noch aufdringlicher wird«, erklärte sie knapp.

»Du solltest dich geschmeichelt fühlen. Er trinkt nur so viel, weil du ihn so nervös machst. Er hat sich verzweifelt gewünscht, dass du mal mit ihm ausgehst, weißt du?«

»Leider ist Verzweiflung nicht besonders attraktiv.«

Er lachte leise. »Ja, da hast du recht.«

Caitlin fragte sich, ob er Veronique meinte. Im ersten Moment freute es sie, dass er im Unterschied zu den meisten Männern nicht auf ihre Masche hereingefallen war. Doch dann bekam sie Gewissensbisse, weil sie so wenig schmeichelhaft von ihrer Freundin dachte. Seit wann interessierte es sie überhaupt, wen Veronique abschleppte? Sie musste hier raus.

»Sag Jules, dass ich gehen musste«, erklärte sie steif.

Dann eilte sie zur Tür.

Lucien blieb noch eine Zeit lang im Club, nachdem Caitlin gegangen war. Er schaffte es, Veronique an Jules abzuschieben, und machte sich anschließend daran, sich ebenfalls ein Mädchen zu suchen, und zwar eines, das nicht so verliebt in ihn war. Er hatte Veronique gern, aber er wollte nichts mit ihr anfangen. Lucien war vielleicht ein Frauenheld, aber er war nicht grausam, jedenfalls nicht absichtlich.

Sein Blick erfasste ein Mädchen, das allein an der Bar saß. Sie war zweifellos attraktiv. Eine echte gallische Schönheit: langes, dunkles Haar; Haut wie warmes Muskat. Und sie war, wie sich herausstellte, auf seiner Wellenlänge. Keine Namen, keine langen Geschichten. Ein Drink, und sie waren die besten Freunde. Zwei, und sie zog mit ihm ab.

Am nächsten Morgen wurde er schon früh wach. Gott sei Dank schlief das Mädchen noch. Darauf bedacht, sie nicht zu stören, schlüpfte er aus dem Bett. Zehn Minuten später stand er am Fenster, trank Kaffee und badete in den Strahlen der Morgensonne. Es war ihm die liebste Tageszeit, denn er konnte im Schutz seiner Mansarde nahe der Bastille beobachten, wie die Stadt erwachte. Nachdem er gerade aus der Dusche gekommen war, ringelten sich seine Haare in den typischen Löckchen über seinen Schultern, er war nackt bis auf ein locker um die Hüfte geschlungenes Handtuch.

Er hörte eine Bewegung, drehte sich um und sah, wie sich das Mädchen im Bett auf den Rücken wälzte. Die Decke rutschte zur Seite und enthüllte eine perfekt geformte Brust mit einem harten, rosinendunklen Nippel. Aber Lucien war mit dem Kopf woanders. Er dachte darüber nach, wie er die Bilder in seiner Ausstellung hängen wollte. Den Vortag hatte er damit zugebracht, die neuesten Filmrollen zu entwickeln. Jetzt trat er an die Leine, an der er die Bilder über Nacht zum Trocknen aufgehängt hatte, und begutachtete hochkonzentriert seine jüngsten Arbeiten.

Nach einer Weile blieb sein Blick an einer der Aufnahmen hängen. Sie zeigte Veroniques Freundin Caitlin. Er nahm das Bild herunter und studierte es von Nahem. Aufgenommen hatte er es in der letzten Woche, erinnerte er sich. Das Café war an diesem Nachmittag fast leer gewesen, und sie hatte an der Bar gesessen und gezeichnet, so in ihre Arbeit vertieft, dass sie ihn gar nicht bemerkt hatte, bis der Blitz losging. Das waren immer die besten Bilder, wenn das Subjekt unvorbereitet erwischt wurde. Diesmal hatte es jedenfalls funktioniert. Es war das perfekte Profilporträt. Man erkannte ihre tiefe Konzentration daran, wie ihr das dunkle

Haar ins Gesicht fiel, während sie am Ende ihres Bleistifts kaute. Ihre Gesichtszüge waren nicht zu deuten; die großen Augen wirkten nachdenklich, mysteriös.

»Wer ist das?«

Die Stimme des Mädchens riss ihn aus seinen Gedanken. Er drehte sich um und sah sie hinter ihm stehen, in die Decke gehüllt und das hübsche Gesicht von Eifersucht überschattet. Er war so in die Betrachtung des Fotos vertieft gewesen, dass er gar nicht mitbekommen hatte, wie sie aufgestanden und durch den Raum zu ihm gekommen war, um ihm über die Schulter zu sehen.

Er schüttelte leicht den Kopf. »Niemand.«

Dann warf er das Bild in einer absichtlich nachlässigen Geste auf den Tisch. Aber so leicht ließ sie sich nicht täuschen.

»Wirklich?« Ihre Augen lagen immer noch auf dem Abzug. Jetzt streckte sie die Hand aus und legte stirnrunzelnd einen Finger auf den Bildrand. »Sie ist wirklich schön.«

Lucien seufzte innerlich. *Merde.* Das wurde allmählich anstrengend. Aber er verbarg seine Gereiztheit. Stattdessen nahm er ihre Hand, einerseits um eine vertraute Atmosphäre zu schaffen, andererseits um zu verhindern, dass sie Fingerabdrücke auf dem Foto hinterließ, und hob ihre Finger an seine Lippen.

»Du bist hier die Schönste«, sagte er und sah ihr tief in die Augen.

Es war klar, dass es nur ein Spruch war, aber es funktionierte. Auf ihrem Gesicht breitete sich ein Lächeln aus.

»Kommst du wieder ins Bett?«

Sie brauchte ihn nicht zweimal zu fragen. Er warf einen letzten flüchtigen Blick auf Caitlins Gesicht und ließ sich dann zum Bett zurückführen.

19

Piers und Elizabeth saßen beim Essen im Le Caprice. Er hatte sie dorthin ausgeführt, um ihren ersten Monat bei Melville zu feiern. Aber der Abend verlief nicht so, wie er es sich vorgestellt hatte. Immer wenn er sie fragte, wie es ihr im Strategy Department gefiel, wich sie seiner Frage aus. Er hätte erwartet, dass sie ihm begeistert von ihrer neuen Stelle erzählen würde, aber stattdessen wirkte sie bedrückt.

Beim Kaffee gestand sie ihm schließlich, wie grauenvoll der Monat gewesen war.

Piers war schockiert. Elizabeth war immer seine Lieblingsnichte gewesen. Er fand es schrecklich, sie unglücklich zu sehen.

»Soll ich mit deinem Vater darüber reden?«, bot er ihr an. »Ich könnte ihn bitten, mit Cole zu sprechen. Oder dich in eine andere Abteilung versetzen lassen, wenn du das möchtest …«

Sie seufzte. »Nein«, sagte sie und ergänzte hastig, als sie merkte, wie verletzt er sie anblickte: »Trotzdem danke für dein Angebot. Aber diese Schlacht muss ich alleine führen.« Sie rang sich ein Lächeln ab. »Und jetzt haben wir genug über mich gesprochen. Lass uns über etwas anderes reden. Erzähl mir, was bei dir alles passiert ist.«

Als sie das Restaurant zwei Stunden später verließen, wirkte sie schon glücklicher. Er bestand darauf, sie das kurze Stück zu ihrer Wohnung zu begleiten.

»Nachdem du jetzt auch in London wohnst, müssen wir das zu einem festen Termin machen«, bemerkte er beim Abschied.

Sie stimmte zu, das sei eine gute Idee, und er ging mit einem zufriedenen Gefühl zu seinem Auto zurück. Das heutige Treffen mit Elizabeth hatte ihm wieder bewusst gemacht, wie wichtig er für die Familie war. Er war ein unersetzlicher Bestandteil von Melville, er war der Leim, der alles zusammenhielt.

Piers' Leben drehte sich darum, ein Melville zu sein. Das war schon immer so gewesen. Als er noch klein war, hatten ihm seine Mutter und sein Bruder – vor allem sein Bruder – alles bedeutet. Sie waren eine Familie, auf die man stolz sein konnte. Rosalind war eine bezaubernde und schwer fassbare Frau, die in einer Wolke von teurem Parfüm in Aldringham ein- und ebenso schnell wieder entschwebte, um nach London zu sausen und dort in Zeitungen und Zeitschriften zu erscheinen. Wenn sie in Aldringham war, dann um mit auserlesenen Gästen kunstvolle Partys zu feiern. Wohingegen William, zehn Jahre älter als Piers, für den jüngeren Bruder unvermeidlich eine Ehrfurcht gebietende Respektsperson darstellte. Nach dem verfrühten Tod von Edward Melville, als Piers gerade fünf Jahre alt gewesen war, hatte William sich obendrein zu einer Art Vaterfigur entwickelt. Er hatte Piers erst das Radfahren und später das Reiten beigebracht, er hatte ihm Schwimm- und Skiunterricht gegeben. Er war all das, was Piers gern gewesen wäre und doch, das wusste er genau, nie wäre.

Eine von Piers frühesten Erinnerungen drehte sich darum, wie er im Alter von acht Jahren Rosalind nach Greycourt begleitet hatte, um William beim jährlichen Kricketmatch der Ehemaligen gegen die aktuelle Schulmannschaft zuzusehen. Es war ein strahlender Sommertag gewesen. Aber vor allem erinnerte sich Piers daran, wie stolz er gewesen war, als er beobachtet hatte, wie William mit einem mächtigen Schlag die spielentscheidenden sechs Runs geholt und sein Team zum ersten Sieg seit über zehn Jahren geführt hatte.

»Bist du nicht stolz auf deinen Bruder?«, hatte Rosalind zu Piers gesagt, als William zum Spieler des Tages gewählt worden war.

Und er hatte wahrheitsgemäß und aus tiefstem Herzen antworten können: »Ja.«

Für seinen jungen Verstand stand außer Frage, dass es das Wichtigste auf der Welt war, ein Melville zu sein. Dieser Glaube war verstärkt worden durch die Tatsache, dass er isoliert von anderen Kindern seines Alters aufgewachsen war. Nachdem Rosalind früh erkannt hatte, dass er an einer Lese-Rechtschreib-Schwäche litt, hatte sie sich dagegen entschieden, ihn in die private Grundschule nahe Aldringham zu schicken, die William besucht hatte, und Piers stattdessen zu Hause unterrichten lassen. Das bedeutete, dass er, bis er mit elf Jahren nach Greycourt kam, außerhalb der Familie praktisch nur mit seinem alten Privatlehrer Kontakt gehabt hatte.

Es verstand sich von selbst, dass das Internat ein Schock für Piers war. Er war zwar ein intelligenter, fleißiger Junge, aber sozial vollkommen unbedarft. Die anderen Jungen machten ihn wegen dieser Schwäche zur Zielscheibe. Ihm wurde das Taschengeld geklaut; in seinem Turnbeutel lag ein fauler Fischkopf; seine Hausaufgaben wurden auf mysteriöse Weise von den Aufsicht führenden Schülern verlegt. Zart gebaut, wie Piers war, konnte er sich nicht zur Wehr setzen. Stattdessen weinte er sich nachts in den Schlaf, was die anderen zusätzlich anstachelte.

Die Hausleiter wussten um seine Probleme und intervenierten notfalls, um sicherzugehen, dass die anderen Jungen nicht zu weit gingen; aber insgeheim hielten sie keine großen Stücke auf Piers.

»Er hat nichts von seinem großen Bruder«, sagten sie oft und dachten dabei an Williams Beliebtheit, seine akademischen und sportlichen Glanzleistungen.

Bis zum letzten Tag seiner Leidenszeit in Greycourt sehnte sich Piers danach, wieder bei seiner Familie in Aldringham zu sein. Er sah, wie William mit ihrer Mutter zusammen bei Melville arbeitete, und konnte es nicht erwarten, endlich alt genug zu sein, um mit ihnen zu arbeiten.

Nachdem er drei lange Jahre ohne einen einzigen Freund in Cambridge Naturwissenschaft studiert hatte, wurde sein Wunsch endlich wahr, und er durfte in das Familienunternehmen einsteigen. Rosalind wies ihm einen untergeordneten Posten in der Finanzabteilung zu, wo er sich langsam, aber stetig zum Finanzdirektor hocharbeitete.

Nur eines bedauerte er wirklich, nämlich dass er nie geheiratet hatte. Er hätte zu gern eine Frau und Kinder gehabt. Aber es hatte nicht sein sollen. Während William in seiner Jugend ganze Scharen von schönen Mädchen umworben hatte, hatte sich Piers mit dem anderen Geschlecht nie richtig wohlgefühlt. Es war der Fluch jener gesellschaftlichen Unbeholfenheit, unter der er schon in Greycourt gelitten hatte. Inzwischen hatte er sich allerdings mit seinem Junggesellenstatus abgefunden und zog seine Befriedigung daraus, Williams Familie wie seine eigene zu behandeln. Er hatte Isabelle von Anfang an mit offenen Armen aufgenommen, und auch wenn er leicht enttäuscht gewesen war, dass William ihn nicht als Trauzeugen ausgewählt hatte – diese Ehre war stattdessen Magnus Bernstein zuteilgeworden –, so hatte er doch an den Hochzeitsvorbereitungen teilgenommen; und obwohl er nicht offiziell Elizabeths Taufpate war, so hatte er doch immer auf sie aufgepasst.

Piers war zufrieden mit seinem Junggesellenleben. Wozu brauchte er schließlich eine Frau? Arbeit und Familie füllten, so nahtlos ineinander verwoben, seine Zeit ganz und gar aus; und wenn er, was selten vorkam, einmal allein war, war er damit zufrieden, lange Spaziergänge zu unternehmen oder zu lesen. Abwechselnd kamen eine Haushälterin und eine Putzfrau vorbei, die sein Stadthaus in Richmond Hill in Schuss hielten. Und falls er sich, an Abenden wie diesem, tatsächlich einmal einsam fühlte, gab es immer noch NW8.

NW8 war ein *sehr privater* Privatclub. Er war unauffällig in einer prunkvollen klassizistischen Villa untergebracht, die in einer schattigen Seitenstraße in der Nähe des Lord's Cricket Grounds stand, und wurde von Prominenten, Politikern und Angehörigen des Königshauses frequentiert. Diskretion wurde hier groß geschrieben. Die Wartezeit für neue Mitglieder betrug gegenwärtig zwei Jahre, und jeder Antrag wurde akribisch geprüft. Die Mitglieder wurden nur nach vorheriger Anmeldung empfangen, um sicherzustellen, dass es nicht zu peinlichen Begegnungen kam. Die Termine wurden telefonisch über eine Geheimnummer vereinbart und stets mit neutraler Stimme bestätigt. Am Telefon wurden nie

Namen genannt, stattdessen hatte jedes Mitglied einen persönlichen PIN-Code.

Die Damen selbst genügten höchsten Ansprüchen: elegant, kultiviert, intelligent und stilsicher. Alle Zahlungen wurden direkt vom Konto abgebucht: dreißigtausend als Vorauszahlung für eine Platin-Mitgliedschaft, dazu weitere Gebühren, die mit fünftausend Pfund für eine vierstündige Verabredung zum Mittagessen begannen.

In den zehn Jahren seiner Mitgliedschaft hatte Piers den Club nur selten besucht, denn er zog es vor, den Bereitschaftsdienst in Anspruch zu nehmen. Der Service hatte sich noch jedes Mal als schnell und zuverlässig erwiesen. So auch dieses Mal. Er rief von seinem Auto aus an, und zwanzig Minuten nach seiner Heimkehr läutete die Türglocke. Als er aufmachte, sah er einen schnittigen schwarzen Mercedes davongleiten. Ein Fahrer hatte das Mädchen abgesetzt und würde für alle Fälle in der Nähe auf sie warten.

Vor der Tür stand eine hübsche kleine Blondine. Mit frischem Gesicht, unschuldig …

Er trat zurück. »Komm herein.«

Das Mädchen tat wie geheißen. Als sie im Flur stand, sah sie ihn fragend an.

»Oben«, wies er sie an. »Dritter Stock, vierte Tür links.«

Sie kannte weder das Haus noch ihn. So war es immer. Manche Männer suchten Entspannung im Vertrauten und ließen immer dasselbe Mädchen kommen. Piers nicht. NW8 wusste das und noch viel mehr. Seine Präferenzen waren in einer Datei vermerkt und wurden strikt befolgt. Die Mädchen waren grundsätzlich blond, zart gebaut und niemals älter als achtzehn. Sie bekamen die Anweisung, ungeschminkt zu erscheinen und etwas Mädchenhaftes, Weiches zu tragen. Am besten Baumwolle und keinesfalls Absätze, Leder oder Latex; die Farbauswahl sollte sich auf Pastelltöne beschränken – schwarz, rot oder lila waren zu meiden. Alle Details waren genau festgelegt, und die Mädchen folgten ihnen akribisch – die Anforderungen mochten den Mädchen eigenartig erscheinen, aber sie hatten schon Schlimmeres erlebt.

Oben setzte sich Piers auf sein Bett und sah zu, wie das Mädchen ihren Mantel aufknöpfte und den breiten Schal ablegte, der ihr Gesicht verbarg.

»Ist alles so, wie du es möchtest?«, fragte sie.

Piers fuhr sich mit der Zunge über die Lippen. »Perfekt.«

Und schon war seine Einsamkeit wie von Zauberhand verschwunden.

Zweihundertfünfzig Meilen nördlich von London war Amber Melville alles andere als einsam. Schließlich hatte sie eine neue beste Freundin, Eva.

Nachdem sie eine Woche das Zimmer geteilt hatten, waren Eva und Amber unzertrennlich. Heute Abend waren sie auf einer Mission: Stirling Hall zu entkommen und sich zu amüsieren. Amber hatte den Verdacht, dass man nicht so leicht aus dem Internat herauskam. Das Gelände war von einer hohen Mauer mit verriegelten Toren umgeben. Das gesamte Grundstück wurde bis auf den letzten Fußbreit von Kameras überwacht, und zwischen Sonnenuntergang und Sonnenaufgang wurde der Außenbereich von dreihundert Scheinwerfern bestrahlt.

Aber Eva ließ sich nicht entmutigen.

»Es sieht viel schwieriger aus, als es *iest*«, erklärte sie fidel. Sie warf die schweren schwarzen Haare aus ihrem sorgfältig geschminkten Gesicht. Sie hatte eine Vorliebe für Knallrosa, Lycra und schweren Goldschmuck – wie alle lateinamerikanischen *Gatinhas.* Dann ließ sie ihre Hüften in einem gekonnten Sambaschwung vor dem Spiegel wackeln. »Es *iest* ihnen egal, ob wir rauskommen, solange sie es nur nicht *mietbekommen.*«

Um zehn wurden alle Lichter gelöscht. Fünfzehn Minuten später standen die Mädchen an der Tür. Die High Heels in der Hand, schlichen sie auf Zehenspitzen über den Gang und über die Feuertreppe nach unten. Sie hatten einem der Nachtwächter einen Zwanziger zukommen lassen, der ihnen dafür gefahrloses Geleit an den Nebeneingang gab. So wie Eva dem Mann zuzwinkerte, hatte Amber den Verdacht, dass ihm ihre Freundin noch ganz andere Sachen hatte zukommen lassen.

Erst als er das Tor hinter ihnen geschlossen hatte, spürte Amber, wie ihr Herz pochte.

»Und wie kommen wir wieder rein?«, flüsterte sie Eva zu.

Eva warf den Kopf zurück.

»Keine Angst«, sagte sie und zog den Kunstpelzmantel fester um ihr viel zu dünnes Kleid. »Das *iest* alles geregelt. *Saca?*«

Dann packte sie Ambers Hand und zog sie hinab.

Jener erste Freitag war einer der schönsten Abende in Ambers Leben. Sobald sie in Whitby angekommen waren, erkundigten sie sich bei einigen Einheimischen, wo man sich amüsieren konnte. Keine zehn Minuten darauf standen sie in der Schlange vor einem schmuddligen Laden namens *Laughton's*, dem einen und einzigen Club im Ort. Als sie an der Reihe waren, ließen sie ihre gefälschten Ausweise aufblitzen, gaben anschließend ihre Mäntel an der Garderobe ab und stolzierten in die Bar. Dank Ambers hübschem Gesicht und Evas silikonverstärkten Brüsten erregten sie sofort Aufsehen, vor allem unter einer Gruppe von Jungen aus Chatsworth, dem Knabeninternat, das nur eine halbe Meile von Stirling Hall entfernt lag.

Die Mädchen thronten auf ihren Barhockern, umkreist von den Jungen, die sie mit Wodka-Orange abzufüllen versuchten. Nachdem das Mann-Frau-Verhältnis eindeutig zu ihren Gunsten ausfiel, lehnten sich Amber und Eva zurück und ließen die Jungen um ihre Gunst wetteifern.

Zu später Stunde wurde offensichtlich, dass sich beide Mädchen auf Jed, den Attraktivsten der ganzen Gruppe, konzentrierten. Doch nachdem Amber gemerkt hatte, dass er den Blick nur mit Mühe von Evas Brustkorb losreißen konnte, richtete sie ihr Interesse auf ihre zweite Wahl – Lewis. Da die Mädchen sich offenkundig entschieden hatten, schlichen die anderen Jungen von dannen und versuchten ihr Glück bei den angeheiterten

Mädchen aus dem Ort. Es war kurz nach Mitternacht, als sich Jed zu Eva vorbeugte.

»Wollt ihr noch auf unser Zimmer mitkommen? Wir haben ein paar CDs, die wir anhören könnten …«

Eva sprang vom Hocker. »Klar doch«, antwortete sie, ohne Amber um ihre Meinung zu fragen. »Gehen wir.«

Kichernd und flüsternd wanderten Jed und Eva in enger Umarmung den Hügel hinauf. Sie waren Veteranen in diesen Dingen. Amber und Lewis, die beide weniger erfahren waren, zockelten schweigend hinterher und spürten immer deutlicher, wie wenig sie sich berührten. Aber auch bei Amber begann der Wodka zu wirken. Sie hatte beobachtet, wie es Eva bei Jed gemacht hatte, wie sie ihn scheinbar versehentlich mit den Brüsten berührte, wie sie den Schuh verlor, sodass er gezwungen war, ihn an ihren nackten Fuß zu ziehen. Vorhin war ihr das noch ziemlich plump erschienen. Aber jetzt kam es Amber unsagbar raffiniert vor. Sie bibberte theatralisch und passte auf, dass Lewis es auch bemerkte.

»Ist dir kalt?«, fragte er überflüssigerweise.

Sie nickte und schob die Unterlippe zu jenem sexy Schmollmund vor, den sie vor dem Spiegel einstudiert hatte. Zaghaft legte er die Hand um sie.

»Ist es so besser?«, fragte er.

Sie lächelte unter gesenkten Lidern zu ihm auf und nickte. Er grinste.

Eine halbe Stunde später lag Amber in Lewis' Bett. Eva lag an der Wand gegenüber in Jeds. Ihre Frist lief um zwei Uhr aus, darum hatten beide keine Zeit verloren, nachdem sie hier angekommen waren. Amber konnte Evas und Jeds Gestöhne und Herumgewälze hören. Sie fragte sich kurz, ob die beiden »es« machten. Sie glaubte eigentlich nicht. Dass sie zu viert im selben Zimmer aneinander herumfummelten, hatte etwas leicht Schmieriges, selbst wenn der Alkohol Ambers Hemmungen weitgehend abgebaut hatte.

Sie überließ Lewis mehr oder weniger die Führung. Anfangs lag er nur auf ihr und küsste sie. Wie sich zeigte, war er gar nicht schlecht, er hielt sich mit der Zunge zurück. Als er den Reißverschluss ihres Kleides nach unten zog und den BH aufhaken wollte, ließ sie ihn machen. Nach allem, was Eva ihr erzählt hatte, wollte sie endlich am eigenen Leib erfahren, was als Nächstes passieren würde. Ihre kleinen Brüste hielten ihn eine Weile beschäftigt. Sie war glücklich damit. Es gefiel ihr, wie er daran lutschte oder die Nippel zwischen den Fingern rollte.

Dann schob er die Hand unter den Bund ihres Slips. Sie wusste, was jetzt geschehen sollte. Eva hatte sie in der Abgeschiedenheit ihres Zimmers in der lustvollen Kunst der Masturbation unterwiesen. Aber während Amber das Gefühl dort sehr genossen hatte, fand sie es mit Lewis zusammen irgendwie weniger aufregend. Nachdem er ein paar Mal halbherzig gerubbelt hatte, schien er das Interesse zu verlieren.

Also schob sie seine Hände weg und drückte ihn auf den Rücken. Er ließ es gern geschehen. Sofort wand er sich aus seiner Hose, zögerte kurz und streifte, als er keinen Widerstand spürte, auch seine Unterhose ab. Sie kniete über ihm, nahm seinen Ständer in die Hand und liebkoste ihn so, wie Eva es ihr beigebracht hatte. Aber anscheinend machte sie etwas falsch, denn nach einer Weile deckte er seine Hand über ihre und begann immer schneller auf und ab zu reiben. Kurz darauf fing er an zu stöhnen. Schließlich spürte sie, wie er sich unter ihr versteifte und ihn ein Schauder durchlief. In der nächsten Sekunde pumpte eine heiße, klebrige Substanz aus seinem Penis und traf sie im Gesicht.

Im ersten Moment war sie so überrascht, dass sie reglos sitzen blieb. Sie spürte, wie die Masse auf ihre nackten Brüste tropfte, und verzog das Gesicht. Lewis tastete auf seinem Nachttisch nach Taschentüchern. Er reichte ihr ein paar, und sie wischten sich in betretenem Schweigen ab. Gott sei Dank war es inzwischen Zeit zu gehen.

»Das war voll geil«, erklärte ihr Eva später, als sie sicher in ihren Betten lagen.

Amber rümpfte die Nase. Sie war nicht sicher, ob sie das noch einmal erleben wollte. Ein paar Spritzer waren in ihren Haaren hängen geblieben und hatten die Strähnen verklebt.

»Und was ist mit dir?«, fragte Eva.

»Was soll mit mir sein?«

»Bist du gekommen?«

Amber schüttelte den Kopf. Ganz bestimmt nicht.

»Nächstes Mal musst du aufpassen, dass du zuerst drankommst«, erklärte ihr Eva entschieden. »Vergiss nicht, wenn sie bekommen haben, was sie wollen, verlieren sie sofort das Interesse.«

20

Alain erzählte Caitlin als Erster, dass ihr Porträt in Lucien Dubois' Ausstellung zu sehen wäre.

»Ich vermute, das ist ein weiterer Versuch, dich zu umgarnen«, meinte er schmunzelnd.

Caitlin konzentrierte sich darauf, die Theke zu wischen, und tat so, als hätte sie seinen Kommentar nicht verstanden. In Wahrheit war ihr nur zu bewusst, dass Lucien sich für sie interessierte. Er hatte kein Geheimnis daraus gemacht. Kurz nach jenem Abend im Flèche d'Or hatte er sie gefragt, ob sie mit ihm ausgehen würde – einmal, zweimal, inzwischen dreimal. Bis jetzt hatte sie jedes Mal geantwortet, nein, sie sei zu beschäftigt. Das schien ihn nicht abzuhalten.

Mit ihm auszugehen war keine gute Idee. Niemand brauchte das Caitlin zu erklären. Trotzdem bekam sie es von allen gesagt.

»Halte dich von ihm fern, Caitlin«, warnte Veronique sie.

Sie ging seit zwei Monaten mit Jules und war seither ein neuer Mensch. »Da draußen gibt es genug andere Männer. Welche, die dir nicht das Herz brechen.«

Alain machte ebenfalls keinen Hehl aus seinen Bedenken. Das ganze letzte Jahr hatte er Caitlin gedrängt, sich einen Freund zu suchen, aber auf keinen Fall hätte er diese Rolle dem erfahrenen, großstädtischen Lucien Dubois zugedacht.

»Versteh mich nicht falsch, Caitlin. Ich mag Lucien. Aber er ist nicht der Richtige für dich.«

Caitlin konnte ihm nicht widersprechen. Lucien war genau der Typ Mann, dem sie abgeschworen hatte: düster, gefährlich gut aussehend und mit entsprechendem Ruf. Leider setzte er ihr auch gefährlich zu. Sie musste *ständig* an ihn denken. Zwar lehnte ihr Kopf ihn weiterhin strikt ab, doch ihr Herz schien einen eigenen Willen zu haben.

Aber diesmal hatte er es eindeutig zu weit getrieben. Wenn er glaubte, er könnte sie für sich gewinnen, indem er ihr Bild in seiner Ausstellung zeigte, dann kannte er sie schlecht. Die Vorstellung, dass alle Leute ihr Porträt anstarren und glauben würden, sie hätte sich einverstanden erklärt, so öffentlich ausgestellt zu werden …

»Ich kann mir nichts Schlimmeres vorstellen«, erklärte sie ihm ein paar Tage später.

Lucien betrachtete sie nachdenklich. Er hätte ohne zu zögern einen Jahresverdienst darauf verwettet, dass jedes andere Mädchen im Café einen Mord begangen hätte, um auf eines seiner Fotos zu kommen. Aber nicht Caitlin. Sie war anders. Wie sie ihn jedes Mal abwies, wenn er mit ihr ausgehen wollte. Lucien war nicht eingebildet, aber das war ihm noch nie passiert. *Noch nie*. Und es hatte seinen Entschluss, ihr Herz zu erobern, nur bestärkt. Dieses so verschlossene und gleichzeitig extrem begabte Mädchen faszinierte ihn immer mehr. Und in letzter Zeit brauchte es eine Menge, um sein Interesse zu wecken.

»Gib mir nicht gleich einen Korb, *Chérie«,* sagte er jetzt. »Sieh dir die Ausstellung erst an. Schau dir das Foto an. Wenn es dir dann wirklich nicht gefällt, hänge ich es ab.«

Caitlin schüttelte den Kopf. »Vergiss es. Du willst mich nur überreden.«

Er presste die Hände in gespieltem Schmerz auf sein Herz. »Dass du so wenig von mir hältst, trifft mich zutiefst.«

Sie lachte kurz auf. »So meine ich es nicht, Lucien.« Sie seufzte. »Es ist nur… Ich bin nicht sicher, ob so was zu mir passt. Veronique wäre bestimmt viel besser geeignet. Sie lässt sich ständig fotografieren.«

»Aber ich möchte kein gestelltes Bild. Ich will genau dieses Bild von dir.« Er sah sie an. »Würdest du dich mit Lumpen zufriedengeben, wenn du Kaschmir haben kannst?«

Caitlin wurde tatsächlich rot. »Lucien«, warnte sie ihn. Vor allem diese Bemerkungen setzten ihr zu. Diese extravaganten Komplimente. Selbst wenn sie sich einzureden versuchte, dass sie nichts bedeuteten, waren diese Flirtversuche ebenso untrennbar mit Lucien verbunden wie sein Blut oder seine Knochen.

Lucien spürte, dass sie nachgeben würde, und setzte zum entscheidenden Stoß an. »Bitte, Caitlin. Ich gebe dir mein Wort: Wenn dir das Bild nicht gefällt, wird es sofort abgehängt.«

Sie seufzte wieder, und diesmal war es ein resigniertes Seufzen. »Okay. Gut. Du kannst das Foto aufhängen. Solange du versprichst, dass es verschwindet, wenn ich dich darum bitte.«

Er deckte ihre Hand mit seiner zu. »Natürlich. Ich würde nie ein Versprechen brechen, das ich dir gegeben habe.« Seine langen, kühlen Finger drückten ihre, und seine unglaublich blauen Augen nahmen ihre gefangen.

Sie zog ihre Hand zurück und strich sich die Haare aus dem Gesicht, so wie immer, wenn sie nervös oder unsicher wurde.

»Gut. Dann ist das geklärt.« Sie stand abrupt auf. »Ich muss jetzt wieder an die Arbeit.«

Sie eilte in die Küche.

Alain hatte ihrem Wortwechsel schweigend zugehört. Er wartete, bis Caitlin weg war, und beugte sich dann über die Theke. »Lucien, ich warne dich, nimm dich in Acht. Caitlin ist nicht wie die Mädchen, mit denen du es sonst zu tun hast.«

Lucien lächelte, als er den besorgten Ton seines Freundes hörte. »Ich weiß, Alain.«

»Gut.« Alain erwiderte sein Lächeln nicht. »Weil ich nicht zulassen werde, dass du ihr wehtust.«

Am folgenden Freitagnachmittag ging Caitlin nach Unterrichtsende ins Nabi, das besetzte Haus, in dem Lucien ausstellte. Es war eine von mehreren illegalen Galerien im Viertel und ein typisches Produkt der aktuellen Pariser Kunstszene. Hohe Mieten, knappe Atelierflächen und die Erkenntnis, dass es kaum möglich war, in den Ausstellungsreigen der etablierten Galerien aufgenommen zu werden, hatten viele junge Künstler dazu getrieben, Kollektive zu gründen und alte, leer stehende Gebäude in der Gegend um Belleville und den Kanal St Martin zu besetzen.

Le Nabi war das berühmteste darunter. Der Bau, ursprünglich eine Schule, war in den siebziger Jahren geschlossen worden und hatte fünfzehn Jahre lang leer gestanden, bevor eine Gruppe von Künstlern, Musikern und Fotografen in das Gebäude eingedrungen war und die Räume klammheimlich in Galerien und Proberäume umgewandelt hatte. Schon bald hatte es, genau wie ein halbes Dutzend anderer illegaler Kunsttreffs in der Stadt, den Ruf, dass man dort Arbeiten von neuen Namen kaufen konnte, bevor sie berühmt und richtig teuer wurden.

Caitlin war unwillkürlich beeindruckt, als sie das Nabi betrat. Es war ganz und gar nicht das, was sie sich unter einem »besetzten Haus« vorgestellt hatte. Nicht eine einzige schmutzige Matratze war zu sehen – die Künstler wohnten hier nicht. Es war wesentlich geräumiger und wirkte viel etablierter, als sie erwartet hätte: Insgesamt stellten etwa siebzig Künstler auf fünf Etagen in verschiedenen aufgeräumten Studios aus. Es gab so viel zu sehen: Straßenkunst und Installationen, Skulpturen im Stil von Marcel

Duchamp und kunstvolle Trompe-l'oeil-Gemälde. Aber Caitlin ignorierte alles und marschierte geradewegs zu Luciens Ausstellungsräumen.

Am Abend zuvor hatte sie Alain über seine Arbeiten befragt. Er hatte ihr erklärt, Lucien wolle mit seiner Kunst die sozialen Fragen der Gegenwart ausleuchten und die dunkle Seite von Paris zeigen.

»Seine Mutter war Algerierin, sein Vater Franzose«, hatte Alain ihr erklärt. »Darum hatte Lucien früher nie das Gefühl, wirklich einer von beiden Kulturen anzugehören.« Als Caitlin jetzt seine Fotos betrachtete, konnte sie ihnen ansehen, wie er genau das – dieses Gefühl der *Entfremdung* – eingesetzt hatte, um die aktuellen sozialen Unruhen in Frankreich zu illustrieren. Er war mit seiner Kamera in die heruntergekommenen *Banlieues* von Paris gefahren, und dies war das Ergebnis: körnige Schwarz-Weiß-Aufnahmen von freudlosen Sozialbauten und seelenlosen Autobahnen; Einkaufspassagen und Schnellimbissen; Obdachlosigkeit und Bandenkriegen. Es war ein Fenster in die unmotivierte Brutalität, die Armut und Verzweiflung, in der Tausende lebten. Außerdem waren es mit die kraftvollsten Arbeiten, die Caitlin seit Langem gesehen hatte. Wider Willen war sie beeindruckt von der Tiefe und Empathie, die aus seiner Kunst sprachen.

Sie blieb lange im Hauptraum der Ausstellung. Erst als ihr bewusst wurde, dass die Galerie bald schließen würde, ging sie weiter in den kleinen Nebenraum. Dort ging es um weniger ernsthafte Themen, hier wurde eine scheinbar willkürliche Ansammlung von Motiven gezeigt, die Luciens Interesse erregt hatten. Dort fand sie auch das Bild, das Lucien von ihr aufgenommen hatte. Es war kaum zu übersehen, da es fast die ganze Rückwand einnahm. Im ersten Moment war es Caitlin furchtbar peinlich, sich so riesig vergrößert zu sehen, doch dann begriff sie, dass niemand außer ihr hier war. Erst jetzt konnte sie sich entspannen und das Bild eingehend betrachten.

Lucien hatte sie in einem Augenblick tiefster Versunkenheit fotografiert, den Blick stirnrunzelnd auf den Zeichenblock gerichtet, den Stift zwischen den Zähnen, das kurze dunkle Haar hinter den Ohren. Er hatte recht, musste sie ihm widerwillig zugestehen. Es war wirklich nicht schlecht. Die meisten Menschen würden sie nicht einmal erkennen. Wahrscheinlich konnte sie ihm erlauben, es hängen zu lassen, wenn er unbedingt wollte.

Sie hatte ihre Entscheidung gefällt und wandte sich ab. Doch dann ließ sie etwas innehalten. Lange sah sie das Bild an. Sie hatte ein höchst befremdliches Déjà-vu. Etwas an diesem Bild kam ihr unheimlich vertraut vor.

Es war, als wäre Caitlin sechs Jahre in die Vergangenheit zurücktransportiert worden, an einen Sonntagabend in ihrem Häuschen in Valleymount. Sie saß noch an den Hausaufgaben, während ihre Mutter über der Personalplanung für die nächste Hotelwoche brütete, stirnrunzelnd und völlig in ihre Arbeit vertieft. Dann schlug die Erkenntnis ein wie ein Blitz: Auf dem Foto sah sie aus wie ihre Mutter.

Lange blieb Caitlin so stehen und konnte den Blick nicht von ihrem Porträt reißen. Sie war so in das Foto versunken, dass sie nicht merkte, wie Lucien in den Raum trat und sich neben sie stellte, bis er sie ansprach.

»Alles okay?«

Sie schreckte auf, sah sich um und erkannte, dass er sie ernst ansah. Schnell wischte sie ihre Augen trocken.

Er legte die Hand auf ihre Schulter. »Caitlin? Alles okay?«, fragte er noch einmal.

Er klang so aufrichtig besorgt, dass ihre Augen gleich wieder feucht wurden. Sie räusperte sich und schluckte den Kloß in ihrer Kehle hinunter. »Alles okay.« Dann erkannte sie, dass sie ihm eine Erklärung geben musste, und nickte zu dem Foto hin. »Es ist nur … also, das Foto hat mich an jemanden erinnert, das ist alles. Meine Mutter.«

»Und das macht dich so traurig?«, fragte er verwundert.

»Ja … schon.« Sie zögerte und sagte dann: »Sie ist gestorben. Vor fünf Jahren.«

Er ließ seine Hand von ihrer Schulter gleiten und drückte ihren Arm. »Das tut mir leid«, murmelte er. Dann schwieg er. Jemand anderes hätte vielleicht genauer nachgefragt. Aber Lucien schien zu akzeptieren, dass sie nicht darüber sprechen wollte.

»Was hältst du von der Ausstellung?«, fragte er stattdessen.

Caitlin war erleichtert über den Themenwechsel.

»Sie ist brillant«, gestand sie. Sie ging in den Hauptraum zurück, auch um von ihrem Foto wegzukommen. Lucien folgte ihr. »Das da ist mein Lieblingsbild.« Sie deutete auf eine Landschaftsaufnahme. »Ich finde es toll, wie du Licht und Schatten eingesetzt hast. Es ist … prachtvoll.«

Das schien Lucien zu amüsieren. »Prachtvoll?« Er tat so, als würde er ihr Urteil bedenken. »Was für ein extravaganter Kommentar. Aber woher weiß ich, ob du es ernst meinst? Vielleicht willst du nur nett sein.«

Sie zog eine Braue hoch. »Vielleicht willst du nur noch mehr Komplimente hören.«

Er lachte leise. »Ich habe festgestellt, dass man nie genug Gutes über sich hören kann.«

Ehe sie ihn genauer nach seinen Arbeiten befragen konnte, erschien ein Mann in der Tür und unterbrach ihr Gespräch. Er war älter als Lucien, vielleicht Ende dreißig, und wirkte in seinem schwarzen Anzug und dem schwarzen Hemd mit offenem Kragen zwar konservativer, aber immer noch künstlerisch angehaucht.

»Lucien?« Er klang ungeduldig. »Wir warten auf dich. Wie üblich. Kommst du jetzt?«

»Gleich, Philippe«, erwiderte Lucien gutmütig. »Wollt ihr nicht einfach vorausgehen?«

Der Ältere sah aus, als wollte er etwas einwenden. Aber dann zuckte sein Blick zu Caitlin hinüber, und seine leicht gereizte Miene hellte sich augenblicklich auf. Er sagte noch etwas zu Lucien. Obwohl sich Caitlins Französisch im Lauf des vergangenen Jahres entschieden verbessert hatte, machten ihr die schnellen, umgangssprachlichen Wortwechsel immer noch zu schaffen.

Sie glaubte, dass er etwas sagte wie: *Warum nimmst du sie nicht mit, statt den ganzen Abend rumzustehen und mit ihr zu flirten?* Caitlin spürte, wie ihr das Blut in die Wangen schoss. Lucien verdrehte die Augen, und der Mann lachte kurz auf, bevor er sie wieder allein ließ.

»Und?«, wandte sich Lucien an sie, als er verschwunden war. »Möchtest du mitkommen?«

Instinktiv wollte sie ablehnen. Sie ging nicht besonders gern mit Fremden aus. Aber heute Abend wollte sie nicht allein sein. Nachdem sie so schmerzhaft an ihre Mutter erinnert worden war, brauchte sie Ablenkung.

Sie lächelte ihn an. »Liebend gern.«

Das schien ihm zu gefallen. »Gut. Dann sollten wir gehen, bevor ich noch mehr Ärger bekomme.«

Eine halbe Stunde später stießen sie im *Point Éphémère*, einer beliebten Restaurant-Bar am Canal St Martin, zu den anderen. Sie waren ungefähr zu zwanzigst und saßen in einem großen Kreis auf den Plastikstühlchen entlang dem Kanalufer. Alle begrüßten Lucien begeistert und zogen ihn freundschaftlich auf, weil er zu spät kam, was offenbar nicht zum ersten Mal passiert war.

Lucien blieb den ganzen Abend an Caitlins Seite und schenkte ihr immer wieder Wein nach; erklärte ihr die Insiderwitze, die sie nicht verstehen konnte; und stellte sie den Künstlern vor, die im Nabi arbeiteten. Je weiter der Abend voranschritt, desto dunkler und kühler wurde es. Lucien bemerkte, wie sie fröstelte.

»Hier«, sagte er, zog sein Jackett aus und legte es über ihre Schultern.

Es fiel Caitlin schwer, sich nicht geschmeichelt zu fühlen. Lucien war in ihren Kreisen so etwas wie eine Berühmtheit und ganz offensichtlich bei allen Anwesenden beliebt. Ohne dass er sich darum bemüht hätte, schien er immer im Zentrum der Aufmerksamkeit zu stehen. Auch wenn er abseits saß, still an seinem

Wein nippte und nur ab und zu einen knappen Kommentar einwarf, war es fast, als würde jede Geschichte und jeder Witz für ihn erzählt.

Und dieser Mann konzentrierte sich ausschließlich auf sie.

Gegen Mitternacht kam der Vorschlag auf, woanders hinzugehen.

»Wir ziehen weiter ins Flèche d'Or, Lucien«, rief Philippe ihm zu. »Kommst du mit?«

Lucien sah Caitlin fragend an. Sie schüttelte den Kopf.

»Ich kann nicht. Ich muss morgen arbeiten.«

»Dann bringe ich dich heim.«

Gott, nein, dachte sie. Das wollte sie auf gar keinen Fall. Der romantische Spaziergang nach Hause, der Abschied an der Haustür … »Ach, das brauchst du nicht«, sagte sie schnell. »Es ist nicht weit. Ehrlich, das ist gar kein Problem.«

»Aber ich bestehe darauf.« Er ließ sich nicht beirren. »Schon allein, weil Alain mich umbringt, wenn dir was zustößt.«

Caitlin wollte beim besten Willen kein vernünftiges Gegenargument einfallen, darum gab sie sich geschlagen.

Schweigend legten sie den zwanzigminütigen Weg zu ihrer Wohnung zurück. Beide waren still. Lucien, weil er kein Mensch für lockeren Small Talk war; und Caitlin, weil sie ständig daran denken musste, wie er letzte Woche im Café ihre Hand berührt hatte; wie vielsagend Philippe sie vorhin angesehen hatte; wie aufmerksam er den ganzen Abend gewesen war … und was er wohl erwartete, wenn sie erst an ihrer Wohnung angekommen waren. Denn das wollte sie auf keinen Fall. Es war viel zu früh nach … nach dem, was in Greycourt passiert war.

Schließlich standen sie vor ihrem Haus. Caitlin spielte nervös mit ihren Schlüsseln. Sie hatte schon beschlossen, dass sie ihn nicht in die Wohnung bitten würde. Das würde den falschen Eindruck erwecken, und sie hatte das grässliche Gefühl, dass sie den ohnehin schon erweckt hatte.

»Danke fürs Heimbringen«, sagte sie.

»Kein Problem. Jetzt, wo ich weiß, dass du gut zu Hause angekommen bist, werde ich viel ruhiger schlafen.«

Sie wusste, dass sie etwas sagen musste; dass das so nicht weitergehen konnte.

»Lucien, bitte ...«

Er zog fragend die Braue hoch. »Bitte was?«

»Bitte hör auf, so was zu sagen.«

»Warum?«

»Weil ich dir schon mal erklärt habe ... dass ich nicht mit dir ausgehen will.«

Er hörte sich fast heiter an. »Und warum nicht?«

»Weil ... weil ich zu beschäftigt bin. Ich muss so viel fürs College arbeiten, und dazu kommt noch der Job im Café. Für mehr habe ich einfach keine Zeit ...« Ihre Stimme verebbte.

Sie hätte erwartet, dass er widersprechen würde. Stattdessen strich er mit seinen langen, kühlen Fingern über ihre Wange. »Also, dann werde ich mir überlegen müssen, wie ich dich vom Gegenteil überzeugen kann, *Chérie.«*

Sie wusste nicht, was sie darauf erwidern sollte. Aber er erwartete auch keine Antwort. Unvermittelt wurde ihr bewusst, wie nahe er ihr war. Wie er, ohne dass sie es gemerkt hatte, auf sie zugekommen war. Jetzt stand er so dicht vor ihr, dass sie seinen Atem auf ihrer Wange spüren konnte. Sie konnte sehen, wie das bleiche Mondlicht auf seinem kräftigen Kinn leuchtete, als er sich vorbeugte, und wie in seinen Augen etwas aufleuchtete, das sie nicht zu deuten vermochte. Zu spät begriff sie, was er vorhatte. Sie überlegte immer noch, wie sie ihn aufhalten konnte, als er sie küsste.

Seine Lippen strichen ganz sanft über ihre, so leicht, dass sie nicht sicher war, ob er sie überhaupt berührt hatte. Dann, als er keinen Widerstand spürte, kam sein Mund auf ihrem zu liegen, und sein Kuss wurde energischer, drängender. Seine Hände waren in ihren Haaren, zogen ihren Kopf zurück; seine Zunge stahl sich zwischen ihre Lippen und glitt über ihre.

Ihre Lider schlossen sich, und sie spürte einen lustvollen Schauer über ihren Körper laufen. Es war so lange her, dass sie so etwas empfunden hatte …

Aber als er sie in seine Arme schloss, blitzte eine Erinnerung in ihrem Kopf auf. Eine verschwommene Erinnerung an einen abgedunkelten Raum mit einem Bett und an einen Vorfall, der mit einem ganz ähnlichen Kuss begonnen hatte; ein Kuss, der sie mehr gekostet hatte, als sie für möglich gehalten hätte.

Das ist ein Fehler.

Sie riss ihren Mund los, wand sich aus seiner Umarmung und stieß ihn weg. »Lucien, ich habe Nein gesagt!«

Ehe er etwas darauf erwidern konnte, floh sie ins Haus.

Sie rannte in ihr sicheres Zimmer, knallte die Tür zu und sank auf den Boden. Sie merkte, wie ihre Hand zitterte, als sie die Finger auf die Lippen legte und der Wärme seines Mundes nachspürte. Erst viel, viel später brachte sie die Kraft auf, vom Boden aufzustehen.

Als Caitlin am folgenden Montag aus der Schule kam, stand ein Paket vor ihrer Tür. Man brauchte kein Genie zu sein, um an der Größe und Form zu erkennen, was es enthielt. Trotzdem war sie unwillkürlich gerührt, als sie es auspackte und feststellte, dass tatsächlich das Porträt aus der Galerie darin war. Lucien hatte begriffen, wie viel es ihr bedeutete. Das ganze Wochenende hatte es ihr zu schaffen gemacht, wie sie auf seinen Kuss reagiert hatte. Jetzt fühlte sie sich noch elender.

Am Abend kam Lucien ins Café. Sie bedankte sich wortreich bei ihm.

»Damit wollte ich mich entschuldigen für das …« Er zögerte. »Für das, was ich neulich falsch gemacht habe.«

In seiner Stimme lag eine leise Frage, doch sie wich seinem Blick aus. »Danke«, erklärte sie leicht verlegen.

Er wartete, bis sie wieder aufsah, und nickte dann zu dem freien Stuhl an seinem Tisch hin. »Hast du Zeit, ein Glas mit mir zu trinken?«

Jetzt war es an ihr zu zögern. Einerseits hatte sie schreckliche Angst, den nächsten Schritt zu tun und jemanden in ihr Leben zu lassen. Aber gleichzeitig sehnte sich etwas in ihr nach Lucien und drängte sie, die Gelegenheit zu nutzen und die Vergangenheit hinter sich zu lassen.

Schließlich zog sie den Stuhl heraus. »Weißt du«, sagte sie und setzte sich, »ich glaube, ich habe gerade Pause.«

Er lächelte sie an. »Das höre ich wirklich gern.«

21

Elizabeth versetzte dem Faxgerät einen genau platzierten Hieb. Sie hatte während der vergangenen Monate lernen müssen, wie eigensinnig es sein konnte. Anfangs hatte sie geduldig im Handbuch nachgeschlagen und herauszufinden versucht, was los war. Inzwischen reagierte sie mit nackter Gewalt, wenn das Gerät wieder einmal nicht wählen wollte. Sie wollte gerade ein weiteres Mal zuschlagen, als sie hörte, wie jemand ihren Namen rief. Sie schaute auf und sah Kathleen, die wütend auf sie herabblickte.

Auch nach zwei Monaten war die eisige Schottin nicht aufgetaut. Elizabeth hatte den Verdacht, dass es Kathleen einen Kick gab, die Tochter des Chefs herumzukommandieren. Sie hatte gelernt, sich nicht darum zu kümmern. Es war einfacher, immer freundlich zu bleiben und abzuwarten, bis ihre Zeit gekommen war.

Sie setzte ein Lächeln auf. »Was kann ich für Sie tun, Kathleen?«

»Ich habe einen Stapel Papiere auf Ihren Schreibtisch gelegt, die noch kopiert werden müssen. Ich gehe jetzt zum Mittagessen. Könnten Sie sicherstellen, dass sie fertig sind, bis ich zurück bin?«

»Natürlich.«

Sobald Kathleen ihr den Rücken zugedreht hatte, rutschte das Lächeln von Elisabeths Gesicht. Es kostete sie ungeheure Anstrengung, freundlich zu bleiben. Jedes Mal. Aber sie hatte gelernt, dass dies der Weg des geringsten Widerstands war. Nur so konnte sie überspielen, wie elend es ihr hier ging.

Unglaublicherweise war es nach dem ersten Tag noch schlimmer geworden. Man übertrug ihr nur die dämlichsten Aufgaben in der Abteilung. Grundsätzlich wurde sie zum Kaffeeholen geschickt. Mittags musste sie Telefondienst machen; sie durfte abtippen und abheften. Sie stand stundenlang am Kopierer, bis ihr der Rücken wehtat und ihr Blick verschwamm.

Sie versuchte, sich mit ihren Kollegen anzufreunden. Während der ersten Woche fragte sie Sarah, eines der jüngeren und freundlicheren Mädchen, ob sie Lust auf ein gemeinsames Mittagessen bei einem neuen Italiener hätte, der eben um die Ecke vom Büro eröffnet hatte.

Sarah hatte sich nicht einmal die Mühe gemacht, von ihrem Computer aufzusehen.

»Ich mag kein italienisches Essen.«

»Wir könnten auch woanders hingehen«, hatte es Elizabeth nochmals versucht.

»Ich gehe nicht Mittagessen.«

An den Schreibtischen rundum begannen die Kollegen zu kichern. Elizabeth schluckte schwer, aber sie war entschlossen, nicht zu zeigen, was sie empfand.

»Ich verstehe«, sagte sie leise und ging weg.

Letztendlich zog sie mittags allein los, um etwas frische Luft zu schnappen und sich ein Sandwich zu holen. Während sie die Straße entlangging, sah sie zufällig in das Schaufenster von Bertolli, dem neuen Italiener, zu dem sie gern gegangen wäre. Dort saß direkt am Fenster das gesamte Team und mampfte Antipasti – Sarah eingeschlossen. Sie eilte weiter, denn sie wollte ihnen keinesfalls die Befriedigung gönnen, ihre tiefe Demütigung zu sehen.

Das war vor drei Monaten gewesen. Drei Monate voller Fotokopien, Ablagen und Absagen von ihren Kollegen. Einen kurzen, impulsiven Moment hatte sie mit dem Gedanken gespielt zu kündigen. Sie hätte ihrem Vater erzählen können, dass sie lieber etwas anderes tun wollte, dass sie vielleicht einen MBA machen wollte. Und vielleicht hätte sie es tatsächlich getan, wäre Cole Greenwood nicht gewesen. Sie wollte ihm nicht die Befriedigung geben, dass er sie besiegt hatte.

Die Sache wurde dadurch verschlimmert, dass anscheinend jede Frau in der Abteilung in ihn verschossen war. Eines Tages war sie auf der Toilette und zog ihr Make-up nach, als sie Kathleen und Sarah über ihn reden hörte.

»Letzten Freitag war ich so betrunken, dass ich ihn um ein Haar angebettelt hätte, mit mir nach Hause zu kommen, ehrlich«, sagte Kathleen.

Sarah kicherte. »Ich kann es dir nachfühlen. Weißt du, ob er Single ist?«

»Das ist mir völlig egal.«

»Kathy!« Sarah kicherte wieder. »Obwohl ich dich gut verstehen kann. Er ist echt heiß.«

Elizabeth entfuhr ein lautes, abfälliges Schnauben. Die beiden Frauen hörten sie und drehten sich um.

»Was ist denn mit Ihnen los?«, fragte Kathleen.

Elizabeth zuckte mit den Achseln. »Ich finde Cole einfach nicht besonders toll.«

Kathleen zog eine Braue hoch. »Tja, Süße, da sind Sie hier die Einzige.«

Als Elizabeth wieder an ihrem Schreibtisch saß, ging ihr der Wortwechsel noch einmal durch den Kopf. Okay, vielleicht sah Cole wirklich gut aus, gestand sie widerwillig zu. Aber das Problem war, dass er so ein verdammter Macho war. Jedes Mal, wenn er im Korridor an ihr vorbeiging, bedachte er sie mit einem herablassenden Lächeln, als wollte er ihr zeigen, dass er ihr eine Lektion erteilt hatte. Und jedes Mal, wenn er das tat, schwor sie sich, dass sie sich eines Tages, und zwar schon bald, rächen würde.

Sie wusste nur noch nicht wie.

Während der nächsten Monate blieb sie in Deckung und versuchte so viele Informationen wie möglich zu sammeln. Wenn sie nicht im Büro war, verbrachte sie ihre Zeit damit, Wirtschaftszeitschriften zu studieren. Eine dieser Zeitschriften brachte sie auf die Idee, einmal im Monat samstags im Laden auszuhelfen. »Im Verkauf zu arbeiten ist die beste Möglichkeit, um auf dem Laufenden zu bleiben, was in Ihrem Unternehmen passiert«, behauptete der CEO einer globalen Handelskette. Darum musste bei McDonald's jeder neue Angestellte mindestens einen Tag lang Burger braten, selbst wenn er als Controller oder Anwalt eingestellt worden war. Sie sammelte ihre Erkenntnisse und wartete auf eine Gelegenheit, sich beweisen zu können.

Diese Gelegenheit kam früher als erwartet.

In der folgenden Woche streckte Cole seinen Kopf durch die Tür und erklärte ihr, sie solle das Protokoll der wöchentlichen Vorstandssitzung verfassen.

»Aber ich habe so viel zu tun …«, setzte sie an.

»Tut mir leid«, sagte er knapp. »Sonst hat niemand Zeit.«

Sie seufzte müde. »Schön.«

»Ich weiß nicht, was es da zu beklagen gibt«, sagte er, während sie den Korridor hinuntergingen. »Das ist doch bestimmt spannender als Fotokopieren …«

»Augenbrauenzupfen ist spannender als Fotokopieren«, schoss sie zurück.

Sie klang so verärgert, dass er lachen musste. Sie sah ihn finster an. Dann gab sie sich geschlagen und lachte ebenfalls.

Tatsächlich war die Konferenz interessanter, als sie erwartet hatte. Größtenteils ging es um Routinefragen, die vor allem mit den monatlichen Verkaufszahlen zusammenhingen. Aber dann brachte Cole einen Punkt zur Sprache, der ihr Interesse weckte.

Ein japanischer Stahlmagnat sollte in ein paar Wochen nach London kommen. Er verfügte über ein Privatvermögen von zweieinhalb Milliarden Dollar netto, wollte sich dieses Jahr zur Ruhe setzen und fortan seine Zeit mit unternehmerisch spannenderen Geschäften ausfüllen. Im Moment tourte er durch Europa und informierte sich über diverse Investitionsmöglichkeiten.

Obwohl Melville kräftig expandiert hatte, hatte man den asiatischen Markt bislang außen vor gelassen. Cole war der Ansicht, dass die Zeit gekommen war, auch nach Japan zu gehen, und wollte diesen Geschäftsmann unbedingt treffen. William war weniger begeistert.

»Die Wirtschaft liegt da drüben am Boden«, wandte er ein. »Alle reden von der Asien-Krise. Erst letzte Woche hat Gucci wegen des fortgesetzten Abschwungs in der Region eine Gewinnwarnung herausgegeben, und der Aktienpreis ist daraufhin um dreißig Prozent gefallen. Warum jetzt investieren?«

»Weil sich inzwischen ein Boden gebildet hat, von dort aus kann es nur bergauf gehen«, erwiderte Cole ruhig. »Dafür sprechen schon die demografischen Faktoren. Die soziale Landschaft verändert sich weiter. Natürlich, das Land befindet sich in einer Rezession, unter der vor allem der traditionelle Hauptverdiener, der Festangestellte, leidet. Aber andererseits verfügen dort immer mehr Frauen über ein eigenes Einkommen. Und japanische Frauen lieben Designerwaren. Gucci, Louis Vuitton … alle werden absahnen. Bis jetzt haben wir einen Riesenmarkt vernachlässigt, wir sollten die Möglichkeit nutzen, dort Fuß zu fassen.«

Ohne nachzudenken, meldete sich Elizabeth zu Wort.

»Ich bin mit Cole einer Meinung.«

Alle drehten sich zu ihr um. Cole zog die Stirn in Falten, als wollte er sie zum Schweigen bringen. Aber sie hatte etwas zu sagen – endlich – und wusste, dass sie mit ihrer Meinung zu einer Entscheidung beitragen konnte.

»Wir haben in unserem Geschäft regelmäßig Kunden aus Tokio«, erklärte sie dem versammelten Vorstand, »die auf einen

Schlag Unmengen einkaufen. Ich wette, sie nehmen die Sachen mit nach Hause und verkaufen sie dort mit massivem Aufschlag weiter.«

Alle verarbeiteten schweigend, was sie gesagt hatte.

»Woher weißt du das?«, wollte William wissen.

Elizabeth zuckte mit den Achseln. »Ich helfe hin und wieder im Verkauf aus.«

Die Konferenz ging weiter. Aber Elizabeths Worte mussten Eindruck gemacht haben, denn schon am nächsten Tag begann sich Cole mit der möglichen Eröffnung einer Melville-Niederlassung in Japan zu beschäftigen.

Ein paar Wochen später wurde entschieden, dass man den Fernen Osten am besten erschließen würde, wenn man Coles Idee von einem Joint Venture weiterverfolgte. Mr Motoyama, der Stahlmagnat, würde im kommenden Monat nach London kommen, um mit möglichen Investitionspartnern zu sprechen. Cole überbrachte Elizabeth die Nachricht persönlich. Aber falls sie gehofft hatte, dass ihre Unterstützung während der Vorstandssitzung ihr zu einer wichtigeren Rolle im Präsentationsteam verhelfen würde, hatte sie sich getäuscht. Cole ließ keinen Zweifel daran, dass Kathleen dafür verantwortlich war. Elizabeth würde ihr nur helfen, die nötigen Recherchen anzustellen.

»Ich weiß, dass es nicht das ist, worauf Sie vielleicht gehofft haben, Elizabeth«, sagte er. »Aber wenn Sie sich hier beweisen, finde ich etwas anderes für Sie. Okay?«

Elizabeth schluckte ihre Enttäuschung hinunter und nickte. »Okay.«

Noch immer war Kathleen unter allen Kollegen im Strategy Department diejenige, die Elizabeth am wenigsten leiden konnte. Die barsche Schottin mit ihrer forschen Art und der permanent grimmigen Miene mochte eine gewiefte Beraterin sein und früher für McKinsey gearbeitet haben. Aber Elizabeth war vom ersten Augenblick an klar, dass sie nicht die Richtige war, um Mr

Motoyama für sich zu gewinnen. Wenn Elizabeth verantwortlich gewesen wäre, hätte sie erst einmal in Ruhe überlegt, wonach Motoyama eigentlich suchte und inwiefern Melville diesen Bedürfnissen entsprach. Stattdessen hatte Kathleen einen arroganteren Ansatz gewählt und in ihrer Präsentation vor allem herausgearbeitet, wie sich Melville von der Konkurrenz abhob. All das mutete gezwungen und viel zu aufdringlich an.

Anfangs versuchte Elizabeth ihre Bedenken vorzubringen. Aber Kathleen gab ihr zu verstehen, dass ihre Beiträge unerwünscht waren.

»Sie werden hier ausschließlich Tabellen erstellen und alle Informationen zusammensuchen, die ich benötige. Wenn Sie damit ein Problem haben, können Sie Cole sagen, dass Sie aus dem Team ausscheiden möchten.«

Also hielt Elizabeth den Mund, tat weiterhin, was sie aufgetragen bekam, und schaute still zu, wie Kathleen auf eine Katastrophe zusteuerte. Als sie sah, welches Design Kathleen für die neuen Geschäfte vorschlagen wollte, wusste sie, dass sie schon verloren hatten. Sie lagen vollkommen falsch. Motoyama wollte in ein winziges Stück England investieren. Die geplante Innenausstattung der Geschäfte spiegelte das absolut nicht wider. Stattdessen sollten sie modern sein, wirkten aber nur unpersönlich: weiße Wände, glasierte Fliesen, Chromarmaturen, jede Menge Licht und viele Spiegel. Es war jene Art von anonymem Dekor, das rein gar nichts über die Marke aussagte, die dort verkauft wurde.

Der Tag der Entscheidung kam. Als Elizabeth sah, was ihre Kollegin anziehen wollte, verflog auch ihre letzte Hoffnung, dass Kathleen die Präsentation wie durch Zauberei noch retten würde. Sie hatte sich für einen maßgeschneiderten, dunkelblauen Nadelstreifenanzug entschieden und das Haar zu einem straffen Knoten zurückgekämmt. Es war ein aggressives, männliches Outfit und denkbar ungeeignet für eine Verhandlung mit einem japanischen Geschäftsmann.

Es kam noch schlimmer. Als Mr Motoyama Kathleen unterbrach, um zu einem der Diagramme auf dem zweiten Bild eine Frage zu stellen, fertigte sie ihn unwirsch ab. »Das wird gleich klarer werden«, erklärte sie ihm, als würde sie mit einem kleinen Kind sprechen. »Lassen Sie mich die Präsentation zu Ende führen, und danach können Sie Ihre Fragen stellen, in Ordnung?«

Mr Motoyama stutzte kurz. Dann glättete sich seine Miene. »Natürlich«, sagte er höflich. »Bitte entschuldigen Sie.«

Aber Elizabeth konnte ihm ansehen, dass er ganz und gar nicht glücklich war. Kathleen hatte nicht unhöflich sein wollen. Doch der japanische Stil, Geschäfte zu machen, war einfach wesentlich weniger kontrovers. Mr Motoyama lauschte höflich bis zum Ende des Vortrags. Aber als er das Gebäude verließ, ahnte Elizabeth, dass er nicht wiederkommen würde.

Als sie wieder an ihrem Schreibtisch saß, überdachte sie die Situation. Es musste eine andere Möglichkeit geben, Mr Motoyama für sich zu gewinnen. Da fiel ihr ein, dass seine Frau ihn auf dieser Geschäftsreise begleitete. Sie schlug das Dossier auf, das sie über Kumiko Motoyama angelegt hatte. Sie hatte Stunden gebraucht, um es zusammenzustellen. Kathleen hatte kaum einen Blick darauf geworfen, aber Elizabeth war überzeugt, dass es den Schlüssel enthielt, Motoyama noch umzustimmen. Niemand hatte die grundlegende Frage gestellt, warum ein Stahlmagnat sein Geld plötzlich in der Luxusgüterindustrie investieren wollte, einer Branche, in der er sich überhaupt nicht auskannte. Wenn sie sich mehr Zeit genommen hätten, wäre ihnen vielleicht aufgefallen, dass seine Frau in ihrem Heimatland als Modeikone galt und als notorische Kaufsüchtige mit einem Schuhtick, der Imelda Marcos zur Ehre gereicht hätte.

Elizabeth notierte sich ein paar Details und rief dann im Warenlager an. Sie hatte sich bemüht, mit den Jungs dort unten Freundschaft zu schließen. Wegen ihres glasklaren Akzents hielt jeder sie für einen Snob. Dabei gehörte sie in Wahrheit zu den wenigen Menschen, denen es egal war, in welcher Funktion jemand für das Unternehmen arbeitete, solange sie oder er das Beste für Melville gab.

»Hey, Gary. Hier ist Elizabeth. Sag mal, sind die neuen Kollektionen schon da? Ich wollte einer Kundin ein paar Muster schicken.« Sie beschrieb ihm kurz, was sie sich vorstellte. Dann wartete sie ab. »Das klingt super«, sagte sie schließlich. »Kann ich runterkommen und sie mir ansehen?«

In Mayfair saß Kumiko Motoyama in ihrer Suite im Claridge's und wartete darauf, dass ihr Ehemann von einem seiner endlosen Geschäftstreffen zurückkehrte. Den Vormittag über war sie in Knightsbridge einkaufen gegangen. Sie liebte Europa und die europäische Mode. Elizabeth hatte richtig vermutet, es war Kumikos Idee gewesen, sich nach einer Investitionsmöglichkeit in einem europäischen Luxusgüter-Konzern umzusehen. Sie hatte das Gefühl, dass sie damit ihren Freundeskreis beeindrucken konnte.

Jemand klopfte an die Tür. Draußen stand ein Page mit einer unangekündigten Lieferung. Ihr fiel gerade noch ein, dass sie ihm ein Trinkgeld geben musste: In Japan war so etwas unüblich, aber die Engländer schienen das heutzutage zu erwarten. Dann nahm sie den aufwendig eingeschlagenen Karton mit ins Zimmer. Mit dem schwarzen Satinüberzug und der perfekt gebundenen weißen Schleife sah er schon von außen aufregend aus. Schnell löste sie das Band und nahm den Deckel ab. In einem Bett aus weißem Stoff lag ein Paar wunderschöner, satinüberzogener Riemenschuhe.

Sie nahm die Schuhe heraus und untersuchte sie. Wer sie auch geschickt hatte, hatte seine Hausaufgaben gemacht. Nachdem sie nur knapp einen Meter sechzig groß war, zog sie keinen Schuh an, der weniger als acht Zentimeter Absatz hatte. Diese hier, das sah sie auf den ersten Blick, hatten zehn Zentimeter. Die Schuhe selbst waren rot – ihre Lieblingsfarbe. Als Kumiko Motoyama hineinschlüpfte, saßen sie wie angegossen an ihren zierlichen Füßen.

Sie studierte die Karte mit der Aufschrift »Mit besten Empfehlungen«. Ein Name und eine Telefonnummer standen darauf. Nach kurzem Zögern griff sie zum Telefon.

Als Yasuo Motoyama spätnachmittags in seine Hotelsuite zurückkehrte, sah er zu seiner Überraschung seine Frau mit Elizabeth Melville beim Tee sitzen. Eigentlich hatte er den Gedanken, in Melville zu investieren, schon verworfen. Es hatte ihn beleidigt, dass William Melville ihn heute nicht persönlich empfangen hatte. Und dass er stattdessen diese grässliche Frau als Vertretung geschickt hatte.

Aber wenn Yasuo Motoyama auf jemanden hörte, dann auf seine Frau, und die überredete ihn, sich anzuhören, was die junge Dame zu sagen hatte. Eine halbe Stunde später war er konvertiert. Genau danach hatte er anfangs gesucht. Williams Tochter sprach mit Leidenschaft. Sie war absolut von ihrer Firma überzeugt und sie hatte eine Vision für ihr Unternehmen.

»Was ist mit dem Design der Läden?«, fragte er. »Gefällt Ihnen das, was man mir heute Vormittag gezeigt hat?«

Das hatte ihn am meisten geärgert. Er hasste modern eingerichtete Geschäfte, die gab es in Tokio zuhauf.

Elizabeth wählte ihre Worte mit Bedacht.

»Ich persönlich würde etwas Traditionelleres vorziehen, etwas, das für die Werte steht, die man mit Melville in Verbindung bringt.«

Sie begann kurz zu umreißen, wie sie sich das Konzept für die neuen Läden vorstellte. Sie sollten teuer und traditionell wirken, um das Urenglische der Marke Melville herauszustreichen. Regency-Tapeten; Rosenholzvertäfelungen; tiefe Teppiche, die so weich waren, dass man darauf schlafen konnte. Aber es gäbe auch moderne Accessoires, die den Läden etwas Avantgardistisches verleihen sollten: stimmgesteuerte Aufzüge; per Sensor aktivierte Verkaufsvitrinen; hochmoderne computerisierte Lagerverzeichnisse, damit alle Kunden exakt das finden und ordern konnten, was sie sich vorstellten, selbst wenn es nur in einem Laden in Paris oder London auf Lager war. Es wäre die perfekte Mischung aus Tradition und Moderne.

Noch während ihres Vortrags begann Motoyama zu nicken. Das entsprach eher dem, was er sich vorgestellt hatte. Seine Frau fing seinen Blick auf und lächelte. Wie üblich hatte sie recht behalten. Das war jemand, mit dem man Geschäfte machen konnte.

Zwei Tage später rief Motoyama bei William an und erklärte ihm, dass er bereit sei, eine Partnerschaft mit Melville einzugehen.

»Unter einer Bedingung«, sagte der Stahlmagnat.

»Alles, was Sie sich wünschen«, sagte William.

»Ich möchte, dass Ihre Tochter Elizabeth die Eröffnung des Geschäfts in Tokio beaufsichtigt.«

William musste sich beherrschen, um sich seine Überraschung nicht anmerken zu lassen. »Elizabeth?«

»Ja, natürlich. Schließlich hat sie mich überzeugt, mit Ihnen ins Geschäft zu kommen.«

William war wenig beeindruckt, dass Elizabeth hinter seinem Rücken verhandelt hatte. Im Gegenteil, er kochte vor Wut.

»Sie wird auf gar keinen Fall gehen«, verkündete er abfällig. »Sie hat nicht genug Erfahrung.«

William hatte seinen Kommentar an Cole gerichtet. Sie waren zu dritt in Coles Büro. Cole hatte bereits einiges zu hören bekommen, weil er das zugelassen hatte. Bis jetzt hatte William seine Tochter noch kein einziges Mal angesprochen. Es war fast, als wäre sie gar nicht anwesend.

»Wir schicken stattdessen Kathleen. Ich rufe Motoyama an und erkläre ihm, wie der Hase läuft.«

Elizabeth sah ihren Vater bestürzt an. Sie konnte nicht glauben, dass er ihr diesen Auftrag wegnehmen wollte. Es war nicht fair, dass eine andere nach Japan fliegen sollte, obwohl es nur ihr zu verdanken war, dass der Deal zustande gekommen war.

Cole war während des gesamten Gesprächs überraschend still geblieben. Jetzt hob er den Kopf, um etwas zu sagen. Elizabeth verließ der Mut. Er würde ganz bestimmt nicht für sie Partei ergreifen.

Aber sie hatte sich getäuscht.

»Motoyama will Elizabeth«, sagte er nur. »Wenn wir jemand anderen schicken, lässt er den Deal platzen.«

Das brachte William zum Schweigen.

»Ich werde sie genau im Auge behalten«, fuhr Cole fort. »Beim ersten Anzeichen dafür, dass sie die Sache verpatzt, holen wir sie zurück.«

William sah seine älteste Tochter lange an. Elizabeth hielt den Atem an. Ihm gefiel das ganz und gar nicht, aber er hatte keine Wahl. Cole hatte recht. Motoyama wollte sie. Entweder musste er Elizabeth nach Japan schicken, oder er würde den Deal verlieren.

»Na schön«, gab er sich mürrisch geschlagen. »Wir machen es so, wie Sie es haben wollen.«

Damit rauschte er aus dem Zimmer und ließ sie mit Cole allein.

»Danke«, sagte sie verlegen. »Dass Sie zu mir gehalten haben.«

»Nicht der Rede wert.« Er grinste. »Mann, ich würde so ziemlich alles tun, um Sie loszuwerden, nicht wahr?«

Sie lachte.

»Hätten Sie Lust, etwas trinken zu gehen?«, fragte sie aus einem Impuls heraus. »Sie wissen schon, um zu feiern, dass Sie mich los sind …«

»Geht nicht.« Er war kurz angebunden. »Ich habe schon was vor.«

Er nickte durch die Glasscheibe seines Büros. Sie drehte sich um und sah Kathleen davorstehen. Mit offenem Haar, Make-up und Kontaktlinsen sah sie eigentlich ganz attraktiv aus.

Elizabeth gab sich alle Mühe, unbeschwert zu klingen. »Na schön, dann vielleicht ein andermal.«

Coles Mundwinkel zuckte.

»Ja. Vielleicht.«

22

Amber und Eva waren unzertrennlich. Unter der Woche spielten sie die Musterschülerinnen. Eva zerrte Amber morgens um halb sieben aus dem Bett, um sicherzustellen, dass sie pünktlich um acht zum Morgenappell erschien; sie verbot ihr das Schwänzen; und überredete sie sogar, sich freiwillig für den Geländelauf quer über das heidebewachsene Hochmoor anzumelden. All das gehörte zu Evas Plan. Sie ging davon aus, dass Mrs Dauston sie nicht allzu scharf beobachten würde, wenn sie glaubte, dass sie sich mustergültig benahmen.

»Das *iest* der Weg des *geriengsten* Widerstands. *Saca?*«

Also ließen sie sich unter der Woche nichts zuschulden kommen. Aber jeden Freitag- und Samstagabend warfen sie ihre beste Teenager-Couture über und schlichen in das nahe Seebad Whitby. Auf turmhohen Absätzen staksten sie zwei Meilen weit über die trostlosen Hochmoorgebiete von North Yorkshire in die Altstadt von Whitby und dort durch ein Labyrinth von Gässchen und Sträßchen, bis sie zur geschäftigen Hafenstraße und zum einzigen Club in der Stadt, dem Laughton's, kamen.

Wenn Amber und Eva bibbernd in der Schlange standen, konnten sie Stirling Hall düster und dräuend auf der East Cliff über der Stadt thronen sehen, und mussten dann jedes Mal vor Glück kichern, wieder einmal nicht erwischt worden zu sein.

Sie schlossen einen Pakt, nicht zweimal mit denselben Jungs abzuhängen. Eine Woche nach ihrer ersten Exkursion waren Jed und Lewis wieder zur Stelle und hofften auf eine Wiederholungsvorstellung. Die beiden Mädchen taten so, als würden sie die beiden nicht kennen, und amüsierten sich königlich dabei.

»Ich will keinen festen Freund«, erklärte Eva und warf ihre fantastische Mähne zurück. »Ich will nur Erfahrungen sammeln für später, wenn ich jemanden treffe, den ich *wierklich* mag.«

Amber nickte. Sie war mit allem, was Eva sagte, einverstanden.

Aber trotz ihrer Großspurigkeit schien Eva nicht besonders scharf darauf zu sein, mit irgendeinem der Jungen zu schlafen, die sie kennenlernten. Als Amber nachhakte, zuckte sie nur mit den Achseln. »Das sind nur Jungs«, sagte sie. »Wenn ich es das nächste Mal mache, dann mit einem richtigen *Homem.*«

Amber nickte heftig.

»Ich auch«, bekundete sie.

Es lief wie am Schnürchen. Jede Woche suchten sie sich zwei Jungs aus und machten ein bisschen mit ihnen rum. Pünktlich um zwei eilten sie in die Schule und in ihr sicheres, warmes Bett zurück. Amber war noch nie so glücklich gewesen.

Als die Weihnachtsferien kamen, hatte Amber zum ersten Mal in ihrer Schullaufbahn keine Lust, nach Hause zu fahren. Wenigstens waren ihre Eltern glücklich, dass sie sich in Stirling Hall eingewöhnt hatte. An ihrem ersten Abend zu Hause holte ihr Vater sie in sein Arbeitszimmer, las dort laut ihr Halbjahreszeugnis vor und belohnte sie abschließend mit einem lauwarmen »Gut gemacht«. Später am Abend kam noch ihre Mutter in ihr Zimmer und überreichte ihr ein Geschenk. Es war das Kleid von DKNY, das sie Amber versprochen hatte, falls sie das Halbjahr ohne weitere Schwierigkeiten absolvierte. »Lass nur deinen Vater nicht wissen, dass ich es dir gekauft habe«, warnte sie.

Das Weihnachtsfest in Aldringham war still und öde. Onkel Piers kam mit Granny Rosalind für ein paar Tage zu Besuch. Körperlich verfiel ihre Großmutter rapide, aber geistig war sie immer noch auf der Höhe. »Du wirst allmählich zu einer bezaubernden jungen Frau, Amber«, bemerkte sie gleich am Abend ihrer Ankunft. »Pass nur auf, dass du dich nicht allein auf dein Aussehen verlässt, um durchs Leben zu kommen. Nimm dir ein Beispiel an Elizabeth – sie weiß, dass dich harte Arbeit weiter bringt als ein hübsches Gesicht.«

Es war dieselbe Lektion wie jedes Jahr, aber Amber störte es nicht so sehr, sie von Granny Rosalind zu hören, sie konnte wirklich witzig sein, und sie konnte einige tolle Geschichten aus ihrer Jugend erzählen. Leider kam Amber kaum dazu, mit ihr zu reden, weil Piers ständig in ihrer Nähe war und sie betüttelte, als wäre er das alte Weib. Selbst die sonst so friedfertige Isabelle schnauzte ihn schließlich an. »Bitte, Piers«, sagte sie und rieb sich die Schläfen. »Kannst du nicht mal fünf Minuten still sitzen? Ich bekomme schon Kopfschmerzen. Und deine arme Mutter auch, könnte ich mir vorstellen.«

Zum zweiten Mal hintereinander kam Caitlin über Weihnachten nicht nach Hause. Das war wirklich schade, denn als Amber sie das letzte Mal gesehen hatte – vor ungefähr anderthalb Jahren –, war sie ziemlich cool gewesen, viel cooler als damals, als sie bei ihnen eingezogen war. Amber hatte sich schon darauf gefreut, alles über ihr Studium und über das Leben in Paris zu erfahren, und hatte insgeheim gehofft, eine Einladung nach Frankreich herausschlagen zu können.

»Warum kommt sie nie zu Besuch?«, fragte sie Elizabeth.

»Das musst du sie selbst fragen«, erwiderte Elizabeth spröde, und das war *wirklich* ärgerlich, denn offenbar kannte sie den Grund.

Elizabeth war an Weihnachten so langweilig und dominant wie immer. Kaum war sie heimgekommen, hielt sie Amber eine endlose Predigt, weil sie aus der Schule geworfen worden war – Gott, manchmal klang sie *voll* wie Dad –, und bot dann an, ihr beim Lernen für das Probe-Examen zu helfen, das im Januar stattfinden würde. »Wenn du jetzt schon zu lernen anfängst, sparst du dir im Sommer eine Menge Arbeit«, sagte sie immer wieder. *Gähn.*

Wenigstens konnte Amber das Lernen als Vorwand nehmen, um auf ihr Zimmer zu flüchten. Doch statt über ihren Büchern zu brüten, rief sie heimlich bei Eva an. Die Mädchen telefonierten während der Ferien täglich miteinander und schmiedeten schon Pläne, was sie im nächsten Semester alles unternehmen wollten. Eva schien in Brasilien viel mehr Spaß zu haben, sie durfte in Rio jeden Abend ausgehen. Sie erzählte von ihren

Freunden und von einem Typen, den sie kennengelernt hatte. »Er war super, darum habe ich es mit ihm gemacht. Er ist Amerikaner. Viel süßer als die englischen Jungs.« Amber spürte einen eifersüchtigen Stich.

Als sie am achten Tag des mit Sicherheit kältesten und freudlosesten Januars in der englischen Geschichte endlich wieder in Stirling Hall eintrafen, freute sich Amber schon auf ihren ersten gemeinsamen Abend im Laughton's. Aber am Freitag wachte sie mit Grippe auf.

Sie verbrachte den Tag mit einer Wärmflasche im Bett und trank, bis ihr fast die Blase platzte. Trotzdem ging es ihr abends kaum besser. Dass Eva trotzdem gehen wollte, machte die Enttäuschung noch schlimmer.

»Wen nimmst du mit?«, fragte Amber kleinlaut, während sie zusah, wie ihre Zimmerkameradin Eva sich fertig machte. Sie wurde den Gedanken nicht los, dass Eva ihr zumindest hätte anbieten können, bei ihr zu bleiben.

»Circe«, antwortete Eva lässig.

»Ach so.«

Amber kroch noch tiefer unter ihre Decke und wünschte sich plötzlich, sie hätte nicht gefragt. Jetzt fühlte sie sich noch elender. Circe Scott war dieses Semester neu. Die problembeladene Tochter von Leonard Scott, einem Rockstar der siebziger Jahre, stand in der Hackordnung weit über Amber. Amber hatte das grässliche Gefühl, dass sie demnächst ersetzt würde.

Als Eva eine halbe Stunde später loszog, wünschte sie Amber kühl und höflich eine gute Nacht.

Zum ersten Mal seit Langem weinte sich Amber in den Schlaf.

Als Amber um drei Uhr morgens aufwachte, stellte sie überrascht fest, dass Eva noch nicht zurück war. Sie beschloss, wach zu bleiben, damit sie wenigstens erfuhr, was passiert war. Aber irgendwann war es nach vier. Und Eva war immer noch nicht zurück. Amber schaute zu, wie die Digitaluhr auf halb fünf weiterschaltete … dann auf fünf …

Offenbar war sie gegen sechs eingenickt. Denn plötzlich rüttelte jemand sie wach. Es war Eva. Ihre Hände waren eisig, und sie war eindeutig gerade erst heimgekommen. Sie trug dieselben Sachen wie am Vorabend, ihre Haare waren völlig zerzaust, und ihr Mascara war verlaufen. Aber sie grinste. Amber sah verstohlen auf die Uhr. Es war sieben Uhr achtundzwanzig. Amber sah sie streng an.

»Wo bist du gewesen?«, zischte sie. »Du wirst solchen Ärger kriegen.«

Eva warf ihr Haar zurück. Es kräuselte sich in der frühmorgendlich feuchten Luft, darum war die Bewegung nicht so eindrucksvoll wie sonst. Aber das schien sie nicht zu stören.

»Ach Quatsch. Niemand hat mich gesehen. Und selbst wenn, hätte es sich trotzdem gelohnt. Das war die beste Nacht meines Lebens!«

Amber dachte an Circe. Bestimmt war sie der Grund dafür, dass die Nacht so genial gewesen war. Sie würde endgültig ersetzt. Kummer und Eifersucht schnürten ihr die Kehle zu.

»Freut mich, dass du dich so gut mit Circe amüsiert hast«, erklärte sie launisch.

»Circe ist doch nicht mitgekommen. Sie hat gekniffen und ist umgekehrt. So ein *Feigeling.*«

Das letzte Wort spuckte sie aus. Amber spürte, wie sie augenblicklich munterer wurde. In diesem Augenblick erkannte sie, dass Eva sie aufgeweckt hatte, weil sie ihre Komplizin vermisst hatte. Dies war ihre Möglichkeit, Eva zurückzugewinnen.

»Also, was war los?«, fragte sie eifrig.

Eva grinste.

»Rutsch erst mal rüber und lass mich unter deine Decke. Ich erfriere.«

Wie sich herausstellte, steckte hinter Evas Aufregung ein Kerl. Diesmal kein Junge – ein *Homem*. Eva hatte ihn im Laughton's kennengelernt. Er hieß Jack und war, laut der aufgedrehten Eva, *die absolute Sahneschnitte.* Er war schon älter, wenn sie auch nicht sagen konnte, wie alt genau. »Ende zwanzig, glaube ich«, erzählte sie, und er hatte ein eigenes Unternehmen, obwohl sie nicht wusste, was für eines. Außerdem besaß er eine eigene Bleibe, ein Haus am Rand von Whitby, und offenbar den dicksten Haufen Gras, den Eva je gesehen hatte. Als der Club zugemacht hatte, war sie mit ein paar anderen zu ihm gegangen. In dieser Nacht war nicht allzu viel passiert: »Wir haben nur ein bisschen rumgemacht«. Aber sie hatten vor, sich unter der Woche zu treffen, und sie rechnete fest damit, dass sie *es* dann tun würden.

Die ganze Woche erzählte Eva ununterbrochen von Jack. Jede Nacht schlich sie aus dem Internat und traf sich mit ihm. Am folgenden Freitagmorgen erkannte Amber, dass sie nicht gegen Circe, sondern gegen Jack ausgetauscht worden war. Zum Frühstück war Eva noch nicht von ihrem Donnerstagabend-Ausflug zurück. Amber deckte sie und behauptete, sie sei mit schweren Monatsschmerzen im Bett geblieben. Doch im Lauf des Vormittags begann sie sich Sorgen zu machen, ob das richtig gewesen war, vielleicht lag Eva ja irgendwo tot im Straßengraben.

In der Mathestunde tauchte sie endlich auf. Natürlich konnten sie da nicht reden. Aber sobald die Stunde zu Ende war, packte Eva Amber am Arm und zerrte sie zur Seite. »Heute Abend musst du *unbedingt* mitkommen«, kommandierte sie.

Amber sah sie skeptisch an. Allmählich hatte sie Evas Wechselbäder der Gefühle satt. »Wieso? Hat Jack keine Zeit für dich?«

»Nein. Ich meine doch«, erklärte Eva aufgeregt. »Er macht eine Party. Sie wird riesig. Er hat mich gefragt, ob ich vielleicht ein paar Freundinnen einladen will, und da habe ich ihm von dir erzählt. Er sagt, du kannst auch kommen!«

Ambers Ärger über ihre Freundin war wie weggeblasen. »Echt? Ich kann auch kommen?«

Eva nickte. »Ja. Jack hat gesagt, er ist *siecher,* dass wir auch für dich den passenden Typen finden!«

Das klang leicht mitleidig, so als hätte Amber auf sich allein gestellt keine Chance, jemanden zu finden. Aber sie überhörte die Kränkung. Sie war zu glücklich, dass sie mitkommen durfte.

Dann kniff Eva die Lippen zusammen. »Da wäre nur eine Sache.«

»Was?«

»Du darfst nicht so zugeknöpft sein. Das sind richtige Männer. Die erwarten ein bisschen mehr«, sagte sie und senkte dabei bedeutsam die Stimme. »*Saca?*«

Amber nickte heftig. Natürlich verstand sie. Die letzte Woche ohne Eva war kaum auszuhalten gewesen. Sie würde absolut alles tun, um ihre Freundschaft zu erhalten.

Am Abend der Party fuhren Amber und Eva mit dem Taxi zu Jacks Haus. Er wohnte zwanzig Minuten außerhalb von Whitby auf dem flachen Land. Es war merkwürdig, dass ein junger Single an einem so abgelegenen Fleck wohnen wollte. Amber sagte das im Taxi zu Eva und handelte sich dafür einen vernichtenden Blick ein.

»Das Haus hat seinen Eltern gehört. Er wohnt nur dort, wenn er in der Gegend ist. Er kommt viel rum.«

Die vage Antwort sollte einen Vorgeschmack auf den ganzen Abend geben.

Die Fahrt dauerte länger als gedacht. Die Straßen waren leer, aber sie waren auch voller Schlaglöcher, unbeleuchtet und schlecht ausgeschildert. Obwohl Eva schon mehrmals bei Jack gewesen war, war sie keine Hilfe beim Suchen.

»Ich war immer breit, wenn wir hingefahren sind.«

Der Taxifahrer fuhr zweimal an der Abzweigung zum Keepers Cottage vorbei, bevor er endlich einen verwitterten Holzpflock mit einer weißen Aufschrift entdeckte. Das erste und dritte E fehlten, sodass nur noch *K ep rs Cottage* zu lesen war.

Das Haus selbst lag am Ende eines schmalen Feldwegs und stellte sich als Backsteinbau im Stil der fünfziger Jahre mit löchrigem Ziegeldach heraus. Es stand auf einer Grasfläche, die offenbar einen Garten darstellen sollte. Aber statt bunter Blumenbeete gab es nur ein auf dem Kopf stehendes Motorrad, das auf eine Reparatur wartete, und eine kaputte Schaukel. Es war ein trostloser, gottverlassener Ort. Das letzte Nachbarhaus lag mehrere Meilen zurück. Ein paar Autos parkten an der Seite des Hauses, und in einem der kleinen Fenster brannte Licht hinter der Gardine. Ansonsten lag alles in stiller Dunkelheit.

Der Taxifahrer, ein gemütlicher Bär von einem Mann, schien die beiden jungen Mädchen nicht aussteigen lassen zu wollen. Er sah misstrauisch auf das dunkle, unheimliche Haus. Im Moment erinnerte es an die Kulisse eines Horrorfilms.

»Und ihr wollt wirklich hierbleiben? Wenn ihr wollt, fahre ich euch in die Stadt zurück. Umsonst.«

Er hatte zwei Töchter im Teenageralter, und er hätte auf gar keinen Fall zugelassen, dass sie den Abend hier verbrachten. Aber Eva war schon ausgestiegen.

»Nein, das passt schon«, erklärte sie kühl und reichte ihm einen Fünfziger. Sie wartete nicht auf das Wechselgeld.

Der Taxifahrer zuckte mit den Achseln. Das Trinkgeld war dreimal so hoch wie die Taxe. Mehr Geld als Verstand. Er steckte den Schein ein und fuhr davon.

Drinnen bot das Haus keine Überraschungen. Es war eine typische Junggesellen-Absteige. Möbel vom Trödelmarkt, fadenscheinige Teppiche und schmutziges Geschirr, das sich in der Spüle stapelte. Es war nicht ganz der Palast, den Eva ihr verheißen hatte.

Tatsächlich ging Amber allmählich auf, dass Eva in vielen Dingen übertrieben hatte, Jack eingeschlossen. Mit seiner schiefen Nase – ein Souvenir aus einer Kneipenschlägerei – und seinen kleinen Schweinsaugen war er nicht gerade Brad Pitt.

»Jack!«, quiekte Eva, als er ihnen die Tür öffnete, warf sich in seine Arme und küsste ihn fest auf den Mund.

In ihrem Überschwang schlug sie seine Hand zur Seite, und er verschüttete sein Bier. Er sah sie finster an und schob sie halb von sich weg.

»Lass das, Eva.«

Als hätte sie den warnenden Unterton nicht gehört, ergriff sie seine Hand, um ihre Position als seine Freundin zu bekräftigen.

»Das ist Amber«, sagte sie dann. »Die, von der ich dir erzählt habe.«

Amber errötete, als er sie taxierte. In ihrem Etuikleid von Donna Karan war sie eindeutig zu schick angezogen. Abgesehen von Eva waren alle Mädchen – na schön, genauer gesagt Frauen, denn alle sahen aus, als wären sie Ende zwanzig – in Jeans und Kapuzenpulli gekommen. Was wahrscheinlich gar nicht so dumm war, denn es schien hier keine Heizung zu geben.

»Cool«, nickte Jack, als hätte er entschieden, dass ihm der Anblick gefiel. »Du musst Billy kennenlernen«, erklärte er Amber. »Ich schätze, ihr werdet euch super verstehen.«

Amber war nicht sicher, wie er zu diesem Schluss gekommen war, aber sie folgte ihm und Eva trotzdem ins Wohnzimmer. Es war so unspektakulär wie das ganze Haus. Insgesamt vier Gäste saßen dort auf einigen Sitzsäcken und einem schäbigen Sofa und hörten The Prodigy. Die Party schien eher ein lockeres Treffen zu sein.

»Wir wollten lieber was Intimes. Nur ein paar Bier mit unseren Freunden«, erläuterte Jack.

Billy saß im Schneidersitz an einem zerkratzten Couchtisch. Amber sah erleichtert, dass er eindeutig besser aussah als Jack; groß und gut gebaut mit Stoppelhaaren und einem Dreitagebart. Viel mehr Mann als die Jungs, die sie gewohnt war. Er sah interessiert zu ihr auf.

»Hey.« Das schien hier die Standardbegrüßung zu sein. Er tätschelte das Sitzkissen neben seinem. »Setz dich her.«

Sie setzte sich und war erleichtert, als sich Eva und Jack zu ihnen gesellten. Sie war nicht sicher, ob sie mit diesem Mann wirklich viel zu reden hatte.

Billy verteilte ein paar Biere aus der Kühltasche, die neben ihm stand. Amber hätte lieber Wein getrunken, aber sie konnte keinen entdecken, darum nahm sie die Dose, die er ihr hinstreckte. Die Unterhaltung kam nur schleppend in Gang, aber nach ein paar Drinks begannen alle, sich zu entspannen. Wie sich herausstellte, waren die Männer nicht oft zu Hause, was den Zustand des Hauses und den merkwürdig muffigen Geruch in allen Räumen erklärte. Jack war Fernfahrer. Billy war »vorübergehend« arbeitslos.

»Vielleicht gehe ich ein bisschen auf Reisen, ich hab keine Lust, mich schon fest niederzulassen«, erklärte er.

Amber nickte innig und hing an seinen Lippen. Sie fragte sich, wie alt er wohl war. Er wirkte wahnsinnig erwachsen.

Er drehte einen Joint und reichte ihn ihr. Sie zögerte kurz. Sie hatte zwar schon Gras geraucht, aber noch nie mit Fremden. Dann sah sie Evas tadelnden Blick. »Mach schon«, signalisierte sie ihr lautlos.

Amber wollte nicht uncool wirken und nahm den Joint. Billy lächelte.

»Braves Mädchen«, sagte er.

Billy beugte sich zu ihr herüber und strich Amber die Locken aus dem Gesicht.

»Du bist echt schön«, erklärte er ihr.

Sie kicherte.

»Ich will mal Model werden«, sagte sie und warf den Kopf zurück.

Er lachte mit ihr. »Ja, kann ich mir voll vorstellen.«

Es war schon spät, und Amber war betrunken und stoned und amüsierte sich wie noch nie in ihrem Leben. Der Alkohol und die Drogen hatten sie locker gemacht. Sie kam sich selbstbewusst, intelligent und witzig vor. Inzwischen saßen sie nur noch zu viert im Wohnzimmer – sie, Eva, Billy und Jack. Sie konnte sich gar nicht erinnern, wann die anderen gegangen waren. Danach hatten sie ein paar Trinkspiele gespielt, bei denen die Mädchen absichtlich verloren hatten, weil es so lustig gewesen war, sich zu betrinken. Irgendwann hatte Eva auf kitschigerer Musik bestanden: »Was, wo ich mitsingen kann!« Jetzt wurde Black Velvet aufgelegt.

Amber quietschte. »Ich liebe dieses Lied!« Sie sprang auf. »Ich will tanzen.«

Sie war eine gute Tänzerin, aber bis jetzt war sie immer zu schüchtern gewesen, um die Bewegungen zu zeigen, die sie vor ihrem Schlafzimmerspiegel geübt hatte. Jetzt ließ sie sich in die bluesige Musik fallen. Als Alannah Myles' sehnsüchtige Südstaatenstimme den Raum erfüllte, begann sie sich zum Beat zu wiegen und mit den Händen über ihre Hüften zu streichen. Ihr war bewusst, dass die beiden Männer sie beobachteten und mit Johlen und Klatschen anfeuerten. Sie hatte sich noch nie so sexy gefühlt. Als der Refrain einsetzte, ließ sie ihre Finger durch die blonden Locken gleiten. Sie fuhr sich mit der Zungenspitze verführerisch über die Lippen und genoss es, ausnahmsweise alle Augen auf sich gerichtet zu wissen.

Während Amber tanzte, versuchte Eva das Gespräch am Laufen zu halten. Aber sie erkannte bald, dass keiner der beiden Männer sich dafür interessierte, was sie zu sagen hatte. Sie beobachtete, wie Jack Amber beobachtete, und merkte, wie sie zum ersten Mal auf ihre Zimmerkameradin eifersüchtig wurde. Bis dahin hatte sie immer das Tempo vorgegeben, weil sie weniger Hemmungen gegenüber Männern hatte – und mehr Erfahrung. Jetzt hatte sie das Gefühl, dass sich das bald ändern würde. Trotzdem wollte sie so lange wie möglich im Rampenlicht stehen. Also stellte sie sich zu Amber auf die provisorische Tanzfläche, und bald wetteiferten die beiden Mädchen darum, wer die schärfsten Bewegungen draufhatte.

Jack beugte sich zu Billy. »Scheiße, das ist besser als beim Tabledance«, flüsterte er begeistert.

Billy, der eben einen winzigen Blick auf Ambers junge, eifrig vorgereckte Brust erhascht hatte, knurrte nur.

Nicht viel später packte Jack Eva bei der Hand, und die beiden verschwanden nach oben. Amber sah Billy schüchtern und erwartungsvoll an. Das war der Augenblick, auf den sie so lange gewartet hatte. Sie hatte gehofft, dass sie ebenfalls in ein Schlafzimmer gehen würden. Aber er klappte einfach das Sofa im Wohnzimmer auf und erklärte ihr, dass er zurzeit hier unten schlief, weil es hier wärmer war. Er ließ sich auf die Matratze plumpsen.

»Komm und setz dich zu mir.«

Sie tat es.

Es war schnell vorbei. Das war das Beste, was sie über die ganze Sache sagen konnte.

Das Küssen war okay. Und als er ihr unter den Rock fasste und sie durch ihren Slip hindurch streichelte, war sie eindeutig scharf geworden. Nach ein paar Minuten hatte er sich aufgesetzt und seine Sachen ausgezogen. Sie hatte sich verpflichtet gefühlt, sich ebenfalls auszuziehen. Nackt und verfroren hatte sie den Schlafsack über sich gedeckt und auf ihn gewartet. Ein paar Sekunden später war er bei ihr. Als er zwischen ihre Beine griff, hoffte sie, dass er sie wieder streicheln würde. Aber offenbar hatte er nur den Eingang gesucht, denn im nächsten Moment zog er seine Hand zurück und wollte ihn reinstecken. Er schien Schwierigkeiten zu haben, darum spreizte sie die Beine weiter und hob ihm die Hüften entgegen, um sich zu öffnen. Er stieß ein paar Mal halbherzig zu. Dann tat es kurz weh, und im nächsten Moment war er endlich ganz in ihr. Kurz blitzte in ihr der Gedanke auf, dass sie ihn vielleicht aufs Verhüten ansprechen sollte. Aber sie wollte die Stimmung nicht kaputt machen.

Er hörte kurz auf zu stoßen und sah auf sie herab.

»Alles okay?«, fragte er.

Sie biss sich auf die Lippe und nickte, während sie sich gleichzeitig fragte, wann es endlich angenehmer würde. Ein paar Sekunden später schauderte er und schrie heiser auf. Dann sackte er auf ihr zusammen.

Amber lag reglos da und starrte an die Decke. Selbst mit ihrer begrenzten Erfahrung konnte sie erkennen, dass es vorbei war. War das wirklich alles gewesen? Wo waren die intensiven Wogen der Lust, die sie sich selbst beizubringen gelernt hatte; die langsame Steigerung, dieses Gefühl absoluter Glückseligkeit, gefolgt von der Stille einer tiefen Zufriedenheit? Sie hätte nicht sagen können, was sie eigentlich erwartet hatte, aber ganz bestimmt nicht diese stumpfe Leere. Einen grauenvollen Augenblick empfand sie nur brennende Scham.

Er wälzte sich von ihr herunter und gab ihr ein paar Taschentücher, um sich abzuwischen. Als sie sah, wie viel aus ihr heraussickerte, fühlte sie sich endlich gezwungen, das klebrige Thema Empfängnisverhütung anzusprechen.

»Scheiße, ich dachte, du nimmst die Pille«, sagte er.

»Nein. Tut mir leid.«

Er stand auf, ging zu seinem Waschbeutel und zog den Reißverschluss auf.

»Hier.« Er warf ihr zwei in Folie verpackte Tabletten mit dem Aufdruck *Levonelle* zu. »Eine nimmst du morgen früh, die andere zwölf Stunden später. Das müsste alles regeln.«

Das war nicht gerade romantisch. Aber das erste Mal war immer irgendwie schräg, oder etwa nicht?

Als es allmählich hell wurde, riefen die Männer ihnen ein Taxi. Bei der Ankunft vor Stirling Hall wollte Amber zahlen, nachdem Eva die Hinfahrt beglichen hatte. Aber als sie ihre Taschen durchwühlte, entdeckte sie, dass ihr Geldbeutel verschwunden war. Sie riefen bei Jack an, aber dort war er nicht aufgetaucht.

»Bestimmt ist er dir in dem anderen Taxi rausgefallen«, sagte Eva, kurz bevor sie einschlief. »Wahrscheinlich hat ihn dieses Arschloch von Taxifahrer eingesteckt.«

Amber brummte zustimmend. Sie hatte den Geldbeutel schon vergessen. Sekunden später war sie eingeschlafen und träumte von Billy.

23

Caitlin seufzte leise. Luciens Lippen flogen über ihre Brüste, und seine Zunge strich in einer quälend leichten Berührung erst über den einen Nippel, dann über den anderen. Winzige Lustschauer überliefen sie. Er ließ ihre Lust ganz langsam aufkeimen, das war seine Spezialität. Seine Zähne bissen leicht zu, und sie wand sich unter ihm, während sie spürte, wie es zwischen ihren Schenkeln immer feuchter wurde. Jetzt war er sicher, dass sie erregt war, und ließ seinen Mund tiefer wandern, legte dabei eine Spur heißer, feuchter Küsse über ihren Nabel und machte sich mit den Händen am obersten Knopf ihrer Jeans zu schaffen. Doch da fasste sie nach unten und bremste ihn.

»Lucien«, sagte sie warnend.

Damit machte sie zum dritten Mal innerhalb einer halben Stunde einen Rückzieher. Die ersten beiden Male hatte er sie ignoriert und sie weiter geküsst und gestreichelt, bis sie ihn schließlich hatte gewähren lassen. Aber diesmal würde sie sich nicht überreden lassen. Er hörte es ihr an. Dieser Tonfall war ihm nur zu vertraut.

Schwer seufzend rollte er sich zur Seite und ließ zu, dass sie sich aufsetzte. Er blieb ausgestreckt auf dem Bett liegen und schaute zu, wie sie ihr T-Shirt überzog und sich mit der Hand durch das zerzauste Haar fuhr. Wieder einmal musste er daran denken, wie sehr er ihren Körper liebte, die makellose, milchweiße Haut, den fraulichen Körperbau mit den so vollen Brüsten und den weichen Schwung ihrer Hüften.

Sie spürte seinen Blick und drehte sich zu ihm um. Sie lächelte zaghaft, denn sie wusste, was ihm durch den Kopf ging. Aber ihr Blick blieb ernst.

»Es ist schon spät, Lucien. Du solltest jetzt gehen.«

Er schmollte. »Aber ich will nicht gehen, *Chérie.*«

Sie waren inzwischen seit drei Monaten zusammen. Er hatte das Gefühl, dass er wirklich geduldig gewesen war. Aber weiter als heute wollte sie einfach nicht gehen. Anfangs war sie regelmäßig begeistert und genoss das Küssen, das Streicheln und Necken. Bis plötzlich ihre Stimmung kippte. Jedes Mal kamen sie an einen Punkt, an dem sie sich verschloss, an dem sie zu fühlen aufhörte und zu denken begann, an dem er spüren konnte, wie sie ihm entglitt. Die ersten Male hatte er mit ihr zu reden versucht und sie gefragt, was los war. Sie hatte beharrlich erklärt, dass alles in Ordnung sei. Er hatte ihr kein Wort geglaubt, aber er konnte sie nicht zum Reden zwingen, und letztendlich schien es ihm das Einfachste, sie in Ruhe zu lassen.

Am tiefsten traf es ihn, dass sie ihm nicht einmal erlaubte, bei ihr zu übernachten, neben ihr zu schlafen. Wahrscheinlich weil sie ihm nicht abnahm, dass er wirklich nur schlafen wollte, musste er sich eingestehen. Dabei hatte er seine Bitte heute Abend tatsächlich ohne Hintergedanken vorgebracht. Ihm gefiel einfach die Vorstellung, neben ihr aufzuwachen. Das hatte er noch bei keinem Mädchen erlebt, darum empfand er es als besonders schmerzhaft, dass sie gar nicht zu würdigen schien, dass es bei ihr anders war, dass *er* sich bei ihr anders verhielt.

Diesmal war er nicht bereit, klein beizugeben, und setzte sich ebenfalls auf. »Ganz recht, es ist spät. Wäre es wirklich so schlimm, wenn ich hierbleiben würde?«

Sie sah ihn gleichmütig an. »Ich muss morgen sehr früh raus. Ich brauche meinen Schlaf.«

»Wie wäre es dann mit nächsten Freitag?«, fragte er unbeirrt. »Du könntest zu mir kommen, und ich mache uns was zu essen.« Er kniete sich auf das Bett, umschloss ihr Kinn mit einer Hand und fuhr mit dem Daumen über ihre weichen Lippen. Instinktiv öffnete sie den Mund, und seine Daumenkuppe schob sich zwischen ihre Zähne.

»Und dann«, fuhr er leise und mit neuem Mut fort, weil ihre Zunge seine Daumenspitze umspielte, »könntest du, wenn wir fertig gegessen haben, vielleicht bei mir bleiben. Dann brauchst du morgens nicht aufzustehen, und …«

Bevor er den Satz beenden konnte, biss sie brutal die Zähne zusammen. Er zog japsend seine Hand zurück.

»Mein Gott, Lucien.« Ihre Augen blitzten. »Kannst du es nicht gut sein lassen?«

Er blickte auf die Zahnabdrücke auf seinem Daumen und dann wieder in ihre Augen. »Ich möchte nur wissen, was so schlimm daran ist.«

Es blieb lange still. Sie starrte ihn an, und in ihren Augen leuchtete etwas auf, das er nicht zu lesen verstand. Einen Moment schöpfte er Hoffnung, sie würde es ihm erklären, aber dann schien sie sich anders zu besinnen und wandte das Gesicht ab.

»Du solltest jetzt wirklich gehen«, war alles, was sie sagte.

Diesmal widersprach er nicht.

Nachdem Lucien gegangen war, ging Caitlin sofort ins Bett. Aber eine Stunde später lag sie immer noch wach. Das Gespräch von vorhin ging ihr nicht aus dem Kopf.

Sie wusste, dass sie nicht fair ihm gegenüber war. Er war geduldig mit ihr gewesen, obwohl er nicht wissen konnte, warum sie jedes Mal einen Rückzieher machte, warum sie ihn jedes Mal abwies.

Mehrmals schon hätte sie ihm um ein Haar erzählt, was ihr in Greycourt passiert war. Auch heute wäre sie fast eingeknickt. Aber irgendetwas hielt sie jedes Mal ab. Sie wollte nicht, dass er sie anders sah, dass er sie anders behandelte; dass er Mitleid mit ihr hatte. Und sie wollte nicht, dass ihre gesamte Beziehung von dieser einen Geschichte überschattet wurde.

Stattdessen hatte sie bis jetzt gehofft, dass sie im Lauf der Zeit immer mehr Vertrauen zu ihm fassen und dass sich dann alles von selbst ergeben würde. Aber sie hatte immer noch nicht das Gefühl, bereit zu sein.

Wirst du jemals bereit sein?

Sie wälzte sich ruhelos herum. Die kleine Stimme des Zweifels sprach die Frage aus, die sie schon so lange auszublenden versuchte. In letzter Zeit hatte sie sich immer öfter gefragt, ob sie nicht einfach alles hinter sich lassen sollte. Sie wollte kein Opfer sein, jemand, dessen ganzes Leben von einem einzigen Erlebnis beherrscht wurde. Sie war nach Paris gekommen, um einen Neuanfang zu wagen, um die Vergangenheit hinter sich zu lassen. Doch daran, wie sie mit Lucien umging, erkannte sie, dass sie das ganz und gar nicht geschafft hatte.

Über diesem letzten Gedanken sank sie endlich in einen unruhigen Schlaf.

»Mademoiselle O'Dwyer?«

Caitlin schreckte aus ihrem Tagtraum hoch und begriff, dass sie von der ganzen Klasse angestarrt wurde. Sie fragte sich, wie lange sie schon geträumt hatte. Dem missbilligenden Blick von Madame Maigret nach viel zu lange.

Sie setzte sich gerade hin und versuchte, konzentriert zu wirken. »Ähm … Verzeihung, Madame. Was haben Sie gesagt?«

Madames Miene wurde noch düsterer. »Ich habe Sie gebeten zu erklären, was die entscheidenden Nachteile bei den CAD- und CAM-Systemen sind. Jene Nachteile, über die ich die letzte halbe Stunde referiert habe, falls Sie einen kleinen Hinweis brauchen.«

Caitlins leeres Gesicht verriet Madame alles. Computergestütztes Design und Computergestützte Herstellung waren noch nie der faszinierendste Teil des Kurses gewesen.

»Verzeihung«, sagte Caitlin. »Ich war gerade in Gedanken.«

Madame seufzte schwer. »Der Nachteil – und dieser Nachteil ist so entscheidend, dass es sich lohnt, ihn zu kennen«, bemerkte sie spitz. »Der Nachteil ist, dass sich die Softwarefirmen nicht darum bemüht haben, das Design, den Musterschnitt und die Herstellungssequenzen zu integrieren. Das Design-Stadium wurde einfach außen vor gelassen.«

Caitlin beugte den Kopf über den Notizblock und zwang sich,

alles mitzuschreiben. Sie war nicht überrascht, dass Madame sie bat, im Klassenzimmer zu bleiben, als die Schulglocke läutete.

Aber statt ihr einen Vortrag zu halten, wollte Madame über Caitlins Pläne nach dem Studium sprechen. Es waren nur noch drei Monate bis zur Abschlussprüfung, und sie führte mit jedem Studenten ein Einzelgespräch. Vor allem anderen gab sie jedem die Botschaft mit, dass es nicht einfach würde, einen Job zu finden.

»Ich habe einige Bekannte bei Lacroix und Gaultier angesprochen«, erklärte ihr Madame. »Firmen, in die Sie meiner Ansicht nach gut passen würden. Bedauerlicherweise stellt derzeit niemand neues Personal ein. Darum werde ich Ihnen das Gleiche sagen wie Ihren Mitstudenten. Wie üblich werden die drei Preisträger bei der jährlichen Abschlussshow mit einem sechsmonatigen Vertrag bei einem Modehaus belohnt. Dieses Jahr wird es noch wichtiger sein als sonst, einen der Preise zu bekommen.« Sie zog die dünnen Schultern hoch. »Wenn ich diese Preise schon jetzt verleihen dürfte, würde ich Ihnen aufgrund dessen, was ich in den letzten zwei Jahren gesehen habe, einen sichern.« Sie lächelte verkniffen. »Und das habe ich nicht zu allen gesagt. Darum erwarte ich, dass es in diesem Raum bleibt. Haben wir uns verstanden?«

»Ja, natürlich«, antwortete Caitlin schnell.

»Aber die Jury besteht aus Brancheninsidern. Ich habe kein Mitspracherecht bei der Verleihung. Was Sie während der letzten Jahre geleistet haben, interessiert nicht, es zählt allein diese letzte Veranstaltung. Das mag nicht fair gegenüber jenen sein, die von Anfang an gute Arbeit geleistet haben, aber so wird es nun mal gehandhabt.«

»Ich verstehe.«

Madame sah sie streng an. »Da bin ich mir nicht so sicher. Diese Tagträumerei im Unterricht heute …« Caitlin verzog das Gesicht. Sie hatte geglaubt, ihr würde das erspart bleiben. »Dies ist nicht der Zeitpunkt, sich auf Ihren Lorbeeren auszuruhen. Alle wollen, koste es, was es wolle, einen der Preise. Ihre Klassenkameraden werden alles geben, um ihn zu bekommen, und Sie müssen das auch tun.«

Caitlin sah sie eindringlich an und fragte sich, was Madame mit dieser Ansprache zu erreichen hoffte. Ehrlich gesagt fühlte sie sich kein bisschen inspiriert, sondern eher demoralisiert. Im Moment hatte sie das Gefühl, dass Madame ihr erklären wollte, sie brauche sich keine Hoffnungen auf diesen Preis zu machen.

Madame schien ihre Bestürzung zu spüren. Denn als sie weitersprach, klang ihre Stimme viel weicher. »Ich kann Sie nur auffordern, Ihr Bestes zu geben.« Sie lächelte kurz. »Und eine Kollektion zusammenzustellen, die Ihrer würdig ist.«

In der Metro nach Hause sann Caitlin über Madames Worte nach. Der Hinweis auf die Abschlussshow, auf das Leben nach dem Studium, hatte die Zukunft plötzlich näher gerückt, als ihr bis dahin bewusst gewesen war. Sie hatte schon gerüchteweise gehört, wie brutal der Arbeitsmarkt da draußen war: Es gab viel zu viele begabte Kandidaten, die sich um viel zu wenige Jobs stritten. Ein Großteil der Abschlussklasse des Vorjahres war immer noch ohne Job. Nach Madames Ermahnungen wirkte das plötzlich viel realer.

»Bei Melville gibt es immer einen Platz …«

Das hatte ihr William bei seinem letzten monatlichen Pflichtanruf erklärt. Nicht dass sie ihm erzählt hätte, wie schwer es war, einen Job zu finden. Er hatte das Angebot einfach ins Gespräch einfließen lassen, um ihr zu zeigen, dass sie in Melvilles Designabteilung willkommen war.

»Danke«, hatte sie geantwortet. »Ich werde daran denken.«

Eigentlich hatte sie damit sagen wollen, dass sie sich nichts Schlimmeres vorstellen konnte. Selbst wenn ihr der Stil entsprochen hätte, was bei dem vielen Beige und Dunkelblau und dem Rückgriff auf klassische Schnitte statt auf moderne Entwürfe eindeutig nicht der Fall war, hätte sie alles lieber gemacht, als für William zu arbeiten. Selbst wenn sie dafür Vollzeit im Café des Amis schuften musste.

Aber so weit würde es nicht kommen. Sie hatte noch einige Vorstellungsgespräche in petto. Außerdem gab es auch noch, wie Madame gesagt hatte, die Fashionshow am Ende des Schuljahres. Alle großen Modehäuser in Paris, London und Mailand, von der Haute Couture bis zum Prêt-à-porter, würden Scouts schicken. Wenn ihnen gefiel, was sie zu sehen bekamen, machten sie oft auf der Stelle ein Jobangebot. Das war Caitlins Gelegenheit, groß herauszukommen, und die musste sie nutzen.

Von diesem Gedanken getrieben, machte sie sich an die Arbeit. Die größte Schwierigkeit bestand darin, ein Thema zu finden. Das war der Schlüssel zu jeder guten Kollektion und ganz besonders für eine Abschlussschau, auf der jeder Schüler nur sechs Stücke vorstellen durfte. Ein griffiges Thema war der Angelpunkt für einen in sich geschlossenen und einprägsamen Look.

Doch dieses Thema wollte Caitlin um keinen Preis einfallen.

»Das ist so frustrierend!«, beschwerte sich Caitlin bei Lucien, als sie eines Abends beim Essen saßen. »Ich habe mich noch nie so fantasielos gefühlt! Es ist, als hätte Madame mit ihrer kleinen Ansprache jeden originellen Gedanken abgetötet!« Sie schüttelte verzweifelnd den Kopf. »Immerzu denke ich, und wenn es das gewesen ist? Was ist, wenn ich nach diesen zwei mörderischen Jahren jetzt nichts zustande bringe?«

Er lächelte milde, weil er ihre Unsicherheit als das erkannte, was sie war. »So weit wird es nicht kommen, *Chérie*. Vertrau mir. Du musst nur woanders nach Inspirationen suchen.«

Etwas in seinem Tonfall ließ Caitlin aufsehen. »Schwebt dir da was vor?«

»Hmmm. Vielleicht …«

»Was denn?«, fragte sie begierig.

»Wart's nur ab«, erklärte er geheimnisvoll.

Sie klappte den Mund auf, um ihn noch etwas zu fragen. Aber er streckte die Hand über den Tisch und legte seinen Finger auf ihre Lippen, um sie zum Schweigen zu bringen.

»Mehr erfährst du nicht von mir, *Chérie.* Das soll eine Überraschung werden.«

Am nächsten Tag rief er an und erkundigte sich, ob sie am Samstag Zeit habe. Sie hatte.

»Gut. Dann sei um sechs bereit. Ich hole dich ab.«

»Wohin gehen wir?«

Am anderen Ende der Leitung blieb es still.

»Woher soll ich wissen, was ich anziehen soll, wenn du mir nicht verrätst, wohin wir gehen?«, versuchte sie ihn aus der Reserve zu locken.

»Netter Versuch.« Er schien zu überlegen. »Zieh das dunkelrote Kleid an, das ich so gern habe.«

Am folgenden Samstag stand Lucien um sechs Uhr vor ihrer Tür, pünktlicher, als sie ihn je erlebt hatte. Wie immer sah er umwerfend aus, diesmal in einer dunkelgrünen Samtjacke und einem Rüschenhemd mit offenem Kragen, das über seine schwarze Lederhose hing. Auch als sie ihre Wohnung verließen, wollte er ihr nicht verraten, wohin sie gingen. Er ging sogar so weit, dem Taxifahrer das Fahrziel ins Ohr zu flüstern, damit sie es nicht hörte.

Erst als das Taxi vor der Pariser Oper hielt, ging ihr ein Licht auf. Er wollte mit ihr in *La Bohème* gehen. Lucien half ihr aus dem Wagen. Sie standen unten an der opulenten Freitreppe und beobachteten, wie die elegant gekleidete Menge dem Eingang zuströmte.

»Und?«, fragte er. »Was hältst du davon?«

Im ersten Moment fühlte sich Caitlin von der schieren Größe des Gebäudes wie erschlagen, die siebzehn Stockwerke hohe Oper, die sich über mehrere Hektar erstreckte und über mehr als zweitausend Sitzplätze verfügte, war ein beeindruckender Bau. Aber das war keineswegs alles. Während sie die fantastischen neobarocken Verzierungen und die vergoldeten Statuen betrachtete, meinte sie die Geschichte und die Romantik zu spüren, die diesem Ort zu eigen waren. Mit ihrer prunkvollen Ausstattung, den riesigen Kronleuchtern und sprühenden Fontänen und ihren vielen unterirdischen Geschossen hatte die Oper etwas Mystisches an sich. Es wäre das ideale Thema für ihre Abschlusskollektion: Es war durch und durch Paris und passte perfekt zu dem dramatischen Stil, der ihr eigen war.

Sie sah lächelnd zu Lucien auf. »Eine geniale Idee«, sagte sie.

»Gut.« Er wirkte geschmeichelt. »Freut mich, dass ich dir helfen konnte.«

In diesem Augenblick begriff sie. Lucien hatte sich heute Abend so viel Mühe gegeben – nur für sie. Er *bemühte* sich um sie. Er bemühte sich wirklich um sie.

Er wollte schon die Stufen hinaufsteigen, doch sie hielt ihn am Arm zurück, weil sie wusste, dass sie das sofort sagen musste, sonst würde sie es vielleicht niemals aussprechen. Er blieb stehen und drehte sich fragend zu ihr um.

»Lucien«, sagte sie impulsiv. »Möchtest du immer noch am nächsten Freitag für mich kochen?«

Seine Miene schlug in offene Neugier um, denn ihm war klar, dass sie ihn eigentlich etwas anderes fragte. »Aber natürlich.«

»Gut.« Sie sagte das ganz entschieden. »Weil ich dachte … also, dass ich gern zu dir kommen würde. So wie wir es besprochen haben.«

Er wartete eine Sekunde, bevor er fragte: »Das heißt, dass du diesmal bleiben wirst?«

Sie holte tief Luft. »Ja, Lucien«, sagte sie. »Diesmal bleibe ich die ganze Nacht.«

Er sah so glücklich aus, dass sie allein deswegen beinahe überzeugt war, die richtige Entscheidung gefällt zu haben.

Er nahm ihre Hand und küsste sie. »Komm jetzt, *Chérie*. Wir müssen auf unsere Plätze.«

Sie schob alle Zweifel beiseite und folgte ihm die Stufen hinauf.

24

»Ein bisschen nach links«, kommandierte Elizabeth. »Und dann ein winziges Stück tiefer…«

Bis zur Eröffnung der neuen Melville-Boutique in Tokio war es nur noch ein Monat. Es war Freitagabend, der Tag war lang gewesen, und Elizabeth hatte die letzte halbe Stunde damit zugebracht, die ideale Position für den Gainsborough zu finden. Die japanischen Dekorateure, die der Inneneinrichtung den letzten Schliff gaben, hatten eindeutig Geduld bewiesen, wofür sie ihnen wirklich dankbar war. Einem ungeübten Beobachter wäre sie vielleicht pingelig erschienen. Aber genau diese Liebe zum Detail würde ihren Laden von allen anderen Geschäften abheben.

Drei Monate hatten sie gebraucht, um an diesen Punkt zu kommen. Eine neue Niederlassung in einem noch unbekannten Markt zu eröffnen war nicht einfach – nicht einmal mit Mr Motoyamas Hilfe. Die perfekte Immobilie hatte Elizabeth schnell gefunden. Natürlich befand sie sich in der Ginza, Tokios elegantestem Einkaufsviertel. Als über die Miete ein Preiskampf auszubrechen drohte, hatte sie schnell handeln müssen, um sich die Räume zu sichern. Motoyama hatte dafür gesorgt, dass die richtigen Leute drei Millionen Yen erhielten, und kurz darauf hatten sie den Mietvertrag unterschrieben. Das war die erste von vielen Herausforderungen gewesen. Ein umwerfendes Design zu finden; gute, mehrsprachige, begeisterte und billige Mitarbeiter einzustellen… Die Liste hatte scheinbar kein Ende genommen. Aber welche Probleme auch auftauchten, Elizabeth hatte sich nicht einschüchtern lassen und jedes Mal darauf bestanden, dass alles den höchsten Ansprüchen gerecht wurde.

Cole hatte Wort gehalten und sich kaum eingemischt. Bevor sie nach Japan geflogen war, hatten sie vereinbart, dass sie ihm wöchentlich Bericht erstatten und er anschließend anrufen würde, falls irgendwelche Fragen offengeblieben waren. Er hatte sie zwar jedes Mal einem strengen Verhör unterzogen, aber nur selten gegen eine ihrer Entscheidungen ein Veto eingelegt. Und wenn, dann normalerweise mit gutem Grund, wie sie sich widerwillig eingestehen musste. Seine monatlichen Besuche auf der Baustelle waren ebenfalls überraschend schmerzfrei gewesen, er hatte hauptsächlich den Fortgang der Arbeiten in Augenschein nehmen wollen, und auch hier hatte er mit allen Vorschlägen, die er vorgebracht *hatte*, ins Schwarze getroffen.

»So passt es«, sagte sie, endlich überzeugt, dass das Gemälde perfekt platziert war. Sie überließ es den Arbeitern, es an die Hightech-Alarmanlage anzuschließen. Das Bild zeigte eine urenglische Landschaft und entstammte der Privatsammlung ihrer Familie in Aldringham. Elizabeth hatte Mr Motoyama gegenüber Wort gehalten. Das Geschäft war eine nahtlose Mischung aus Tradition und Moderne. Das Gebäude selbst war ein fantastischer, acht Stockwerke hoher Glasturm. In helles Licht gebadet, entfaltete er eine atemberaubende Wirkung. Die Verkaufsräume im Inneren waren wie ein kleines Stück England. Alles war im Regency-Stil eingerichtet und in Creme- und Blautönen gehalten, die von traditionellem Rosenholz und Samt akzentuiert wurden.

Insgesamt kündete alles von Luxus und gutem Geschmack. Elizabeth war überzeugt, dass das japanische Publikum darauf fliegen würde. Und wenn die Niederlassung in Tokio erst einmal lief, würden sie laut Plan erst weiter in Fernost und dann nach Südostasien expandieren.

Aber vor allem konnte Elizabeth es kaum erwarten, dass ihr Vater sah, was sie in Tokio erreicht hatte. Vielleicht war das kindisch. Aber er hatte so eisern darauf beharrt, dass sie sich beweisen sollte – und genau das hatte sie getan.

Als Elizabeth in ihr Hotelzimmer zurückkam, war es schon spät. Sie schlüpfte in einen Seidenkimono und mixte sich einen Gin Tonic aus der Minibar. Während sie den Alkohol im Glas kreisen ließ, trat sie an das riesige Panoramafenster, um auf die Stadt zu schauen.

Sie wohnte in der Präsidentensuite im Park Hyatt Tokio auf der Einkaufsmeile Shinjuku. Die Suite war mit ihren zweihundertfünfzig Quadratmetern für japanische Verhältnisse unermesslich groß. Mit ihrer Lage im einundfünfzigsten Stock bot sie einen spektakulären Blick auf Tokio: nach Osten auf die Neonlichter der Großstadt; nach Süden auf den Yoyogi-Park; und nach Westen auf den fernen Fujiyama.

Sie stemmte die Hände gegen das kühle Glas und seufzte. Manchmal verstand sie sich selbst nicht. Alles lief blendend. Dank ihres Einsatzes würde Tokio ein Riesenerfolg, und vor allem würde sie ihrem Vater demonstrieren, wozu sie fähig war. Sie hatte alles erreicht, was sie sich in den Kopf gesetzt hatte. Warum hatte sie trotzdem das Gefühl, dass ihr etwas fehlte?

Im vergangenen Jahr hatte sie kaum Zeit zum Nachdenken gefunden. Sie war zu beschäftigt gewesen, um mit alten Freunden in Kontakt zu bleiben, und neue hatte sie erst recht keine gefunden. Seit Monaten war sie nicht mehr in England gewesen. Und die Männer … also, für etwas Ernstes fehlte ihr eindeutig die Zeit, und selbst kurze Affären gehörten inzwischen der Vergangenheit an. Sie war immer stolz darauf gewesen, dass sie niemanden brauchte. Aber heute Abend – und nicht nur heute Abend, sondern viel zu oft – empfand sie eine alles durchdringende Leere.

Ganz unerwartet überkam sie das Bedürfnis, jemanden anzurufen, eine vertraute Stimme zu hören. Aber wen? Vor ein paar Stunden hatte sie Magnus angerufen und ihm eine Nachricht hinterlassen, aber er hatte noch nicht zurückgerufen. Es gab nicht viele andere Menschen, denen sie sich nahe fühlte. Mit ihrem Vater sprach sie ausschließlich übers Geschäft, mit ihrer Mutter nur über deren Duldsamkeit; und ihre Bemühungen um Caitlin hatten nicht gefruchtet, sosehr sie sich auch angestrengt hatte. Amber war zu jung und zu seicht. Onkel Piers war wahrscheinlich einer der wenigen, mit dem Elizabeth ungezwungen reden konnte. Aber im Moment war ihr nicht danach, mit ihm zu sprechen. Wer blieb dann …

Cole. Der Gedanke schoss ihr durch den Kopf. Woher war er nur gekommen? Sie drehte sich um, lehnte den Rücken an das kühle Glas und überlegte. Sie sprach ein paar Mal pro Woche mit ihm und hielt ihn über die Fortschritte bei ihrem Projekt auf dem Laufenden. Inzwischen kamen sie besser miteinander aus; sie zogen sich oft gegenseitig auf. Aber im Kern ging es auch hier ums Geschäft und sonst um nichts. Sie würde ihn kaum anrufen, nur um mit ihm zu plaudern. Bestimmt hatte er unzählige Freunde – vor allem Freundinnen -, die ihn mit Beschlag belegten. Vielleicht war er gerade mit Kathleen aus.

Trotzdem. So unlogisch ihr das auch erschien, im Augenblick wollte sie am liebsten mit ihm reden. Sie zögerte nur kurz. Dann griff sie nach ihrem Handy und wählte seine Nummer.

Im Gegensatz zu ihrer älteren Schwester war Amber noch nie so glücklich gewesen. Endlich hatte sie das Gefühl, irgendwo dazuzugehören. Die letzten Monate mit Eva, Billy und Jack waren die besten ihres Lebens gewesen.

Nach einer Weile war der Sex besser geworden. Genau wie die Partys. Billy und Jack hatten sie mit offenen Armen in ihrer kleinen Clique aufgenommen.

»Amber, du bist wieder da!«, freute sich Billy, als sie in der folgenden Woche vor der Tür stand, und küsste sie auf den Mund.

Jack schien sich genauso zu freuen, dass sie gekommen war. »Hey Amber. Wie wär's mit einem Bier?« Er warf ihr eine Dose zu. Erst da bemerkte er Eva, die hinter ihr stand. »Oh, hi, Eva«, sagte er fast beiläufig. »Willst du auch was zu trinken?«

Genau das gefiel Amber am besten. Zum ersten Mal in ihrem Leben stand *sie* im Zentrum, nicht Eva. Als sie angefangen hatten, ins Laughton's zu gehen, hatte Eva mit ihren sinnlichen Kurven viel mehr Jungs angezogen als sie mit ihrem hageren Mädchenkörper. Billy und Jack waren da anders. Wenn es später wurde und sie nur noch zu viert waren, wollten die beiden immer nur sie tanzen sehen. Sie tanzte echt gern für die zwei. Das gab ihr das Gefühl, etwas Besonderes zu sein.

Nur eine war nicht glücklich darüber, dass Amber plötzlich so viel Aufmerksamkeit genoss. Das war Eva.

Sie stupste Jack mürrisch an. »Warum fragst du mich nie, ob ich tanzen will?«

Er legte den Arm um sie und zog sie an seine Seite.

»Mach ich doch.« Er wollte ihr einen Kuss auf die Stirn geben, verfehlte sein Ziel und küsste sie stattdessen aufs Haar. »Ständig.«

Sie schubste ihn weg.

»Tust du gar nicht.« Sie zog einen Schmollmund. »Du hast Amber lieber.«

Jack seufzte. Diesen Streit hatten sie nicht zum ersten Mal. Normalerweise versuchte er, sie zu besänftigen. Aber diesmal nervte sie ihn nur.

»Wenn du meinst, Eva.«

Er wandte sich ab und sah weiter zu, wie Amber ihren Körper im Takt wiegte, während Eva ihn wütend fixierte.

Amber war selig über ihr allwöchentliches Ritual. Darum fiel sie aus allen Wolken, als Eva eines Freitags vorschlug, etwas anderes zu unternehmen als zum Keepers' Cottage zu fahren.

»Ich hab keinen Bock mehr auf diese Typen«, sagte sie. »Warum gehen wier nicht lieber ins Laughton's? Nur wir zwei. So wie früher.«

Amber stand vor dem Schminktisch und glättete ihr Haar, weil es Billy so am besten gefiel. Sie sah Eva im Spiegel an und legte die Stirn in Falten.

»Aber du hast damals selbst gesagt, dass das Laughton's öde ist.«

Eva errötete.

»Ja, ich weiß. Aber …«

Ambers Gesicht blieb ausdruckslos. »Aber was?«

Eva setzte sich auf und schwang die Beine über die Bettkante.

In ihrer Uniform, ungeschminkt und mit zurückgekämmten Haaren sah sie nicht wie fünfzehn aus, sondern deutlich jünger.

»Komm schon, Amber.« Ihr Gesicht war ungewohnt ernst. »Wir haben unseren Spaß gehabt. Aber diese *Homems* ... die sind nicht gut für uns. Sie haben keinen Respekt, *saca*?«

Amber sagte nichts. Eva schloss aus ihrem Schweigen, dass sie unsicher wurde, und setzte sofort nach.

»Geh heute Nacht nicht hin. Bitte. Bleib bei mir. Wir machen was zusammen. Nur wir beide.«

Amber glättete in aller Ruhe die letzten Strähnen. Dann schaltete sie das Glätteisen ab und drehte sich zu Eva um.

»Tut mir leid, wenn du nicht mehr mit Billy und Jack abhängen willst.« Ihre Stimme war samtweich. »Aber ich will. Und ehrlich gesagt glaube ich, dass du bloß eifersüchtig bist, weil sie mich lieber haben als dich.«

»Ich bin nicht ...«

»O doch«, fiel ihr Amber ins Wort. »Du bist eifersüchtig, weil sie sich viel mehr für mich interessieren. Darum willst du nicht mehr hin. Ich für meinen Teil bin gern mit den beiden zusammen. Also versuch nicht, mir den Spaß zu verderben, nur weil du nicht mitkommen willst.«

Damit warf Amber ihr dichtes, langes Haar zurück, schnappte ihren Mantel und ließ eine bleichgesichtige Eva auf ihrem Bett zurück.

Niemanden schien es zu stören, dass Eva nicht mitgekommen war. Nicht einmal Jack, obwohl er eigentlich Evas Freund war. Heute Abend waren sie nur zu dritt, Amber, Billy und Jack. Sie saßen im Schneidersitz um den Couchtisch in dem verdreckten Wohnzimmer und tranken Bier.

Nach einer Weile holte Billy einen Spiegel aus seinem Rucksack, legte ihn auf den Tisch und leerte ein winziges Röhrchen mit weißem Pulver darauf aus. Amber dachte sich nichts dabei. Billy und Jack frischten sich gern ein bisschen auf. Als Fernfahrer nahm Jack das Zeug schon seit Jahren, um unterwegs fit zu bleiben. Er richtete das Pulver in drei Linien aus. Aber statt es selbst zu schnupfen, sah er Amber erwartungsvoll an.

Sie zögerte. Die beiden hatten ihnen schon öfter Koks angeboten. Aber Eva hatte immer abgelehnt, und Amber hatte es ihr nachgetan. Dope war kein Problem, sagte Eva, aber die härteren Sachen sollte man lieber nicht anrühren. Allerdings war jetzt Evas strenge Stimme nicht zu hören. Und Amber wollte beweisen, dass sie zu mehr bereit war, dass Eva die feige Kuh und sie die Tapfere und Erfahrenere war.

»Okay«, sagte sie so lässig wie möglich.

Sie nahm den Zwanziger, den Jack ihr hinhielt, und rollte ihn auf, wie sie es bei den beiden beobachtet hatte. Dann beugte sie sich über den Spiegel, steckte sich den Geldschein ins linke Nasenloch und inhalierte tief.

Sie spürte, wie das Pulver in ihren Nasengang gezogen wurde, wie es auf der Schleimhaut brannte und wie ihr Gesicht sekundenlang besorgniserregend taub wurde. Aber im nächsten Moment war ihr das egal. Weil das euphorische Gefühl, das sie plötzlich erfasste, besser war als alles, was sie bis dahin erlebt hatte.

Sie fühlte sich ruhig, mächtig, selbstbewusst. So als wäre sie zu allem fähig.

Ihr Herz begann, schneller zu schlagen, und ihr wurde heiß … so heiß … Sie zog den Pullover aus, den sie angezogen hatte. Das schulterfreie Top darunter überließ nichts der Fantasie. Sie ertappte Billy dabei, wie er sie ansah, und lächelte ihn langsam und verführerisch an. Er beugte sich zu ihr herüber und begann sie zu küssen. Sie schloss die Augen.

Der Kuss war süß und zärtlich, so wie sie ihn gern hatte. Seine Lippen waren weich, die Zunge forschte sanft. Er schmeckte nach Zigaretten und Bier. Schließlich schob er seine Hand unter ihr Top, umfasste ihre linke Brust, und massierte sie durch den dünnen Stoff ihres BHs hindurch in langsamen, tiefen Kreisen. Erst als sie merkte, dass er nach dem Reißverschluss ihrer Jeans tastete, kam sie auf den Gedanken nachzusehen, ob Jack noch im Zimmer war.

Ihre Lider öffneten sich flatternd. Sie sah verdattert auf. Irgendwas stimmte nicht. Sie brauchte ein paar Sekunden, um zu begreifen, dass sie nicht von Billy gehalten wurde. Sondern von Jack. Sie riss sich los.

»Billy …«, sagte sie und nahm die Hand vor den Mund.

»Schon okay … schon okay«, meinte Jack besänftigend und drückte mit einer Hand ihr Bein. »Billy macht das nichts aus.«

Er nickte zur Seite hin. Sie folgte seinem Blick und entdeckte Billy, der an der Wand gegenüber lehnte und ihnen zuschaute. Jetzt stand er auf und setzte sich hinter sie.

»Jack hat recht.« Er begann, ihre Schulter zu massieren. »Mir macht das nichts aus.«

Seine Lippen strichen über ihren Hals. Und Jack begann sie wieder zu küssen, ganz langsam und zärtlich. Sie hatte sich noch nie so geliebt und so begehrt gefühlt wie in diesem Augenblick. Dieses Mal wehrte sie sich nicht, als Jack ihre Jeans öffnete.

Über der Musik aus der CD hörte sie auch nicht das leise Sirren der Videokamera auf dem Kaminsims.

25

Am Freitagabend stand Caitlin vor dem Badezimmerspiegel. Am Waschbeckenrand, wo eigentlich die Seifenschale sein sollte, stand ein halb leeres Glas Wodka. Sie musterte sich kritisch. Nicht schlecht. Ganz und gar nicht so, wie sie sonst aussah. Sie hatte sich heute Abend richtig Mühe gegeben, und das sah man ihr an. Unter der Woche war sie shoppen gegangen und hatte ihren ganzen Monatslohn für ein Secondhandkleid ausgegeben, das sie in einer der kleinen Boutiquen im Marais entdeckt hatte. Sie hatte sich auf den ersten Blick in das von Kaiserin Josephine inspirierte Empiregewand verliebt und sofort gewusst, dass es wie geschaffen für diesen Abend war.

Nicht nur das Kleid war anders als sonst. Sie war auch in Veroniques Zimmer gegangen und hatte ihre Schminkutensilien geplündert. Mascara und Eyeliner betonten ihre großen indigoblauen Augen und ließen sie härter, düsterer, städtischer wirken; der Lippenstift in Schwarzkirsch betonte ihre vollen, sinnlichen Lippen. So hatte sie lange nicht mehr ausgesehen.

»Du siehst toll aus.« Veronique stand in der Tür zum Bad und betrachtete sie.

Caitlin lächelte unsicher. »Danke.«

»Wann gehst du los?«

»Bald«, versprach Caitlin. Sie wusste, dass Jules in Kürze auftauchen würde und Veronique die Wohnung für sich haben wollte.

Veronique nickte kurz. »Gib Lucien einen Kuss von mir.«

Sie entschwebte.

Bald, dachte Caitlin. Bald würde sie losgehen. Eigentlich hätte sie schon vor einer halben Stunde gehen sollen. Am anderen Ende der Stadt wartete Lucien bestimmt schon auf sie. Aber irgendwann heute Abend hatte sie der Mut verlassen. Zuletzt war sie sogar an die Tiefkühltruhe gegangen, hatte Veroniques Wodka herausgeholt und sich ein großes Glas eingeschenkt. Sie wartete immer noch darauf, dass der Alkohol ein Wunder bewirkte.

Beide Hände um den Waschbeckenrand geklammert, versuchte sie sich zu erden. Lucien war nicht Elliott, sagte sie sich immer wieder. Das war etwas anderes als damals mit Elliott. Sie war zwanzig. Sie war nicht mehr das naive Mädchen, das damals nach Aldringham gekommen war.

Nicht mehr ganz so nervös, kippte sie den letzten Schluck Wodka hinunter und verzog das Gesicht, als sich der Alkohol durch ihre Kehle brannte. Nach einem letzten flüchtigen Blick in den Spiegel beschloss sie, dass es Zeit zu gehen war. Sie stellte das Glas ans Waschbecken und wandte sich vom Spiegel ab. Dabei wischte ihre Hand über den Rand des leeren Glases und fegte es zu Boden. Sie drehte sich um und sah gerade noch, wie es auf dem harten Fliesenboden zerschellte und in winzige Scherben zersprang.

Sie starrte auf das Chaos und spürte, wie sie ein Schaudern überlief. Hoffentlich war das kein Omen für diesen Abend.

Als Caitlin eine halbe Stunde später vor Luciens Haus stand, begann der Wodka endlich zu wirken. Alle Zweifel schienen verflogen. Sie stieß das Eisentor auf und marschierte über den liebevoll gepflasterten Weg zu seinem Apartmenthaus. Gerade als sie es erreicht hatte, trat jemand aus der Tür. Sie schob sich an ihm vorbei und eilte die fünf Treppen zu Luciens Mansarde hinauf.

Ungewöhnlich lässig in Jeans und einen weißen Kittel gekleidet, die langen Haare zum Pferdeschwanz gebunden, öffnete er ihr die Tür.

Lucien wiederum begutachtete Caitlin ausgiebig und kam zu dem Schluss, dass er sie noch nie so schön gesehen hatte. Das Kleid, das Make-up, wie ihr das Haar ins Gesicht fiel … Es gefiel ihm, dass sie sich für ihn, für den heutigen Abend so gestylt hatte.

»*Tu es jolie, ma petite.*«

Er wollte sie küssen, aber sie rammte ihm eine Flasche in die Brust, den billigen Bordeaux, den sie unterwegs besorgt hatte.

»Ich habe Wein mitgebracht«, erklärte sie unnötigerweise.

»Danke.« Er warf einen kurzen Blick auf das Label und zog eine Braue hoch. »Aber das wäre wirklich nicht nötig gewesen.«

Sie überhörte den leisen Sarkasmus in seiner Stimme und quetschte sich an ihm vorbei.

Sie kam immer gern in Luciens Apartment. Es verkörperte das Ideal eines offenen Wohnkonzepts: wunderbar hell, mit bleichen Ahornböden, weiß gestrichenen Balken und mehreren Südfenstern. Der Blick ging über die Dächer und Kamine von Paris.

Sie warf ihre Jacke über eine Stuhllehne und folgte dem Zimtduft in die winzige Küche, wo eine Pfanne mit einer Art Eintopf auf dem Herd köchelte. Aber sie ignorierte das Essen. Stattdessen entdeckte sie eine offene Weinflasche und schenkte sich ein Glas ein.

»Was kochst du da?«, fragte sie, als Lucien hereinkam. Sie lehnte sich an die Küchenfront und nahm einen Schluck Wein.

»El Ham Lahlou.«

Sie zog eine Braue hoch. »Klingt kompliziert.«

»Süßes Lamm. Ein marokkanisches Gericht. Ein Rezept meiner Mutter.«

Er machte einen Schritt auf sie zu und fasste nach ihrer Taille, aber sie entwand sich seinem Griff und begann Schubladen aufzuziehen.

»Ich decke lieber den Tisch, es riecht, als wäre es bald fertig.« Sie nahm Besteck heraus. Als sie ihn wieder ansah, nickte sie zu der Pfanne hin. »Vielleicht solltest du das lieber umrühren. Du willst doch nicht, dass es anbrennt.«

Er sah sie fragend an, als sie aus der Küche eilte, sagte aber nichts.

Als sie wieder zurückkam, war er zu beschäftigt damit, das Mahl auf zwei Tellern anzurichten, um anzusprechen, was ihm vorhin durch den Kopf gegangen war.

Das Gericht war mindestens so gut, wie es geklungen hatte. Das Lamm war süß und zart, und die Orange und der Zimt brachten die exotischen Geschmacksnoten Nordafrikas heraus. Aber obwohl es köstlich schmeckte, bekam Caitlin kaum einen Bissen herunter. Sie schob den Buttercouscous auf ihrem Teller herum und hoffte, dass Lucien es nicht merkte. Stattdessen konzentrierte sie sich auf den Wein. Er kam aus Algerien, ein Chateau Mansourah, hatte Lucien erklärt. Wie auch immer, er ließ sich extrem gut trinken. Tatsächlich merkte sie gar nicht, wie viel sie getrunken hatte, bis sie sich noch ein Glas voll schenken wollte und Lucien ihre Hand mit seiner abdeckte, um sie zu bremsen.

»Vielleicht solltest du ein bisschen langsamer machen, *Chérie*.

Du hast kaum etwas gegessen.« Er nickte zu ihrem fast vollen Teller hin. »Der Alkohol steigt dir direkt in den Kopf.«

»Es geht mir gut«, erwiderte sie gepresst.

Er sah sie scharf an. »Bist du sicher, Caitlin? Ich könnte dich heimbringen, wenn es dir nicht gut geht.«

»Nein!« Die Antwort kam energischer, als sie erwartet hatte. Jetzt, wo sie hier war, wollte sie die Sache endlich hinter sich bringen. Sie bemühte sich, sanfter zu sprechen. »Ich will nicht heim, meine ich. Ich will hierbleiben … bei dir.«

Um ihre Worte zu unterstreichen, beugte sie sich vor und küsste ihn. Es war nur ein kurzer Kuss, der höchstens ein paar Sekunden dauerte, dann zog sie sich wieder zurück.

Lucien sah Caitlin an und zögerte kurz, hin- und hergerissen zwischen seinem Verlangen und seiner Überzeugung, dass irgendetwas mit ihr war. Dass sie so viel trank und dann den ersten Schritt machte, das passte überhaupt nicht zu ihr.

Vielleicht hätte er das Thema tatsächlich angesprochen, wenn ihm nicht in diesem Moment aufgefallen wäre, wie sich ihre Lippen teilten; wenn sein Blick nicht von dort aus abwärts gewandert wäre und er nicht gesehen hätte, wie schnell ihr Atem ging, wie sich ihr makelloser Busen hob und senkte, wie er gegen das Samtmieder ihres Kleides drängte. Noch nie hatte er sie so begehrt wie in diesem Augenblick. Darum bestand er nicht darauf, sie nach Hause zu bringen, sondern nahm sie bei der Hand und führte sie die Wendeltreppe hinauf in sein Schlafzimmer.

Sie war schon oft in seinem Zimmer gewesen. Es war ein typisches Männerzimmer: weiße Wände, nackte Dielen, kaum Mobiliar. Aber das letzte Mal war sie tagsüber hier gewesen, als die Sonne durch die Fenster geschienen hatte. Abends, bei gedämpftem Licht, wirkte alles ganz anders. Im Giebel, unter der Dachschräge und zwischen den Querbalken schienen düstere Schatten zu lauern. Sie spürte, wie ihr Herz zu rasen begann, sobald sie sich auf der Bettkante niederließ.

Lucien schien nicht zu merken, dass etwas nicht stimmte. Stattdessen setzte er sich neben sie, strich das Haar aus ihrem Gesicht und sagte: »Du kannst dir nicht vorstellen, wie ich diesen Augenblick herbeigesehnt habe, *Chérie.*«

Ihr Mund war zu trocken, als dass sie etwas darauf erwidern konnte. Stattdessen schloss sie die Augen, während er den Kopf senkte und sie zu küssen begann.

Sie versuchte, alle Gedanken auszublenden, sich vorzustellen, sie sei woanders. Sie brauchte nur den heutigen Abend durchzustehen, dann wäre alles wieder okay, davon war sie überzeugt. Draußen war das Wetter umgeschlagen, ein Gewitter ging nieder. Als sie sich auf die Kissen sinken ließ, konnte sie den Regen auf die Dachluken prasseln hören.

Sie spürte, wie seine Hände über ihren Körper wanderten. Sie zwang sich, still liegen zu bleiben und sich von ihm streicheln und küssen zu lassen. Lucien schien nicht zu merken, dass sie nicht reagierte. Er war zu sehr in seinem Traum gefangen, wie der Abend ablaufen würde, als dass er erkannt hätte, was sich tatsächlich abspielte.

Jetzt kniete er über ihr, hielt ihre Arme mit einer Hand über ihrem Kopf fest und begann die Knöpfe an ihrem Kleid zu öffnen. Das gefiel ihr gar nicht, sie fühlte sich wie gefangen. Der Alkohol half auch nicht, sondern dadurch hatte sie das Gefühl, die Kontrolle völlig verloren zu haben. Sie drehte den Kopf zur Seite und versuchte etwas zu sagen.

»Nein, Lucien …«

Aber er schien sie nicht zu hören. Seine Lippen lagen auf ihrem Hals, sein Körper presste sich schwer auf ihren, sein Gewicht verhinderte jeden Befreiungsversuch. Endlich begann sie sich zu wehren, aber Lucien schien zu glauben, dass ihr Widerstand nur gespielt war, denn er packte sie noch fester an den Handgelenken.

»Lucien, bitte …«

Sie bäumte sich unter ihm auf, und er lachte leise, weil er ihre Befreiungsversuche irrtümlich für feurige Leidenschaft hielt.

Später hätte sie nicht mehr sagen können, was genau passiert war. Gerade eben hatten sie noch nebeneinandergelegen, und er hatte sie geküsst; im nächsten Moment war sie an die andere Bettkante geflüchtet und knöpfte ihr Kleid wieder zu, während Lucien hinter ihr kniete, seine Wange massierte und sie ansah, als wäre sie verrückt geworden.

»Verdammt noch mal, was ist los mit dir, Caitlin?« Seine Worte bohrten sich in ihr Fleisch, und Zorn überdeckte seine Sorge und Verwirrung.

Sie konnte sich seinem Blick nicht stellen. »Ich muss gehen«, sagte sie leise, fast gedankenverloren. Sie zog energisch ihr Kleid glatt, stieß die Füße in die Schuhe und eilte zur Treppe.

»Caitlin, warte …« Er folgte ihr nach unten ins Wohnzimmer, sah, dass sie zur Wohnungstür laufen wollte, und verstellte ihr den Weg.

»Caitlin, bitte …« Er versuchte ruhig zu bleiben. »Sag mir endlich, was los ist! Ich verstehe nicht …«

»Bitte. Lass mich raus, Lucien.«

Sie wollte an ihm vorbei. Er packte sie an den Schultern.

»Nicht!« Sie zuckte unter seiner Berührung zusammen.

»Jesus, Caitlin.« Er ließ die Hände sinken und trat kopfschüttelnd zur Seite.

Sie fasste nach der Klinke und öffnete die Tür. Auf der Schwelle zwang sie sich, ihn noch einmal anzusehen. Sie versuchte, den Schmerz und die Fassungslosigkeit in seinem Blick zu ignorieren.

»Das war einfach keine gute Idee«, sagte sie. »Ich muss jetzt los.«

Sie konnte ihn immer noch rufen hören, als sie die Treppe hinunter und hinaus in den peitschenden Regen gerannt war.

26

Eine Woche vor der geplanten Eröffnung der Tokioter Niederlassung rief Elizabeth ihren Vater an, um über die Fortschritte Bericht zu erstatten. Es war, selbst für ihre Verhältnisse, ein kurzes Gespräch. Er klang zerstreut, und nach einer Weile gab sie auf.

»Willst du immer noch nächste Woche herkommen?«, fragte sie schließlich.

»Ich fürchte, das wird sich nicht machen lassen. Ich stecke bis zum Hals in Arbeit.«

Sie war enttäuscht, aber nicht überrascht. Sie hatte schon fast damit gerechnet, dass er in letzter Sekunde absagen würde. »Und wen schickst du stattdessen? Onkel Piers?«

»Nein, ich lasse Cole rüberfliegen.«

Elizabeth richtete sich auf.

»Ach ja.« Automatisch fuhr sie sich mit der Hand durch die blonden Haare. »Wann kommt er an?«, fragte sie so beiläufig wie möglich.

Fünf Minuten später legte Elizabeth das Telefon weg. Summend spazierte sie aus ihrem Büro. Chihiro, ihre Sekretärin, sah überrascht auf. Normalerweise war Elizabeth-san schrecklich schlecht gelaunt, nachdem sie mit ihrem Vater gesprochen hatte. Sie fragte sich, was diesmal anders gewesen war.

Cole rief noch am selben Tag an.

»Hat Ihr Dad Ihnen schon ausgerichtet, dass ich zur Eröffnung rüberkommen werde?«

»Hat er«, sagte sie und meinte dann kess: »Ich bin sicher, dass Sie tief beeindruckt sein werden.«

Ihr Selbstbewusstsein ließ ihn lachen, genau wie sie erhofft hatte. »Sie wissen, dass ich nicht leicht zu beeindrucken bin«, meinte er gedehnt.

»Also, ich bin zu allem bereit.«

»Das sind Sie bestimmt.«

Der Kommentar blieb kurz in der Luft hängen, weil keiner recht wusste, was er damit anfangen sollte.

»Und«, brach Elizabeth das Schweigen, bevor es peinlich wurde. »Wie läuft es so in London?«

Sie plauderten eine Weile und zogen sich dabei gegenseitig auf. Als sie vierzig Minuten später endlich auflegten, lächelten beide. Und beide freuten sich auf das kommende Wochenende.

Die nächsten sieben Tage waren die hektischsten und aufregendsten in Elizabeths Leben. Dass etwas, das sie geschaffen hatte, Wirklichkeit wurde, überstrahlte alle anderen Ereignisse, all ihre anderen Leistungen.

Zum Glück war die Tokioter Melville-Niederlassung vom ersten Moment an ein Hit. Elizabeth war ihrem englischen Ansatz treu geblieben und hatte die übliche Eröffnungsfeier mit Champagner und Kanapees verworfen zugunsten eines traditionell britischen »Afternoon Teas« – mit Gurkensandwiches ohne Kruste, frisch gebackenen Scones, Clotted Cream und großen Kannen mit Twinings English Breakfast Tea. Die Japaner waren begeistert. Nach enthusiastischen Kritiken in allen einflussreichen Zeitungen und Zeitschriften übertraf der Besucheransturm selbst die optimistischsten Schätzungen um das Zehnfache. Wenn der Umsatz weiterhin so lief, hätten sie die Kosten für die Eröffnung des Ladens in zehn Monaten wieder eingespielt.

Sie freute sich, dass Cole da war, um ihren Erfolg zu bezeugen. Nachdem er ihr monatelang das Leben schwer gemacht hatte, war es schön, sich vor ihm beweisen zu können. Und nachdem der erste Aufruhr um die Eröffnung abgeflaut war, konnten sie sogar etwas Zeit miteinander verbringen. Elizabeth stellte fest, dass sie seine Gesellschaft tatsächlich genoss.

Am Abend der Eröffnung blieben sie noch lange – nur zu zweit – im Laden, um die Tageseinnahmen zu kontrollieren und die ersten Zahlen zu studieren. Als sie damit fertig waren, hatten beide rasenden Hunger. Elizabeth schlug vor, die Straße hinunter in ein nahes *Izakaya* zu gehen, das japanische Gegenstück zu einer Tapas-Bar, wo sie oft mit den Ladenmanagern aß.

»Ich hätte nicht gedacht, dass so was Ihr Ding ist«, bemerkte Cole und ließ den Blick durch den überfüllten Raum wandern. Der Laden war laut und billig – und offensichtlich ein beliebter Treffpunkt nach der Arbeit.

»Ich kann mich durchaus amüsieren, Cole.« Es freute Elizabeth, dass sie ihn überraschen konnte. Als die Bedienung kam, bestellte sie ein Bier, was Cole mit einer weiteren hochgezogenen Braue quittierte.

Über einigen Gläsern Bier und mehreren Tellern mit verschiedenen Gerichten tauschten sie sich über die Ereignisse der letzten Wochen aus.

»Und wie geht es Kathleen?«, fragte Elizabeth schließlich.

»Gut.« Cole schlang das letzte Yakitori hinunter und sah Elizabeth dann an. »Aber zwischen uns läuft nichts. Und nur damit das klar ist, da ist auch nie was gelaufen. Das an dem Abend nach der Präsentation war nicht mehr als ein Drink unter Kollegen.«

Elizabeth zuckte sorglos mit den Achseln. »Das geht mich nichts an.« Aber insgeheim freute es sie, dass es ihm wichtig gewesen war, das klarzustellen.

Elizabeth interpretierte das so, dass er ihr damit grünes Licht gegeben hatte. Von da an ging sie dazu über, so wenig wie möglich anzuziehen. Es war ihr egal, ob das unprofessionell wirkte. Sie wollte, dass Cole sie bemerkte. Ihr war bewusst, dass er nur ein paar Tage in Tokio bleiben würde. Wenn irgendetwas passieren sollte, musste es bald passieren. Und tatenlos abzuwarten war nicht ihre Art.

Cole bemerkte sie sehr wohl. Sie war auch nicht zu übersehen. Er tat so, als wäre er nicht interessiert. Er ermahnte sich, dass er für ihren Vater arbeitete – dass sie eines Tages das Unternehmen leiten würde – und dass es definitiv keine gute Idee war, sich mit ihr einzulassen. Dummerweise konnte er sich noch so energisch zur Vernunft ermahnen, letztendlich war sie klug, sexy und unübersehbar scharf auf ihn. Ihre immer luftigeren Kleidchen zu ignorieren war das eine. Seinen pochenden Penis zu ignorieren etwas ganz anderes.

Am letzten Abend war es um ihn geschehen. Sie saßen bis spätabends in ihrem Büro und gingen noch einmal die Zahlen der ersten vierzehn Tage durch. Elizabeth trat sich die Schuhe von den Füßen, lehnte sich in ihrem Stuhl zurück und legte die Füße auf den Schreibtisch, nur Zentimeter von Coles Händen entfernt.

»Gott, bin ich müde.« Sie rekelte sich theatralisch, um ihren Worten Nachdruck zu verleihen, und dabei rutschte das Kleidchen noch weiter an ihren Schenkeln hinauf.

Cole grunzte und starrte angestrengt auf seinen Computer. Er wusste, dass sie ihn anmachen wollte, doch er wollte den Köder nicht schlucken. Ein paar Sekunden vergingen, dann schlug sie die schlanken Fesseln übereinander. Er sah kurz hin, bemerkte die sorgfältig pedikürten Zehennägel und spürte, wie seine Augen unfreiwillig an den langen, gebräunten Beinen aufwärtswanderten.

Er riss den Blick von ihr los und zwang ihn wieder auf den Bildschirm. Er brauchte ein paar Sekunden, um zu begreifen, dass er keine Ahnung hatte, worauf er schaute. Scheiß drauf, dachte er. Er knallte den Deckel des Notebooks zu. Sie sah verblüfft auf.

»Gehen wir hier raus«, sagte er abrupt.

Sie zog fragend eine Braue hoch.

»Du hast recht«, sagte er. »Ich bin auch müde. Wir sollten ins Hotel gehen, uns frisch machen und danach weitermachen.«

Der Spruch war mehrdeutig genug, um ganz unverfänglich zu klingen. Wenn sie im Hotel waren, würden sie die Notebooks garantiert nicht wieder aufklappen, das war beiden klar. Sie wusste genau, was er eigentlich sagen wollte, und grinste.

»Ja«, bestätigte sie mit falscher Ernsthaftigkeit. »Im Hotel kommen wir bestimmt weiter.«

Sie packten ihre Sachen zusammen und riefen vor dem Büro ein Taxi. Es war nur eine kurze Fahrt zum Park Hyatt Tokio, wo auch Cole untergebracht war. Die ganze Zeit fiel kein einziges Wort. Auf einen Unbeteiligten hätten sie gewirkt wie zwei Kollegen, die sich ein Taxi teilen. Aber der Taxifahrer blickte nicht ganz grundlos immer wieder in den Rückspiegel, als könne er die Spannung spüren. Dazu trug auch bei, dass Elizabeths Finger ununterbrochen nervös auf die Lederarmstütze trommelten.

Schließlich hielten sie vor dem Hotel. Cole drückte dem Fahrer Geld in die Hand und machte sich nicht die Mühe, auf das Wechselgeld zu warten, obwohl in Japan niemand Trinkgeld gab. Er streckte Elizabeth die Hand hin, um ihr beim Aussteigen behilflich zu sein. Ihre Finger berührten sich, und beide spürten ein elektrisches Knistern.

»Dein Zimmer oder meins?«, scherzte Elizabeth, während sie auf den Lift warteten. Ihre Zimmer waren identisch und lagen direkt nebeneinander.

»Ich würde mich auf meinem Territorium sicherer fühlen.«

»Also gehen wir in mein Zimmer«, erwiderte Elizabeth mit zuckersüßem Lächeln.

Im Nu waren sie im zweiundfünfzigsten Stock. Cole murmelte etwas vor sich hin, dass er sich umziehen wolle. Kaum war Elizabeth in ihrem Zimmer, da schlüpfte sie in ihren Seidenkimono, öffnete eine Flasche Champagner und schenkte sich ein Glas ein.

Wenig später hörte sie ein leises Klopfen an der Tür. Sie ging Cole aufmachen. In Jeans und Sweatshirt sah er gut aus, altersgemäßer. Sie konnte seinem frischen Teint ansehen, dass er sich Wasser ins Gesicht gespritzt hatte.

Cole hatte gehofft, dass er sich in der kurzen Zeit, die er allein war, wieder fangen würde. Aber diese Hoffnung zerstob, sobald er Elizabeth sah. Er kannte sie sonst nur als Arbeitstier. Auf das hier war er einfach nicht vorbereitet gewesen, selbst wenn sie ihm während der vergangenen Tage immer mehr eingeheizt hatte. Elizabeth auf Männerfang. Sie posierte im Türrahmen. Mit dem goldenen, offenen Haar und dem kurzen schwarzen Kimono sah sie aus wie ein teures Callgirl. Ein sündteures Callgirl.

»Ich hoffe, der Anblick stört dich nicht.« Sie genoss es, wie er sie anstarrte. »Aber ich dachte, ich schlüpfe in was Bequemeres.«

Er räusperte sich. »Kein Problem.«

Sie gestattete sich ein Lächeln und ging ihm durch den kurzen Flur voran. Nachdem er sie monatelang wie Dreck behandelt hatte, war es eine umso größere Genugtuung, wieder die Oberhand zu haben.

»Möchtest du einen Drink?«, fragte sie, als sie im Wohnzimmer standen. »Ich hätte einen halbwegs anständigen Champagner da.«

Sie wollte schon an die Bar treten, aber Cole war zu schnell für sie. Sie schnappte nach Luft, als sich seine Hand um ihr Gelenk schloss und sie zurückzog, bis sie ihn ansehen musste. In seinen schwarzen Augen loderten Flammen.

»Ich will keinen verdammten Drink«, knurrte er.

Plötzlich merkte sie, wie klein sie ohne Schuhe neben ihm war. Sie fühlte sich unerwartet verletzlich. So an seine Brust gepresst, wurde ihr schlagartig ins Gedächtnis gerufen, wie ähnlich sie sich waren. Er konnte es genauso wenig leiden wie sie, wenn jemand über ihn bestimmte. Sie hatte den ganzen Nachmittag Spielchen mit ihm gespielt. Jetzt wollte er wieder die Kontrolle übernehmen.

Er hielt immer noch ihr Handgelenk umfasst, und zwar so fest, dass es ein bisschen wehtat, aber sie beschwerte sich nicht. Er war ihr so nah, dass sie seinen Atem auf ihrem Gesicht und seinen festen, heißen Körper an ihrem spürte. Sie wollte schon den ersten Schritt machen, aber er kam ihr zuvor, indem er kurz an dem Gürtel ihres Kimonos zog und den Knoten öffnete. Sie ließ den Mantel von ihren Schultern gleiten. Der Stoff strich über ihre Haut und sammelte sich zu ihren Füßen. Jetzt stand sie komplett nackt bis auf ein winziges Fleckchen schwarzer Spitzenunterwäsche vor ihm. Seine Augen wanderten über ihren Körper und tasteten dabei jeden Zentimeter ab, ihre kräftigen Beine, den festen Bauch und die runden Brüste, ohne einen Zentimeter überflüssigen Specks zu entdecken.

»Nicht übel«, sagte er. »Gar nicht übel.«

Elizabeth trat einen Schritt zurück. »Nicht übel!« Zorn kochte in ihr hoch. »Was soll das verflucht noch mal bedeuten …?«

Die Worte erstarben, weil er im selben Moment zwischen ihre Beine fasste und sie mit seiner starken Hand umschloss. Plötzlich vergaß sie, worüber sie sich beschweren wollte. Durch den dünnen Stoff ihres Slips hindurch konnte er spüren, wie feucht sie war. Sie schmiegte sich in seine Handfläche, als wollte sie bestätigen, was er schon wusste. Langsam und beharrlich rieb sie sich an ihm.

»Hmmm«, hauchte er erfreut in ihr Ohr. »Das gefällt dir also?«

Sie seufzte leise. Sie konnte sehen, dass ihn das genauso anmachte, dass sich unter dem schweren Jeansstoff sein erigiertes Glied abzeichnete. Sie wollte seinen Gürtel lösen, aber er fing ihre Hand ab und zog sie weg.

»Nicht so schnell, meine Süße.« Er war schon viel zu scharf. Wenn sie ihn jetzt berührte, wäre in ein paar Sekunden alles vorbei. Nicht gerade die ideale Methode, um sie zu beeindrucken. Stattdessen kniete er vor ihr nieder, hakte seine Daumen in ihren Stringtanga und zog das schwarze Spitzengewebe langsam über ihren Hintern, über ihre Schenkel. Er wartete einen quälend langen Moment ab. Dann senkte er seinen Mund auf sie. Seine Zunge schoss vor und zurück, erst ganz sanft, dann schneller, drängender, bis sie zu stöhnen begann.

»O Gott, Cole«, keuchte sie. »Das ist so gut.« Sie vergrub ihre Hände in seinen dichten schwarzen Locken und zog ihn noch näher.

Sie merkte, wie sie langsam auf einen Orgasmus zusteuerte, spürte die Kontraktionen in köstlichen kleinen Wellen. Er musste das ebenfalls gespürt haben, denn plötzlich warf er sie rückwärts aufs Bett und begann sich auszuziehen. Nackt und ungeduldig wartete sie darauf, dass er sich zu ihr legte. Als er sich endlich ausgezogen hatte, blieb er ein paar Sekunden vor ihr stehen und erlaubte ihr, ihn genauso kritisch zu begutachten, wie er sie begutachtet hatte. Er hatte einen fantastischen Körper, kraftvoll und fest; alles an ihm war groß, überlebensgroß.

Sie hielt es nicht mehr aus. Gierig zog sie ihn zu sich herab, schlang die Beine um seine Taille und öffnete sich. Er begann, sich in ihr zu bewegen, und sie bewegte sich mit ihm, erwiderte Stoß für Stoß. O Gott … o Gott … sie konnte nicht mehr denken …

Sie schrie als Erste auf. Er folgte Sekunden später.

Als Elizabeth am nächsten Morgen aufwachte, stellte sie überrascht und leicht irritiert fest, dass Cole neben ihr lag. Sie hatte erwartet, dass er diskret verschwinden und in sein eigenes Zimmer zurückkehren würde. Stattdessen hatte er einen Arm über sie geworfen, als wollte er sie keinesfalls gehen lassen.

Langsam und verstohlen schob sie sich unter ihm heraus, ohne ihn aufzuwecken. So leise wie möglich duschte sie und zog sich an. Gott sei Dank schlief er immer noch, als sie aus dem Zimmer huschte. Unten wartete schon ihr Wagen. Um acht Uhr saß sie an ihrem Schreibtisch.

Eine Stunde später tauchte Cole auf. Als er ins Büro trat, sah sie kurz auf.

»Guten Morgen, Cole.«

Offenbar hatte er ihren forschen Tonfall nicht registriert, denn er kam an ihren Schreibtisch und ließ sich auf der Tischkante nieder. Dann lächelte er sie an.

»Hey, ich hätte nicht erwartet, dass du heute früh vor mir davonläufst. Was war los?«

Sie sah ihn verständnislos an. »Nichts. Ich hatte zu arbeiten.« Sie blieb kurz still. »Genauer gesagt habe ich im Moment wirklich viel zu tun. Wolltest du was Bestimmtes von mir?«

»Ich habe mich nur gefragt, ob du heute Abend vielleicht mit mir essen gehen möchtest.« Er hatte immer noch nicht begriffen. »Mein Flug geht um zehn, aber wenn wir früh Schluss machen …«

»Warum? Gibt es noch etwas zu besprechen?«

Er sah sie stirnrunzelnd an. »Nichts Bestimmtes. Ich dachte nur, es wäre vielleicht … es wäre vielleicht nett, zusammen auszugehen.«

Sie legte ihren Stift ab und seufzte. »Ist es wegen gestern Nacht?«, fragte sie unverblümt.

Er blinzelte, mit dieser Frage hatte er nicht gerechnet. »Eigentlich ja. Ich dachte …«

»Du dachtest, ich sei heute Morgen so früh aufgestanden, weil ich nicht damit zurechtgekommen bin, dass wir miteinander geschlafen haben?«

Diesmal sparte sich Cole eine Antwort.

Sie schenkte ihm ein kühles Lächeln. »Du kannst beruhigt sein, du brauchst dir um mich keine Sorgen zu machen.« Sie sagte das langsam und deutlich, als würde sie mit einem Kleinkind reden. »Das gestern Abend war bloß Sex. Zwei Menschen, die sich zueinander hingezogen fühlten und genau das getan haben, was die Natur von ihnen verlangt. Du weißt schon, wie wenn es juckt und man sich kratzt.«

»Hey, so solltest du nicht reden.«

»Offensichtlich muss ich es.« Sie lehnte sich in ihrem Stuhl zurück, und er konnte ihr ansehen, dass sie die Situation auskostete. »Verstehst du, ich wollte einfach ein bisschen Spaß haben, den Augenblick genießen. Dass du mich jetzt dieser peinlichen Obduktion unterziehst, macht alles kaputt.«

Cole betrachtete sie lange und nachdenklich. Sie sah ihm an, dass er seinen Zorn nur mit Mühe unterdrücken konnte.

»Na schön«, sagte er. »Ich hab's kapiert. Wie du willst, Elizabeth.«

Damit setzte er sich, klappte sein Notebook auf und schaltete es ein.

Den Rest des Tages arbeiteten sie schweigend. Am Abend verabschiedeten sie sich kurz und kühl, bevor er zum Flughafen fuhr. Elizabeth blieb noch eine Stunde im Büro und kehrte dann ins Hotel zurück.

Erst dort, in der Stille ihrer Suite und mit der Aussicht auf einen weiteren Abend allein, begann sie sich zu fragen, ob sie nicht einen Riesenfehler gemacht hatte.

27

Rosalind Melville lag im Sterben. Sie wusste das mit absoluter Sicherheit. In jedem Winkel ihrer elegant eingerichteten Wohnung in Mayfair war der Tod zu spüren. Ihre Welt war inzwischen auf ein einziges Zimmer zusammengeschrumpft. Die Luft im großen Schlafzimmer war durchtränkt vom Geruch ihres Todes und dem klebrigen Gestank der Bettpfanne, die zwar geleert, aber nicht ordentlich desinfiziert worden war. Die Fenster waren seit Wochen nicht mehr geöffnet worden.

Sie bekam kaum noch Besuch. Die meisten ihrer Freunde waren bereits tot. Sie konnte sich an Zeiten erinnern, in denen die Wochenenden aus einem Reigen von Hochzeiten bestanden hatten; gefolgt von den unvermeidlichen Tauffeiern; und dann, schon vor langer Zeit, hatten die Beerdigungen angefangen. Wahrscheinlich war auch ihre längst überfällig. Nur die wenigsten verließen das Krankenhaus nach dem zweiten Herzinfarkt lebend. Aber natürlich hatte Rosalind die beste ärztliche Versorgung genossen, die man für Geld kaufen konnte. Sie war nach Hause entlassen worden, wo sie rund um die Uhr von einem Krankenschwesternteam betreut wurde. Sie fütterten Rosalind mit ACE-Hemmern und waren ausgebildet, den mobilen Defibrillator zu bedienen, der in einer Ecke ihres Schlafzimmers wartete, wo einst die antike Kommode gestanden hatte.

Am Ende konnte man sich doch nur auf die Familie verlassen, das erkannte Rosalind jetzt. Ihre Söhne waren zuverlässige Besucher; Elizabeth auch, wenn sie einmal in London war. Heute war Samstag, folglich war William in Aldringham, aber dafür war Piers bei ihr. Über die Jahre hatte sie sich oft gewünscht, er würde heiraten. Jetzt war sie froh, dass er es nicht getan hatte. Das bedeutete, dass es ihm nichts ausmachte, stundenlang an ihrem Bett zu sitzen und ihre Hand zu halten. Im Moment las er ihr aus *Krieg und Frieden* vor. Aber sie hatte Schwierigkeiten, sich zu konzentrieren, und den Faden längst verloren.

Sie hob ihre Hand und drückte seine. »Das reicht, mein Lieber.« Selbst sie war überrascht, wie schwach sie klang. Lange würde es nicht mehr dauern, so viel stand fest.

Piers tat wie geheißen. Er schob ein Lesezeichen ein, damit er die Stelle später wiederfand, und legte das Buch auf ihren Nachttisch.

»Habe ich dir erzählt, was dieser Cole Greenwood jetzt schon wieder angestellt hat?«, fragte er.

Rosalind lächelte kraftlos. Er konnte einfach nicht schweigend dasitzen.

»Nein«, sagte sie. »Ich glaube nicht.«

Ohne dass sie nachgefragt hätte, begann er sich über den Chefstrategen von Melville auszulassen. Wegen eines unbedeutenden Fehlers, den Rosalind kaum nachvollziehen konnte. Rosalind wusste genau, was wirklich an ihm nagte. William verteilte seine Gunst nach Gutdünken. Seit Neuestem war dieser Cole Greenwood sein wichtigster Berater, eine Rolle, die Piers gern für sich beansprucht hatte. Er konnte es gar nicht leiden, wenn sich jemand zwischen ihn und seinen Bruder drängte.

Als er sich gleich darauf in einer verwickelten Erläuterung der Abwehrmaßnahmen gegen den Übernahmeversuch erging, begriff Rosalind, dass sie das nicht mehr interessierte. Das Unternehmen, das sie so geliebt hatte, bedeutete ihr plötzlich nichts mehr. Im Angesicht des Todes erschien ihr die lebenslange Jagd nach Geld und Macht sinnlos.

Es war eine Offenbarung. Eine Erkenntnis, die ihr während der langen Tage in diesem Bett gekommen war. Irgendwann war ihr aufgegangen, dass sie, die jahrelang um materielle Güter und gesellschaftliches Ansehen gekämpft hatte, eigentlich nur noch in Frieden sterben wollte.

In letzter Zeit hatte sie viel über die Konsequenzen ihrer Taten nachgedacht. Seit der Tod täglich näher rückte, waren Dinge, die ihr einst wichtig erschienen waren, plötzlich ohne Bedeutung. Wie die Änderungen in ihrem Testament. Sie wusste, wie sehr sie William damit verletzen würde, und sie wollte nicht, dass er das als ihr Vermächtnis begriff. Vor allem, nachdem die Gründe für die Testamentsänderung, die ihr vor fünf Jahren noch so entscheidend erschienen waren, längst nicht mehr so bedeutsam wirkten. Außerdem war sie mittlerweile nicht mehr sicher, ob es wirklich weise war, Amber Anteile an dem Unternehmen zu hinterlassen, selbst wenn sie treuhänderisch verwaltet würden, bis das Mädchen einundzwanzig war. Aber ihr Testament zu ändern war eine Kleinigkeit. Ihr ging noch etwas anderes im Kopf herum. Etwas, das sie William vor langer Zeit hätte erzählen sollen.

Was vor so vielen Jahren mit Katie O'Dwyer passiert war.

Rosalind hatte vorgehabt, Piers heute auf dieses Thema anzusprechen. Was sie zu sagen hatte, würde ihm nicht gefallen, das war ihr bewusst. Vor fünf Jahren hatte sie ihm geschworen, dass sie über das, was sie damals getan hatten, kein Wort verlieren würde. Weil sie wusste, dass das seine Beziehung zu William gefährden würde. Aber jetzt wollte sie sich von diesem Versprechen entbinden lassen. Sie wollte nicht mit schlechtem Gewissen sterben. Sie musste mit ihrem ältesten Sohn ins Reine kommen.

Sie sah Piers an, der immer noch erzählte, und begriff, dass sie zu müde war, um heute noch mit ihm zu reden. Aber sie würde es bald tun müssen. Bevor es zu spät war.

28

Sex war das beste Schlafmittel, das Billy Rainer je untergekommen war. Ein guter, harter Fick vor dem Schlafengehen, und er schlummerte wie ein Baby. Es hatte was mit irgendwelchen chemischen Prozessen zu tun. Beim Ejakulieren wurden im Hirn Hormone ausgeschüttet, die gleich darauf das Licht ausknipsten. Er hatte das irgendwo gelesen, was echt komisch war, weil er eigentlich so gut wie nie was las. Na ja, vielleicht hatte er es auch in einer Talkshow gehört. Ja, wahrscheinlich war es so gewesen.

Er nahm einen letzten Zug von seiner Zigarette, die postkoitale Fluppe war ein Ritual, das er nie zu brechen geschafft hatte, ließ den Stummel in eine leere Bierdose fallen und sank auf das Ausklappsofa zurück. Die dünne Decke hatte seit seinem Einzug hier keine Waschmaschine gesehen und strömte einen muffigen, süßlichen Samengeruch aus. Gott, er konnte es kaum erwarten, aus dieser Müllkippe rauszukommen. Sobald nächste Woche die Zahlung eingetroffen war, würden für ihn und Jack goldene Zeiten anbrechen. Und alles dank Amber Melville.

Amber war ein echter Glücksgriff gewesen. Er hatte vom ersten Moment an begriffen, dass sie eine kleine Goldmine war. Jung, naiv und schweinereich; das reinste Manna. Sie hatten echt Spaß mit ihr gehabt. Zum Beispiel an dem Abend, an dem sie die Kleine überredet hatten, in ihrer Schuluniform zu kommen. Scheiße, das Video würde ihnen ein Vermögen einbringen. Ihr engelsblondes Haar in zwei dicken Zöpfen; die sprießenden Brüste unter der zu engen Bluse; der Uniformrock mit nichts darunter. Er merkte, wie er hart wurde, wenn er nur daran dachte. Er schob die Hand in die Unterhose und betastete seinen halb erigierten, noch feuchten Schwanz. Er sah auf das Mädchen, das neben ihm schlief und dessen Namen er vergessen hatte, und fragte sich, ob sie ihm wohl einen blasen würde.

Billy wollte sie gerade wachrütteln, als er draußen einen Wagen hörte. Er hob den Kopf und sah einen Scheinwerfer durch den Vorhang leuchten. Ihm war sofort klar, dass da was nicht stimmte. Er erwartete niemanden, und Jack auch nicht, soweit er wusste. Vielleicht war der Fahrer nur falsch abgebogen. Dann würde er jeden Moment seinen Fehler bemerken und umdrehen.

Aber das passierte nicht. Bremsen quietschten, und das Brummen des Motors erstarb. Das Knallen der Autotüren und das Knirschen des Kieses auf dem Weg verrieten ihm, dass sich draußen mehrere Menschen versammelt hatten.

Die Schritte hielten vor der Haustür an. Die Klingel war im Eimer. Nach ein paar Sekunden war ihnen das klar. Da begannen sie zu klopfen. Dreimal klopften sie kurz und energisch gegen das Holz, danach setzte eine unheilverheißende Stille ein.

Sein Instinkt riet ihm, nicht aufzumachen. Im Haus brannte kein Licht; in der Auffahrt stand kein Wagen. Solange er keinen Laut von sich gab, würden sie, wer *sie* auch sein mochten, annehmen, dass er nicht da war, und dann hoffentlich aufgeben.

Wartend lag er im Dunklen. Nur das unerbittliche Ticken der Uhr und das immer schneller werdende Pochen in seinem Kopf waren zu hören. Einen hoffungsvollen Augenblick glaubte er, sie würden abziehen. Aber dann folgte ein mächtiger Schlag gegen die Haustür. Das Mädchen neben ihm schreckte aus dem Schlaf.

Bumm-bumm-bumm.

Sein Herz krampfte sich zusammen. O Gott. Sie traten die Tür ein.

Jetzt war er aufgesprungen und suchte hektisch nach den Anziehsachen, die er vorhin achtlos auf den Boden geworfen hatte. Vielleicht konnte er hinten rausschleichen. Aber dann hallte ein letztes ohrenbetäubendes Krachen und das Splittern von Holz durchs Haus.

Erstarrt blieb er stehen, ein Bein in seiner Jeans. Stiefel donnerten durchs Haus. Sie hatten ihn bald gefunden. Drei Schläger mit Baseballschlägern und ausdruckslosen Gesichtern.

Sie sprachen kein Wort, sie machten sich nicht einmal die Mühe, nach seinem Namen zu fragen. Sie taten das, wofür sie bezahlt wurden – sie prügelten ihm die Scheiße aus dem Leib.

Der erste Schlag traf ihn voll in den Bauch und ließ ihn zusammenklappen. Eine Sekunde später war er auf den Knien. Sein fester Entschluss, die Prügel wie ein Mann einzustecken, löste sich in Luft auf, als der Baseballschläger auf sein Gesicht traf und seinen linken Wangenknochen zerschmetterte. Er schrie auf.

»Bitte … nicht …«, wimmerte er. »Das ist garantiert ein Irrtum … was wollt ihr denn von mir? … Wir können bestimmt was drehen.«

Aber sie waren nicht interessiert.

Das Mädchen war jetzt hellwach. Sie war nicht für ihre Intelligenz bekannt, aber selbst sie begriff die Situation sofort. Sie schnappte sich ihre Klamotten und huschte aus der Tür.

Als sie verschwand, fiel Billy endlich wieder ein, wie sie hieß. »Michelle!«, rief er ihr nach.

Aber sie tat so, als hätte sie nichts gehört. Sie kannte ihn nicht gut genug, um sich in Gefahr zu bringen.

Sie brauchten nicht lang, um ihn zu brechen. Nach fünf Minuten waren die Eindringlinge kaum in Schweiß gekommen. Er hingegen lag zusammengerollt auf dem Boden und heulte wie ein kleines Mädchen. An den Schlägern klebten Blutspuren und Hautfetzen. Zwei Zähne lagen auf dem Teppich. Sie sahen aus wie Schneidezähne, aber genau spürte er das nicht, alles tat so verflucht weh.

Schließlich traten die Männer zurück. Er blieb still liegen und fragte sich, worauf sie wohl warteten. Dann hörte er wieder Schritte im Gang. Eine Gestalt erschien in der offenen Tür. Durch das fast zugeschwollene rechte Auge sah Billy einen älteren Mann in dunkelgrauem Anzug über ihm stehen. Im Gegensatz zu den anderen drei arbeitete er normalerweise nicht in dieser Branche. Aber seine eisige Miene strahlte etwas aus, das Billy noch mehr Angst einjagte. Die anderen hatten einfach nur einen Job erledigt. Bei diesem Typ war es was Persönliches.

Der Mann streckte eine Hand nach einem der Baseballschläger aus. Er hob ihn hoch über den Kopf. Billy machte sich auf den Schlag gefasst. Er schloss die Augen und hoffte, dass es bei diesem einen Schlag bleiben würde. Das war der letzte Gedanke, der durch seinen Kopf schoss.

William Melville stupste mit seinem handgefertigten Lederschuh Billy Rainers leblosen Körper an. Ein tiefes Stöhnen stieg von dem blutenden Mann auf und bestätigte, dass er zwar bewusstlos, aber nicht tot war. William wusste nicht recht, ob ihm das gefiel oder nicht.

Sein kleines Mädchen. Was diese Schweine ihr angetan hatten … Er schloss die Augen und versuchte, den Gedanken auszublenden. Zum Glück war Billy so dumm gewesen, sich damit zu brüsten, wer die Hauptrolle in seinen Filmen spielte, als er die Bänder seinem Kontaktmann übergeben hatte. Der Pornofilmer, Randy Dickson, der Name war Programm, hatte den Namen erkannt, eine Möglichkeit gesehen, auf die Schnelle ein paar Scheine zu machen, und sich in der korrekten Annahme, dass der alte Melville ein kleines Vermögen springen lassen würde, um die Videos vom Markt fernzuhalten, mit William in Verbindung gesetzt. Ein paar Scheine mehr, und William erhielt Namen und Adresse der beiden Tiere, die das alles aufgenommen hatten.

Er hätte zur Polizei gehen können. Aber er wollte auf gar keinen Fall riskieren, dass die Sache publik wurde. Darum hatte er beschlossen, stattdessen selbst Vergeltung zu suchen. In der Old Kent Road fand man problemlos ein paar Kerle, die für etwas Bargeld einen Job erledigten, ohne lästige Fragen zu stellen. Erst hatten sie sich Jack vorgenommen. Seinen Lkw an den Straßenrand gedrängt und ihn blutend an der M6 liegen lassen. Anschließend hatten sie Billy diesen kleinen Besuch abgestattet. William hatte sich nie für gewalttätig gehalten. Aber es hatte ihn zutiefst befriedigt, diesem Kerl den letzten Schlag zu verabreichen.

Leider war damit erst der einfachste Teil erledigt. Jetzt musste er sich um Amber kümmern. Er hatte sie schon zuvor in Stirling Hall abgeholt. Und er hatte bereits entschieden, dass sie nicht dorthin zurückkehren würde. Im Moment saß sie weinend hinten in seinem Bentley. Er wusste nicht, was er mit ihr anfangen sollte.

Isabelle hätte sie am liebsten nach Hause geholt. Sie meinte, Amber hätte ein wenig ausgeprägtes Selbstwertgefühl und sollte nicht bestraft werden, sondern gezeigt bekommen, wie sehr ihre Eltern sie liebten. »Bedingungslose Liebe«, hatte sie gestern Abend immer wieder getönt. Was für ein Quatsch! Bestimmt hatte dieser Scharlatan von Psychiater, den sie alle vierzehn Tage aufsuchte, ihr diesen Mist eingeflüstert. William war anderer Meinung. So wie er es sah, waren sie Amber gegenüber zu nachgiebig gewesen. Jetzt mussten sie die Daumenschrauben ansetzen. »Bevor es zu spät ist«, hatte er Isabelle unmissverständlich erklärt. Sie hatten bis in die frühen Morgenstunden darüber gestritten.

Als er nach draußen ging, sah er seine jüngste Tochter mit rot geweintem Gesicht hinten im Auto sitzen. Am liebsten hätte er sie herausgeholt und in die Arme genommen. Aber er wusste, dass er das nicht durfte. Er musste darauf achten, dass seine Gefühle nicht mit ihm durchgingen; sein Herz musste fest, sein Verstand klar bleiben. Während der Herfahrt hatte sie immer nur Billys Namen gekreischt, ihn angefleht, ihm nichts zu tun, und ihre Liebe zu diesem Affen beteuert. Es machte William Angst, dass sie gar nicht zu begreifen schien, was diese Schweine ihr angetan hatten. Selbst nachdem er ihr erzählt hatte, dass sie das Band verkauft hatten, schien sie noch zu glauben, dass Billy sie liebte.

Sie sah ihn nicht an, als er wieder ins Auto stieg. Wenigstens hatte sie aufgehört zu weinen, dachte er; ihr Heulen war zu einem leisen Schniefen abgeflaut. Er wollte etwas zu ihr sagen, aber er hatte keine Ahnung, was. Ihm fiel beim besten Willen nichts anderes ein, als sie woandershin zu bringen, weg von hier, wenn er sie schützen wollte.

Er drückte auf die Gegensprechanlage.

»Perkins?«

»Ja, Sir?« Die Antwort kam knapp und neutral. Nichts deutete darauf hin, dass Perkins sich für die Vorgänge an diesem Abend interessiert oder sich eine Meinung dazu erlaubt hätte. Er wurde dafür bezahlt, nichts zu sehen und nicht zu urteilen.

»Bringen Sie uns nach Heathrow. Wir fliegen noch heute Abend.«

Der Wagen startete, und William sank in die Ledersitze zurück.

»Wohin schickst du mich?« Ambers Stimme bebte.

Er antwortete nicht. Ehrlich gesagt hatte er keine Ahnung, wohin er Amber diesmal schicken sollte. Aber er war überzeugt, dass ihm unterwegs etwas einfallen würde.

Als die Limousine Heathrow erreichte, ging es Amber schon viel besser. Obwohl sie nach außen hin immer noch keine Miene verzog, hatte sie insgeheim das Drama genossen, das sich an diesem Abend abgespielt hatte. Ihr Vater hatte noch kein Wort mit ihr gewechselt, er hatte nicht einmal in ihre Richtung gesehen, aber aus den leisen Telefonaten, die er unterwegs geführt hatte, hatte sie geschlossen, dass sie bis zum Herbst nach New York geschickt würde. Sie hätte sich eine schlimmere Strafe vorstellen können.

Ein Vertreter von British Airways lotste sie im Schnelldurchgang durch den Check-in und die Security und begleitete sie dann zu der wartenden 747. Sobald sie in der ersten Klasse Platz genommen hatten, rollte die Maschine an.

Amber wartete, bis ihr Vater die Augen geschlossen hatte, und gab dann der Stewardess ein Zeichen, ihr ein Glas Champagner einzuschenken. Ein Geschäftsmann auf dem Platz nebenan betrachtete sie wohlwollend, und sie zwinkerte ihm zu. Peinlich berührt vertiefte er sich in seine Unterlagen. Nein, sie hatte es gar nicht schlecht getroffen, überlegte sie, während sie sich in ihrem Sitz ausstreckte. In den letzten Stunden hatte sie ihrem Vater rasend vor Wut geschworen, dass sie einen Weg finden würde, zu Billy zurückzukehren, sobald sie alt genug war. Aber inzwischen entdeckte sie, dass ihr Liebeskummer vielleicht doch nicht so groß war wie gedacht. Die wöchentlichen Partys waren öde geworden. Er hatte nie Geld, um ihr Geschenke zu kaufen. Und Keepers Cottage war wirklich ein ziemliches Loch gewesen.

Amber holte die Kopfhörer aus der Seitentasche des Sitzes und wählte einen Film aus. Bis das Flugzeug auf halbem Weg über dem Atlantik war, waren Billy, Eva und Stirling Hall nur noch eine blasse Erinnerung.

William blieb lang genug in New York, um Amber bei den Penfolds unterzubringen, einer der ältesten und steifsten Familien in den Staaten. Charles und Audrey Penfold standen für altes Geld und blaues Blut und zeichneten sich durch makellose Abstammung und Manieren aus; ihr Name wurde in einem Atemzug mit den Vanderbilts, Kennedys und Rockefellers genannt. Natürlich wohnten sie an der Upper East Side, genauer gesagt an der 62. Straße zwischen Park und Madison Avenue im Penthouse eines denkmalgeschützten Baus aus dem neunzehnten Jahrhundert. Sie lebten in einer jener altehrwürdigen Wohnungen, die zur Blütezeit der Louis-Quinze-Renaissance Ende der achtziger Jahre eingerichtet worden waren. Alle prunkvollen Details waren exakt aufeinander abgestimmt. Die Böden waren mit gefärbtem Marmor gefliest; Ziersimse und Friese verschönerten die Wände; die Möbel waren aus Edelholz und mit Schnitzereien sowie mit Perlmutt- oder Elfenbeinintarsien verziert.

Die Penfolds waren im Grunde wie ihr Apartment: oberflächlich perfekt aufeinander abgestimmt, aber ohne besonderen Tiefgang. Amber war ihnen als Zehnjährige schon einmal begegnet. Sie waren noch genauso, wie sie die beiden in Erinnerung hatte. Charles Penfold war Partner in einer Investmentbank. Er arbeitete sechzehn Stunden am Tag – am Wochenende zwölf –, wählte die Republikaner und schlief seit acht Jahren mit seiner Sekretärin. Audrey Penfold arbeitete nicht und verbrachte ihre Zeit mit Verabredungen zum Lunch oder mit ihrem Personal Trainer. Als Amber sie das letzte Mal gesehen hatte, war sie eine gut erhaltene

Zweiundvierzigjährige gewesen. Botox und regelmäßige Besuche beim Schönheitschirurgen stellten sicher, dass sie das weiterhin blieb.

Audrey und Charles führten die perfekte Upper-Eastside-Ehe: Sie teilten weder Bett noch Tisch, ließen aber absolute Diskretion walten, was ihre außerehelichen Aktivitäten anging. Ihr gemeinsames Leben war vorhersehbar und durchorganisiert, und sie waren nicht begeistert, William Melvilles ungezogene Tochter aufzunehmen. Aber nachdem er ein alter Freund war, der einiges auf sich genommen hatte, um Charles während einer Durststrecke vor einigen Jahren mit Geld zu versorgen, konnten sie sich schlecht weigern.

William blieb nur ein paar Stunden. Beim Abschied versprach er den Penfolds, dass er ein geeignetes College für Amber finden würde, sobald im August ihre Zeugnisse eingetroffen wären, damit sie einen Abschluss machen und in England studieren konnte. Das schien die beiden zu besänftigen. Amber war weniger überzeugt. Sie konnte sich kaum noch an die Prüfungen erinnern, die sie in den letzten Wochen geschrieben hatte, abgesehen von dem Englischaufsatz, bei dem sie im Koksrausch in einer guten Stunde vierzig Seiten vollgeschrieben hatte. Sie hatte den Verdacht, dass der gestrige Tag das Ende ihrer Schullaufbahn markierte, doch diese Aussicht fand sie nicht weiter beunruhigend.

Am nächsten Morgen erwachte Amber überraschend früh und voller Vorfreude auf ihr beginnendes New Yorker Abenteuer. Es war Anfang Juli, und die City war schon jetzt stickig und heiß. Sie ging ihre Garderobe durch. Nachdem sie keine Zeit zum Packen gehabt hatte, entschied sie sich für das einzige anständige Kleid, das sie mitgebracht hatte, ein schlichtes weißes Baumwollkleid. Sie musste so bald wie möglich shoppen gehen, beschloss sie.

Anfangs war sie nicht sicher, wie viel ihr Vater den Penfolds über die Ereignisse in England erzählt hatte. Aber als sie zum Frühstück nach unten ging, erkannte sie, dass es mehr oder weniger alles gewesen sein musste. Audrey Penfold konnte ihr kaum in die Augen sehen und starrte lieber auf ihr Frühstück, das aus schwarzem Kaffee und Prozac bestand; wohingegen ihr Ehemann Charles die Augen nicht von ihr losreißen konnte.

»Noch ein Bagel, meine Liebe?«, dröhnte Charles' tiefe, samtige Stimme.

Er streckte ihr ein Körbchen mit Backwaren hin. Amber schüttelte den Kopf, sie hatte den Bagel auf ihrem Teller kaum angerührt. Aber er schien das gar nicht zu bemerken. Seine Augen waren fest auf ihr Dekolleté geheftet. Sie hatte an diesem Morgen keinen BH angezogen, und in der Kühle der Air Condition hatten sich ihre Nippel aufgestellt und zeichneten sich jetzt deutlich unter dem dünnen Stoff ihres Kleides ab.

Audrey, die den Wortwechsel schweigend verfolgt hatte, zog, so gut es ging, die Stirn in Falten. Dem scharfen Blick der Society-Matrone entging nichts. Dass dieses hübsche junge Ding den ganzen Sommer über in kurzen Kleidchen in ihrem Haus herumtanzen und ihre langen, braunen Beine präsentieren sollte, erschien ihr plötzlich problematischer als anfangs gedacht.

Bis das Frühstück beendet und Charles sicher an seinen Arbeitsplatz verfrachtet worden war, hatte Audrey beschlossen, dass Amber eine andere Beschäftigung brauchte als nur ihren Mann. Bei einer frisch gebrühten Kanne Kaffee musste sie jedoch erfahren, dass das leichter gesagt als getan war. Das Mädchen schien keine Hobbys oder Interessen zu haben. Kein Wunder, dass sie nichts als Unsinn im Kopf hatte.

»Was würdest du gern machen, wenn du erwachsen bist, Liebes?« Audrey hoffte immer noch, dass es *irgendeine* Möglichkeit gab, ihr Amber vom Hals zu schaffen.

»Model werden«, antwortete Amber ohne zu zögern.

Wie originell, dachte Audrey. Sie rang sich ein schmallippiges Lächeln ab. »Was für eine zauberhafte Idee!«

Sie griff nach ihrem Rolodex. »Also *dabei* kann ich dir vielleicht helfen.«

Rich Cassidy war ein sehr beschäftigter Mann. Als Besitzer der kleinen, aber angesehenen Model-Agentur *Cream* war seine Zeit kostbar und er viel gefragt. Nachdem der Sitz der Agentur in L.A. war, war er nur für einen Tag in sein New Yorker Büro gekommen, wo er in der Hoffnung, für Hiltman Jeans, einen seiner größten Klienten, ein frisches Gesicht zu finden, eine offene Audition hielt. Bis jetzt war keines der Mädchen, die er gesehen hatte, auch nur annähernd gut genug gewesen. Hiltman suchte nach einem ganz bestimmten Look – jemanden mit Pep, jemanden, der natürliche Coolness ausstrahlte.

Rich tigerte gerade durch die Rezeption, als sie ihm auffiel. Ein atemberaubendes junges Mädchen mit den niedlichsten hellblonden Locken, die er je gesehen hatte. Sie lagerte in einem der niedrigen Ledersessel, blätterte desinteressiert in einer Zeitschrift und kaute Kaugummi. Rich starrte das Mädchen eine Sekunde lang an, weil er annahm, dass sie ein Möchtegernmodel war, das zu spät zur Audition erschienen war. Normalerweise hätte er sie wegschicken lassen. Models, die zu spät kamen, hasste er fast so sehr wie Menschen, die Kaugummi kauten. Aber dieses Girl … es hatte etwas an sich … etwas, das es abhob …

Er ging zu Linda, dem Mädchen am Empfang.

»Wer ist das?« Er nickte zu der Blondine hin. »Jemand für Hiltman?«

Linda warf einen Blick in Richs Terminkalender. »Nein. Das ist Ihr Elf-Uhr-Termin. Amber Melville.«

Rich zog eine gezupfte dünne Braue hoch. Er hatte sein Versprechen gegenüber Audrey Penfold völlig vergessen. Als sie ihn gebeten hatte, ihren ungebetenen Hausgast vorbeischicken zu dürfen, hatte er sich wenig begeistert gezeigt. Aber weil Rich ihr einen Gefallen schuldete – bei einem ihrer Wohltätigkeitsdinners hatte er seinen neuesten Freund, den Make-up Artist Louis Kent, kennengelernt –, hatte er sich widerwillig bereit erklärt.

Er hatte nicht erwartet, dass dieses Treffen zu etwas führen würde. Natürlich, Amber Melville wollte Model werden, aber das hatte nichts zu sagen. Bei dem Telefonat hatte er eine typische englische Inzucht-Aristokratin vor sich gesehen: Mausehaar, langes Gesicht, dünne Lippen. Jetzt sah er ein, dass er sich getäuscht hatte. Mit ihrer platinblonden Lockenkrone und dem Rosenknospenmund erinnerte ihn Amber eher an eine laszive Kurtisane aus der Restaurationszeit. Auch ohne ihre Geschichte zu kennen, sah er ihr auf den ersten Blick an, was sie war: eine Oberklassenschlampe, ein reiches Gör, das alles mit jedem tun würde, um Spaß zu haben. Wenn die Kamera dieses Bild einfangen konnte, würde sie mit diesem Look ein Vermögen machen.

»Okay, Linda.« Rich hatte einen Entschluss gefasst. »Hol Paul ans Telefon und sag ihm, ich schicke ihm jemanden für ein paar Probeaufnahmen runter.«

Er spazierte zu Amber und ging vor ihr in die Hocke.

»Also, Amber Melville, was hältst du davon, berühmt zu werden?«

William war nicht glücklich, als er hörte, dass Amber in New York bleiben wollte, um als Model zu arbeiten – um Gottes willen. »Sie sollte im Herbst wieder zur Schule gehen, um einen anständigen Abschluss zu machen. Nicht mit einem Haufen Fremder durch die Welt ziehen.«

Isabelle hatte am Vorabend eine Stunde lang am Telefon dem tränenreichen Flehen ihrer Tochter gelauscht und war daher eher geneigt, Amber ihren Willen zu lassen. »Das sind keine Fremden. Ich habe mit Audrey gesprochen, und der Besitzer der Agentur ist ein guter Freund von ihr. Sie hält sehr viel von ihm und hat mir versichert, dass Amber bei ihm in guten Händen ist. Ehrlich, ich weiß nicht, was das Problem dabei sein soll.«

»Das Problem ist, dass sie erst sechzehn ist. Wenigstens verstoßen wir nicht gegen das Gesetz. Aber sie braucht unsere Zustimmung, um von zu Hause auszuziehen. Und ich bin durchaus bereit, rechtliche Mittel einzusetzen, wenn sie sonst nicht nach England zurückkommt.«

»Ach William, das wird sie dir bestimmt nicht danken. Das ist für sie eine Riesenchance, die du ihr nicht verbauen solltest.« Isabelle schüttelte sacht den Kopf. »Komm schon, sei ehrlich. Hast du wirklich erwartet, dass sie nach England zurückkommt, sich für ein Studium einschreibt und an die Universität geht? Du weißt, dass das nicht Amber ist. Sie ist nicht wie Elizabeth.«

In diesem einen Punkt konnte ihr William nicht widersprechen.

Also setzte Amber wieder einmal mit mütterlicher Hilfe ihren Willen durch. Sie wusste, dass sie eigentlich zufrieden sein sollte. Trotzdem spürte sie gleichzeitig einen wehmütigen Stich. Wenn ihre Eltern sie wirklich lieben würden, hätten sie ihr doch bestimmt nicht so schnell ihren Willen gelassen?

29

Auch nach der Eröffnung des Geschäftes in der Ginza nahm für Elizabeth der Termindruck nicht ab. Motoyama war so begeistert über den Erfolg der Tokioter Niederlassung, dass er Druck machte, die Region sofort weiter zu erschließen. Schon ein paar Wochen darauf fand sich Elizabeth in Hongkong wieder, wo sie die glänzenden Wolkenkratzer und marmorgefliesten Einkaufspassagen im Central District inspizierte. Danach ging es weiter in die Orchard Road in Singapur und von dort aus in das moderne Einkaufsviertel zwischen Sukhumvit Road und Siam Square in Bangkok.

Aber obwohl sie mehr als genug Ablenkung hatte, merkte sie, dass ihre Gedanken immer wieder zu Cole und der Nacht zurückkehrten, die sie mit ihm verbracht hatte. Wenn sie spätabends im unterkühlten Luxus eines weiteren anonymen Hotelzimmers saß, malte sie sich oft ungewollt aus, dass er jetzt bei ihr wäre: wie ihre Hände über seinen straffen Bizeps strichen und über seine kräftigen Rippen; wie der Schweiß auf seinem muskulösen Rücken glänzte, während er über ihr kniete; wie seine dunklen Augen ironisch auf sie herabblickten. Das war das Verblüffende bei Cole – es war schwer, sich in seiner Gegenwart nicht weiblich zu fühlen. Das bewirkte allein seine Größe. Manchmal wurde das Gefühl so stark, dass sie sich unruhig im Bett herumwarf und keinen Schlaf finden konnte, weil sie sich so nach ihm sehnte. Es wäre ein Leichtes gewesen, an die Hotelbar zu gehen und sich einen namenlosen Geschäftsmann für eine Nacht zu suchen. Aber irgendwie wusste sie, dass ihr das nicht mehr genügte. Mit Cole war es mehr als Sex gewesen. Elizabeth war klar, dass sie zum ersten Mal in ihrem Leben bereit war, sich jemandem zu öffnen, eine Beziehung einzugehen.

Nach dieser Erkenntnis konnte sie es nicht erwarten, wieder mit ihm zu reden. Sie wartete auf seinen Anruf. Vielleicht hatten sie sich nicht unter den günstigsten Bedingungen verabschiedet, aber sie war sicher, dass er ihr das nicht vorhalten würde. Als sie eine Woche später noch nichts von ihm gehört hatte, schluckte sie ihren Stolz hinunter und rief selbst an. Seine Assistentin richtete ihr aus, dass er nicht im Haus sei. Sie rief noch mehrmals an und hinterließ Nachrichten, die ihm, wie ihr versichert wurde, sämtlich ausgerichtet wurden. Hätte sie es nicht besser gewusst, hätte sie geglaubt, er würde sie meiden. Als sie ihn endlich zu ihrer mittlerweile monatlichen Besprechung ans Telefon bekam, klang er distanziert und unterkühlt. Nachdem sie den Stand der Geschäfte durchgesprochen hatten, schien er nicht länger am Apparat bleiben zu wollen.

»Hast du vor, demnächst wieder herzukommen?«, fragte sie so beiläufig wie möglich.

»Zurzeit nicht«, antwortete er knapp. »Einen Moment, Elizabeth.« Sie hörte, wie er den Hörer abdeckte, und dann ein paar gedämpfte Stimmen im Hintergrund. Als er wieder mit ihr sprach, fasste er sich kurz. »Hör zu, die brauchen mich. Ich muss Schluss machen.«

»Natürlich«, sagte sie. Aber er hatte schon aufgelegt.

Sie starrte auf den Hörer. *Diesmal habe ich es richtig vermasselt.*

Nach diesem Telefonat fühlte sie sich so elend, dass sie ihren Vorsatz, sich nicht mehr mit irgendwelchen Männern zu treffen, vergaß und ein Treffen mit Magnus Bernstein vereinbarte, als er eine Woche später anrief und ihr erklärte, er sei in Tokio und würde sie gern ausführen.

War Magnus schon immer so öde gewesen?, fragte sich Elizabeth während des Essens im Hamadaya. Eigentlich liebte sie die Tokioter *Ryotĕi*, jene eleganten japanischen Restaurants, in denen Haute Cuisine serviert wurde und Politiker und Industriemagnaten verkehrten. Aber heute Abend musste sie immer daran denken, wie lustig es gewesen war, als sie mit Cole in das *Izakaya* gegangen war. Die Unterhaltung mit Magnus war höflich und förmlich, ohne Flirts, ohne Neckereien. Natürlich sah er für einen älteren Mann gut aus. Aber wenn er den Arm um ihre Taille legte, spürte sie keine Kraft, keine Macht. An seiner Seite fühlte sie sich nicht sicher und behütet.

»Ich wohne im Mandarin Oriental«, erklärte er ihr, als er seine American Express Platincard auf den Tisch legte, um die Rechnung zu begleichen. »Es ist nicht weit …«

Vielleicht war es seine arrogante Überzeugung, dass sie seinen Vorschlag annehmen und in die alte Routine zurückfallen würde. Oder vielleicht war es ihr Wissen, dass sie im Moment lieber mit jemand anderem zusammen gewesen wäre. Aber plötzlich wollte sie nur noch weg von ihm.

»Es wäre mir lieber, wenn du mich bei meinem Hotel absetzen würdest«, antwortete sie kühl.

Magnus zog eine Braue hoch, brachte aber keine Einwände vor. Sie hatte deutlich signalisiert, dass das, was sie früher verbunden hatte, vorbei war. Er hatte zu viel Selbstachtung und es auch nicht nötig, sie anzubetteln. Er war gut aussehend und reich. Es gab so viele andere Mädchen, die darauf warteten, ihren Platz einzunehmen. Vielleicht waren sie nicht so wie Elizabeth, aber wem wollte er etwas vormachen? Genau darum hatte er von Anfang an keine feste Beziehung gewollt. Er hatte schon immer gewusst, dass es nur eine Frage der Zeit war, bis sie zu Sinnen kam und jemanden fand, der ihrem Alter entsprach. Magnus hoffte nur, dass dieser Jemand ihrer würdig war.

30

Das Mädchen stöhnte auf. Der Laut war ebenso Aufforderung wie Protest, ein lustvolles Keuchen und scharfes Luftholen zugleich. Lucien stützte sich über ihr ab und pumpte weiterhin bei jedem Stoß fester und tiefer.

Sie war schon vor einer ganzen Weile gekommen; das hatten ihm ihre lauten Begeisterungsschreie verraten. Aber er schien ihr nicht nachfolgen zu können. Normalerweise war das kein Problem für ihn. Aber in letzter Zeit …

Er merkte nicht einmal, wie rücksichtslos er inzwischen zustieß, nahm weder ihre zusammengebissenen Zähne noch die Hände wahr, die sich in das Laken krallten, bis sie schließlich keuchte: »Vielleicht … sollten … wir was … anderes probieren?«

Er hielt mitten im Stoß inne, und sie nutzte die Gelegenheit, um nach unten zu fassen und seine Eier zu drücken.

»Ich könnte dir doch einen blasen?«, bot sie ihm an.

Er reagierte mit einem knappen Grunzen. Statt ihr Angebot anzunehmen, zog er sich zurück, drehte sie auf den Bauch und nahm sie von hinten. Auf diese Weise konnte er die Augen schließen und heimlich an jemand anderen denken. Ein letzter tiefer Stoß, und er kam endlich zu einem schnellen, stillen Höhepunkt.

Er wälzte sich von ihr herunter, streifte das Kondom ab und tastete nach einer Zigarette. Eine weitere Unart, die er wieder aufgenommen hatte. Während er rauchte und dem Mädchen beim Anziehen zuschaute, ging ihm auf, dass er sich nicht befriedigt fühlte. Im Moment wusste er nicht recht, ob er die dunkle Wolke, die zurzeit über ihm zu hängen schien, je würde abschütteln können.

Er fragte sich, wo Caitlin wohl gerade war. Wo sie auch stecken mochte, er hoffte, dass sie sich wenigstens halb so beschissen fühlte wie er.

Tatsächlich war Caitlin in diesem Augenblick am anderen Ende der Stadt in der Schule, wo sie inzwischen die meiste Zeit verbrachte.

Es war Juni in Paris. Für die fünfundvierzig Studenten, die ihren Abschluss an der Modeschule des Chambre Syndicale machen wollten, bedeutete das nur eines: Die Abschlussshow stand vor der Tür. Für Caitlin war es ein willkommener Vorwand, nicht an Lucien zu denken. Sie hatte gesehen, wie er ihre Trennung verarbeitete – er schlief sich durch alle Betten und verließ das Café des Amis allabendlich mit einem anderen Mädchen. Sie hatte sich stattdessen in die Arbeit gestürzt. Sie war beinahe froh, dass die bevorstehende Show sie so auf Trab hielt.

Seit sechs Wochen war die Anspannung spürbar. Die Show war in jeder Unterrichtsstunde Thema, sie beherrschte alle Gespräche beim Mittagessen und während der Kaffeepausen. Nach vierzehn Tagen wurde jede Erwähnung der Abschlussshow von den Studenten mit einem theatralischen Stöhnen quittiert.

»Ich kann es nicht mehr hören!«, beschwerten sie sich.

Aber das war nur gespielte Tapferkeit. Alle waren nervös, und das mit gutem Grund. Zwei Jahre lang hatten sie auf diesen Abend hingearbeitet. Dies war ihre Chance, ihre Arbeiten vor der Pariser Modewelt zu präsentieren: den Käufern, Journalisten und vor allem Designern auf der Suche nach neuen Talenten für ihre Ateliers.

Die meisten Studenten waren von morgens bis tief in die Nacht mit ihren Entwürfen beschäftigt, nahmen in letzter Minute Änderungen vor oder versuchten unvorhergesehene Krisen zu meistern. Caitlin schlief genauso schlecht wie ihre Mitschüler und erwachte immer wieder, in kalten Schweiß gebadet, aus Träumen, in denen Modedespoten angewidert den Kopf über ihre Entwürfe schüttelten oder den Models die Kleider vom Leib fielen, sodass sie nackt auf dem Catwalk standen.

Aber als der Tag näher rückte, trat für sie ein anderes Problem in den Vordergrund: Sollte sie Lucien einladen oder nicht? Sie hatte drei Freikarten erhalten. William hatte darauf bestanden zu kommen. Natürlich hatte sie Alain eingeladen. Damit blieb noch ein Platz frei. Der Platz, auf dem eigentlich Lucien sitzen sollte.

Sie hatte nicht vergessen, dass ihre Kollektion von Lucien und der Aufführung von La Bohème inspiriert worden war. Caitlins Thema war die Pariser Oper während ihrer Glanzzeit im neunzehnten Jahrhundert, einer erhabenen, extravaganten Zeit. Sie hatte Abendkleidung für reiche Partygänger gestaltet, für einen jungen, aber zahlungskräftigen Markt. Das luxuriöse Barockdekor und die verschwenderische Inneneinrichtung der Oper spiegelten sich in ihrer Farbpalette wider – tiefe Rot- und Lilatöne, ein plakatives Schwarz mit metallischen Akzenten –, außerdem in üppigen Stoffen wie Brokat, schwerer Seide und Krepp, Samt und Spitzen. Unterschwellig atmete alles die gruselige Grandezza von Gaston Lurex' »Phantom der Oper«. Ein zentrales Merkmal von Caitlins Arbeiten war die Liebe zum Detail, und sie hatte zahllose Märkte durchforstet, um nach den geeigneten Accessoires wie eleganten Abendhandschuhen oder antiken Taschenuhren zu suchen.

Trotz ihrer Nervosität und ihrer Selbstzweifel wusste sie, dass sie gute Arbeit geleistet hatte. Und natürlich war die Kollektion allein ihr Werk. Trotzdem hatte sie insgeheim das Gefühl, dass sie Lucien etwas schuldig war, und sei es nur dafür, dass er sie auf diese Idee gebracht hatte. Ihm eine Einladung zu schicken wäre eine Möglichkeit, ihm dafür zu danken. Und vielleicht, nur vielleicht, könnten sie danach Freunde werden.

Sie sprach Alain darauf an. Sie hatte erwartet, dass er es für eine gute Idee, für eine Art Friedensangebot halten würde. Stattdessen schüttelte er den Kopf.

»Ich glaube, das solltest du nicht tun, Caitlin.«

»Warum nicht?«

Alain seufzte. Er war von Anfang an dagegen gewesen, dass Lucien und Caitlin ein Paar wurden. Er hatte gewusst, dass einem von beiden dabei das Herz gebrochen würde. Er hatte nur nicht erwartet, dass es Luciens wäre. Es war ihm ein Rätsel, was zwischen den beiden vorgefallen war. Aber Caitlin hatte seinem Freund wahrhaftig schwer zugesetzt.

»Wenn du ihn einlädst, sieht das so aus, als wolltest du wieder mit ihm zusammen sein«, sagte Alain. »Und das wäre grausam, wenn du das nicht tatsächlich möchtest. Meinst du nicht auch?«

Caitlin sagte nichts dazu. Sie wusste, dass Alain von Anfang an nicht begeistert von ihrer Verbindung gewesen war. In Anbetracht dessen war seinem Urteil nur schwer zu trauen.

Also legte sie die dritte Eintrittskarte in ihre Schublade und wartete auf ein Zeichen.

Das Zeichen kam eine Woche vor der Show. Inzwischen arbeiteten die Studenten rund um die Uhr. Das Klassenzimmer im Chambre Syndicale war Tag und Nacht belegt und erfüllt mit dem Surren der Nähmaschinen und dem nervösen Geplapper der flügge werdenden Designer. Langgliedrige Models staksten über den Boden, beäugten die Entwürfe und warteten auf die Anprobe. Auch wenn die Studenten noch Niemande waren, war es ratsam, höflich zu ihnen zu sein – vielleicht würden sie irgendwann jemand werden: ein Name wie Yves Saint Laurent, Issey Miyake oder Valentino.

Madame nutzte die Gelegenheit, um den Arbeiten ihrer Studenten einen letzten Input zu geben. Sie hatte ihnen in den vergangenen zwei Jahren sehr viel abverlangt, aber jetzt konnte sie stolz auf ihre Schüler sein, denn alle bewiesen, dass ihr ständiges Nörgeln Früchte getragen hatte.

Caitlin war gerade dabei, per Hand Perlen auf eine Goldbrokatjacke aufzusticken, als Madame bei ihr stehen blieb. Sie sah kaum auf, während Madame ihre Sachen in Augenschein nahm. Als sie endlich den Kopf hob, sah sie, dass Madame nicht nur lächelte – was selten genug vorkam -, sondern regelrecht strahlte.

»Nun ja, Mademoiselle O'Dwyer. Wie ich sehe, hat Paris bei Ihnen Wunder bewirkt.«

»Sie gefallen Ihnen?«

»Ob sie mir gefallen?« Madame zog eine Braue hoch. »Caitlin, diese Arbeiten gehören wohl zu den besten, die ich in diesem Jahr gesehen habe. Sie können sehr stolz auf sich sein. Ich weiß nicht, was – oder wer – Sie inspiriert hat, aber sie sollten sich diese Quelle warm halten.«

Madame zog zischend ihren Stock nach vorn und spazierte weiter.

Noch am selben Nachmittag schickte Caitlin Lucien die Einladung. Obwohl sie keine Antwort erhielt, hoffte sie inständig, dass er kommen würde.

Um fünf vor sechs am folgenden Mittwochabend standen Caitlin und die anderen vierundvierzig Studenten ihres Jahrgangs hinter der Bühne im Le-Nôtre-Saal im Carrousel du Louvre und warteten darauf, dass die Show begann. Es war einer der festen Veranstaltungsorte während der jährlichen Pariser Modewoche. Heute Abend waren die jungen Designstudenten genauso nervös wie ihre berühmten Kollegen vor jeder ihrer Shows.

Caitlin beobachtete mitfühlend, wie eines der Mädchen aus ihrer Klasse schon wieder aufs Klo rannte, um sich zu übergeben. Auch in ihrem Magen rumorte es, aber wenigstens hatte sie es geschafft, das Mittagessen bei sich zu behalten. Sie nahm einen Schluck Champagner, um ihre Nerven zu beruhigen. Moët hatte einige Flaschen gestiftet, an denen sich alle festhielten. Sie standen so unter Adrenalin, dass kein Alkohol in der Welt sie betrunken machen konnte. Die Luft knisterte vor Anspannung. Allen war bewusst, dass die nächsten zwei Stunden über ihre weitere Laufbahn als Designer entscheiden würden. Drei Preise gab es zu gewinnen. Eine Jury aus zwölf Schwergewichten der Modewelt würde die Sieger benennen und die begehrten Siegestrophäen in Form eines sechsmonatigen Praktikums bei Christian Dior, Hermès oder Yves Saint Laurent vergeben.

Von ihrem Beobachtungsposten hinter den riesigen Baumwollveloursvorhängen aus verfolgte Caitlin gespannt den Wettstreit. Es gab ein paar unglaublich gute Shows. Eine schottische Militärkapelle kündigte den Einzug von Brookes Models an, die in neckische Kilts gekleidet waren, gepaart mit bezaubernden Stricksachen in unglaublich weichem Kaschmir. Ein weiteres Highlight war Shay Kestlers Vorführung. Ein wummernder Bass setzte ein, und im nächsten Moment sah es so aus, als wäre die Club-Fashion von der Tanzfläche auf den Catwalk gesprungen. T-Shirts mit neonfarbenen Slogans, fluoreszierende Leggings und pink leuchtende Lidschatten zollten der Raveszene Tribut, wirkten aber trotz ihrer grellen Aufdringlichkeit edel und elegant. Alle waren so gut, dachte Caitlin halb bewundernd, halb neidisch. Es war schwer einzuschätzen, wie sie im Vergleich dazu abschneiden würde.

Schließlich war sie an der Reihe. Sie merkte, wie ihr Herz, befeuert von Nervosität und Vorfreude, zu hämmern begann. Im Zuschauerraum war ein kurzer, erschrockener Aufschrei zu hören, als alles in absolute Dunkelheit getaucht wurde. Caitlin stand abseits der Bühne und wartete lächelnd ab. Die Studenten waren für alle Details ihrer Vorführung verantwortlich: von der Beleuchtung bis zur Musik. Finanziert wurden die Shows unter anderem durch Spenden aus dem Förderkreis ihrer Schule, damit wurden die Kosten für die Models, Materialien und die meisten Requisiten abgedeckt, und freiwillige Helfer aus der angegliederten Schauspielschule stellten sich für die Beleuchtung und den Bühnenumbau zur Verfügung. Caitlin hatte ihren Abschnitt so sorgfältig durchgeplant wie eine Opernaufführung: so dramatisch wie die Kleider, die sie entworfen hatte.

Ein paar Sekunden blieb es stockfinster, um Spannung aufzubauen. Dann gingen die Lichter an. Auf der weißen Leinwand im Hintergrund sah das Publikum die Silhouetten von fünf riesigen Kandelabern. Eine Rauchmaschine begann leise zischend, dicke Nebelschwaden über den Boden zu blasen. Einen Herzschlag später durchschnitt der aggressive Klang einer elektrischen Orgel die Luft. Und dann begann der kräftige Rhythmus einer Arie aus einer Rockoper zu hämmern, und das erste Model trat auf den Catwalk.

Caitlin war ein Risiko eingegangen und begann mit ihrem Outfit für Herren. Hinter der Bühne beobachtete sie mit angehaltenem Atem, wie Jean Luc quasi als moderner Gothic-Dandy mitsamt Spazierstock, Brokatjacke und Skarabäusbrosche den Laufsteg entlangschritt und die Rauchwolken teilte.

Das Publikum tobte.

Caitlin hörte den Jubel und den Applaus und merkte, wie sich ihre Anspannung auflöste.

In der ersten Reihe saß William und klatschte laut Beifall, als Caitlins Kollektion präsentiert wurde. Er war schon früh gekommen, weil er unbedingt einen guten Platz haben wollte. Er war froh, dass er sich die Mühe gemacht hatte. Jetzt saß er inmitten der Modeexperten und konnte ihre Kommentare zu Caitlins Design hören.

»Ich liebe diese Hosen!«, sprudelte die Moderedakteurin von Paris Match heraus. »Diese Liebe zum Detail!«

»Die wird mit Sicherheit groß rauskommen«, pflichtete ihr die Stil-Korrespondentin von Le Tribune bei.

Nicht dass William ihre Kommentare gebraucht hätte, um das

zu erkennen. Melville war zwar eher für seine Accessoires als für die Modelinie bekannt, aber er war lang genug im Geschäft, um ein Talent zu erkennen. Natürlich war er als Vater voreingenommen, trotzdem waren die von Caitlin entworfenen Sachen mit Abstand das Beste, was er heute Abend gesehen hatte. Seine Brust platzte fast vor Stolz, doch dann folgte ein Moment der Trauer. Er wünschte, Katie hätte hier sein können, um mitzuerleben, was ihre Tochter geleistet hatte. Caitlin hatte nichts mehr von dem schüchternen, linkischen Teenager, der sechs Jahre zuvor zu ihnen nach Aldringham gekommen war. Inzwischen war sie eine wunderschöne junge Frau, vor der eine vielversprechende Zukunft lag. Niemand konnte sich noch mehr für sein Kind wünschen.

Nach Caitlins Kollektion zog der Rest der Show schnell vorbei. William verfolgte sie distanziert und allein unter dem Blickwinkel, wie die anderen im Vergleich zu Caitlin abschnitten. Alle waren gut, der Standard war hoch, wie in der Chambre Syndicale nicht anders zu erwarten. Aber keiner konnte es mit Caitlin aufnehmen, erkannte er zufrieden. Er hatte nicht den leisesten Zweifel, dass sie ein Jobangebot für eines der wichtigsten Modehäuser bekommen würde. Er hoffte nur, dass sie sich dazu durchringen konnte, stattdessen für Melville zu arbeiten. Darüber würde er nach der Show mit ihr reden.

Als William sich abwandte, prallte er mit einem jungen Mann zusammen, der gerade vorbeieilen wollte. William stockte kurz, als hätte ihn der Anblick der langen, wehenden dunklen Haare, der durchscheinenden Haut und der stechend blauen Augen gelähmt. Der Mann war wie ein dunkler Engel und unmöglich zu übersehen. Aber es war nicht nur sein Aussehen, das ihn aus der Menge heraushob: Es war vor allem die Haltung, mit der er sie durchschnitt, das unglaubliche Selbstbewusstsein, das er ausstrahlte, diese gallische Dreistigkeit, diese napoleonische Arroganz, die jeder Franzose im Blut zu haben schien.

Die beiden Männer entschuldigten sich und wandten sich dann

in entgegengesetzte Richtungen. Keiner von beiden ahnte, dass sie aus demselben Grund hier waren.

Hinter der Bühne genoss Caitlin jenen Abend, der beruflich der wichtigste in ihrem ganzen Leben sein sollte. Scouts aus den angesehensten Pariser Modehäusern umzingelten sie, gratulierten ihr zu ihren opulenten und gleichzeitig modernen Entwürfen und umwarben sie für die Zukunft. Sie hatte das Praktikum bei Dior gewonnen, aber danach stand ihr alles offen.

Jemand klopfte ihr auf die Schulter. Sie drehte sich um, weil sie dachte, es sei einer der anderen Studenten. Doch dann sah sie sich einem großen, schlanken Mann gegenüber, dessen strahlend blaue Augen fest auf sie gerichtet waren.

Lucien.

Später würde sie behaupten, dass sein unerwartetes Auftauchen sie so aus der Bahn geworfen hatte. Und bis zu einem gewissen Grad war das richtig. Es war nicht so, als hätte sie ihn seit ihrer Trennung nicht mehr gesehen. Sie sah ihn sogar ziemlich oft, selbst wenn sie kaum miteinander redeten. Aber normalerweise war sie auf die Begegnung gefasst und konnte ihre Gefühle abschotten. In diesem so aufgewühlten Augenblick hingegen fühlte sie sich völlig überrumpelt.

Lucien sah, was er bei ihr auslöste, und fühlte sich bestätigt. Sein Ego hatte unter der Trennung schweren Schaden genommen. Es hatte ihn große Mühe gekostet, heute Abend herzukommen.

»Ich wollte dir gratulieren«, sagte er. »Deine Kollektion ist absolut fantastisch. Du hast den Sieg verdient.«

Es gab eine kleine Pause, während sie nach Worten suchte. Doch in ihrem Kopf kreiste immer nur der Gedanke, wie gut es war, dass sie sich im letzten Moment anders entschieden hatte und jetzt eines der Kleider trug, das es nicht in die Show geschafft hatte. Es war ein extrem feminines Stück mit Walbeinkorsett, vollem Satinunterrock und einem durchscheinenden Überwurf aus meterlanger künstlich gealterter Spitze. Ihr Haar, das sie in letzter

Zeit wieder wachsen ließ, ringelte sich heute zu dunklen Löckchen und verstärkte dadurch den romantischen Gothic-Look, den Lucien so liebte.

»Ich hätte nicht gedacht, dass du heute Abend kommst«, sagte sie.

Er zuckte mit den Achseln. »Ich dachte, das wäre ich dir schuldig.«

Wieder verstummten beide.

»Und jetzt sollte ich gehen.« Er senkte den Kopf und drehte ihr den Rücken zu.

Die Zeit blieb stehen. Sie begriff, dass er sie allein lassen würde, und erkannte im selben Moment, dass sie ihn nicht gehen lassen wollte. Sie dachte an William, der vorne auf sie wartete, obwohl sie keine Lust hatte, mit ihm zu reden. Sie dachte an die Aftershow-Party im Hotel Costes, die sie am liebsten schwänzen würde. Und sie musste daran denken, wie glücklich sie war, dass sie Lucien wiedersah, dass er heute Abend gekommen war und damit ihre Ängste Lügen gestraft hatte.

In diesem Moment fällte sie eine Entscheidung.

»Lucien?«

Etwas in ihrer Stimme bewirkte, dass er stehen blieb, sich umdrehte und sie wieder ansah.

»Ja, Caitlin.«

Jetzt ging sie auf ihn zu. »Verschwinden wir von hier.«

Es klang zaghaft, eher nach einer Frage als nach einer Aufforderung.

Auf seinem Gesicht leuchtete ein Lächeln auf. »Das hört sich nach einer genialen Idee an.«

In seiner Wohnung ging alles ganz schnell. Sie waren in seinem Schlafzimmer, und er küsste sie fieberhaft und drängend. Auf den Mund, auf den Hals, auf die Schultern. Sie waren wieder dort angekommen, wo sie vor Monaten schon einmal gewesen waren. Nur dass sie diesmal nicht fliehen würde.

Seine Lippen strichen über den Ansatz ihrer Brust, seine Finger begannen ihr Korsett aufzuschnüren. Sie hörte ihn murmeln: »Ich wusste, dass du dich irgendwann besinnen würdest, *Chérie.*«

Sie fühlte sich eigenartig losgelöst, während er ihren BH aufhakte, den Slip über ihre Schenkel streifte und sie aufs Bett legte. Als er sich an sie schmiegte, spürte sie nichts von der Panik, die sie beim letzten Mal gepackt hatte. Nur eine stille Entschlossenheit, es diesmal zu Ende zu bringen.

Jetzt war er in ihr, und er sagte etwas, irgendwas wie: »Ich habe dich so vermisst, Caitlin. Ich habe dich jeden einzelnen Tag vermisst.« Sie schloss die Augen, während er zuzustoßen begann, erst langsam, dann immer schneller, getrieben von seiner wachsenden Leidenschaft.

Nicht mehr lang, dachte sie.

Als hätte er ihre Gedanken gelesen, packte er sie an den Schultern und ihre Augen flogen auf, gerade rechtzeitig, um zu sehen, wie sich sein Gesicht in unglaublicher Lust verklärte und er zum Höhepunkt kam. Und dann empfand sie etwas, das sie nur als Erleichterung beschreiben konnte, während er seinen Kopf an ihren Hals sinken ließ, sodass sie nur noch seine erstickte Stimme hören konnte, die immer wieder ihren Namen rief.

Hinterher lag sie in seinen Armen. Er küsste sie liebevoll auf die Stirn, die Nase, die Lippen. Dann zog er sich ein bisschen zurück, sodass er ihr in die Augen sehen konnte, und beteuerte voller Inbrunst: »Ich liebe dich, Caitlin.«

Sie legte die Hand an seine Wange und wünschte sich, sie würde dasselbe empfinden. Aber sie fühlte sich nur leer. Und diese innerliche Leere sagte ihr, dass es vorbei war.

Sie wartete, bis er eingeschlafen war. Dann schlüpfte sie so leise wie möglich aus seinem Bett, zog sich an und verschwand.

In ihrer Wohnung traf sie alle notwendigen Vorbereitungen. Paris war für sie Geschichte. Sie wollte einen klaren Schnitt, einen Neuanfang.

Es war überraschend einfach, ihr Leben zusammenzupacken.

Sie schrieb insgesamt drei Briefe: den ersten an Dior, um zu erklären, dass sie das Praktikum doch nicht antreten würde; der zweite war für Veronique bestimmt und enthielt genug Geld, um die nächsten beiden Monatsmieten abzudecken; im letzten entschuldigte sie sich bei Alain für ihre abrupte Abreise. Sie wusste, dass sie auch Lucien schreiben sollte. Aber irgendwie fand sie nicht die richtigen Worte. Vielleicht später; wenn sie erst wieder zu Sinnen gekommen war, würde sie ihm alles erklären. Aber vorerst ging das über ihre Kräfte.

Noch in derselben Nacht stieg Caitlin in ein Flugzeug nach New York.

Von ihrem Fensterplatz aus sah sie Paris in der Ferne verblassen.

Du läufst schon wieder davon, meldete sich eine unbequeme Stimme in ihrem Kopf zu Wort.

Im Moment ist mir das egal.

31

»Ich werde es William sagen.«

Piers starrte auf die Finger seiner Mutter, die seine Hand umklammert hielten. Es war Samstagnachmittag, und wie üblich hatte er sie in ihrer Wohnung in Mayfair besucht, um ihr Gesellschaft zu leisten. Aber statt ihn wie sonst zu bitten, ihr vorzulesen, hatte sie erklärt, dass sie etwas mit ihm zu besprechen habe.

Er versuchte, möglichst ruhig zu klingen. »Was redest du da? Was willst du William sagen?« Aber er versuchte nur Zeit zu schinden. Er wusste genau, was sie meinte. Sie würde seine schlimmsten Befürchtungen wahr machen.

»Piers«, sagte sie nachsichtig. Ihre wässrigen Augen suchten seinen Blick und flehten um Verständnis. »Piers, ich werde William sagen, was wir getan haben … mit Katie. Ich werde ihm alles sagen. Ich muss, bevor es zu spät ist.«

Aber warum? Warum musst du ihm alles sagen?, dachte Piers, während sie ihm mit leiser, brüchiger Stimme erklärte, warum sie jetzt, auf ihrem Totenbett, das Bedürfnis hatte, ihre Sünden zu beichten.

Er ließ den Kopf in die Hände sinken und versuchte mit den Fingern den dumpfen Druck wegzumassieren, der sich in seinen Schläfen angestaut hatte. Es war einfach unfassbar, wie egoistisch sie war. Williams Zorn würde jahrelang nicht abflauen, und er allein würde ihn ertragen müssen, weil sie dann längst tot wäre.

»Es ist Zeit für mich, ehrlich zu sein, Piers«, sagte sie. »Ich will wenigstens einmal das Richtige tun.«

»Aber was ist mit mir?« Seine Stimme war nur noch ein Flüstern.

Sie blinzelte. »Was soll mit dir sein?«

Jetzt sah er sie an. Begriff sie das wirklich nicht? »William wird mich hassen!«

Sie schwieg. »Ja«, sagte sie dann ruhig. »Das wird er wahrscheinlich.«

»Aber das ist ungerecht!«, platzte es aus ihm heraus. »Ich habe nur mitgemacht, weil ich dachte, dass es in Williams Interesse wäre! Dafür kannst du mich doch nicht bestrafen!«

»Piers, bitte.« In ihrer Stimme lag plötzlich eine Prise jener Schärfe, die sie in seiner Kindheit dafür reserviert hatte, ihn zu tadeln. »Versuch nicht, mich umzustimmen. Nichts, was du sagst, kann mich daran hindern, das zu tun, was ich für richtig halte.« Sie verstummte und holte Luft, bevor sie weitersprach. »Ich weiß jetzt, dass es falsch war, ihn jahrelang zu belügen.« Sie verstummte wieder, um Luft zu holen.

Piers sah sie ängstlich an. »Geht es dir gut, Mutter? Soll ich dir ein Glas Wasser holen?«

»Nein, es geht schon.«

»Bestimmt? Denn …«

»Ich sagte, es geht schon, Piers«, fuhr sie ihn an. »Lass mich ausreden. Was ich sagen will, ist wichtig.« Sie holte wieder Luft, diesmal allerdings zweimal. Piers wartete geduldig ab, bis sie weitersprach. »Ich werde ihm erzählen, was wir getan haben«, erklärte sie schließlich. »Und zwar *alles*, was wir getan haben, dann werde ich ihn um Verzeihung bitten. Wenn du das Gleiche tust, wird er dir bestimmt Gehör schenken und dir ebenfalls vergeben können.«

»Nein, das wird er nicht!« Piers hörte das Winseln in seiner Stimme und wusste, dass sie das ärgern musste. »Er wird mich aus seinem Leben drängen! Das weißt du genau!«

Sie sah ihn spröde an. »Wäre das wirklich so schlimm?«

Piers starrte sie an. »Was soll das heißen?«, fragte er misstrauisch.

»Ach Piers.« Sie lachte leise. »Du weißt genau, was das heißen soll. Du bist fast fünfundvierzig. Solltest du nicht langsam anfangen, ein eigenes Leben zu führen, statt ständig am Rockzipfel deines Bruders zu hängen?«

Der verbale Schlag traf. Er konnte es nicht ausstehen, wenn ihm seine Mutter so zusetzte. Sie schien genau zu wissen, wie sie ihn am schmerzhaftesten treffen konnte.

»Also, so ist es doch wohl nicht«, versuchte er sich zu verteidigen. »William hat mich gern in seiner Nähe.«

»Er *duldet* dich, Piers. Das ist etwas anderes.«

»Das stimmt nicht ...«

»Natürlich stimmt es«, meinte sie abfällig.

»Aber ...«

»Ach, um Himmels willen, Piers«, schnitt sie ihm das Wort ab. »Ich bin zu müde, um mit dir zu streiten.« Sie seufzte, und plötzlich hörte er die tiefe Erschöpfung in ihrer Stimme. »Es ist mir egal, wie du dein Leben führst. Du bist alt genug, um deine Entscheidungen selbst zu fällen. Genau wie ich.« Ihre Stimme klang inzwischen heiser, ihr Atem ging flach. »Ich wollte dir nur die Höflichkeit erweisen, dich wissen zu lassen ...« Sie hielt wieder inne und schnappte nach Luft. »Dass ich William alles erzählen werde, was wir getan haben. Und nichts ...« Inzwischen mühte sie sich richtig ab. »Nichts, was du sagst, kann mich daran hin ...«

Sie verstummte mitten im Satz, als wollte sie innehalten, um erneut Luft zu holen. Aber dann begann sie zu husten, so kehlig zu husten, dass ihre Knochen zu klappern schienen.

Piers stand wie gelähmt neben dem Bett und wartete darauf, dass sie sich erholte. Aber sie hustete immer weiter. Sie schien nach Luft zu schnappen, nicht mehr sprechen zu können, und plötzlich leuchtete in ihren Augen nackte Angst auf. Das war alles, was er sehen konnte, dieses mühsame, schaudernde Luftholen und die weit aufgerissenen, starren Augen.

»Mutter?« Schließlich hatte er die Sprache wiedergefunden. »Sag, was soll ich tun?«

Er sah, wie sie die Hand ausstreckte, als wollte sie nach etwas greifen. Er folgte ihrem Blick zu dem Tisch am Bettende und begriff endlich, was sie wollte – ihre Nitroglyzerinpillen. Sie hatte eine Herzattacke. Ihm fiel wieder ein, was sie ihnen im Krankenhaus erzählt hatten: dass ein Streit jederzeit einen Anfall auslösen konnte.

Er nahm die Plastikflasche und wollte sie aufschrauben, doch seine Finger verloren beim Kampf gegen die Kindersicherung wertvolle Sekunden. Endlich lag eine Tablette in seiner zitternden Hand. Er wollte sie ihr gerade geben, als er erstarrte, weil er plötzlich daran denken musste, was sie gesagt hatte, bevor sie zu husten begonnen hatte.

»… dass ich William alles erzählen werde, was wir getan haben. Und nichts, was du sagst, kann mich daran hindern …«

Vielleicht konnte nichts, was er *sagte,* sie daran hindern. Aber jetzt bot sich ihm ein anderer Weg, fast als hielte das Schicksal seine gütige Hand über ihn. Es wäre so einfach, so einfach. Der Gedanke - so erschreckend, so unnatürlich – hatte sich in seinem Kopf festgesetzt, ehe er sich dagegen sperren konnte.

Rosalinds Pupillen weiteten sich, als wüsste sie genau, was ihm durch den Kopf ging. Jetzt flehten ihn ihre Augen an und versuchten, ihn zu beschwören, dass sie doch nichts verraten würde. Aber wie sollte er ihr noch vertrauen?

Später würde er, wenn er allein war und sein schlechtes Gewissen zu besänftigen versuchte, sich jedes Mal zureden, dass er das alles nicht beabsichtigt hatte. Der Zweifel hatte nur einen Sekundenbruchteil angehalten, es war nur ein winziges Zögern gewesen, das er im nächsten Moment überwunden hätte. Er hatte, versicherte er sich immer wieder, ihr die Pille wirklich geben wollen, hatte Hilfe holen und sie retten wollen.

Aber irgendwie fehlte ihm die Kraft, sich in Bewegung zu setzen. Und dann war es zu spät. Inzwischen hatte sie einen ausgewachsenen Herzinfarkt. Obwohl er wusste, dass er aus dem Zimmer laufen und die Krankenschwester holen sollte, obwohl er wusste, dass sie, wenn er sie sofort holte, wahrscheinlich noch Zeit hatte, den Defibrillator anzuwerfen und sie ins Leben zurückzuholen. Obwohl er genau wusste, dass es noch nicht zu spät war, etwas zu unternehmen, blieb er wie angewurzelt stehen.

Schließlich schlossen sich ihre Lider. Ihr Atem ging flacher. Ihr Gesicht wurde grau. Ein letztes Mal holte sie schaudernd Luft. Dann war alles vorbei.

Erst in diesem Moment begriff Piers das ganze grauenvolle Ausmaß dessen, was gerade passiert war.

Er fiel auf die Knie und presste die Hände auf den Mund.

»O Gott«, schluchzte er durch die vorgehaltenen Finger. »O Gott, was habe ich getan?«

Lucy Fieldings war eine der drei Krankenschwestern, die eingestellt worden waren, um Rosalind Melville zu pflegen. Es war ein verhältnismäßig lockerer Job. Alle zwei Stunden musste sie Puls und Blutdruck der Patientin messen und ihr Medikamente geben. Das dauerte meistens fünf Minuten. Danach konnte sie wieder nach Lust und Laune Zeitschriften lesen oder fernsehen.

An diesem Nachmittag war sie gerade auf dem Weg zu ihrem Routinecheck, als sie sah, wie Mrs Melvilles jüngster Sohn aus dem Krankenzimmer kam und die Tür leise ins Schloss zog. Sobald er Lucy bemerkte, legte er den Finger auf die Lippen.

»Ich glaube, ich habe Mutter ermüdet«, erklärte er ihr. »Sie ist mitten im Gespräch eingeschlafen.«

Lucy zögerte. Die Agentur legte größten Wert darauf, dass sich das Personal an den vorgegebenen Zeitplan hielt. Aber wenn Mrs Melville gerade schlief, wollte Lucy sie nicht stören. Die arme Lady bekam ohnehin nicht genug Schlaf.

»Dann lasse ich sie noch eine Weile in Ruhe«, sagte Lucy. »Das kann nicht schaden.«

Sie brachte Mr Melville an die Tür und sah ihm seufzend nach. Er war wirklich wahnsinnig nett; vielleicht ein bisschen schüchtern, aber immer höflich, und er wusste die Arbeit des Personals zu würdigen, im Gegensatz zu seinem Bruder, der jedes Mal etwas auszusetzen fand. Mit diesem Gedanken kehrte Lucy in ihr Zimmer zurück und rief ihren Freund an, um ihm zu erzählen, was alles passiert war.

Fast eine Stunde verging, bevor sie schließlich nach Rosalind Melville sah. Bis dahin war ihr Körper schon erkaltet. Im Nachhinein fühlte sich Lucy ein bisschen schuldig, wenn sie früher ins Zimmer gekommen wäre, wenn sie der alten Dame rechtzeitig ihre Medikamente gegeben hätte, dann hätte sie vielleicht noch etwas unternehmen können, um sie zu retten. Aber sie wusste, dass das albern war. Rosalind war alt. Sie hatte ihr Leben gelebt. Bei ihrer Herzschwäche hatte das früher oder später passieren müssen. Niemand hätte ihren Tod verhindern können.

Elizabeth reiste zur Beerdigung aus Tokio an. Sie war das einzige der drei Enkelkinder, das den Tod ihrer Großmutter wirklich betrauerte.

Die Beerdigung fand in der letzten Augustwoche statt. Während des letzten Monats hatte unerschütterlich die Sonne geschienen, und niemand hätte an einem so strahlenden Tag einem derart traurigen Anlass beiwohnen wollen. Aber zum Glück hatte es über Nacht geregnet. Die Trauergäste erwachten unter einem grauen Himmel, auch wenn die Luft noch warm und feucht war.

Der Gottesdienst war würdevoll, genau wie Rosalind es gewollt hätte. Ein solider Mahagonisarg mit einem geschmackvollen Lilienarrangement darauf. Die Liste der Trauergäste las sich wie ein Who's Who der Modewelt: Zahllose Branchengrößen, Designer und Models drängten in die prunkvolle gotische Wells Cathedral. Natürlich war der Vorstand von Melville komplett vertreten – Cole eingeschlossen, wie Elizabeth bemerkte. Sie versuchte seinem Blick auszuweichen, als sie die Kirche betraten.

Als sie später am Grab standen, versuchte sie sich an die schönen Zeiten zu erinnern – an die Fahrten nach London, wo Rosalind sie durch das Hauptgeschäft geführt und ihr Geschichten von ihren Abenteuern während des Krieges erzählt hatte. Elizabeth hatte Rosalind oft während ihrer Krankheit besucht. Bei den letzten Besuchen war die einst so große Lady so mitleiderregend dankbar gewesen, dass Elizabeth mit einer Mischung aus Trauer und Scham in ihre Wohnung in der Grosvenor Street zurückgekehrt war.

Onkel Piers hatte es am härtesten getroffen. Was nur verständlich war. Während William eine eigene Familie hatte – eine Frau und drei Kinder –, hatte Piers niemanden. Elizabeth wusste, wie sehr er an seiner Mutter gehangen hatte. Sie versuchte, ein paar tröstende Worte für ihn zu finden, aber sobald sie nach der Einäscherung nach Aldringham zurückgefahren waren, entschuldigte er sich und verschwand auf sein Zimmer. Nachdem er aussah, als hätte er seit Rosalinds Tod kein Auge zugetan, konnte Elizabeth nur hoffen, dass er endlich Frieden finden würde.

Weil sich im Salon über hundertfünfzig Trauergäste versammelt hatten, fiel niemandem auf, dass er verschwand. Es gab ein kaltes und warmes Büfett, aber Elizabeth hatte keinen Appetit. Es war niemand da, mit dem sie reden konnte, niemand, der sie verstehen würde. Caitlin hatte sich nicht einmal die Mühe gemacht, zu diesem Anlass herzufliegen – irgendwie konnte Elizabeth es ihr nicht verübeln, Rosalind hatte ihre illegitime Enkelin nicht gerade ins Herz geschlossen. Und auch Amber war nirgendwo zu sehen.

Sie hatte seit ihrer Rückkehr aus Amerika nur von ihrer neuesten Marotte, dem Modelling, geredet. Hundertprozentig hatte sie sich nach oben geschlichen, um ihre Freundinnen anzurufen und ihnen alles zu erzählen. Elizabeth schüttelte den Kopf. Das war das Letzte, was Amber brauchte – einen Haufen Leute, die ihr von morgens bis abends Honig ums Maul schmierten. Sie konnte immer noch nicht wirklich verstehen, wieso ihr Vater das zugelassen hatte.

Ihre Mutter schien zu glauben, dass Amber die Unabhängigkeit guttun und sie dadurch verantwortungsbewusster werden würde. Aber zwei Monate im Ausland schienen ihre Teenagerallüren nicht gebessert zu haben. Sie war sogar so dreist gewesen, in schwarzer Jeans, einem schwarzen T-Shirt und einer übergroßen Sonnenbrille bei der Beerdigung aufzutauchen. Elizabeth war schockiert über diese demonstrative Respektlosigkeit. *Wenn Granny dich so sehen könnte, Amber, würde sie mit einem kurzen Schniefen erklären, dass man von einem so verzogenen Kind nichts anderes erwarten kann.* Bei dem Gedanken musste Elizabeth lächeln. Schließlich sollte es heute vor allem darum gehen: sich in Erinnerung zu rufen, wer Rosalind Melville gewesen war.

»Deine Ansprache in der Kirche war wirklich schön, Elizabeth.« Elizabeth hob den Kopf und sah, dass ihr Vater vor ihr stand.

»Danke«, sagte sie. Ehrlich gesagt war sie überrascht gewesen, dass er ausgerechnet sie gebeten hatte, den Nachruf zu sprechen. Es hatte sie eine Menge Kraft gekostet, die Rede durchzustehen, ohne dabei in Tränen auszubrechen. »Ich habe mein Bestes gegeben.«

»Ja, das hast du«, bestätigte er entschieden. »Sie wäre bestimmt begeistert gewesen.«

Elizabeth wusste nicht, wie sie darauf reagieren sollte, und wandte den Blick ab. Genau nach diesem väterlichen Lob hatte sich Elizabeth verzehrt, doch jetzt hatte sie keine Ahnung, wie sie damit umgehen sollte.

Bevor ihr eine passende Erwiderung einfallen konnte, war William in der Menge untergetaucht und spielte weiter seine Rolle als leutseliger Gastgeber. Elizabeth ging an die Bar und ließ sich einen Gin Tonic mixen. Es war Freitag, und sie hatte vor, das Wochenende in Aldringham zu verbringen, statt sofort nach Tokio zurückzufliegen. Sie hörte ein lautes Lachen in ihrem Rücken und wirbelte herum, um diese Respektlosigkeit mit einem strafenden Blick zu rügen. Aber als ihre Augen durch den Raum wanderten, begriff sie, dass niemand wirklich zerknirscht wirkte oder verlegen auf das Gelächter reagierte. Die leisen, ehrerbietigen Stimmen, die anfangs die Atmosphäre geprägt hatten, waren mit den Jacketts und Krawatten abgelegt worden. Denn im Grunde trauerte niemand wirklich um Rosalind. Die meisten waren nur hier, um gesehen zu werden und um zu netzwerken. Plötzlich überkam Elizabeth inmitten dieser geballten Heuchelei das Bedürfnis, allein zu sein.

Sie ließ sich vom Barkeeper einen weiteren großen Gin Tonic einschenken und nahm ihn mit auf die Veranda. Aber selbst dort fühlte sie sich den anderen Gästen zu nahe. Sie wollte weg von hier. Also nahm sie die Treppe nach unten in Richtung Tennisplatz. Dort würde sie niemand finden. Erst als sie so weit vom Haus entfernt war, dass niemand sie sehen konnte, ließ sie sich müde auf die Steinstufen sinken. Sie legte den Kopf auf die Knie und ließ erleichtert die Maske, die sie in der Öffentlichkeit aufgesetzt hatte, von ihrem Gesicht gleiten.

Sie hatte kaum eine Minute dort gesessen, als sie hinter sich ein leises Räuspern hörte. Sie sah auf und hatte sofort einen Kloß im Magen. Es war Cole.

»Na toll«, murmelte sie. Genau das hatte sie gebraucht. Eilig wischte sich Elizabeth mit dem Handrücken die Augen trocken. Sie konnte es nicht ausstehen, wenn man sie so verletzlich sah, und dass ausgerechnet Cole sie so erlebte, war umso schlimmer. Sie hatte ihn nicht mehr gesehen, seit sie ihn in Tokio so abgefertigt hatte. Aber jetzt schien er ihr Unbehagen gar nicht zu bemerken. Stattdessen zog er ein sauberes Taschentuch aus der Tasche seines Jacketts und reichte es ihr. Nach kurzem Zögern nahm sie es.

»Danke«, murmelte sie und schnäuzte sich.

Cole ging neben ihr in die Hocke.

»Ich bin dir gefolgt«, erklärte er unnötigerweise. »Ich habe gesehen, wie du aus dem Haus gegangen bist. Ich wollte nur sichergehen, dass du okay bist.«

»Danke. Es geht schon wieder.« Sie wünschte, er würde wieder verschwinden.

Doch das tat er nicht. »Du standest deiner Großmutter sehr nahe«, sagte er stattdessen.

Es war eher eine Feststellung als eine Frage, aber sie nickte trotzdem. »Ja. Ja, das stimmt.« Sie räusperte sich und rang um Haltung. »Aber wie gesagt, es geht schon wieder. Du solltest ins Haus zurückgehen. Ich komme gleich nach.«

Sie hätte erwartet, dass er diese Möglichkeit zu einem eleganten Rückzug nutzen und sie allein lassen würde. Stattdessen setzte er sich neben sie auf die Stufe und nahm ihre Hand.

So blieben sie eine halbe Ewigkeit sitzen, ohne zu reden oder sich zu bewegen, aber in vollkommenem Frieden.

Als eine Woche nach der Beisetzung alles endlich wieder seinen gewohnten Gang nahm, vereinbarte William einen Termin bei Gus Fellows, dem Anwalt und Nachlassverwalter seiner Mutter. Später sollte William oft denken, dass er auf den Inhalt ihres Testaments nicht so heftig reagiert hätte, wenn er vorgewarnt worden wäre, wenn sie ihn zu sich gerufen und ihm erklärt hätte: »Das werde ich mit meinen Melville-Anteilen tun.«

So aber war er gar nicht auf den Gedanken gekommen, dass sich etwas geändert haben könnte, seit sie ihm zehn Jahre zuvor ihren zehnprozentigen Aktienanteil zugesagt hatte.

Darum fiel er aus allen Wolken, als er Gus in der Kanzlei Fellows & Sons in der Chancery Lane gegenübersaß und erfuhr, dass sie ein neues Testament gemacht hatte.

»Wann hat sie das veranlasst?«, fragte William, der schon ahnte, dass eine Testamentsänderung, von der er nichts wusste, nichts Gutes zu bedeuten hatte.

Gus Fellows besaß wenigstens den Anstand, verlegen zu wirken. »Äh …« Er tat so, als würde er das Datum überprüfen. »Vor gut fünf Jahren.«

Vor fünf Jahren. Als Caitlin zu ihnen gezogen war. Ihm war klar, was das zu bedeuten hatte. Darum war er nicht besonders überrascht – allerdings durchaus verletzt –, als er gleich darauf erfuhr, dass Rosalind sich entschieden hatte, ihre Unternehmensanteile ihren beiden legitimen Enkelinnen zu hinterlassen, wobei Elizabeth siebeneinhalb und Amber zweieinhalb Prozent bekommen sollte.

William, der sich durch den Tod seiner Mutter bereits gealtert fühlte und die nagende Erkenntnis seiner eigenen Sterblichkeit nach Kräften zu ignorieren versuchte, begriff schlagartig, dass ihm die nächste Generation schon im Nacken saß. Plötzlich empfand er die kluge, selbstbewusste Elizabeth, auf die er gestern in der Kirche so stolz gewesen war und deren Kraft ihm wie ein persönliches Kompliment erschienen war, als Bedrohung. Er kannte seine älteste Tochter gut genug, um zu wissen, wie jung, hungrig und entschlossen sie war – und dass sie es auf seinen Job abgesehen hatte. Das war schon immer so gewesen, aber immerhin hatte er während der letzten Jahre ihre Bewegungen innerhalb der Firma kontrollieren können. Jetzt hatte Rosalind ihrer Enkelin die Mittel in die Hand gegeben, ihren Einfluss auf das Unternehmen spürbar zu vergrößern.

Es war nicht gerade die Hinterlassenschaft, die William sich erhofft hatte.

32

Sie kämpfte um jeden einzelnen Atemzug; hustend und würgend versuchte sie ihre letzten Sekunden zu verlängern. Ihre Hand griff nach ihm, ihre Augen flehten ihn um Hilfe an. Aber aus irgendeinem Grund konnte er sich nicht rühren. Er wollte es – o lieber Gott, wie er es wollte –, aber er war wie gelähmt vor Angst und blieb wie angewurzelt stehen. Tatenlos musste er zusehen, wie sie starb …

Piers schreckte aus dem Albtraum hoch. Er war in kalten Schweiß gebadet und sein Pyjama war klitschnass. Das einzige Geräusch im Zimmer waren seine schweren, keuchenden Atemzüge. Plötzlich überkam ihn Todesangst so allein in der Dunkelheit. Er tastete hektisch nach der Nachttischlampe und warf dabei ein Glas Wasser um. Das Glas kippte mit einem dumpfen Klingen auf den hölzernen Nachttisch, fiel dann zu Boden und kam fast lautlos auf dem weichen Teppich auf. Fluchend tastete er weiter, bis er endlich den Schalter gefunden hatte. Licht durchflutete das Zimmer, und er begann, sich besser zu fühlen.

Er blieb noch eine Minute im Bett liegen, bis sich seine Atmung verlangsamt und normalisiert hatte. Dann befreite er sich aus den verhedderten Laken, stand auf und tappte ins Bad. Das grelle weiße Licht über dem Spiegel zeigte ihm erbarmungslos, wie schlecht er aussah. Seine Augen waren blutunterlaufen, die Haut darunter wirkte schlaff und aufgedunsen.

Das war keine große Überraschung. Seit beinahe acht Wochen hatte er keine Nacht mehr durchgeschlafen. Nicht seit seine Mutter das Zeitliche gesegnet hatte. Jedes Mal, wenn er die Augen schloss, sah er sie: japsend, keuchend, sterbend … Was er auch tat, er bekam das Bild einfach nicht aus seinem Kopf.

Der Schlafmangel forderte bereits seinen Tribut. Inzwischen bewegte er sich wie in einem undurchdringlichen Nebel. Nachdem ihm bei der Arbeit mehrere Fehler unterlaufen waren, war er schließlich zum Arzt gegangen. »Das ist ganz natürlich«, hatte der gesagt und Piers ein mitfühlendes Lächeln geschenkt. »Nach dem Tod eines geliebten Menschen. Ich kann verstehen, dass es Ihnen zusetzt. Schlaflosigkeit ist eine Qual.«

Schlaflosigkeit ist eine Qual, hatte Piers im Kopf wiederholt, während der Arzt das Rezept ausgestellt hatte. Was für eine Untertreibung. Während der letzten acht Wochen hatte er Nacht für Nacht wach gelegen; er war so erschöpft, dass er nichts mehr zustande brachte; er sehnte sich nur noch danach, sich im süßen Vergessen der Bewusstlosigkeit zu verlieren; nur um festzustellen, dass er allen Bemühungen zum Trotz keinen Schlaf fand. Manchmal hatte er das Gefühl, schlicht und einfach verrückt zu werden.

Er hatte gehofft, dass das Schlafmittel alles beheben würde. Am Abend hatte er wie empfohlen zwei Tabletten genommen und nach einer halben Stunde gemerkt, wie er langsam einnickte, nur um jetzt, drei Stunden später, mit demselben Bild vor Augen hochzuschrecken: Er sah, wie sie nach ihm greifen wollte und er sie im Stich ließ. In dem Augenblick vor dem Erwachen hatte das Bild so unheimlich *echt* gewirkt, dass er sich jetzt noch elender fühlte als sonst. Die Pillen, die er für ein Wundermittel gehalten hatten, erschienen ihm plötzlich wie ein Fluch.

Er spülte die restlichen Tabletten in der Toilette weg. Dann fiel er wieder ins Bett, aber nicht in Schlaf. Piers musste noch lange warten, bis die Sonne wieder aufging.

Dritter Teil

Juni 2001 – Februar 2002

33

Caitlin war nervös, aufgekratzt und viel zu spät dran. *Ich komme am wichtigsten Abend meines Lebens zu spät*, dachte sie verzweifelnd, während die Limousine im Schneckentempo über die Fifth Avenue kroch.

In Manhattan war der Verkehr immer chaotisch, aber heute Abend erschien er ihr noch schlimmer als üblich. Hupen quäkten in einer zornigen Sinfonie. Die Gemüter erhitzten sich parallel zum Asphalt, denn jeder war versessen darauf, der klaustrophobischen Hitze des New Yorker Sommers zu entfliehen.

Dem Himmel sei Dank für die Air Condition. Das war einer der Vorzüge dieser Rockstar-Kutsche. Getönte Scheiben, Fernseher und eine gut sortierte Minibar. Caitlin fand den Aufwand ein bisschen übertrieben. Aber ihre PR-Agentin hatte darauf bestanden und behauptet, bei der jährlichen Preisverleihung der CFDA im Taxi aufzutauchen. »geht so was von gar nicht«.

Die CFDA Awards. Sie waren so etwas wie die Oscars der Modebranche. Ein Schauer überlief sie. Sie konnte immer noch nicht glauben, dass sie nominiert worden war.

Als sie vor sechs Jahren in New York angekommen war, hatte sie wenig Geld und einen großen Traum gehabt, nämlich es als Designerin zu schaffen. Sicher, sie hätte mit Leichtigkeit einen Job in einem der großen Modehäuser an der Madison Avenue bekommen können. Aber sie hatte beschlossen, dass sie nicht zwei Jahre lang anderen zuarbeiten wollte – Muster für die Entwürfe eines anderen Designers zuschneiden, die Herstellung der Probestücke überwachen. Sie wollte unabhängig arbeiten.

Also hatte sie in einem tristen Mietshaus in der Lower East Side ein paar trostlose Räume angemietet und versucht, die Kleider zu verkaufen, die sie für ihre Abschlussshow entworfen hatte. Selbstbewusst hatte sie sich Termine bei allen großen Kaufhäusern geben lassen: Neiman Marcus, Saks Fifth Avenue, Bergdorf… Aber obwohl den Einkäufern ihre Sachen gefallen hatten, hatte keiner den Mut aufgebracht, sie auf Lager zu nehmen.

»Tut uns leid«, bekam sie immer wieder zu hören. »Aber wir gehen kein Risiko ein, indem wir unbekannte Designer in unser Programm nehmen.«

Als ihre Mittel allmählich zur Neige gingen, investierte sie ihr letztes Geld in eine Nähmaschine und begann, für ein halbes Dutzend Nobelboutiquen Änderungen vorzunehmen. Die Arbeit war schlecht bezahlt und technisch weit unter ihren Fähigkeiten. Aber wenigstens blieb ihr daneben genug Zeit, an ihren eigenen Designs zu arbeiten.

Es waren sechs einsame Monate. Sie kannte niemanden in New York, und die Stadt war nicht besonders freundlich. Außerdem hatte sie kaum Gelegenheit, neue Freundschaften zu schließen. Sie ging nur einmal pro Woche in die Boutiquen, um die zu ändernden Sachen abzuholen, und arbeitete ansonsten allein in ihrem Souterrain-Atelier. Ihr fehlten Alain und ihre Freunde aus Belleville. Vor allem fehlte ihr Lucien, und zwar mehr, als sie für möglich gehalten hätte.

Aber in gewisser Hinsicht war die Einsamkeit auch von Vorteil. Außer zu arbeiten, hatte sie nichts zu tun. Und langsam, aber stetig, ging es bergauf. Im Lauf der Zeit erarbeitete sie sich den Ruf, eine exzellente Näherin zu sein – schnell, sorgfältig und zuverlässig. Das bedeutete, dass sie sich nach kurzer Zeit ihre Kunden aussuchen konnte. Am liebsten arbeitete sie für *White Heat*, eine angesagte Boutique in der 14. Straße im Meatpacking District. Die Kleider, die dort verkauft wurden, waren gewagt, avantgardistisch, ganz ihr Stil. Alle paar Wochen nahm sie eine Auswahl ihrer selbst gefertigten Sachen mit und versuchte, den Besitzer zu überreden, sie wenigstens auf Kommission in seinen Laden zu nehmen.

»Bald«, sagte er jedes Mal. »Sobald ich was von dem Zeug verkauft habe, das ich hierhabe.«

Aber bald war für Caitlin nicht bald genug. Sie wusste, dass sie die Initiative ergreifen musste, und hielt darum ständig nach einer Gelegenheit Ausschau.

White Heat war vor allem bei den jungen, reichen Party People beliebt. Eine der wichtigsten Kundinnen war Lena Chapman, eine Park-Avenue-Prinzessin und angehende Stilikone. Für ihr bevorstehendes Debüt beim New Yorker »Vienna Opera Ball« suchte sie etwas anderes als die traditionellen Wölkchenkleider.

»Irgendwas, das richtig reinknallt«, sagte sie.

Zwei Verkäuferinnen, Janice und Marie, hatten den Auftrag, jedes weiße Kleid im Laden anzubringen, damit sie es in Augenschein nehmen konnte. Caitlin war gerade dort, um neue Änderungsaufträge abzuholen, und bekam mit, wie Lena eines nach dem anderen zurückgehen ließ.

»Das ist alles viel zu lahm«, beschwerte sie sich bei Janice und segelte aus dem Laden.

»Was für eine miese Kröte«, beschwerte sich Janice bei Caitlin, nachdem Lena gegangen war.

Aber Caitlin war mit den Gedanken woanders. Sie hatte Lena während der vergangenen Monate oft beobachtet, und sie wusste, dass Lena lieber etwas Gewagtes und künstlerisch Anspruchsvolles tragen würde, als einfach nur hübsch auszusehen. Sie war Caitlins ideale Kundin. Darum ließ Caitlin die Änderungen auf der Ladentheke liegen und lief ihr hinterher.

Sie holte Lena ein, als die gerade in ein Taxi steigen wollte, und erklärte ihr atemlos, dass sie Designerin sei und ein Kleid hätte, das Lena hundertprozentig gefallen würde.

»Echt? Ich dachte, die hätten mir alle weißen Kleider im Laden gezeigt.«

»Es ist nicht im Laden. Sondern in meiner Wohnung.« Caitlin hoffte inständig, dass Lena nicht fragen würde, warum es nicht im Laden war. Sie wollte lieber für sich behalten, dass sie nur als Näherin arbeitete. »Sie müssten zu mir kommen und es sich ansehen.«

Lenas Interesse war geweckt. Nachdem sie immer auf der Suche nach flippigen, ungewöhnlichen Sachen war, erklärte sie sich einverstanden, um sieben Uhr vorbeizukommen. Schlimmstenfalls hätte sie zwanzig Minuten vergeudet.

Lena drehte eine Pirouette vor dem Spiegel. »Einfach genial.«

Das elegante Art-déco-Kleid war perfekt. Sie war skeptisch gewesen, was ihr die leise, ein bisschen verrückt wirkende junge Frau wohl vorführen würde. Aber es war, als hätte Caitlin ihre Gedanken gelesen. Das weiße Kreppkleid war ein gelungener Stilmix, der täuschend schlicht wirkte, während ihm die dicht sitzenden, in Handarbeit aufgenähten Perlen gleichzeitig ein exotisches, opulentes Flair verliehen.

Einen Monat später betrat eine cool und elegant wirkende Lena das Waldorf Astoria in einem Kleid, das die Goldenen Zwanziger zu neuem Leben erweckte. Die anderen, deutlich traditioneller angezogenen Mädchen mussten hilflos zusehen, wie sie ihnen die Schau stahl.

In der folgenden Woche wurden Lenas Name und Bild in der Modebeilage der *New York Times* abgedruckt. Daneben wurde auch die junge, aufstrebende Designerin erwähnt, die für ihr exquisites Kleid verantwortlich zeichnete – Caitlin O'Dwyer.

Die Formel für Erfolg ist seit jeher dieselbe. Harte Arbeit, Leidenschaft und Ausdauer sind unabdingbar. Doch ab und zu kann auch ein Quäntchen Glück nicht schaden. Und Lena Chapman war für Caitlin ein echter Glücksfall.

Nach ihrem Erfolg beim Debütantinnenball wurde Lena ihre erste Stammkundin. Noch wichtiger war jedoch, dass sie Caitlins

Namen als Geheimtipp an ihre Freundinnen weiterreichte. Genau wie Lena waren diese Freundinnen reich und schön und wurden oft fotografiert. Und alle waren begeistert von der Vorstellung, ein eigens für sie entworfenes Kleid zu tragen.

Bald führte Caitlin ihre eigene Modeschneiderei.

Es war für sie die perfekte Lösung, denn so konnte sie jene dramatischen, extravaganten Designs schneidern, die ihre Stärke waren. Die jungen Promis liebten die zeitlose Nostalgie in Caitlins theatralischen trägerlosen Abendroben genauso wie in den grazilen Cocktailkleidern.

Aber vor allem waren ihre Kundinnen begeistert, dass jedes Outfit einzigartig und ihnen genau auf den Leib geschneidert war. Caitlin nahm sich jedes Mal die Zeit für ein ausführliches Gespräch, um herauszufinden, was den Mädchen gefiel, wodurch sich ihr persönlicher Stil auszeichnete und was sie bei dem Ereignis, dem sie beiwohnen würden, darstellen wollten. Es war diese Detailversessenheit, die ihre Kundinnen an sie band.

Im ersten Jahr zeichnete, schnitt und nähte Caitlin jedes Stück selbst und rackerte dafür täglich achtzehn Stunden in ihrem von Stoffen übersäten Keller. Doch als ihre Kundenliste anwuchs, begann sie Zuarbeiterinnen zu beschäftigen, die ihr bei der Anfertigung der Kleider halfen. Sie setzte nur die Allerbesten ein. Denn bei einem Geschäft, in dem allein die Qualität zählte, konnte sie es sich nicht leisten, dass schlampig gearbeitet wurde. Sie überprüfte persönlich jedes Stück, bevor es übergeben wurde, um sicherzugehen, dass die handgenähten Elemente perfekt saßen.

Im zweiten Jahr schlug sich Caitlin schon ganz gut. Trotzdem kämpfte sie damit, dass sie im Grunde ein Einmannbetrieb war. Im Verhältnis zu der damit verbundenen Arbeit war Mode ein zeitaufwendiges und schlecht bezahltes Gewerbe. Sie wollte endlich ihre eigene Prêt-à-porter-Linie entwerfen, etwas, das im Laden verkauft werden konnte. Aber eine ganze Kollektion zu finanzieren, mitsamt allen Kosten für Models, Showrooms und Fashion Shows, hätte ihre knappen Mittel bei Weitem überstiegen.

Unterstützung kam in Gestalt von Alexis Reid, einer energischen jungen Journalistin aus Queens.

Alexis war durch die vielen Presseberichte über diese mysteriöse Caitlin O'Dwyer auf sie aufmerksam geworden und hatte daraufhin einen Termin bei ihr vereinbart. Weil sie zu früh in Caitlins ärmlichem Atelier auftauchte, setzte sie sich in eine Ecke und schaute bei einer Anprobe zu. Bis die Kundin gegangen war, hatte Alexis einen Entschluss gefasst.

Bei einem billigen Nudelgericht in der nahe gelegenen Chinatown legte Alexis ihr die Fakten dar. »Talent ist das eine, Schätzchen; Erfolg was ganz anderes. Du hast ein Wahnsinnspotenzial, aber du brauchst meine Hilfe.«

Sie bot ihre Dienste gegen einen prozentualen Anteil an Caitlins zukünftigen Einnahmen an.

»Das ist ziemlich riskant für dich«, bemerkte Caitlin, als sie die Vereinbarung mit Handschlag besiegelten.

Alexis' Augen glänzten. »Glaub mir, ich habe dich gerade voll über den Tisch gezogen.«

Sich mit Alexis zusammenzutun, erwies sich als genialer Schachzug. Mit ihren schicken Geschäftskostümen und dem sorgfältig frisierten roten Haar verkörperte sie mit jeder Körperzelle die aggressiven achtziger Jahre – und damit genau das, was Caitlin brauchte. Lena und ihre Freundinnen waren auf allen New Yorker Partys vertreten und Stammgäste in allen angesagten Clubs, die sie in Caitlins Kleidern besuchten. Das war, richtig eingesetzt, eine fabelhafte Gratispublicity und die ideale Werbung. Alexis verstand das zu nutzen. Sie führte Buch über Caitlins Kundinnen und sämtliche Anlässe, zu denen sie ihre Kleider trugen, und stellte sicher, dass am nächsten Tag ein Foto des Kleides in der Zeitung abgedruckt wurde.

Alexis nutzte alle zur Verfügung stehenden Mittel. Als es auf die Oscarverleihung zuging, ließ sie durchsickern, dass Caitlin bereits drei Anfragen für ein Abendkleid bekommen hätte. Tatsächlich hatte bis zu diesem Zeitpunkt noch niemand sie gebeten, etwas zu entwerfen. Aber schon zum nächsten Morgen hatte sie vier verzweifelte Anrufe auf der Mailbox, sie solle sich unbedingt verfügbar halten.

Meist ließ Caitlin ihrer PR-Agentin freie Hand. Sie intervenierte nur, wenn Alexis ihre familiären Verbindungen zum Melville-Clan ausschlachten wollte.

»Aber Schätzchen, das wäre eine wirklich wunderbare Story«, sagte Alexis. »Das reinste Aschenputtelmärchen. Und deine gar nicht so hässliche Stiefschwester macht sich zurzeit als Model einen Namen.« Sie fasste in ihre frisch erworbene Birkin Bag und zog mehrere Hochglanzmagazine heraus, auf denen Ambers Gesicht zu sehen war. »Das wäre ein Mega-Boost für deine Verkäufe.«

»Das Geschäft läuft auch so.«

»Stimmt. Aber es könnte noch besser laufen, wenn ich ein paar Infos streuen dürfte …«

»Nein, Alexis.« Caitlins Stimme klang fester als sonst. »Und ich möchte nicht, dass du mich je wieder darauf ansprichst.«

Das tat sie nicht. Schließlich waren sie auch so im Gespräch. Bald war Caitlin der Liebling der großen Filmstars in Hollywood, und all die großen Kaufhäuser, die sie damals abgewiesen hatten, beschworen sie, endlich eine Prêt-à-porter-Kollektion zu liefern. Es lag nahe, bei Henri Bendel's anzufangen, das für seine innovative Frauenmode und seine Konzentration auf junge Designer bekannt war. Caitlin steckte ihre gesamten Ersparnisse in die Produktion einer kleinen Kollektion. Die Ware war innerhalb einer Woche ausverkauft.

Als die Limousine endlich den Eingang zur New York Public Library in der 42. Straße erreicht hatte, spürte sie eine nervöse Gänsehaut. Mit der Nominierung der CFDA als »Newcomer in der Frauenmode« schien sich die viele Arbeit ausgezahlt zu haben. Sie stand kurz davor, ein Markenname zu werden. Vorausgesetzt, sie bekam den Preis.

Alexis Reid stand abseits und beobachtete wohlwollend, wie Caitlin aus dem Wagen stieg.

Sie hatte halb befürchtet, dass ihre immer extrem relaxte Klientin mit Ethnoschmuck behangen in einem langen Bauernrock oder einem Poncho auftauchen könnte. Aber zum Glück hatte Caitlin ihren sonst so lässigen Künstlerstil aufgegeben und zu diesem hochkarätigen Anlass alle Register gezogen.

Sie sieht fantastisch aus, dachte Alexis und spürte, wie sich ein Spritzer Neid in ihren Stolz mischte. Tatsächlich sah Caitlin in dem eng anliegenden, trägerlosen Abendkleid in Mitternachtsblau, natürlich eine eigene Kreation, das ihre perfekte Stundenglas-Silhouette umschmiegte, ungeheuer sinnlich aus. *Sie wird allen die Schau stehlen.*

Auf dem roten Teppich standen bereits Heidi Klum in einem strahlenden Chanel-Kleid und Heather Graham in etwas von Dior, während P. Diddy die Nachhut bildete. Doch als Caitlin auf den Eingang zuschritt, richteten sich alle Kameras und Fotoapparate auf sie.

»Hier, Caitlin!«, riefen sie ihr zu.

Die Blitzlichter explodierten. Nachdem die Fotografen eine Stunde lang nur abgemagerte Models und Schauspielerinnen abgelichtet hatten, war es eine Wohltat, eine echte Frau zu sehen. Und diese Kurven hätten selbst J.Lo vor Neid erblassen lassen.

Alexis schaute zu, wie Caitlin gehorsam in die Kameras lächelte. Sie war eine erstklassige Schauspielerin. Sie versprühte Sex-Appeal, ohne dabei nuttig zu wirken, sie war von Kopf bis Fuß altmodischer Glamour. Verglichen mit vielen anderen weiblichen Gästen zeigte sie nur wenig Haut; stattdessen war ihr Kleid so geschnitten, als würde es ihren Leib umfließen und die Rohseide an ihren vollen Brüsten, der Wespentaille und den sanft geschwungenen Hüften kleben, womit gerade genug der Fantasie überlassen blieb. Mit ihren rauchigen Augen, dem rotlippigen Schmollmund und der Hochsteckfrisur, aus der einige wenige dunkle Strähnen entkommen waren, um ihr Gesicht zu umrahmen, glich sie von

Kopf bis Fuß einem Filmstar der fünfziger Jahre. Sie besaß das seltene Talent, mit jedem ihrer Entwürfe eine Geschichte zu erzählen. Vor allem darum hatte sie so viel Erfolg.

Gott sei Dank ist ihr dieser Erfolg nicht zu Kopf gestiegen, dachte Alexis. Auch nach vier Jahren war Caitlin immer noch die bodenständige Person, die sie damals kennengelernt hatte. Ja, sie war in der Zwischenzeit gereift und hatte sich von einer sympathisch ernsten, aber leicht naiven Zweiundzwanzigjährigen zu einer selbstbewussten jungen Frau gewandelt. Aber sie hatte dabei ihre Leidenschaft bewahrt. Sie war immer noch mit Leib und Seele Designerin; sie machte keine Kompromisse und hatte ihren Namen nicht verkauft, wie es viele andere getan hätten. Auch darum war sie heute Abend nominiert worden.

Schließlich trat Alexis vor, weil sie spürte, dass ihre Klientin gerettet werden musste. »Das reicht jetzt, Jungs«, befahl sie und hakte sich bei Caitlin ein.

»Danke«, flüsterte Caitlin, während sie sich von Alexis in die Eingangshalle führen ließ. »Ich habe schon fast einen Krampf vom Lächeln.«

»Gewöhn dich lieber daran«, flüsterte Alexis zurück. »Du wirst noch viel breiter lächeln, wenn du erst gewonnen hast.«

Unter schamhaften Protesten, dass der Sieg noch längst keine ausgemachte Sache sei, folgte Caitlin ihrer Agentin in den Saal und nahm ihren Platz im eleganten Celeste-Bartos-Forum gerade rechtzeitig vor Beginn der Preisverleihungszeremonie ein.

Sandra Bernhard führte an diesem Abend in einem eleganten Smoking von Yves Saint Laurent durchs Programm. Wie immer wurde es ein langer Abend, wenn er auch glücklicherweise keine sieben Stunden dauerte wie im Vorjahr. Es gab nur wenige Überraschungen: Tom Ford bekam den Preis als »Womenswear Designer« des Jahres und Calvin Klein den Preis für sein Lebenswerk.

»Und jetzt zum Newcomer-Preis im Bereich Womenswear«, sagte Sandra Bernhard.

Alexis warf einen Seitenblick auf Caitlin, die sich redlich bemühte, nicht allzu hoffnungsvoll auszusehen, und dabei kläglich scheiterte. Alexis ergriff verstohlen ihre Hand.

»Der Preis geht an …« Es blieb kurz still. In dem riesigen Zuhörersaal war nur das Rascheln zu hören, mit dem sie den Umschlag öffnete. »Caitlin O'Dwyer!«

Um vier Uhr morgens verließ Caitlin endlich die Party im Gramercy Park Hotel. Der Rest des Abends war in einem Wirbel von Interviews und Glückwünschen vergangen. Als der von ihr verehrte Michael Kors sie beglückwünschte - »Ein verdienter Sieg, Schätzchen«, hatte er gesagt und sie dabei auf beide Wangen geküsst -, fürchtete sie vor Freude tot umzufallen.

»Du wirst eine unglaubliche Presse bekommen«, hatte Alexis aufgeregt prophezeit. »Das könnte der internationale Durchbruch sein.«

Caitlin dachte an all die Menschen, die hoffentlich mitbekommen hatten, was sie heute erreicht hatte: Lucien, William. Der Gedanke war kindisch, das war ihr klar, aber trotzdem … Was nutzte der ganze Erfolg, wenn man damit nicht angeben konnte?

Die Heimfahrt war deutlich kürzer. Die goldene Trophäe in der Hand sank Caitlin in die Lederpolster und sah die City vorbeiziehen, erst die Backsteinhäuser von Greenwich Village, dann die schmiedeeisernen Fassaden von SoHo, bis sie zu ihrem TriBeCa-Loft kamen. Als sie zwei Jahre zuvor angefangen hatte, richtig Geld zu verdienen, war sie in das »Triangle Below Canal Street« gezogen. Das Gebäude, ursprünglich ein Textillagerhaus, war während der achtziger Jahre umgebaut worden, noch bevor die Gegend vom Trendviertel zur exklusiven Wohngegend aufgestiegen war. Caitlin hatte sich vom ersten Augenblick an in das zweistöckige Apartment verliebt. Die untere Ebene benutzte sie als Werkstatt, während das Obergeschoss einen riesigen Wohn-Schlaf-Bereich bildete.

Drinnen stieg sie aus ihren Schuhen und zog den Reißverschluss ihres Kleides auf. Es war nett gewesen, es einen Abend lang zu tragen, dachte sie und hängte es vorsichtig in den Schrank. Aber sie war froh, als sie es wieder ausziehen konnte. So pompöse und vornehme Sachen waren normalerweise nicht ihr Stil. Sie hatte das Kleid heute Abend nur für die Fotografen getragen, sonst hätte Alexis sie erwürgt.

Zehn Minuten später war alles, was an den Abend erinnerte, abgelegt. In ihrem Baumwollpyjama und mit frisch geschrubbtem Gesicht hatte sie nichts mehr von einer eleganten Designerin an sich. Weil sie zu aufgedreht war, um zu schlafen, machte sie sich eine Tasse Tee und nahm sie mit nach draußen auf die Feuertreppe, wo sie oft zum Nachdenken saß. Inzwischen war die Tageshitze verflogen, und die Luft war angenehm warm. Unten hörte sie die vertrauten Geräusche der erwachenden Stadt: einen Lieferwagen, der das Lebensmittelgeschäft an der Ecke versorgte; einen vorbeirasenden Streifenwagen mit heulender Sirene.

Während sie an ihrem Tee nippte, ließ sie den Abend noch einmal Revue passieren. Es war ein einziger Triumph gewesen, trotzdem fühlte sie sich … unausgefüllt. Als sie in ihr leeres Apartment zurückgekehrt war, war ihr schlagartig bewusst geworden, wie allein sie war. Der größte Erfolg war bedeutungslos, wenn man ihn mit niemandem teilen konnte. Natürlich, sie hatte Freunde, die angerufen und ihr gratuliert hatten, die ihr alles Gute wünschten. Alexis, Alain … Aber sie hatte keine Familie, die sie anrufen konnte, und im Moment gab es auch niemanden, der ihr wirklich wichtig gewesen wäre. Selbstverständlich hatte es den einen oder anderen Mann in ihrem Leben gegeben, seit sie in New York lebte. Gelegentlich ließ sie sich von ihren Freunden verkuppeln. Normalerweise mit gut aussehenden Männern mit interessanten Jobs und mit den allerbesten Absichten. Aber keiner davon war Lucien.

Selbst jetzt musste sie seufzen, wenn sie nur an ihn dachte.

Als sie damals in New York angekommen war, war er ihr nicht aus dem Kopf gegangen. Sie hatte sich fest vorgenommen, ihn anzurufen, ihm zu schreiben, ihm alles zu erklären. Sobald sie wieder klar denken konnte. Aber irgendwie war nie der richtige Zeitpunkt gekommen. Dieses Gespräch musste sie persönlich mit ihm führen. Aber dazu hatte sie erst sechs Monate später Gelegenheit gehabt, als sie zu Alains vierzigstem Geburtstag nach Paris gefahren war.

Wochenlang hatte sie geplant, was sie tragen, was sie sagen wollte. Der zeitliche und räumliche Abstand hatten sie erkennen lassen, dass sie einen schrecklichen Fehler gemacht hatte, als sie in jener Nacht geflohen war.

Die Feier fand im Café des Amis statt. Caitlin kam früh an und brachte den ersten Teil des Abends damit zu, mit alten Freunden zu plaudern und dabei die Tür im Auge zu behalten, weil sie keinesfalls Luciens Ankunft verpassen wollte.

Als er endlich auftauchte, war es fast Mitternacht. Caitlin freute sich so, ihn zu sehen, dass sie ein paar Sekunden brauchte, um die isländische Blondine an seinem Arm zu registrieren. Sie war groß und langbeinig und damit der genaue Gegenpol zu Caitlin. Das änderte alles. Als Caitlin schließlich an ihm vorbeiging, wechselten sie nur einen höflichen Gruß.

Caitlin war erleichtert, als die Party zu Ende ging, und noch erleichterter, als sie am nächsten Tag nach New York zurückkehren konnte. Seither war sie nicht mehr in Paris gewesen. Und sie hatte nicht vor, in nächster Zeit hinzufahren.

So viel zu ihrem Liebesleben.

Mit diesem wenig positiven Gedanken ging sie in ihre Wohnung und zu Bett.

Am nächsten Morgen wurde sie vom Telefon aus dem Schlaf gerissen. Weil sie glaubte, es sei Alexis, die noch einmal den vergangenen Abend durchsprechen wollte, ging sie an den Apparat. Aber es war nicht Alexis. Es war William.

Sie merkte, wie ihr schwer ums Herz wurde, als sie seine Stimme hörte. Sie hatten seit Monaten nicht mehr miteinander gesprochen und sich noch länger nicht mehr gesehen. Sie hatte keine Lust, sich von ihm die gute Laune verderben zu lassen.

»Herzlichen Glückwunsch zu deinem Sieg gestern Abend«, sagte er, nachdem sie ein paar Begrüßungsfloskeln ausgetauscht hatten.

»Danke«, antwortete sie knapp. Sie wollte ihn so schnell wie möglich aus der Leitung haben.

»Aber ich wollte nicht nur anrufen, um dir zu gratulieren«, fuhr er fort. »Ehrlich gesagt wollte ich wissen, was du während der nächsten Wochen vorhast.«

»Eine Menge«, sagte sie automatisch.

»Nicht so viel, dass du keinen Kurztrip nach London einschieben könntest, hoffe ich.«

Es blieb still.

»Du musst wissen«, fuhr er fort, »dass ich etwas mit dir besprechen möchte. Etwas Wichtiges.«

Caitlin zog die Stirn in Falten. »Können wir das nicht am Telefon besprechen?«

Diesmal ließ er sich nicht erweichen. »Nein.« Er schien Luft zu holen. »Bitte, Caitlin. Ich verlange nicht viel. Ich würde mich freuen, wenn du das für mich tun könntest.«

Widerwillig erklärte sie sich bereit, in der folgenden Woche nach England zu fliegen. Dann legte sie den Hörer auf und versuchte, das mulmige Gefühl in ihrer Magengrube zu ignorieren.

34

Elizabeth tappte über die *Tatami*-Matte zu ihrem Ehemann, der bäuchlings auf ihrem gemeinsamen Futon schlummerte. Er schlief nackt, so wie immer während der dampfigen Tokioter Sommermonate, die weißen Leinenlaken verknittert auf milchschokoladebrauner Haut, die festen Muskeln mit glänzendem Schweiß überzogen. Sie war ganz und gar nicht begeistert, eine Woche von ihm getrennt zu sein. Ihn nicht in ihrer Nähe zu haben war pure Quälerei.

In diesem Apartment wohnten sie seit ihrer Hochzeit vor vier Jahren. In beiderseitigem Einvernehmen hatten sie sich gegen ein Wohnhaus im westlichen Stil entschieden und sich stattdessen etwas typisch Japanisches gesucht – mit gleitenden *Shoji*-Türen, minimalistischer Einrichtung und flexiblem Wohn-Schlaf-Bereich. Die Lage sagte beiden zu. Die Wohnung lag im Shoto-Viertel und damit in bequemer Nähe zu den Geschäften und Restaurants von Shibuya, worauf Cole Wert gelegt hatte, aber auch in fußläufiger Entfernung zum Yoyogi-Park, der für Westtokio eine Art Central Park darstellte und in dem Elizabeth am Wochenende gern joggen ging.

Draußen in Shoto brach allmählich der Morgen an. Die ersten Sonnenstrahlen zwängten sich durch die Jalousien und ermahnten Elizabeth, dass es Zeit war zu gehen. Sie bückte sich, um Cole einen Abschiedskuss zu geben. Sie hatte angenommen, dass er noch schlief. Aber dann riss er ohne Vorwarnung die Augen auf, warf sich auf den Rücken und packte sie um die Taille. Sie stieß ein überraschtes Japsen aus, als er sie auf seinen Bauch herabzog.

»Du willst dich also rausschleichen, ohne dich richtig zu verabschieden?« In einer geschmeidigen Bewegung warf er sie auf den Bauch und kam auf ihr zu liegen, sodass er sie unter sich eingeklemmt hatte. »Du solltest wissen, dass du das nicht schaffst, Lizzie.«

Er presste sie mit seinem ganzen Gewicht in den Futon. Durch den dünnen Stoff ihres Rockes spürte sie seine Erektion.

»Cole!«, protestierte sie.

»Vergiss es, Elizabeth.« Er biss sie zart in den Nacken. »Eine ganze Woche ohne dich? Da will ich schon ein Souvenir …«

»Ich kann nicht … draußen wartet schon der Wagen … mein Kostüm …«

»Scheiß auf das Kostüm.«

Jetzt begann er sich auf ihr zu bewegen, sich sanft und beharrlich an ihr zu reiben. Sie spürte, wie sie feucht wurde.

»Ich habe keine Zeit mehr«, wehrte sie sich schwach.

»Keine Angst«, murmelte Cole, während seine Hände den engen Rock über ihre Schenkel nach oben schoben. »Ich brauche nicht lang.«

Elizabeth lachte. »Genau das, was jedes Mädchen hören will …«

Aber das letzte Wort erstarb ihr auf den Lippen, als ihr Cole das Höschen nach unten zog.

Sie spürte seine harte Spitze zwischen ihren Beinen. Lust überflutete ihren Unterleib. Instinktiv öffnete sie die schon feuchten Schenkel. Als er sie nahm, war das Flugzeug, das sie unbedingt erwischen musste, vollkommen vergessen.

Fünf Minuten später war alles erledigt. Zu beiderseitiger Zufriedenheit.

»Mistkerl«, murmelte Elizabeth gut gelaunt und kletterte vom Bett. Sie strich ihre Sachen glatt und ging dann an die Kommode. Ihre Wangen waren gerötet, darum tupfte sie etwas Puder auf, um die Hitze aus ihrem Gesicht zu vertreiben. »Du bist schuld, wenn ich meinen Flug verpasse.«

Sie klappte den Schminkkoffer zu.

Cole lachte. »Vergiss es. Du hast es genauso gewollt, das weißt du so gut wie ich.«

Er stützte sich auf die Ellbogen und sah zu, wie sie ihren Lippenstift nachzog, ihre Sachen zurechtzupfte und zuletzt nach ihrem Koffer und dem Pass griff.

»Es ist noch nicht zu spät, das ist dir doch klar?«, fragte er ernst. »Ich kann immer noch mitkommen.«

Sie schüttelte den Kopf.

»Nein. Danke, aber ich schaffe das schon.«

Er sah sie zweifelnd an. »Wenn du dir sicher bist …«

Seine Fürsorge brachte sie zum Lächeln. Es gefiel ihr, dass er sich so viele Sorgen um sie machte und sie immerzu beschützen wollte. Wer hätte gedacht, dass Elizabeth Melville, die sich stets so viel auf ihre Unabhängigkeit und Stärke eingebildet hatte, es genießen würde, einen Mann mit ausgeprägtem Beschützerinstinkt zu haben?

»Ich bin mir sicher«, erklärte sie ihm und war nach einem letzten kurzen Kuss aus der Tür.

Draußen wartete ihr Fahrer neben einem schwarzen Lexus. Er hielt ihr die Tür auf, und sie ließ sich auf den Rücksitz fallen. Gleich darauf waren sie unterwegs zum Flughafen Narita.

Es war noch früh, darum war der Verkehr angenehm flüssig. Während sie über die Autobahn rasten, sann Elizabeth darüber nach, wie glücklich Cole sie machte.

Ein Jahr nach Rosalinds Beerdigung hatten sie geheiratet – in aller Stille, nur zu zweit, unter den blühenden Kirschbäumen von Kyoto. Sie hatten ihre Beziehung geheim gehalten und allen erst nach ihrer Hochzeit davon erzählt. Die Reaktionen waren unterschiedlich gewesen. William hatte getobt, vor allem weil er Cole nicht vergeben hatte, dass er ihn bei Melville »im Stich gelassen« hatte, als er gekündigt hatte, um ein eigenes Unternehmen zu gründen. Caitlin hatte ihnen eine höfliche Karte geschickt, aber kein Interesse daran gezeigt, Cole kennenzulernen. Amber – genauer gesagt ihre Assistentin - hatte ein extravagantes Bukett schicken lassen und Elizabeth zu ihrer Vermählung mit *Colin* gratuliert. Das hatte sie genauso amüsiert wie Cole.

Es war nur folgerichtig gewesen, dass sie sich in Tokio niedergelassen hatten. Elizabeth hatte die letzten sechs Jahre damit verbracht, Melville im Fernen Osten und in Südostasien zu etablieren und Niederlassungen in Singapur, Shanghai und Hongkong zu eröffnen. Vor sechs Monaten war sie als Chefin der profitabelsten Abteilung im ganzen Unternehmen mit einem Sitz im Vorstand belohnt worden.

Währenddessen hatte Cole in London eine Kette von Sushi- und Sashimi-Bars eröffnet. Er hatte ein starkes Management eingestellt und leitete das Geschäft von Japan aus, musste allerdings ein- oder zweimal pro Monat nach Europa fliegen.

Dass die Geschäfte gut liefen, war eine Untertreibung. Schon jetzt belief sich der Umsatz auf fünfzehn Millionen Pfund, und das Forbes-Magazin hatte einen begeisterten Artikel über ihn veröffentlicht. Cole plante, bald einen noch edleren Ableger zu gründen: ein Luxusrestaurant mit Sterneküche.

Alles in allem waren Elizabeth und Cole das Sinnbild eines Juppie-Pärchens. Und sie führten eine extrem glückliche Ehe.

Aber in beruflicher Hinsicht hatte Elizabeth das Gefühl, noch mehr erreichen zu können, und zwar, indem sie das Geschäftsmodell von Melville von Grund auf änderte. Sie hatte fest vor, das Unternehmen eines Tages zu führen, falls ihr Vater sich je dazu durchringen konnte abzutreten. Sie musste nur sicherstellen, dass es bis dahin noch ein Unternehmen zu führen gab. Denn im Moment erschien ihr das eher zweifelhaft.

Während Caitlins Stern im Lauf der vergangenen sechs Jahre stetig gestiegen war, war der von Melville verblasst. Elizabeths Niederlassungen entwickelten sich gut. Aber insgesamt gingen die Verkäufe zurück. Melville zog einfach keine Kunden mehr an. Natürlich hätte William niemals zugegeben, dass es Probleme gab. Elizabeth hatte versucht, mit ihm darüber zu sprechen. Als sie das letzte Mal in London war, hatte sie vorgeschlagen, ein Team zusammenzustellen, das den Rückgang ihrer Ladenverkäufe analysierte. Aber William hatte ihren Vorschlag abgelehnt. »Jedes Geschäft durchläuft einen gewissen Zyklus. Das ist nur eine Phase. Das ist bald wieder vorbei.«

Elizabeth sah das anders. Außerdem war sie nicht sicher, ob sie sich dieses »Abwarten und Teetrinken« leisten konnten. Die Verkäufe waren so eingebrochen, dass sie die Lieferanten nur noch mit Mühe bezahlen konnten. Und die Angestellten begannen, sich nach neuen Jobs umzusehen. Der letzte Abgang war der Chefdesigner bei Melville, der sie vor einem Monat verlassen hatte. Daraufhin hatte Elizabeth vorgeschlagen, Caitlin nach London zu holen und mit ihr zu reden.

Elizabeth hatte Caitlins Aufstieg genau verfolgt. Ihre dramatischen Designs waren weder ihr Stil noch der von Melville, das sich unbeirrt auf konservative und klassische Mode beschränkte. »Aber sie hat Talent«, hatte Elizabeth ihrem Vater vor einem Monat erklärt, nachdem der Chefdesigner seine Kündigung eingereicht hatte. »Und das könnten wir definitiv gebrauchen.«

William hatte die Idee sofort gefallen, vor allem, weil er damit einen guten Grund hatte, Verbindung mit Caitlin aufzunehmen. Es verletzte Elizabeth, wie er darüber lamentierte, dass Caitlin aus seinem Leben verschwunden war. Aber das war nicht anders zu erwarten, sagte sie sich. Sie sah er schließlich ständig, während Caitlin ihn praktisch aus ihrem Leben verbannt hatte. Aus welchen Motiven er auch zugestimmt hatte, Caitlin zu einem Treffen zu bitten, es war ein Schritt in die richtige Richtung. Vielleicht würde er danach auch einige ihrer anderen Vorschläge überdenken.

Cole war der Meinung, dass sie ihre Zeit verschwendete. Er hätte es am liebsten gesehen, wenn Elizabeth die Firma verlassen hätte. Er hielt William für einen Autokraten, der nie auch nur einen Zipfel seiner Macht hergeben würde. Das war der einzige Streitpunkt in ihrer sonst so perfekten Ehe. Und Elizabeth war fest entschlossen, ihm das Gegenteil zu beweisen. Schließlich würde sie die Firma eines Tages leiten. Sie sollte ein Mitspracherecht dabei haben, in welche Richtung sie sich entwickelte. Sie musste nur noch ihren Vater überzeugen.

Ein paar Stunden nachdem Elizabeth Tokio verlassen hatte, stieg Caitlin ebenfalls in ein Flugzeug in Richtung London Heathrow. William hatte ihr angeboten, einen Flug für sie zu buchen, aber Caitlin hatte darauf bestanden, das selbst zu erledigen. Wann würde er endlich begreifen, dass sie seine Wohltaten weder wollte noch brauchte? Er hatte sie eingeladen, in seiner Wohnung am Eaton Square zu wohnen. Elizabeth würde ebenfalls dort übernachten. Auch das hatte Caitlin abgelehnt. Stattdessen hatte sie ein Zimmer im Baglioni genommen, einem kleinen Hotel in Kensington, in dem sie immer abstieg, wenn sie in London war. Sie traf am Spätnachmittag dort ein und fand schon eine Nachricht von William vor, sie solle ihn anrufen, sobald sie eingecheckt habe. Sie ging erst duschen und rief dann an.

Er klang versöhnlich. »Ich dachte, wir könnten heute Abend vielleicht zusammen essen gehen. Elizabeth ist gerade eingetroffen. Du könntest zu uns an den Eaton Square kommen …«

Caitlin erklärte ihm, dazu sei sie zu müde. Was er mit ihr auch zu besprechen hatte, konnte warten. Sie wollte ihm lieber ausgeschlafen gegenübertreten.

Falls er enttäuscht war, verbarg er das gut. »Auch gut. Dann treffen wir uns eben morgen.«

Caitlin erklärte sich einverstanden, mit ihnen im Mirabelle zu Mittag zu essen. Immerhin auf neutralem Boden.

Trotzdem ließ sie der Gedanke nicht leichter einschlafen.

Am folgenden Tag trafen William und Elizabeth gemeinsam um Viertel vor eins im Mirabelle in Mayfair ein. Es war Williams Lieblingsrestaurant, weil er die intime, clubartige Atmosphäre schätzte. Das Restaurant lag an der Curzon Street und war daher von der Melville-Zentrale aus zu Fuß erreichbar, gleichzeitig war es aber so weit entfernt, dass sie kaum von jemandem aus der Zentrale gesehen würden. Vor allem deshalb hatte er diesen Treffpunkt gewählt. Und deshalb würden sie auch nur zu dritt essen – William, Elizabeth und Caitlin. Er hatte beschlossen, Piers nicht einzuladen. Falls Caitlin ihnen einen Korb gab, sollten so wenige Menschen wie möglich davon wissen. Der Maitre d' führte William und Elizabeth an der Piano-Lounge vorbei und weiter in den verspiegelten Speisesaal. Wie immer in letzter Zeit war das Mirabelle voll. Geschäftsleute in dunkelgrauen Anzügen unterhielten sich angeregt bei Gänseleber und Sauternes. William war nicht überrascht, dass Caitlin schon da war. Seine Erfahrung sagte ihm, dass sie die Sache so schnell wie möglich hinter sich bringen wollte.

Er hatte sie länger nicht mehr gesehen. Mit – wie alt war sie jetzt? – sechsundzwanzig hatte sie Persönlichkeit entwickelt und obendrein ein ausgeprägtes Stilgespür. Sie hatte ihre dunklen Haare wieder wachsen lassen und trug sie jetzt dicht und offen bis auf die Schultern. In ihrer Leinenhose und dem lockeren, ärmellosen Jackett wirkte sie gleichzeitig lässig und kreativ – ehrlich gesagt war sie das genaue Gegenstück zu Elizabeth mit ihrem dunkelgrauen Hosenanzug von Joseph und den straff zurückgekämmten blonden Haaren.

Nach einer eher steifen Begrüßung gaben sie ihre Bestellungen auf. In wortlosem Einvernehmen ließen sie die Vorspeise ausfallen und beschränkten sich auf einen Hauptgang und Mineralwasser. Niemand machte sich die Mühe, so zu tun, als würde dies ein langes, entspanntes Mittagessen. Verlegenes Schweigen senkte sich über den Tisch. Sie waren noch nie die Art von Familie gewesen, die sich in unverbindlichem Geplauder erging, und keiner wollte ausgerechnet jetzt damit anfangen.

Caitlin brach als Erste das Schweigen. Sie nahm einen Schluck Wasser, stellte das Glas auf den Tisch zurück und sprach dann die Frage aus, die ihr schon im Kopf herumging, seit dieses Treffen vor einer Woche vereinbart worden war.

»Werdet ihr mir jetzt erklären, warum ich herkommen musste?«

William und Elizabeth tauschten einen vielsagenden Blick. William übernahm das Antworten. »Du bist hier, weil ich dir einen geschäftlichen Vorschlag machen möchte.« Sie sah ihn misstrauisch an. Er holte tief Luft und sprach dann genau das aus, was sie von Anfang an befürchtet hatte: »Ich möchte, dass du Chefdesignerin bei Melville wirst.«

Caitlin schnitt in ihre Seezunge. Sie hatte nicht die Absicht, sie zu essen, der Appetit war ihr vergangen, sobald sie Platz genommen hatte. Sie versuchte nur, Zeit zu gewinnen.

Eigentlich hätte sie diesen Augenblick genießen sollen. William gegenüberzusitzen, in seinem Revier, und zu erleben, wie er sie bat – nein, korrigierte sie sich – *anbettelte*, zurückzukommen und für ihn zu arbeiten. Sie hatte geduldig zugehört, wie er versucht hatte, sein Angebot attraktiv darzustellen.

»Ich weiß, dass du dir in New York einen Namen gemacht hast«, sagte er. »Aber das Atelier eines internationalen Modehauses zu leiten, das wäre eine echte Chance für dich.«

Eine Chance? Offenbar hielt er sie für beschränkt. Die Modewelt war klein. Sie hatte längst von der fatalen Situation bei Melville gehört – von den Kündigungen, dem dezimierten Design Department. Niemand mit Talent würde für Melville arbeiten, solange er oder sie nicht musste.

»Was hältst du davon?«, bohrte William nach.

Sie schob ein Stück Fisch über ihren Teller. »Danke für das Angebot.« O Gott, es tat weh, das zu sagen. »Aber das wäre zurzeit für mich beruflich bestimmt nicht die richtige Entscheidung.«

William zog die Stirn in Falten. »Du lehnst ab? Einfach so? Willst du nicht wenigstens darüber nachdenken?«

Sie zuckte mit den Achseln. »Was soll ich da lange nachdenken? Ich habe eine eigene Firma. Eine sehr erfolgreiche Firma. Wieso sollte ich die aufgeben, um für Melville zu arbeiten?«

Jetzt mischte sich Elizabeth ein. »Also, du müsstest nicht wirklich für uns arbeiten. Vielleicht könntest du nur eine Linie entwerfen, etwas Jugendlicheres, und einen Teil der Kollektion unter deinem Namen erscheinen lassen.«

Caitlin schüttelte den Kopf. »Dafür hätte ich gar keine Zeit. Ich habe Pläne, noch dieses Jahr zu expandieren.«

»Was für Pläne?«, fuhr William sie an.

Caitlin sah ihn kühl an. »Die sind im Moment noch vertraulich.«

William ließ ein Ts-ts-ts hören. Caitlin ignorierte ihn und wandte sich stattdessen an Elizabeth. »Jedenfalls werde ich an sieben Tage pro Woche achtzehn Stunden lang arbeiten.«

Elizabeth wollte etwas darauf erwidern, doch William kam ihr zuvor.

»Aber du hast dir nicht einmal überlegt, was dir das bringen könnte.«

»Weil ich nicht glaube, dass es mir irgendetwas bringt. Ich komme wunderbar allein zurecht.« Caitlin holte Luft. »Ehrlich gesagt habe ich nicht einen guten Grund gehört, warum ich euch aus der Patsche helfen sollte. Denn darum bittet ihr mich doch, nicht wahr? Ihr wollt, dass ich euch einen Gefallen tue? Warum sollte ich? Nennt mir nur einen guten Grund.«

»Weil wir dich brauchen, Caitlin.« Elizabeth sagte das ganz ruhig. »Weil es schlecht um Melville steht und wir dich brauchen.«

Es blieb still. William feuerte einen wütenden Blick auf Elizabeth ab. Aber dann schien ihn der Kampfgeist zu verlassen. Seine Schultern sackten nach unten, sein Blick wurde trübe.

»Sie hat recht«, gab er zu, und Caitlin konnte ihm ansehen, wie viel Kraft ihn dieses Eingeständnis kostete. »Wenn das Geschäft so weiterläuft, wird es in ein paar Jahren vielleicht kein Geschäft mehr geben.«

Caitlin tupfte sich die Lippen mit der Serviette ab, bevor sie darauf antwortete. »Trotzdem weiß ich nicht, inwiefern das mich betrifft.«

Sofort sah er scharf auf. Eine Sekunde lang wirkte er verdutzt. »Was soll das heißen, du weißt nicht, inwiefern das dich betrifft? Hast du nicht gehört, was ich gesagt habe?« Seine Stimme senkte sich zu einem Flüstern. »Melville steht kurz vor einer Katastrophe.«

»Das habe ich gehört.« Sie antwortete genauso leise. »Aber ich weiß trotzdem nicht, inwiefern das mich betrifft.«

Elizabeth konnte Caitlin ansehen, dass sie sich nicht überreden lassen würde. Sie lehnte sich zurück und war bereit, die Konfrontation zu beenden. William nicht.

»Willst du mir erzählen, dass dir das alles egal ist?« Er war fassungslos. »Ich weiß, dass du immer auf eigenen Beinen stehen wolltest. Aber es ist dir doch bestimmt nicht gleichgültig, dass der Name Melville zugrunde geht?«

Caitlin sah ihn kühl an. »Warum denn nicht? Ich sehe mich nicht als Melville und habe mich nie so gesehen.«

Stumm vor Entsetzen sah William sie an. Elizabeth legte ihm beschwichtigend die Hand auf den Arm. Caitlin griff nach ihrer Handtasche, wühlte ihr Portemonnaie heraus und warf ein paar Scheine auf den Tisch.

Sie war schon aufgestanden und wollte weggehen, als William zu einem letzten Schlag, einem letzten verzweifelten Vorstoß ansetzte: »Bedeutet es dir gar nichts, dass wir deine Familie sind, Caitlin?«

Das war die falsche Frage. Sie drehte sich langsam zu ihm um.

»Familie? Ihr seid nicht meine Familie. Ihr bedeutet mir gar nichts.«

Jetzt war er genauso wütend wie sie. »Ich habe dich aufgenommen, als du fünfzehn warst. Ich habe dir alles gegeben, was man sich nur wünschen kann.«

Caitlin schüttelte den Kopf. »Du willst es einfach nicht begreifen, oder? Du glaubst immer noch, dass sich jedes Problem lösen lässt, indem man es mit Geld zuschüttet.«

»Was soll das heißen?«

Caitlin zögerte und spielte mit dem Gedanken, ihn auf die Schecks anzusprechen, die sie gefunden hatte – den Beweis, dass er ihre Mutter ausgezahlt hatte. Aber wozu sollte das gut sein? Er würde nur alles abstreiten.

»Caitlin«, sagte er scharf. »Was das heißen soll, habe ich gefragt.«

Sie sah ihm offen ins Gesicht. »Das heißt, dass ich wünschte, du hättest dich aus meinem Leben herausgehalten. Du glaubst, du hättest mir einen Riesengefallen getan, als du mich zu euch geholt hast? Also, ich wäre lieber in Valleymount geblieben und hätte weiterhin geglaubt, du seist tot.«

William erbleichte. Einen Sekundenbruchteil fürchtete sie, er würde sie gleich ohrfeigen. »Wie kannst du es wagen, so mit mir zu sprechen? Ich bin dein Vater, es wird Zeit, dass du etwas Respekt zeigst.«

Rundum erstarben die Gespräche, und immer mehr Gäste drehten sich zu der lautstarken Auseinandersetzung um.

Plötzlich erkannte Caitlin, dass sie von Anfang an recht gehabt hatte. Sie hätte nicht herkommen sollen. Sie hatte sich ein eigenes Leben aufgebaut, ein schönes Leben sogar, und in das wollte sie so schnell wie möglich zurückkehren. Sie hatte mit diesen Menschen nichts zu schaffen.

»Du begreifst es wirklich nicht, oder? Du bist nicht mein Vater. Der warst du nie und wirst du nie sein.«

Damit drehte sie sich um und eilte zur Tür.

William sah ihr nach. Es ärgerte ihn ungeheuer, wie sie sich all diese Jahre ihm und seiner Familie gegenüber verhalten hatte. Aber er war sich auch bewusst, dass sie seine Tochter war und sein einziges Bindeglied zu Katie, er wollte nicht, dass sie sich auf diese Weise trennten. Er war im Begriff aufzustehen und ihr nachzulaufen. Aber plötzlich schoss ein scharfer Schmerz durch seinen linken Arm. Er verzog das Gesicht und setzte sich wieder hin.

Elizabeth sah ihn ernst an. »Ist was, Daddy?«

»Es geht mir gut«, fuhr er sie an.

Mit ernster Miene rieb er seinen schmerzenden Arm. Es war nicht das erste Mal, dass er solche Schmerzen hatte. Isabelle setzte ihm schon seit Wochen zu, zum Arzt zu gehen. In seinem Alter musste man vorsichtig sein, beschwor sie ihn immer wieder.

In seinem Alter. Er hasste es, daran erinnert zu werden, dass er alt wurde, und der Spiegel tat das jeden Tag. Ihm kam es so vor, als hätte er erst gestern voller Hoffnungen und Zukunftsträume die Leitung des Unternehmens übernommen und sich geschworen, die Firma noch größer zu machen, als seine Mutter es getan hatte. Wann war alles so schnell vorbeigegangen?

Er öffnete und schloss seine Hand und versuchte das taube Gefühl darin abzuschütteln. Es funktionierte – wenige Sekunden später war der Schmerz weg. Gut. Nichts, worüber er sich Sorgen zu machen brauchte. Und dieses enge Gefühl in der Brust war wahrscheinlich nur Sodbrennen.

»Bist du sicher, dass alles in Ordnung ist?« Elizabeth ließ ihn nicht aus den Augen. »Soll ich dir noch ein Wasser holen?«

»Nein.« Allmählich begann das, ihn zu ärgern. Warum hörte sie nicht auf, so ein Tamtam zu machen? »Ich will sehen, ob ich Caitlin noch einholen kann.«

Wieder wollte er aufstehen. Gerade als er es geschafft hatte, durchschoss ihn ein neuer Schmerz. Doch diesmal flaute er nicht ab. Stattdessen hatte er das Gefühl, plötzlich keine Luft mehr zu bekommen. Und der Schmerz saß nicht mehr nur in seinem Arm.

Er griff sich an die Brust. Er sah Elizabeths entsetzte Miene und wusste, dass er etwas sagen musste, um sie zu beruhigen, aber stattdessen knickte er ein, sackte auf den Boden und riss dabei das gesamte Gedeck vom Tisch.

Sein letzter Gedanke vor der Bewusstlosigkeit war, dass er vielleicht keine Gelegenheit mehr bekommen würde, mit Caitlin Frieden zu schließen.

Caitlin war noch an der Tür und wartete darauf, dass die Garderobiere ihren Poncho fand, als sie das mächtige Scheppern hörte, mit dem Teller und Gläser auf dem Boden zerschellten. Instinktiv drehte sie sich um.

Bis an ihr Lebensende sollte sie sich an diesen Augenblick erinnern. Immer sollte sie sich daran erinnern, wie sie sich gefühlt hatte, als sie William hatte sitzen lassen, fast euphorisch nach ihrem Streit und mit sich zufrieden, weil sie ihm endlich gesagt hatte, was sie wirklich von ihm hielt. Und sie sollte sich daran erinnern, wie sie unter dem Lärm zusammengezuckt war, wie sie sich umgedreht und gesehen hatte, wie er mit geschlossenen Augen und aschgrauem Gesicht schwach und reglos auf dem Boden lag; wie sie einen Moment lang völlig verwirrt gewesen war und nicht verstanden hatte, was da passiert war. Und wie alles auf einen Schlag ein Bild ergab. Dem die grässliche, grauenvolle Erkenntnis folgte:

Das ist allein meine Schuld.

35

Rich war gerade im Cartier-Shop auf dem Rodeo Drive und überlegte, ob Louis die Uhr in Platin oder Weißgold besser gefallen würde, als er von Amber angepiepst wurde. Es war ein Notruf.

Er seufzte tief. Heute Abend war ihr siebenjähriges Jubiläum. Daheim in ihrem Apartment in West Hollywood hatte Louis schon den Champagner auf Eis gestellt und die Lichter gedimmt. Aber ihr romantischer Abend würde warten müssen, weil die kleine Madam, wie Rich seine Klientin insgeheim nannte, es auf keinen Fall tun würde.

Manchmal wünschte er sich, sie wäre nicht ganz so erfolgreich; dann hätte er ihr erklären können, wo sie sich ihre Sonderwünsche hinschieben konnte. Aber sechs Jahre nach ihrer ersten Begegnung war Amber Melville immer noch eine Goldmine. Zeitschriftencover, Modeshows und, ihr jüngster Triumph, ein siebenstelliger Deal, der sie zum Gesicht von Glamour Cosmetics machte. Leider hielt sie all das nicht davon ab, ihm auf die Nerven zu gehen.

Bis er die kurze Strecke zu ihrer Villa in Beverly Hills zurückgelegt hatte, hatte er schon drei weitere Nachrichten von Amber auf dem Handy. Die exklusive und bewachte Wohnanlage Summit Circle wartete mit einem Millionen Dollar schweren Blick über ganz L.A. und einem erstklassigen Sicherheitssystem auf. Der Torwächter prüfte seinen Ausweis und winkte ihn dann durch. Für Notfälle hatte Rich einen eigenen Hausschlüssel, und dies schien ein Notfall zu sein. Er holte tief Luft und schloss die Haustür auf.

Er fand Amber in der marmorgefliesten Eingangshalle, wo sie dramatisch auf der geschwungenen Treppe lagerte und hemmungslos weinte. Das mexikanische Hausmädchen wartete hilflos ein paar Schritte abseits. Rich gab ihr ein Zeichen zu verschwinden und machte sich gedanklich eine Notiz, ihr vor Monatsende ein paar Scheine zuzustecken, damit sie der Presse gegenüber den Mund hielt. Dann setzte er ein besorgtes Gesicht auf und eilte an Ambers Seite.

»Mein Sonnenschein!« Er sank vor ihr auf die Knie. »Was ist diesmal passiert, um Gottes willen?«

Ihr Körper wurde von schweren, kehligen Schluchzern erschüttert, weswegen er kein Wort von dem verstand, was sie ihm erzählte.

»Psst, psst«, tröstete er sie und strich ihr übers Haar. »Daddy kannst du alles erzählen.«

Erst nach zwanzig Minuten hatte sie sich so weit gefangen, dass sie verraten konnte, was passiert war. Sie weinte um Wallace Marshall, den erfolgreichsten Korbjäger der LA Lakers. Die beiden waren siebeneinhalb Wochen lang ein heißes Paar gewesen – Ambers bisheriger Rekord. Alles war wunderbar gelaufen, bis man Wallace im *Teddy's* mit einer Hand im Höschen eines Laker Girls fotografiert hatte. Amber hatte erst davon erfahren, als ein Reporter vom *Star* angerufen und sie um einen Kommentar gebeten hatte.

»Wie konnte er mir das nur antun?«, heulte sie. Wieder begannen die Tränen zu strömen.

Rich nahm sie in die Arme.

»Oh, komm, mein Sonnenschein«, sagte er mit der Babystimme, die ihr so zu gefallen schien. Ehrlich gesagt fand er das ein bisschen entwürdigend, aber für dreißig Prozent Beteiligung konnte er seine Gefühle schon mal unterdrücken. »Daddy wird das für dich regeln.«

Er strich ihr wieder übers Haar, während sie bebend und schluchzend an seiner Brust lag. Rich warf einen verstohlenen Blick auf die Uhr und versuchte abzuschätzen, wie schnell er wieder wegkommen würde.

»Komm schon, meine Kleine. Der Typ lohnt die Tränen nicht.« Er wühlte in seinen Taschen und zog ein Seidentaschentuch mit aufgesticktem Melville-Monogramm heraus. Amber hatte es ihm letztes Jahr zu Weihnachten geschenkt. Die geizige Schlampe. Er reichte es ihr. »So, und jetzt Schluss mit den Tränen, mein Sonnenschein. Du willst doch nicht dein hübsches Gesicht entstellen, oder?«

Nicht dass das möglich gewesen wäre. Selbst mit rotfleckigen Wangen und laufender Nase sah Amber fantastisch aus. Tatsächlich machte es sie auf perverse Weise noch liebenswerter – diese unperfekte, leicht verwahrloste Schönheit hatte sie berühmt gemacht.

Als Rich sie vor sechs Jahren zum ersten Mal gesehen hatte, hatte er sofort gewusst, dass Amber etwas Besonderes war. Ihre erste Kampagne war einer jener prägenden Momente gewesen, die Branchengeschichte geschrieben hatte, so wie damals, als Kate Moss 1990 das Cover von *Face* geschmückt und damit die Heroinchic-Welle eingeläutet hatte. In Ambers Fall hatte die sechzehnjährige Millionenerbin trotzig vom Cover des *Style* gestarrt, reich und gelangweilt, mit viel zu erfahrenem Blick und einer unbeachtet im Mundwinkel baumelnden Zigarette zwischen den blutroten Lippen. Rich hatte dafür gesorgt, dass der Stylist sie besonders lasziv aussehen ließ. Sie hatten die Fotos frühmorgens in einer U-Bahn geschossen, in der nur ein paar Säufer und eine Handvoll nadelbestreifter Börsenmakler auf dem Weg zur Wall Street gesessen hatten. Amber hatte zwischen ihnen gestanden, in ein grelles, rückenfreies, goldenes Abendkleid gehüllt und mit einem zerschlissenen künstlichen Pelzmantel über den Schultern. Mit dem verlaufenen Mascara unter den Augen sah sie aus, als wäre sie nach einer heftigen Nacht auf dem Heimweg. Mit ihrem jugendlichen Gesicht und der Nuttenkleidung war sie ein echter Blickfang.

Ihr kantiges Image als Bad Girl und ihr hagerer, heruntergerissener Look hatten sofort Aufsehen erregt. Genau darauf hatte Rich gesetzt. Eine volle Woche lang sprach die gesamte Modebranche ausschließlich über Amber Melville. Der Begleitartikel breitete genüsslich jedes schlüpfrige Detail ihres kurzen, aber farbenfrohen Lebens aus. Auf die Story über englische Internate, ältere Männer, Sex und harte Drogen mussten die Leser einfach anspringen. Ihr Vater war zwar nicht erbaut gewesen, aber sie wurde damit auf einen Schlag berühmt – oder berüchtigt.

Rich sah wieder auf die Uhr. Er spürte, dass die Krise bereits abklang. Jetzt wollte er so schnell wie möglich den Absprung schaffen.

»Schätzchen«, sagte er nach kurzem Überlegen. »Lass dir einen Rat geben. Du solltest heute Abend auf gar keinen Fall zu Hause hocken und Trübsal blasen.«

Amber sah mit großen, feuchten, vertrauensseligen Augen zu ihm auf. »Meinst du wirklich?«

»Ganz sicher«, betonte er. »Du musst ausgehen und einen draufmachen; du musst der Welt zeigen, dass dir dieser Bastard am Arsch vorbeigeht.«

Sie kaute auf ihrer Unterlippe und ließ sich seine Worte durch den Kopf gehen.

»Vielleicht hast du recht …« Sie sah hoffnungsvoll zu ihm auf. »Aber du kommst mit, oder? Ich will auf keinen Fall allein ausgehen.«

Verdammt, das hatte er nicht bedacht. Er zögerte. Er kam jetzt schon zu spät zum Essen und würde noch dazu ohne dieses unglaublich wichtige Jahrestagsgeschenk aufkreuzen. Seine Chancen, heute Abend noch flachgelegt zu werden, schwanden mit jeder Minute.

»Also, eigentlich wartet Louis schon auf mich …«

Ambers Unterlippe begann zu beben. Das war das Hauptproblem bei ihr. Rich war der einzige Mensch, auf den sich Amber in einer Krise verlassen konnte. Sie hatte haufenweise Bekannte, die nur zu gern an ihrem Pool abhingen oder mit ihr durch die Clubs zogen, vor allem wenn Amber die Rechnung übernahm. Aber bei keinem davon konnte sie sich geben, wie sie wirklich war. Jeder davon hätte sie ohne mit der Wimper zu zucken verraten und sie gegen ein Vorstellungsgespräch bei einem

Casting Director an die Presse verkauft. Auf Rich konnte sie sich verlassen, weil es immer noch in seinem Interesse lag, zu ihr zu stehen.

Er wog seine Alternativen ab und kam zu dem Schluss, dass es am einfachsten war, sich vorerst ihrem Willen zu beugen. Wenn sie erst im Club waren, konnte er immer noch abhauen. Er setzte ein Lächeln auf.

»Natürlich komm ich mit, meine Zuckerpuppe.«

»Und das macht dir nichts aus?«, schniefte sie.

»Ach was.«

»Super.« Ihre Tränen waren verdächtig schnell getrocknet. Sie rappelte sich auf. »Dann mach ich mich fertig.«

Nachdem sie ins Obergeschoss entschwunden war, sah Rich auf sein taubenblaues Hemd. Dort, wo Amber ihre Tränen getrocknet hatte, prangten zwei dicke nasse Flecken auf seiner Brust. Er rümpfte angewidert die Nase. Es war sein Lieblingshemd, und er hatte es extra für diesen Abend angezogen, Louis sagte immer, die Farbe würde seine Augen zum Leuchten bringen. Jetzt war es ruiniert, genau wie das Jubiläumsessen. Scheiß drauf. Ihm würde schon etwas einfallen, wie er Amber für die Versöhnung mit Louis bezahlen lassen konnte, die nach dem heutigen Abend anstehen würde.

Drei Stunden später ging es Amber schon viel besser. Sie sank in eines der weichen Ledersofas, die den Patio des *Les Deux* säumten, des absolut schärfsten Nachtclubs von L.A. Die letzte Stunde hatte sie drinnen verbracht, wo sie sich im Gedränge auf der engen Tanzfläche ausgetobt hatte. Hier draußen war die Stimmung entspannter: Ambient Music kombiniert mit einem leichten Jasminduft und weichem Licht aus riesigen Leuchtern.

Der Kellner brachte ihr einen Sektkühler und ein paar Flaschen Crystal Champagner. Amber streifte die Jimmy Choos von ihren liebevoll pedikürten Füßen.

»Hey, J.B., mach mir eine Massage.« Sie legte ihren rechten Fuß in Jim-Bob Lewis Juniors Schoß und drückte die Zehen suggestiv wackelnd in sein Geschlecht.

Er machte keine Anstalten, ihrem Wunsch nachzukommen. Stattdessen grinste er genüsslich.

»Da musst du schon netter fragen, Zuckerschnecke«, antwortete er gedehnt.

Jim-Bob Lewis Junior – für seine Freunde kurz J.B. – war Alleinerbe eines texanischen Ölvermögens und gehörte zu Ambers Partyclique. Mit einem Vermögen von mehreren Millionen Dollar im Rücken hatte J.B. nichts Besseres zu tun, als in der kalifornischen Sonne zu brutzeln. Tagsüber pilgerte er über das Santa Monica Pier und machte sich an die niedlichen Rollerskaterinnen ran, und nachts feierte er. Es war kein Wunder, dass er sich so gut mit Amber verstand. Sie machten abends oft gemeinsam den Sunset Strip unsicher. Dort hatte Amber die meisten ihrer guten Freunde kennengelernt. Immer wenn sie abends ausging, begegnete sie jemandem, mit dem sie abhängen konnte.

Rich hatte recht gehabt, erkannte Amber, während sie mit J.B. blödelte und flirtete, seit sie hergekommen war, ging es ihr wirklich besser. Sie wünschte, Rich wäre noch hier und sie könnte ihm das sagen. Aber irgendwie hatten sie sich gleich zu Anfang aus den Augen verloren. Sie würde es ihm später erzählen.

Rich gab immer die besten Ratschläge, so wie damals, als er vorgeschlagen hatte, dass sie nach L.A. ziehen sollte. Sie lebte so gern hier. Viele Menschen hassten diese Stadt und meinten, sie würde den Leuten das Leben aussaugen. Aber für jemand, der so heiß und jung war wie sie, gab es keinen besseren Fleck. Vor allem liebte sie die In-Spots wie das *Les Deux*, wo es vor allem darum ging, zu sehen und gesehen zu werden. Es war schwer, sich inmitten dieser vielen schönen Menschen nicht cool zu fühlen: langgliedrige Mädchen in kurzen, leichten Kleidern, begleitet von Männern in Armani, die ihr eigenes Körpergewicht stemmen konnten, ohne dabei ins Schwitzen zu geraten. Allen gemein war ein strahlend weißes Lächeln; der straffe, gebräunte Körper; und die Hoffnung, dass sie es in L.A. entweder ganz nach oben bringen oder zumindest nicht allzu tief abstürzen würden.

Ambers Blick wanderte über die anderen Gäste. Die üblichen Verdächtigen waren alle versammelt: der alternde Filmstar im Kreis mehrerer Mädchen, die zusammengenommen höchstens so alt waren wie er; Disneys jüngster Teeniestar, der gerüchteweise einen peinlichen Hang zum Koks hatte; ein Hollywoodregisseur, der Amber eine Rolle in seiner neuesten romantischen Komödie verweigert hatte. Sie wusste, dass die anderen sie genauso abmusterten. Warum auch nicht? Sie stach eindeutig aus dieser prominenten, aber irgendwie doch langweiligen Gesellschaft heraus. Mit ihrem blassrosa Babydoll, der schwarzen Lederjacke und dem dicken Make-up war sie ein Traum aus endlos langen Beinen und Peroxid-Locken. Eine jüngere, heißere Courtney Love.

Sie ließ ihren Blick weiter über die Menge wandern, bis sie plötzlich innehielt und sich aufrichtete. Ein neues, aber eigenartig vertrautes Gesicht hatte ihre Neugier geweckt. Mit leicht zusammengekniffenen Augen versuchte sie es einzuordnen.

»Ist das da drüben Johnny Wilcox?«, fragte sie langsam.

Die anderen folgten ihrem Blick zur Wand gegenüber. J.B. antwortete ihr. »Ja, ich glaube, das ist er.«

Zum ersten Mal an diesem Abend war Wallace komplett vergessen.

Johnny Wilcox war ein Mitglied der britischen Boyband Kaleidoscope. Ihre letzten drei Alben waren mit Platin ausgezeichnet worden, und die Band hatte als heißer Act gegolten, bis sie sich vor einem Monat überraschend aufgelöst hatte. In der Pressemitteilung waren kreative Differenzen als Grund genannt worden. Aber die Medien hatten durchklingen lassen, dass die drei anderen Mitglieder Johnny nicht länger mittragen wollten. Kaleidoscope hatte sich ein blitzblankes Image aufgebaut und die Musiker stellten sich als feuchter Traum jeder braven Hausfrau dar. Johnny hatte diese Bemühungen mehrfach durchkreuzt. Er war das perfekte Boulevardfutter. Nichts los? Johnny war immer für eine Meldung gut. Alle paar Wochen druckten die Zeitungen Bilder ab, die ihn beim Kokainschnupfen, besoffen im Rinnstein liegend oder bei einer Prügelei mit den Paparazzi zeigten. Die Mädchen standen Schlange, um ihre Erfahrungen mit ihm zu verkaufen: Gutenachtgeschichten zu dritt im Bett; nächtelange Sexorgien … Für jedes nur erdenkliche Laster war er schon auf Entzug gegangen und nach jeder Entlassung prompt rückfällig geworden.

Aber wie die meisten bösen Jungs war er auch auf finstere, gefährliche Weise sexy – eine Weise, die sie an längst vergangene Zeiten mit Billy erinnerte. Und jetzt war er hier, im *Les Deux*, umgeben von einem stattlichen Gefolge, selbst nach Ambers Maßstäben. Sie beobachtete interessiert, wie ein berühmter Producer an Johnnys Tisch stehen blieb, um ihm seine Aufwartung zu machen.

»Ich frage mich, was er in L.A. macht«, sagte Amber halb zu sich selbst.

»Ich habe gehört, er nimmt ein Soloalbum auf«, piepte Devon.

Devon Carter war eine jener Kunstblondinen, die ganz L.A. überschwemmten. Außerdem war sie der Star des Teen-Dramas *Für immer und ewig*, das auf HBO lief – oder war es gewesen, bis die Serie mitten in der dritten Staffel eingestellt worden war. Weil keine neue Rolle in Aussicht war, verbrachte sie immer mehr Zeit mit Feiern und Vergessen.

Devon beugte sich zu ihr herüber und flüsterte übertrieben laut: »Angeblich hat ihn Phoenix Records unter Vertrag genommen.«

Amber verarbeitete die Neuigkeit. Auch nach ihrem Sturz aus dem Starhimmel hatte Devon noch gute Verbindungen und war normalerweise exzellent unterrichtet.

J.B. schmollte, denn er begriff, dass seine Chancen auf eine Nacht mit Amber im Schwinden waren. »Ich weiß echt nicht, was so toll an ihm sein soll.«

Amber ignorierte J.B. Sie hatte nur noch Augen für Johnny. Aus der Nähe war er noch heißer, beschloss sie. Wie er so lässig im

Sessel hing, ein Bier in der einen Hand, eine Kippe in der anderen, strahlte er mehr Sex-Appeal aus als der ganze restliche Raum zusammen. Er atmete Sex. Er hatte dieses gewisse Etwas, das man entweder besaß oder nicht und das sich nicht imitieren ließ. Allerdings wusste sie nicht, dass man das auch über sie sagte.

Offenbar hatte Johnny gespürt, dass Amber ihn anstarrte, denn plötzlich blickte er in ihre Richtung. Sie machte sich nicht die Mühe, das Gesicht abzuwenden. Schüchternheit war noch nie ihr Ding gewesen. Ihre Blicke trafen sich, und ein Funke sprang über, ein gegenseitiges Erkennen. Ein lässiges Lächeln breitete sich auf seinem Gesicht aus.

Mehr brauchte Amber nicht als Ansporn. Sie leerte ihr Champagnerglas.

»Leute, ich gehe mal rüber und begrüße ihn hier.« Sie stellte die Flöte auf dem Couchtisch ab. »Das ist das Mindeste, schließlich ist er Engländer wie ich.«

Sie schob die Füße in die Jimmy Choos, stand auf, strich das knappe Kleid über ihrem Pfirsichhintern glatt und tänzelte zu Johnny hinüber. Inzwischen verschwendete sie keinen Gedanken mehr an Wallace. Wie Rich immer sagte, am besten kam man über einen Mann hinweg, indem man sich unter einen anderen legte. Und sie hatte das Gefühl, dass Johnny Wilcox dieser andere sein konnte.

Anderthalb Stunden später waren sie in ihrer Villa. Sie mixte zwei Drinks und setzte sich dann zu ihm auf die Couch. Gerade als sie zur Sache gehen wollten, läutete das Telefon. Johnny fummelte schon am Verschluss ihres BHs herum, darum ließ sie den Anrufbeantworter drangehen. Erst als Amber die tränenerstickte Stimme ihrer Mutter hörte, die ihr verkündete, dass ihr Vater mit dem Verdacht auf Herzinfarkt ins Krankenhaus gebracht worden war, entwand sie sich seinen Fingern und rannte ans Telefon.

36

In London war es Mittagszeit. An seinem Schreibtisch schob Piers das halb gegessene Sandwich beiseite und griff nach seinem Kaffee. Er starrte benommen aus dem Fenster. Wenn er die Augen zusammenkniff, konnte er im Büro auf der anderen Straßenseite sein Gegenüber erkennen. Der Mann hatte den Kopf über eine Akte gebeugt und schien einen deutlich ergebnisreicheren Tag zu haben als Piers – was allerdings nicht viel zu heißen hatte.

Die letzten sechs Jahre hatten es mit Piers nicht gut gemeint. Seit dem Tod seiner Mutter hatte er keine Nacht mehr ruhig geschlafen. Den Appetit hatte er auch verloren. Die Auswirkungen von schlechter Ernährung und Schlafmangel waren inzwischen unübersehbar. Er war nicht mehr der gut aussehende Mann, der er früher gewesen war. Seine einst schlanke Gestalt wirkte beinahe hager; sein Haar war grau und dünn geworden; sein Teint war fahl, und über den Wangenknochen spannte die Haut.

Er nahm noch einen Schluck Kaffee. Nicht dass das Koffein noch gewirkt hätte. Er litt an chronischer Erschöpfung; meist fühlte er sich wie losgelöst von seiner Umwelt, so als schwebe sein Kopf in dichtem Nebel.

Das Telefon auf seinem Schreibtisch läutete und schreckte ihn auf. Verdattert blickte er auf die Nummer auf dem Display, es war die Nebenstelle seiner Sekretärin. Er runzelte die Stirn; er hatte sie ausdrücklich angewiesen, in der nächsten Stunde keine Anrufe durchzustellen. Konnte sie nicht einmal die simpelsten Anweisungen befolgen?

Er ließ sich Zeit, bevor er das Gespräch annahm, erst warf er noch den Rest des Sandwiches in den Mülleimer und wischte die Hände an einem Papiertaschentuch ab, dann griff er zum Hörer. »Was ist, Anne?«, fragte er müde.

Als sie ihm zu erzählen begann, dass William einen schweren

Herzinfarkt gehabt hatte, spürte er, wie ihm das Blut aus dem Gesicht sackte.

»Piers?«, fragte Anne nach. Er begriff, dass sie auf eine Reaktion wartete, aber er war zu perplex, um noch denken zu können. Sie schien zu spüren, dass er unter Schock stand, und wiederholte darum: »Soll ich einen Wagen bestellen, der Sie ins Krankenhaus fährt?«

»Einen Wagen?«, wiederholte er benommen. »Ja, Anne. Ja, natürlich. Danke.« Er schüttelte den Kopf, um ihn frei zu bekommen. »Ach«, sagte er plötzlich, »und lassen Sie Elizabeth wissen, was vorgefallen ist. Sie wird bestimmt mit mir ins Krankenhaus fahren wollen.«

»Elizabeth weiß schon Bescheid«, antwortete Anne. »Sie hat sogar *mich* angerufen. Offenbar war sie bei Ihrem Bruder, als es passiert ist.« Sie stockte kurz und fügte dann hilfsbereit hinzu: »Ich glaube, Caitlin war ebenfalls dabei.«

Augenblicklich war Piers hellwach. *Caitlin* war in London? Und William und Elizabeth hatten mit ihr gegessen? Was hatte das zu bedeuten? Und wieso hatten sie ihn nicht eingeladen?

Der Gedanke ließ ihm keine Ruhe, bis er im Krankenhaus angekommen war.

William wurde ins Wellington Hospital gebracht, eine Privatklinik im Norden Londons. Elizabeth bestand darauf, mit ihm im Krankenwagen zu fahren. Caitlin folgte in einem schwarzen Taxi. Auf der Fahrt durch die Stadt hatte sie nur einen Gedanken:

Bitte stirb nicht. Bitte stirb nicht …

Die kardiologische Abteilung des Wellington war eine der größten ihrer Art in Großbritannien, und das Ärzteteam wurde von einigen der angesehensten Kardiologen des Landes geleitet. Aber das machte die Sache nicht leichter. Obwohl Williams Herz nach einer Herzdruckmassage wieder zu schlagen begonnen hatte, musste er operiert werden: Am folgenden Morgen sollte eine koronare Angioplastie durchgeführt werden.

Elizabeth stellte schließlich die Frage, die alle beschäftigte: »Was bedeutet das?«

Inzwischen war auch Piers zu ihnen gestoßen. Isabelle war auf dem Weg von Somerset hierher, und Amber würde mit dem ersten verfügbaren Flug aus L.A. kommen.

»Als Angioplastie bezeichnen wir einen Eingriff, mit dem wir eine koronare Arterie öffnen«, erläuterte Dr. Davies. »Dazu wird am Unterleib oder am Arm ein winziger Draht mit einem wurstförmigen Ballon eingeführt …«

Der Chirurg erwärmte sich für sein Thema und begann minutiös zu schildern, wie die Prozedur ablaufen würde, bis Caitlin schließlich zu wünschen begann, Elizabeth hätte nicht gefragt. Im Gedächtnis blieb ihr allerdings der entscheidende Punkt, dass man diese Operation normalerweise erst vornahm, nachdem sich der Patient erholt hatte, dass er bei William jedoch wegen der Schwere des Infarkts als Notfalleingriff durchgeführt würde.

Amber kam am nächsten Morgen aus L.A. an. Sie trat aus dem Flugzeug in ein Blitzlichtgewitter. Rich hatte in London angerufen und der Presse einen Tipp gegeben, dass sie kommen würde.

»Stimmt es, dass Sie mit Johnny Wilcox zusammen sind?«, riefen ihr die Reporter zu.

Sie starrte blind geradeaus und ließ sich von ihrem Bodyguard zu der wartenden Limousine führen. Erst als sie im Wagen saß, setzte sie ihre Maske ab. Es war nicht leicht, wieder in England zu sein. Nachdem sie in Amerika beruflich durchgestartet war, war sie viel zu beschäftigt gewesen, um öfter als ein-, zweimal im Jahr in die Heimat zu fliegen. Und wenn sie ehrlich war, traf sie sich, abgesehen von ihrer Mutter, nicht besonders gern mit ihrer Familie. Die anderen vermittelten ihr immer das Gefühl, ihre Berufswahl wäre ein bisschen, nun ja, *unstandesgemäß.*

Ihre Mutter natürlich nicht. Die unterstützte sie bedingungslos. *Wie bei allem und jedem,* dachte Amber mit leiser Geringschätzung. Isabelle rief jedes Mal an, wenn sie Amber in einer Zeitschrift entdeckte; kam zu jeder Präsentation; und besuchte sie regelmäßig in L.A. Sie war Ambers größter Fan. Aber immer wenn Amber während der obligatorischen Oster- und Weihnachtstermine auf ihren Vater und Elizabeth traf, machten beide kein Geheimnis daraus, dass sie nicht viel davon hielten, wie sie ihren Lebensunterhalt verdiente. Amber versuchte sich einzureden, dass sie nur eifersüchtig waren, weil sie ihr eigenes Geld verdiente und ein eigenes Leben außerhalb der Familie führte. Es bedeutete ihr nichts, dass sie eine Melville war. Selbst wenn sie als Niemand geboren worden wäre, hätte sie es an die Spitze geschafft.

Aber hätte sie das wirklich? Irgendwie blieb immer ein leiser Zweifel. Als sie ihren Vater das letzte Mal gesehen hatte – vor drei Monaten zu seinem Geburtstag –, hatten sie über einen eher gewagten Fotoshoot gestritten, der im FHM abgedruckt worden war. Inzwischen war ihr nur noch im Gedächtnis, wie er sie angebrüllt hatte: »Sie lassen dich doch nur halb nackt über den Catwalk spazieren, weil du damit den Namen unserer Familie in den Schmutz trittst!«

Sie hatte ihm erklärt, dass das Quatsch war. Aber die Saat des Zweifels war gesät. Hatte er vielleicht recht? War sie wirklich nur in dieser Position, weil sie eine Melville war?

Während sie auf der Fahrt ins Stadtzentrum durch das getönte Fenster starrte, begriff sie plötzlich, wie widersprüchlich ihre Gefühle für ihren Vater waren.

Es waren extrem angespannte achtundvierzig Stunden. Auf dem Krankenbett liegend, mit grauem Gesicht und an piependen Monitoren hängend, wirkte der große Mann schlagartig gealtert. Die Familie weigerte sich zu gehen. Alle verfolgten ängstlich, wie er noch unter Narkose auf die Intensivstation verlegt wurde, wo er sich unter strenger Beobachtung über Nacht von der Operation erholen sollte.

Durch die Glasscheibe vor der Intensivstation sah Caitlin ihre Stiefmutter bei William Wache halten. Obwohl Isabelle praktisch ununterbrochen geweint hatte, wirkte sie so adrett wie immer: mit sorgfältig aufgefrischtem Make-up und ohne eine Knitterfalte in der Kleidung. Stil und äußere Erscheinung waren die beiden Felder, auf denen sie alle anderen Frauen um Längen schlug.

Caitlin lächelte leise, als sie sah, wie Isabelle ihrem Mann die Haare aus dem Gesicht strich. Man sah so gut wie nie, dass die beiden einander ihre Zuneigung zeigten. Dann musste sie an ihren Streit denken, und ihr Lächeln erlosch. *Du bist nicht mein Vater.* Sie hatte die Worte im Zorn und in der Hitze des Gefechts ausgesprochen. Caitlin schloss die Augen und wünschte sich, sie könnte sie genauso leicht vor ihrer Erinnerung verschließen.

Es durfte immer nur ein Besucher auf die Intensivstation. Nachdem zurzeit Isabelle an Williams Bett stand, hatte die übrige Familie auf einer Reihe von Plastikstühlen vor dem Raum Posten bezogen.

Piers, der mit Kaffee für alle vom Automaten zurückgekommen war, reichte jedem einen Plastikbecher und setzte sich dann neben Elizabeth.

»Ihr wart also im Mirabelle, als es passiert ist?«, fragte er beiläufig.

»Ja«, sagte Elizabeth. Sie stand immer noch unter Schock.

»Du und William … und Caitlin auch?«

»Genau.«

Piers nickte langsam. »Ich verstehe.« Er wartete kurz ab. »Und was habt ihr drei da gemacht?«

Die Frage hatte Piers schon den ganzen Abend zugesetzt. Als er von Williams Infarkt gehört hatte, hatte er nur möglichst schnell ins Krankenhaus fahren wollen, damit er sich mit eigenen Augen überzeugen konnte, dass sein Bruder wohlauf war. Aber seit die anfängliche Hektik in tatenloses Warten umgeschlagen war, hatte das Räderwerk in seinem Hirn zu arbeiten begonnen.

»Ach, nichts weiter«, meinte Elizabeth zerstreut. »Daddy wollte Caitlin fragen, ob sie als Designerin für uns arbeiten würde.«

Piers war sprachlos. Eine neue Chefdesignerin einzustellen war eine wichtige strategische Entscheidung, er war fassungslos, dass William es nicht für nötig gehalten hatte, das mit ihm zu besprechen. Er wollte genauer nachfragen, beschloss aber nach einem Blick auf Elizabeths bekümmertes Gesicht, dass dies nicht der richtige Zeitpunkt war. Natürlich machte auch er sich Sorgen um William. Aber er hätte zu gern gewusst, warum er zu dem Treffen nicht eingeladen worden war.

Elizabeth spürte, dass ihr Onkel in Gedanken war, und sah ihn verstohlen an. O Gott, er sah schrecklich aus. Nicht dass er in letzter Zeit je besonders gut ausgesehen hätte. Er hatte sich nie wirklich von Granny Rosalinds Tod erholt. »Warum fährst du nicht heim und ruhst dich aus? Ich kann dich anrufen, wenn …« Sie holte Luft, um sich zu sammeln. »Wenn irgendwas passiert.«

Piers schüttelte den Kopf. »Ich bleibe lieber hier.«

Wozu sollte er heimfahren? Schließlich hatte er seit sechs Jahren nicht mehr ruhig geschlafen. Das würde sich ausgerechnet heute kaum ändern.

Amber kam frisch geschminkt aus der Damentoilette. Elizabeth sah sie und zog die Stirn in Falten. Sie war aufgewühlt wegen ihres Vaters und wollte ihren Frust an jemandem auslassen. Im Augenblick bot Amber eine ebenso gute Zielscheibe wie jeder andere. Und so schüttelte Elizabeth missbilligend den Kopf, als ihre kleine Schwester vorbeiging. »Weißt du, Amber, das hier ist keine Modenschau.«

Amber musterte sie von Kopf bis Fuß. »Das sehe ich«, schoss sie zurück.

Elizabeth reagierte sofort. »Ehrlich, ich weiß nicht, wieso du überhaupt hier bist. Schließlich sind weit und breit keine Fotografen.«

Das schien Amber zu treffen. »Herrgott noch mal, Elizabeth! Er ist auch mein Vater!«

»Was du nicht sagst. Wann hast du dir das letzte Mal die Zeit genommen, ihn zu besuchen? Oder auch nur anzurufen?«

Caitlin hatte den Wortwechsel schweigend verfolgt, doch jetzt legte sie die Hand auf Elizabeths Arm. »Elizabeth, bitte ...«

Elizabeth sah sie wutentbrannt an. »Was mischst du dich ein? Wenn du nicht gewesen wärst, wäre er gar nicht hier.«

Sie schüttelte Caitlins Hand ab und stakste an die Tür zur Intensivstation.

»Was sollte das?«, fragte Amber neugierig.

Statt einer Antwort schüttelte Caitlin nur den Kopf. Aber im Innersten wusste sie, dass Elizabeth recht hatte. Sie war diejenige, die ihm das angetan hatte.

Sie war schon lange nicht mehr in der Kirche gewesen. Aber im Angesicht des Todes fand sie, wie die meisten Menschen, zum Glauben zurück. In der Krankenhauskapelle kniend sprach Caitlin ein Ave-Maria, gefolgt von einem Bußgebet, und gelobte dann, mit William Frieden zu schließen, wenn es ihm nur vergönnt war, am Leben zu bleiben.

Als sie eine Stunde später auf die Station zurückkam, standen die anderen vor der Tür und machten sich eben bereit heimzufahren, um sich ein paar Stunden auszuruhen.

»Ist er schon aufgewacht?«, fragte sie hoffnungsvoll.

»Nein«, sagte Isabelle.

»Vielleicht solltest du jetzt reingehen«, meinte Elizabeth schroff. »Ich glaube, das würde ihm gefallen.«

Caitlin wusste, dass sich Elizabeth damit, so gut sie konnte, für ihre Bemerkung entschuldigen wollte.

Die anderen gingen, und Caitlin ließ sich auf dem freien Stu an Williams Bett nieder. Plötzlich fiel ihr ein, wie viel Angst sie ihm gehabt hatte, als sie sich das erste Mal begegnet waren. J wo er so schwach war, konnte sie sich das kaum noch vorst Er hatte die Augen geschlossen und schlief entweder ode noch unter Narkose. An einem Monitor hängend, mit ein sion im Arm und bleich wie das Laken, das ihn bedeckt er kein bisschen furchterregend. Sie wünschte fast, es wäre anders. Sie spürte, wie die Tränen zu fließen begannen, und begriff, dass sie etwas sagen musste, auch wenn er sie nicht hören konnte.

Sie nahm seine Hand und erschrak, weil sich seine Haut so kalt anfühlte. Das war bestimmt kein gutes Zeichen. »Bitte verzeih mir«, flüsterte sie. »Ich hätte das vorhin nicht sagen sollen. Ich habe es nicht so gemeint, ehrlich nicht. Vielleicht habe ich das in dem Moment geglaubt, aber …«

Sie verstummte. Aber was? Aber jetzt, wo du stirbst, nicht mehr? Sie überlegte kurz und setzte neu an.

»Ich hätte dich nicht so lange abweisen sollen. Was passiert ist, war nicht deine Schuld. Und ich …« Sie holte Luft, denn sie wusste, dass ihr der nächste Satz schwerfallen würde. »Und ich verspreche dir, dass ich tun werde, worum du mich gebeten hast«, sagte sie schließlich. Sie drückte seine Hand. War das nur Einbildung, oder hatte er den Druck erwidert? »Ich werde bei Melville arbeiten. Ich würde wirklich gern bei Melville arbeiten, zur Familie gehören. Es wäre … es wäre mir eine Ehre.«

Dann verstummte sie. So, jetzt hatte sie alles gesagt. Sie fühlte sich besser. Ein paar Sekunden lang war im Raum nur das Piepsen des Monitors zu hören. Hatte sich seine Miene tatsächlich verändert, oder war das nur Wunschdenken? Und falls ja, war es nur ein Reflex, oder war es mehr? Sie sah ihn eindringlich an. Ja! Sie spürte, wie sie zu hoffen begann, dass die Bewegung schon wieder da war.

Dann hoben sich flatternd seine Lider.

»Ich freue mich so … dass du … für Melville arbeiten willst.« Seine Stimme war schwach, kaum hörbar. Caitlin beugte sich vor, damit er sich nicht so anstrengen musste. Er holte mehrmals Luft, bevor er erneut ansetzte. »Was du vorhin gesagt hast … über deine Mutter … ich muss wissen …«

»Das ist jetzt nicht so wichtig«, brachte sie ihn zum Schweigen, weil sie sah, dass er kämpfen musste.

Erschöpft gab er sich geschlagen. Seine Lider schlossen sich wieder. Er würde es ihr ein andermal erzählen. Bevor er wieder einschlief, spürte er gerade noch, wie Caitlin seine Hand drückte. Er fühlte einen Strom von Liebe, Vergebung und Verständnis und wusste, dass dies ihre Chance war, sich endlich auszusöhnen.

Alle waren überrascht, wie schnell William sich erholte. Am nächsten Mittag saß er bereits hellwach im Bett und aß. Seiner Familie erschien es wie ein Wunder. Aber während er körperlich schnell wieder zu Kräften kam, war seine Psyche ein Kapitel für sich. Anfangs war er überraschend jovial, fast euphorisch. Dass Caitlin an seinem Bett gesessen hatte, als er aufgewacht war, bedeutete ihm unsagbar viel. Tatsächlich hatte er das Gefühl, dass sich der Herzinfarkt beinahe gelohnt hatte, wenn seine Tochter dadurch zu ihm zurückfand.

Die ersten vierundzwanzig Stunden blieb sie bei ihm. Sie redeten nicht mehr über das, was sie im Streit zu ihm gesagt hatte, jedes Mal, wenn er es zur Sprache bringen wollte, wechselte sie das Thema. Schließlich gab er auf, weil er den zerbrechlichen Waffenstillstand zwischen ihnen nicht gefährden wollte. Am folgenden Tag flog sie nach New York zurück, um ihre Angelegenheiten zu regeln. Kurz nachdem sie abgereist war, schlich sich ein neues Gefühl ein, das Bewusstsein seiner Sterblichkeit. Der Herzinfarkt hatte ihm Angst gemacht. Der Tod war der große Gleichmacher. Wie lautete das alte Sprichwort? Gesundheit ist nicht alles, aber ohne Gesundheit ist alles nichts. Nachdem die erste Begeisterung, noch am Leben zu sein, verblasst war, begann ihm die wahre Bedeutung dieses Satzes aufzugehen. Er hielt sich wirklich nicht für einen Gefühlsmenschen, aber zu seiner Schande musste er sich eingestehen, dass ihm manchmal, wenn niemand bei ihm war, in der Abgeschiedenheit seines Krankenzimmers die Tränen einschossen. Er wollte nicht sterben, noch nicht. Erst wollte er sich mit Caitlin aussöhnen und Melville wieder auf Kurs bringen.

Während der ersten Tage pendelte seine Stimmung zwischen

Hochgefühl und tiefer Verzweiflung hin und her. Dann, am dritten Tag, bekam er einen Besuch, der alles veränderte.

Robert Davies, Williams Herzchirurg, war eine Koryphäe auf seinem Gebiet. Seine geschickten Finger hatten ein Wunder bewirkt.

»Sie werden völlig gesunden«, versicherte er seinem Patienten. »Vorausgesetzt, Sie ändern Ihre Lebensweise und nehmen sich Zeit, um sich richtig zu erholen.«

Er würde innerhalb der nächsten sieben Tage entlassen und sechs Wochen später ein auf Fitness basierendes Herz-Rehabilitationsprogramm beginnen können. Dann ließ der Arzt die Bombe platzen. Es sei gar nicht daran zu denken, dass William innerhalb der nächsten drei Monate arbeiten würde.

»Sie haben einen stressigen Job und stehen ständig im Licht der Öffentlichkeit«, erklärte Dr. Davies mit seiner sanften, tragenden Stimme. »Seien Sie vernünftig. Lassen Sie sich Zeit und ruhen Sie sich aus. Das war ein Signal Ihres Körpers, dass Sie kürzertreten müssen.«

Nachdem er seinen Patienten allein gelassen hatte, damit der diese Neuigkeit verdauen konnte, galt Williams erster Gedanke Elizabeth. Seine unerhört ehrgeizige Tochter hatte nie ein Geheimnis daraus gemacht, dass sie es auf seinen Job abgesehen hatte. Solange er außer Gefecht war, hatte sie freie Bahn. Wenn es nach ihr ginge, würde er nie wieder auf seinen Posten zurückkehren, doch dazu war er nicht bereit. Er war erst einundsechzig; er war immer davon ausgegangen, dass es bis zum Ruhestand noch ein paar Jahre hin waren. Jetzt schien er mit jeder Sekunde näher zu rücken.

Wenn Dr. Davies gehofft hatte, dass seine Botschaft Druck von William nehmen würde, hatte er sich geirrt. Sie hatte genau den gegenteiligen Effekt.

Der folgende Tag war ein Samstag. William bat Hugh Makin, den Vorstandsvorsitzenden von Melville und einen seiner engsten Freunde, ihn im Krankenhaus zu besuchen. Er musste mit ihm besprechen, wie es in der Firma weitergehen sollte, während er in der Kur war, und Hugh war einer der wenigen Menschen, denen er restlos vertraute.

Hugh erschien mit einem Obstkorb von Fortnum's. Er lud den Korb bei Piers ab und trat ans Bett, um Williams Hand zu schütteln.

»Gut siehst du aus, William! Wenn ich es nicht besser wüsste, würde ich glauben, du hast den Infarkt nur gespielt.«

Er lachte herzlich über seinen Scherz.

William lächelte dünn. »Der war nicht gespielt, das kann ich dir versichern.«

Dann nickte er zu dem Korb in Piers' Händen hin. »Piers, kannst du dich darum kümmern?«

Jeder freie Fleck in Williams Krankenzimmer war mit Genesungswünschen in Form von Karten und farbenfrohen Blumensträußen vollgestellt. Isabelle hatte die Schwestern bitten müssen, die übrigen Blumen und Geschenke unter den anderen Patienten zu verteilen.

»Natürlich.«

Piers war schon auf dem Weg zur Tür.

»Ach ja, und könntest du auch gleich einen Kaffee für Hugh holen?«

Damit meinte er eigentlich, dass er mit Hugh unter vier Augen sprechen wollte. Außerdem war er froh, wenn er Piers ein paar Minuten lang nicht sehen musste. Offen gestanden ging ihm dessen Getue auf die Nerven. Es erinnerte William daran, wie sein jüngerer Bruder ihre Mutter betüttelt hatte, wenn sie krank war, und dadurch fühlte er sich noch älter und gebrechlicher. Ihm war noch gut im Gedächtnis, wie hinfällig seine früher so starke Mutter an ihrem Lebensende gewesen war – doch er war entschieden zu jung, um jetzt so zu enden.

Piers war nicht besonders erfreut über Hughs Besuch. Er hatte William lieber für sich. Noch weniger begeistert war er, dass er für Hugh Kaffee holen sollte wie ein x-beliebiger Lakai.

Er war schon auf dem Weg zur Kaffeemaschine, als er eine Krankenschwester entdeckte, die vorhin Williams Puls und Blutdruck gemessen hatte. Piers lud den Obstkorb bei ihr ab und bat sie in einer plötzlichen Eingebung, ihnen doch Kaffee zu holen. Auf diese Weise konnte er sofort wieder umdrehen, damit ihm möglichst wenig von dem Gespräch entging.

Er eilte über den Korridor. Die Tür zu Williams Zimmer war geschlossen. Piers wollte schon anklopfen und die beiden wissen lassen, dass er zurück war. Aber die dünne Laminattür war keineswegs schalldicht. Und als er hörte, was William sagte, beschloss er, lieber schweigend zu lauschen.

Im Krankenzimmer erklärte William seinem Freund, dass man ihm geraten hatte, sich während der nächsten drei Monate auszukurieren.

»Und was heißt das?«, fragte Hugh. »Setzt du Piers als Stellvertreter ein?« Piers war nicht nur Finanzchef, sondern als Deputy Chief Executive auch der Vertreter des Geschäftsführers. Eigentlich war es nur folgerichtig, dass er Williams Rolle übernahm.

Aber William sah das anders. »Bitte!«, schnaubte er abfällig. »Natürlich setze ich Piers nicht als Stellvertreter ein. Ich möchte noch eine Firma besitzen, wenn ich zurückkomme. Ich meine, er ist zwar mein Bruder und ein ganz annehmbarer Finanzchef. Aber er ist wohl kaum in der Lage, das Unternehmen zu führen.«

Hugh lachte leise. »Ich bin froh, dass du das sagst. Wir sehen das alle ähnlich. Aber es ist natürlich nicht so einfach, dir das zu sagen, schließlich ist er dein Bruder…«

»Ach, keine Sorge. Ich weiß sehr wohl um Piers' Beschränkungen. Er ist jemand, den man immer mitziehen muss. Ihm fehlen die intellektuellen Pferdestärken, um selbst Macht auszuüben.«

Hugh murmelte zustimmend.

»Jedenfalls«, meinte William kurz angebunden, »werde ich ihm das später schonend beibringen. Aber erst muss ich dich um einen Gefallen bitten, Hugh.«

»Wenn es irgendetwas gibt, das ich für dich tun kann…«, versicherte ihm Hugh.

»Das gibt es«, bestätigte William. »Ich habe dich heute hergebeten, weil ich möchte, dass du während meiner Abwesenheit den Posten als Chief Executive übernimmst. Du warst während der letzten fünf Jahre ein hervorragender Vorstandsvorsitzender; du kennst das Geschäft in- und auswendig; und du hast die Rückendeckung des Vorstandes.« Es blieb kurz still. »Ich weiß, es ist viel verlangt, beide Posten gleichzeitig auszuüben. Aber kannst du das für mich tun?«

»Es überrascht mich, dass du mich auch nur fragst, William«, sagte Hugh. »Selbstverständlich wäre es mir eine Ehre.«

»Gut«, meinte William zufrieden.

Draußen auf dem Gang lehnte sich Piers an die Wand und rang um Fassung. Er stand in kaltem Schweiß und zitterte, so entsetzt war er über das, was er eben gehört hatte. Dass William mit Hugh über ihn lachte… und was hatte Hugh gesagt? Dass *alle* ihn so sahen. Die Vorstellung, dass jeder hinter seinem Rücken über ihn lästerte und sich über ihn lustig machte, war grauenvoll.

Die Schwester brachte den Kaffee. Er wusste, dass er sich zusammenreißen musste. Er durfte weder Hugh noch William wissen lassen, dass er ihre Unterhaltung belauscht hatte.

»Ich nehme ihn«, sagte er zu der Krankenschwester.

Er holte tief Luft und wartete einen Moment ab, bis er sich gefasst hatte. Dann schob er die Tür auf.

»Ach, da bist du ja, Piers«, sagte William. »Wir warten schon auf dich, damit wir endlich anfangen können.«

Piers sah seinen Bruder eindringlich an. *Lügner*, dachte er.

»Entschuldige, dass es so lange gedauert hat«, sagte er laut. Er widerstand dem Impuls, Hugh den heißen Becher ins Gesicht zu kippen, und drückte ihn stattdessen in seine Hand.

Dann wandte er sich an William. Seinen Bruder. Den Mann, dem er sein ganzes Leben gewidmet hatte. Und der ihn jetzt betrog. Irgendwie brachte er ein Lächeln zustande. Und als er weitersprach, war ihm nicht anzuhören, welche Bitterkeit und welcher Hass in ihm tobten. »Also, dann fangen wir an.«

37

Früh am Sonntagmorgen verließ Elizabeth die im Krankenhaus versammelte Familie und marschierte in die Albemarle Street. Der Laden war geschlossen, die Büros wirkten gespenstisch verlassen. Freundlich und vertraulich grüßte Elizabeth den Nachtwächter. Sie erzählte ihm, wie es inzwischen um William stand, und fuhr dann hoch in den achten Stock zur Geschäftsleitung. Wie auf Autopilot steuerte sie durch den langen Gang auf das Büro ihres Vaters zu. Zum Glück war die Tür offen. In der Verwirrung und Hektik musste seine Sekretärin vergessen haben, sie abzuschließen. Elizabeth zögerte, denn ihr war klar, dass sie dabei war, eine Grenze zu überschreiten. Von dort aus gäbe es kein Zurück. Sie fasste nach dem Türgriff.

Drinnen war alles unberührt. Alles lag noch genauso da, wie William es zurückgelassen hatte, als sie losgegangen waren, um sich mit Caitlin zu treffen. Papiere und Akten lagen verstreut auf dem Boden. Sie ging in die Hocke und begann aufzuräumen.

Erst als das Büro in einem halbwegs annehmbaren Zustand war, trat sie an Williams Schreibtisch. Sie zog den Ohrensessel heraus, den er als Schreibstuhl benutzte. Vor ein paar Jahren hatte das Gesundheitsamt darauf bestanden, dass in allen Direktorenbüros ergonomische Drehstühle aufgestellt wurden. William hatte sich damals, seinen wiederkehrenden Rückenschmerzen zum Trotz, geweigert, der Moderne auch nur das kleinste Zugeständnis zu machen. Elizabeth zögerte eine Sekunde und setzte sich dann. Sie strich über die ledergepolsterten Armlehnen und genoss das Gefühl, endlich einmal im Cockpit zu sitzen. Im nächsten Augenblick fiel ihr wieder ein, warum sie und nicht ihr Vater hier saß, und plötzlich schämte sie sich. Was für ein Mensch war sie, an ihre eigene Karriere zu denken, während er noch im Krankenhaus lag?

Aber dies war nicht der Zeitpunkt für Sentimentalitäten. Sie unterdrückte ihr schlechtes Gewissen und beugte sich über den Schreibtisch. Dann schaltete sie den Computer ein und fand nach kurzer Suche einen Post-it mit sämtlichen Passwörtern ihres Vaters. *Geniales Sicherheitssystem*, dachte sie. Wenige Minuten später hatte sie freien Zugriff auf seine persönlichen Dateien. Sie rief das Adressbuch mit den Telefonnummern sämtlicher Mitglieder des Vorstandes auf. Ein paar Minuten legte sie sich zurecht, was sie sagen würde. Dann überzeugte sie sich noch einmal, dass es spät genug war, und rief Hugh Makin an. Wenn Elizabeth ein paar Veränderungen durchboxen wollte, müsste sie ihn als kommissarischen Chief Executive auf ihre Seite ziehen, und genau das hatte sie vor.

Während der nächsten halben Stunde machte Elizabeth Hugh ihr Anliegen plausibel. Sie habe sich die Sache reiflich überlegt, erklärte sie ihm, und wolle wieder nach London ziehen. Falls ihrem Vater noch einmal etwas zustieß, wollte sie nicht zwölf Stunden Flugzeit entfernt sein. Außerdem war es – was sie allerdings für sich behielt - von der Firmenzentrale aus leichter, das Geschäft im Auge zu behalten, solange William außer Gefecht war.

Hugh hörte sich ihren sorgfältig durchdachten Plan an. Coles ehemaliger Posten als Chef des Strategy Departments war seit ein paar Monaten vakant, nachdem sein Nachfolger gegangen war. Sie fand es nur vernünftig, wenn sie diesen Job übernahm.

»Das Asiengeschäft kann ich auch von hier aus leiten«, erklärte sie ihm. »Ehrlich gesagt laufen die Geschäfte drüben zurzeit mehr oder weniger von selbst, darum war ich ohnehin auf der Suche nach einer neuen Herausforderung.«

Es war nicht schwer, Hugh zu überreden. Elizabeth genoss in der Firma hohes Ansehen, und er konnte verstehen, dass sie in Williams Nähe sein wollte.

»Bestimmt ist dein Vater überglücklich, wenn du wieder nach Hause kommst«, sagte er.

Elizabeth war nicht so überzeugt, dass es ihrem Vater gefallen würde, wie sie sich in eine Machtposition manövriert hatte, behielt das aber für sich, während Hugh sein mündliches Einverständnis zu ihrem Wechsel gab.

Erst nachdem alles festgezurrt war, kam sie dazu, Cole anzurufen.

Er war nicht besonders glücklich, als er hörte, was sie getan hatte. »Du wechselst nach London?«, wiederholte er ungläubig. »Scheiße noch mal, Elizabeth! Bist du nicht mal auf den *Gedanken* gekommen, das mit mir zu besprechen?«

Dass sie nach London wollte, war nicht der einzige Grund für seinen Zornesausbruch. Sie hatte ihn während der letzten anderthalb Tage kein einziges Mal angerufen. Nachdem sie Cole kurz Bescheid gegeben hatte, was vorgefallen war, hatte sie einfach keine Zeit mehr gefunden, ihn noch einmal anzurufen. Sie spürte leise Gewissensbisse, ignorierte sie aber. Er hatte immer gewusst, dass sie eines Tages nach England zurückkehren wollte.

»Hör zu, Cole, ich war absolut überzeugt, dass du einverstanden wärst«, improvisierte sie schnell. »Es ist doch auch für dich nur vernünftig, dich hier niederzulassen. Schließlich bist du in London näher an deinem Geschäft. Du könntest dir überlegen, ob du nicht diversifizieren möchtest, wie du mir so oft erzählt hast.«

Cole hatte nur wenig gegen ihre Argumente vorzubringen. Dennoch. Es wollte ihm nicht in den Kopf, dass Elizabeth nicht einmal daran gedacht hatte, einen so wichtigen Schritt mit ihm abzusprechen. Am meisten machte es ihm zu schaffen, dass sie zu glauben schien, das sei völlig in Ordnung.

Bis sie am nächsten Vormittag nach Tokio zurückflog, hatte er sich schon wieder beruhigt. Tatsächlich war ihm über Nacht die

Vorstellung, nach London zu ziehen, zunehmend reizvoller erschienen. Er hatte schließlich schon länger davon geredet, dass es allmählich an der Zeit sei, irgendwo Wurzeln zu schlagen. Bislang hatte Elizabeth immer behauptet, sie sei noch nicht bereit, ihr hektisches, großstädtisches Leben aufzugeben. Vielleicht wäre das seine Chance, sie ein bisschen zur Ruhe zu bringen.

Elizabeth blieb nur eine Woche in Japan. Gerade lang genug, um das Alltagsgeschäft der Asienniederlassung an ihre Vertraute und Assistentin zu übergeben. Sie einigte sich mit Cole darauf, dass er noch bleiben und den Umzug organisieren solle, bevor er in etwa einem Monat nachkommen würde.

Als er sah, wie sie sich zum zweiten Mal innerhalb von vierzehn Tagen reisefertig machte, wurde ihm bewusst, wie sehr er sich wünschte, sie müsste nicht gleich wieder fort. »Hey, Kleine, du wirst mir fehlen«, erklärte er ihr ungestüm und drückte sie fest an seine Brust.

Sie erwiderte die Umarmung. »Du wirst mir auch fehlen«, sagte sie. Aber er hatte das Gefühl, dass sie in Gedanken schon bei ihren Plänen für die Firma war.

38

Caitlins Freunde in New York waren schockiert, als sie von ihren Plänen hörten. Ihr Geschäft aufgeben? Nach London ziehen und für eine Familie arbeiten, mit der sie nichts zu tun haben wollte? Das kam alles sehr unerwartet.

Alexis versuchte es ihr auszureden. »Das ist beruflicher Selbstmord.«

»Es ist meine Familie.«

Alexis seufzte frustriert. »Ich dachte, du magst sie nicht mal.«

»Dachte ich auch«, antwortete sie verlegen.

Alexis sah Caitlins stählernen Blick und wusste, dass sie sich die Worte sparen konnte. Das war das Problem mit so unkonventionellen Menschen. Wenn sie Nein sagten, meinten sie Nein. Die Firma in New York zu schließen war einfacher, als Caitlin sich vorgestellt hätte. In nicht einmal zwei Wochen hatte sie die noch ausstehenden Bestellungen abgearbeitet; für ihre Arbeiter bei anderen Designern ein gutes Wort eingelegt; und ihre Investoren ausgezahlt – Gott sei Dank hatte sie genug verdient, um das zu können. Dann vermietete sie ihr Apartment für ein Jahr.

Aber während es logistisch kein Problem war, alles zusammenzupacken und in London ein neues Leben anzufangen, war ihrer Umwelt dieser Umzug nur schwer zu vermitteln. Alexis war nicht die Einzige, die sie für verrückt erklärte, weil sie bei Melville anfangen wollte. In der Branche galt das Unternehmen als tot. Wollte sie wirklich alles hinwerfen und ein unnötiges Risiko eingehen, nachdem sie gerade erst den Durchbruch geschafft hatte?

Als der Abschied von New York näher rückte, stellte Caitlin überrascht fest, dass sie sich tatsächlich darauf freute, für Melville zu arbeiten. Vielleicht hatte sie sich anfangs nur einverstanden erklärt, weil sie Schuldgefühle hatte. Aber inzwischen hatte sie erkannt, dass sie den Wechsel wirklich wollte – beruflich und für sich selbst. Während Alexis und ihre Freunde in der Branche überzeugt waren, sie würde ihre Karriere an die Wand fahren, glaubte sie selbst, dass sie mit dem Wechsel ihren beruflichen Werdegang krönen konnte. Einer sterbenden Marke wie Melville neues Leben einzuhauchen, das zu leisten, was Karl Lagerfeld bei Chanel und Tom Ford bei Gucci geschafft hatten … Natürlich hatte sie es genossen, dass sie mit ihrer eigenen Marke Erfolg hatte. Aber hier ging es um ganz andere Dimensionen. Das war ihre Chance, eine Weltmarke nach ihren Vorstellungen zu formen.

Einen Monat nach Williams Herzinfarkt kehrte sie nach London zurück. Auf seinen Vorschlag hin erklärte sie sich bereit, vorübergehend an den Eaton Square zu ziehen. Sie hatte das Gefühl, dass er sich ihr dadurch näher fühlte, auch wenn er selbst in Aldringham bleiben würde. Am Abend vor ihrem ersten Arbeitstag bei Melville stand sie in der Bibliothek im zweiten Stock, blickte über die Straße in den Park, in dem damals ihre Mutter gesessen hatte, und sann über die Aufgabe nach, die vor ihr lag. Sie konnte es nicht erwarten anzufangen.

Am folgenden Morgen, ihrem ersten Tag bei Melville, brach Caitlin absichtlich früh auf und nahm sich die Zeit, die Old Bond Street entlangzugehen. Die Gegend hatte sich in den letzten Jahren von Grund auf verändert. Nachdem die Bond Street in den Achtzigern außer Mode gekommen war, hatte sie im letzten Jahrzehnt dank der angesagten Designer Stores eine Renaissance erlebt. Versace … Lacroix … DKNY … Neben diesen gestylten jungen Boutiquen nahmen sich die etablierten Namen wie Melville dröge und müde aus. Als Chefdesignerin der Firma war es ihre Aufgabe, dieses Problem anzugehen.

Caitlin stellte überrascht und erleichtert fest, dass sich bei Melville alle genauso über ihre Ernennung zu freuen schienen wie sie. Sie erkannte das zehn Minuten später, als sie die majestätische Firmenzentrale in der Albemarle Street betrat und ihr ein fürstlicher Empfang bereitet wurde. Die strahlende Empfangsdame erkannte sie auf den ersten Blick. Sie gratulierte Caitlin zu ihrem Sieg bei der CFDA und bot ihr erst Tee oder Kaffee und danach eine Zeitschrift an, was Caitlin alles ablehnte, bevor sie in der Designabteilung anrief, um zu melden, dass sie eingetroffen sei.

»Wahnsinn, ich freue mich so, Sie kennenzulernen«, überschlug sich Ellie Armstrong, eine Designassistentin, die heruntergeschickt worden war, um sie abzuholen. Sie wirkte fast ehrfürchtig, Caitlin zu begegnen. »Ich werde Sie heute herumführen. Ich hoffe, das ist okay?«, fragte sie nervös.

Das hübsche, zierliche Mädchen von höchstens zwanzig Jahren erzählte Caitlin, dass sie direkt nach ihrem Schulabgang vor vier Jahren bei Melville angefangen hatte. »Ich hatte nicht die Noten für einen höheren Abschluss, also dachte ich mir, ich sammle stattdessen praktische Erfahrung.« Wie sich herausstellte, war sie trotz ihres jugendlichen Alters die dienstälteste Angestellte. »In letzter Zeit sind viele Kollegen gegangen«, erklärte sie mit einem leicht verlegenen Lachen, während sie in den Lift traten. »Obwohl sich das bestimmt ändern wird, wenn Sie jetzt da sind.«

Das Modeatelier belegte bei Melville den gesamten dritten Stock der Firmenzentrale in der Albemarle Street, was allerdings pompöser klang, als es war. Nachdem die Zentrale in einem hohen, schmalen, innerstädtischen Gebäude untergebracht war, war der Platz beschränkt. Caitlin sah sich zuerst in der Werkstatt um. Sie bestand im Grunde nur aus einer kargen, ungefälligen Arbeitsfläche mit gelben Wänden und nacktem Betonboden, und wirkte laut und beengt, weil alle Designer, Musterschneider und Näherinnen in diesen einen Raum gepfercht worden waren.

»Im Moment geht es hier ziemlich verrückt zu«, merkte Ellie überflüssigerweise an.

Caitlin nickte knapp. Nachdem es bis zur Oktoberkollektion nur noch – wie lang? – acht Wochen waren, herrschte in der Werkstatt, wo gerade die Musterstücke für die Modeschauen angefertigt wurden, Hochbetrieb. Stoffballen lagen auf den Zuschneidetischen; unaufhörlich und unerbittlich ratterten die Nähmaschinen; überall standen Ankleidepuppen herum, an denen halb fertige Stücke festgesteckt waren.

»Und das ist unser Showroom.« Ellie führte Caitlin durch eine Verbindungstür in jenen Saal, in dem Melville seinen Kunden und der Presse die jeweils neueste Kollektion präsentierte.

Caitlin hasste den steifen, von Kronleuchtern erhellten Raum vom ersten Augenblick an. Er wirkte steif und antiquiert. *Wie die ganze Firma*, dachte sie.

»Möchten Sie mir noch zeigen, woran jeder zurzeit arbeitet?«, bat Caitlin nach dem Rundgang.

Ellie nickte überschwänglich wie ein junger Welpe. »Ja, ja. Natürlich.«

Während sie davonhastete, um die Entwurfszeichnungen einzusammeln, trat Caitlin in ihr Büro, ein kleines, mit Pressspanwänden abgetrenntes Eck innerhalb der Werkstatt. In dem fensterlosen Verschlag musste man einfach vereinsamen und klaustrophobische Beklemmungen bekommen. Caitlin konnte sich nicht vorstellen, dass sie oft hier sitzen würde. Allmählich begann sie das Gewicht der Aufgabe zu spüren, die jetzt auf ihren Schultern lastete. Während sie mit Ellie durch die Etage gewandert war, war ihr das hoffnungsvolle Leuchten in den Augen der Angestellten aufgefallen. Plötzlich war ihr bewusst geworden, dass sie nicht nur Melville retten musste, sondern dass damit auch zahllose Arbeitsplätze auf dem Spiel standen. Sie konnte Ellie und ihre Kollegen nicht im Stich lassen.

Der erste Blick auf die Entwürfe für die nächste Kollektion machte ihr wenig Mut. Das Team hatte ein weiteres Mal eine Serie von schlichten, eleganten englischen Klassikern zusammengestellt: zweireihige Sakkos und Blazer; Hosen mit engem Bund und wadenlange Röcke; Seidenblusen mit den obligatorischen schweren Goldknöpfen und weit geschnittene Jerseykostüme. In der Farbskala dominierten Braun, Beige und Creme. Für Caitlins Geschmack wirkte alles gediegen, aber vollkommen uninspiriert. Eine Neuauflage dessen, was jedes Jahr gezeigt wurde. Das reichte bis zu den Tüchern, Etuikleidern und Satinhemden mit dem Melville-Monogramm, den zwei ineinander verschränkten Ms. Caitlin wusste, dass all das der Firmentradition entsprach, aber *trotzdem* …

»Das ist alles sehr konservativ«, sagte sie laut.

Ellie saß ihr gegenüber und nickte. »Ja, ich weiß. Ich glaube, so wollte es William Melville – ich meine Ihr Vater – immer haben.«

Caitlin klappte das Skizzenbuch zu. Dann verkündete sie mit dem Anflug eines Lächelns: »Nun denn. Vielleicht ist es Zeit für ein paar Veränderungen.«

Das war das Problem im Design Department von Melville, erkannte Caitlin während ihrer erste Woche. Das Wort »Veränderungen« wurde dort höchst ungern verwendet.

Das hatte entscheidend mit der Firmengeschichte zu tun. Nachdem Melville ursprünglich mit seinen Accessoires – Schuhe und Handtaschen – berühmt geworden war, hatte man der Modekollektion nie wirklich Gewicht beigemessen. Seit in den sechziger Jahren die Prêt-à-porter-Linie eingeführt worden war, hatte es die Firma mit verschiedenen Ansätzen probiert. Aber sie hatte nie wirklich ihre Nische gefunden. Nach ein paar katastrophalen Ausflügen in die Haute Couture hatte William beschlossen, beim klassischen Look zu bleiben. Die letzten Designer waren eingestellt worden, weil sie keine Experimente wagten, weil sie auf strenge Linien achteten und sich auf ältere Frauen konzentrierten.

Kein Wunder, dass Melville und seine Bekleidung allenthalben als langweilig galten, als Trendfolger statt als Trendsetter. Die Zielkundschaft bestand aus gestandenen Frauen, fünfzigjährigen reichen Damen, die schon immer bei Melville gekauft hatten, und dazu jenen Touristen, für die ein Besuch in einem urenglischen Geschäft ebenso fest auf ihrer Reiseroute stand wie der Tower oder der Buckingham Palace. Beide Zielgruppen brauchten bei Melville keine Überraschungen zu fürchten, sondern bekamen immer exakt das, was sie erwartet hatten.

Caitlin begriff durchaus, warum man sich auf Klassiker beschränkte. Auf diese Weise blieb man immer in sicherem Gewässer, es drohte kein Schiffbruch in Form einer katastrophalen Show. Aber persönlich hielt sie diesen Ansatzpunkt für fatal. Mit einer beigen Hose und einem dunkelblauen Blazer konnte man unmöglich ein Firmenimage schaffen. Wenn William dem Namen Melville neuen Glanz verleihen wollte, mussten sie mehr wagen.

Sie hätte diese Gedanken gern mit ihrem Vater besprochen. Aber Isabelle hatte strikt untersagt, während seiner Genesung mit ihm über geschäftliche Dinge zu reden. Immer wenn Caitlin ihn in Aldringham besuchen fuhr – was sie ausnahmslos jedes Wochenende tat –, wurde sie von Isabelle ermahnt, ihn keinesfalls mit irgendwelchen Firmenproblemen zu behelligen.

»Wie läuft es bei Melville?«, lautete regelmäßig seine erste Frage.

Worauf sie jedes Mal ihre Standardantwort gab: »Alles gut. Außerdem solltest du dir darüber keine Sorgen machen. Konzentrier dich ganz darauf, gesund zu werden.«

Er wehrte ihre Bedenken mit einem Handwedeln ab. »Ich bin kein Invalide, klar?«, beschwerte er sich grummelnd. »Mein Verstand arbeitet immer noch.«

Aber insgeheim gefiel es ihm, von ihr bemuttert zu werden. Wenn es einen Herzinfarkt gebraucht hatte, damit sie ihn sehen wollte, damit sie ihn endlich näher kennenlernen wollte, dann hatte die Sache vielleicht sogar etwas Gutes.

Sie redeten nie über die Vergangenheit. Es genügte William, dass Caitlin jetzt bei Melville arbeitete. Sie hatte ihre rebellische Phase durchgestanden, und er hatte ihr verziehen, auch wenn er ihr Aufbegehren nie wirklich verstanden hatte. Stattdessen verbrachten sie die gemeinsame Zeit, indem sie in einträchtigem Schweigen lange Spaziergänge über das Gelände um Aldringham unternahmen. Auch das gehörte zu Williams Kur. Und es schien ihm zu helfen. Anfangs ermüdete er schnell und konnte nur kurze Strecken gehen, ehe er umkehren musste. Aber schon bald konnte er anderthalb Stunden am Stück wandern.

Er war hoch erfreut über die Fortschritte, die er machte. Es war ihm eine Qual, hier festzusitzen, weit weg von London, wo er nicht in die Geschäfte eingreifen konnte. Ihm fehlte die Ablenkung durch die Arbeit, und er konnte es kaum erwarten, wieder ins Büro zu gehen. Vor allem machte ihm Sorgen, was Elizabeth während seiner Abwesenheit anstellen mochte. Es behagte ihm nicht, dass sie den Posten des Chefstrategen an sich gerissen hatte. Aber Isabelle hatte nicht zugelassen, dass er sie darauf ansprach. Das musste warten, bis er wieder zurück war – wann das auch sein mochte. Bis dahin begnügte er sich damit, möglichst viel Zeit mit Caitlin zu verbringen und all die vergeudeten Jahre nachzuholen.

Einen Monat nach ihrer Ankunft in London präsentierte Caitlin dem Vorstand ihre Vorschläge für die zukünftige Modelinie bei Melville. Nachdem Caitlin immer nur allein gearbeitet hatte, war es ein befremdliches Gefühl, andere um Zustimmung bitten zu müssen. Aber zu ihrer Überraschung und großen Erleichterung waren alle auf ihrer Seite. Die Direktoren hörten schweigend zu, während sie darlegte, wie sie in sechs Monaten bei der nächsten Modeschau, die auf der London Fashion Week im Februar stattfinden sollte, das Firmenimage umkrempeln wollte.

»Ich hoffe, dass ich in den nächsten Monaten die ersten Entwürfe fertig haben werde«, erklärte sie den Versammelten und registrierte überrascht und erfreut, wie begeistert alle aussahen. Ein, zwei Männer nickten sogar aufmunternd, während sie ihren Vortrag hielt. »Auf diese Weise bleibt uns genug Zeit, um alles für die Präsentation der Herbstkollektion vorzubereiten«, schloss sie.

Als nach ihrem Vortrag spontaner Applaus aufkam, wurde Caitlin verlegen.

Nach der Konferenz ließ es sich Elizabeth nicht nehmen, ihr für die Präsentation zu danken. »Lass es mich wissen, wenn es irgendwelche Probleme gibt«, sagte sie. »Entschuldige, dass ich im Moment keine Zeit zum Plaudern habe, auf mich wartet schon die nächste Konferenz. Aber wir sollten irgendwann in nächster Zeit mal Kaffee trinken gehen.«

Caitlin sah sie davoneilen. Obwohl sie im selben Gebäude arbeiteten, sahen sie sich kaum – Elizabeth hatte nie Zeit. Sie war ein wahrer Wirbelwind und schien vor Energie zu platzen.

Caitlin fragte sich insgeheim, ob Elizabeth wohl rätselte, warum sie nach so langer Zeit plötzlich Frieden mit William geschlossen hatte. Aber falls Elizabeth auch nur das leiseste Interesse daran hatte, was vorgefallen war, so fragte sie Caitlin nie danach. Als stets diskrete Person war es nicht ihr Stil, jemanden zu bedrängen. Stattdessen hatte sie einfach akzeptiert, dass Caitlin von nun an ein Teil der Familie war. Es hatte sie nicht einmal gestört, dass sich Caitlin am Eaton Square niedergelassen hatte – »Ich wohne lieber im Hotel«, hatte sie behauptet, als Caitlin gefragt hatte, ob ihr das etwas ausmachte. »Ehrlich gesagt finde ich das Haus ein bisschen stickig, und ich bin lieber näher am Büro.«

Caitlin hatte, nachdem sie Frieden mit William geschlossen hatte, sich gleichzeitig bemüht, auch einen Platz in Elizabeths Leben einzunehmen. Das war nicht immer einfach, denn Elizabeth war unglaublich beschäftigt. Trotzdem hatte Caitlin darauf bestanden, Cole in aller Form vorgestellt zu werden. Sobald er nach England gekommen war, hatte Caitlin ihn und Elizabeth offiziell zum Abendessen an den Eaton Square eingeladen.

Es wurde ein wirklich lustiger Abend. Alle drei hatten zu viel getrunken und bis in die frühen Morgenstunden gelacht und diskutiert. Caitlin war nicht besonders überrascht, dass Cole genauso dynamisch und energiegeladen wirkte wie Elizabeth. Er war unübersehbar stolz auf seine Frau und immer noch verrückt nach ihr. Irgendwann während des Abends war Caitlin in die Küche verschwunden, um nach dem Essen zu sehen, und hatte Cole und Elizabeth beim Fummeln vor dem Kamin erwischt, als sie fünf Minuten später wieder ins Zimmer getreten war. Beide waren auseinandergesprungen, als sie die Tür geöffnet hatte, und Caitlin hatte halb verlegen und halb neidisch den Blick abgewandt, während Elizabeth ihre Kleider geordnet hatte.

Sie hatten vorgehabt, diesen Abend möglichst bald zu wiederholen und sich am besten alle zwei Wochen zu treffen. Aber jedes Mal, wenn sie sich verabredet hatten, hatte Elizabeth in letzter Minute absagen müssen, weil ihr etwas dazwischengekommen war. Caitlin hatte keine Ahnung, was Elizabeth so umtrieb, aber ihre Halbschwester war eindeutig in ihrem Element und füllte ihre neue Position mit Energie und Enthusiasmus aus. Caitlin baute darauf, dass sie, nachdem die turbulenten ersten Monate überstanden waren, öfter Gelegenheit finden würden, Zeit miteinander zu verbringen.

Nach einigen Monaten in England begann Caitlin, eine gewisse Routine zu entwickeln. Unter der Woche arbeitete sie an den

Entwürfen für ihre neue Kollektion, und freitagabends fuhr sie regelmäßig nach Aldringham, um das Wochenende mit William zu verbringen. Sie begann sich zwar allmählich Sorgen zu machen, weil die neuen Designs nicht vorankamen, doch sie behielt ihre Bedenken vorerst für sich. Irgendwann würde ihr schon etwas einfallen, davon war sie überzeugt. Sie brauchte nur noch etwas mehr Zeit. Es war nur dumm, dass die Vorstandssitzung, auf der sie ihre Designs präsentieren sollte, unerbittlich näher rückte. Sie hatte nicht erwartet, dass es *so* schwierig werden würde. Sie kam einfach nicht voran, doch das durfte sie niemandem verraten. Ihre arrogante Selbstsicherheit, den Stil bei Melville umkrempeln zu können, löste sich allmählich in Luft auf.

Doch dann geschah während eines Wochenendes in Aldringham etwas, worüber sie ihre Schwierigkeiten bei der Arbeit völlig vergaß. Sie und William waren gerade von einem ihrer Spaziergänge zurückgekehrt und saßen in der klassizistischen Orangerie, wo sie vor dem Mittagessen die Sonntagszeitung lasen. Caitlin griff nach dem Feuilleton, überflog das Inhaltsverzeichnis und entdeckte einen Beitrag über die Londoner Kunstszene, der sich interessant anhörte. Sie blätterte weiter und erstarrte, als sie den doppelseitigen Artikel aufschlug.

Denn aus der Zeitung blickte Lucien Dubois zu ihr auf.

39

Elizabeth brachte den ersten Monat in England vor allem damit zu, sich ein Bild davon zu machen, was in der Zentrale vor sich ging. Während ihrer Zeit in Japan hatte sie nur bedingt auf dem Laufenden bleiben können, denn William hatte als alter Autokrat sein Wissen lieber für sich behalten. Als sie endlich alle Details beisammen hatte, verstand sie auch, warum. Die Zahlen waren miserabel. Melville konnte nur mit Not die ausstehenden Rechnungen begleichen. Die Lieferanten murrten. Das Unternehmen stand gefährlich dicht davor, mit den Schuldenzahlungen in Verzug zu geraten.

»Daddy, wie konntest du es nur so weit kommen lassen?«, murmelte sie vor sich hin, als sie wieder einmal spätabends in seinem Büro saß.

Aber im Moment konnte sie daran kaum etwas ändern, sie konnte nur Schadensbegrenzung betreiben. Sie vereinbarte Termine mit den wichtigsten Lieferanten und versuchte mit Schmeicheln, Flehen und Betteln Fristverlängerungen auszuhandeln. Sie erstellte eine Liste sämtlicher Gläubiger und arbeitete mit dem Leiter der Einkaufsabteilung aus, welche Zahlungen zuerst geleistet werden mussten.

Sechs Wochen nach ihrer Ankunft kam Cole endlich auch nach London. In der Zwischenzeit hatte er schon die Fühler ausgestreckt und nach einer Wohnung gesucht, in die sie ziehen konnten. Über einen Freund hatte er etwas gefunden, das voll möbliert und sofort zu haben war. »Es ist perfekt für uns«, sagte er, nachdem er es besichtigt hatte. »Und das Beste ist, dass wir sofort einziehen können.«

Elizabeth, die seit knapp zwei Monaten im Mandarin Oriental gewohnt hatte, hätte sich nicht weniger dafür interessieren können, wie es aussah, solange es nur kein Hotel war. Aber trotzdem war sie überrascht, als Cole mit ihr hinfuhr. Sie hatte ein schickes Apartment in den Docklands erwartet, stattdessen brachte er sie zu einem Stadthaus in einer bewachten Wohnanlage in Chelsea Harbour. »Wirklich ungeheuer erwachsen«, sagte sie, als er sie herumführte.

Er wirkte geschmeichelt. »Ich wusste, dass es dir gefallen würde.«

Das hatte sie nicht *hundertprozentig* gemeint, aber sie ließ die Sache auf sich beruhen. Schließlich konnte sie, auch wenn es für ihren Geschmack ein bisschen weit weg vom Stadtzentrum war, verstehen, warum Cole hier wohnen wollte. Hinter der imitierten Jahrhundertwende-Fassade verbarg sich ein hochmodernes Haus. In neutralen Farben gehalten, mit minimalistischem Mobiliar eingerichtet und mit dem Schwerpunkt auf Licht und Raum, gab es hier jeden Schnickschnack, den man sich nur wünschen konnte: Marmorbäder mit Whirlpool; ein integriertes Soundsystem von Bang & Olufsen; sogar einen Kinoraum im Keller.

Ja, es war ein wirklich angenehmes Haus. Außerdem hatte sie ganz sicher keine Zeit, selbst etwas zu suchen. »Wann können wir die Kaution leisten?«, fragte sie.

In der Woche, bevor William wieder zu arbeiten anfangen wollte, ging er zum Arzt, der ihm anriet, drei weitere Monate zu Hause zu bleiben. Es tat Elizabeth zwar leid, dass er sich noch nicht völlig erholt hatte, aber insgeheim war sie froh, dass ihr noch mehr Zeit blieb, das Unternehmen wieder in sichere Gewässer zu lenken. Das bedeutete, dass sie sich auf das eigentliche Problem konzentrieren konnte, vor dem Melville stand: die Verkäufe anzukurbeln.

Sie bat darum, den letzten Strategiebericht sehen zu dürfen. Er bestand aus einer fünfhundertseitigen detaillierten Analyse ohne umfassende Lösungsansätze. In anderen Worten, er war reine Zeitverschwendung. Offenbar hatte jemand beschlossen, dass man am besten einen Haufen Papier produzierte, damit niemand merkte, dass keiner eine Ahnung hatte, was zu tun war. Das wäre nie passiert, solange die Abteilung unter Coles Leitung gestanden hatte. Na schön, wenn es keine Lösungsansätze gab, musste sie eben selbst welche finden.

Sie beschloss, wieder ganz von vorn zu beginnen. Als sie damals bei Melville angefangen hatte, hatte sie festgestellt, dass sie am ehesten mitbekam, was im Geschäft ablief, wenn sie samstags im Laden arbeitete. Also würde sie das wieder tun.Vierzehn Tage lang direkt im Verkauf arbeiten.

Es war eine zermürbende Prozedur. Sie kam um sieben und blieb drei Stunden in ihrem Büro, wo sie über Spreadsheets und

Berichten brütete, bevor sie um zehn ihre Schicht als Verkäuferin antrat. Sie arbeitete durch bis sechs, und danach waren ihre Füße so angeschwollen, dass sie am liebsten sofort ins Bett gefallen wäre. Stattdessen kehrte sie an ihren Schreibtisch zurück und ackerte weiter, bis ihr die Augen zufielen. Dann fuhr sie nach Hause und sackte ins Bett, nur um am nächsten Morgen wieder von vorn anzufangen.

Jetzt kam ihr zugute, dass sie mit vier Stunden Schlaf auskommen konnte. Aber sie fand auch kaum Zeit zum Essen. Innerhalb eines Monats verlor sie sechs Kilo.

Cole war wenig begeistert, er hatte sie schon davor für zu dünn gehalten. Aus lauter Verzweiflung ließ er ihr aus seinem Restaurant mittags und abends ein Essen schicken, nur so konnte er sicherstellen, dass sie etwas zu sich nahm. Trotzdem war sie oft so in ihre Arbeit vertieft, dass sie den Styroporbehälter nach ein paar Bissen beiseiteschob. Sie lebte nur noch vom Adrenalin. Es war wie ein Rausch.

Die Tage im Verkauf öffneten ihr die Augen. Ihr fiel auf, wie schäbig die Böden wirkten, wenn sie an die Geschäfte im Fernen Osten dachte, die sie eröffnet hatte. Hier waren die Teppichböden fast durchgewetzt; und die schlampig arbeitenden Putzkommandos ließen den Staub auf den Glasvitrinen liegen. Die Verkäuferinnen legten keinen Wert auf ihre Erscheinung, kauten Kaugummi oder erschienen mit abgeblättertem Nagellack.

Am intensivsten aber beobachtete sie die Kunden.

Viele Menschen kamen zum Stöbern, aber nur wenige kauften wirklich etwas. Irgendwie überraschte sie das. Von der Modeabteilung abgesehen – das war Caitlins Domäne – war an den Artikeln, soweit sie erkennen konnte, nichts auszusetzen. Die Accessoire-Linien ließen dieselbe handwerkliche Qualität erkennen wie seit über hundert Jahren. Warum waren die Sachen nicht mehr so beliebt?

Die Antwort erhielt sie eines Nachmittags in der zweiten Woche, als sie eine Frau bediente, die eine Devonshire-Handtasche zurückgeben wollte. Die Devonshire war ein Melville-Klassiker: eine Botentasche aus braunem Kalbsleder mit eingeprägtem Melville-Monogramm. Mit fünfhundert Pfund zählte sie zu den billigeren Taschen in der Linie. In Straußenleder wurde dasselbe Modell für zweitausend Pfund verkauft.

Elizabeth bediente die Kundin schweigend. Es war Firmenpolitik bei Melville, jeden Umtausch ohne Nachfragen vorzunehmen. Die Frau war mittleren Alters, stammte aus der Mittelschicht und hatte offenbar Mittagspause. Sie wirkte leicht nervös, so als würde sie normalerweise nicht in so einem Laden einkaufen. Elizabeth wartete, bis der Betrag erstattet war, und erkundigte sich hinterher höflich, warum sie das Produkt zurückgegeben hatte.

Die Frau beugte sich über die Glastheke, als würde sie ihr ein Geheimnis verraten. »Also, um ehrlich zu sein«, vertraute sie ihr halblaut an, »wollte ich schon immer eine Melville-Handtasche. Als ich mit zwanzig zum Arbeiten nach London kam, konnte ich mir natürlich keine leisten. Also hat mir mein Mann dieses Jahr eine zum Fünfzigsten geschenkt. Und ich habe mich so darauf gefreut, sie überall herzuzeigen. Aber…«

Die Frau zögerte.

»Aber was?«, fragte Elizabeth nach.

»Aber dann war ich in unserem Pharm-Mart, und da habe ich genau die gleiche Tasche für fünfundzwanzig Pfund gesehen. Ich meine, ich weiß, dass es nicht genau die gleiche Tasche war«, ergänzte sie hastig. »Sie war aus einer billigeren Linie, und das konnte man auch erkennen, wenn man genau hinsah. Aber danach wollte ich die Originaltasche nicht mehr wirklich haben. Sie war… sie war für mich nichts Besonderes mehr, nehme ich an.«

Es blieb still.

Sie sah Elizabeths Miene und erschrak. »Bitte entschuldigen Sie, meine Liebe. Vielleicht hätte ich das nicht sagen sollen. Sie nehmen die Tasche doch trotzdem zurück, oder?«

Elizabeth rang sich ein Lächeln ab.

»Aber natürlich.« Sie atmete durch. »Und vielen Dank für Ihre Hilfe.«

Nach Ladenschluss eilte Elizabeth nach oben, um ihre Uniform auszuziehen, und fuhr dann mit dem Taxi in die Oxford Street. Dort stürmte sie in den nächsten Pharm-Mart.

Dass Melville Pharm-Mart belieferte, war ein Schock für Elizabeth. Der Kosmetik- und Drogerieriese hatte an jeder Einkaufsstraße Niederlassungen und war für seine niedrigen Preise berühmt: Die Menschen kauften dort ein, weil es billig war. Es war bestimmt nicht das Image, mit dem Melville in Verbindung gebracht werden wollte. Natürlich wusste sie, dass Melville mit der Essentials-Linie, die ihr Vater in den Siebzigern ins Leben gerufen hatte, ein niedrigeres Preissegment abdecken wollte. Aber sie hätte nie gedacht, dass die Sachen *so* billig verschleudert wurden.

Die nächste Filiale befand sich am Nordende der Oxford Street kurz vor der Tottenham Court Road und lag eingezwängt zwischen Imbissbuden und Schnäppchenläden mit Batikhemden und Gothic-Zubehör. Drinnen versuchte der Laden die trostlose Lage durch knallige Farben und aufgesetzte Fröhlichkeit vergessen zu machen; alle Produkte wurden von grellen Neonlampen bestrahlt. Die Gänge waren nach Produktart sortiert – Hautpflege, Haarpflege, Zahnhygiene. Ganz hinten, gleich neben dem Apothekenschalter, fand Elizabeth die sogenannten »Designer«-Marken. Und dort lagen, in billigen Plastikkörben aufgehäuft, etwa fünfzig zerknautschte billige Kopien der Devonshire-Handtasche unter einem großen Schild mit der Aufschrift: »1 für 25£, 2 für 40£«.

Es war schlimmer als in ihren schlimmsten Albträumen. Sie zog eine Handtasche heraus, eine Replik des Modells, das heute Nachmittag zurückgegeben worden war. Das Plastik fühlte sich abstoßend an; die Schnalle – gestaltet als Melville-Monogramm mit dem Doppel-M – fühlte sich an, als würde sie beim ersten Schließen zerbrechen. Die Lackierung war ein bisschen zu grell, und wenn man fest genug daran rieb, färbte sie ab. Sie studierte den

Fertigungszettel und stellte fest, dass es sich tatsächlich um eine Lizenzkopie handelte. Diese Handtaschen waren keine Fälschungen. Irgendwo hatte irgendwann irgendwer entschieden, dass diese Dinger unter dem Markennamen Melville produziert werden sollten.

Sie sah sich genauer um und stellte fest, dass nicht nur Handtaschen verkauft wurden. Es gab auch billige Schminktäschchen, Feuerzeuge und sogar Kämme. Alle mit dem Melville-Monogramm. Alle in lausiger Qualität. Wie sollte Melville sein Image als Edelmarke bewahren, wenn es mit diesen billigen Drogeriemarkt-Produkten in Verbindung gebracht wurde?

Sie kaufte die zwei abstoßendsten Taschen. Dann verbrachte sie den restlichen Abend damit, durch die Oxford Street zu spazieren und festzustellen, welche Läden Melville-Produkte führten.

Als Elizabeth endlich nach Hause kam, war es kurz vor neun. Cole stand in ihrer Luxusküche und machte Abendessen. Seit er seine Restaurantkette aufgezogen hatte, interessierte er sich fürs Kochen. Eigentlich war es nicht nötig, dass er als Restaurantbesitzer eine Pfanne von einem Kochtopf unterscheiden konnte. Aber es war schon immer seine Art gewesen, alles gründlich zu machen. Er hatte sich noch nie damit zufriedengegeben, am Spielfeldrand zu sitzen.

In letzter Zeit hatte er nur selten Gelegenheit gehabt, für sie zu kochen. Dies war der erste Abend seit seiner Rückkehr nach London, an dem sie vor Mitternacht nach Hause kam. Und sie war beeindruckt, wie gut er es inzwischen beherrschte. Bei Essen und Wein erzählte sie ihm von ihren Funden.

»Was meinst du dazu?«, fragte sie, als sie fertig war.

»Klingt spannend.« Er drehte die Flamme unter der mit Öl gefüllten Pfanne kleiner, in der er das Obst zum Nachtisch frittieren wollte. Dann kam er zu ihr, nahm ihr das Weinglas aus der Hand und stellte es auf die Küchentheke. Er strich ihr eine honigblonde Locke aus dem Gesicht und hinter das Ohr. »Aber angesichts der Tatsache, dass dies das erste gemeinsame Abendessen mit meiner Frau seit Wochen ist, finde ich, wir sollten heute einmal ausnahmsweise nicht über Melville sprechen.«

Seine Hände kamen auf ihren Schultern zu liegen, und dann begannen seine Daumen, das zarte Grübchen über ihrem Schlüsselbein zu massieren. Sie schloss die Augen und seufzte glücklich unter seinen magischen Fingern.

Er beugte sich vor und flüsterte ihr ins Ohr: »Ich dachte, wir könnten den Nachtisch mit nach oben nehmen.« Seine tiefe Stimme klang verführerisch. »Ich könnte dir eine meiner speziellen Ganzkörpermassagen geben, eine geniale Methode zum Stressabbau …«

Elizabeth seufzte wieder, aber diesmal war es ein Seufzer des Bedauerns. Ihre Lider hoben sich flatternd. »Es tut mir wirklich leid, Cole. Aber ich kann nicht. Ich muss mir über das klar werden, was ich heute Abend gesehen habe.«

»Kann das nicht warten?«

»Bitte verzeih mir. Aber ich will das erledigen, solange es mir noch frisch im Gedächtnis ist.«

Er gab ihre Schultern frei und drehte sich von ihr weg.

»Na schön.« Er trat wieder an den Herd. »Willst du trotzdem einen Nachtisch?«

»Vielleicht später.«

Cole hatte Elizabeth den Rücken zugewandt, darum konnte sie sein Gesicht nicht sehen, aber sie sah an seinen steif durchgestreckten Schultern, dass er sich ärgerte. Sie trat zu ihm und legte die Arme um seine Taille. »Es tut mir wirklich leid. Ich mache so schnell ich kann, und dann komme ich nach oben …«

Sie ließ den Satz in der Luft hängen und strich stattdessen mit den Händen vorn über seine Hose.

Er stand reglos da und rührte weiter. Sie verstärkte den Druck, bis er schließlich aufstöhnte.

»Okay, okay«, gab er sich geschlagen. »Wir können das später fertig machen.« Er fasste nach unten und nahm ihre Hände weg. »Aber jetzt hör auf, sonst kann ich bestimmt nicht mehr warten.«

Er beugte sich vor und küsste sie zärtlich auf die Stirn. Erleichtert verschwand sie in ihr Arbeitszimmer.

Irgendwann später wachte Cole auf und stellte fest, dass Elizabeth noch nicht im Bett war. Er wälzte sich zur Seite und sah auf die Uhr auf dem Nachttisch: Es war drei Uhr früh. Mann. Sie konnte unmöglich immer noch arbeiten, oder? Er spielte mit dem Gedanken, sie weitermachen zu lassen, aber er wusste, dass er nicht wieder einschlafen konnte, bevor er sich überzeugt hatte, dass alles in Ordnung war.

Auf dem Weg durchs Haus wurde ihm wieder bewusst, warum es ihm so gut gefiel: Es war wie ein richtiges Heim. Komisch, wie viel ihm in letzter Zeit an diesen Dingen lag. Inzwischen hielt er es sogar für vorstellbar, Kinder zu bekommen. Als er das Haus besichtigt hatte, hatte er sich bei der Überlegung ertappt, welcher Raum sich wohl am besten als Kinderzimmer eignen würde. Nicht dass er gewagt hätte, mit Elizabeth darüber zu sprechen. Beim letzten Mal, vor ein paar Monaten, hatte sie ihm entgegengehalten, dass sie erst achtundzwanzig war und dass zumindest für sie der Gedanke an Kinder noch weit weg war. Wahrscheinlich hatte sie recht. Als er vor zehn Jahren in ihrem Alter gewesen war, hatte er rund um die Uhr gearbeitet, um es an die Spitze zu schaffen. Sosehr er sich auch wünschte, dass sie endlich eine Familie gründeten, er würde warten müssen, bis auch sie so weit war.

Er fand seine Frau im Arbeitszimmer, wo sie zusammengerollt und tief schlafend auf der Couch lag. Der Jahresbericht der Firma lag aufgeschlagen auf dem Boden. Offenbar hatte sie sich hingelegt, um ihn zu lesen, und war darüber eingenickt. Cole spielte mit dem Gedanken, sie nach oben ins Bett zu tragen, aber er wollte nicht riskieren, sie aufzuwecken, sie brauchte jede Minute Schlaf, die sie bekommen konnte. Also schlich er stattdessen zum Schrank und holte eine Decke heraus, damit sie nicht fror.

Nachdem er Elizabeth zugedeckt hatte, blieb er noch kurz stehen und betrachtete sie. Im Schlaf wirkte sie entspannt und zufrieden. In letzter Zeit bekam er sie so nur selten zu sehen, und plötzlich begriff er, wie sehr ihm das fehlte. Sosehr er Elizabeth für ihre Stärke und ihren Ehrgeiz liebte, manchmal war es gut zu wissen, dass sie auch eine weiche Seite hatte, eine, die nur er allein kannte. Cole hoffte, dass William bald wieder auf seinen Posten zurückkehren würde. Vielleicht würde sie dann ein bisschen lockerer werden und hätte mehr Zeit für sie beide.

Nach ihrem Ausflug zum Pharm-Mart begann Elizabeth, sich über Melville Essentials kundig zu machen. Schon bald begriff sie, wo das Problem lag. Williams Idee, eine preiswertere Produktlinie ins Leben zu rufen, hatte anfangs die Umsätze in die Höhe schnellen lassen, *ohne* dass sich das auf die Verkäufe der etablierten Marke ausgewirkt hatte. Aber im Lauf der Jahre war ihr Vater gierig geworden. Je populärer die Marke geworden war, desto mehr Hersteller hatten sich an Melville gewandt und angeboten, eine jährliche Zahlung zu leisten, wenn sie im Gegenzug den Markennamen nutzen durften. Anschließend konnten sie den Namen Melville nach Belieben auf alles drucken, was sie produzierten – von Schlüsselanhängern aus Plastik bis zu billig kopierten Handtaschen. Dadurch hatte das Markenimage schweren Schaden genommen, bis schließlich niemand mehr die hochpreisigen Produkte kaufen wollte. Melville hatte sich in derselben Sackgasse verrannt wie Pierre Cardin oder Gucci, die ihren Namen in Lizenz vergeben und darüber ihre Reputation verloren hatten.

Nachdem Elizabeth erkannt hatte, wie tief verwurzelt das Problem war, konzentrierte sie sich darauf, alle nötigen Informationen zusammenzutragen, um ihr Anliegen, die Marke Melville Essentials aufzugeben, zu unterstützen. Sie war überzeugt, dass dies die einzige Möglichkeit war, dem Markennamen seinen alten Glanz zurückzugeben. Aber sie wusste, dass der Vorstand nicht leicht zu überzeugen wäre. Essentials erbrachte fünfzig Prozent des gegenwärtigen Umsatzes und, was noch wichtiger war, es war die Idee ihres Vaters gewesen. Gott sei Dank wäre er nicht da, um sich ihr entgegenzustellen.

Sie überlegte genau, wie sie ihre Präsentation beginnen würde. Sie hatte von Piers einige Analysen anfertigen lassen und dabei erfahren, dass Essentials zwar die Hälfte des Umsatzes einbrachte, dass es aber aufgrund der niedrigen Handelsspannen nur zehn Prozent zum Gewinn beitrug. Doch sie wollte nicht mit einer detaillierten Analyse anfangen. Sie musste sich überlegen, wie sie die Aufsichtsräte vom ersten Moment an in ihren Bann ziehen konnte.

Also besorgte sie sich verschiedene Produkte, die für jeweils eine Dekade seit der Firmengründung standen. Sie verbrachte viel Zeit mit der Suche – in den firmeneigenen Warenlagern, auf Flohmärkten und in Trödelläden –, schließlich hatte sie alles beisammen: eine Melville-Retrospektive. Jedes Stück sagte etwas über die Firma und ihre Entwicklung aus. Sie hatte sich die ersten handgemachten Herrenlederschuhe aus den achtziger Jahren des neunzehnten Jahrhunderts besorgt; ein Paar der für die Army gefertigten Stiefel aus dem Ersten Weltkrieg; das erste, in den zwanziger Jahren entworfene Paar Damenschuhe; einen Seidenschal aus der Fallschirmfabrik, die ihre Großmutter Rosalind nach dem Zweiten Weltkrieg gekauft hatte; und auch ein Kleid aus der ersten Prêt-à-porter-Kollektion in den sechziger Jahren.

Als Elizabeth zwei Wochen später schließlich vor den Vorstandsmitgliedern stand, sprach sie leidenschaftlich über jedes einzelne Produkt, das währenddessen rund um den Konferenztisch weitergereicht wurde, damit alle Vorstandsmitglieder es genau in Augenschein nehmen konnten. Niemand ahnte, was sie mit dieser Präsentation bezweckte, sie hatte darauf geachtet, dass das geheim blieb. Heute wollte sie das Überraschungselement nutzen. Sie ließ allen Zeit, die Qualität des Materials zu bewundern, die hochwertige Arbeit; die kunstvoll per Hand gesetzten Nähte. Ganz allmählich breitete sich auf allen Gesichtern etwas aus, das sie dort lange nicht mehr gesehen hatte – Begeisterung für diese Produkte, der Glaube an und der Stolz auf ihre Firma. Sie gestattete sich ein leises Lächeln. Genau diese Empfindung hatte sie auslösen wollen.

Damit war der Augenblick gekommen, dem versammelten Vorstand den Todesstoß zu versetzen.

»Und zuletzt haben wir hier das Produkt, das meiner Meinung nach am besten zeigt, wie Melville heute von der Öffentlichkeit gesehen wird.«

Sie gab ihrer Assistentin ein Zeichen, die letzte Schachtel zu bringen. Sie hatte alle Sachen in sorgfältig beschriftete schwarze Satinschachteln gepackt, dieselben Geschenkkartons, die auch im Laden verwendet wurden. Mit großer Geste löste sie das weiße Spitzenband, mit dem die Schachtel verschnürt war, hob sorgsam den Deckel ab und schlug das Seidenpapier zurück, bis sie schließlich auf den Gegenstand stieß, der darin eingewickelt war. Langsam hob sie ihn heraus wie eine Kostbarkeit. Die Direktoren beugten sich vor, denn jeder war neugierig, was so behutsam und vorsichtig ausgepackt werden musste.

Sie zog den letzten Artikel heraus und hielt ihn hoch, damit jeder ihn sehen konnte.

In ihren Händen hielt sie die billige Plastikkopie der Devonshire-Handtasche. Sie sah die Verwirrung rund um den Tisch. Wieder nickte sie ihrer Assistentin zu, die daraufhin um den Tisch ging und jedem Vorstandsmitglied eine identische Tasche zur Inspektion überreichte.

»Aber das ist ein billiges Imitat«, platzte Peter Harding, der Marketing Director, heraus.

»Ja, Elizabeth«, fiel Hugh ein. »Wir wissen alle, dass auf Billigmärkten illegale Kopien verkauft werden. Damit muss jede Firma leben, niemand kann etwas dagegen unternehmen.«

Rund um den Tisch kam zustimmendes Gemurmel auf.

Elizabeth stemmte die Hände flach auf den Tisch und beugte sich vor.

»Leider, meine Damen und Herren, täuschen Sie sich. Und

zwar absolut.« Sie legte eine Kunstpause ein, um ihren Worten Nachdruck zu verleihen. »Dieses Stück wurde unter einem Lizenzabkommen mit einem drittklassigen deutschen Hersteller namens Van Welling produziert, der uns jährlich drei Millionen Pfund zahlt, um genau solche Handtaschen verkaufen zu dürfen. Diese Tasche trägt das Markenzeichen Melville mit vollem Recht.«

Verblüfftes Schweigen senkte sich über den Tisch.

Niemand unterbrach sie während der nächsten fünfundvierzig Minuten, in denen sie geschickt darlegte, warum die Marke Melville Essentials aufgegeben werden sollte. Sie schilderte, wie die Zahl der Melville-Produkte von dreihundert Mitte der siebziger Jahre auf inzwischen über zwanzigtausend hochgeschnellt war; wobei besonders beängstigend war, dass die überwiegende Mehrzahl dieser Produkte nicht mehr direkt von Melville produziert wurde, sondern von Fremdherstellern, die sich die Lizenz gesichert hatten, Produkte unter dem Markenzeichen Melville verkaufen zu dürfen. Sie erklärte, dass es weltweit lediglich fünfundzwanzig Melville-Geschäfte gab, aber gleichzeitig über vierhundert Handelskonzerne die Erlaubnis hatten, Melville-Produkte zu verkaufen – Kaufhallen, Drogeriemärkte, Duty-free-Stände, Factory Outlets, Hotelshops. Sie zeigte Bilder von grell erleuchteten, knallbunt dekorierten Drogerien mit Plastikkörben voller Billigprodukte mit dem Melville-Zeichen. Es war wahrhaftig kein schöner Anblick.

»Es ist kein Wunder, dass wir die hier nicht mehr verkaufen können«, schloss sie und hielt dabei die Devonshire-Handtasche für vierhundert Pfund hoch, »wenn wir ein paar Schritte weiter in einem Drogeriemarkt eine Billigversion für fünfundzwanzig Pfund verscherbeln.«

Sie wartete ein paar Sekunden ab. Sie wusste, dass alle Bedenken hatten, wie William wohl reagieren würde, wenn sie Melville Essentials sterben ließen. Aber sie wusste auch, dass es der richtige Schritt war.

»*Meliora cogito*«, sagte sie nur. Es war das alte Melville-Motto. »*Ich strebe nach Besserem.* Sollten wir nicht genau das tun?«

Rund um den Tisch begannen die Aufsichtsräte zu nicken. Es stand außer Frage, wie die Abstimmung ausgehen würde.

40

William war es leid. Nach einer Reihe von Herzattacken hatte der Arzt ihm empfohlen, *noch einmal* drei Monate zu Hause zu bleiben, als wären die ersten drei nicht schon schlimm genug gewesen. »Sie haben einen äußerst stressigen Job«, hatte er ihn gewarnt. »Ich würde es wirklich für unklug halten, wenn Sie jetzt schon wieder derart unter Druck gerieten.« William hätte den Rat liebend gern ignoriert und wäre trotzdem wieder nach London gefahren, aber Isabelle hatte ihn beschworen, auf den Arzt zu hören. »William, bitte tu, was er sagt«, hatte sie ihn angefleht. »Ich würde es nicht ertragen, wenn dir etwas zustoßen würde.«

Normalerweise hatte Isabelle einen Hang zur Dramatik, aber diesmal hatte es keine Tränen oder Händeringen gegeben. Die Bitte war so schlicht, so von Herzen kommend, dass er aus Rührung nachgegeben hatte.

»Schön«, hatte er gebrummt. »Ich bleibe noch bis nach Weihnachten zu Hause. Aber danach fange ich wieder an zu arbeiten, das steht fest.«

Damit hatte er zwar Isabelle zufriedengestellt. Aber während die Tage und Wochen vorbeischlichen, merkte William, dass er immer reizbarer wurde, er schnauzte den Arzt an, die Krankenschwestern, die Angestellten und auch Isabelle; sogar seine Töchter, wenn sie einmal die Zeit fanden anzurufen oder vorbeizukommen. Die Arbeit war so lange ein so wichtiger Bestandteil seines Lebens gewesen, dass er keine Ahnung hatte, was er mit seiner Zeit anfangen sollte, wenn er nicht ins Büro gehen durfte. Ihm war nie klar gewesen, was für eine zentrale Stellung sie in seinem Leben einnahm, dass sein Status untrennbar mit seiner Tätigkeit verknüpft war. Am meisten machte ihm zu schaffen, dass er umso mehr Angst vor seiner Rückkehr hatte, je länger er zu Hause war.

An jenem Nachmittag im Krankenhaus war für Piers eine Welt zusammengebrochen. Dass William mit Hugh über ihn gelacht hatte, hatte alles verändert. Es war, als würde er seinen älteren Bruder zum ersten Mal so sehen, wie er wirklich war. Es hatte ihn verletzt, dass William ihn nicht zu seiner Besprechung mit Caitlin eingeladen hatte, aber das hatte er nur für ein Versehen gehalten. Doch dann hatte er erfahren müssen, wie wenig Achtung, wie wenig Respekt William vor ihm hatte – seither war ihm aufgegangen, wie töricht er all die Jahre *wirklich* gewesen war. Sein ganzes Leben hatte er William gewidmet, hatte unter ihm gearbeitet und stets die Bedürfnisse seines älteren Bruders über seine eigenen gestellt. Doch der hatte nichts davon je zu würdigen gewusst. William interessierte sich überhaupt nicht für ihn. Es war genau, wie seine Mutter gesagt hatte – William *duldete* ihn nur. In diesem Moment hatte sich Piers plötzlich gewünscht, er hätte in jener Nacht auf sie gehört. Wenn er das getan hätte, statt mit ihr zu streiten … nun, dann wäre sie vielleicht noch am Leben. Es war eine Offenbarung. Die ganze Zeit hatte er sich allein die Schuld an dem gegeben, was damals passiert war, wo es doch eigentlich, wenigstens teilweise, Williams Schuld gewesen war.

Nachdem Piers in jener Nacht das Krankenhaus verlassen hatte, hatte er noch auf dem Heimweg bei NW8 angerufen und sich ein Mädchen in sein Stadthaus in Richmond schicken lassen. Eigentlich hätte sie ihn zur Ruhe bringen sollen. Aber was sie auch anstellte, er hatte nicht die ersehnte Erfüllung finden können. Je länger sie sich abgemüht hatte, desto nervöser und angespannter war er geworden.

»Vielleicht sollten wir es für heute gut sein lassen«, hatte sie schließlich gemeint und dabei ein Gähnen unterdrückt. »Ich glaube nicht, dass sich da noch was rührt.«

Genau dieses Gähnen, gefolgt von einem verstohlenen Blick auf die Uhr, hatte seine Sicherungen durchbrennen lassen. Er zahlte gutes Geld – da konnte sie ihm zumindest etwas Respekt entgegenbringen. Ohne wirklich zu begreifen, was er tat, hatte er ausgeholt und ihr eine schallende Ohrfeige verpasst.

»Was soll der Scheiß, du Arschloch?«, hatte sie ihn angebrüllt, eine Hand auf die Wange gepresst.

»Bitte entschuldige …«, hatte Piers gestottert, erschrocken und entsetzt über das, was er eben getan hatte. »Ich wollte wirklich nicht …«

Aber sie hörte nicht mehr zu.

»Du Freak«, hatte sie gefaucht, dann hatte sie ihre Sachen zusammengerafft und war aus dem Haus gelaufen.

NW8 war wenig angetan. Das Mädchen meldete, was passiert war. Er war nicht überrascht, als er einen Anruf von der Agentur erhielt. Die anonyme Stimme hatte zwanzig Riesen als Kompensation für das Mädchen verlangt und ihm mitgeteilt, dass seine Mitgliedschaft fristlos gekündigt sei. Piers nahm die Nachricht reumütig entgegen, entschuldigte sich vielmals und beteuerte, dass so etwas nie wieder vorkommen würde. Die Stimme am anderen Ende der Leitung klang nicht sonderlich interessiert.

Es war ein bedauerlicher Vorfall, aber er hatte Piers eines gelehrt – es war wichtig, die Ruhe zu bewahren, die Gefühle unter Kontrolle zu behalten und nichts zu überstürzen. Also vergaß er alle Gedankenspiele, William zur Rede zu stellen, es gab subtilere Methoden, Rache zu nehmen. Stattdessen besuchte er ihn weiterhin täglich im Krankenhaus und spielte weiter die Rolle des fürsorglichen, liebevollen Bruders, jene Rolle, die er seit Jahren verkörpert hatte. Gleichzeitig informierte er bei Melville diskret alle Vorstandsmitglieder, dass der Arzt es für das Beste hielte, wenn William nicht mit Nachrichten aus der Firma behelligt würde.

Einstweilen sollten alle von weiteren Besuchen Abstand nehmen.

Je mehr Tage verstrichen, desto aufgebrachter wurde William, dass ihn niemand besuchte. »Wo bleibt Hugh?«, fragte er barsch nach der zweiten Woche. »Ich dachte, wenigstens er hätte den Anstand vorbeizuschauen?«

Piers schützte Verlegenheit vor. »Bestimmt kommen sie dich alle in ein, zwei Tagen besuchen.« Aber seiner Stimme fehlte die Überzeugungskraft.

William sah ihn scharf an. »Also, sie können von Glück sagen, wenn ich sie nicht alle zum Teufel schicke, sobald ich wieder auf dem Damm bin«, drohte er mit hohlem Pathos.

Piers hatte darauf gesetzt, dass William nicht in der Firma anrufen würde, um sich zu erkundigen, warum keiner kam. Und er behielt recht. Sein Bruder war viel zu stolz, als dass er um einen Besuch gebettelt hätte. Er fühlte sich nach seinem Herzinfarkt ohnehin verletzlich und hatte viel von seinem früheren Selbstvertrauen verloren.

Nach ein paar Wochen kehrte William nach Aldringham zurück. Anfangs waren Elizabeth und Caitlin regelmäßig hingefahren, um ihn zu besuchen. Aber als die Rettung des Unternehmens die beiden mehr und mehr in Anspruch nahm, wurden die Besuche seltener, und William wurde zusehends isoliert, bis zuletzt nur noch Piers ihn besuchte. Was geschäftliche Neuigkeiten anging, musste er sich ausschließlich auf seinen jüngeren Bruder verlassen. Und Piers wusste genau, womit er ihn zum Wahnsinn treiben konnte.

»Du brauchst dir wirklich keine Sorgen zu machen, William. Elizabeth hat alles im Griff.«

Williams Blick verdüsterte sich. »Ach?«

»Ja, ja. Sie leistet hervorragende Arbeit, das meinen übrigens alle. Sie erinnert mich in vieler Hinsicht an Mutter.«

Piers sah, wie William erbleichte.

»Obwohl du natürlich vermisst wirst«, ergänzte er hastig – zu hastig, als dass es wirklich aufrichtig geklungen hätte.

Bald danach reiste er ab, damit William in Ruhe grübeln konnte.

Als er am folgenden Wochenende zu Besuch kam, wollte William als Erstes wissen, was Elizabeth genau im Sinn hatte.

Piers schützte Verlegenheit vor. »Ach … nichts Besonderes. Ich hätte letztes Mal wirklich nicht davon anfangen sollen.«

»Das hast du aber. Und jetzt will ich wissen, was los ist.«

Diesmal versuchte Piers, standhaft zu bleiben. »Nichts, womit du dich persönlich befassen müsstest, bevor du dich ganz erholt hast.«

»Piers.« William sagte das fest und bedrohlich. »Erzähl es mir.«

Piers sah kurz besorgt zur Tür, als würde er damit rechnen, dass Isabelle sie überraschen könnte. »Ich nehme an«, begann er halblaut, »die wichtigste Veränderung ist, dass Melville Essentials eingestellt werden soll.«

William ballte die Fäuste. »Melville Essentials?«, krächzte er. »Der Vorstand hat zugestimmt, Melville Essentials einzustellen?«

»Ja, es war ein einstimmiger Beschluss«, setzte er an. Dann sah er in Williams entsetztes Gesicht und brach ab. »O Gott.« Piers wirkte betreten. »Ich wusste doch, dass ich nichts sagen sollte. Jetzt habe ich dich aufgeregt.«

William schüttelte eilig den Kopf. »Nein, nein«, beteuerte er. »Ich rege mich nicht auf. Ich bin nur … überrascht.« Er schluckte schwer. »Also, mach schon. Erzähl, was passiert ist.«

Während der nächsten Stunde tat Piers genau das.

Er hatte alles sorgfältig geplant. Wenn ihn jemand bei Melville fragte, ob es in Ordnung sei, William zu besuchen, gab er immer dieselbe Antwort.

»Vielleicht in ein paar Wochen«, sagte er dann bedauernd. »Er ist immer noch sehr schwach.«

Daraufhin nickten alle zustimmend und erleichtert, weil sie nicht nach Aldringham fahren mussten. Stattdessen baten sie Piers, William ihre besten Wünsche zu übermitteln, was er jedes Mal getreulich tat, weil er damit seinem Bruder in Erinnerung rief, dass ihn immer noch niemand besucht hatte.

41

Caitlin starrte auf ihren Zeichenblock. Er war leer. Der Papierkorb neben ihrem Schreibtisch war randvoll mit zerknülltem Papier, und auf jedem war eine Idee, die sie festgehalten und sofort wieder verworfen hatte. Vor drei Monaten war sie zur Chefdesignerin ernannt worden. Der Titel war ein Fluch. An diesem Tag schien sie ihre Kreativität verloren zu haben.

Sie hatte zwar in New York Erfolg gehabt, doch bei Melville spielte sie in einer anderen Liga. In der Presse wurde schon darüber spekuliert, ob sie scheitern würde. Der Bericht, den der Tatler über das Unternehmen gebracht hatte, hatte unter dem pessimistischen Titel gestanden: *Der Abgang einer englischen Institution.*

»Einen unerfahrenen Namen wie Caitlin O'Dwyer zu berufen, ist immer riskant«, hatte der Artikel geschlossen. »Hoffen wir, dass es nicht der letzte Nagel zum Sarg des Unternehmens war.«

Anfangs hatte die ganze Designabteilung voller Hoffnung auf Caitlin, die ersehnte Erlöserin, geblickt. Aber im Lauf der Zeit hatte sich in diese Blicke erst Enttäuschung und dann Geringschätzung gemischt. Ellie schien die Einzige zu sein, die immer noch an sie glaubte. Ab und an streckte sie den Kopf durch die Tür.

»Läuft es?«, fragte sie dann.

»Noch nicht«, antwortete Caitlin jedes Mal und versuchte nicht zu sehen, wie Ellies hoffnungsvolle Miene in sich zusammenfiel.

Caitlin konnte verstehen, dass das Team frustriert war. Sie hatte in New York so gute Arbeit geleistet, warum also brachte sie hier nichts zustande? Vielleicht wusste sie die Antwort selbst nicht. Wahrscheinlich fehlte ihr die Erfahrung mit so großen Projekten. Für die Abteilung war das allerdings kein Trost. Es war kein Geheimnis, dass Melville in Schwierigkeiten steckte. Täglich kamen neue Gerüchte über mögliche Entlassungen auf. Schon hatten sich drei der erfahrensten Designassistentinnen einen neuen Job gesucht. Caitlin musste sich vor den Übrigen beweisen und sich ihren Respekt verdienen. Aber das war nur möglich, wenn sie ein paar verdammt gute Ideen zu Papier brachte. Und zwar bald.

Trotzdem setzte sie sich jeden Tag mit den besten Absichten an ihren Schreibtisch, holte ihren Zeichenblock heraus, spitzte den Stift, machte alles startklar und dann … kam nichts. Ihr fehlte jede Inspiration, jede Vision. Sie reagierte, indem sie doppelt so lang arbeitete. Morgens kam sie schon um acht, und sie blieb bis tief in die Nacht. Aber ihre Bemühungen wurden nur mit immer mehr zusammengeknülltem Papier im Korb neben ihrem Schreibtisch belohnt.

Sie hatte niemanden, dem sie sich anvertrauen konnte. William wollte sie mit ihren Problemen nicht belasten. Elizabeth hatte selbst genug zu tun. Ihre Freunde saßen alle in New York, und bislang hatte sie keine Zeit gehabt, in London neue zu finden.

Bei der nächsten Monatskonferenz präsentierte sie ihre ersten Entwürfe, die sie hastig zusammengeschustert hatte, um *überhaupt* etwas vorweisen zu können. Die Blätter wurden um den Tisch gereicht und durch die Vorstandsmitglieder einer stillschweigenden Prüfung unterzogen. Niemand wirkte wirklich begeistert.

»Das ist nur ein erster Ansatz.« Caitlin hörte erschrocken, wie verzweifelt sie klang. »Bis zum nächsten Meeting werde ich Ihnen etwas Konkreteres zeigen können.«

Mit ihren Plattitüden erntete sie enttäuschtes Schweigen.

Nach der Konferenz nahm Elizabeth sie beiseite. »Was ist los, Caitlin?« Sie wirkte aufrichtig besorgt. »Gibt es irgendwelche Probleme?«

Caitlin konnte ihr das nicht erklären. »Nein, eigentlich nicht. Ich … ich brauche nur ein bisschen länger als erwartet, um die Entwürfe zu machen.«

Elizabeth sah sie ernst an. »Okay. Ich verstehe«, sagte sie, obwohl klar ersichtlich war, dass sie keineswegs verstand. »Trotzdem, lass es mich wissen, wenn du Hilfe brauchst, okay?«

Sie schenkte Caitlin ein aufmunterndes Lächeln und ließ sie

stehen. Caitlin seufzte. Es wäre ihr lieber gewesen, wenn Elizabeth sie angeschnauzt hätte, sie hätte jedes Recht dazu gehabt. Dass ihre Halbschwester so viel Geduld und Verständnis zeigte, machte alles nur noch schlimmer. Alle verließen sich auf sie. Und ihr musste endlich etwas Brillantes einfallen.

Als sich Caitlin wieder an die Arbeit machte, stand sie unter noch größerem Druck und Stress als zuvor. Sie machte sich einen starken Kaffee und setzte sich entschlossen an den Schreibtisch, wo sie auf einen genialen Geistesblitz wartete.

Um sechs Uhr begann sich die Abteilung zu leeren. Jetzt, dachte sie. Jetzt kann ich endlich in Ruhe arbeiten.

Aber zwei Stunden später stand sie kurz davor, alles hinzuwerfen. Sie besah sich, was sie gezeichnet hatte – es war uninspiriert und unoriginell. Frustriert stach sie mit dem Bleistift auf das Papier ein und brach dabei die Mine ab. Super.

Sie zog die Schreibtischschublade so wütend auf, dass sie ihr auf den Schoß flog. Mühsam hängte Caitlin sie wieder ein und begann dann nach einem Spitzer zu suchen. Und dort lag, zwischen Papier und Stiften, als hätte er genau auf einen Moment wie diesen, einen Moment der Schwäche gewartet, der zusammengefaltete Artikel, den sie vor Wochen aus der Zeitung gerissen hatte und in dem der Name der Galerie stand, in der Lucien zurzeit ausstellte.

Vor jenem Sonntag in Aldringham hatte sie keine Ahnung gehabt, dass Lucien in London lebte. Der Artikel, den sie einfach lesen *musste,* hatte ihr verraten, dass er im vergangenen Jahr hergezogen war. Offenbar war die Londoner Kunstszene zurzeit viel aktiver als die in Paris, seit die englischen Medien und Kunsthändler aus angesagten jungen britischen Künstlern wie Tracey Emin und Damien Hirst wahre Stars machten.

Sobald sie damals an den Eaton Square zurückgekommen war, hatte sie Alain angerufen.

»Warum hast du mir nicht erzählt, dass er hier ist?«, fragte sie verletzt und verärgert.

Sie meinte fast zu hören, wie er mit den Achseln zuckte. »Ich dachte, es wäre besser so.«

Sie konnte ihren Blick nicht von der Adresse losreißen. *Wahrscheinlich weiß er längst, dass du auch in London bist,* sagte der logische Teil ihres Hirns. *Und wenn er dich nicht angerufen hat, kann das nur bedeuten, dass er dich nicht sehen will …*

Auch egal, beschloss sie. Es war an der Zeit, dass sie anfing, um das zu kämpfen, was ihr wichtig war. Dann sah sie an sich herab. Auf ihrem weißen T-Shirt prangten noch Flecken vom Mittagessen; sie war ungeschminkt; und als sie das letzte Mal in den Spiegel gesehen hatte, hatten ihre Haare eine Wäsche vertragen.

Als Caitlin eine halbe Stunde später vor dem Spiegel der Damentoilette stand, wünschte sie sich nicht zum ersten Mal, sie wäre Elizabeth ähnlicher. Nichts konnte ihre stets elegante, immer gut organisierte Halbschwester aus der Ruhe bringen. Sie wäre bestimmt bestens auf eine Situation wie diese vorbereitet, auf ein Rendezvous mit einem alten … Freund. Sie hätte mit Sicherheit Make-up dabei und etwas zum Anziehen. Oder, noch besser, sie wäre in so einem Aufzug gar nicht erst aus dem Haus gegangen.

Caitlin musste sich mit den Basics zufriedengeben. Sie hatte das Studio durchforstet und zuletzt etwas Make-up und einen Kamm aufgetrieben, die von der letzten Modenschau übrig geblieben waren. Das Rouge und der Lippenstift verliehen ihrem bleichen, erschöpften Gesicht wenigstens etwas Farbe. An ihren Haaren konnte sie nicht viel ändern. Aber wenigstens sollte der neue Schnitt ohnehin zerzaust wirken.

Die Kleidung war ein Problem. Nachdem sie eher kurvig als dünn wie ein Model war, würde ihr keines der Musterkleider im Studio passen. Schließlich stieß sie auf ein schwarzes Satinhemd aus der letzten Kollektion, das perfekt zu ihrem langen Rock passte. Bis dahin hatte ihr der lockere Schnitt des Hemdes nicht besonders gefallen. Aber weil es für ein Model geschneidert, und daher ein paar Nummern zu klein für sie war, schmiegte es sich an ihren Körper und sah eigentlich ganz okay aus. Nachdem sie halbwegs mit ihrem Aussehen zufrieden war, eilte sie aus der Firma und winkte ein Taxi heran.

»Wohin?«, fragte der Fahrer, nachdem sie Platz genommen hatte.

»Zur Borden Gallery in Hoxton.«

Zu dieser späten Stunde war es nur eine zwanzigminütige Fahrt in den Osten der Stadt und zu der Galerie, in der Lucien ausstellte. Vielleicht hatte der Taxifahrer noch nie von der Borden Gallery gehört, aber Caitlin war durchaus beeindruckt. Die am absolut trendigen Hoxton Square gelegene Galerie war klein, aber auserlesen. Mit ihren riesigen, luftigen Räumen und weißen Wänden, Glaskorridoren und exzellent ausgeleuchteten Ausstellungssälen war sie bekannt dafür, schon oft kommende Kunstgrößen entdeckt zu haben. So wie Lucien.

Hoxton und Shoreditch waren die beiden Viertel, in denen sich mittlerweile die Londoner Kunstszene konzentrierte. Genau wie Belleville war die Gegend eine einstige Hochburg der Arbeiterklasse, und genau wie Belleville wurde sie immer schicker. Kreative Yuppies und der Kunstbetrieb hatten ehemalige Möbelhäuser in Lofts umgewandelt und den Hoxton Square zum Epizentrum der modernen Bohème aufgewertet. Natürlich war auch Lucien dort zu finden.

»Hi, ich bin Zara. Kann ich Ihnen irgendwie helfen?«

Caitlin drehte sich um und sah sich einer jungen, hübschen Angestellten gegenüber, die ein megawattstarkes Verkäuferinnenlächeln aufstrahlen ließ. Sie holte tief Luft. »Vielleicht. Ich bin eine Freundin von Lucien. Wissen Sie, ob er heute hier ist?«

Zaras Lächeln kühlte spürbar ab. »Er muss hier irgendwo sein.« Das kam ohne jeden Enthusiasmus. Offenbar war sie es gewohnt, dass Frauen hereinkamen und nach Lucien fragten. Das hieß nicht, dass ihr das gefiel. Sie seufzte und nickte zum anderen Ende des Raumes hin. »Genauer gesagt ist er da drüben.«

Caitlin merkte, wie ihr Puls sich beschleunigte. Sie drehte sich um und … ja, da stand er, in ein Gespräch mit einem jungen Paar vertieft, potenziellen Käufern, vermutete sie. In den vergangenen fünf Jahren hatte er sich nicht verändert. Er wirkte immer noch düster und dramatisch und war immer noch der charismatischste Mann, der ihr je begegnet war. Sie wartete ab, auch weil sie ein paar Sekunden brauchte, um sich zu sammeln.

Offensichtlich hatte er ihren Blick gespürt, denn er drehte sich um. Jetzt war es zu spät, jetzt konnte sie nicht mehr weglaufen, selbst wenn sie gewollt hätte. Ihre Blicke trafen sich. Ein, zwei Sekunden starrte er sie nur an. Falls er überrascht war, sie zu sehen, ließ er sich das nicht anmerken.

Er wandte sich wieder dem Pärchen zu, und eine schreckliche Sekunde fürchtete Caitlin, er würde sie einfach ignorieren. Aber dann begriff sie, dass er sich nur bei ihnen entschuldigte, denn gleich darauf kam er auf sie zu.

»Lucien …«

»Hallo, Caitlin.« Er war kühl und förmlich, fast als hätte er damit gerechnet, dass sie eines Tages hereinschneien würde.

Unwillkürlich verletzte sie seine wenig begeisterte Begrüßung. Sie wusste nicht genau, was sie erwartet hatte. Eine grandiose Wiedervereinigung? Vielleicht zumindest einen kleinen Hinweis darauf, wie nahe sie sich früher gewesen waren. Aber Lucien hielt professionelle Distanz. Sie tauschten die obligatorischen Wangenküsschen aus. Caitlin tat so, als hätte sie nicht bemerkt, wie schnell er sich von ihr löste. Lucien wirkte *wirklich* nicht überrascht, sie zu sehen. Er wirkte nicht … er wirkte überhaupt nicht. Weder besonders erfreut, noch irgendwie verärgert.

»Ich habe gehört, dass du hier ausstellst.« Er hatte nicht gefragt, warum sie hier war, aber sie hatte trotzdem das Gefühl, ihm eine Erklärung schuldig zu sein. »Ich dachte, ich komme mal vorbei, die Galerie besuchen … und dich.« Sie kämpfte den Drang nieder, ihn zu fragen, ob er gewusst hatte, dass sie in London lebte. Was sollte das bringen? Falls nicht … nun, jetzt unterhielten sie sich, wozu sollte das also gut sein? Und wenn doch … dann wollte sie das lieber nicht wissen.

Er hatte immer noch kein Wort gesagt, darum plapperte sie immer weiter, aus Angst, dass sie der Mut verlassen und sie aus der Galerie rennen könnte. »Ich habe mich gefragt, ob du Lust hättest, was trinken zu gehen … du weißt schon, nur zum Reden.«

Er blieb stumm. Sie fragte sich, ob er ihr gleich erklären würde, sie solle sich verziehen.

Aber stattdessen sagte er: *»D'accord.«* Er sah kurz auf seine Uhr. »Die Galerie schließt um zehn. Gleich gegenüber ist eine Bar. Warum wartest du nicht dort auf mich?«

Damit drehte er ihr den Rücken zu und spazierte davon. Es war nicht gerade ein vielversprechender Anfang. Aber es würde bestimmt besser werden. Es musste besser werden.

Die Bar war leicht zu finden. Sie gehörte zu den vielen schicken Lokalen rund um den Hoxton Square und strahlte die unfertige, schroffe, urbane Atmosphäre aus, mit der das ganze Viertel in Verbindung gebracht wurde. Nackte Ziegelmauern, verkratztes Mobiliar, wenig Licht. Ein kleines Stück »Shoreditch-Hoxton Coolness«. Fast fühlte sie sich nach Belleville zurückversetzt. Nur dass die Coolness hier aufgesetzter wirkte. Es war Freitagabend, und unter den Gästen befanden sich wahrscheinlich mehr Anwälte und Banker als Medien- oder Kunstleute.

Sie brauchte zwanzig Minuten, um etwas zu trinken zu ergattern, dann noch einmal zehn, um einen freien Tisch zu finden, und bis dahin war sie so oft angerempelt worden, dass die Hälfte der Drinks auf dem Boden gelandet war. Sie hatte gehofft, sie hätte Zeit, sich zu wappnen, aber sie hatte erst ein paar Schlucke von ihrem eher warmen Weißwein genommen, als Lucien düster und ohne ein Lächeln vor ihr stand. Sie hatte einen Platz an ihrer Seite für ihn frei gehalten, aber er rutschte in die Bank ihr gegenüber.

»Du bist gekommen«, sagte sie.

Er zog eine Braue hoch. »Hast du geglaubt, ich würde dich versetzen?«

Tatsächlich war ihr das in den Sinn gekommen. »Nein, natürlich nicht«, log sie.

»Ehrlich, ich bin gar nicht auf den Gedanken gekommen.« Er machte eine kurze Pause und fügte dann spitz hinzu: »Aber andererseits war es noch nie meine Art, einfach wegzurennen.«

Autsch, dachte Caitlin, das hatte gesessen. Es zeichnete sich immer deutlicher ab, dass Lucien weder vergeben noch vergessen wollte.

Kühle Luft pumpte aus der Belüftungsanlage über ihnen, aber zwischen den festen, verschwitzten Leibern blieb es heiß. Caitlin zog ihre Jacke aus. Sie spürte, wie Luciens Blick sie abtastete. Weil das Hemd über ihrer Brust so spannte, sprang der oberste Knopf immer wieder auf, und plötzlich spürte sie viel zu deutlich ihren tiefen Ausschnitt. Verlegen zupfte sie an der Knopfleiste herum, aber insgeheim gefiel es ihr, dass er sie wahrgenommen hatte, dass er nicht so immun war, wie er ihr weismachen wollte.

Sie schob ihm das Bier hin. »Hier.« Sie versuchte sich an einem Lächeln. »Ich weiß nicht, ob ich das Richtige erwischt habe.«

Er nickte knapp und ohne ihr Lächeln zu erwidern. Eines stand fest, er würde es ihr nicht leicht machen. Es blieb still. Caitlin begriff, dass sie die Konversation allein bestreiten musste, und überlegte fieberhaft, was sie sagen sollte. Sie nahm einen tiefen Schluck Wein und hoffte, dass dessen betäubende Eigenschaften möglichst bald einsetzen würden.

»Alain hat mir erzählt, was du so getrieben hast.« Sie entschied sich für das neutralste Thema, das ihr nur einfiel – seine Arbeit. »Sieht so aus, als hättest du es geschafft.«

Er nahm das Kompliment mit einem leichten Kopfnicken zur Kenntnis. »Du scheinst es auch weit gebracht zu haben.«

Demnach hatte er ihre Karriere ebenfalls im Auge behalten.

»Ich wusste gar nicht, dass du in London bist, bis ich den Artikel im Observer gesehen habe«, fuhr sie mit neuem Mut fort. »Wahrscheinlich hast du nicht gewusst, dass ich auch hier lebe …«

Seine hellen blauen Augen blickten in ihre. »Doch.«

Wieder herrschte betretenes Schweigen. Sie kippte noch etwas Wein nach, überlegte, ob sie sich noch ein Glas holen sollte, und kam dann zu dem Schluss, dass es vielleicht nicht die geschickteste Lösung war, den Abend zu überstehen, indem sie sich betrank.

Sie kramte in Gedanken nach einem neuen Thema. »Ich arbeite jetzt auch hier«, gab sie zum Besten. »Bei Melville …«

»Ja. Dem *Familien*betrieb«, sagte er.

»Ach ja. Ich schätze, ich habe dir nie davon erzählt. Es war nicht so wichtig …«

»Das war es bestimmt nicht.« Er machte eine kleine Pause. »Für dich.« Dann nahm er einen Schluck Bier. »Und wie ist es so? Bei Melville zu arbeiten?«

»Nicht so einfach, wie ich dachte«, bekannte sie offenherzig.

»Und warum?«

Zum ersten Mal an diesem Abend schien er sich wirklich für etwas zu interessieren. Also, wenn er das tatsächlich wissen wollte …

Sie begann zu erzählen. Und während sie erzählte, konnte sie sehen, wie er sich entspannte. Ehe sie sich's versah, berichtete sie ihm von ihrem Umzug nach London; von dem Chaos in der Designabteilung von Melville; und von den Problemen, die sie hatte, eine neue Kollektion zu entwerfen. Als Künstler wusste er genau, wovon sie sprach.

»Irgendwann wird dir etwas einfallen, *Chérie.* Mein Rat: Entspann dich. Hör auf, dich verrückt zu machen. Erst dann, wenn du sie am wenigsten erwartest, kommt die Inspiration.«

Irgendwie fühlte sie sich nach seinen spröden Trostsprüchen wohler, als sie sich hatte vorstellen können. Von da an lief das Gespräch wie von selbst. Er berichtete über seinen Werdegang, über die Galerien, in denen er jetzt ausstellte. Das meiste wusste sie bereits, aber sie hörte es gern ein zweites Mal. Danach plauderten sie über gemeinsame Freunde. Beide hatten noch Kontakt zu Alain und einigen anderen aus ihrer Zeit in Belleville. Sie riefen Erinnerungen wach, sparten aber alles aus, was damals zwischen ihnen vorgefallen war.

Obwohl der Wein mäßig war, folgte dem ersten Glas ein zweites und später ein drittes. Gegen Mitternacht fühlte sich Caitlin leicht beschwipst und mutig.

»Noch eins?« Sie nickte zu seiner fast leeren Bierflasche hin.

Sie sah, wie sich seine Miene verhärtete. »Ich glaube nicht, Caitlin. Ich muss jetzt los.«

Sie beschloss, den warnenden Unterton in seiner Stimme zu ignorieren. »Ach, komm schon, Lucien«, tadelte sie ihn fröhlich. »Du kannst noch nicht gehen. Es ist noch früh.«

»Ich treffe mich noch mit jemandem«, sagte er knapp.

Einen Moment war sie verwirrt. Er wollte sich noch mit jemandem treffen? Aber es war schon so spät. Dann dämmerte es ihr. Natürlich mit einem Mädchen.

»Richtig«, sagte sie beschämt. Sie fühlte, wie ihre Wangen rot wurden, und vermutete, dass er es bemerkte. »Entschuldige. Ich verstehe. Natürlich solltest du gehen.«

Er stand auf. »Komm. Ich bringe dich noch zum Taxi.«

Sie hatte auf einen schnellen Abschied gehofft. Aber es wurde bald klar, dass ihr der nicht vergönnt war. Es war Freitagabend, und die Pubs schlossen gerade. Weit und breit war kein Taxi zu sehen. Sie standen qualvolle zehn Minuten da, bis endlich, Gott sei Dank, ein Taxi anhielt. Lucien öffnete ihr die Tür. Sie wollte einsteigen, hielt aber inne, weil sie nicht wollte, dass sie sich so trennten.

»Sollen wir uns mal wieder treffen?« Sobald die Worte ausgesprochen waren, hätte Caitlin sie am liebsten zurückgenommen. Vor allem, als er nicht gleich antwortete, sondern sie nur mit seinen hellen, stechenden Augen ansah. Sie hätte den Mund halten sollen, er war eindeutig nicht interessiert. Aber jetzt hatte sie schon damit angefangen.

»Es ist nur so, dass ich hier in London eigentlich niemanden kenne«, erklärte sie hastig. »Also, wenn du irgendwann mal nichts vorhast und ausgehen möchtest, um was zu trinken oder zu essen, tätest du mir einen Gefallen …«

»Okay«, schnitt er ihr Geplapper ab. »Ich rufe dich an.«

Er knallte die Autotür zu, bevor sie etwas darauf erwidern konnte. Der Knall hatte etwas Endgültiges. Als das Taxi anfuhr, schoss ihr durch den Kopf, dass sie ihn wahrscheinlich zum letzten Mal gesehen hatte.

Nach über einer Woche rief er endlich an. Bis dahin hatte sie die Hoffnung, dass er sich melden würde, schon aufgegeben.

Er kam sofort auf den Punkt. »Ein Freund von mir gibt heute Abend eine Vorstellung im Shunt. Hast du schon davon gehört?«

»Ja, natürlich.« Der Veranstaltungsort, an dem ab und zu Performances gezeigt wurden, lag versteckt in einem Tunnel unter der London Bridge Station. »Aber ich war noch nie dort«, ergänzte sie schnell.

»Dann ist das heute deine Gelegenheit. Ich habe eine Karte übrig. Möchtest du mitkommen?«

»Unbedingt«, antwortete sie ehrlich.

»Gut.« Er war kurz angebunden. »Wir treffen uns um zehn vor dem Eingang.«

Ohne weiteren Small Talk legte er auf. Noch lange danach saß Caitlin an ihrem Schreibtisch und versuchte sich darüber klar zu werden, was der Anruf zu bedeuten hatte. Als der Abend kam, wusste sie es immer noch nicht. Aber es war zumindest ein Anfang.

42

Amber brachte ihren feuerroten Ferrari mit quietschenden Reifen auf dem Parkplatz in Santa Monica zum Stehen. Der Wagen nahm drei Stellplätze ein, aber das war ihr egal. Autofahren war noch nie ihre Stärke gewesen. Sie zog den Rückspiegel nach unten, um ihr Aussehen zu überprüfen. Stirnrunzelnd musterte sie die dunklen Ringe unter den Augen und das spröde, abstehende Haar. Das Mittel, das sie in letzter Zeit einsetzte, um das Weißblond zu halten, richtete ihr Haar zugrunde. Im Geist machte sie sich eine Notiz, einen Termin mit Sheri Eskridge im Art Luna zu vereinbaren, damit das Problem behoben wurde, dann griff sie nach ihrer Gucci-Tasche und spazierte zu den wartenden Kameraleuten, Stylisten und Maskenbildnern.

Auf halbem Weg wurde sie von Rich abgefangen. Er hatte eine Stinklaune.

»Du kommst mehr als zwei Stunden zu spät, Amber«, presste er heraus. »Du kannst gleich deinen Bußgang antreten. Derek ist scheißsauer … und das ist ein wörtliches Zitat.«

Sie sollte heute einen Fernsehspot für Glamour Cosmetics drehen. Derek Moss führte Regie, und er war ein Pünktlichkeitsfanatiker. Der Spot sollte zeigen, wie sie einen Tag am Strand verbrachte – unter dem höchst unoriginellen Slogan *»Make-up, das genauso lange durchhält wie Sie«*. Anfang der Woche hatte Derek mit ihr durchgesprochen, welche Einstellungen er haben wollte: Amber am Pier, mit Popcorn und Zuckerwatte in der Hand und beim Spielen an den Automaten; dann beim Joggen auf dem South Bay Bicycle Trail; beim Abkühlen in den unschlagbar blauen Pazifikwellen; beim Shoppen in der Third Street. Und heute Abend wollten sie noch einmal herkommen und sie bei einem romantischen Spaziergang über den weiten, langen Strand filmen, bei dem ihre Zehen im weichen Sand versanken.

Es war Sonntagvormittag, und er hatte früh mit Drehen anfangen wollen, bevor der Strand zu voll wurde. Inzwischen war es neun, und es herrschte schon ziemlicher Betrieb. Amber hatte so gut wie jeder andere am Dreh gewusst, dass es ohnehin schwer würde, die Szenen zu filmen, ohne dass die üblichen Gaffer stehen blieben und dabei unweigerlich ins Bild kamen … Touristen, Jogger, Radler und Rollerblader und dazu die reichen L.A.-Girls, die kamen, um sich rösten zu lassen. Aber Amber würde lieber tot umfallen, als sich zu entschuldigen.

Sie spuckte ihren Kaugummi in den Sand. Rich sah sie finster an. In Santa Monica war man stolz auf den blitzsauberen Strand, darum standen überall Abfalleimer. Aber wie üblich nahm sie davon keine Notiz.

»Hast du ihm nicht gesagt, dass es mir schlecht geht?« Sie schob die übergroße Chanel-Sonnenbrille in die Stirn.

»Doch, habe ich wohl.« Er wartete einen Herzschlag ab, bevor er ergänzte: »Dummerweise hat dich einer aus der Crew gestern Nacht mit Johnny durch die Clubs ziehen gesehen. Also stehe ich jetzt als Lügner da, und du stehst da, als würde dir der Vertrag mit Glamour am Arsch vorbeigehen.«

Amber verdrehte die Augen. Rich nervte in letzter Zeit ständig, meist wegen Johnny. Ihr Manager war nicht besonders gut auf ihren neuen Lover zu sprechen. Im Gegenteil, er hatte aus seinem Herzen keine Mördergrube gemacht. *Johnny ist nicht gut für dich. Er zieht dich runter. Du kannst nicht ewig nur Party machen. Ich mache mir Sorgen um dich.*

Scheiße.

Sie wusste, was Rich wirklich nervte. Es gefiel ihm nicht, dass sie jemanden gefunden hatte, der sich wirklich für sie interessierte. Seit drei Monaten war sie jetzt mit Johnny zusammen – in L.A. war das so ziemlich ein halbes Leben. Als sie nach dem Herzinfarkt ihres Vaters eine Woche in England verbracht hatte, hatte er täglich angerufen. Und seit sie wieder zurück war, waren sie fest zusammen.

Sie hatte es noch keine Minute bereut. Johnny war so cool, so selbstsicher. Und er hing nicht mit der ewig gleichen, langweiligen Szene ab. Er wollte authentisch bleiben. Die Leute, die er in ihr Haus einlud, waren nicht die altbekannten Gesichter – es waren *normale* Leute, die er in Bars, Restaurants oder Clubs angequatscht hatte. Sie wollten einfach Spaß haben und Party machen. Manchmal holte Johnny seine Gitarre raus und sie machten eine Session, dazu rauchten sie was von dem besten Dope, das Amber je bekommen hatte.

Johnny war ein Mensch, der absolut im Jetzt lebte und sich nicht allzu viele Gedanken um die Zukunft machte. Also ja, vielleicht waren sie im Moment wirklich ein bisschen wild. Aber was war daran so schlimm? Sie war noch jung. Die meisten Zweiundzwanzigjährigen machten irgendwann einen drauf.

Rich sah das allerdings anders. Über genau diesen Punkt hatten sie sich letzte Woche bis aufs Messer gestritten. Eine ganze Weile hatte er seinen Groll schweigend angestaut. Aber als sie nach nur zwei Stunden Schlaf zu einem Fotoshoot für *Vogue* angekrochen kam, war er explodiert.

»Es ist inakzeptabel, dass du hier picklig und mit blutunterlaufenen Augen aufkreuzt!«, hatte er sie angeschrien.

»Meine Arbeit geht dich einen feuchten Dreck an!«, hatte sie zurückgeschrien.

Der Streit hatte sich vor den gleichermaßen schockierten und faszinierten Fotografen und Zeitschriftenleuten abgespielt. Er hatte mit Tränen geendet – auf beiden Seiten. Amber hatte sich entschuldigt, ihn in die Arme geschlossen, und beide hatten geschworen, dass so etwas nie wieder vorkommen würde. Aber jetzt, keine fünf Tage später, hatte Amber das Gefühl, dass Rich gleich wieder zu einer Strafpredigt ansetzen würde.

Sie unterdrückte ein Gähnen. Gott, sie war so müde. Sie war direkt aus dem Club hierher gefahren. Den Kaugummi hatte sie gekaut, um ihre Alkoholfahne zu überdecken. Sie versuchte ihr Haar zurechtzuschieben, das ihr nach den Stunden auf der verschwitzten Tanzfläche verfilzt an der Kopfhaut klebte. Sie wusste selbst, dass sie heute Morgen nicht besonders fit aussah. Aber das war nichts, was sich nicht mit einer halben Stunde auf dem Stuhl der Maskenbildnerin beheben ließ. Und Johnny hatte ihr ein bisschen Speed zugesteckt, bevor sie hergefahren war. Es war in ihrer Handtasche, damit sie es nehmen konnte, falls sie später abzusacken drohte. Sie hatte alles unter Kontrolle. Kein Grund zur Sorge. Rich überreagierte wie üblich. Und sie hatte keine Lust, ihm in den Arsch zu kriechen.

»Hey, nimm eine Valium, Rich.« In ihren Augen glitzerte es boshaft. »Oder sollte ich lieber sagen, nimm noch eine? Wer ist hier der Star? Glamour kann sich glücklich schätzen, dass sie mich haben. Ich hatte tonnenweise Angebote, aber ich habe das hier angenommen, weil sie es mir richtig versüßt haben. Wie haben sie noch mal gerechtfertigt, dass sie mir so viel zahlen?« Sie legte die Stirn in Falten und tat, als würde sie nachdenken. Schließlich hellte sich ihre Miene auf. »Ach ja. Genau. ›Es gibt nur eine Amber Melville.‹ Und soweit ich sehen kann, hat sich das nicht geändert. Ich habe mich also ein bisschen verspätet?« Sie zuckte achtlos mit den Achseln. »Was macht das schon?«

Sie ließ Rich keine Zeit, etwas zu erwidern. Stattdessen warf sie ihm die Autoschlüssel zu, als wäre er ein Botenjunge.

»Mach dich lieber nützlich und besorg jemanden, der auf den Wagen aufpasst. Ich möchte nicht, dass der Lack zerkratzt ist, wenn ich zurückkomme.«

Damit drehte sie ihm den Rücken zu und stolzierte davon. Wenn sie sich noch einmal umgedreht hätte, hätte sie Richs Gewittermiene gesehen. Er musste seine gesamte Willenskraft aufbringen, um nicht ihre blöden Schlüssel zu nehmen und sie quer über die Motorhaube zu ziehen.

Johnny streckte sich auf dem Liegestuhl neben Ambers beheiztem Pool aus. Nicht dass es nötig gewesen wäre, den Pool zu dieser oder irgendeiner Jahreszeit zu beheizen. Es war Mittag an einem weiteren glühend heißen Tag in Kalifornien. Die matte Brise brachte nicht einmal die Palmwedel zum Rascheln.

Johnny liebte Beverly Hills mit seinen bonbonbunten Villen und den liebevoll manikürten Rasenflächen. Das Image blitzblanker Perfektion, dem hier nachgeeifert wurde, sagte ihm absolut zu. Mittlerweile machte er sich kaum noch die Mühe, in seinem vergleichsweise bescheidenen Apartment in Brentwood vorbeizuschauen, wozu auch, wenn es hier so genial war? Hier oben am Summit Circle herrschte dank der frischen, nach Pinien duftenden Luft und des Panoramablicks auf die Stadt immer eine beschauliche, exquisite Atmosphäre. Selbst jetzt fühlte er sich entspannt und chillig, obwohl er seit fast achtundvierzig Stunden kein Auge zugemacht hatte.

Das Mädchen kam mit seiner Bloody Mary.

»Hier bitte, Señor.«

Er beobachtete, wie sie das Glas, das komplett mit Selleriestange und Tabascosoße serviert wurde, auf dem Tisch neben seinem Liegestuhl abstellte. *Chez* Amber Melville wurde man von vorn bis hinten verwöhnt. Ein Koch, ein Butler und ein Hausmädchen, wobei er auf die beiden ersten gern verzichtet und sich auf das Mädchen beschränkt hätte, dachte er und richtete sich auf. Mit ihrer dunklen Haut, den dunklen Haaren und dunklen Augen kam sie mit Sicherheit von jenseits der Grenze aus dem guten alten Mexiko. Die kleine lateinamerikanische Schönheit war ein Gegengift zu all den aufgepumpten Blondinen, die es in L.A. wie Sand am Meer gab.

»Danke …« Er hielt inne und wartete auf einen Namen.

»Rosita.«

»Danke, Rosita«, wiederholte er.

Sie schenkte ihm ein einladendes Lächeln, das man aus einer Meile Entfernung lesen konnte. Dann drehte sie sich um und spazierte hüftschwenkend davon. Er verfolgte, wie ihre vollen, runden Backen unter dem dünnen Stoff des Dienstmädchenrocks hin und her schaukelten. Gleichzeitig merkte er, wie sich in seiner Hose etwas regte, und genau dort würde es auch bleiben. Er konnte es sich nicht leisten, Ärger mit Amber zu bekommen. Im Moment lebte er von ihrem Geld.

Sicher nahmen immer alle an, dass er einen Haufen Kohle gemacht hatte, schließlich hatte er ein paar Bestselleralben herausgebracht, also musste er reich sein, richtig? Falsch. Nachdem alle anderen ihren Anteil abgezweigt hatten – die Musikfirma, das Studio, die Promoter, sein Manager, die anderen Bandmitglieder –, war für ihn nicht mehr allzu viel übrig geblieben. Und das bisschen hatte er nur allzu schnell durchgebracht. Seinen Lebensstil beizubehalten, den Schein zu wahren, er konnte schließlich schlecht in einem billigen Motel einchecken. Momentan musste er Monat für Monat zweitausendachthundert Dollar Miete berappen. Das leerte sein schon gefährlich mageres Konto rapide. Dazu kamen die teuren Nächte. Natürlich erwarteten immer alle, dass er die Rechnung übernahm. Warum auch nicht? Er war schließlich ein Popstar. Da konnte er die anderen kaum um Benzingeld anhauen.

Selbst er war geschockt gewesen, als sein Buchhalter ihm mit grimmigem Gesicht eröffnet hatte, wie viel noch übrig war. Fast hätte er daran gezweifelt, ob es wirklich eine so weise Entscheidung gewesen war, die Band aufzulösen. Aber er hatte es unbedingt solo probieren wollen, schließlich war er immer der eigentliche Star gewesen. Wie er den anderen erklärt hatte: »Ich will weg vom Britpop, mal was Cooleres machen, vielleicht was Rockiges oder irgendwas mit ein bisschen mehr Soul …«

Nach der Auflösung der Band hatte er sich einen neuen Manager zugelegt. Dessen erster Ratschlag: »Zieh nach L.A.« Johnny war ganz seiner Meinung. Ein Relaunch in den USA hörte sich gut an. Wenn er erst den US-Markt geknackt hatte, hatte er es definitiv geschafft.

Die erste Zeit in L.A. war richtig gut gewesen. Sein neuer Manager Brett hatte die notwendigen Anrufe getätigt, damit die richtigen Leute wussten, dass er in der Stadt und zu einem Deal bereit war. Jeder kannte sein Gesicht, alle fanden ihn heiß. Musikmanager in sündteuren Anzügen schleiften ihn zum Powerlunch ins Ivy oder Spago; die Mädchen warfen sich ihm an den Hals – und zwar richtig heiße Chicks, knackige, braun gebrannte Starlets und Models, ganz anders als die englischen Groupies mit ihren Zelluliteschenkeln und den schwabbelnden Schwimmreifen über den Billigjeans. Er wurde zu allen wichtigen Partys eingeladen, und wenn er in einem Club oder einer Bar auftauchte, bekam er sofort die besten Plätze.

Aber im Lauf der Monate wurden die Einladungen seltener. Es begann sich abzuzeichnen, dass ihn niemand wirklich unter Vertrag nehmen wollte. Alle hatten sich mit ihm treffen wollen, aber nur um abzuchecken, ob die Konkurrenz etwas in ihm sah, das ihnen entgangen war. Sobald sein Manager nachgehakt hatte, hatten alle abgewinkt. Jeder erzählte irgendwas von Ex-Bandmitgliedern, die »nicht immer als Solokünstler durchstarten können«, und alle wollten »warten, bis sich nach der Trennung der Staub gelegt hat«, bevor sie eine feste Zusage gaben. Aber Johnny – und sein Bankmanager – konnten es sich nicht leisten zu warten. Er wusste um sein beschränktes Haltbarkeitsdatum. Er musste jetzt loslegen, solange Kaleidoscope noch als heißer Act gehandelt wurde. Andernfalls konnte er sich schon mal Gedanken über einen Jobwechsel machen – zum Straßenkehrer etwa.

Dann war endlich der ersehnte Durchbruch gekommen: dank Amber Melville.

Anfangs hatte er gar nicht begriffen, wer sie war. Er war an dem Abend im Les Deux so breit gewesen, dass er angenommen hatte, sie sei irgendein hübsches Mädchen, das ihm an die Wäsche wollte. Erst als er in ihrer Hütte gestanden hatte, war ihm aufgegangen, dass an ihr mehr dran war als nur ein One-Night-Stand. Sein Manager war ausgeflippt.

»Heilige Scheiße! Amber Melville! Das ist der PR-Coup, auf den wir gewartet haben!«

Unter Bretts ekstatischen Anweisungen hatte er seinen ganzen Charme aufgefahren, sich ihre Nummer geben lassen und sie mit religiösem Eifer angerufen, während sie in England war. Als sie eine Woche später zurückkam, hatte er einen Tisch im Fred 62 gebucht, wo man unter Garantie fotografiert wurde. Am nächsten Tag waren die Bilder, die sie turtelnd bei einem Milkshake zeigten, in allen Promimagazinen zu sehen, und jedes fragte: »Sind Amber und Johnny ein Paar?« Es nervte ein bisschen, dass ihr Name regelmäßig zuerst genannt wurde, aber damit hatte er leben können. Schließlich hatte er seit Monaten nicht mehr so viel Presse gehabt.

Ihre jeweiligen PR-Maschinen begannen zu rotieren und die üblichen Dementis zu verbreiten, sie seien »nur gute Freunde«. Es war, als hätten sie damit die Aasgeierpresse herausgefordert, das Gegenteil zu beweisen. Ein anonymer Tipp an jeden Reporter in L.A., und schon wurde Johnny dabei fotografiert, wie er in denselben Sachen, die er am Vorabend im Teddy's getragen hatte, morgens Ambers Haus verließ. Noch am selben Tag gaben sie eine gemeinsame Presseerklärung heraus, dass sie, jawohl, ein Paar seien, aber die Presse darum bäten, ihre Privatsphäre zu respektieren. Schlagartig waren sie von Fotografen umzingelt.

Endlich begann es, für Johnny besser auszusehen. Er stand wieder im Scheinwerferlicht. Und mit Amber durch die Clubs zu ziehen war wirklich keine Strafe. Sie sah super aus und war witzig. Die Musikindustrie nahm zaghaft wieder Verbindung zu ihm auf. Es war nur eine Frage der Zeit, bis er einen fetten Vertrag unterschreiben konnte. Danach konnte er verdammt noch mal tun, was er wollte – und mit wem er es wollte. Er musste den Wolf nur noch ein paar Wochen von seinem Haus fernhalten. Und das bedeutete, dass er sich überlegen musste, wie er seine Kosten reduzieren konnte, ohne dass es so aussah, als wäre er dazu gezwungen.

Er lag immer noch am Pool, als Amber ein paar Stunden später heimkam. Sie zog sich bis auf einen winzigen rosa Stringtanga aus und ließ sich dann in den Liegestuhl neben seinem fallen. Anschließend begann sie, ihm von ihrem Job zu erzählen. Rich hatte sie schon wieder wegen irgendwas angemeckert. Je eher *dieser* Loser aus dem Bild verschwand, desto besser, fand Johnny. Er blendete ihr Geschwafel aus, bis sie fertig erzählt hatte.

»Und wie war dein Tag?« Sie drehte sich auf den Rücken und schirmte die Augen mit der Hand ab. »Was hast du so gemacht?«

Er stützte sich auf einen Ellbogen und ließ seinen Blick über ihre knackigen Brüste und die langen, seidigen Schenkel wandern. Damit konnte er leben, beschloss er und legte die freie Hand auf ihren flachen Bauch. »Weißt du, Babe, während du weg warst, habe ich ein bisschen nachgedacht.«

»Hmmm?« Es war eigentlich nur ein Schnurren. Er grinste, denn er wusste schon, was sie antworten würde, noch bevor er die Frage gestellt hatte.

»Was hältst du davon, wenn ich zu dir ziehe?«

43

Caitlin beschloss, Luciens Rat zu befolgen. »Entspann dich«, hatte er ihr damals in Hoxton erklärt. »Hör auf, dich verrückt zu machen. Erst dann, wenn du es am wenigsten erwartest, kommt die Inspiration.« Der Gedanke, eine Pause einzulegen, obwohl sie so in Verzug war, behagte ihr eigentlich nicht, aber nachdem alles andere nicht funktioniert hatte, konnte ein Versuch nicht schaden.

Also verbrachte sie das folgende Wochenende, statt wie geplant nach Aldringham zu fahren, damit, London aus dem Blickwinkel eines Touristen zu betrachten. Sie besichtigte alles von der Nationalgalerie bis zum Tower und versuchte dabei, das Herz des alten London in ihrer Fantasie zu neuem Leben zu erwecken.

Am Montagmorgen rief sie Ellie an.

»Ich komme heute nicht«, erklärte sie ihr.

»Oh?« Ellie klang besorgt. »Du bist doch nicht krank, oder?«

Tatsächlich hatte Caitlin beschlossen, dass sie ihre kreative Blockade vielleicht eher überwinden konnte, wenn sie einen Tag den anklagenden Blicken der Kollegen im Design Department aus dem Weg ging. Also zog sie sich warm an und spazierte mit ihrem Skizzenblock in den Hyde Park. Und dort, auf einer Bank am Serpentine Lake, gelang ihr endlich, was sie lange nicht mehr geschafft hatte – sie verlor sich ganz in ihren Zeichnungen. Bis dahin hatte sie immer nur versucht, einen neuen Rock oder ein neues Kleid aufs Papier zu bringen. Jetzt zeichnete sie Eindrücke,

Stimmungen, Gefühle, ohne sich auf die Kleidungsstücke zu konzentrieren und ohne sich Gedanken zu machen, ob sie in die Kollektion passen würden. Sie zeichnete aus reiner Lust am Schaffen.

Erst spät am Abend, als sie wieder in ihrer Wohnung war, begann sie zu erkennen, wie gut die Entwürfe waren. Sie strahlten etwas … *Eigenständiges* aus, etwas, das sie lange nicht mehr gesehen hatte. London spielte eine wichtige Rolle dabei, allerdings war es das London vergangener Zeiten. Es war ein London der Maskenbälle; bevölkert von glutäugigen Schurken, die schnöselige Gentlemen und deren schwerbusige Gemahlinnen überfielen; mit übervölkerten Straßen voller zotiger Dirnen; es war das London Nell Gwyns und der Dekadenz und Verruchtheit am Hof von Charles II. Dies waren keine detaillierten Darstellungen verschiedener Kleidungsstücke, sondern es waren richtige Bilder, Szenen aus dem Leben. Aber trotzdem war die Kleidung im Hintergrund so präsent wie in einem prunkvollen Kostümdrama.

Caitlin spürte, dass sie kurz vor dem Durchbruch stand.

Am nächsten Tag rief sie bei Melville ihr Team zusammen. Sie setzte sich auf einen der Zuschneidetische, die anderen zogen sich Stühle heran. Desillusionierte, abgespannte Gesichter sahen zu ihr auf.

»Ich weiß, dass die letzten Monate nicht einfach waren«, begann sie.

Ein paar Angestellte tauschten vielsagende Blicke aus. Man munkelte von Entlassungen. Bestimmt glaubten sie, dass Caitlin sie deswegen zusammengerufen hatte.

Caitlin sprang vom Tisch und baute sich, die Hände in die Hüften gestemmt, vor ihnen auf.

»Ab heute hat das ein Ende«, verkündete sie entschlossen. »Damit Melville im Modebereich Erfolg hat, müssen wir es als Lifestyle-Marke neu erfinden. Und heute werde ich Ihnen zeigen, wie wir das fertigbringen.«

Jetzt hörten sie ihr wirklich zu. Überall im Raum setzten sich die Menschen auf, packten die Kaugummis weg und griffen nach Stift und Papier, während sie ihre Ideen zu umreißen begann. In seiner Glanzzeit war Melville die Marke der Filmstars und des Jetsets gewesen. Caitlin wollte wieder die High Society ansprechen. Sie würde Vergangenheit und Gegenwart verschmelzen, um einen sinnlichen, dekadenten Look zu kreieren; alles sollte luxuriös und pompös wirken. Dann fasste sie ihre Vision in einem Satz zusammen.

»Wenn unsere Models über den Laufsteg schreiten, sollen sie aussehen wie eine Mischung aus höfischer Kurtisane und aktueller Celebrity.«

Um sie herum begannen alle durcheinanderzureden.

Der Anfang war einfach gewesen. Caitlin hatte den Samen einer Idee gepflanzt; jetzt musste daraus eine ganze Kollektion erwachsen: von den Kleidern über die Schuhe bis zu den Handtaschen und anderen Accessoires. Abgesehen von der Hilfe ihres kleinen Teams war sie auf sich allein gestellt und musste alles selbst entwerfen. In gewisser Hinsicht war es am besten so. Das bedeutete, dass sie künstlerisch freie Hand hatte.

Sie konzentrierte sich auf ihre ursprünglichen Zeichnungen. Sie behielt nur jene zurück, die mit einem Hauch von Verführung durchwoben waren, und warf den Rest weg. Ihre zentrale Figur war der reiche Vamp, die verführerische Widersacherin aus unzähligen historischen Romanen oder Kostümdramen - die würde Caitlin als Inspiration nehmen und dieses Flair in eine Garderobe für moderne, sinnliche Frauen übertragen.

Caitlin suchte überall nach Inspiration und sah sich unzählige alte Filme an, um die Stimmung einzufangen, die sie bei ihrer Modenschau vermitteln wollte: Die Filmadaptionen von Daphne du Mauriers *Die Bucht des Franzosen* und Kathleen Winsors *Amber* waren zusammen mit *Frau ohne Herz* ihre Lieblingsfilme. Die optisch schwelgerischen, üppigen Kostüme dienten als konstante Quelle der Inspiration. Sie verliebte sich besonders in ein smaragdgrünes

Samtcape, das sie in einem schenkellangen, mit künstlichem Zobelpelz eingefassten Kurzmantel zu neuem Leben erweckte. Von einem golddurchwebten Gewand ließ sie sich zu einem niedlichen Cocktailkleid inspirieren, wobei sie das dramatisch wirkende Dekolleté – tief und weit und halb über den Schultern hängend – beibehielt und den vollen Rock bis übers Knie verkürzte, wo er wie ein Ballerinatutu abstand.

»Ich will Korsette entwerfen«, verkündete sie ihren Mitarbeitern eines Freitagabends.

Inzwischen waren sie Caitlins kreative Ausbrüche gewöhnt. »Ich will richtige geschnürte Korsette aus Walfischbein entwerfen, die einer Frau die perfekte Stundenglasfigur verleihen.«

An diesem Wochenende bekamen ihre Angestellten den Auftrag, sich *Frau ohne Herz* anzusehen, einen Film über Lady Barbara Skelton, die sich der Trübsal ihres langweiligen Oberklasselebens entzieht, indem sie zur Wegelagerin wird. Als sie am Montagmorgen zur Arbeit erschienen und Skizzen zu einem trägerlosen Kleid in burgunderrotem Leder mit Bleistiftrock und geschnürtem Miedertop vorfanden, wussten sie exakt, woher die Idee stammte.

Bei der nächsten Aufsichtsratssitzung senkte sich verlegenes Schweigen über den Raum, als Caitlin ihre neuesten Skizzen verteilte. Nach der letzten Präsentation erwartete niemand allzu viel.

Caitlin sagte nichts zu ihren neuen Designs. Sie hatte beschlossen, dass ihre Entwürfe für sich selbst sprechen sollten.

Sie behielt die Aufsichtsräte genau im Auge, um ihre Reaktion zu beobachten. Während die Zeichnungen weitergereicht wurden, wandelte sich die anfängliche Gleichgültigkeit in Interesse, gefolgt von aufgeregtem Gemurmel.

Elizabeth ergriff als Erste das Wort. Aus Angst, dass Caitlin vielleicht keine Show auf die Beine stellen konnte, wie Melville sie brauchte, hatte sie insgeheim die Fühler ausgestreckt und sich umgehört, ob sie jemanden finden konnte, der notfalls ihren Posten als Chefdesigner übernehmen würde. Jetzt wäre es Gott sei Dank nicht nötig, diesen Weg zu beschreiten.

»Caitlin, die sind wirklich gut«, sagte sie langsam. Sie blätterte in dem Stapel, und jede Zeichnung begeisterte sie mehr. Es war genau das, was sie sich für die Marke erhofft hatte: eine üppige, gehobene Kollektion, dramatisch und glamourös. Es war ein massiver Bruch mit dem freudlosen Image, das Melville gegenwärtig hatte. Schließlich sah Elizabeth auf, und aus ihren Augen strahlte unverhohlene Bewunderung. »Ich meine, die Designs sind exzellent. Absolut umwerfend.«

Caitlin merkte, wie stolz und wie erleichtert sie war. »Natürlich entfaltet eine Zeichnung nicht die volle Wirkung«, erklärte sie hastig. »Wenn man den Stoff nicht fühlt oder fallen sieht, ist es nur schwer, sich die Sachen wirklich – lebendig vorzustellen …«

Nein, nein, versicherten ihr Elizabeth und die anderen Vorstandsmitglieder eilig; sie konnten sich ganz genau vorstellen, wie die Kollektion aussehen würde. Sie waren vielleicht keine Modeexperten, aber selbst ihre untrainierten Augen konnten erkennen, dass sie etwas wirklich Außergewöhnliches vor sich hatten. Jahrelanges Beige und Braun wurden durch Blutrot und Ebenholzschwarz ersetzt; Tweed und Leinen wichen Samt und Spitzen; Geschäftskostüme und vernünftige Strickwaren machten Platz für Hüfthosen und üppige Kleider.

Mehr als eine halbe Stunde begeisterte sich der Vorstand über Caitlins Entwürfe, dann wurde die Konferenz beendet. Elizabeth musste zu einer Telefonkonferenz, fand aber trotzdem noch Zeit, Caitlin zu gratulieren. »Du machst einen tollen Job.« Sie drückte ihr aufmunternd den Arm. »Was dich auch inspiriert hat – das solltest du festhalten.«

Genau das Gleiche hatte Madame vor vielen Jahren zu ihr gesagt, als sie Caitlins Entwürfe für die Abschlussshow gesehen hatte. Damals wie heute hatte es Caitlin Lucien zu verdanken, dass sie den richtigen Weg eingeschlagen hatte. Sie sammelte ihre Zeichnungen ein und eilte nach unten ins Atelier. Sobald sie durch die

Tür stürmte, wurde sie belagert. Nachdem sie mehr als zwei Stunden weg gewesen war, hatte ihr Team bereits hundert neue Fragen.

»Okay, okay.« Sie hob die Hände. »Einer nach dem anderen.«

Aber insgeheim freute sie sich über ihren Enthusiasmus. Es sah so aus, als könnten sie es doch noch schaffen.

Die Zustimmung des Vorstands zu bekommen, war erst der Anfang gewesen. Jetzt mussten die Modellkleider angefertigt werden; dann mussten sie die Models auswählen und zur Anprobe herbestellen; schließlich mussten sie einen geeigneten Ort für die Modenschau finden. Caitlin hatte sich schon jetzt gegen den Showroom im Haus entschieden. Sie wollte einen radikalen Bruch mit der Vergangenheit. Und obwohl die Arbeit kein Ende nahm, war sie glücklich, weil sie endlich das Gefühl hatte, Melville auf die richtige Spur gebracht zu haben.

Während beruflich alles gut lief, blieb ihr Privatleben chaotisch wie immer. Seit jenem ersten Abend in der Galerie hatte sie Lucien öfter gesehen. Sie trafen sich mindestens ein- bis zweimal pro Woche in einem der Clubs oder Pubs in der Curtain Road oder Old Street. Aber immer mit anderen, und ihre Gespräche drehten sich nie um persönliche Themen.

Heute Abend hatte sie ihn endlich dazu bekommen, mit ihr essen zu gehen und zwar zu zweit. Sie wollten sich im CRU nahe der Galerie treffen. In der Bar wollten sie sich ein paar abendliche Tapas genehmigen. »Ich kann nicht lange bleiben«, hatte er ihr am Telefon erklärt, als sie sich verabredet hatten. Aber dass sie sich überhaupt allein trafen, schien ein Schritt in die richtige Richtung.

Caitlin hatte ihre übliche Arbeitskleidung an – Jeans und T-Shirt und zerschlissene Turnschuhe. In ihrer Handtasche hatte sie Make-up und Wechselkleidung für den Abend mitgebracht. Aber jetzt hatte sie plötzlich keine Lust mehr, sich umzuziehen. Er schien sowieso nicht wahrzunehmen, wie sie aussah. Sie bündelte ihr Haar in einem lockeren Pferdeschwanz, ließ aber ein paar Strähnen frei, die ihr ins Gesicht fielen und es dadurch weicher wirken ließen. Als sie kurz vor dem Spiegel stehen blieb, irritierte sie etwas an ihrem Aussehen. Dann dämmerte es ihr. Mit dem Pferdeschwanz sah sie jünger aus – fast genau wie damals in Belleville. Auch gut, vielleicht half es ja, wenn sie die Zeit um ein paar Jahre zurückdrehte. Schaden konnte es jedenfalls nicht.

Drei Stunden später musste sich Caitlin eingestehen, dass sich der Abend nicht so entwickelte wie geplant. In letzter Minute hatte Lucien das Essen abgesagt und ihr eröffnet, er habe vergessen, dass er schon ein paar Freunden versprochen hatte, mit ihnen ins Cargo zu gehen.

»Kann ich mitkommen?«, hatte sie gefragt, weil sie den Abend nicht ganz abschreiben wollte.

Luciens Antwort war ein neutrales: »Wenn du willst.«

Es war keine besonders begeisterte Antwort, aber sie hatten trotzdem vereinbart, sich dort zu treffen.

Das Cargo war zurzeit einer der angesagtesten Clubs in East London. Er lag unter einem Eisenbahnbrückenbogen und lockte einige der besten DJs aus Europa an. Caitlin war noch nie dort gewesen, und sie war nicht sicher, ob ihr die Atmosphäre zusagte. Sie hatte mit Lucien schon in der Nähe das 333 besucht, und das war eher ihr Fall gewesen – sehr relaxed und lässig. Verglichen damit wirkte das Cargo bemüht cool.

Ihre Laune hob sich auch nicht, als sich herausstellte, dass Zara, die hochnäsige Galerieverkäuferin, unter den Freunden war, mit denen sich Lucien verabredet hatte. Bis Caitlin eintraf, hatte sie sich schon neben ihn auf die Bank gequetscht.

»Wie schön, dass wir uns wiedersehen, Caitlin«, blökte Zara. Sie legte besitzergreifend eine Hand auf Luciens Knie. »Setzt du dich zu uns? Wie nett!«

Zara war mit einer Clique nicht minder schnöseliger Freundinnen gekommen, die allesamt Kleider mit tiefem Rückenausschnitt und in der Hand ein zierliches Ausgehtäschchen trugen. Caitlin sah sich um und bekam das Gefühl, nicht elegant genug zu sein. Selbst die Mädchen in Jeans hatten sich mit hautengen Tops und nadelspitzen Schuhen aufgepeppt.

Der Abend wurde immer schlimmer. Zara schien wild entschlossen, Lucien an ihrer Seite zu behalten. Immer wieder schleppte sie ihn auf die Tanzfläche oder zu jemandem, den sie ihm vorstellen wollte – »Die können es echt nicht erwarten, dich kennenzulernen, Lucien!« Und das Schlimmste daran war, dass Lucien offenbar nichts dagegen einzuwenden hatte.

Die anderen Gäste waren größtenteils männlich und extrem aufdringlich. Nachdem Lucien offensichtlich nicht an Caitlin interessiert war, nahmen sie das als Freibrief. Eine Stimme sagte: »Wärst du an einem Drink interessiert?«

Sie hob den Kopf und sah sich einem großen, geschniegelten Mann gegenüber, der eine Flasche Moët in der Hand hielt. Er war Anfang dreißig und trug Jeans und dazu ein schickes Hemd, das er in den Hosenbund gesteckt hatte. Unternehmensberater oder Banker, tippte sie.

»Nein, ich möchte nicht«, sagte Caitlin höflich.

Er zog an ihrem Arm. »Komm schon. Nur ein Glas.« Er bedachte sie mit einem Feixen, das er wohl für ein einnehmendes Lächeln hielt. »Ich beiße nicht. Ehrenwort.«

Der Barmann kam mit ihrem Mineralwasser zurück. Sie zahlte hastig. »Noch mal vielen Dank.« Sie hielt die Flasche hoch, damit ihr unerbetener Verehrer sie sah. »Aber ich habe schon was zu trinken.«

Sein Lächeln war wie ausgelöscht. »Verklemmte Zicke«, murmelte er und wandte sich ab. *Charmant.* Sie hätte sich in den Hintern treten können.

Sie kehrte an den Tisch zurück, an dem ihre Gruppe gesessen hatte. Lucien war schon wieder verschwunden. Zusammen mit Zara. Caitlin wusste nicht, warum sie das so enttäuschte. Er versuchte ihr seit Wochen klarzumachen, dass er nicht interessiert war. Sie hatte nur nicht sehen wollen, was eigentlich nicht zu übersehen war. Tja, es war an der Zeit, der Sache ein Ende zu machen. Wenn Lucien sie nicht mehr in seinem Leben haben wollte, dann sollte es eben so sein.

Sie packte ihre Jacke, schlüpfte zum Seiteneingang hinaus und blieb unvermittelt stehen. *So viel zu deinem klammheimlichen Abgang.* Denn vor ihr stand, allein in der Gasse und mit einer halb gerauchten Zigarette in der Hand, Lucien. Zara war nirgendwo zu sehen.

Lucien sah den Mantel in ihrer Hand. »Läufst du wieder mal davon, Caitlin?« In seiner Stimme schwang leise Ironie. »Das ging aber schnell.«

Sie brauste auf. Schließlich hatte er sie den ganzen Abend ignoriert. »Tja, ich wüsste nicht, wieso ich bleiben sollte. Du warst die ganze Zeit mit Zara zusammen und …«

»Und was?«, fiel er ihr ins Wort. »Wir haben uns unterhalten. Mehr nicht. Und selbst wenn mehr dabei wäre, würde dich das nichts angehen, oder? Ich glaube, du hast dein Recht, über mein Leben zu bestimmen, vor langer Zeit verwirkt.«

Er machte einen Schritt auf sie zu. Plötzlich fiel das Straßenlicht auf sein Gesicht, und sie erkannte etwas in seinen Augen, das sie nicht erwartet hatte – Zorn. Es war das erste Mal, dass er seine gleichgültige Maske ablegte.

»*Du* hast *mich* damals abgeschrieben, Caitlin«, zischte er. »Oder besser gesagt *uns*. Zweimal. Ohne Grund.«

»Ich hatte sehr wohl einen Grund.«

»Dann verrat ihn mir.« Er hatte die Zähne zusammengebissen. »Erzähl mir, warum du damals *wirklich* verschwunden bist.«

Es blieb lange still. Schließlich senkte sie den Blick. »Lucien, ich kann nicht …«

Schlagartig war sein Zorn wie weggeblasen. Er schüttelte den Kopf, und wenn sie sich nicht täuschte, wirkte er beinahe traurig. »Das habe ich mir gedacht.«

Er drückte die Zigarette an der Wand aus und ging weg. Die

Geste hatte etwas Endgültiges, das Caitlin schreckliche Angst machte. Sie durfte ihn nicht noch einmal verlieren.

Sie öffnete den Mund, um ihn zurückzurufen. Aber kein Wort drang über ihre Lippen.

Lucien brauchte nicht lange für den Heimweg. Seine Wohnung in Shoreditch lag nur fünf Minuten vom Club entfernt. Er marschierte ohne ein Wort am Nachtportier vorbei, stieg in den Lift und schlug auf den obersten Knopf.

Normalerweise empfand er seine Wohnung als Zufluchtsort. Sie befand sich in einem schicken umgebauten Lagerhaus, war als riesiger offener Wohn-Arbeits-Bereich mit deckenhohen Fenstern, unverputzten Ziegelwänden und Holzbalken angelegt und mit dunklen Hölzern und feinen weißen Leinenstoffen elegant eingerichtet. Die perfekte Junggesellenbude. Aber zum ersten Mal überhaupt fand er nach seiner Heimkehr keine Ruhe.

Er trat an den Barschrank, holte eine Flasche Whisky heraus und schenkte sich ein großes Glas voll. Den Tumbler in beiden Händen haltend, nahm er einen Schluck. Erst jetzt sah er an sich herab und bemerkte, dass er vor Zorn bebte. Er war noch nie so wütend gewesen und hätte nie geglaubt, dass er dazu fähig wäre. Dass sie immer noch diese Macht über ihn hatte, setzte ihm am meisten zu. Mit voller Kraft und Wut schleuderte er das Glas an die Wand. Es zerplatzte auf den Backsteinen.

»*Putain*«, fluchte er.

Caitlin, Caitlin, Caitlin. Er presste die Hände gegen die Schläfen und wünschte, er könnte aufhören, an sie zu denken. Warum musste sie jetzt wieder auftauchen, wo er schon geglaubt hatte, er sei endlich über sie hinweg?

Er holte sich ein neues Glas, schenkte sich einen neuen Whisky ein und ließ sich in den Sessel fallen. Er kam sich vor wie der letzte Idiot. Aus irgendeinem Grund hatte er gehofft, diesmal würde es anders enden, diesmal würde sie sich endlich öffnen. Wie hatte er sich nur so täuschen können? Sie war genauso verkorkst wie früher. Die Hand zu einer festen Faust geballt, schlug er auf die Armlehne. Verdammt, das konnte er überhaupt nicht brauchen.

Nach fünf Minuten und einem weiteren Glas Whisky läutete es. Er wusste, dass sie es war. Aber er rührte sich nicht. Blieb einfach in seinem Sessel sitzen. Ließ sie warten. Ließ sie spüren, wie frustrierend es ist, mit jemandem reden zu wollen, der einfach nicht reagiert.

Schließlich, nach dem dritten verzweifelten Läuten, stand er auf.

Sie war es.

»Bitte, Lucien«, bettelte sie. »Bitte … lass mich rein.«

Wider besseres Wissen öffnete er die Tür.

Während er auf sie wartete, ging er nervös auf und ab und versuchte dabei nicht zu denken, sondern nur dem Klappern des alten Lastenaufzugs zu lauschen, der zum Erdgeschoss fuhr, um sie einzusammeln, und dann mühsam wieder nach oben ächzte.

Schließlich war der Aufzug da. Er zog das schwere Scherengitter auf, und sie stand vor ihm, verlegen darauf wartend, dass er sie in die Wohnung bat. Er sah, dass sie geweint hatte, und zwang sich, ihre Tränen, ihre unglaubliche Verletzlichkeit zu ignorieren.

»Was tust du hier?«, wollte er wissen.

Sie sah ihn verdutzt an. »Ich hatte deine Adresse noch …«

Er schüttelte ungeduldig den Kopf. »Nein. Ich meine, was *tust* du hier?«

Er sah, wie sie einen tiefen Atemzug nahm und dann noch einen. Und dann sagte sie das, worauf er so lange gewartet hatte.

»Ich bin hier, weil ich dir alles erzählen will.«

44

William betrat langsam den Konferenzraum. Er kam als Letzter. Es war sein erster Arbeitstag nach sechs Monaten Rekonvaleszenz. Der versammelte Vorstand applaudierte, als er eintrat, und jeder erhob sich, um ihm im Vorbeigehen die Hand zu reichen.

»Schön, dass Sie wieder da sind.«

Er lächelte schwach und wehrte mit einem Handwedeln die enthusiastische Begrüßung ab. In Wahrheit fühlte er sich desorientiert und müde. Der Arzt hatte ihm davon abgeraten, jetzt schon wieder zu arbeiten. Isabelle hatte ihn angebettelt, zu Hause zu bleiben. Aber er musste das tun. Piers' Berichte über Elizabeths Vorhaben hatten ihn beunruhigt.

Melville Essentials einzustellen – undenkbar. »Die Entscheidung wurde einstimmig getroffen«, hatte Piers ihm erklärt. Es war schwer, ihre Strategie nicht als direkte Kritik aufzufassen. Aber jetzt saß er wieder im Sattel, und er hatte nicht vor, so schnell wieder abzusteigen. Elizabeth würde sich damit abfinden müssen.

Wenigstens kann ich mich auf Caitlin verlassen, dachte er und fühlte sich sofort besser. Sie hatte sich in den letzten Monaten bewährt. Er hatte Skizzen der Entwürfe gesehen, an denen sie arbeitete, und war unwillkürlich beeindruckt gewesen. Es war ein mutiger Schritt für Melville, aber einer, der sich hoffentlich auszahlen würde.

Das werden wir schon bald wissen, dachte er. Die Modenschau sollte in einem Monat stattfinden. Dann würde sich zeigen, ob es klug gewesen war, Caitlin an Bord zu holen. Aber was auch geschehen mochte, rein persönlich hatte er nichts zu bereuen, er würde die letzten paar Monate immer im Gedächtnis behalten, in denen er Gelegenheit bekommen hatte, endlich vertrauter mit ihr zu werden.

Er räusperte sich, wartete ab, bis alle ihm zuhörten, und sagte dann: »Nun, ich bin sicher, dass in meiner Abwesenheit viel passiert ist. Also, warum fangen wir nicht an?«

Elizabeth, die am anderen Ende des Konferenztisches saß, bemerkte unwillkürlich, wie gut ihr Vater aussah: Er hatte in den letzten paar Monaten Gewicht verloren, und er strahlte das gesunde Leuchten eines Mannes aus, der auf seine Ernährung achtet. Es freute sie, dass er sich so erholt hatte, aber gleichzeitig behagte es ihr nicht besonders, dass er wieder in der Firma war. Nicht in diesem entscheidenden Stadium.

Veränderungen brauchten Zeit. Das hatte Elizabeth feststellen müssen. Die Zustimmung des Vorstands zu ihren Vorschlägen zu erreichen, war nur der erste Schritt auf einem langen Weg gewesen, auf dem die Firma in ruhige Gewässer geführt würde.

Während der vergangenen Monate hatte sie alles unternommen, um das Unternehmen gesundzuschrumpfen: Sie hatte die Produktpalette auf fünftausend Produkte zurückgeschraubt; die Zahl der Handtaschenvarianten von zweihundert auf knappe fünfzig heruntergefahren; und die Anzahl der Handelspartner, die Melville-Waren verkaufen durften, von vierhundert auf neunzig reduziert.

»Das erscheint mir ziemlich drastisch«, hatte Hugh unter dem Nicken der anderen Vorstände erklärt.

»Uns bleibt keine Zeit für einen schrittweisen Übergang«, hatte Elizabeth geantwortet. »Wir brauchen Ergebnisse, und zwar schnell.«

Man konnte keine Marke schrittweise wieder cool werden lassen. Hier herrschte das grundlegende Prinzip von Angebot und Nachfrage. Jahrelang hatte sich die Luxusmarke Melville aufgeführt wie ein Massen-Discounter. Das musste sich ändern.

Sie hatte sich geweigert, Lizenzverträge für die Marke zu verlängern, und an über tausend Einzelhändler im Vereinigten Königreich und den Vereinigten Staaten Briefe versandt, in denen sie angekündigt hatte, dass kein Nachschub mehr geliefert werde, nachdem die gegenwärtigen Bestände an Melville Essentials verkauft waren. Der Verkaufsdirektor bei Pharm Mart hatte sich als

Erster beschwert. »Das ist unverschämt! Wir machen seit Jahren mit Ihnen Geschäfte.«

Aber Elizabeth war unnachgiebig geblieben. Es ging nicht anders, jetzt hieß es alles oder nichts. Es würde noch einmal zwölf Monate dauern, aber danach wären keine Melville-Produkte mehr im Drogerie- oder Supermarkt zu haben. Abgesehen von den firmeneigenen Niederlassungen würden nur noch Topnamen wie Harvey Nichols oder Saks mit Melville-Waren beliefert.

Leider gingen die Verkäufe noch weiter zurück, wenn Melville Essentials aus den Regalen verschwand, und zwar ohne dass diese Verluste im hochpreisigen Segment ausgeglichen wurden. Im Gegenteil, auch dort brachen die Verkäufe weiter ein. Jeden Monat bekamen sie einen weiteren Satz von trostlosen Zahlen geliefert. Jetzt spürte Elizabeth, wie alle sie anklagend anstarrten, während Piers auf Geheiß ihres Vaters die neuesten Zahlen verlas. Aber sie blieb standhaft.

»Es handelt sich um eine langfristige Strategie«, erklärte sie dem Vorstand. »Natürlich zeigen sich die Ergebnisse nicht über Nacht. Erst müssen die Kunden wahrnehmen, dass sich die Marke gewandelt hat.«

Unter der zunehmenden Feindseligkeit wurde es immer schwerer, an ihrer Überzeugung festzuhalten, aber Elizabeth blieb standhaft. Sie behielt alle Zweifel für sich. Denn sie wusste genau, dass die Geier auf sie herabstoßen und sie zerfleddern würden, sobald sie Schwäche zeigte.

»Nun, offenbar wurde das ohne mein Wissen beschlossen«, sagte William mit unverhohlener Missbilligung. Die meisten anderen Vorstandsmitglieder zogen es vor, ihre Tagesordnung zu studieren. Jetzt sprach er seine älteste Tochter direkt an. »Ich hoffe bei Gott, dass du weißt, was du da tust, Elizabeth«, sagte er, damit niemand auch nur den leisesten Zweifel hatte, wem er die Schuld an der augenblicklichen Misere gab.

Irgendwie konnte ihm Elizabeth die Skepsis nicht verübeln. Aber äußerlich blieb sie ungerührt. »Keine Sorge«, versicherte sie ihm mit einer Zuversicht, die sie keineswegs empfand. »Das weiß ich.«

»Gut.« Er klang unterkühlt. »Dann wird es dir nichts ausmachen, mir eine Prognose zu erstellen, wie weit die Verkäufe deiner Ansicht nach im nächsten Jahr zurückgehen und wann sie wieder ansteigen werden.«

Sie nickte. »Das dürfte kein Problem sein.«

»Exzellent. Dann erwarte ich deinen Bericht morgen früh auf meinem Schreibtisch.«

Elizabeth klappte den Mund auf, um ihm zu widersprechen. Sie hatte Cole versprochen, dass sie spätestens um sieben zu Hause wäre, und sie würde fast die ganze Nacht brauchen, um den von ihrem Vater gewünschten Bericht zu erstellen. Aber dann sah sie, wie sein Blick sie herausforderte. Und sie spürte, dass die anderen Vorstandsmitglieder auf ihre Antwort warteten. Falls sie sich weigerte, würde sie das Gesicht verlieren. Und das durfte auf keinen Fall passieren. »Natürlich«, murmelte sie.

Cole würde verstehen, dass sie das tun musste. Schließlich ging es nur um eine einzige Nacht.

Zehn Minuten Fußweg vom Büro seiner Frau entfernt, im Herzen von Soho, saß Cole in einer Besprechung, die sein eigenes Geschäft betraf. Eine Besprechung, die über vieles entscheiden konnte.

Er warf den Vertrag auf den Schreibtisch. Die lässige Geste zeigte seinem Gegenüber deutlich, was er von dessen Angebot hielt: zwanzig Millionen Pfund für einen vierzigprozentigen Anteil an seinem Unternehmen. Cole dachte nicht im Traum daran, das anzunehmen.

Auf Coles schroffe Ablehnung hin zog Ed Linton die Stirn in Falten. »Hey, das ist ein gutes Angebot, Cole.«

Cole wippte lässig in seinem Sessel, bis das Leder unter seinem Gewicht zu knarren begann. »Ja, das ist es. Aber ich muss trotzdem ablehnen, Ed.«

Ed klappte den Mund auf, um ihm zu widersprechen, überlegte es sich dann aber anders. Er hatte lang genug mit Cole zusammengearbeitet, um zu wissen, dass er seine Meinung nicht mehr änderte, nachdem er sich einmal entschieden hatte.

Die beiden Männer hatten sich als Trainees bei Sedgwick Hart kennengelernt. Ed war genauso ein Überflieger gewesen wie Cole. Vor ein paar Jahren hatte er die Bank verlassen und mit ein paar anderen Jungs eine Private Equity Company gegründet. Sie hatten schon seit einiger Zeit ein Auge auf Coles Firma »Kobe« geworfen und jetzt ein erstes Angebot vorgelegt. Aber Cole war nicht daran interessiert, die Kontrolle über sein Unternehmen abzugeben, er wollte weiterhin nur sich selbst verantwortlich sein.

»Also, ich würde ja sagen, dass du verrückt bist, das auszuschlagen«, sagte Ed. »Aber ich habe das Gefühl, du weißt genau, was du tust.«

Cole grinste. »Das ist richtig.«

Jemand klopfte zögerlich an die Tür. Einen Augenblick später trat Coles Assistentin Mariko ein. Nachdem sich seine Firma so rasant vergrößert hatte, hatte er vor einigen Monaten ein paar bescheidene Räume im obersten Stock eines alten Stadthauses im Herzen von Soho angemietet und dort eine Firmenzentrale eingerichtet. Nach dem Einzug hatte eine seiner ersten Handlungen darin bestanden, Mariko einzustellen. Mit ihren neunzehn Jahren war sie noch jung, aber sie verfügte über die entscheidenden Qualifikationen für diesen Job – sie war gebürtige Japanerin und sprach fließend Englisch.

Sie kam mit ein paar Briefen zum Unterschreiben an seinen Schreibtisch. Still und mit gesenktem Blick wartete sie ab, bis er sie unterzeichnet hatte.

»Soll ich heute Abend länger bleiben?«, fragte sie leise, als er fertig war.

»Nein danke, Mariko. Einen schönen Abend noch.«

Eds Blick folgte ihr, bis sie die Tür ins Schloss gezogen hatte.

»Niedlich«, sagte er, als sie draußen war.

»Hoch qualifiziert«, entgegnete Cole.

Ed zog eine Braue hoch. »Jede Wette.«

»Was soll das heißen?«

»Komm schon. Sie sieht aus, als wäre sie direkt den *Asian Babes* entsprungen.«

Cole verzog angewidert das Gesicht. »Jesus, Ed. Sie ist neunzehn.«

»So alt?«, mokierte sich Ed über Coles entrüstete Reaktion.

»Mann, Alter, du brauchst *wirklich* eine Freundin.«

Ed lachte kurz auf. »Glaub mir, wenn ich etwas nicht brauche, dann eine Freundin.« Er nahm einen Schluck Wasser. »Und für nächsten Donnerstag ist alles klar?«

»So ziemlich.« Es war das fünfjährige Jubiläum der Kobe-Eröffnung. Cole plante eine große Feier. »Kommst du trotzdem? Oder bist du zu verbittert, nachdem ich dir heute einen Korb gegeben habe?«

Ed grinste boshaft. »Kommt drauf an. Ist Mariko auch da?«

Coles Lächeln erlosch. »Hey, Ed, lass es gut sein.« Die Warnung war unüberhörbar. »Sie ist noch ein Kind.«

»Ja, wahrscheinlich hast du recht.« Er warf Cole einen Seitenblick zu. »Und für mich interessiert sie sich sowieso nicht.«

Cole machte sich nicht die Mühe nachzufragen, wie er das meinte. Ihm war bewusst, dass Mariko ihn anhimmelte, aber das versuchte er, nach bestem Vermögen zu ignorieren. Es war eine harmlose Schwärmerei – eher Heldenverehrung als sonst etwas. Solange es ihre Arbeitsbeziehung nicht beeinträchtigte, würde er es einfach übersehen, und irgendwann würde sie das Interesse verlieren, davon war er überzeugt.

Ed wartete eine Sekunde und stellte die logische Nachfolgefrage: »Und wie geht es Elizabeth? Man hört, bei Melville geht es drunter und drüber.«

»Du kennst Elizabeth«, antwortete Cole gleichmütig. »Sie kommt zurecht.«

Die Antwort war unverbindlich. Aber sie sprach Bände.

Als Cole an diesem Abend heimkam, erwartete ihn in Chelsea wieder einmal ein dunkles, verlassenes Haus. Elizabeth hatte ihm vorhin eine Nachricht aufgesprochen, dass es spät werden würde. Keine große Überraschung. Er überlegte, wie er den Abend verbringen würde. Er konnte ins Fitnesscenter gehen. Aber da war er in den letzten zwei Wochen täglich gewesen. Bald würden seine Muskeln die Ärmel seines weißen Hemdes sprengen, wenn er so weitermachte, würde er noch aufgeblasener aussehen als die mit Steroiden vollgepumpten Trainer. Scheiß drauf. Er würde sich einen entspannten Abend machen, ein paar Biere kippen, eine Pizza bestellen und vielleicht auf Sky Sports ein Basketballspiel ansehen.

Er holte ein Bier aus dem Kühlschrank und ging nach oben, um den Anzug auszuziehen. Das Schlafzimmer wirkte genauso klinisch sauber wie das ganze Haus, fast wie ein Foto aus *House and Garden*. Morgen würde die Putzfrau kommen. Was für ein Witz! Er schloss die Schranktür mit einem Fußtritt, ließ sich in Boxershorts und einem T-Shirt der New York Knicks aufs Bett fallen und schaltete den Fernseher ein. Elizabeth hasste es, wenn er im Bett fernsah, und sie konnte es auch nicht leiden, wenn er hier aß und trank.

»Das ist so *gewöhnlich«*, hatte sie ihm einmal erklärt.

Aber nachdem sie nicht hier war und nicht nörgeln konnte, war ihm das egal. Im Gegenteil, eigentlich hoffte er, dass sie nach Hause kommen würde, während er gerade das letzte Pizzastück verschlang. Im Moment war ihm nach einem Streit zumute. Es wäre eine gute Gelegenheit, sich ein paar Sachen von der Brust zu laden.

Wenn Cole ehrlich zu sich war, war er nicht glücklich. Er war nicht mehr glücklich gewesen, seit er vor sechs Monaten nach England zurückgezogen war. Elizabeth war immer ein Workaholic gewesen, aber in letzter Zeit war ihr Arbeitseifer geradezu lächerlich. Sie gingen kaum noch zusammen aus; sie hatte ihren Hochzeitstag vergessen; und erst letzte Woche hatte sie ein paar Andeutungen fallen lassen, sie könnten doch den Sommerurlaub absagen. Er sah sie praktisch überhaupt nicht mehr. Immerzu war sie auf Reisen. Drei Kontinente und zehn Länder im Monat. Als sie im Wirtschaftsteil der *Sunday Times* ein Feature über ihn gebracht hatten, hatte er dreimal nachfragen müssen, bis sie auch nur einen Blick darauf geworfen hatte. Den letzten Sex hatten sie vor sechs Wochen gehabt. Und das bei einem Paar, das es früher ausnahmslos jeden Abend getrieben hatte. Erst neulich hatte er gelesen, dass siebzig Prozent aller Ehen sexlos waren. Er hatte keine Lust, zu dieser Statistik zu zählen.

Ungefähr zur selben Zeit hatte er angefangen, Mariko mit anderen Augen zu sehen.

Er leerte sein Bier und machte ein neues auf.

Ihm war klar, dass er Ed ausgewichen war. Und das mit gutem Grund. Er nahm Mariko genauer wahr, als er sich eingestehen wollte.

Er musste daran denken, wie er ihr das erste Mal begegnet war. Den ganzen Tag hatte er Bewerbungsgespräche für die Stelle als Assistentin geführt. Es waren ein paar fähige Kandidatinnen darunter gewesen, aber er hatte sichergehen wollen, dass die Chemie stimmte. Das Gespräch mit Mariko sollte das letzte an diesem Tag sein. In ihrem steifen Kostüm war sie eindeutig zu vornehm angezogen und außerdem schrecklich nervös gewesen. Sie hatte auf der Sitzkante gekauert und ihm nur leise flüsternd geantwortet, als er sie ausgefragt hatte, welche Berufserfahrung sie nachweisen konnte und wieso sie sich für diesen Job geeignet hielt. Normalerweise konnte er solche Mauerblümchen nicht ertragen, und schon gar nicht in seiner Firma. Aber zu seiner Überraschung war sie ihm sympathisch gewesen. Er hatte angeboten, ihr einen Kaffee zu machen, und bis er ins Zimmer zurückgekommen war, hatte sie die Fassung wiedergefunden. Das hypnotisch scheue Wesen entpuppte sich als kluge und gut organisierte Frau. Zu seiner erneuten Überraschung hatte er sie auf der Stelle eingestellt.

Sie war besser, als er erwartet hatte. Sie war ruhig und effizient und leistete klaglos Überstunden. Er hatte nicht lang gebraucht, um zu merken, dass sie in ihn verschossen war. Es war schwer, sich nicht geschmeichelt zu fühlen. Er wurde bald vierzig. Sie war neunzehn und auf süße, weibliche Weise erotisch: mit seidig dunklem, taillenlangem Haar; großen, weichen Augen; und einem winzigen Körper, klein, aber perfekt. Neben ihren ein Meter sechzig fühlte er sich wie ein Riese.

Wenn er ehrlich war, gefiel es ihm, wie sie ihn anhimmelte und an seinen Lippen hing. Er hatte nie auf unterwürfige Mädchen gestanden, aber in letzter Zeit konnte er verstehen, dass es reizvoll sein könnte, ein Mädchen zu haben, mit dem man anstellen konnte, was man wollte. Manchmal saß er nur an seinem Schreibtisch und kam ins Träumen. Dann malte er sich aus, wie er Mariko in sein Büro rief und ihr befahl, auf die Knie zu gehen und ihm einen zu blasen. Sie würde seinen Befehl auf der Stelle ausführen, und dieser Vorhang aus seidig langem Haar würde über seine festen, nackten Schenkel streichen. Ab und zu stellte er sich auch vor, wie es wäre, sie über den Schreibtisch zu beugen und zu nehmen, und wie sie aus Lust zu maunzen beginnen würde, wenn er ihn ihr reinsteckte.

Dann schreckte er jedes Mal hoch und fragte sich, woher zum Teufel diese Gedanken kamen. Er liebte Elizabeth, oder? Er hatte ein Gelübde abgelegt; sie war die Einzige, die er begehren sollte.

Nur dass er in letzter Zeit kein so schlechtes Gewissen mehr hatte, wenn ihm diese Gedanken durch den Kopf schossen. Die Gedanken waren schließlich frei, oder?

Er sah auf die Uhr am Bett. Noch zwanzig Minuten, bis die Pizza kam. Er schaltete den Fernseher aus und sank in die Kissen zurück. Als er die Hand in die Boxershorts schob, war ihm durchaus bewusst, dass die Frau in seiner Fantasie keine Blondine war wie seine Frau.

Sie war vielmehr ganz eindeutig eine Brünette – eine zierliche, willige, seidig-haarige Brünette.

Er versuchte, sich davon nicht beunruhigen zu lassen.

45

Der Abend begann mit einem Streit. Nicht dass das ungewöhnlich gewesen wäre. Mit Johnny zusammenzuleben war keineswegs das Märchen, das Amber sich ausgemalt hatte. Es war eher eine endlose Achterbahnfahrt, unvorhersehbar und manchmal beängstigend. An manchen Tagen behandelte er sie wie eine Prinzessin. Nachdem sie *sich geliebt* hatten – wie sie es gern insgeheim nannte –, stützte er sich oft auf einen Ellbogen, strich ihr die Haare aus dem Gesicht und sah sie an, als wäre sie das Kostbarste auf der Welt. Dann war Amber überglücklich, dann hatte sie das Gefühl, dass ihr nichts Schlimmes passieren konnte.

Aber es gab auch andere Tage, düstere Tage, an denen ihn alles zu nerven schien, was sie tat. Sie lebte in der ständigen Furcht, ihn auf dem falschen Fuß zu erwischen, ihn ungewollt zum Ausrasten zu bringen. Doch sie fand sich damit ab, weil sie ihn liebte. Und sie wusste, dass er sie im Grunde seines Herzens auch liebte. Sonst wäre er schließlich nicht zu ihr gezogen. Es war das erste Mal, dass jemand sich so zu ihr bekannt hatte.

Doch an diesem besonderen Freitagabend hatte sie von Anfang an ein komisches Gefühl. Johnny war absolut finster drauf, seit er mit Brett, seinem Manager, telefoniert hatte. Er hatte gerade erfahren, dass der angeblich todsichere Vertrag geplatzt war. Zum Trost hatte Brett ihm einen zweiwöchigen Gig in den Casinos von Las Vegas angeboten. Daraufhin hatte Johnny das Telefon aus der Wand gerissen und durchs Zimmer gepfeffert.

»Dieses dumme, nutzlose Arschloch!«, hatte er gebrüllt.

Der Hörer schlug nur eine Handbreit neben Amber auf, die im Schneidersitz auf dem weißen Leinensofa saß und in der *Vogue* blätterte. Sie zuckte nicht einmal zusammen, als das Telefon auf sie zugeflogen kam. Inzwischen war sie Johnnys Ausbrüche gewohnt. Sie war schon mit Schlimmerem bombardiert worden.

»Und wirst du annehmen?«, fragte sie gedankenverloren.

Ihr war sofort klar, dass das keine gute Frage gewesen war.

»Annehmen?« Johnnys Stimme war nur ein Zischen. »Fragst du mich im Ernst, ob ich daran denke, dieses bekackte Scheißangebot anzunehmen?«

Sie ließ die Zeitschrift sinken.

»Nein, Johnny, natürlich nicht.« Jetzt klang sie nervös, versöhnlich. Aber das schien nicht zu wirken.

»Ich meine, glaubst du im Ernst, mehr bin ich nicht wert?« Langsam kam er auf sie zu. Sie presste sich in die Polster, und ihr Herz begann, schneller zu schlagen. »Glaubst du im Ernst, ich bin so Scheiße, dass ich mich mit einem Zehnminuten-Slot im Cesar's Palace zufriedengeben muss, wo ich zwischen einer billigen Stripperin und einem achtzigjährigen Zauberkünstler auftreten darf? Glaubst du wirklich, das ist meine Liga?«

Er war nur noch ein paar Schritte von ihr entfernt, als sein Zorn verpuffte. Seine Schultern sackten nach unten, und er sagte fast trostlos: »Fuck, vielleicht hast du recht.«

Amber hasste es, wenn er sich so hängen ließ, das war fast schlimmer als die Wutausbrüche. Seine Schwarzseherei und seine Hoffnungslosigkeit; die peinigenden Selbstzweifel angesichts der in Aussicht gestellten Möglichkeiten, die sich letztendlich doch nicht eröffnet hatten. Besonders schwer war für ihn, dass er gleichzeitig mit ansehen musste, wie gut es bei ihr lief. Sie war beinahe erleichtert gewesen, als sie in der vergangenen Woche den Vertrag für Get Fit, die Sportbekleidungsmarke, nicht bekommen hatte.

Sie sprang auf, eilte zu ihm hin und schlang die Arme um seinen Hals. Auf Zehenspitzen stehend, drückte sie einen Kuss auf seinen starren Mund.

»Es tut mir leid, Baby.« Sie begann, seinen Hals abzuküssen. »Wirklich.«

Als er nicht reagierte, schob sie eine Hand nach unten und presste sie auf seine Jeans. »Vielleicht kann ich dich irgendwie wieder aufrichten …

Aber er schüttelte sie ab. »Vergiss es. Ich bin nicht in Stimmung, okay?«

Er stakste an den Barschrank und schenkte sich einen Whisky ein. Sie versuchte, sich seine Zurückweisung nicht zu Herzen zu nehmen. Es war nicht persönlich gemeint, sagte sie sich. Sie wusste, dass er am Durchdrehen war, wenn etwas mit seiner Musik nicht klappte.

»Warum gehen wir nicht aus?«, schlug sie mit aufgesetzter Fröhlichkeit vor. »Heute Abend macht doch dieser neue Club auf, das Dynamite. Alle werden da sein …«

Endlich drehte er sich um und lächelte sie an, und auch wenn sie ihm ansah, dass ihn die Geste Mühe kostete, fiel ihr doch ein Stein vom Herzen, dass der nächste offene Streit abgewendet war.

»Klar«, sagte er. »Warum nicht?«

Falls sich Johnnys Laune tatsächlich gebessert hatte, dann nur kurzfristig. Auf der Fahrt zum Club sprach er praktisch kein Wort mit ihr. Sobald sie drin waren, verschwand er, um mit ein paar Jungs abzuhängen, und ließ sie allein stehen. Immer wenn sie zu ihm gehen wollte, drehte er ihr den Rücken zu, als hätte er sie nicht gesehen. Sie nagte an ihrer Lippe. Sie konnte es kaum ertragen, wenn er sie so behandelte, wenn er sie nicht berühren und nicht wahrnehmen wollte.

»Wie wär's mit einer Line?«

Das Angebot kam von Luke, einem Freund, der ebenfalls als Model arbeitete. Amber zögerte. Sie versuchte seit einiger Zeit damit aufzuhören – wenigstens in der Öffentlichkeit. Rich warnte sie ständig, dass das Gift für ihren Ruf sei. Außerdem war ihr schon ganz schwummrig von den vielen Tequilas. Aber dann blickte sie zufällig ans andere Ende des Raumes und sah Johnny mit Mercedes Maguire reden. Amber spürte einen eifersüchtigen Stich. Sie hatte Gerüchte gehört, dass Mercedes ihr den Vertrag mit Get Fit weggeschnappt hatte. Vor einem halben Jahr war diese amerikanische Superblondine mit ihren Pamela-Anderson-Titten, ihrem strahlenden Lächeln und dem zerzausten Haar in der Szene von L.A. aufgekreuzt und seither auf allen Covern zu sehen. Soweit Amber wusste, waren sich Johnny und Mercedes noch nie begegnet. Aber vielleicht lag sie da falsch. Die beiden sahen aus, als hätten sie es sich in ihrer Sitzecke richtig gemütlich gemacht.

Sie wandte sich an Luke. »Keine schlechte Idee.«

Das Kokain wirkte zuverlässig. Sofort fühlte sie sich selbstsicher und kam wieder gut drauf. Energisch machte sie sich auf den Weg zur Bar. Als irgendwann auch noch ihre alte Clique auftauchte, begann sie richtig Spaß zu haben, vor allem beim Tanzen mit Devon oder beim Flirten mit Jim-Bob. Leider schien Johnny nichts davon mitzubekommen. Er hockte immer noch mit Mercedes in seiner Sitzecke. Nach einem weiteren Tequila fühlte sich Amber wieder besser.

»Hey. Bleib locker, Amber.«

Sie lachte über JB's besorgte Miene. »Nein, du solltest locker bleiben.« Sie wollte ihn auf die Schulter schlagen, verfehlte ihn aber, purzelte vom Barhocker und landete auf den Knien. Alle lachten. Ein paar Hände halfen ihr auf.

Pissen. Sie musste pissen, erkannte sie plötzlich. Unsicher torkelte sie durch den Raum. Immer wieder kam ihr jemand oder etwas in den Weg. Alles schien seitlich wegzurutschen. Wie auf einem Schiff, dachte sie träge.

Irgendwie schaffte sie es in einem Stück zur Damentoilette. Dort wartete eine lange Schlange. Sie versuchte zu zählen, wie viele Frauen vor ihr dran waren, gab aber wieder auf. Verdammt. Sie war nicht sicher, ob sie so lange warten konnte. Am Ende würde sie noch auf den Boden pinkeln. Der Gedanke brachte sie zum Kichern. Das Mädchen vor ihr drehte sich um und sah sie streng an, als wollte es sagen: *Was gibt es da verflucht noch mal zu lachen?* Amber ignorierte sie. Sie wartete, bis eine Kabine frei wurde, und drängelte sich dann vor, bevor jemand sie aufhalten konnte. Ein geballter Protestschrei stieg aus der Warteschlange auf. Doch nachdem Amber die Tür verriegelt hatte, konnten sie kaum was unternehmen.

Sie brauchte überraschend lang, um ihren Rock nach oben und den Slip nach unten zu ziehen. Sie ließ sich schwer auf den Porzellansitz fallen und lehnte den Kopf an die kühlen Fliesen. Offenbar war sie kurz weggetreten, denn als sie wieder zu sich kam, klopfte jemand an ihre Tür.

»Alles in Ordnung da drin?«, rief eine Stimme.

»Ja, ja«, murmelte sie und versuchte die Benommenheit abzuschütteln.

Sie mühte sich ab, ihren Slip wieder hochzuziehen. Scheiß drauf, beschloss sie schließlich. Dann ging sie eben unten ohne. Das würde sowieso keinem auffallen. Und auf der Heimfahrt wäre es eine nette Überraschung für Johnny.

Sie ließ ihren Slip in einem Knäuel neben dem Bindeneimer liegen und ging los, um Johnny zu suchen.

Sie fand ihn nicht mehr. Zwanzig Minuten später wurde sie im Notarztwagen ins Krankenhaus gefahren, um den Magen ausgepumpt zu bekommen. Aber erst nachdem ein zufällig anwesender Reporter unzählige Fotos geschossen hatte.

Sie schaffte es aufs Cover des *Celebrity Magazine*s. Das Bild zeigte sie bewusstlos auf der Couch im Dynamite liegend mit zwei Linien Kokain auf dem niedrigen Tischchen vor ihr und – für die besonders Begriffsstutzigen unter den Lesern – weißen Flecken rund um die Nase, die, wie sie schwor, nachträglich ins Bild retuschiert worden waren. Das Schlimmste war, dass der Fotograf das Bild von unten aufgenommen hatte, sodass man unter ihren Rock sah. Obwohl das Magazin die entscheidende Stelle geschwärzt hatte, war gut zu erkennen, dass sie keine Unterwäsche trug. Unter dem Foto war zu lesen: »Ist dies wirklich das Gesicht von Glamour?«

Das Magazin kam am Tag ihrer Entlassung aus dem Krankenhaus auf den Markt. Sie fühlte sich ohnehin äußerst verletzlich und hätte gut auf die Publicity verzichten können.

Johnny fand die Geschichte zum Totlachen.

»Dann haben sie dich eben ohne Höschen erwischt«, sagte er und warf die Zeitschrift zur Seite. »Wen interessiert das schon?«

Er schaltete den Fernseher ein, weil das Thema für ihn damit abgeschlossen war. Daraufhin fühlte sie sich vorübergehend besser, aber nur, bis Rich anrief. Sie hörte schon an seiner Totengräberstimme, dass er keine guten Neuigkeiten überbrachte. Er bemühte sich nicht einmal, sie ihr schonend beizubringen.

»Glamour hat deinen Vertrag gekündigt.«

»Das können sie nicht!«

Er seufzte tief. »Können sie wohl. Es gibt da eine Klausel, derzufolge der Vertrag fristlos gekündigt werden kann, wenn du etwas tust, das der Marke oder ihrem Ruf schaden könnte. Ich habe schon mit deinen Anwälten gesprochen, und die meinen, du hättest praktisch keine Chance. Die Hälfte der Glamour-Kundinnen sind Teenager. Offen gesagt kannst du dich glücklich schätzen, wenn sie dich nicht auf Schadensersatz verklagen.« Er machte eine kurze Pause. »Aber sie haben sich bereit erklärt, nicht vor Gericht zu ziehen, wenn du kein Theater machst.«

Diesmal fiel Amber ausnahmsweise keine schlagfertige Antwort ein. Sie schluckte schwer. Es gefiel ihr gar nicht, wie Rich »deine Anwälte« gesagt hatte – bis dahin waren es stets »unsere Anwälte« gewesen.

»Aber das war doch nur ein dummer Ausrutscher«, meinte sie kleinlaut. »Ich hatte doch nicht vor, so in der Zeitung zu landen …«

Rich blieb stumm. Sie hatte das dumpfe Gefühl, dass sie von ihm kein Mitleid erwarten konnte. Er hatte sie seit Wochen gewarnt, dass so etwas passieren würde. Sie räusperte sich.

»Fein«, erklärte sie mit aufgesetzter Selbstsicherheit. »Das mit Glamour ist wirklich schade, aber dann schließen wir eben neue Verträge ab. Sparkles und Night & Day haben mich angebettelt, bei ihnen zu unterschreiben. Und was ist mit Hiltman Jeans? Für die arbeite ich noch, oder?«

»Hiltman haben dich auch rausgeworfen.« Wieder ein schwerer Seufzer. Allmählich hatte sie den Eindruck, dass er diesen Ich-hab's-dir-gesagt-Anruf genoss. »Amber, ich glaube, du begreifst nicht, wie ernst die Lage ist. Ich war den ganzen Vormittag am Telefon. Niemand wird dir einen neuen Vertrag anbieten. Niemand will sich die Finger mit dir schmutzig machen.«

Er wartete kurz ab, um seine Worte nachwirken zu lassen. Als er weitersprach, klang seine Stimme weicher.

»Von hier aus gibt es nur einen Weg, Amber.«

»Und der wäre?«

»Du musst in Therapie gehen. Anders geht es nicht. Und du musst dich endgültig von Johnny trennen.« Er holte Luft, um zum entscheidenden Schlag auszuholen. »Sonst gehe ich auch.«

Sie weigerte sich, in Therapie zu gehen. Sie weigerte sich, Johnny rauszuwerfen. Als sie eine halbe Stunde später den Hörer auflegte, hatte Rich als ihr Manager gekündigt. Irgendwie war das noch schlimmer, als den Glamour-Vertrag zu verlieren. Rich hatte sie von Anfang an begleitet. Sie wusste nicht, wie sie ohne ihn zurechtkommen sollte. Vielleicht hatte er recht, und dies war das Ende ihrer Karriere.

Ihr war immer noch zum Heulen, als fünf Minuten darauf Elizabeth anrief. Offenbar war auch in der englischen *Heat* über den Skandal berichtet worden, und ihre große Schwester war von der Familie auserwählt worden zu intervenieren. Es wurde kein langes Gespräch. Genau wie Rich behauptete Elizabeth steif und fest, dass Amber Hilfe brauche, und Amber behauptete genauso steif und fest, sie brauche keine.

»Herrgott noch mal, Amber«, seufzte Elizabeth hörbar verärgert. »Kannst du nicht ein einziges Mal in deinem Leben deinen verantwortungslosen Egoismus vergessen und nicht nur an dich denken? Du weißt, wie krank Daddy ist. Wenn er etwas gar nicht brauchen kann, dann diese …«

Amber hatte das Gespräch weggedrückt, bevor Elizabeth den

Satz zu Ende sprechen konnte. Sie brauchte keine weiteren Vorträge. Wieso sollte sie überhaupt auf Elizabeth hören? Ihre große Schwester mochte noch so klug sein, sie arbeitete immer noch für ihren Vater – genau wie Caitlin. Nur sie, Amber, hatte es aus eigener Kraft zu etwas gebracht. Es war sonnenklar, dass die beiden neidisch auf ihren Erfolg waren.

Aber irgendwie war der Gedanke nicht besonders tröstlich. Erst Rich, jetzt Elizabeth. Und wenn sie beide recht hatten? War sie wirklich dabei, ihr Leben zu ruinieren?

Deprimiert kehrte sie ins Fernsehzimmer zurück. Johnny hing vor dem überdimensionalen Plasmabildschirm, den sie auf sein Drängen hin gekauft hatte. Sie brachte ihn dazu, den Ton leise zu stellen, bis sie ihm die ganze traurige Geschichte vorgeschluchzt hatte. Wie immer ließ er sich nicht aus der Ruhe bringen.

»Mach dir keine Sorgen.« Sein Blick wurde von der Action auf dem Bildschirm abgelenkt. »Ich hab so was schon tausendmal durchgemacht. In ein paar Tagen ist alles vergessen.«

»Echt?«, schniefte sie.

»Klar. Logisch. Fuck, wahrscheinlich hätte uns nichts Besseres passieren können. Da draußen warten haufenweise Leute, die dich managen wollen. Ich rede mal mit Brett und frage ihn, was er für dich tun kann.«

Amber lag auf der Zunge, dass Brett offenbar nicht allzu viel Geschick darin hatte, Arbeit für Johnny zu finden, aber dann schluckte sie die Bemerkung hinunter. Johnny konnte ein bisschen empfindlich werden, wenn sie davon anfing, dass er immer noch keinen Vertrag hatte. Nicht dass das etwas zu bedeuten hätte. Er hatte ihr das schon mehrmals erklärt. So etwas brauchte Zeit. Er musste abwarten, bis der Hype um Kaleidoscope abgeklungen war, bevor er sein Soloalbum rausbringen konnte. Und bis dahin sammelte er tonnenweise Ideen. Sobald er irgendwo unterschrieben hatte, wäre er wieder im Studio.

Johnny tätschelte das Sofapolster. »Komm zu mir, Baby. Ich hab was, das dich relaxt.«

Sie setzte sich neben ihn. Dann sah sie zu, wie er ein paar braune Krümel auf ein Stück Alufolie schüttete und anschließend sein Feuerzeug herausholte.

»Wenn ich das heiß mache, atmest du den Rauch ein, so tief du kannst«, erklärte er ihr.

Sie besah sich misstrauisch die Folie. »Was ist das?«

»Heroin.« Er sagte das ganz trocken, so als wäre gar nichts dabei.

Sie zuckte zurück. »Das nehme ich auf keinen Fall!«

Er lachte kurz auf.

»Mach dich locker«, meinte er. »Alles halb so wild. Das ist nicht wie eine Spritze, auf die Weise kannst du gar nicht süchtig werden. Es wird dich einfach entspannen und dir ein gutes Gefühl geben.« Er zwinkerte ihr zu. »Glaub mir, du wirst es lieben.«

Sie zögerte. Sie war nicht gerade prüde, wenn es um Drogen ging. Seit ihrer Zeit in Stirling Hall hatte sie sich immer wieder mit Kokain beholfen, um gut draufzukommen, und sie hatte auch nichts gegen einen gelegentlichen Joint, um wieder runterzukommen. Johnny hatte diese Neigung noch verstärkt. Gleich zu Anfang ihrer Beziehung hatte er ihr gezeigt, wie es ist, auf Ecstasy Sex zu haben, und das hatte sie wirklich umgehauen: Das Mittel verstärkte jedes Gefühl und ließ sie eine Wärme und Hingabe spüren, die sie noch bei keinem anderen Sexpartner empfunden hatte. Er kannte auch andere Tricks – manchmal rieb er etwas Kokain auf seinen Schwanz; es wirkte wie ein Betäubungsmittel, sodass er stundenlang durchhalten konnte.

Mit alldem hatte Amber nie ein Problem gehabt. Aber das hier war was anderes. Heroin hatte so etwas an sich, das Image, das damit verbunden war, diese Anzeigen in den Achtzigern mit den spritzenden Junkies. Aber so war Johnny nicht drauf. Und sie auch nicht. Wenn er sagte, dass es okay war … Sie würde es nur ein einziges Mal ausprobieren. Das war keine große Sache.

Er erhitzte die Folie und sie beugte sich vor, um die erste dünne Rauchspirale einzuatmen, wie er ihr gesagt hatte.

Sofort wurde ihr speiübel, und einen Moment wünschte sie,

sie hätte ihrem Instinkt vertraut und nicht mitgemacht. Aber eine Sekunde später war das vergessen. Weil die Übelkeit durch etwas ersetzt wurde, das sie ganz und gar nicht erwartet hatte – einen Rausch intensiver Lust, ein unglaublich euphorisches Gefühl, das besser war als alle Orgasmen ihres Lebens auf einmal.

Johnny bemerkte ihren Blick und grinste wissend. »Habe ich dir nicht gesagt, dass es gut ist?«

46

Elizabeth war nur selten wirklich nervös. Aber als sie bei Melvilles erster Modenschau unter Caitlins Regie als Chefdesignerin eintraf, spürte sie verblüfft, wie sich ihre Schultern versteiften und ihr Magen verkrampfte. Insgeheim befürchtete sie, dass heute Abend niemand kommen würde.

Vor einem Monat hatte sie die PR-Abteilung gebeten, ihr durchzugeben, wie viele Gäste zu der Show erscheinen würden – und zu ihrem Entsetzen erfahren, dass fast die Hälfte der Einladungen abgelehnt worden waren. Weitere zwanzig Prozent hatten sich nicht einmal die Mühe gemacht abzusagen.

Sie war zu Chantal, der Assistentin der PR-Leiterin, gestürmt.

»Was ist da los, verdammt noch mal?« Elizabeth hatte die Liste auf ihren Schreibtisch geknallt. »Warum will niemand kommen?«

Chantal hatte ihr mit bebender Stimme die Lage erklärt. »Wir haben den letzten Slot um neunzehn Uhr dreißig. Damit kommen wir direkt nach Stella McCartneys Show, die drüben im Westend stattfindet. Eigentlich würden alle lieber im Westend bleiben, als danach noch ins East End zu fahren.« Das Mädchen zögerte. »Die meisten halten das für unnötige Mühe, wo es nur um Melville geht…«

Es war eine Katastrophe. Wozu sollte eine wundersame Wiederauferstehung gut sein, wenn niemand da war, um sie zu bezeugen?

»Chantal, tun Sie mir einen Gefallen?« Elizabeth klang jetzt nachsichtiger, sie musste das Mädchen für sich gewinnen. »Finden Sie für mich die Schuhgrößen und Lieblingsfarben aller einflussreichen Moderedakteurinnen in New York, London, Paris und Mailand heraus. Wir müssen sicherstellen, dass alle kommen.«

Tags darauf wurden dreißig Paare von Caitlins neu designten Juliet-Schuhen – eng anliegenden Satin-Riemensandalen mit Killerabsätzen – versandt. Am Morgen darauf glühte die Telefonanlage unter den Anrufen der Redakteurinnen, die es sich anders überlegt hatten und doch zur Show kommen wollten. Elizabeths Plan war aufgegangen, genau wie vor vielen Jahren bei Motoyamas Frau.

Natürlich waren damit nicht alle Probleme gelöst. Es war wie verhext. Als sie heute Morgen aufgewacht war, hatte sie feststellen müssen, dass ein Schneesturm über der Stadt niedergegangen war. Und im Verlauf des Tages hatten sich die flauschigen Schneeflocken in graue Graupeln verwandelt. Den ganzen Nachmittag über hatte Elizabeth immer wieder verzweifelt zum grauen Himmel aufgeblickt und sich gefragt, ob sich die Großen und Wichtigen der Modebranche vom Wetter abschrecken lassen würden. Es war auch ohne alle Wetterkapriolen schlimm genug, dass Caitlin darauf bestanden hatte, die Show in Bermondsey zu veranstalten.

Aber als Cole jetzt von der Straße abbog, erkannte sie, dass sie sich grundlos verrückt gemacht hatte. Eine Schlange von Bentleys und Jaguars wartete darauf, dass der Parkservice die Wagen wegfuhr. Einer weiteren Schlange von schwarzen Taxis entstiegen durchgestylte Presseleute, um zwischen den Samtkordeln zum Eingang zu eilen.

Cole warf ihr einen Blick zu. »Glücklich?« Er hatte in den letzten Tagen am meisten unter ihrem Stress leiden müssen.

Sie lächelte dümmlich. »Erleichtert.«

»Gut.«

Ein Portier mit riesigem Golfschirm eilte herbei, um ihr die Wagentür zu öffnen. Elizabeth stieg graziös über eine Matschpfütze hinweg und fragte sich noch einmal, warum sie ihre Riemensandalen angezogen hatte. Sie würden den Abend auf keinen Fall überleben. Eine Hand flog an ihre kerzengeraden blonden Haare. Wenigstens kräuselten sie sich nicht in der feuchten Luft.

Cole warf dem Jungen vom Parkservice den Schlüssel zu und kam an ihre Seite.

Er nahm ihre Hand. »Komm. Gehen wir rein.«

Elizabeth sah zu ihrem Ehemann auf und war plötzlich unsagbar stolz auf ihn. Er sah immer gut aus, aber heute Abend war er umwerfend. Seine breiten Schultern füllten den Armani-Smoking problemlos. Er hatte in letzter Zeit viel mitmachen müssen. Wenn das erst überstanden war, würde sie sich wieder auf ihn konzentrieren.

Solange alles glattläuft, heißt das …

Aber es gab keinen Grund, warum es nicht glattlaufen sollte. Die Familie hatte zu diesem Anlass die Reihen geschlossen und war in voller Stärke erschienen, um dem Abend zum Erfolg zu verhelfen. Na schön, bis auf Amber.

Elizabeth spürte leise Gewissensbisse. Irgendwie wurde sie das Gefühl nicht los, dass Ambers Fernbleiben zum Teil ihre Schuld war. Vielleicht hätte sie den Anruf doch anders angehen sollen. Aber ihre kleine Schwester so in der Zeitung zu sehen hatte sie wirklich tief getroffen. Sie und alle anderen. Isabelle hatte Angst gehabt, die Bilder könnten bei William einen weiteren Herzinfarkt auslösen, darum hatte sie Elizabeth gebeten, sich an seiner Stelle um Amber zu kümmern. Sie hatte fest vorgehabt, ruhig zu bleiben, aber das Gespräch war frustrierend verlaufen, vor allem weil Amber um keinen Preis einsehen wollte, dass sie ein Problem hatte. Schließlich hatte Elizabeth ihr brüllend Vorwürfe gemacht, wodurch sie ihre kleine Schwester noch weiter von der Familie entfremdet hatte.

Sobald Elizabeth sich wieder beruhigt hatte, hatte sie den Streit bereut. Sie hätte sich gern mit ihrer Schwester versöhnt und war zu dem Schluss gekommen, dass sie ihre Unterstützung am deutlichsten zeigte, wenn sie Amber einlud, in der heutigen Show zu modeln. Diesmal hatte sie Caitlin bei Amber anrufen lassen, weil sie hoffte, dass die beiden nicht so leicht aneinandergeraten würden. Aber obwohl Caitlin mit Engelszungen auf sie eingeredet hatte, hatte sich Amber eisern geweigert und verkündet, sie sei sehr wohl in der Lage, selbst Arbeit zu finden, und brauche keine Wohltaten.

»Sie ist immer noch wütend«, hatte Caitlin ihr erklärt. »Gib ihr ein paar Wochen, dann können wir es noch mal versuchen.«

Elizabeth wusste, dass sie recht hatte. So schwer das für die Familie auch war, Amber war erwachsen, und niemand konnte ihr eine Entscheidung aufzwingen. Als Elizabeth jetzt in der ersten Reihe Platz nahm, verbannte sie Amber aus ihren Gedanken und dachte stattdessen an Caitlin und daran, wie nervös sie im Augenblick sein musste.

Hinter der Bühne war Caitlin glücklicherweise viel zu beschäftigt, als dass sie Lampenfieber bekommen konnte. Es waren nur noch ein paar Minuten bis zum Start der Show, und sie kontrollierte ein letztes Mal alle Models.

»Eure Tops müssen auf der Kleiderstange verwechselt worden sein«, sagte sie zu zwei Mädchen und blieb bei ihnen stehen, um sicherzugehen, dass sie die Stücke tauschten, bevor sie sich zu einem dritten Model umdrehte und sagte: »Vergiss nicht, du gehst erst bis zum Ende des Laufstegs und bleibst dort ein paar Sekunden stehen, bevor du die Jacke ausziehst.«

Sie hatte vorhin einen verstohlenen Blick durch den Vorhang geworfen und gesehen, dass sich der stadiongroße Zuschauerraum allmählich füllte. So viel hing von dem heutigen Abend ab, auch ihr persönlicher Ruf stand auf dem Spiel, das war Caitlin klar. Normalerweise veranstaltete Melville keine so großen Shows. Zum ersten Mal überhaupt hatte man Topmodels verpflichtet, und die Crème de la Crème der Modewelt war eingeladen worden. Sie hatte sogar mit dem Gedanken gespielt, einen der begehrtesten Produzenten der Modebranche zu verpflichten und die Show von ihm inszenieren zu lassen. Aber letztendlich hatte sie doch alles selbst gemacht. Es war ihre eigene Vision, da wollte sie sich auf keinen anderen verlassen.

Erst hatte sie eine Liste von möglichen Veranstaltungsorten zusammengestellt. Da gab es die üblichen Verdächtigen: Hotels, Museen … Aber nichts davon hatte ihr wirklich zugesagt. Sie wollte ihre Kollektion nicht in einem der üblichen minimalistischen weißen Räume vorführen. In ihren Designs ging es um London, um eine Verschmelzung des modernen und historischen London, und sie brauchte einen Ort, der genau das widerspiegelte. Schließlich hatte sie ein leer stehendes Lagerhaus im Künstlerviertel Bermondsey gefunden.

»Warum zum Teufel willst du die Show ausgerechnet dort veranstalten?«, hatte Elizabeth gefragt, als sie erstmals davon gehört hatte.

Aber sobald Caitlin in das denkmalgeschützte Gebäude getreten war, in dem einst Gewürze und Tees aus Fernost gelagert worden waren, hatte sie gewusst, dass es der ideale Veranstaltungsort war. Es besaß genau die historisierende Atmosphäre, nach der sie gesucht hatte – nackte Ziegelmauern, riesige Gewölbedecken und schmiedeeiserne Pfeiler. In diesem Ambiente brauchte sie praktisch keine weitere Dekoration. Ein Laufsteg, Stühle und Scheinwerfer waren leicht zu mieten und aufzustellen. Und schon war alles fertig.

Jetzt mussten ihre Designs für sich selbst sprechen. Sie wusste, dass William, Elizabeth und der Rest der Familie im Publikum saßen und ihr die Daumen drückten. Genau wie Lucien. Er hatte am Nachmittag einen Strauß geschickt. Er war ganz in Weiß gehalten: weiße Rosen, Lilien, Fresien und Gerbera – schlicht und elegant. Der arme Lucien. Wenn heute Abend alles gut ging, würde sie ihn endlich William vorstellen, nahm sich Caitlin vor.

Die Lichter gingen aus. Gleichzeitig verbannte sie Lucien, ihren Vater und alle anderen aus ihren Gedanken. Adrenalin schoss in ihre Adern. Das war er. Der Augenblick, auf den sie gewartet hatte.

Draußen im Zuschauerraum pulsierte die Luft. Schon lang vor dem Start der London Fashion Week war die neueste Melville-Kollektion zum Gesprächsthema geworden. Während die Journalisten, Prominenten und Modekommentatoren ihre Plätze einnahmen, redeten und schwatzten sie aufgeregt durcheinander.

Normalerweise war die Melville-Show ein Modefriedhof. Aber in den letzten Monaten hatte sich abgezeichnet, dass in dem altehrwürdigen englischen Modehaus etwas Aufregendes passierte. Unter den Accessoires gab es plötzlich süße »Must have«-Täschchen und zum Sterben schöne Schuhe. Dann waren – zumeist strategisch von Elizabeth platzierte - Gerüchte aus der Zentrale in der Albemarle Street gesickert, dass große Veränderungen bevorständen. »Da passiert was bei Melville …«

Jetzt warteten Presse und Käufer in gespannter Vorfreude, ob an dem Hype etwas dran war.

Zur Einstimmung des Publikums hatte Caitlin die Ouvertüre zu Henry Purcells *The Fairy Queen* ausgewählt. Sobald die Streicher, Trompeten und Oboen die ersten triumphalen, höfisch klingenden Akkorde anstimmten, erstarben die Unterhaltungen. Dann hämmerte ein treibender Hip-Hop-Beat aus den Lautsprechern und unterfütterte die steife Barockmusik in einer brillanten Kombination aus Klassik und Moderne, die ein Freund im Musikbusiness eigens für Caitlin zusammengefügt hatte.

Ein grellweißer Spot beleuchtete den Laufsteg. Das Model Sapphire Klint trat auf. In ein eng anliegendes Korsett in tiefem Lila geschnürt, die Beine in eine hautenge, schwarzlederne Joghpur-Hose gezwängt und mit dazu passenden Reithandschuhen ausstaffiert, sah sie aus wie eine moderne Wegelagerin. Während sie in ihren Leckt-mich-Stiefeln vorbeimarschierte, ließ sie über dem Publikum eine Peitsche knallen. Ihre zerzausten Haare quollen unter einem Dreispitz hervor; die leicht geteilten Lippen waren dunkel wie Schwarzkirschen.

»Das ist fantastisch!«, flüsterte die Chefeinkäuferin von Harvey Nichols ihrer Nachbarin zu. Die InStyle-Moderedakteurin war zu eifrig damit beschäftigt, alle Details zu notieren, um ihr zuzustimmen.

Atemlos und mit begeistertem Applaus verfolgte das Publikum, wie ein Mädchen nach dem anderen über den Catwalk spazierte, eines sensationeller als das andere, in Jacken aus Knautschsamt, Neckholder-Tops aus Satin oder elegante Abendroben aus unzähligen Metern Spitze gekleidet. Die Kollektion war heiß, hip und sinnlich – Wörter, die bis dahin kein Mensch im Zusammenhang mit Melville gebraucht hätte.

»Die Kleider waren schlicht eine Pracht!«, begeisterte sich die Modereporterin der *Times*, als sie nach der Show eine Kurzrezension ins Telefon diktierte. »Kostümschinken trifft auf Clubscene.«

»So etwas Aufregendes habe ich nicht mehr gesehen, seit Tom Ford bei Gucci eingestiegen ist«, wurde die Chefredakteurin von *Women's Wear Daily* mehrmals vernommen.

Die After-Party fand in den todschicken Räumlichkeiten des *Annabel's* am Berkeley Square statt. Der Ort war von William ausgewählt worden und sollte an die Glanzzeiten der Firma in den sechziger und siebziger Jahren erinnern. Als die Familie Melville in dem Privatclub eintraf, rauften Journalisten, Fotografen und Kameracrews darum, sie über den neuen Look des Hauses zu befragen. Natürlich stand Caitlin im Zentrum der Aufmerksamkeit. Nach der Show hatte sie ein barock inspiriertes Kleid aus burgunderrotem Samt mitsamt geschnürtem Mieder und vollem Rock angezogen, das an der Büste und den Ärmeln mit alter Spitze gesäumt war. Das dekadente Kostüm fing die Atmosphäre der Kollektion perfekt ein, und alle wollten ein Foto davon machen.

William trat neben sie und legte den Arm um ihre Schultern.

»Was Sie heute Abend gesehen haben, ist der erste Schritt auf unserem Weg, der Welt zu beweisen, dass Melville immer noch die große Firma ist, die es seit jeher war. Und ich möchte Ihnen die Person vorstellen, die dafür verantwortlich ist, meine wunderbare, talentierte Tochter Caitlin.«

Er drückte sie. Gleißende Blitzlichter flammten auf, und Dutzende von Fotografen hielten diesen Augenblick für alle Zeiten fest.

Elizabeth stand abseits, schaute zu und fragte sich, warum sie nicht glücklicher war. Das war genau das, worauf sie hingearbeitet hatte, jener Kickstart, den die Marke unbedingt brauchte. Aber sie war auch nur ein Mensch. Und zuzusehen, wie Caitlin alle Lorbeeren erntete, war nicht leicht. Vor allem, da Elizabeth genau wusste, dass der heutige Abend ohne ihre Anstrengungen nie stattgefunden hätte.

Gegen Mitternacht zog das PR-Team los, um die ersten Morgenzeitungen zu kaufen, und brachte sie direkt ins Annabel's. Alle Mode- und Wirtschaftsseiten machten mit der gleichen Schlagzeile auf: »Vater und Tochter hauchen Melville neues Leben ein«, darunter kam das Bild von William, der Caitlin an sich drückte. Sein Gesicht zeigte jenen väterlichen Stolz, in dem sich Elizabeth auch gern gesonnt hätte.

Piers stand neben Elizabeth und strahlte. »Ist das nicht fantastisch? Caitlin hat mit ihrer Kollektion deinen Vater überglücklich gemacht.«

Wie auf Autopilot begann Elizabeth zu nicken und zu lächeln. Sie war so damit beschäftigt, so zu tun, als würde sie sich für Caitlin freuen, dass ihr gar nicht auffiel, wie selbstzufrieden Piers sie ansah.

Cole wusste nicht recht, was in Elizabeth gefahren war. Erst war sie bester Laune gewesen, aber plötzlich wirkte sie reizbar und nervös und bestand darauf, sofort heimzufahren. »Aber du hattest noch gar keine Gelegenheit, mit deinem Dad zu sprechen«, protestierte Cole.

»Das kannst du ja übernehmen«, fuhr sie ihn an. »Wir sehen uns draußen.«

Cole spürte, dass sie sich wünschte, er würde sie begleiten, aber er würde nicht gehen, ohne William wenigstens »Hallo« gesagt zu haben. Er wusste, wie schnell sein Schwiegervater eingeschnappt war.

Er fand William in einem Kreis von Melville-Vorstandsmitgliedern. Erst nach einer Weile bekam Cole ihn allein zu sprechen. Er gab die erwarteten Kommentare zu Williams blendendem Aussehen ab. »Und wie ist es, wieder zu arbeiten?«

»Gut«, antwortete William leicht unsicher. Er fühlte sich in Gegenwart seines dynamischen, erfolgreichen Schwiegersohns nie wirklich wohl. »Ehrlich gesagt weiß ich nicht, wie lange ich das Zuhausebleiben noch ertragen hätte«, ergänzte er. »Isabelle hat mich fast zum Wahnsinn getrieben!«

Cole lächelte. »Es ist jedenfalls eine aufregende Zeit für die Firma«, erklärte er großzügig, weil er wusste, wie William nach jedem Lob hungerte. Er sah sich im Raum um. »Dieser Abend war eindeutig ein Coup für Melville.«

Seine Schmeichelei entspannte William sichtlich. »Ja«, stimmte er zu. »Ich habe nie daran gezweifelt, dass die Show ein Riesenerfolg wird. Aber sie hat meine Erwartungen sogar übertroffen.« Beide Männer verstummten und nahmen einen Schluck von ihren Drinks. »Und wie läuft es bei dir?«, fragte William dann.

Cole nickte langsam. »Gut«, wiederholte er Williams Antwort von vorhin. »Es war … na ja, ziemlich hektisch, seit wir hergezogen sind.«

Er zögerte und überlegte, wie er seine Bitte am besten formulieren sollte. Er hatte auf einen geeigneten Zeitpunkt gewartet, William zu fragen, ob er nicht auf Elizabeth einwirken konnte, etwas kürzerzutreten. Cole hatte alles versucht, damit sie sich entspannte und die Arbeit nicht ganz so ernst nahm, aber er schien nicht zu ihr durchzudringen. Auf ihren Vater hörte sie dagegen, vielleicht hätte William ja mehr Glück als er und würde etwas bei ihr erreichen. Dummerweise kam Caitlin zu ihnen, ihren abendlichen Begleiter im Schlepptau, bevor Cole das Thema anschneiden konnte. »Entschuldige die Unterbrechung«, sagte sie zu William. Ihr Gesicht war gerötet, und ihre Augen glänzten aufgeregt. »Aber da ist jemand, den ich dir vorstellen möchte.«

Cole betrachtete den auffallenden jungen Mann an ihrer Seite mit unverhohlenem Interesse. Mit seinen langen, schwarzen wallenden Haaren und der gespenstisch blassen Haut strahlte er etwas beinahe Ätherisches aus. Er war ganz eindeutig irgendein Kunstheini. Ein Anwalt oder Controller hätte sich kaum in diesem Aufzug blicken lassen: in schwarzer Wildlederhose, schwarzem Hemd mit offenem Kragen und einem tiefroten Halstuch. Für Coles Geschmack alles viel zu feminin.

Cole konnte sich schon ausmalen, was William von ihm halten würde. Er wusste nur wenig über Caitlin, aber so wie er es sah, würde sie ihrem Vater einen Freund nur vorstellen, wenn es ihr ernst war. Und soweit er William kannte, war er nur schwer zufriedenzustellen.

Er wünschte, er hätte bleiben und verfolgen können, was sich gleich abspielte. Aber er hatte Elizabeth schon lang genug warten lassen. »Ich lasse euch dann alleine«, sagte Cole widerwillig. *Viel Glück*, ergänzte er im Stillen, während er wegging. *Ihr werdet es brauchen.*

William musterte Lucien mit dem Argwohn eines Vaters, der zum ersten Mal dem Freund seiner Tochter begegnet. Cole hatte richtig vermutet, der Franzose war deutlich *alternativer*, als ihm lieb war. Aber Lucien hatte sich einem rigorosen Verhör unterziehen lassen müssen und selbst die bohrendsten Fragen nach seiner Arbeit und seinem familiären Hintergrund mit einer Leichtigkeit und Offenheit beantwortet, die darauf schließen ließen, dass er nichts zu verbergen hatte.

»Lucien hat zurzeit eine Ausstellung«, meldete sich Caitlin zu Wort und ließ dabei den Blick ängstlich zwischen Vater und Freund hin und her wandern. Sie konnte nicht absehen, wohin das Gespräch führen würde. »In einer fantastischen Galerie in Hoxton.«

»Ach ja?« William schien nicht beeindruckt. Er wusste nicht recht, was er von diesem Fotografie-Zeugs halten sollte.

Aber falls Lucien Williams lauwarme Reaktion auffiel, so ließ er sich das nicht anmerken. Das typisch gallische Selbstbewusstsein ließ offenbar alles an ihm abprallen. »Natürlich würde ich mich sehr freuen, wenn Sie irgendwann vorbeikämen«, erklärte er generös.

In diesem Moment sah William zufällig auf und bemerkte, dass Isabelle seinen Blick suchte. Sie hatten vereinbart, um eins zu fahren, und jetzt war es fast halb zwei. Er stellte seinen Drink auf dem Tisch ab. »Caitlin, wir müssen jetzt los«, sagte er. »Kommst du auch mit?«

Sie sah sich im Raum um. Allmählich machten sich die Gäste auf den Heimweg, aber noch war die Party in vollem Gang. Sie wollte den Abend so lange wie möglich auskosten. »Ich glaube, ich bleibe lieber noch ein bisschen, wenn es dich nicht stört«, sagte sie.

William zog die Stirn in Falten. »Soll ich dir den Wagen wieder herschicken?«

Ehe Caitlin darauf antworten konnte, hatte Lucien beschützend den Arm um ihre Schultern gelegt. »Ich werde dafür sorgen, dass sie sicher nach Hause kommt, Sir.«

William sah ihn erstaunt an, dann breitete sich ein Lächeln auf seinem Gesicht aus. »Also, vielen Dank, Lucien«, sagte er. »Und bitte nenn mich William.«

Gegen vier Uhr morgens war die Party zu Ende. Caitlin saß mit angezogenen Beinen auf einem der prallen Ledersofas und schaute den letzten Gästen zu. Eine einsame Frau bewegte sich schwankend über die Tanzfläche und sang unhörbar ein altes Madonna-Stück mit; ein paar Angestellte aus ihrem Team hatten sich an der Bar um eine Tequilaflasche versammelt und becherten lautstark. Sie winkten Caitlin zu sich, aber sie schüttelte lachend den Kopf. Sie genoss den Rausch ihres Erfolges.

Lucien kam zu ihr. »Der Wagen wartet.«

Caitlin seufzte. »Dann war es das wohl.« Sie sah sich ein letztes Mal im Raum um.

»Komm, *Chérie*.«

Lucien half ihr auf. Hand in Hand verließen sie das Lokal.

Nach jenem Abend in seinem Apartment, an dem sie ihr Herz ausgeschüttet hatte, war zwischen ihnen endlich alles ins Lot gekommen. Sie hatte ihm alles erzählt: wie ihre Mutter gestorben war und sie erstmals von William erfahren hatte. Wie sie Irland verlassen hatte, um zu den Melvilles zu ziehen. Von ihrem Gefühl, nicht nach Aldringham zu passen. Von Greycourt und allem, was ihr dort widerfahren war. Von ihrer Flucht nach Paris und dem Wunsch, ganz neu anzufangen und die Vergangenheit mitsamt ihrer Familie zu vergessen. Ohne das wirklich zu schaffen.

»Ich wünschte, ich hätte das alles gewusst«, hatte Lucien ihr gestanden, als sie schließlich verstummt war. »Dann hätte ich dich nicht so gedrängt.«

»Vielleicht, aber eigentlich ging es nicht darum. Ich nehme an … also, ich wollte wohl nicht, dass du mich bemitleidest.«

Er hatte ihre Hand an seine Lippen gehoben. »Ich glaube nicht, dass dich irgendjemand bemitleiden könnte.«

Diesmal knüpften sie ihre Beziehung viel behutsamer. Und es war ein gutes Gefühl. Zum ersten Mal überhaupt war sie wirklich glücklich und gelöst.

Sie stiegen in den Wagen, der sie zum Eaton Square fahren würde, wo sie immer noch wohnte. Der Fahrer blieb diskret hinter dem Steuer, während sie sich verabschiedeten. Lucien legte zärtlich die Hand auf ihre Wange.

»Dors bien, ma petite.«

Er senkte den Kopf, strich mit seinen Lippen über ihre und öffnete ihr die Wagentür.

Sie zögerte, und plötzlich wurde ihr schlagartig klar, genau wie damals vor vielen Jahren in der Pariser Oper – Lucien war der Richtige. Sie wollte ihn nicht verlassen, weder jetzt noch irgendwann. Und endlich fühlte sie sich bereit, alles hinter sich zu lassen, sich Lucien so hinzugeben, wie sie es bis dahin nicht gekonnt hatte.

»Lucien?«, sagte sie unvermittelt.

»Ja, *Chérie*?«

»Weißt du, eigentlich möchte ich noch nicht nach Hause.«

Er zog eine Braue hoch. »Nein?«

»Nein.« Dann sagte sie, fast schüchtern: »Ich glaube, ich möchte lieber mit zu dir.«

Ihre Blicke trafen sich. Ein unausgesprochenes Verständnis verband sie. Er sah sie lange an und sagte dann: »Das möchte ich auch.«

Die Straßenlaterne tauchte den Raum in fahles Licht. Sie standen in der schattigen Dunkelheit, dicht beieinander, aber ohne sich zu berühren. Caitlin spürte Luciens Zögern, drehte ihm den Rücken zu und fragte: »Kannst du mir hierbei helfen?«

Während er langsam und behände die Bänder ihres Korsetts löste, huschten seine Finger immer wieder über ihren nackten Rücken und ließen erste Flammen der Lust aufzüngeln. Anschließend löste er die Schleifen des Rockes, und das Kleid fiel von ihr ab.

Die Scheinwerfer eines vorbeifahrenden Autos strichen durch den Raum. Caitlin sah sich kurz in dem Spiegel, der auf der Rückseite der Tür hing: perlweiße Haut unter den tiefroten Akzenten ihrer Unterwäsche. Zum ersten Mal überhaupt empfand sie keine Scham. Im Spiegel fing sie Luciens Blick auf. Er hatte sich von ihr gelöst und auf die Bettkante gesetzt, sodass sie allein mitten im Raum stand. Ihr altes Ich hätte sich bloßgestellt und verletzlich gefühlt. Aber jetzt empfand sie etwas anderes – Sinnlichkeit und Kühnheit.

Sie drehte sich zu ihm um und labte sich daran, wie seine Augen über ihren Körper wanderten, über die schweren Brüste und die weichen Hüften, und wie er sich an ihrem Anblick satt trank. Sie hätte zu ihm aufs Bett kommen können, aber diesmal hatte sie keine Eile. Stattdessen hob sie die Hände und begann die Kämme zu lösen, die ihre kunstvolle Frisur hielten, bis die tintenschwarzen Locken über ihre Schultern fielen. Als sie damit fertig war, stellte sie sich in Pose und stemmte die Hände in die Hüften. »Was meinst du?«

»Sehr schön.« Er lächelte. »Aber du hast für meinen Geschmack immer noch zu viel an, *Chérie.*«

Eine Sekunde später lagen BH und Slip neben ihrem Kleid auf dem Boden. Splitternackt ging sie auf ihn zu und baute sich vor ihm auf.

»Ist es so besser?« Ihre Stimme klang tief und rauchig.

Auf Luciens Gesicht erstrahlte ein Lächeln. »Viel besser.«

Sie sahen sich lang an, ohne dass einer ein Wort gesagt hätte. Dann senkte Caitlin die Hand und begann sich zu streicheln. Sie begann mit ihren Brüsten, massierte das weiche, cremige Fleisch in kleinen Kreisen und leckte dann Daumen und Zeigefinger an, um besser mit ihren blassrosa Nippeln spielen zu können, bis sie voll und fest emporstanden.

»*Mon dieu,* Caitlin …« Lucien war wie in Trance, erschrocken und begeistert zugleich über ihre Veränderung. »Gott …«

Seine Augen folgten ihren Händen, die langsam über ihren Bauch abwärtswanderten, tiefer, und immer tiefer, um zuletzt zwischen ihren Beinen zu verschwinden und sie zu streicheln, bis sie feucht und für ihn bereit war.

Nach einer Weile nahm sie seine Hand und legte sie ebenfalls dorthin. Wie hypnotisiert ließ sich Lucien von ihr leiten, immer noch fassungslos über ihre Veränderung und überglücklich, Lust aus ihrer Lust zu ziehen. Erst als er es nicht mehr aushielt, nahm er die Hand weg und zog Caitlin zu sich aufs Bett.

Als er endlich in sie eindrang, waren beide kurz vor dem Höhepunkt. Und als der Orgasmus sie Sekunden später in riesigen, atemberaubenden Wogen überrollte, hielt Lucien sie mit aller Kraft fest und wusste, dass er sie nie wieder loslassen würde.

Vierter Teil

Mai 2004 – Dezember 2004

47

Financial Times – Wirtschaftsmeldungen
LONDON, 2. Mai
Melville wieder in Mode

Das englische Modehaus Melville hat gestern neue Rekordzahlen vorgelegt. Der im Vergleich zum Vorjahr verdoppelte Umsatz zeigt, wie populär die einst verpönte Marke wieder ist.

Der Zuwachs ist umso beeindruckender, als Analysten das Unternehmen vor drei Jahren praktisch abgeschrieben hatten. Damals rechnete die Börse damit, dass Melville einer feindlichen Übernahme durch den französischen Luxuswaren-Tycoon Armand Bouchard zum Opfer fallen würde. Bouchard sah lediglich aufgrund der Eigentümerstruktur der Firma, deren Aktienmehrheit immer noch in Händen der Familie Melville liegt, davon ab, ein Angebot abzugeben. Bouchard prophezeite damals, das Firmenvermögen werde weiter schwinden, bis der Familienpatriarch und Vorstandsvorsitzende William Melville gezwungen sei, ihm seine Anteile zu einem weitaus niedrigeren Preis zu überlassen.

Diese Prophezeiung hat sich nicht erfüllt. Nach einem Jahrzehnt mit mäßiger Performance ist der Kurs der Melville-Aktie innerhalb der letzten sechs Monate erheblich gestiegen. Beim gestrigen Analystenbriefing erklärte William Melville, die Geschäfte gäben zu weiteren Steigerungen Hoffnung.

Allerdings sind die jüngsten Gewinne weniger ihm als der

jüngeren Generation zu verdanken, die im Unternehmen inzwischen die Schlüsselpositionen übernommen hat. Vor allem seine Tochter Caitlin soll in ihrer Eigenschaft als Creative Director eine entscheidende Rolle dabei gespielt haben, der dahinsiechenden Firma neues Leben einzuhauchen. Ihre visionären Kollektionen haben die Branchenexperten begeistert und die Kunden wieder in die Geschäfte gelockt.

Da William Melville nächstes Jahr fünfundsechzig wird, wird allgemein erwartet, dass er aus den Reihen der Familie einen möglichen Nachfolger benennt. Die Zufuhr von frischem Blut könnte den Aktienkurs zusätzlich beflügeln.

Empfehlung: Kaufen.

Caitlin las den Artikel zu Ende und heftete ihn in ihrer Pressemappe ab. Inzwischen war der ledergebundene Ordner fast drei Zentimeter dick und lag schwer in ihrer Hand. Zwei weitere, ähnlich dicke Ordner standen auf dem Regal in der Ecke ihres Büros. Die PR-Abteilung schickte zuverlässig jeden Artikel über die Firma in Kopie an alle Vorstandsmitglieder. Es war wirklich schön, einen so enthusiastischen Bericht zu erhalten. Als sie in der Firma angefangen hatte, hatte sie ganz andere Sachen zu lesen bekommen. Sie konnte sich noch gut an die negativen Kommentare erinnern, an die Hoffnungslosigkeit und Verzagtheit, die alle Angestellten ausgestrahlt hatten. Wenn sie jetzt durch die Glasscheibe ihres Büros in das Designstudio blickte, sah alles ganz anders aus. Das Atelier brummte vor Geschäftigkeit. Es war schwer zu glauben, wie viel sich in nur zwei Jahren verändert hatte.

Am Abend der ersten Modenschau war Caitlin klar gewesen, dass ihre Entwürfe gut angekommen waren. Das hatte ihr die Reaktion des Publikums gezeigt. Aber nicht einmal sie hatte geahnt, welche Begeisterung sie ausgelöst hatte, bis sie am nächsten Morgen bei Melville im Showroom gestanden hatte. Dort drängten sich so viele Menschen, dass sie kaum durch die Tür kam.

»Was ist denn hier los?«, fragte sie einen ihr unbekannten Mann.

Er war Einkäufer bei Liberty, einem von vielen Kaufhäusern, die Melville jahrelang ignoriert hatten und sich jetzt aus der Deckung wagten.

»Ich habe die Show gestern Abend verpasst«, gestand er. »Und jetzt könnte ich mich in den Hintern beißen, weil sie der absolute Wahnsinn gewesen sein soll.«

»Ach ja?« Caitlin konnte ihre Freude nicht verhehlen.

Er hörte das und fragte: »Hey, arbeiten Sie etwa hier? Wenn ja, dann könnten Sie mir vielleicht einen Termin bei der Chefdesignerin verschaffen.«

Er war nicht der einzige Einkäufer, der ohne Termin aufgetaucht war; viele hatten genau wie er die Show gar nicht gesehen. Aber alle hatten dasselbe Gerücht gehört: Die Herbstkollektion von Melville war glühend heiß.

Im Verlauf des Vormittags trafen immer mehr Kunden ein, die alle durcheinanderredeten, gegeneinander anschrien und eine Order aufzugeben versuchten.

Gegen Mittag tauchte auch Elizabeth auf. Caitlin war noch nie so erleichtert gewesen, jemanden zu sehen. »Ist das zu glauben?«, fragte sie halb fassungs- und halb hilflos.

Elizabeth warf einen kühlen Blick in den überfüllten Raum. »Wirklich beeindruckend«, erklärte sie knapp. »Aber du hast Wichtigeres zu tun. Inzwischen hat jede wichtige Modezeitschrift und -zeitung der Welt angerufen, alle wollen ein Interview mit dir. Die PR übernehme ich vorerst selbst.« Sie reichte Caitlin ein Blatt Papier. »Das ist eine grobe Terminplanung für die nächsten zehn Tage. Heute Abend geht dein Flug.«

»Mein Flug?«, wiederholte Caitlin. »Wohin denn?«

Elizabeth runzelte die Stirn. »Nach New York natürlich.« Sie warf einen Blick in ihr Notizbuch. »*Harper's Bazaar* und *Womens' Wear Daily* sind die Ersten auf deiner Liste.« Dann warf sie Caitlin einen kritischen Blick zu. »Du hast hier eine Superkollektion aufgezogen, Caitlin. Das ist deine Chance, Werbung dafür zu machen und, was noch wichtiger ist, Werbung für Melville.«

Damit drehte sie sich um und stakste davon.

Mehr an Glückwünschen bekam Caitlin von Elizabeth nicht zu hören.

Die nächsten zehn Tage waren ein Irrsinn. Caitlin jettete von einer Hauptstadt in die nächste – von New York nach Tokio, dann nach Paris, Mailand und Madrid. Immer wieder beantwortete sie die gleichen Fragen.

»Verraten Sie uns, was Sie zu dieser Kollektion inspiriert hat.«

»Welche Vision haben Sie für Melville?«

»Warum haben Sie beschlossen, nach so langer Zeit für das Unternehmen Ihrer Familie zu arbeiten?«

Die letzte Frage beantwortete sie ebenso ausweichend wie alle persönlichen Fragen und sprach stattdessen lieber über ihre Entwürfe.

Als sie endlich wieder in London war, hätte sie eine Woche lang durchschlafen können. Aber zum Ausruhen blieb keine Zeit. Plötzlich war Melville *die* Marke, in der jeder gesehen werden wollte.

Zum ersten Mal zeigte sich das ein paar Wochen nach der Show, als Caitlin eines Montagmorgens ins Büro kam und Chantal aus der PR-Abteilung schon auf sie wartete. »Haben Sie *Paris Match* gesehen?«, fragte sie aufgeregt.

»Nein …«

Chantal reichte ihr eine Ausgabe der Zeitschrift. Das Cover zeigte den Hollywood-Liebling Kristina Gates beim Shopping in einem wunderschön geschnittenen Hosenanzug aus rotem Samt. Er stammte aus der neuesten Melville-Kollektion.

Sie war nicht der einzige Star, der in Sachen von Melville fotografiert wurde. Die Popprinzessin Cindy Simon nahm ihren Grammy als beste neue Künstlerin in einem bis zum Nabel geschlitzten schwarzen Satinkleid entgegen; das brasilianische Supermodel Alessandra wurde beim Tanzen in goldenen Hotpants mit dazu passenden Sandalen mit Keilabsatz fotografiert. Und dann kam der Anruf des Agenten der R'n'B-Sängerin Sapphire: »Sie fände es absolut genial, wenn Sie es einrichten könnten, die Outfits für ihre nächste Tour zu entwerfen …«

Da wusste Caitlin, dass sie ihr Ziel erreicht hatte. Die Marke war wieder cool und glamourös.

Seither hatte Caitlin vier weitere Kollektionen herausgebracht, die durchweg mit demselben Enthusiasmus aufgenommen worden waren wie die erste. Das Design Department war gewachsen. Sobald es das Budget erlaubte, hatte sie sechs neue Assistentinnen eingestellt. Diesmal hatte es nicht an Bewerbern gemangelt, und sie waren hoch qualifiziert. Letztes Jahr hatte William ihren Erfolg gewürdigt, indem er sie zum Creative Director befördert hatte, womit sie auch in den Vorstand aufgestiegen war.

Aber obwohl das Geschäft und damit ihre Verantwortung gewachsen war, gab Caitlin den Designprozess nicht aus der Hand. Jedes Stück, das auf den Markt kam, trug ihren Stempel. Denn letzten Endes liebte sie ihre Arbeit, sie empfand eine Leidenschaft fürs Entwerfen, die sie nicht erklären konnte. Das war keine Arbeit, das war pure Freude.

Der einzige dunkle Punkt in ihrer ansonsten strahlend hellen Welt war Elizabeth. In den letzten zwei Jahren hatte sich ihr Verhältnis zusehends verschlechtert. Elizabeth, einst das Familienmitglied, das ihr am nächsten gestanden hatte, war jetzt diejenige, die ihr am unzugänglichsten erschien. Zurzeit war ihre Beziehung fast so unterkühlt wie damals, als Caitlin nach Aldringham gekommen war. Inzwischen schien alles, was sie vorschlug, Elizabeth zu ärgern.

An diesem Nachmittag hatte es den jüngsten Zusammenprall gegeben. Sie hatten in der monatlichen Vorstandskonferenz gesessen. Caitlin hatte vorgeschlagen, ein Melville-Parfüm auf den Markt zu bringen.

»Viele andere Couture- und Prêt-à-porter-Marken haben in diese Richtung expandiert«, hatte sie ihre Präsentation abgeschlossen. »Nachdem der Preis deutlich niedriger wäre als für unsere Bekleidungslinie, könnten wir den Massenmarkt anzapfen und

Kapital aus unserem Namen schlagen, wodurch wir signifikante zusätzliche Profite erwirtschaften würden.«

Während der gesamten Präsentation hatte Elizabeth immer wieder schwer geseufzt und unruhig mit dem Stift geklopft. Sobald Caitlin verstummt war, meldete sie sich zu Wort.

»Ich werde auf gar keinen Fall zustimmen«, hatte sie gegeifert. »Immerhin habe ich die letzten zwei Jahre damit zugebracht, Melville vom Image einer Billigmarke zu befreien. Wie kannst du vorschlagen, jetzt wieder Produkte im Niedrigpreissegment zu verkaufen?«

Caitlin hatte versucht, vernünftig mit ihr zu reden. »Der Fall liegt hier ganz anders als damals bei Melville Essentials. Parfüm ist zwar preiswerter, aber das heißt nicht, dass es billig gemacht sein muss. Ich rede von einem teuren und besonders edlen Duft«, hatte sie ihre Worte an die anderen Vorstandsmitglieder gerichtet. »Richtig eingesetzt könnten wir damit die Marke noch bekannter machen.«

»Und wie?«, hatte Elizabeth geschnaubt.

»Eine gut platzierte Werbekampagne würde unsere Modelinie begleiten und unseren Namen noch weiter verbreiten.«

Aber nicht einmal als Caitlin argumentiert hatte, dass sie vermeiden konnten, den gleichen Fehler wie damals zu begehen, indem sie die Anzahl der Produkte beschränkten und sie nur in exklusiven Geschäften verkauften, war Elizabeth weich geworden. Schließlich musste über den Vorschlag abgestimmt werden. Nur Piers hatte Elizabeth unterstützt. Caitlin hatte Elizabeths verärgerte Miene gesehen, als William mit ihr gestimmt hatte. Beim Anblick ihrer wütenden Schwester war es ihr kalt den Rücken heruntergelaufen.

Caitlin hatte vorgehabt, abends in Elizabeths Büro vorbeizuschauen, um sie versöhnlicher zu stimmen. Aber als sie jetzt auf die Uhr schaute, beschloss sie, das zu lassen. Es war schon fast acht, und sie wollte heim zu Lucien. Das Gespräch mit ihrer Halbschwester konnte warten. Würden sie sich nicht sowieso nächsten Monat bei Coles Restauranteröffnung treffen? Obwohl Caitlin den Verdacht hatte, dass die Einladung, die sie am Morgen erhalten hatte, von ihrem Schwager und nicht von Elizabeth stammte, hatte sie dennoch das Gefühl, dass es vielleicht besser war, ihre Schwester in einer zwangloseren Situation anzusprechen. Damit war die Entscheidung gefallen, Caitlin griff nach ihrer Tasche und machte sich auf den Heimweg.

Sechs Monate nach jener ersten Modenschau war Caitlin offiziell bei Lucien eingezogen; allerdings hatte sie bis dahin kaum eine Nacht woanders verbracht. Sie hatte sich in die Wohnung fast sosehr verliebt wie er – sie erinnerte geradezu beängstigend an ihr Apartment in New York. Tatsächlich hatte Caitlin länger gezögert als Lucien, als er ein Jahr darauf vorgeschlagen hatte, sich nach einer größeren Wohnung umzusehen. »Das Apartment ist doch perfekt«, hatte sie gesagt. »Und wir sind glücklich hier.«

Rational und gelassen wie immer, hatte Lucien geantwortet: »In einer größeren Wohnung werden wir genauso glücklich sein.«

Natürlich hatte er recht. Und eine gemeinsame Wohnung zu kaufen, war aufregender und verbindender gewesen, als sie je für möglich gehalten hätte. Das Apartment wäre immer *seines* geblieben, während die Wohnung, die sie miteinander ausgesucht hatten, *ihr gemeinsames* Heim war und für ihre Verbindung als Paar stand.

Glücklicherweise hatten sie keine Schwierigkeiten gehabt, sich zu entscheiden. Sie waren sich einig, dass sie in Shoreditch im Dunstkreis von Hoxton Square, Spitalfields und Columbia Road Flower Market bleiben wollten, und ihnen gefielen die gleichen Häuser. Sobald sie das vierstöckige Stadthaus aus dem achtzehnten Jahrhundert sahen, wussten sie, dass sie ihr zukünftiges Heim gefunden hatten. Das Haus war hell, fröhlich und luftig.

»Allerdings muss es dringend renoviert werden«, hatte Caitlin William an dem Abend erzählt, an dem ihr Angebot akzeptiert worden war.

William hatte gebrummelt, dass er nicht verstehe, warum sie

nicht in einen Neubau gezogen waren, das sei »wesentlich weniger aufwendig«. Aber Caitlin und Lucien hatten gar nicht hingehört. Die letzten sechs Monate hatten sie jedes freie Wochenende und jeden freien Abend damit verbracht, das Haus liebevoll instand zu setzen, angefangen vom Keller, in dem sie eine Dunkelkammer für Lucien eingerichtet hatten, bis zum Speicher, der ihr helles, luftiges Atelier wurde.

Frischer Farbgeruch schlug Caitlin entgegen, als sie die Tür öffnete. Demnach war er heute endlich dazu gekommen, das Esszimmer zu streichen. Obwohl beide viel zu tun hatten, hatten sie sich fest vorgenommen, das Haus selbst zu renovieren, statt die Arbeiten zu vergeben. Allerdings bedeutete das auch, dass sie wesentlich länger brauchten.

Im Haus war alles still.

»Lucien?«, rief sie.

Keine Antwort. Sie ging das Erdgeschoss ab. Als er weder dort noch unten in der Dunkelkammer war, suchte sie oben weiter nach ihm.

Sie fand ihn ausgestreckt schlafend auf ihrem Bett, mit nichts als einer farbbekleckten Jeans am Leib, während das T-Shirt achtlos auf dem Boden lag. Der Anblick ließ sie lächeln. Er hatte immer noch Farbe an den Händen und Armen und in den Haaren. Offenbar hatte er duschen wollen, dann beschlossen, sich zuvor kurz hinzulegen, und war dabei tief und fest eingeschlafen.

Leise schlüpfte sie aus den Schuhen und legte sich neben ihn. Draußen war es warm, aber im Zimmer war es erfrischend kühl. Die Fenstertüren standen weit offen, und die weißen Gardinen blähten sich sanft in der leisen Abendbrise.

Anfangs genoss sie es einfach, ihm beim Schlafen zuzusehen. Aber nach einer Weile konnte sie der Versuchung nicht länger widerstehen und kroch in seine Armbeuge, um ihren Kopf auf seine Schulter zu betten. Als er davon nicht aufwachte, drehte sie das Gesicht seiner Brust zu und begann, sie zu küssen und mit ihrer Zunge über seine warme Haut zu lecken. Schließlich regte er sich.

»Entschuldige«, flüsterte sie, als sich seine Lider öffneten. »Ich wollte dich nicht aufwecken.«

»Ich beschwere mich doch gar nicht«, antwortete er gähnend. »Ich finde es extrem angenehm, so geweckt zu werden, *Chérie.*« Er reckte sich und rieb sich über das Gesicht. Sein Blick zuckte zum Wecker auf dem Nachttisch, und er stöhnte. »Ist es wirklich schon so spät?«

»Das kommt davon, wenn man den ganzen Nachmittag verschläft«, neckte sie ihn.

Er verzog das Gesicht. »Wenn ich mich recht erinnere, hatte ich versprochen, dir etwas zu kochen«, entschuldigte er sich.

»Wir können auch ausgehen.«

Ihre Hand lag auf seinem flachen Bauch. Er deckte sie mit seiner zu und verwob seine Finger mit ihren. Mit rauchiger Stimme verkündete er: »Lass uns lieber hierbleiben.«

Dann zog er sie auf seine Brust.

Sie seufzte genüsslich. Das Leben könnte nicht schöner sein.

48

Als William spät am Abend in Elizabeths Büro kam, glaubte sie, dass er sich entschuldigen wollte, weil er in der Konferenz für Caitlins Vorschlag gestimmt hatte. Stattdessen bat er sie, in zwei Wochen nach Tokio zu fliegen.

»Eigentlich wollte ich selbst fliegen. Aber gestern hat mich der Arzt bei der Nachsorgeuntersuchung wieder einmal ermahnt, kürzerzutreten. Und jetzt will deine Mutter nichts davon hören, dass ich in ein Flugzeug steige.«

Während er sprach, hatte Elizabeth in ihrem Terminkalender nachgeschlagen, jetzt stöhnte sie auf. »O nein.«

»Was ist denn?«

»Das Datum, es fällt genau auf die Osaka-Eröffnung.« Er sah sie verständnislos an. »Du weißt doch, Coles neues Restaurant.« Sein Traum, eine Edelversion seiner Kobe-Restaurants zu eröffnen, hatte sich endlich erfüllt. An diesem Abend konnte sie unmöglich wegbleiben. »Kann ich nicht eine Woche später fliegen?«, bettelte sie.

William schnaubte verärgert. »Es ist viel zu spät, um alles noch einmal umzuwerfen, Elizabeth. Du weißt, wie wichtig diese Reise ist.«

Ja, stimmte sie ihm insgeheim zu. Sie wusste, wie wichtig sie war. Und sie war schon längst dabei, im Kopf zu überschlagen, ob sie nicht irgendwie alle zufriedenstellen konnte, den Ehemann, den Vater …

Eine halbe Stunde später hatte sie alle Konferenztermine und Flüge geprüft und war zu dem Schluss gekommen, dass sie es unter Umständen ganz knapp schaffen konnte. Sie würde am Nachmittag vor der Eröffnung in London landen und demnach trotzdem zur Feier kommen können, auch wenn sie nicht sicher war, ob Cole begeistert darüber wäre.

Ihre Bedenken waren gerechtfertigt.

»Mein Gott, Elizabeth«, sagte er, als sie ihn abends darauf ansprach. »Ich bitte dich nur um einen einzigen Abend.«

»Aber du weißt selbst, wie wichtig diese Reise ist, Cole! Was erwartest du denn?«

Er sah sie kühl an. »Ehrlich gesagt erwarte ich inzwischen nichts anderes mehr, als dass ich hinter der Scheißfirma zurückstehen muss.«

Sie versuchte es mit einem anderen Ansatz. »Ich verspreche dir, dass ich rechtzeitig zurückkomme.« Sie ging zu ihm und gab ihm einen Kuss auf die Schulter. »Du weißt, dass ich das Restaurant unbedingt sehen möchte.«

Aber so leicht ließ er sich nicht besänftigen. »Klar. Sicher doch.« Er löste sich von ihr, trat an den Kühlschrank und nahm ein Bier heraus. Er machte sich nicht die Mühe, sie zu fragen, ob sie auch etwas trinken wollte. Plötzlich fühlte sich Elizabeth unendlich müde.

Während für Caitlin die letzten zwei Jahre die besten ihres Lebens gewesen waren, waren sie für Elizabeth weniger glücklich gewesen. Die Arbeit hatte immer nur zugenommen. Privat ging es ständig bergab, der Streit von heute Abend war inzwischen Standard. Und das Schlimmste war, dass anscheinend niemand zu schätzen wusste, wie sie sich kaputt arbeitete.

Der Vorfall im Konferenzraum war typisch gewesen. Alle glaubten, allein Caitlin sei die Wende zu verdanken.

»Haben wir nicht ein Riesenglück, dass wir Caitlin haben?«, fragten alle ständig.

Dass niemand die weniger sichtbaren Veränderungen wahrnahm, die sie vorgenommen hatte und die *genauso* wichtig für die Erholung der Firma gewesen waren, empfand Elizabeth jedes Mal als Schlag in die Magengrube. Sie versuchte, sich davon nicht entmutigen zu lassen. Stattdessen machte sie weiter wie gehabt, arbeitete bis zum Umfallen, behielt die Umsätze im Auge und sorgte dafür, dass nichts den Aufschwung der Firma gefährden konnte. Aber wenn sie Kommentare wie den in der heutigen *Financial Times* las, in denen ihre Rolle bei der Wende in der Firma unter den Tisch gekehrt und sogar angedeutet wurde, dass Caitlin von William als Nachfolgerin benannt werden könnte, riss das die alten Wunden wieder auf.

Natürlich war das lächerlich. Caitlin hatte *auf gar keinen Fall* den unternehmerischen Scharfblick, den eine Vorstandsvorsitzende brauchte. Elizabeth wusste, dass dieser Posten ihr zustand. Ihr Vater hatte sich noch nicht dazu geäußert, aber es gab keine ernsthafte Konkurrenz. Jahrelang hatte sie ausschließlich auf dieses Ziel hingearbeitet; das war ihr Geburtsrecht.

Wenn William sie erst als Nachfolgerin benannt hätte, würde das Leben leichter, davon war sie überzeugt. Sie sagte das immer wieder zu Cole: »Dann werde ich bestimmt ruhiger. Und wir können wieder ein normales Leben führen.«

Er nickte jedes Mal und sagte, das höre sich gut an. Aber sie hatte das Gefühl, dass er ihr nicht mehr wirklich glaubte.

Vierzehn Tage später trat Elizabeth aus dem Flugzeug in die graue, diesige Hitze Tokios. Bis sie den kurzen Weg zum Terminal zurückgelegt hatte, war sie schweißgebadet. Es war eindeutig die falsche Jahreszeit für eine Japanreise.

Während es im Frühling, zur berühmten Kirschblüte, angenehm mild war, waren die Sommer berüchtigt für ihre stickige Hitze. Sie hätte alles dafür gegeben, zu Hause bleiben zu können, nicht zuletzt wegen des Streits, den sie mit Cole deswegen geführt hatte. Aber leider war eine Absage nicht infrage gekommen.

Nach fast achtjähriger Partnerschaft wollte Mr Motoyama das Joint Venture aufkündigen. Er war schon immer ein opportunistischer Investor gewesen und hatte, nachdem er sich Anfang des Jahres von seiner modebesessenen Frau scheiden lassen hatte, das Interesse an Melville verloren. Seine ursprüngliche Investition hatte sich verzehnfacht, und jetzt wollte er das Geld abziehen und woanders investieren. Wenn es jemand anderes gewesen wäre, hätte Elizabeth ihn angerufen und um einen anderen Termin gebeten. Aber dafür kannte sie Mr Motoyama zu gut. Er war ein mächtiger Mann, der schnell beleidigt war, und sie wollten vermeiden, dass er Melville über die japanischen Zulieferer in die Zange nahm. Sie durfte ihn keinesfalls verärgern.

Piers hatte angeboten, an Elizabeths Stelle zu fliegen. Aber William wollte nichts davon hören.

»Das ist doch lächerlich, Piers«, hatte er abfällig erklärt. »Du könntest das nicht allein.«

Elizabeth sah ihrem Onkel an, wie sehr ihn Williams Abfuhr verletzte. Weil ihr Piers leidtat, rief sie ihn später an und schlug vor, er könne sie gern begleiten, wenn er wollte.

»Also, wenn es dir wirklich nichts ausmacht«, meinte er.

»Wir hätten mal wieder Gelegenheit zum Reden, Onkel Piers«, sagte sie. »Ich bekomme dich kaum noch zu sehen.«

Ihre wöchentlichen Essensverabredungen waren in letzter Zeit immer öfter ausgefallen – wenn sie zu beschäftigt war, um zu Cole nach Hause zu fahren, konnte sie kaum ihre Zeit mit ihrem Onkel verbringen. Wenn sie ehrlich war, freute sie sich darauf, mit ihm zusammen zu reisen. In letzter Zeit fühlte sie sich eigenartig einsam.

Es würde ein Hochgeschwindigkeitsbesuch werden. Elizabeth hatte die Reise mit militärischer Präzision durchorganisiert und war entschlossen, das Geschäftliche in Windeseile abzuhaken, um rechtzeitig am Donnerstagabend zur Osaka-Eröffnung zurück zu sein. Das Flugzeug landete am Dienstagmorgen in Tokio, und sie würden den ganzen Tag im Laden in der Ginza verbringen. Am Mittwoch sollte das Gespräch mit Mr Motoyama stattfinden, und schon am Mittwochnachmittag würden sie wieder abfliegen, sodass sie am Donnerstag um vier Uhr nachmittags in Heathrow landen würden.

»Damit bleibt mir noch genug Zeit, nach Hause zu fahren, mich umzuziehen und nach Soho nachzukommen, Schatz«, hatte sie Cole am Abend vor ihrer Abreise versichert.

Er hatte nur geschnaubt.

Als Motoyama sich am Dienstag zum Abendessen mit ihnen traf, hoffte Elizabeth, das Gespräch am nächsten Tag verkürzen zu können, indem sie sofort über das Joint Venture zu reden begann. Aber er wehrte ihre Bemühungen mit einem Handwedeln ab.

»Heute Abend wollen wir uns nur amüsieren«, sagte er. »Die Geschäfte kommen morgen.«

Sosehr es ihr auch missfiel, sie musste sich seinen Wünschen beugen. Sie tröstete sich mit der Überzeugung, dass er ausgesprochen leutselig wirkte, das würde die Verhandlungen morgen hoffentlich vereinfachen und verkürzen.

Sie sollte sich täuschen. Erst tauchte er neunzig Minuten zu spät auf.

»Es gab eine Explosion in meinen Stahlwerken in Kawasaki«, erklärte er. »Darum musste ich mich natürlich kümmern.«

Elizabeth versuchte, Verständnis zu zeigen. »Natürlich«, sagte sie und hoffte, dass sie das Flugzeug gerade noch erwischen würde, wenn sie gleich zur Sache kamen.

Aber es sollte nicht sein. Immer wieder unterbrach er die Besprechung, um aus dem Raum zu gehen und sich über die Entwicklung der Krise im Stahlwerk zu informieren. Es war unmöglich, sich auf die Feinheiten des Vertrages zu konzentrieren, weil sie immer wieder von vorn anfangen mussten. Noch schlimmer war, dass sich Elizabeth im Lauf der Stunden immer schlechter konzentrieren konnte. Sie machte sich solche Sorgen, sie könnten das Flugzeug verpassen, dass sie Motoyamas Ausführungen nicht mehr folgen konnte.

Piers lieferte ihr schließlich eine Lösung. Als Motoyama zum sechsten Mal den Raum verließ, nahm er Elizabeth zur Seite.

»Es gibt drei Stunden nach unserem Flug noch einen von British Airways. Soll ich unsere Tickets vielleicht auf den umbuchen? Damit müssten wir genug Zeit haben, hier alles abzuschließen, und du könntest es in London immer noch auf die Party schaffen.«

Elizabeth überlegte einen Moment. Ideal war das nicht, sie würde zu spät kommen, und sie hätte keine Zeit zum Umziehen. Aber eine bessere Lösung wollte ihr nicht einfallen. »Ja«, sagte sie langsam. »Ja. Mach das.« Sie drückte seine Hand. »Danke, Onkel Piers. Ich weiß nicht, was ich ohne dich täte.«

Ungeheuer selbstzufrieden eilte Piers aus dem Raum, um den Flug umzubuchen. Er hatte sich darauf verlassen, dass Elizabeth sich ganz und gar auf die Verhandlungen konzentrierte und die Schlagzeilen nicht bemerkt hatte. Die Sommer in Tokio waren nicht nur für ihre feuchte Hitze, sondern auch für die Taifune bekannt, die im Juni und Juli über die Stadt tobten. Während der letzten Stunden hatten die Wetterstationen gewarnt, dass heute Abend ein Sturm bevorstand. Die letzten Flüge gingen bald, danach würde der Flughafen schließen. Das bedeutete, dass er Elizabeth einen weiteren Abend für sich allein hätte, und damit genug Zeit, auf sie einzuwirken.

Über zwei Jahre hatte er auf seine Rache an William gewartet. Er hatte Pläne geschmiedet und eingefädelt und den richtigen Augenblick abgepasst. Bald war es so weit. Er hoffte nur, dass er dann mutig genug wäre, seine Pläne in die Tat umzusetzen.

Vier Stunden später kam Elizabeth in blendender Stimmung aus den Verhandlungen mit Motoyama. Sie hatten sich auf die Bedingungen zur Auflösung des Joint Ventures geeinigt und immer noch reichlich Zeit, den späteren Flug zu erwischen. Erst als sie versuchte, ein Taxi zu bestellen, das sie zum Flughafen bringen sollte, erkannte sie, dass etwas im Busch war.

»Kein Flughafen.« Das Mädchen am Empfang deutete auf die Unwetterwarnung, die hinter ihr auf CNN über den Bildschirm zog. »Kein Flug.«

Elizabeth starrte entsetzt auf die Bilder der leeren, von Wind und Regenböen gepeitschten Straßen. Wann zum Teufel war das passiert? Hinter den Mauern von Motoyamas hochmoderner, erdbebensicherer Konzernzentrale hatte nichts auf das aufziehende Unwetter hingedeutet. Was sollte sie jetzt tun?

Cole wusste, wie der Abend enden würde. Er wusste es, sobald er Elizabeths Nachricht erhielt. Sie klang reumütig, schrecklich reumütig, und ein bisschen beschämt. Und ja, vielleicht konnte sie tatsächlich nichts für diesen beschissenen Taifun. Aber der Punkt war, dass sie am wichtigsten Abend seines Lebens nicht an seiner Seite war. Doch Mariko schon.

Vielleicht wäre es anders gelaufen, wenn Osaka nicht so eingeschlagen hätte. Aber das hatte es, der Meinung waren alle. Es war hip; es war cool; es war angesagt. Es war so viel mehr als nur ein Restaurant, es war, als würde man in einen schicken Nachtclub treten: dunkel, erotisch, sexy. Alle überschlugen sich, Cole zu gratulieren: die Presse, die Promis, die Konkurrenz. Alle waren überzeugt, das Osaka könnte das nächste Zuma, das nächste Hakkasan werden. Ihm lag die Welt zu Füßen, und er wünschte sich, der Abend würde nie enden.

Aber gegen ein Uhr morgens begannen die Gäste, sich zu verabschieden. Caitlin und Lucien waren unter den Letzten, die gingen.

»Wir verschwinden jetzt, Cole.« Caitlin küsste ihn auf beide Wangen und sagte dann leise: »Ich weiß, wie sehr es Elizabeth bedauern wird, dass sie diesen Abend versäumt hat.«

»Komm jetzt.« Lucien griff nach ihrer Hand. »Wir müssen dich nach Hause schaffen. Sonst kommst du morgen nicht aus dem Bett.«

Cole sah sie Hand in Hand die Stufen hinaufeilen. Plötzlich sehnte er sich nach der Zeit zurück, in der er und Elizabeth sich genauso benommen hatten.

Was also hätte er antworten sollen, als fünf Minuten später die süße, anschmiegsame Mariko vor ihm stand, die heute in ihrem blassrosa Etuikleid besonders bezaubernd aussah, und ihn fragte, ob er noch etwas trinken gehen wolle. Er musste an sein leeres Haus und sein leeres Bett denken. Und dann sah er die schöne junge Frau an und dachte sich, was kann es schaden? Es ist nur ein Drink.

»Wohin sollen wir fahren?«, fragte er, als sie im Taxi saßen.

Mit züchtig niedergeschlagenem Blick sagte sie: »Vielleicht möchtest du ja mit zu mir kommen?«

Sie wohnte allein in einer schicken Zweizimmerwohnung in Angel. Sie war erst vor Kurzem dort eingezogen, und die Wohnung roch noch neu. Bis sie dort ankamen, dämmerte ihm bereits, dass er einen Fehler gemacht hatte. Sie hatten einander nichts zu sagen. Sie kicherte nur ständig und schien ihn zu vergöttern. Irgendwie tat sie ihm beinahe leid. Er würde ein Glas trinken und sich dann verziehen.

»Ich bin gleich wieder da.« Sie kicherte schon wieder. Allmählich begann ihn das zu irritieren. »Fühl dich wie zu Hause.«

Sie huschte weg, dem Anschein nach ins Schlafzimmer.

Er ging auf und ab, ließ den billigen Scotch im Glas kreisen und überlegte, wie er sich möglichst schnell aus der Affäre ziehen konnte. Sobald sie wieder auftauchte, würde er sich verabschieden. Er wartete und wartete dann noch länger. Was trieb sie da drin, verflucht noch mal? Vielleicht war es geschickter, jetzt gleich zu verschwinden, bevor die Situation noch peinlich wurde. Er kippte seinen Drink hinunter.

»Hör mal«, rief er. »Ich muss jetzt wirklich …«

Die Worte erstarben auf seinen Lippen, denn im selben Moment schwang die Schlafzimmertür auf, und sie trat wieder in den Raum.

Plötzlich war ihm sonnenklar, was sie so lange getrieben hatte. Sie trug nicht mehr das hübsche blassrosa Kleid. Jetzt stand sie schüchtern und mit einladendem Lächeln in einem cremefarbenen Spitzennegligé vor ihm.

Wem wollte er was vormachen? Er würde nirgendwohin gehen.

Währenddessen hatten sich Piers und Elizabeth in Tokio in die Sicherheit ihres Hotels zurückgezogen. Selbst nachdem sie von dem Taifun erfahren hatte, hatte Elizabeth zum Flughafen fahren wollen, falls sie wider alle Wahrscheinlichkeit doch noch den letzten Flug erwischten. Aber Piers hatte sie schließlich überzeugt, dass das Zeitverschwendung wäre.

Elizabeth hatte Piers' Vorschlag, das Abflauen des Sturmes gemeinsam abzuwarten, gern angenommen. Wenigstens würde das Gespräch sie von Cole ablenken. Jetzt saßen sie zusammen mit anderen verängstigten Gästen auf den niedrigen Ledersofas in der Hotellobby. Es war erst später Nachmittag, aber draußen war es dunkel, und die Straßen waren leer gefegt. Es war schwer, sich über das Tosen des Windes und des Regens, der an die Fassade prasselte, verständlich zu machen.

Die Kellnerin kam zu ihnen. »Haben Sie schon gewählt?«

Piers bestellte einen grünen Tee, Elizabeth nahm lieber einen Brandy. Sie brauchte etwas zur Entspannung. Cole hatte noch nicht zurückgerufen, und sie wusste, dass er vor Wut kochen würde.

Zum Glück schien Piers zu spüren, was in ihr vorging. Er unterhielt sie mit unablässigem Geplauder, mehr oder weniger belanglosem Small Talk, bis es ihr allmählich besser ging.

Schließlich kam das Gespräch auf Armand Bouchard. Es gab Gerüchte, dass er überlegte, ein neues Angebot für Melville abzugeben. Elizabeth hatte ihre Alternativen bereits analysiert. Er konnte auf die vierzig Prozent der Firmenaktien im Streubesitz bieten. Falls er sie komplett in die Hand bekam, konnte er ihnen das Leben schwer machen, indem er einen Sitz im Vorstand beanspruchte und die Firmenpolitik zu beeinflussen versuchte.

»Letzten Endes müssen wir die Aktionäre überzeugen, dass ein erheblicher Mehrwert in der Firma steckt und dass unsere Familie das Management stellt, das diese Werte realisieren kann«, erklärte sie Piers.

»Stimmt«, pflichtete er ihr bei. »Aber ich nehme an, das wird schwierig, solange die Nachfolge deines Vaters ungeklärt ist.«

Elizabeths Kopf ruckte hoch. »Ungeklärt?« Sie biss sich an dem Wort fest. »Wieso sollte sie ungeklärt sein?«

Piers schüttelte hastig den Kopf. »Entschuldige. Ich weiß nicht, warum ich das gesagt habe. Es ist nichts … vergiss meine Bemerkung.«

Elizabeths Augen wurden schmal. »Piers … wenn du etwas wüsstest, würdest du es mir doch verraten, oder?«

Er fasste über den Tisch und drückte ihre Hand. »Natürlich, Elizabeth. Es ist nichts, Ehrenwort. Es war nur ein alberner, dummer Versprecher. Ich habe das nicht so gemeint.«

Elizabeth sah ihn eindringlich an. Er wirkte schrecklich verlegen, seine Wangen glühten, und auf seiner Stirn wie auf seinem Hemdkragen bildeten sich Schweißperlen. Als sie begriff, wie sehr es ihm zusetzte, dass er sie so erschreckt hatte, setzte sie ein Lächeln auf. »Das weiß ich doch«, sagte sie. »So«, sie schüttelte den Kopf, als wollte sie ihn frei bekommen. »Genug vom Geschäft.

Erzähl mir lieber, wie du dir die Renovierung deines Hauses vorstellst.«

Sie sah, wie er sich entspannte, und wusste, dass sie recht gehabt hatte. Ihr Vater hatte *tatsächlich* etwas über seine Nachfolge als Chief Executive gesagt, und offenbar stand keineswegs fest, dass er sie ernennen würde. Aber wen sonst?

Caitlin.

Der Name kam ihr sofort in den Kopf. Gleichzeitig fiel ihr jener Artikel vor einigen Wochen wieder ein, in dem allein Caitlin die Wende im Unternehmen gutgeschrieben worden war. Aber ihr Vater wusste doch, dass das nicht stimmte. Oder?

Oder?

Den Rest des Abends blieb Elizabeth auffallend still. Plötzlich war ihr bewusst, dass Armand Bouchard das kleinste ihrer Probleme war. Darum war sie froh, dass Cole, als sie am nächsten Tag endlich mit ihm sprach, längst nicht so wütend war, wie sie erwartet hatte. Er beschwerte sich nicht einmal, als sie ihm erzählte, dass sie ihren Flug umbuchen und erst nach L.A. fliegen wollte, bevor sie nach Hause kam.

»Daddy hat schon länger nichts von Amber gehört«, erklärte sie ihm. »Darum wollte er, dass ich nach ihr sehe. Ich bleibe nur eine Nacht dort, dann fliege ich weiter nach London.« Sie zögerte eine Sekunde und fügte dann hinzu: »Natürlich nur, wenn es dir nichts ausmacht.«

»Nein«, sagte er. »Das macht mir nichts aus.«

Sein Einverständnis überraschte sie – und nahm ihr eine große Last von den Schultern. Dass ihre Ehe unter Druck geriet, konnte sie jetzt gar nicht brauchen. Sie wusste nicht, was seinen neuen Sanftmut ausgelöst hatte, aber sie würde sich nicht darüber beschweren.

49

Amber schloss die Augen. Einen kurzen Moment saß sie wieder in ihrem Ferrari F430 und raste durch Beverly Hills. Dann blökte eine Hupe und holte sie in die Wirklichkeit zurück: in einen schäbigen Nissan, der auf der I-405 Richtung Lake Balboa im Stau steckte.

Dass es ein brütend heißer Nachmittag und die Klimaanlage im Eimer war, machte die Sache nicht angenehmer. Sie kurbelte das Fenster nach unten und ließ die heißen, stickigen Abgase ins Auto. Kein Wunder, dass es im Valley so billig war. Das Wetter, eigentlich einer der Vorzüge von L.A., war hier unten irgendwie erstickend, denn die Sommer waren wärmer, aber auch voller Smog.

Endlich kam der Verkehr wieder in Bewegung. Sie nahm die nächste Ausfahrt und folgte der spanischen Beschilderung, bis sie in die bescheidene Vorstadtstraße bog, in die sie vor sechs Wochen gezogen war. Nachdem sie den Wagen in ihrer Einfahrt abgestellt hatte, blieb sie bei ausgeschalteter Zündung im Wagen sitzen, den Blick stur geradeaus gerichtet. Sooft sie ihr neues Heim auch sah, sie konnte sich einfach nicht daran gewöhnen.

Etwa vor sechs Monaten hatte sich gezeigt, dass ihr Vermögen aufgebraucht war. Ihr Vermögensverwalter, ein väterlicher Gentleman namens Taylor Hammond, hatte sie gebeten, sich hinzusetzen, und ihr dann die bitteren Fakten dargelegt.

»Sie können sich das hier nicht mehr leisten.« Mit einem knappen Kopfnicken hatte er die kostspielige Umgebung ihrer Villa im Summit Circle eingeschlossen.

»Wie sieht es mit einer neuen Hypothek aus?«, hatte Johnny gefragt, der bei der Besprechung dabei gewesen war. »Könnten wir nicht neues Geld auftreiben?«

Taylor hatte ihm einen verächtlichen Blick zugeworfen und sich dann wieder an Amber gewandt. »Die Bank hat den Kredit schon zweimal erhöht, weil man davon ausging, dass sich Ihre finanzielle Situation bald wieder bessern würde. Aber das scheint nicht der Fall zu sein.« Er hatte den Satz nicht weiter ausgeführt und war ihrem Blick verlegen ausgewichen.

Amber konnte sich ein Bild machen. Seit dem Glamour-Skandal hatte sie praktisch keinen Job mehr bekommen. Genauso wenig wie Johnny. Zwei Jahre hatten beide von ihren Ersparnissen gelebt, kein Wunder, dass sie jetzt pleite war.

Ein Umzug war unvermeidlich. Weil sie so viel Raum wie möglich für ihr Geld bekommen wollte, hatte sie sich für einen Makler entschieden, der vor allem das San Fernando Valley bearbeitete. Es war ein unsanftes Erwachen. Amber wohnte zwar seit sechs Jahren in L.A., aber sie hatte bis dahin kaum etwas davon gesehen.

Die finsteren Viertel wie Van Nuys oder Reseda hatte sie schnell zu meiden gelernt. Verglichen damit war Lake Balboa nicht übel. Das Haus selbst war nichts Besonderes – zwei Schlafzimmer, zwei Bäder, kein Schnickschnack, ein kleiner Pool im Garten, der gerade zum Abkühlen reichte. Es war das Beste, was sie in fünf Tagen Wohnungssuche zu sehen bekommen hatte. Johnny hatte keine Lust gehabt, sie zu begleiten.

»Es ist deine Kohle, Babe«, hatte er achselzuckend erklärt.

Wie bei allen wichtigen Entscheidungen in letzter Zeit war sie auf sich allein gestellt.

Der Umzug hatte ihr die Augen geöffnet. Endlich erkannte Amber, wie arrogant sie gewesen war. Die Welt hatte ihr zu Füßen gelegen, aber sie war darauf herumgetrampelt. Nach den Fotos in der *Celebrity* hatte keine der bekannten Marken sie noch länger verpflichten wollen. Die Presse hatte sich gegen sie gewandt. Dann war durchgesickert, dass sie zu spät zu den Aufnahmen auftauchte, und plötzlich stand sie im Ruf, eine Primadonna zu sein.

Johnny wollte einfach nicht verstehen, warum ihr das so zu schaffen machte.

»Die können dich doch alle«, hatte er gemeint.

Sie hatte auf ihn gehört wie ein dummes Mädchen. Vielleicht hätte sie nach dem Skandal im Nachtclub ihre Karriere noch halbwegs retten können. Aber sie hatte sich nicht einmal darum bemüht. Es war bequemer gewesen, Johnnys »Leckt mich«-Einstellung zu übernehmen. Anfangs hatte sie nicht das Gefühl gehabt, dass sich viel geändert hätte. Sie hatten sich genauso schick angezogen, waren in dieselben Clubs zum Abfeiern gegangen und hatten sich mit denselben Leuten getroffen. Aber nach einer Weile waren die Einladungen seltener geworden. Es war nicht mehr ganz so einfach, einen Tisch im Ivy oder Spago zu reservieren; sie standen bei den neu eröffnenden Clubs nicht mehr auf der Gästeliste. Jim-Bob, Devon und all ihre anderen sogenannten Freunde erwiderten ihre Anrufe nicht mehr. Aber nicht einmal dadurch hatte sich Amber beunruhigen lassen. Das würde sich alles wieder einrenken, davon war sie überzeugt.

Weit gefehlt.

Dass sie vom Summit Circle wegziehen musste, war der Weckruf, den sie gebraucht hatte, um sich wieder am Riemen zu reißen. An dem Abend ihres Umzugs hatte sie zum ersten Mal seit langer Zeit keinen Alkohol und keine Drogen angerührt. Sie hatte sogar versucht, für sich und Johnny zu kochen.

»Ich muss echt wieder auf die Füße kommen«, hatte sie verkündet, während sie die verkochten Nudeln in sich hineingeschaufelt hatten. »Ich muss mir Arbeit suchen, ich brauche Geld.«

»Wenn du meinst.« Johnny hatte den halb leer gegessenen Teller zur Seite geschoben und nach einer Zigarette gegriffen. »Ich versteh nicht, wieso du dir so einen Kopf machst. Ich denke, deine Familie ist stinkreich. Warum zapfst du nicht einfach deinen Alten an?«

»Weil ich auf eigenen Füßen stehen will.« *Und weil er mir nichts geben würde*, ergänzte sie im Stillen.

Was nicht ganz der Wahrheit entsprach. Ihre Familie wusste genau, wie tief sie in den letzten zwei Jahren gesunken war, was Amber ihnen nicht erzählt hatte, hatten sie aus der Zeitung erfahren. Aber wegen der ständigen Andeutungen über ihren Drogenkonsum wollten sie ihr nur ungern eine finanzielle Rettungsleine zuwerfen. Ihr Vater vertrat einen »liebevollen, aber festen« Ansatz. »Komm nach Hause und besorge dir Hilfe, dann werde ich dich liebend gern unterstützen. Aber solange du darauf bestehst, an *diesem Ort* zu bleiben« – er machte keinen Hehl aus seiner Verachtung für L.A –, »musst du allein zurechtkommen.« Bislang hatte er mehr oder weniger Wort gehalten. Sie bekam ab und zu etwas zugesteckt und die obligatorischen Weihnachts- und Geburtstagsgeschenke – meist wünschte sie sich Schmuck, den sie weiterverkaufen konnte – und sie konnte, wenn sie sich wirklich bemühte, immer noch ein paar Scheine aus ihrer Mutter oder Caitlin herausleiern. Aber diesmal wollte sie es sich nicht zu einfach machen.

Amber hatte nie zur Selbstkritik geneigt. Aber in den letzten Wochen hatte sie sich doch Gedanken gemacht, was sie in ihrem Leben eigentlich erreicht hatte. Die Antwort war ein dickes, fettes Nichts. Es war ein ernüchternder Gedanke: fünfundzwanzig und rein gar nichts vorzuweisen. Sicher, sie war ein Model gewesen, eine Weltmarke sogar. Aber das war eher Glück als sonst was gewesen. Diesmal wollte sie ihr Leben aus eigener Kraft in den Griff bekommen.

Leichter gesagt als getan, dachte sie, während sie die Wagentür öffnete.

Vergangenen Monat hatte sie es geschafft, bei einem drittklassigen Agenten unter Vertrag zu kommen, der sie heute zu ihrem ersten Casting geschickt hatte. Eine Werbekampagne für *Break*, den Freizeitkleidungs-Konzern. Es war nicht gut gelaufen. Sie hatte mit hundertfünfzig anderen Models Schlange stehen und drei Stunden warten müssen, nur um dann zu hören, sie hätte nicht den »frischen« Look, nach dem sie suchten. *Vielleicht läuft es nächstes Mal besser,* tröstete sie sich und stieg aus.

Sie schloss die Haustür auf und sah auf den ersten Blick, dass Johnny nicht einmal die eine Aufgabe erledigt hatte, um die sie ihn heute gebeten hatte, nämlich aufzuräumen. Schwer seufzend bückte sie sich, um eine Pappschachtel von Kentucky Fried Chicken aufzuheben, die neben dem Telefon in dem noch nackten Flur lag. Die Möbel aus ihrer alten Wohnung waren zu groß und extravagant gewesen, um sie hier aufzustellen, und sie hatte bis jetzt weder Zeit noch Geld gehabt, neue zu kaufen.

Sie fand Johnny hinten im Garten im Kreis von acht Kumpeln, die ihr größtenteils unbekannt waren. Sie sahen aus, als hätten sie den Nachmittag durchgefeiert. Überall lagen Pizzaschachteln herum, und jemand hatte die leeren Bierdosen zu einer Pyramide aufgebaut. Ambers Miene erstarrte, als sie sah, dass Johnny einer jungen Blondine den Rücken eincremte. Sie hieß Sheri und war eine texanische Schönheitskönigin, die vor sechs Monaten mit dem Bus nach L.A. gekommen war. Tagsüber ging sie in die Schauspielschule, und abends arbeitete sie meistens in einem Club auf dem Sunset Boulevard an der Bar. Dort hatte Johnny sie auch kennengelernt. Sheri, die als Kind ein großer Fan von Kaleidoscope gewesen war, hatte sich angemessen beeindruckt gezeigt, dem großen Johnny Wilcox zu begegnen. Johnny, der es nie müde wurde, sein Ego massieren zu lassen, hatte sie liebend gern in seinen dahinschwindenden Tross aufgenommen.

Beide hatten Amber noch nicht bemerkt, die abwartend stehen blieb und beobachtete, wie Johnny die Sonnencreme in Sheris Haut massierte und seine Hände dabei einen Sekundenbruchteil länger liegen ließ, als unbedingt nötig gewesen wäre.

Schließlich räusperte sich Amber, um anzuzeigen, dass sie zurückgekommen war. Johnny sah auf. »Hey, Amber. Wie ist es gelaufen?«

Er wirkte kein bisschen verlegen, dass sie ihn mit Sheri überrascht hatte. Das ärgerte Amber. Er wusste, dass sie das Mädchen nicht leiden konnte – Sheri war neunzehn und wahnsinnig von sich eingenommen –, aber er lud sie trotzdem immer wieder ein.

»Gut«, erklärte sie unterkühlt. Solange Sheri zuhörte würde sie auf keinen Fall verraten, wie demütigend das Casting gewesen war.

Sheri setzte sich auf. Sie trug den winzigsten Stringtanga in Silbermetallic. Das Top hatte sie ausgezogen, damit sie keine weißen Streifen bekam, aber sie machte keine Anstalten, ihre Silikonbrüste zu bedecken.

»War das die Audition für *Break*?«, fragte sie und streckte ein langes, braun gebranntes Bein aus, um die Farbe zu bewundern. Sie wartete Ambers Antwort nicht ab. »Ich habe gehört, da waren massenweise Leute.«

Amber stutzte. Plötzlich wusste sie, woher sie diesen Bikini kannte – es war ihr eigener. Offenbar war Sheri in ihr Zimmer gegangen und hatte sich aus ihrem Schrank bedient. Sie hätte ihr gern die Meinung gesagt, aber ihr war klar, dass das zickig geklungen hätte.

»Ich habe Kopfschmerzen, ich gehe lieber rein und lege mich hin. Vielleicht könntet ihr euch ein bisschen bremsen«, meinte sie vieldeutig.

Aber entweder hatte Johnny nicht kapiert, was sie damit sagen wollte, oder es war ihm egal.

»Okay, Babe. Bis nachher.«

Während sie über die Terrasse zum Haus ging, hörte sie ihn mit Sheri lachen.

Es war das perfekte Ende eines grauenvollen Tages.

Sie wartete ab, bis die anderen gegangen waren, bevor sie wieder aus ihrem Zimmer kam. Den ganzen Nachmittag hatte sie vor sich hin geköchelt, jetzt würde Johnny etwas zu hören bekommen. Sie entdeckte ihn im Fernsehzimmer, wo er auf dem Sofa lag und einen Musikkanal ansah. Er hatte die Energie aufgebracht, sich noch ein Bier zu holen, stellte sie fest, aber es nicht für nötig gehalten, in ihr Zimmer zu kommen und sie zu fragen, wie es ihr ging.

»Muss Sheri ständig hier rumhängen?« Sie setzte sich neben seine Füße. »Du weißt, dass ich sie nicht ausstehen kann.«

Er warf eine Erdnuss in die Luft, kippte den Kopf nach hinten und fing sie mit dem Mund auf.

»Warum eigentlich?«, fragte er kauend. »Weil sie besser aussieht als du?«

Sie zuckte bei seinen Worten zusammen. Er bemerkte ihre Reaktion und verdrehte die Augen.

»Das war nur Spaß, Amber. Du verstehst doch einen verfickten Spaß, oder?«

»Es klang aber nicht besonders spaßig«, gestand sie kleinlaut.

»Ach, Fuck, lass es gut sein, okay? Als hätte ich nicht schon genug Sorgen.«

Sie wollte ihm verständlich machen, wie sehr sein Kommentar sie verletzt hatte. Aber inzwischen kannte sie diesen Tonfall nur zu gut und wollte ihr Glück nicht überstrapazieren. Darum ließ sie das Thema fallen, genau wie er erwartet hatte.

»Es tut mir leid«, sagte sie, ohne recht zu wissen, wofür sie sich entschuldigte. »Aber die Audition lief nicht besonders gut.«

Er sah sie eisig an.

»Ach ja? Wenigstens hattest du eine Scheiß-Audition, Amber. Du weißt genau, dass bei mir seit Monaten nichts läuft. Fuck, das brauchst du mir echt nicht unter die Nase zu reiben.«

»So habe ich es nicht gemeint!«

Er schleuderte die Fernbedienung beiseite und schwang die Beine vom Sofa, wobei er um Haaresbreite ihren Kopf verfehlte.

»Fuck. Ich verschwinde.«

Amber rappelte sich hoch und folgte ihm aus dem Haus.

»Bitte, Johnny. Bleib hier. Ich habe es nicht so gemeint.«

Aber er reagierte nicht. Er stieg in sein Auto und knallte die Tür zu. Hilflos sah sie zu, wie er aus der Einfahrt röhrte.

Amber wartete auf ihn. Sie wartete die ganze Nacht bis zum Morgengrauen. Sie hatte schreckliche Angst, dass er vielleicht nicht zurückkommen würde, nur weil sie wegen dieser bescheuerten Audition so schlecht drauf gewesen war. Denn so entschieden ihr Kopf ihr auch sagte, dass Johnny ihr nicht guttat, so entschlossen widersprach ihr Herz doch jedes Mal, dass es noch schlimmer wäre, ihn zu verlieren.

Irgendwann war sie über ihren Tränen und Sorgen wohl eingedöst. Sie wachte auf, als sie spürte, wie er neben ihr ins Bett kroch.

Sie wartete darauf, dass er sie berührte. Als er es nicht tat, drehte sie sich mit dem Gesicht zu ihm hin. Er lag auf dem Rücken, nicht zugedeckt, die Hände hinter dem Kopf verschränkt, splitternackt wie immer. Sie hörte an seinem Atem, dass er noch wach war.

»Das mit gestern Abend tut mir leid«, sagte sie leise.

Er gähnte. Sie roch Whisky.

»Vergiss es.«

Wenigstens war er nicht mehr wütend. Um ihn noch weiter zu versöhnen, ließ sie die Hand zwischen seine Beine gleiten. Sie massierte ihn ein wenig, ohne dass sich etwas rührte. Schließlich schob er ihre Hand weg.

»Jetzt nicht, Schatz.« Er drehte ihr den Rücken zu.

Also begnügte sie sich damit, sich an seinen Rücken zu schmiegen. Und obwohl sie Sheris Parfüm roch, beschloss sie, nicht weiter darüber nachzudenken. Sie war nur froh, dass er wieder da war.

Ein paar Tage darauf rief Elizabeth bei ihr an und erklärte ihr, dass sie über Nacht nach L.A. käme, ob Amber sich mit ihr treffen wolle?

Amber stürzte sich auf die Einladung. »Au ja«, sagte sie, überrascht, wie sehr sie sich freute, von ihrer großen Schwester zu hören. »Wirklich gern.«

Elizabeth wollte sie in ihrer neuen Wohnung besuchen. Aber Amber, der plötzlich bewusst wurde, wie sehr sie sich für das schmuddelige kleine Haus schämte, schlug vor, sich stattdessen zum Brunch im Hotel Bel-Air zu treffen, wo ihre Schwester übernachtete.

Als Amber in den Speisesaal trat, musste sich Elizabeth alle Mühe geben, um sich nicht anmerken zu lassen, wie sehr sie das Aussehen ihrer kleinen Schwester schockierte. Nicht nur, dass ihre Haare matt wirkten und der fettige Glanz ihrer Haut von zu viel Junkfood zeugte; am meisten machte Elizabeth zu schaffen, dass Amber ihr inneres Leuchten verloren hatte. Sie hatte die gebrochene Ausstrahlung eines Menschen, der zu oft enttäuscht worden war. Elizabeth brauchte ihre ganze Willenskraft, um ihre Tränen zurückzublinzeln und Amber so zu begrüßen, als wäre alles wie immer.

Erst erzählten sie sich gegenseitig alle Neuigkeiten. Amber fragte, wie es Cole gehe. »Gut«, antwortete Elizabeth gepresst; dann erkundigte sie sich nach Johnny, den sie ein einziges Mal getroffen und von der ersten Sekunde an verabscheut hatte. »Dem geht es auch gut«, sagte Amber, den Blick fest auf die Speisekarte gerichtet. Danach beschränkten sie sich auf weniger heikle Themen und plauderten über gemeinsame Bekannte und den Rest der Familie.

Erst als sie fertig gegessen hatten und die Teller weggeräumt worden waren, wurde Elizabeth ernst. »Weißt du, dass ich herfliege, war eigentlich Daddys Vorschlag«, sagte sie.

Amber sah sie argwöhnisch an. »Ach ja?«

Auf dem Flug hierher hatte sich Elizabeth eine lange Einleitung überlegt. Aber jetzt fasste sie einfach über den Tisch nach Ambers Hand und sagte: »Er macht sich Sorgen um dich, Amber. Wie wir alle. Bitte komm heim.«

Schlagartig spürte Amber, wie ihr die Kehle eng wurde. Sie hatte von Elizabeth die übliche Tirade über ihren Lebensstil erwartet, über ihre Orientierungslosigkeit und darüber, wie enttäuscht sie alle waren. Darauf war sie gefasst gewesen. Aber das hier … also, diese schlichte, bedingungslose Bitte hätte sie von ihrer Schwester nicht erwartet.

Ermutigt, weil Amber ihr nicht gleich einen Korb gegeben hatte, hakte Elizabeth nach: »Du brauchst nur ja zu sagen, und ich kann dir auf der Stelle einen Flug buchen«, fuhr sie eindringlich fort. »Wir könnten noch heute Abend fliegen. Mummy und Daddy würden sich so freuen, dich zu sehen.«

Amber spürte, wie ihr Tränen in die Augen stiegen. Es klang so verlockend. Nach Aldringham zurückzukehren; wieder in ihrem alten Zimmer zu wohnen; zur Abwechslung einmal von jemandem umsorgt zu werden. Aber würde sie damit nicht ihre Niederlage eingestehen? Sie wollte allen zeigen, dass sie sich selbst aus dem Sumpf ziehen konnte, dass sie keine Hilfe brauchte.

Irgendwie schluckte sie die Tränen hinunter und rang sich ein Lächeln ab. »Ach, Elizabeth, es ist wirklich nett, dass ihr euch um mich sorgt. Aber es geht mir wunderbar. Vielleicht läuft es momentan nicht so gut, aber die Durststrecke ist bald überwunden. Habe ich dir von dieser Filmrolle erzählt, die ich vielleicht bekommen werde?«

Elizabeth seufzte. »Nein«, sagte sie. »Nein, das hast du nicht.«

»Also, es ist noch nicht *ganz* eingetütet, aber es sieht wirklich gut aus.«

Elizabeth hörte Amber zu, die in ihrer hyperfröhlichen Art losschwatzte. Sie wusste genau, dass ihre Schwester log, aber irgendwie erschien es ihr gnädiger, die Geschichte nicht zu hinterfragen. Sie hatte alles gesagt, was sie zu sagen hatte, jetzt war es an Amber, ihr Angebot anzunehmen.

In den Wochen nach Elizabeths Besuch versuchte Amber verzweifelt, an ihren guten Vorsätzen festzuhalten. Sie begann, sich wieder zu pflegen, schränkte Alkohol und Drogen ein und ging abends früh ins Bett, statt mit Johnny auszugehen und zu feiern. Dennoch war es ein ständiger Kampf. Jeder Tag brachte neue persönliche Demütigungen, ein Rückschlag folgte dem anderen. Sie war vom Gipfel abgestürzt und ungebremst aufgeschlagen, hatte alles gehabt und alles verloren, und sie hatte den Eindruck, dass ihr das jeder unter die Nase reiben wollte.

»Was mache ich nur falsch?«, bettelte sie ihre Agentin an.

Zena DeLaney war eine Kaugummi kauende, kettenrauchende Frau mittleren Alters, die in jeder Hinsicht ihre Blütezeit überlebt hatte. Ihr Büro bestand inzwischen aus einem einzigen Raum über einem Waschsalon; und sie hatte nicht vor, in nächster Zeit umzuziehen.

Zena zuckte gelangweilt mit den Achseln. »Wer weiß?«, erklärte sie näselnd.

Im Geist strich sie den Namen der kleinen Engländerin von ihrer Liste. Als die schöne Erbin in ihr Büro spaziert war, hatte Zena geglaubt, einen dicken Fang gemacht zu haben. Aber inzwischen hatte sie begriffen, dass Amber totes Kapital war. »In deinem Alter ist ein Comeback nicht so leicht.«

Völlig demoralisiert verließ Amber ihr Büro. Zu alt mit fünfundzwanzig. Sie würde nie eine Institution werden wie Cindy Crawford oder Naomi Campbell. Aber was sollte sie denn sonst tun? Sie hatte keine Ausbildung, konnte anders kein Geld verdienen. Plötzlich fühlte sie sich ausgelaugt. In den Kinofilmen war es immer viel einfacher, sich wieder aufzurappeln.

Dass Johnny sie nicht gerade unterstützte, machte die Sache nicht leichter.

»Sieh's ein, Süße«, sagte er an jenem Abend und nahm einen tiefen Zug von seinem Joint, »du bist einfach zu alt. Das kann jedem passieren. Ich musste mich dran gewöhnen. Du solltest das auch tun.«

Sie war versucht, ihm in Erinnerung zu rufen, was vor achtzehn Monaten passiert war, als Dave Ridwell, ein Mitglied seiner ehemaligen Band, seine erste Single herausgebracht hatte, die sofort auf den ersten Platz hochgeschossen war. Johnny war zwei Tage lang nicht ansprechbar gewesen. Seither hatte er nie wieder von einem möglichen Plattenvertrag gesprochen.

Aber hatte er recht? Musste sie sich wirklich in das Unvermeidliche fügen?

Als würde er spüren, dass ihre Entschlossenheit ins Wanken geriet, hielt Johnny ihr den Joint hin. »Hier. Danach fühlst du dich besser.«

Sie starrte darauf. Sie konnte sich nichts Schöneres vorstellen, als sich in dem süßen Aroma zu verlieren; für eine Weile die kalte, harte Wirklichkeit zu vergessen; alles weicher werden zu lassen; sich von Frieden und innerer Ruhe erfüllen zu lassen.

Schließlich schüttelte sie unter Aufbietung von Willenskräften, die sie sich nicht zugetraut hätte, den Kopf.

Er zuckte mit den Achseln. »Auch gut. Wie du willst.«

Amber war stolz auf sich. *Noch* gab sie sich nicht geschlagen.

Zum ersten Mal in ihrer Beziehung musste Johnny die Brötchen verdienen. Inzwischen schien er ständig Geld zu haben. Amber konnte sich gut vorstellen, woher es kam, tat aber so, als wüsste sie von nichts. Zu allen möglichen und unmöglichen Uhrzeiten tauchten Menschen bei ihnen auf, Fremde mit großen Taschen und Rucksäcken voller Weiß-Gott-was. Sie verschwanden mit Johnny im Hinterzimmer und gingen bald darauf wieder.

Die Geschäfte wurden grundsätzlich hinter verschlossenen Türen abgewickelt. Amber fragte nie, was sie dort trieben, und von sich aus erzählte ihr Johnny nichts. Sie verzog sich immer, wenn Johnnys »Geschäftspartner«, wie er sie gern nannte, zu Besuch waren. Es gefiel ihr nicht, wie die Männer sie ansahen, vor allem Weasel.

Weasel war ein »Whigger« – ein großer, dürrer Weißer, der sich für einen Nigger hielt. Er ließ die Baggy-Jeans unter dem Hintern hängen und hatte sich auf den rechten Bizeps ein Wiesel mit einem Joint im Mund tätowieren lassen. Er lächelte nicht oft, aber wenn er es tat, dann entblößte er eine Reihe gelbbrauner Zähne, die nur von einem massivgoldenen Schneidezahn unterbrochen wurde. Am nervigsten fand Amber, dass er immer irgendwelche Ghettosprüche anzubringen versuchte.

»Was läuft, Niggaz?« Dann klatsche er Johnnys Hand ab, wobei er jedes Mal zu ihr hersah und sie mit Blicken auszog. Amber hielt sich immer eine Decke vor, wenn er in der Nähe war.

Sie ertrug seine Anwesenheit nur mit Mühe. Das Haus war wirklich nicht groß, trotzdem schien Weasel ständig in irgendwelchen dunklen Ecken zu verschwinden und dann im Schatten zu lauern, um sich auf sie zu hechten, sobald sie vorbeikam.

»Muss er ständig hier rumhängen?«, fragte sie Johnny irgendwann.

»Wenn du was zu essen haben willst.«

Darauf gab es eigentlich nichts zu sagen.

Eines Abends kam sie von einem weiteren katastrophalen Casting für einen Statistenjob in einer Fernsehreklame nach Hause. Sie hatte hoch erhobenen Kopfes gewartet und versucht, die zickigen Kommentare der anderen Mädchen zu ignorieren. Aber als es sechs wurde und der Laufbursche erschien, um ihnen mitzuteilen, dass für heute Schluss sei und alle, die noch nicht drangekommen waren, morgen noch mal erscheinen müssten, hatte sie gespürt, wie ihre Standhaftigkeit ins Wanken geriet.

In der Hoffnung, dass Johnny keine Freunde eingeladen hatte und sie den Abend allein verbringen konnten wie ein richtiges Pärchen, war sie nach Hause gerast. Doch sobald sie dort angekommen war, begriff sie, dass er nicht zu Hause war. Alles war dunkel, nirgendwo brannte Licht. Bemüht, nicht allzu enttäuscht zu sein, schloss sie die Haustür auf. Ein Zettel auf der Küchentheke teilte ihr mit, dass er mit Weasel aus war und »bald zurück« wäre. Sie zerknüllte den Zettel, was Johnny unter »bald« verstand, war schwer zu sagen.

Die Stunden krochen vorbei. Sie wollte nichts essen – erst eine Woche zuvor hatte ihr jemand erklärt, dass sie ein bisschen füllig um die Hüften wirkte. Also schaltete sie den Fernseher ein. Aber sie konnte sich nicht konzentrieren. Immer wieder sah sie ängstlich und angespannt auf die Uhr und fragte sich, wo Johnny wohl steckte.

Als er um Mitternacht immer noch nicht zu Hause war, ging sie ins Bett. Bis zum nächsten Morgen wäre er wieder da, davon war sie überzeugt.

Zwei Tage später kam er endlich so lässig durch die Tür spaziert, als wäre er nur kurz Milch holen gegangen. Mittlerweile war Amber mit den Nerven am Ende.

»Wo hast du gesteckt?«, kreischte sie hysterisch und warf sich in seine Arme. Sie hatte jedes Krankenhaus und jede Polizeiwache angerufen und sich nach ihm erkundigt. »Ich dachte, dir wäre was passiert!«

»Hey, hey.« Er schubste sie weg. »Ich bin wieder da, okay? Hör auf zu winseln, Weib.«

»Aber wo warst du?«, schniefte sie.

»Mit Weasel unterwegs. Wir sind nach Nuevo Laredo runtergefahren.«

»Ach.« Sie wollte ihn fragen, was er in der mexikanischen Grenzstadt getrieben und wieso er nicht angerufen hatte. Aber sie wusste, dass ihm das nicht gefallen würde, darum hielt sie lieber den Mund.

»Ich habe mir solche Sorgen gemacht«, sagte sie stattdessen und spürte, wie frische Tränen über ihr Gesicht zu laufen begannen.

Johnny schüttelte den Kopf. »Jee-sus. Du brauchst was zum Chillen.«

Er hatte recht, erkannte sie. Sie war am Ende. Sie hatte seit achtundvierzig Stunden kaum geschlafen, aber das war nicht alles. Der ständige Kampf um einen Job hatte sie zermürbt; die ständigen Rückschläge; das Wissen um ihre aussichtslose Lage. Sie wusste, dass es genau eine Sache gab, die sie alles vergessen lassen würde.

»Okay«, stimmte sie zu. »Ja, du hast recht, ich brauche was zum Chillen. Woran hast du denn gedacht?«

50

Es war früh am Morgen in Paris. Doch in Gedanken war Armand Bouchard, der in seinem Büro im obersten Stock der GMS-Zentrale saß, jenseits des Ärmelkanals bei seinem englischen Gegenspieler William Melville.

Wie jedes wichtige französische Modehaus hatte GMS seinen

Stammsitz in der Rue du Faubourg Saint-Honoré. Es war eine prestigeträchtige Adresse, denn sie lag an einer der wichtigsten Modestraßen der Welt. Auch wenn es teuer war, hier eine Firmenzentrale zu unterhalten, brachte Bouchard die zusätzlichen Mittel gern auf, allein wegen des Renommees, hier zu residieren. Immer wenn er sich in der Zentrale umsah, war er wieder stolz auf das, was er geschafft hatte. Täglich sehen zu können, was man im Leben erreicht hatte, gab einem ein unvergleichlich gutes Gefühl.

Natürlich machten selbst die erfolgreichsten Geschäftsleute ab und zu einen Fehler. Für Armand war Melville ein Fehler gewesen. Inzwischen hatte er das erkannt. Vor acht Jahren hatte er erfahren, dass das englische Modehaus in Schwierigkeiten steckte. Damals hätte er zuschlagen sollen. Aber dann hatte er gezögert. Das Geschäft hatte keinen Mehrwert versprochen, und er war überzeugt gewesen, das Unternehmen zu einem Spottpreis aufkaufen zu können, wenn er noch etwas abwartete.

Nun, er hatte sich geirrt. Inzwischen war die Firma dreimal so viel wert wie damals. Aber er würde sich deshalb nicht selbst zerfleischen. Während William Melville von seinem Stolz und seiner Arroganz getrieben wurde, handelte Armand Bouchard mit kühler Berechnung. Vor allem deshalb hatte ihm die Presse den Spitznamen Napoleon verpasst. Sicher, er wünschte, er wäre bei Melville früher aktiv geworden. Aber das hieß nicht, dass er aufgeben würde. Ganz im Gegenteil, er sah immer noch einen möglichen Gewinn.

»Aber seit dem letzten Versuch hat sich doch bestimmt nichts geändert, Armand«, hatte ihn sein Stellvertreter bei der letzten Vorstandskonferenz provoziert. »Wie willst du je die Mehrheit bekommen, solange sechzig Prozent der Aktien im Familienbesitz liegen? Keiner von ihnen wird an dich verkaufen.«

Die anderen Vorstandsmitglieder hatten murmelnd beigepflichtet. Normalerweise hätte Armand ihnen recht gegeben. Nur dass sie nichts von dem Anruf wussten, den er neulich aus heiterem

Himmel bekommen hatte. Ein Anruf, der darauf hindeutete, dass die Familie nicht ganz so einig war, wie alle glaubten.

In letzter Zeit – nein, eigentlich schon seit sie mit Lucien zusammengezogen war – merkte Caitlin, dass sie immer öfter ans Kinderkriegen dachte. Vielleicht hatte es etwas damit zu tun, dass sie endlich in einer stabilen Beziehung lebte; vielleicht war es einfach darauf zurückzuführen, dass sie sich eine eigene Familie wünschte, etwas, das ihr die meiste Zeit ihres Lebens als Erwachsene verwehrt gewesen war.

Anfangs hatte sie den Gedanken weit von sich geschoben. Natürlich hatten sie darüber gesprochen, irgendwann Kinder zu bekommen, aber sie hatte sich immer vorgestellt, dass es noch ein paar Jahre hin wären. Außerdem erschien es ihr wie ein Klischee, als wollte sie vor allem Mutter werden, um auszugleichen, dass ihre eigene Mutter gestorben war, bevor sie Zeit gehabt hatte, eine Persönlichkeit auszubilden. Aber sosehr sie sich auch bemühte, der Gedanke ließ sie einfach nicht los.

»Ich weiß, dass es eine blöde Idee ist«, erklärte sie Lucien, nachdem sie ihm eines Abends endlich ihre Gefühle gestanden hatte. »Und es gibt so viele Gründe, noch abzuwarten, wir haben beide schrecklich viel zu tun, und wir sind noch nicht allzu lange zusammen …«

Lucien nickte ernst. »Du hast recht«, stimmte er ihr zu. »Es gibt eine Million Gründe, warum ein Kind absolut ungelegen käme.« Caitlin spürte einen Stich der Enttäuschung. Aber dann beugte er sich vor, und sie sah ein Lachen in seinen Augen tanzen. »Aber wen kümmert das schon?«

Sie setzte sich verdutzt auf. »Ist das dein Ernst?«

Er lächelte liebevoll. »Voll und ganz.«

Als Caitlin zwei Monate darauf feststellte, dass sie schwanger war, waren beide überglücklich.

Am folgenden Wochenende fuhren Caitlin und Lucien nach

Aldringham, um William die Neuigkeiten mitzuteilen. Anfangs wirkte er, was Caitlin lustig fand, leicht schockiert und verlegen. Sie hatte das mehr oder weniger erwartet, denn schließlich war er schrecklich altmodisch. »Nicht dass er viel dagegen sagen kann«, hatte sie Lucien auf der Fahrt versichert. »Nicht nach der Geschichte mit meiner Mutter.« Aber das hielt ihn nicht davon ab, Lucien missbilligend anzusehen. Allerdings wirkte er gleich viel gelöster, als sie ihm versicherten, dass sie heiraten wollten, bevor das Kind auf die Welt kam.

Tatsächlich fand William es aufregend, Großvater zu werden. Elizabeths Schilderung von ihrem Treffen mit Amber hatte ihn traurig gestimmt. Er wusste beim besten Willen nicht, wie er seine verstörte jüngste Tochter noch erreichen sollte, nachdem sie seine Kontaktversuche erneut abgelehnt hatte. Umso mehr freute es ihn, als er von seinem ersten Enkel erfuhr.

Er hatte schon länger darüber nachgedacht, sich Caitlin für die Arbeit, die sie bei Melville geleistet hatte, erkenntlich zu zeigen und ihr zu demonstrieren, dass sie zur Familie gehörte. Jetzt schien die Gelegenheit gekommen. Darum bat er am folgenden Montag seinen Anwalt, ein Papier aufzusetzen, mit dem er einen fünfprozentigen Anteil an der Firma auf Caitlin übertrug. »Das ist doch nicht nötig«, protestierte Caitlin, als er ihr von seiner Absicht erzählte.

»Aber ich möchte es so«, erklärte er entschieden. »Elizabeth und Amber besitzen Anteile an der Firma. Es ist nur gerecht, dass du auch welche bekommst.«

Außerdem bestand er darauf, eine Verlobungsfeier auszurichten. Anfangs wollte er eine große Party mit vielen Gästen geben, aber Caitlin konnte ihn davon abbringen. Sie hatte sich mit Lucien darauf geeinigt, alles im kleinen Rahmen zu halten. Und so kamen sie stattdessen in der folgenden Woche zu einem familiären Treffen am Eaton Square zusammen, wo sie der Familie und einigen ausgewählten Freunden die frohe Kunde mitteilten.

Fast alle freuten sich für sie. Nur Elizabeth wirkte ein bisschen vergrätzt, ihre Glückwünsche klangen gezwungen und die Fragen nach ihren Hochzeitsplänen ein bisschen spitz. »Und wo wollt ihr dann den Knoten knüpfen?«, fragte sie.

»In Aldringham«, antwortete Caitlin. »Es soll alles ganz einfach werden.«

»Aldringham?«, wiederholte sie scharf. Sie leerte ihr Weinglas und hielt es einem vorbeikommenden Kellner hin. »Wie schön. Ich wette, Daddy ist ganz aus dem Häuschen.« Sie lächelte dünn. »So wie es aussieht, läuft es zurzeit *perfekt* für dich.«

»Elizabeth«, meinte Cole warnend.

Sie drehte sich zu ihm um. »Was?«, fuhr sie ihn an.

Er nickte zu dem Weinglas in ihrer Hand hin. »Glaubst du nicht, dass du genug hast?«

Sie blinzelte. »Nein, eigentlich nicht«, antwortete sie und ging weg.

Caitlin sah, wie Cole ihr auf die Terrasse folgte, wo sie ihren Streit unter vier Augen fortsetzten. Sie musste unwillkürlich daran denken, wie verliebt die beiden gewesen waren. Was in aller Welt war passiert?

»Hoffentlich enden wir nicht so«, sagte sie zu Lucien, als sie später in ihrem Bett lagen.

Er drehte sich zu ihr um und nahm sie in die Arme. Ihr war aufgefallen, dass er das in letzter Zeit oft tat, dass er sie behandelte, als wäre sie aus Glas und könnte jede Sekunde zerbrechen.

»Natürlich nicht, *Chérie*. Wir werden immer so glücklich sein wie heute.«

Sie schloss die Augen und spürte, wie die Müdigkeit sie überspülte. Jetzt, wo alles so perfekt lief, glaubte sie ihm nur zu gern.

Als sie am Montag darauf ins Büro kam, lag eine Nachricht auf ihrem Schreibtisch, dass um zehn eine dringende Konferenz einberufen worden sei. Bis dahin waren es nur noch fünf Minuten, darum nahm sie ihren Becher mit Kamillentee und eilte sofort nach oben.

»Haben Sie eine Ahnung, worum es geht?«, fragte sie Douglas Levan, als sie sich auf dem Stuhl neben seinem niederließ. Eigentlich konnte sie den schmierigen Sales Director nicht leiden, aber heute konnte nichts ihre gute Laune trüben. Was konnte ihr schon passieren, erfolgreich, schwanger und verliebt, wie sie war?

Douglas verzog das Gesicht. »Woher soll ich das wissen? Mir verrät schließlich nie jemand was.«

Caitlin ignorierte den Seitenhieb. Sie war zu gut gelaunt, um sich von ihm provozieren zu lassen. Caitlin schwebte so hoch auf ihrer kleinen Wolke, dass sie kaum die grimmigen Mienen bemerkte, als Elizabeth, Piers und William durch die Tür traten. Erst als William stehend das Wort ergriff und sich beklommenes Schweigen über den Raum senkte, spürte sie einen ängstlichen Stich. Soweit sie wusste, machte sich Melville prächtig, alle ihr bekannten Zahlen waren gut, die Kommentare in der Presse waren exzellent. Was in aller Welt war los?

»Ich hatte gehofft, wir hätten das endgültig überstanden«, begann William. »Ich dachte, nach der Erholung …« Seine Stimme versagte.

Alle im Raum sahen ihn ernst und fragend an. Plötzlich fiel Caitlin auf, wie aschfahl sein Gesicht war. Worum es auch ging, es nahm ihn wirklich mit.

Er hustete kurz und räusperte sich dann. »Es wurde eben verlautbart, dass jemand einen Aktienanteil von fünf Prozent an Melville erworben hat.«

»Wer?«, wollte Douglas Levan wissen.

William schnaubte abfällig. »Armand Bouchard natürlich.«

Schlagartig war die Hölle los.

William stellte mit erhobener Hand die Ruhe wieder her.

»Ich weiß, ich weiß. Das ist für uns alle ein Schock. Aber lassen Sie sich eines gesagt sein. Wir werden uns zur Wehr setzen.« Er richtete sich zu voller Größe auf und begann sich warm zu reden. »Ich habe schon mit unseren Hausbanken telefoniert. Wir werden einen Kriegsrat einrichten und unsere Abwehr in Position bringen.« Er wandte sich an Caitlin. »Ich möchte, dass du mit einem Spezialisten aus der Personalabteilung deinen Vertrag überprüfst. Wir werden eine Klausel einfügen, gemäß der du fristlos kündigen kannst, falls eine dritte Partei über dreißig Prozent des Aktienkapitals auf sich vereint. Elizabeth, du kommst mit mir, damit wir besprechen, wie wir unsere finanzielle Position verbessern können.«

»Soll ich auch mitkommen?«, fragte Piers.

William sah ihn kurz an. »Das wird nicht nötig sein.«

»Aber …«

»Bitte, Piers.« William gab sich keine Mühe, seinen Unwillen zu verhehlen. »Das ist wichtig.«

Piers sah ihnen nach. Er hatte William eine letzte Chance gegeben, ihn wieder in den innersten Zirkel aufzunehmen. Auch diesmal war er abgewiesen worden. Falls er bis dahin noch Zweifel gehegt hatte, seinen Plan in die Tat umzusetzen, so waren die nach diesem Wortwechsel beseitigt.

Das Haus in Hounslow sah völlig unauffällig aus. Es war eine anonyme Doppelhaushälfte an einer belebten Straße im Westen von London. Die Straße selbst war ein eigenartiger Mix aus Einkaufs- und Wohnstraße, am einen Ende gab es einen China-Imbiss, eine Trockenreinigung und einen DVD-Verleih, am anderen Ende trostlose Wohnbauten. Die Anwohner waren größtenteils Mieter mit niedrigem Einkommen oder Sozialwohnungsberechtigte. Was wiederum bedeutete, dass niemand lang genug hierblieb, um mitzubekommen, was sich in Hausnummer 32 abspielte.

Irina Serapiniene lebte seit fünf Monaten in Nummer 32, trotzdem wusste sie praktisch nichts über Hounslow. Sie wusste eigentlich nur, dass es von hier aus gerade einmal zwanzig Minuten Fahrzeit nach Heathrow waren, wo sie vor dreiundzwanzig Wochen, fünf Tagen und siebzehn Stunden gelandet war. Von dort aus waren es wiederum nur zwei Stunden Flugzeit nach Litauen. Das Wissen, dass die Heimat so nah war, ließ sie überleben, wenn sie aus dem Fenster im Obergeschoss, das zugenagelt worden war, damit sie nicht entkommen konnte, auf die belebte Kreuzung unten schaute.

Inzwischen hatte Irina begriffen, wie dumm sie gewesen war. Daheim in Wilna, der litauischen Hauptstadt, war sie immer auf der Suche nach neuen Abenteuern gewesen. Mit ihren fünfzehn Jahren war sie ein hübsches Mädchen, blond und zierlich gebaut. Außerdem war sie lebhaft, wagemutiger als alle ihre Freundinnen und immer bereit, neue Lokale auszuprobieren und bis tief in die Nacht auszubleiben. Irina hatte die Gelegenheit beim Schopf gepackt, als sie in einem Club mit einer Frau ins Gespräch gekommen war, die ihr erzählt hatte, sie könnte ihr einen Sommerjob in England besorgen.

»Und worum geht es?«, fragte sie eifrig.

Ihre neue Freundin Sonja wollte sich nicht näher darüber auslassen. »Wahrscheinlich wirst du in London Eis verkaufen; das macht Spaß und wird gut bezahlt. Ach ja«, ergänzte sie im Nachhinein. »Der Flug wird dir bezahlt.« Irina fälschte die Unterschriften ihrer Eltern auf dem Dokument, das es ihr erlaubte, Litauen unbegleitet zu verlassen. Dann packte sie eine kleine Reisetasche, hinterließ ihrer Mutter eine hingekritzelte Nachricht und fuhr los, um sich am Flughafen mit Sonja zu treffen.

Doch als sie in Heathrow landeten, begann Irina nervös zu werden. Erst wollte Sonja ihren Pass haben, dann gesellte sich ein älterer, dicklicher Mann, ein Albaner namens Bedari, zu ihnen.

»Das ist ein Freund«, erklärte Sonja Irina. »Er bringt dich zu deinem Zimmer.«

Seither hatte Irina Sonja nicht mehr gesehen.

Auf der Fahrt wurde Irina immer unruhiger. Der Mann redete kein einziges Wort mit ihr. Als sie endlich in der Pears Road 32 angekommen waren, folgte sie ihm ins Haus und in ein kleines, schäbiges Zimmer im ersten Stock. Sie hatte kaum ihren Koffer abgestellt, da schlug er sie zu Boden und vergewaltigte sie brutal.

»Ich habe zwanzigtausend Pfund bezahlt, um dich nach England zu holen«, erklärte er ihr, als er fertig war. »Jetzt wirst du deine Schulden abbezahlen. Wenn du versuchst zu fliehen, bringe ich dich um.« Dann ging er aus dem Zimmer und verschloss die Tür von außen, um zweifelsfrei klarzustellen, dass sie seine Gefangene war.

Die nächste Woche hindurch wechselte sich Bedari mit drei anderen Männern ab, um sie zu brechen. Nach einem Monat hatte Irina keine Tränen mehr. Man erwartete von ihr, täglich zwanzig bis dreißig Männer zu bedienen, und sie lernte, das widerspruchslos zu tun, um nicht Bedaris Faust zu spüren. Die Männer selbst waren widerlich. Manche waren grob; manche zahlten mehr für Analsex oder Sex ohne Kondom. Sie hatte grauenhafte Angst davor, krank oder schwanger zu werden. Sie durfte das Haus so gut wie nie verlassen. Die Mädchen kamen nur selten dazu, miteinander zu reden, aber was Irina hörte, machte ihr noch mehr Angst. Manche der anderen waren drei-, vier-, fünfmal weiterverkauft worden. Irina hoffte, dass ihr das erspart blieb. Wenigstens wusste sie hier, dass sie nicht weit vom Flughafen weg war. Daran konnte sie sich festhalten.

Und inzwischen gab es einen noch wichtigeren Grund, warum sie nicht wegwollte. *Hoffnung*. Jemand hatte versprochen, ihr zu helfen. Einer ihrer Stammkunden, ein Mann namens Matthew. Er war still, schüchtern, wahrscheinlich Ende zwanzig und wirklich nett. Er besuchte sie inzwischen regelmäßig und schien sie ins Herz geschlossen zu haben, denn er brachte ihr ab und zu kleine Geschenke wie Seife oder Schokolade mit. Selbst Bedari hatte schon Witze darüber gerissen.

»Der da wird dich am Ende noch heiraten, was, Irina?«, hatte er gesagt und ihr dazu einen Rippenstoß versetzt.

Manchmal fragte sie sich, warum Matthew keine Freundin hatte, sie vermutete, dass es an seinem Gewicht lag. Dabei war er im Grunde ein netter Mensch. Bei seinem dritten Besuch hatte er angefangen, sich mit ihr zu unterhalten, sie zu fragen, woher sie kam, ob mit ihr alles okay war. Ihr Englisch war nicht gut, aber er schien zu begreifen, dass sie hier gefangen gehalten wurde. Und er hatte versprochen, ihr bei der Flucht zu helfen. Am nächsten Donnerstag. In nur vier Tagen. So lange konnte sie bestimmt noch durchhalten.

Der Schlüssel drehte sich im Schloss, und wie jedes Mal setzte Irinas Herz einen Schlag aus. Bedari stand in der Tür. Er sagte etwas zu dem Mann, der hinter ihm gestanden hatte und jetzt vortrat, um einen Blick auf Irina zu werfen. Das war bestimmt der Freier, von dem Bedari ihr vorhin erzählt hatte. Er war offensichtlich reich und stellte genaue Anforderungen.

»Er mag natürliche blonde Haare«, hatte Bedari gesagt. »Nicht diese gefärbte Scheiße.« Bedari hatte ihr auch Kleidung gebracht, anders als sonst sollte sie nicht ihren kurzen, engen Rock und auch kein grelles Make-up tragen. Stattdessen hatte sie ein Blumenkleid mit langen Ärmeln und hohem Kragen an. Sie hatte sich das Gesicht schrubben und die blonden Haare bürsten müssen, bis sie glänzten.

Irina zupfte nervös an ihrem Kragen. Inzwischen machte ihr alles Angst, was irgendwie ungewöhnlich war. Der Mann begutachtete sie ausgiebig, drehte sich dann zu Bedari um und sagte etwas. Sie verstand genug, um zu begreifen, dass er zufrieden war. Ein paar Scheine wechselten den Besitzer, dann verschwand ein glücklicher Bedari aus dem Zimmer und schloss die Tür hinter sich ab.

Sobald sie allein waren, bedeutete ihr der Mann, sich aufs Bett zu setzen. Sie folgte seinem Befehl, und er lächelte sie an. Allmählich entspannte sie sich. Der Mann war anders als ihre normalen Freier. Er war besser gekleidet und sah auch gut aus, er war sauber und glatt rasiert. Er klang ein bisschen wie Matthew, fand sie. Sie fragte sich, warum er an so einen Ort kam, bestimmt konnte er doch genug Frauen haben.

Er setzte sich zu ihr aufs Bett. Er war immer noch angezogen und schien es auch nicht eilig zu haben, sie auszuziehen. Stattdessen strich er ihr die blonden Haare aus der Stirn und fuhr mit der Hand ihre Gesichtszüge nach. Seine Berührung hatte beinahe etwas Zärtliches. Nachdem Irina seit Monaten nach etwas Zuneigung hungerte, kam das für sie völlig überraschend. Unerklärlicherweise hatte sie das Gefühl, lachen zu müssen. Ein Kichern steckte in ihrer Kehle. Vergeblich versuchte sie es hinunterzuschlucken. Als sich der Mann zu einem Kuss vorbeugte, stieg ein hohes Keckern aus ihrer Kehle, ein nervöser Laut, den sie einfach nicht unterdrücken konnte.

Ihre Hand flog an ihren Mund, doch es war zu spät. In diesem Sekundenbruchteil schlug die Miene des Mannes um. Einen winzigen Moment sah er sie verletzt an, dann wurde sein Blick kalt und sein Mund schmal. Sie sah ihm an, dass er glaubte, sie würde ihn auslachen, sich über ihn lustig machen.

Nach so langer Zeit hatte Irina einen sechsten Sinn für Gefahr entwickelt. Das Schrillen in ihrem Kopf erinnerte sie an ihre erste Begegnung mit Bedari vor fast sechs Monaten. Sie sah den Schlag kommen, noch bevor der Mann die Hand erhoben hatte.

»Ne …«, flehte sie, als seine offene Handfläche auf ihre Wange traf. Wenn sie nur die Worte gewusst hätte, um ihm zu erklären, dass sie nicht respektlos sein wollte. *»Prasau, ne …«*

Aber er hörte sie nicht. Inzwischen war er aufgestanden, damit er mehr Kraft in seine Schläge legen konnte. Irina hatte schon öfter Männer wie ihn erlebt, und sie wusste, dass mit ihm nicht mehr zu reden war, so wie sie auch wusste, dass niemand im Haus auf ihre Schreie und ihr ängstliches Flehen reagieren würde.

Sein Handrücken traf ihre andere Wange. Weil sie nur fünfzig Kilo wog und er achtzig, hatte sie der geballten Kraft seines Zornes nichts entgegenzusetzen. Der Schlag ließ ihre Haut aufplatzen und schleuderte sie vom Bett. Sie streckte die Hände vor, um den Sturz abzufedern. Aber noch im Fall schlug sie mit dem Kopf gegen den Nachttisch. Ihr Genick knackte, und sie spürte, wie etwas in ihr zerbrach.

Offenbar war sie zwischendurch ohnmächtig geworden. Denn als sie wieder zu sich kam, lag sie auf dem Rücken und starrte an die Decke. Der Mann kniete über ihr und sah gar nicht mehr wütend aus, sondern nur noch erschrocken. Er rief etwas zur Tür, vielleicht rief er um Hilfe. Aber es war schon zu spät. Sie spürte, wie sie wieder abrutschte, wie sie ihm endgültig entglitt.

Das war so unfair. Noch vor ein paar Wochen wäre ihr das vielleicht wie eine süße Erlösung erschienen. Jetzt war ein Ende abzusehen gewesen, in nur vier Tagen hatte Matthew sie hier herausholen wollen. Aber sie wäre nicht mehr hier. Würde er das merken? Würde es irgendwen interessieren, dass sie nicht mehr hier war?

Es war der letzte Gedanke, der durch ihren Kopf zog.

51

Tokio ließ Elizabeth keine Ruhe. Vor allem Piers' Kommentar, dass die Nachfolge ihres Vaters noch nicht geregelt sei. Plötzlich gewann das, was ihr vor vielen Wochen bei der Lektüre in der Zeitung noch völlig abwegig erschienen war, immens an Bedeutung.

Dass es für Caitlin rundum glänzend lief, machte die Sache nicht einfacher. Elizabeth war es so leid, die Heldentaten ihrer Halbschwester und deren wunderbares, perfektes Leben zu feiern. Und jetzt plante ihr Vater auch noch, Caitlin fünf Prozent der Firma zu überschreiben. Vielleicht wollte er Caitlin damit wirklich enger an die Familie binden, wie er behauptete. Aber vielleicht steckten auch weniger edle Motive hinter seinen Taten.

Elizabeth äußerte ihre Bedenken gegenüber Piers, denn der schien momentan der Einzige zu sein, der zu ihr hielt. Er versuchte ihr zu versichern, dass sie sich keine Gedanken zu machen brauche. Aber als sie nicht lockerließ, seufzte er schließlich und meinte: »Wenn du dir wirklich solche Sorgen machst, solltest du mit ihm reden. Frag ihn offen, was er vorhat. Auf diese Weise kannst du vielleicht wieder Frieden finden.«

An diesem Abend sollte sich Piers mit William zum Abendessen treffen. Der zehnjährige Altersabstand zwischen den beiden Männern trat wieder deutlicher hervor als in letzter Zeit. Der Stress nach Armand Bouchards Übernahmeangebot hatte bei William eine weitere Herzattacke ausgelöst. Piers spürte, dass die Episode seinen Bruder mitgenommen und ihn wieder an seine Sterblichkeit erinnert hatte. Es war der perfekte Zeitpunkt, um das Gespräch auf Elizabeth zu bringen. »Hat Elizabeth gestern Zeit gefunden, mit dir zu sprechen?«

William sah scharf auf. »Nein. Wieso denn?«

»Ach!« Piers heuchelte Überraschung. »Ach, es ist nicht so wichtig.«

William legte die Stirn in Falten. »Komm schon, Piers, spuck's aus.«

»Ganz ehrlich, William. Es ist nichts weiter. Sie macht sich nur Sorgen um dich.«

»Sorgen um mich?« Jetzt wurde William argwöhnisch. »Wieso denn? Was hat sie gesagt?«

Piers kniff sich in die Nasenwurzel. »Es war wirklich nichts weiter, sie hat nur gemeint, dass sie sich Sorgen um deine Gesundheit macht, vor allem jetzt, wo diese Geschichte mit Bouchard wieder hochkocht.«

»Was soll das heißen?«

Piers wirkte verlegen. »Also, sie meint, dass wir ein starkes Management brauchen, wenn wir uns Hoffnungen machen wollen, das Angebot abzuwehren.«

Williams Augen wurden schmal. »Und sie glaubt nicht, dass ich stark genug bin, willst du damit sagen?«

»O Gott, nein!«, protestierte Piers. »Sie macht sich nur Sorgen um dich, weil du wegen dieser Sache so unter Stress stehst.«

Williams Stimme wurde eisig. »Also, du kannst ihr ausrichten, dass sie sich keine Sorgen zu machen braucht.«

Ein paar Tage darauf bekam Elizabeth endlich einen Termin bei ihrem Vater. Sobald sie in sein Büro kam, ging sie zum Angriff über. »Daddy, ich glaube, wir sollten uns ernsthaft über die Pläne für deine Nachfolge unterhalten.«

William wehrte sofort ab. »Was für Pläne?«

»Also, ich habe angenommen …«

Er sah sie kühl an. »An deiner Stelle würde ich gar nichts annehmen, Elizabeth. Wie du sehen kannst, bin ich gesund und wohlauf und habe nicht die Absicht, bald abzutreten.«

»Aber neulich …«

»Das neulich war gar nichts. Es war nur ein kleiner Schwächeanfall.« Er lachte schnaubend. »Würdest du mich wirklich so gern unter der Erde sehen, Elizabeth?«

»So habe ich es nicht gemeint!« Es verletzte sie, dass er ihr das zutraute. »Ich finde nur, dass wir darüber sprechen sollten, wen du als deinen Nachfolger siehst.«

»Wieso?«, wollte er wissen. »Was hat das mit dir zu tun?«

Elizabeth war wie vor den Kopf geschlagen. So hatte sie sich das Gespräch nicht vorgestellt. »Ich hätte gedacht, es hätte eine Menge mit mir zu tun«, sagte sie. »Ich habe die letzten drei Jahre Blut geschwitzt, um diese Firma wieder auf die Beine zu bringen!«

Williams Augen wurden schmal. »Übertreib nicht, Elizabeth. Du bist nicht die Einzige, die für diese Firma arbeitet, und du bist nicht die Einzige, die dazu beigetragen hatte, die Dinge zum Guten zu wenden.«

Elizabeth fühlte sich getroffen. »Ach ja? Und wer hat noch dazu beigetragen? Caitlin, nehme ich an?«

Er sah sie abschätzig an. »Jetzt, wo du es erwähnst, Caitlin hat jedenfalls eine wichtige Rolle gespielt.«

Genau das hätte er nicht sagen dürfen. »Sie ist vielleicht eine gute Designerin, aber das heißt nicht, dass sie das Zeug hat, einen Konzern zu leiten. Sie hat nicht das Zeug dazu, und wenn du glaubst, sie hätte es, dann bist du nicht ganz bei Trost.«

»Sprich nicht so über deine Schwester!«

»Halbschwester, Daddy«, fauchte sie. »Das solltest du nicht vergessen.«

»Und du solltest nicht vergessen, dass immer noch ich diese Firma leite.« Seine Stimme war eisig, sein Blick hart wie Stein. »Noch gilt das, was ich sage.«

Sie sah ihn lange an. »Genau das macht mir Sorgen.«

Elizabeth hätte sich nicht vorstellen können, dass das Gespräch so schlimm enden würde. Doch da wusste sie noch nicht, dass alles noch schlimmer kommen sollte.

Elizabeth würde nie vergessen, wann ihr aufgegangen war, dass Cole eine Affäre hatte. Es war an seinem Geburtstagsabend, und er hatte beschlossen, im Nebenzimmer des Osaka ein Essen zu geben. Wie üblich kam sie wegen einer Krise kurz vor Feierabend zu spät. Sie kam aufgelöst ins Restaurant geeilt, wohl wissend, dass sie nicht besonders gut aussah, und wünschte sich, sie hätte Zeit gehabt, ihre Haare zu machen und das neue Kostüm anzuziehen, das sie für diesen Abend gekauft hatte.

Als sie das Nebenzimmer betrat, waren die anderen schon beim Essen. Cole saß am Kopf des Tisches, und neben ihm saß seine Sekretärin, dieses stille kleine japanische Mädchen. Elizabeth wollte schon auf ihn zugehen, als etwas sie innehalten ließ. Sie hatte nie viel auf dieses Gerede von weiblicher Intuition gegeben. Aber irgendwie spürte sie, dass etwas nicht stimmte.

Sie blieb kurz in der Tür stehen und beobachtete Cole und Mariko. Es war nicht so, dass die beiden irgendwas Auffälliges getan hätten – Händchen gehalten oder miteinander geflüstert –, sie aßen genau wie alle anderen am Tisch ihr Sashimi. Aber als Cole ein Tropfen Wasabi-Soße aus dem Mundwinkel rann, begann Mariko zu kichern und griff nach ihrer Serviette, um ihn wegzuwischen.

Da *wusste* Elizabeth es. Schlagartig war ihr alles klar.

Es war tatsächlich ein Schlag. Sie kam ins Straucheln und musste sich am Türrahmen festhalten, um nicht einzuknicken. Sie merkte, wie ihr die Magensäure in den Mund schoss, und erinnerte sich unwillkürlich, wie Cole damals gescherzt hatte, dass Mariko in ihn verschossen sei, und wie sie ihn damit aufgezogen hatte.

Aber dies war nicht der Augenblick für Selbstmitleid. Man hatte sie bemerkt. Sie konnte keinesfalls heulend weglaufen, außerdem war das ganz und gar nicht ihr Stil. Ihr blieb nichts anderes übrig, als in den Raum zu treten und Haltung zu zeigen.

Während sie über den Marmorboden schritt, erstarben die Gespräche am Tisch, weil alle Gäste ihren Auftritt verfolgten. Alle warteten ab, wie sie reagieren würde, erkannte sie. Tja, sie würde ihnen nicht die Freude bereiten und ihm eine Szene machen. Stattdessen setzte sie ein Lächeln auf und ging auf Cole zu.

»Alles Gute zum Geburtstag.« Sie beugte sich vor und hauchte einen Kuss auf seine Lippen. »Bitte verzeih die Verspätung.«

»Mach dir deswegen keine Sorgen.« Und das war ernst gemeint.

Jetzt war ihr klar, warum er nicht wütend geworden war, als sie die Osaka-Eröffnung verpasst hatte, und warum er aufgehört hatte, sich über ihre zahllosen Überstunden zu beschweren.

Elizabeth stand immer noch. Cole machte keine Anstalten, ihr einen Platz zu suchen. Am anderen Ende des Tisches war ein Stuhl frei, aber sie wäre eher gestorben, als sich dorthin zu setzen.

»Könntest du dich vielleicht dorthin setzen, Mariko?«, sagte sie und deutete auf den freien Stuhl. »Ich würde gern neben meinem Mann sitzen.«

»Natürlich, Elizabeth.«

Die Antwort klang durchaus höflich. Aber Elizabeth bemerkte den trotzigen Blick, den Mariko ihr dabei zuwarf. Sie musste ihre ganze Selbstbeherrschung aufbringen, sonst hätte sie das Mädchen geohrfeigt, und es war bei Gott noch ein Mädchen, während es in aller Seelenruhe seine Habseligkeiten einsammelte und den Platz frei machte.

Das Essen war eine Qual. Elizabeth spürte, wie alle sie ansahen und musterten. Irgendwie schaffte sie es, einen ständigen Fluss an Small Talk aufrechtzuerhalten. Nach einem kleinen Schluck

Champagner, um auf ihren Mann anzustoßen, beschränkte sie sich auf Mineralwasser, weil sie Angst hatte, der Alkohol könnte sie zu einer Bemerkung verleiten, die sie lieber nicht machen wollte.

Gegen Mitternacht löste sich die Feier auf. Sie beobachtete, wie Cole Mariko auf die Wange küsste und seine Hand dabei eine Winzigkeit zu lang auf ihrem Arm liegen blieb, und fragte sich, wie lange sie das noch ertragen würde.

Während der Taxifahrt nach Hause wechselten Gemahl und Gemahlin kaum ein Wort.

Das ganze Essen hindurch hatte sich Elizabeth ausgemalt, wie sie Cole zur Rede stellen würde, sobald sie wieder zu Hause waren. Aber als sie dort angekommen waren, fehlten ihr die Worte dafür. Sie gingen direkt nach oben, wo sie sich schweigend, den Rücken einander zugewandt, auszogen. Wie lange lebten sie schon so nebeneinander her, fragte sich Elizabeth unvermittelt.

Erst als sie im Bett lagen und das Licht ausgemacht hatten, tastete Elizabeth nach ihm. Sie spürte sein Zögern, sie wusste, dass er sich ihr lieber entziehen wollte, aber sie ließ nicht locker und drückte ihren Mund fest auf seinen, um zweifelsfrei deutlich zu machen, was sie wollte.

Er gab nach, aber zu seinen Bedingungen. Es war ein Akt ohne Romantik und ohne Zärtlichkeit. Er drehte sie auf den Bauch, damit sie sich nicht weiter küssen konnten, legte sich auf sie und stieß hart und schnell zu. Die ganze Zeit sprachen sie kein Wort, der einzige Laut blieb ein kehliges Aufstöhnen, als er endlich kam. Dann wälzte er sich, immer noch wortlos, von ihr herunter.

Sie wartete, bis sein Atem tief und gleichmäßig ging und sie sicher sein konnte, dass er schlief. Dann schlich sie aus dem Bett ins Bad und verriegelte die Tür. Erst als sie auf dem Badewannenrand saß, begann sie zu weinen. Sie weinte so lange und so bitterlich, als hätte sie überhaupt noch nie geweint, und biss gleichzeitig mit aller Kraft in ihre Hand, damit er die tiefen, schweren Schluchzer nicht hörte, die ihren Leib erschütterten.

Erst viel später wusch sie sich das Gesicht und kehrte ins Bett zurück.

Sie hatte vorgehabt, ihn am nächsten Morgen zur Rede zu stellen. Aber ihr fehlten immer noch die Worte. Erst vergingen Tage, dann Wochen, und irgendwann wurde ihr schließlich klar, dass sie ihn nie darauf ansprechen würde. Sie war schockiert und entsetzt über sich selbst. So viele Jahre hatte sie ihre Mutter verachtet, weil sie bei ihrem Vater geblieben war, und jetzt tat sie genau dasselbe. Tatsächlich hatte sie zum ersten Mal in ihrem Leben keine Ahnung, was sie eigentlich tun sollte. Denn tief in ihrem Herzen liebte sie Cole immer noch.

Sie wusste nicht genau, worauf sie wartete. Aber das Schicksal hat die Unart, uns gelegentlich mit einem Katalysator – einem Glücksfall oder Tiefschlag – aus unserer Lethargie zu reißen; kurz gesagt mit einer absolut unerwarteten Wendung. Für Elizabeth war es der Moment, an dem sie den dritten Morgen in Folge auf Händen und Knien würgend über der Toilettenschüssel hing. Als sie wieder in die Hocke ging und ihren Mund mit einem Fetzen Toilettenpapier abwischte, fiel ihr wieder ein, wie zerstreut sie vor sechs Wochen gewesen war. So zerstreut, dass sie vergessen hatte, regelmäßig die Pille zu nehmen. Und so zerstreut, dass sie gar nicht gemerkt hatte, was sie damit angerichtet hatte, und zwar bis jetzt, wo es viel zu spät war.

Jeder Tag kostete Elizabeth ungeheure Anstrengung. Alles stürzte auf sie ein, und sie wartete nur darauf, darunter zu zerbrechen. Das Verhältnis zu ihrem Vater hatte sich nicht gebessert. Sie hatte schreckliche Angst, dass er tatsächlich erwägen könnte, Caitlin zu seiner Nachfolgerin zu ernennen.

Caitlin, Caitlin, Caitlin. Elizabeth hatte es satt, ständig ihren Namen zu hören. Sie musste daran denken, wie schüchtern, naiv und unsicher das Mädchen gewesen war, als es damals nach Aldringham kam. Wie hatte es passieren können, dass sie plötzlich alles bekam – die Firma, einen Mann, der sie über alles liebte, und bald auch noch ein Baby –, während sie, Elizabeth, die ausersehene Thronfolgerin, mit leeren Händen dastand?

Sie hätte nie geglaubt, dass es ihr besonders wichtig sein könnte, ein Kind zu bekommen. Aber jetzt, wo sie keinen Partner mehr hatte, mit dem sie ihr Glück feiern und mit dem sie dieses eigentlich freudige Ereignis erleben konnte, erkannte sie, wie sehr sie dieses Kind wollte. Und nachdem sie niemandem davon erzählen konnte, fühlte sie sich einsamer als je zuvor.

Es gab nur einen, der zu ihr hielt, und das war Piers. Ihm allein gestand sie ihre Ängste, dass William Caitlin vorziehen könnte. Sie verbrachten lange Abende allein in seinem Büro, wo sich Elizabeth über die Ungerechtigkeit des Lebens ereiferte.

»Das ist doch lächerlich!«, verkündete sie wohl zum hundertsten Mal. »Der Posten steht mir zu! Ich habe alles für dieses Unternehmen gegeben, meine Zeit, meine ganze Energie. Sogar meine …« Um ein Haar hätte sie *Ehe* gesagt, konnte sich aber gerade noch bremsen.

»Ich weiß, ich weiß, Elizabeth«, teilte Piers ihr Elend. »Ich kann dich ausgezeichnet verstehen. Ich glaube, dein Vater steht kurz davor, einen schrecklichen Fehler zu begehen. Ich möchte genauso wenig, dass du um dein Erbe betrogen wirst.«

Plötzlich verließ sie jeder Kampfgeist. Auf der einen Seite die Sache mit Cole, auf der anderen das Drama in der Firma. Das überstieg einfach ihre Kräfte. Ihre Schultern sackten herab. »Aber wenn Daddy es so will, kann ich wohl nichts dagegen unternehmen, oder?«

Eigentlich war das eine rhetorische Frage gewesen. Aber sie bemerkte das Zucken in Piers' Gesicht, das nachdenkliche Berechnen, und dann das Funkeln in seinen Augen. »Was ist denn?«, fragte sie langsam. »Was überlegst du?«

»Ich hätte *vielleicht* eine Idee, wie du das Schlimmste verhindern könntest, wie du sicherstellen könntest, dass du bekommst, was du verdienst.« Während er das sagte, sah er sie genau an, so als wollte er ihre Reaktion testen. »Natürlich ist es kein einfacher Weg«, fuhr er fort. »Aber möglicherweise bleibt uns kein anderer.«

Elizabeth spürte einen nervösen Schauer. So wie er das sagte, war klar, dass sein Vorhaben den Absichten ihres Vaters zuwiderlief. Aber hatte sie denn eine andere Wahl?

»Erzähl«, flüsterte sie.

Piers' Vorschlag lief darauf hinaus, einen Management-Buyout zu inszenieren, kurz gesagt, eine Übernahme der Firma durch die leitenden Angestellten. Er wollte ihre Aktien in einem Pool zusammenführen – seine fünf und ihre siebeneinhalb Prozent –, und dann mit ihr zusammen ein Übernahmeangebot abgeben. Es gab eine entscheidende Komplikation: Weil sie nicht das Geld hätten, die frei handelbaren Aktien selbst aufzukaufen, würden sie einen Finanzier finden müssen.

»Würde das schwierig werden?«, fragte Elizabeth, die Piers' Vorschlag ebenso verlockend wie beängstigend fand. Überlegte sie das *ernsthaft*? War sie wirklich so dreist?

»Ich habe mich ein wenig mit der Sache beschäftigt«, verkündete er unbestimmt. »Ich glaube, es gäbe da einige Privatinvestoren, die gewillt sein könnten, die nötigen Mittel aufzubringen.«

Seine Vorstellungen waren schon sehr konkret. Nachdem ihr Angebot von zwei Familienmitgliedern unterstützt wurde, würde es – vor allem, wenn sie Elizabeths Rolle bei der Genesung der Firma herausstellten – vom Markt wohlwollend aufgenommen. Er war sogar so weit gegangen, ein Spreadsheet zu erstellen, auf dem er den Kurs errechnet hatte, den sie den potenziellen Verkäufern anbieten konnten. Falls sie überrascht war, dass er sich ganz allein so weit vorgewagt hatte, so ließ sie sich davon nicht bremsen. Auf den ersten Blick sahen die Zahlen gut aus; ihr Angebot würde vierzig Prozent über dem gegenwärtigen Aktienkurs liegen. Natürlich war es kein Problem, bei einem Management-Buyout einen fairen Preis zu bieten, sie gehörten schließlich beide der Geschäftsleitung an und kannten die Firma in- und auswendig.

Elizabeth studierte die Zahlen, die er zusammengestellt hatte, und kam zu dem Schluss, dass sein Plan tatsächlich funktionieren könnte. Falls sie einen so hohen Preis für die Aktien boten, wäre es für Armand Bouchard wenig verlockend, sie noch zu übertrumpfen. Und William würde bestimmt nicht die nötige Rückendeckung bekommen, um ihrem Angebot etwas entgegenzusetzen.

»Und bei seinen gesundheitlichen Problemen in letzter Zeit bezweifle ich, dass ihn irgendeine Bank als zukunftsträchtige Alternative einstufen wird«, schloss Piers. »Natürlich weiß ich, dass wir beide deinem Vater nicht wehtun wollen«, beeilte er sich zu sagen. »Aber ich habe den Eindruck, dass er in letzter Zeit ein bisschen konfus wird. Vielleicht wird er uns auf lange Sicht sogar dafür danken.«

Auf dem Heimweg fragte sich Elizabeth, ob sie es wagen würde, Piers' Angebot mit Cole zu besprechen. Normalerweise fragte sie ihn gern um seine Meinung, wenn sie vor wichtigen geschäftlichen Entscheidungen stand, denn er entdeckte oft etwas, das sie übersehen hatte. Vielleicht wäre das ein guter Ansatzpunkt, wieder ins Gespräch zu kommen.

Doch sobald Elizabeth das Haus betrat, wusste sie, dass es nicht dazu kommen würde. Hinter der Haustür standen zwei braune Koffer. Cole wollte sie verlassen.

Sie fand ihn im Wohnzimmer, wo er in der Dunkelheit saß. Auf dem Couchtisch vor ihm stand eine Flasche Whisky – noch fast voll. Elizabeth blieb wie angewurzelt stehen und spürte, wie sie in eisiger Kälte erstarrte. Sie war selbst überrascht, wie kräftig ihre Stimme klang, als sie fragte: »Was soll das, Cole?«

Cole rollte das Glas mit der braunen Flüssigkeit zwischen den Händen hin und her. Er brachte nicht einmal die Kraft auf, sie anzusehen.

»Ich ziehe aus.« Damit bestätigte er, was offensichtlich war.

Langsam hob er seinen Blick und sah sie an. »Ich weiß nicht, warum ich noch hierbleiben sollte, Elizabeth«, fuhr er fort, als würde er damit rechnen, dass sie ihm widersprach. »Ich bin schon lange nicht mehr glücklich, und ich glaube, du bist es auch nicht.«

Sie setzte sich in den Sessel ihm gegenüber.

»Woher willst du wissen, wie ich mich fühle, wenn du dir nicht mal die Mühe machst, mich zu fragen?«, erklärte sie gelassener, als ihr zumute war.

»Ich habe dich immer wieder gefragt, Elizabeth. Du hast es nur nicht gemerkt. Ich habe versucht, hierüber zu reden.« Er beugte sich vor und verschränkte die Hände. »Ich habe es monatelang versucht. Aber du scheinst nicht daran interessiert zu sein, unsere Ehe zu erhalten.«

»Und du schon?«, schoss sie zurück. »Denn bitte verrate mir eins – inwiefern erhält es unsere Ehe, wenn du mit Mariko vögelst?«

Die Worte brauchten eine Sekunde, um ihre Wirkung zu entfalten. Sie sah die Überraschung in seinem Gesicht und hätte ihren Triumph beinahe genossen.

»Ja, ganz recht«, sagte sie leise. »Ich weiß Bescheid.«

Er hatte den Anstand, beschämt auszusehen. »Hör zu, es ist einfach passiert, okay? Du warst ja nie da …«

»Ach, es ist also meine Schuld?«, fiel ihm Elizabeth ins Wort. »Ich habe dich dazu getrieben, richtig? Lass mich raten, sie versteht dich einfach besser als ich.«

Er schüttelte den Kopf. »Nein. Das habe ich nicht gemeint.« Er fuhr sich mit der Hand durch das kurze, schwarze Haar. »Es … es war zwischen uns nicht mehr so wie früher. Und Mariko … na schön, sie hat mir geschmeichelt, mir ihre ganze Aufmerksamkeit geschenkt, nehme ich an.«

»Ja, jede Wette.«

Das Gift in ihrer Stimme ließ Cole zusammenzucken. Elizabeth bemerkte es und wünschte sich, sie könnte ihre Worte zurücknehmen. Warum fiel es ihr immer leichter, sofort zurückzuschießen, statt das auszusprechen, was ihr wirklich auf dem Herzen lag? Am liebsten hätte sie das ganze Gespräch noch einmal von vorn angefangen und ihm diesmal erklärt, was sie wirklich empfand: wie schrecklich sie fand, was er getan hatte und dass sie sich die Augen darüber ausgeheult hatte, aber dass sie ihn immer noch liebte und sich wünschte, sie hätte ihm schon vor Monaten zugehört, weil es dann gar nicht so weit gekommen wäre.

Aber wenn sie die Augen schloss, bekam sie das Bild der beiden einfach nicht aus ihrem Kopf. Sie wusste nicht, ob es je wieder verschwinden würde. Mariko: anschmiegsam und fügsam, süß und exotisch … all das, was sie, Elizabeth, nicht war.

»Wahrscheinlich kam dir das ganz gelegen.« Plötzlich war sie auf einen Streit aus.

Er sah sie erschöpft an. »Was denn?«

»Dass ich so viel arbeiten musste. Vermutlich hattest du dadurch reichlich Zeit, dich mit *ihr* zu treffen.« Elizabeth ertrug es nicht, ihren Namen noch einmal auszusprechen. »Mal ehrlich, wie lange geht das schon? Bestimmt schon eine ganze Weile. Ich weiß es seit ein paar Wochen, und wie heißt es immer – die Ehefrau erfährt es als Letzte.« Sie lachte kurz und verbittert auf. »Also muss es schon ewig gegangen sein.«

Cole sah sie gequält an. »Elizabeth, bitte. Das bringt doch nichts.«

»Ehrlich, Cole, ich glaube, ich habe ein Recht, die Details zu erfahren. Wann hat es angefangen? Und wo habt ihr eure heimlichen Treffen abgehalten?«

»Elizabeth, lass …«

Aber sie wollte nichts mehr hören. »Seid ihr ins Hotel gegangen? Hast du sie hierhergebracht?« Sie hörte selbst, wie schrill ihre Stimme wurde, wie hysterisch sie klang, aber sie konnte einfach nicht aufhören. »Weiß euer ganzes Büro Bescheid? Haben alle hinter meinem Rücken über mich gelacht?«

Plötzlich wurde ihr bewusst, wie überspannt sie klang, und sie verstummte.

Cole sah sie lange und nachdenklich an. »Vielleicht sollte ich lieber gehen«, sagte er ruhig.

»Wohin denn?«, fauchte sie. »Etwa zu *ihr*?«

Cole ahnte, dass das Gespräch zu nichts führen würde, und stand auf. In diesem Moment wurde ihr klar: Er würde gehen; er würde sie tatsächlich verlassen. Sie suchte verzweifelt nach Worten, die ihn aufhalten konnten. Wenn es einen Augenblick gegeben hatte, um ihm von ihrem Baby zu erzählen, dann diesen, das war ihr klar. Aber ihr Stolz verbot es ihr. Falls es das wirklich gewesen war, dann sollte er sich nicht daran erinnern, wie sie ihn beim Abschied angebettelt hatte zu bleiben.

Darum schaute sie schweigend zu, wie er aus dem Zimmer ging.

An der Tür blieb er noch einmal stehen und drehte sich um.

»Mariko ist nicht das Problem, Elizabeth. Das war sie nie. Sie ist das Symptom, nicht die Ursache dessen, was schiefgelaufen ist.«

Und dann war er weg.

52

Amber spürte keinen Schmerz mehr. Sie war glücklich, unendlich glücklich. Nichts war damit zu vergleichen: im Schneidersitz um die Flamme zu sitzen, jenen langen Augenblick der Vorfreude auszukosten, während das braune Pulver zu einer runden Pfütze zerschmolz, und sich dann gierig darüber zu beugen, um das magische Parfüm einzuatmen.

Im Lauf der Jahre hatte sie so ziemlich alles von Alkohol und Marihuana bis zu Ketamin, Koks, Ecstasy und Speed probiert. Aber das Heroin-High übertraf einfach alles: der erste euphorische Flash, wenn die Droge die Blut-Hirn-Barriere durchbrach, die Explosion von Wohlgefühl im Bauch, die allmählich in eine unvergleichliche Wärme und Behaglichkeit überging, so als würde sie auf einer Wolke schweben, wo niemand ihr etwas anhaben konnte. Heroin hielt ihr alle Sorgen, alle nagenden Selbstzweifel vom Leib – es bot süße Erlösung. Und genau danach sehnte sich Amber.

Natürlich hatte sie in den letzten zwei Jahren zwischendurch immer wieder H geraucht, seit Johnny es ihr damals gezeigt hatte. Aber diesmal war es anders. Irgendwie war es ein Teil ihres Tagesablaufs geworden. Das hätte ihr zu denken gegeben, wenn sie inzwischen nicht die meiste Zeit an einem besseren Ort verbracht hätte, wo es keine Sorgen gab.

Der einzige Nachteil war, dass Weasel immer öfter bei ihnen herumzuhängen schien.

»*Musst* du ihn ständig anschleppen?«, beschwerte sich Amber irgendwann. »Ich kann es nicht ausstehen, wie er mich ansieht.« Schon bei dem Gedanken bekam sie eine Gänsehaut. »Der Typ zieht mich voll runter.«

Johnny zuckte gelangweilt mit den Achseln. »Mann, dann steht er eben auf dich, Prinzessin. Du solltest dich geschmeichelt fühlen.« Er sah sie von der Seite an. »Mal ehrlich, wenn du ein bisschen netter zu ihm wärst, wäre er auch netter zu uns.«

Amber wich zurück. »Was willst du damit sagen?«

Johnny schüttelte eilig den Kopf. »Gar nichts. War bloß Spaß. Vergiss es einfach.«

Und Amber vergaß schnell, sobald er die Alufolie zu erhitzen begann.

Nur dass es nach ein paar Wochen immer schwieriger wurde, dieses euphorische Gefühl zu erreichen. Sie brauchte mehr und mehr Hits am Tag, trotzdem wollte sich der Effekt nicht mehr einstellen. Sie wollte den Kick vom Anfang wieder haben.

»Ich wüsste, wie du es schaffen kannst, dich wieder so gut zu fühlen«, sagte Johnny jedes Mal, wenn sie sich beschwerte. Sie wusste genau, was er meinte. Die Spritze, die er ihr immer noch anbot. Das Versprechen, dass sie die Wirkung beschleunigen würde, dass sie sich damit dasselbe High wie früher verschaffen konnte. Wenn sie nur daran dachte, trocknete ihr Mund aus und ihre Hände wurden schwitzig. Sie musste ihre ganze Selbstbeherrschung aufbringen, um abzulehnen.

Eines Nachts brachte Johnny richtig guten Stoff mit, »absolut rein«, wie er ihr versicherte. Er hatte nicht gelogen. So gut, wie das Zeug war, störte es Amber nicht mal, dass Sheri und Weasel auch da waren. Als der Flash kam, sank sie auf die Kissen, die sie auf dem Wohnzimmerboden ausgelegt hatten. Immer noch keine Möbel, aber wen interessierte das schon? Sie fühlte sich so weich, als würde sie alles durch einen Schleier sehen. Das Leben war schön.

Sheri stand auf und streckte Johnny die Hand hin. Die anderen hatten nur Koks geschnupft und waren längst nicht so breit wie Amber.

»Sollen wir rübergehen?« Sheri nickte zum zweiten Zimmer hin.

Johnny warf einen Blick auf Amber, kam zu dem Schluss, dass sie zu weggetreten war, um mitzubekommen, was er trieb, und folgte Sheri nach nebenan. Als er die Tür schloss, sah er noch, wie Weasel näher an Amber heranrutschte. Die beiden Männer wechselten einen Blick. Johnny hatte kein schlechtes Gewissen wegen ihrer kleinen Verabredung. Schließlich hatte Amber keine Ahnung, was ablief. Und es wurde Zeit, dass sie für ihren Stoff bezahlte.

Im Nebel sah Amber, wie Johnny und Sheri verschwanden. Sie fühlte sich benommen und rätselte, ob sie sich ebenfalls schlafen legen sollte. Aber sie wollte noch nicht allein sein. Und hier leistete ihr Weasel Gesellschaft. Sie streckte ihm die Arme entgegen. »Wiee-sel«, sang sie müde. »Liee-ber Wiee-sel.« Sie kicherte.

Im nächsten Moment gingen die Lichter aus.

Weasel sah auf das bewusstlose Mädchen. Darauf hatte er sich schon lange, lange gefreut. Monatelang hatte er ihre Hochnäsigkeit ertragen müssen. Aber jetzt hatte sich das Blatt gewendet. Sie war nur noch Dreck, und er konnte mit ihr machen, was er wollte.

Er leckte sich voll Vorfreude die Lippen und sah zu, wie sie sich im Schlaf rekelte und streckte. Sie war an einem netten Ort und amüsierte sich königlich. Er merkte, wie sein Ständer ein bisschen schlaffer wurde. In seinen Fantasien hatte sie immer mitgekriegt, was er mit ihr machte, und genau das hatte ihn scharfgemacht.

Schlampe, dachte er. *Dumme Schlampe.* Tja, so leicht ließ er sich nicht bescheißen. Er würde die ganze Nacht lang mit ihr anstellen können, was ihm gerade einfiel. Vielleicht musste er nur kreativer werden.

Gleich fühlte er sich besser. Er bückte sich, hob sie hoch und warf sie über die Schulter wie ein Feuerwehrmann. Er war nicht besonders kräftig – der Spitzname Wiesel sagte alles –, aber sie wog praktisch nichts, und er konnte sie problemlos ins Schlafzimmer tragen. Er schloss die Tür mit einem Fußtritt und kippte sie aufs Bett.

Bis er sie ausgezogen hatte, war er wieder steif und einsatzbereit. Er zog sich ebenfalls aus. Sein Blick fiel auf das Kondom, das ihm aus der Hosentasche gefallen war. Mann, er hasste diese Dinger. Ständig musste man eins überziehen, selbst bei den Nutten. Tja, heute nicht. Bei dem Gedanken wurde er noch härter. Er drehte Amber auf den Bauch und fuhr mit den Händen über ihren dürren, weißen Arsch.

Das würde ein Spaß werden.

Als Amber am nächsten Morgen aufwachte, lag sie in ihrem Bett. Ihr erster Gedanke war genau wie jeden Morgen, dass sie in fünf Minuten ihren ersten Hit bekommen würde. Tränen schossen ihr in die Augen. Scheiße, sie fühlte sich so mies. Das war natürlich kein neues Gefühl. Sie war oft elend und deprimiert, wenn sie aufwachte. Manchmal war es so schlimm, dass sie allem ein Ende machen wollte. Aber Johnny schien es zu spüren, wenn es ihr richtig dreckig ging, und wusste genau, was er dagegen unternehmen musste. Normalerweise brachte sie das H wieder aufs Gleis und verscheuchte die üblen Gedanken. Aber heute war Johnny nicht bei ihr. Sie war allein. Und irgendwas stimmte nicht.

Zum einen hatte sie keine Ahnung, wie sie hierhergekommen war. Und sie war nicht zugedeckt. Sie hatte zwar ihre Kleider an, aber verkehrt herum. Das T-Shirt war auf links gewendet; die Knöpfe an ihrer Jeans waren falsch zugeknöpft. Sie versuchte, sich den vergangenen Abend ins Gedächtnis zu rufen. Sie waren im Wohnzimmer gewesen, sie, Johnny, Sheri und Weasel. Sie hatte was genommen, richtig guten Stoff, und dann … Sie runzelte die Stirn. Offenbar war sie in Ohnmacht gefallen. Sie hatte einen schrecklichen Albtraum gehabt. Mit Weasel …

Auf einmal wurde ihr eisig kalt. Die Klimaanlage war aus, der Raum war wie ein Backofen, aber sie hatte am ganzen Körper eine Gänsehaut. Plötzlich spürte sie Schmerzen zwischen ihren Beinen und im Rücken, so als hätte jemand versucht, sie in zwei Hälften zu reißen. Ihr Blick wanderte zu dem Baseballschläger in der Ecke. Am Griff klebte Blut.

Auf ihren Aufschrei hin kam Johnny angerannt.

»Was hat er gemacht?«, schrie sie immer wieder. »Wieso hast du das zugelassen?«

Sie schluchzte hysterisch. Johnny versuchte sie immer wieder in den Arm zu nehmen und zu beruhigen, aber diesmal ließ sie sich nicht so leicht beschwichtigen. Über den Tränen und dem lauten Schluchzen meinte sie zu hören, wie die Haustür ins Schloss gezogen wurde.

»Was war das?«, kreischte sie hysterisch. »War das Sheri? Hast du mit ihr die Nacht verbracht, während dieser Kranke …?« Sie verstummte, weil sie kein Wort mehr herausbrachte, weil sie fast hyperventilierte. »O mein Gott, o mein Gott«, keuchte sie immer wieder.

»Jetzt beruhige dich endlich, verfluchte Scheiße!«, brüllte Johnny sie an. Dann ohrfeigte er sie mit aller Kraft: einmal, zweimal. Er hatte gelesen, dass man die Menschen durch einen Schock aus ihrer Hysterie reißen konnte. Es war ein riskanter Versuch, aber er zahlte sich aus. Endlich hörte Amber auf zu schreien. Das Flennen und Jammern wurde leiser, und schließlich saß sie lautlos schluchzend auf der Bettkante.

»Du verstehst das einfach nicht. Was er mit mir gemacht hat …«

Inzwischen kniete Johnny vor ihr. Er packte sie an den Schultern und rüttelte sie sanft. »Stell dich nicht so an. Das ist nie passiert. Das war alles nur ein Traum.«

Amber stockte verdattert. Es war ihr so wirklich vorgekommen. Aber es konnte unmöglich passiert sein, oder? Johnny hätte nicht zugelassen, dass ihr jemand so etwas antat. Jetzt redete er langsam und mit Nachdruck auf sie ein. »Ich habe was für dich. Das wird dich alles vergessen lassen. Klingt das nicht super?« Sie nickte benommen. Sie wusste genau, was jetzt kommen würde, aber ihr fehlte die Kraft, standhaft zu bleiben. Sie wollte diese grauenvollen Gedanken aus ihrem Gehirn löschen.

Sie streckte ihm den dürren Arm hin.

Von da an spritzte sie dreimal täglich. Und Johnny hatte recht, diese ganzen Schauergeschichten über Heroin waren gelogen. Das Leben ging weiter wie immer – nein, es war viel besser, weil sie wusste, dass eine süße Erlösung auf sie wartete, wenn irgendwas schieflief.

Manchmal fragte sie sich, warum sie sich eigentlich so vor der Spritze gefürchtet hatte. Sie war trotzdem kein Junkie – jemand, der für einen Schuss einen Fernseher stehlen oder eine Apotheke ausrauben würde, ohne die Folgen zu bedenken. Sie war eine gut funktionierende Süchtige; jemand, der die winzigen Pupillen, die Einstichnarben und die Hungerattacken vor seinen Mitmenschen zu verbergen verstand. Wenigstens einstweilen.

Rich kam sie besuchen. Dass er immer noch Kontakt hielt, hatte sie überrascht.

»Mein Gott, Amber!«, sagte er, als sie ihm die Tür öffnete. »Was ist mit dir passiert, verflucht noch mal?«

Er betrachtete stirnrunzelnd das langärmlige Hemd, das sie trotz der glühenden Hitze trug. Das war natürlich idiotisch, erkannte sie. Solche Sachen fielen auf, die waren zu ungewöhnlich. Sie würde sich schlauer anstellen müssen.

Selbst sie war überrascht, wie raffiniert sie sein konnte. Sie lernte, die Einstiche mit Make-up zu überschminken und den Gewichtsverlust mit weiter Kleidung zu tarnen. Wenn jemand fragte, warum sie so dünn war, deutete sie geschickt an, sie sei magersüchtig.

Es war ihr egal, was die Menschen von ihr hielten, solange sie nichts von ihrem kostbaren H ahnten und es ihr wegnahmen.

Johnny Wilcox war an diesem Abend mit der Absicht ausgegangen, sich richtig zuzusaufen. Schließlich war er in einer Bar in Reseda gelandet, einem richtig miesen Viertel von L.A. Es war einer der vielen ranzigen Läden dort: mit Pooltisch, einem Haufen Rednecks und einem mächtigen Barkeeper, der für den Ernstfall eine Glock unter der Theke liegen hatte. Und natürlich gab es Alkohol. Billigen Alkohol.

Nur dass der Alkohol nicht den gewünschten Effekt hatte. Er schuldete einigen Typen Geld, die ihm offen gestanden eine Scheißangst machten. Und das war ernüchternd.

Die Bedienung mit dem leeren Blick sah, dass er sein Glas ausgetrunken hatte. »Noch eins?«

»Klar. Warum nicht?«

Gestern hatten sie ihm klargemacht, dass er noch eine Woche hatte, um die Kohle aufzutreiben. Das war unmöglich zu schaffen. Er wusste eigentlich gar nicht, wie er sich so in die Scheiße geritten hatte. Als die Sache mit dem Studiovertrag nicht gelaufen war, hatte er angefangen, nebenbei ein bisschen zu dealen. Anfangs war es leicht verdientes Geld gewesen. Er hatte gute Verbindungen zur Musikbranche und damit einen kaufwilligen und zahlungsfähigen Kundenkreis.

Aber dann war dieser Deal, den Weasel für ihn eingefädelt hatte, geplatzt. Er hatte wie üblich am Treffpunkt gewartet, aber diesmal war statt seines Stammkunden ein anderer vorgefahren. Gesicht hatte er keines erkennen können, er war zu beschäftigt gewesen, in die Mündung der kleinen Maschinenpistole zu starren. Ihm war nichts anderes übrig geblieben, als den Stoff auszuhändigen. So wie er es sah, war die ganze Sache geplant gewesen. Und er hatte den Verdacht, dass Weasel etwas damit zu tun hatte.

»Einhunderttausend Dollar, Johnny«, hatte ihn eine anonyme Stimme gestern am Telefon ermahnt. »Bis Ende nächster Woche.«

Es hätten genauso gut hundert Millionen sein können. Das Einzige von Wert, das Amber noch besaß, war ihr Haus, und das konnten sie nicht so schnell zu Geld machen. Man sollte meinen, sie hätte ein paar Scheine in die Hand bekommen können, wo ihre Familie doch einen Haufen Kohle besaß.

Die einzige Alternative war davonzulaufen, aber man hatte ihm versichert, dass es nicht gut für ihn ausgehen würde, wenn er irgendwas in dieser Richtung versuchte. Er hatte keine Lust, die Probe aufs Exempel zu machen. Vor allem, nachdem er auf dem Weg hierher mit ziemlicher Sicherheit verfolgt worden war. Vielleicht war er paranoid, aber ihm war ein schwarzer Mercedes nachgefahren. Zugegeben, der Wagen war weitergerast, als Johnny angehalten hatte, aber trotzdem …

Er kippte den letzten Schluck hinunter, warf dreißig Dollar, die er sich nicht leisten konnte, auf die Theke und machte sich auf den Weg zur Tür.

Die Gasse hinter der Bar schien still und verlassen. Er zog die Baseballkappe in die Stirn und ging mit eiligen Schritten auf seinen Wagen zu. Auf der Hauptstraße rasten zwei Streifenwagen und ein Krankenwagen mit heulenden Sirenen vorbei. Wieder mal ein betriebsamer Abend in Downtown L.A. Er zuckte zusammen, als hinter ihm ein Mülleimerdeckel auf den Boden klapperte. Dann hörte er eine Katze in der Dunkelheit aufkreischen und eilte sichtlich erleichtert weiter.

Er war schon fast bei seinem geparkten Auto angekommen, als ihm auffiel, dass sein Wagen von einem zweiten blockiert wurde. Als er näher kam, blendeten die Scheinwerfer auf und strahlten ihm ins Gesicht.

»Hey!«, protestierte er.

Er hielt die Hand hoch, um seine Augen gegen das Gleißen abzuschirmen. Als er sich an die Helligkeit gewöhnt hatte, erkannte er, dass der Wagen der schwarze Mercedes war, der ihm vorhin aufgefallen war. Weil die Scheiben getönt waren, konnte er nicht hineinsehen.

Er blieb stehen. Im ersten Moment hätte er am liebsten umgedreht und wäre weggerannt. Aber er hatte keine Ahnung, wohin er sollte.

Eine Autotür ging auf. Ein ihm unbekannter Mann stieg aus.

»Mr Wilcox?« Er sprach gepflegtes Englisch. »Ich möchte Ihnen einen geschäftlichen Vorschlag unterbreiten.«

53

Caitlin fuhr gern zu Luciens Eltern. Die Besuche in Aldringham waren immer eine hochernste Angelegenheit, selbst nach ihrer Versöhnung mit William. Der Haushalt der Dubois' war das genaue Gegenteil – groß, laut und chaotisch.

»So wie bei einer richtigen Familie«, hatte sie Lucien eröffnet, als er sie das erste Mal zu seinen Eltern mitgenommen hatte. Genauso eine Familie wünschte sie sich auch.

Nachdem sich Luciens Vater, ein Lehrer, zur Ruhe gesetzt hatte, waren seine Eltern von den *Banlieues* um Paris ins Limousin gezogen, und zwar in das hübsche Dorf Saint-Robert im Departement Corrèze. Dort, in Südfrankreich, waren sie näher bei Luciens älterem Bruder, der mit seiner Frau und drei Kindern nicht weit entfernt wohnte.

»Obwohl uns seither aufgegangen ist, dass es auch andere gute Gründe gibt, hier zu leben«, witzelte Luciens Vater gern. Zum einen die Tatsache, dass Saint-Robert ein wahres Postkartenidyll war. Das über mehreren Tälern thronende Dorf bestand aus winzigen Gässchen und mittelalterlichen Häusern, die sich um eine romanische Kirche scharten. Im Ort herrschte ein ausgeprägter Gemeinschaftssinn, und in den Läden und Restaurants war immer Betrieb, vor allem wenn die Sonne schien. Caitlin fühlte sich ein bisschen an Valleymount erinnert.

Luciens Eltern wohnten in einem malerischen Bauernhaus nahe dem Ortszentrum. Caitlin und Lucien bemühten sich, sie einmal im Monat zu besuchen. Diesmal jedoch waren sie eigens angereist, um seinen Eltern von dem Baby und der bevorstehenden Hochzeit zu erzählen.

»Ah!«, rief Luciens Vater aus, als er die Neuigkeit erfuhr. Er drückte Caitlin mit aller Kraft an seine Brust. »Endlich kann ich dich ganz offiziell in der Familie willkommen heißen!«

Luciens Mutter drängte ihn zur Seite. Sie nahm Caitlins Hände und meinte ernst: »Ich weiß, dass es nicht einfach für dich wird, so ganz ohne deine Mutter. Sag mir, wenn ich dir irgendwie helfen kann. Du bist für mich jetzt schon wie eine Tochter.«

Caitlin merkte, wie ihr Tränen in die Augen stiegen.

Die spontane Feier dauerte bis in den Abend. Als es Zeit zum Essen wurde, trugen die beiden Männer einen Tisch auf den Rasen hinaus, wo alle noch bis tief in die Nacht zusammensaßen und die Erwachsenen tranken, aßen und lachten, während die Kinder unter den Obst- und Nussbäumen spielten.

Als sich Caitlin und Lucien endlich in das liebevoll restaurierte Nebengebäude zurückzogen, war sie völlig erledigt. Sie befand sich noch im Anfangsstadium der Schwangerschaft und fühlte sich permanent erschöpft.

Aber erst als sie in dem großen Messingbett lag, merkte sie, dass sie hellwach war. Etwas ließ ihr keine Ruhe. Vielleicht war es die ungewohnte Ruhe – die Nächte waren hier so still und dunkel, ganz anders als in London, wo immer Lärm und Licht waren: Straßenlaternen, vorbeifahrende Autos, laute Passanten. Hier aber änderte sich nichts, wenn sie die Augen auf- oder zumachte: Es war immer stockfinster und dazu völlig still bis auf das gelegentliche Rufen einer Eule.

»Kannst du nicht schlafen?« Luciens Stimme drang aus der Dunkelheit zu ihr. Er hatte gespürt, dass ihre Atemzüge flach gingen und nicht die tiefe Gleichmäßigkeit des Schlafes zeigten.

Ohne es zu sehen, spürte sie, wie er sich auf die Seite wälzte und sie betrachtete. Wie immer in den letzten Wochen kam seine Hand instinktiv auf der kleinen Kugel ihres Bauches zu liegen.

»Was hast du denn, *Chérie*?«, fragte er leise.

»Nichts.«

»Wenn es nichts wäre, wärst du nicht wach«, bemerkte er.

Sie lachte leise. »Es geht mir gut. Ehrlich.« Nach einer kurzen Pause ergänzte sie: »Mir geht wahrscheinlich der heutige Abend nicht aus dem Kopf.«

Als sie nicht weiter ausholte, sagte er: »Weißt du, ich glaube dir kein Wort. Aber ich bin für dich da, wenn du reden willst.«

Sie lächelte in die Dunkelheit. Sobald sie seine Nähe spürte und seine warme Hand über ihrem dünnen Nachthemd, ging es ihr besser. Aber in Wahrheit fiel es ihr selbst schwer, genau zu benennen, was ihr auf der Seele lag.

Trotz der Aufregung um die Hochzeit und das Baby beschäftigte sie irgendetwas. Sie fühlte sich so … allein. Und als sie heute Abend Lucien im Kreis seiner Familie – nun auch *ihrer* Familie, ermahnte sie sich – beobachtet hatte, hatte sie ihre Einsamkeit doppelt intensiv empfunden. Vor allem wenn sie sah, wie sich seine Mutter für ihn freute, wie sie selbst von ihr umhätschelt und nach ihrem Hochzeitskleid oder dem Baby befragt wurde. All das hatte Caitlin schmerzhaft bewusst gemacht, dass sie dies mit ihrer eigenen Mutter nicht mehr tun konnte.

In letzter Zeit musste sie oft an ihre Mam denken. Vielleicht wollte sie jetzt, weil sie heiratete und selbst ein Kind erwartete, endgültig mit der Vergangenheit abschließen. Warum auch immer, sie spürte, dass sie endlich Gewissheit haben wollte, was damals wirklich zwischen William und ihrer Mutter passiert war.

Sie hatte nie wirklich mit William darüber gesprochen. Als sie damals nach Aldringham gekommen war, hatte sie zu viel Angst vor ihm gehabt, um ihn überhaupt etwas zu fragen; nachdem sie nach Paris gegangen war, hatte sie nichts von dem, was er zu sagen hatte, interessiert; und dann, nach seinem Herzinfarkt und ihrer Versöhnung, hatte sie das Thema nicht zur Sprache bringen wollen, um den brüchigen Frieden nicht zu gefährden.

Aber jetzt wollte sie Antworten. Sie war erwachsen, und selbst wenn das, was zwischen ihrer Mutter und William abgelaufen war, noch so verstörend wäre, würde sie es aushalten.

Sobald sie wieder in England war, würde sie tun, was sie tun musste. Sie würde mit ihrem Vater sprechen. Nachdem sie diesen Entschluss gefasst hatte, konnte sie endlich einschlafen.

Sobald Caitlin ihn fragte, ob sie sich zum Abendessen treffen könnten, ahnte William, worüber sie reden wollte. Er hätte nicht sagen können, woher er es wusste. Vielleicht hatte er ebenfalls das Bedürfnis gespürt, die Luft zu bereinigen, nachdem sie jetzt ihrerseits Ehefrau und Mutter wurde. Aber irgendwie wusste er, spürte er, dass es kein einfaches Gespräch werden würde.

Er war gerade auf dem Weg aus dem Büro, um sich mit Caitlin zu treffen, als das Telefon läutete. Es war Elizabeth.

»Hättest du heute Abend Zeit für ein Essen?«, fragte sie. »Es gibt da ein paar Dinge, die ich gern mit dir besprechen würde.« Genauer gesagt wollte sie um jeden Preis mit ihm sprechen. Das Tempo, mit dem Piers den Buyout vorantrieb, machte ihr Angst. Sie klammerte sich immer noch an die Hoffnung, dass sie vielleicht nur einen letzten Versöhnungsversuch unternehmen musste, damit sie den Takeover nicht durchzuführen brauchte. Es war noch nicht zu spät, alles abzublasen.

»Tut mir leid, Elizabeth«, sagte er knapp. »Aber heute Abend geht es nicht.«

Es blieb still, während sie auf eine Erklärung wartete. Aber es kam keine.

»Ruf morgen früh Sheila an«, sagte er stattdessen. »Sie soll irgendwann im Lauf der Woche einen Termin für dich freischaufeln.«

Enttäuscht beschloss Elizabeth, ihre Sachen zusammenzupacken und heimzufahren. Zehn Minuten später verließ sie das Gebäude, was ein unglücklicher Zufall war, weil sie damit genau rechtzeitig kam, um zu sehen, wie William gemeinsam mit Caitlin die Albemarle Street entlangschlenderte.

William führte Caitlin ins Ritz aus. Er war seit Jahren nicht mehr dort gewesen, aber es schien ihm die geeignete Umgebung für diesen Abend.

»Hier waren wir, als ich das erste Mal mit deiner Mutter ausging«, sagte er, sobald sie Platz genommen hatten.

Caitlin sah ihn überrascht an, denn sie hatte nicht damit gerechnet, dass er das Thema als Erster anschneiden würde.

Er lächelte spröde. »Nun, deswegen sind wir schließlich hier, oder?«

»Ja«, gab sie zu. Es blieb still. Sie ließ den Blick über das prachtvolle Rokokodekor wandern und versuchte sich ihre so anspruchslose, bodenständige Mutter in diesem überladenen Ambiente vorzustellen. »Hat es ihr gefallen?«

Er lächelte wehmütig. »O ja. Sogar sehr, glaube ich.«

Der Ober kam, um ihre Bestellung aufzunehmen. Nachdem er gegangen war, nahm William den Faden wieder auf, allerdings weniger sentimental.

»Also sag, Caitlin, was möchtest du wissen?«

»Ich möchte wissen, was damals wirklich passiert ist«, erklärte sie unumwunden. »Wie es geendet hat.«

William nahm nachdenklich einen Schluck Wein und rief sich

in Erinnerung, was sich vor dreißig Jahren abgespielt hatte. Er dachte daran, wie Katie das erste Mal in seinem Büro gestanden hatte, wie er sich augenblicklich zu ihr hingezogen gefühlt hatte, wie sie ihn mit ihrem ruhigen, sanften Wesen in Bann gezogen hatte. Er dachte daran, wie er den Drang verspürt hatte, sie wiederzusehen, wie er allen Anstrengungen zum Trotz gemerkt hatte, dass er sich in sie verliebt hatte, so wie er sich noch nie in jemanden verliebt hatte. Und er musste daran denken, wie er Katie am Abend vor seiner Abreise zum Comer See das letzte Mal gesehen hatte, dass er die ganzen vierzehn Tage immer nur an sie gedacht und sie inniger vermisst hatte, als er es je für möglich gehalten hätte; und er dachte daran, wie er beschlossen hatte, Isabelle nach ihrer Rückkehr zu verlassen und alle Konsequenzen in Kauf zu nehmen.

»Ich war erleichtert, dass ich mich endlich dazu durchgerungen hatte«, erzählte er Caitlin. »Ich hatte die Geheimnistuerei und die heimlichen Treffen so satt. Ich wollte richtig mit ihr zusammen sein, ganz egal, was das bedeutete.«

Er verstummte, den Blick in die Ferne gerichtet, und stellte sich vor, was hätte sein können.

»Aber?«, hakte Caitlin schließlich nach und holte ihn damit in die Gegenwart zurück.

»Aber sie war nicht mehr da«, erklärte er barsch. »Ich fuhr noch am Abend nach unserem Rückflug zu ihrer Wohnung. Der Vermieter erklärte mir, sie sei ausgezogen und hätte keine Nachsendeadresse hinterlassen. Als ich am nächsten Tag ins Geschäft kam, ging ich sofort in den Laden, aber auch dort war sie nicht. Wie sich herausstellte, hatte sie gekündigt, kurz nachdem ich nach Como abgereist war.«

Er hatte damals nicht glauben können, dass sie ihn ohne Abschied verlassen hatte, dass sie ohne ein Wort, ohne einen Brief aus seinem Leben verschwunden war. Er war abwechselnd wütend auf sie und dann wieder um sie besorgt, weil sie ganz auf sich allein gestellt war. Er hatte sogar eine Privatdetektei beauftragt, sie aufzuspüren, und ihnen alle Details gegeben, mit denen er dienen konnte. Aber auch die hatte Katie nicht gefunden.

»Und das ist die Wahrheit«, erklärte er Caitlin, als er seine Version der Geschichte fertig erzählt hatte. »Genau so hat es sich abgespielt.«

Caitlin schwieg einen Moment. Sie hätte ihm so gern geglaubt. Es war so viel schöner zu glauben, dass er die ganzen Jahre über nichts von ihr geahnt hatte. Aber …

»Aber eins verstehe ich nicht«, sagte sie. »Was war mit den Schecks?«

William sah sie verwirrt an. »Was für Schecks?«

Sie erzählte ihm kurz von den Schecks, die sie in den Sachen ihrer Mutter gefunden hatte. »Ich dachte immer, du hättest von mir gewusst und du hättest die ganzen Jahre diese Schecks geschickt. Ich dachte, Mam hätte gelogen, um dich zu schützen.«

»Nein!« Williams Protest kam so energisch, dass sich die Gäste am Nachbartisch umdrehten. Er entschuldigte sich und sprach deutlich leiser weiter, auch wenn seine Augen immer noch wütend blitzten. »Ich schwöre dir, Caitlin, ich habe deine Mutter *nicht* weggeschickt. Und ich habe *ganz bestimmt* nichts von dir gewusst.«

Einen Moment blieb es still, dann fragte Caitlin: »Aber was stand in dem Brief, als sie dir von mir schrieb?«

William seufzte. »Als sie endlich Verbindung mit mir aufnahm … also, das war kurz vor ihrem Ende. Offenbar hat sie geglaubt, ihr bliebe noch mehr Zeit.«

»Ja«, bestätigte Caitlin leise. »Zum Schluss ging es schneller als gedacht.«

»Da schrieb sie mir nur ein paar Zeilen, dass sie eine wunderschöne fünfzehnjährige Tochter habe und dass sie hoffe, ich würde für sie da sein, wenn … wenn sie es nicht mehr wäre.«

Caitlin schüttelte den Kopf. Das war alles so frustrierend ungenau. »Ihr habt also nie wieder miteinander gesprochen?«

Jetzt war William an der Reihe, den Kopf zu schütteln. »Nein.

Ich hatte nur noch Zeit, eine Nachricht ins Krankenhaus zu schicken, dass ich sofort kommen würde. Ich stieg in das nächste Flugzeug nach Irland, aber es war schon zu spät.«

Caitlin drehte und wendete alles in ihrem Kopf hin und her. »Und woher *kamen* dann diese Schecks?«, überlegte sie. »Wer könnte sonst noch von mir gewusst haben?«

William schüttelte wieder den Kopf. »Ich weiß es wirklich nicht.«

Soweit Caitlin erkennen konnte, gab es nur einen Menschen, der möglicherweise die Antwort kannte. Sie sah William an und sagte: »Ich glaube, ich muss nach Valleymount fliegen und mit Nuala sprechen.« Sie wartete ab und hoffte auf Williams Segen für ihr Vorhaben, obwohl ihr klar war, dass sie auch ohne sein Einverständnis hinfliegen würde.

Langsam nickte er.

Elizabeth kaute an ihrer aufgerissenen Unterlippe. Es war eine nervöse Angewohnheit, die sie in letzter Zeit angenommen hatte.

»Ich würde zu gern wissen, worüber die beiden geredet haben«, sagte sie zu Piers. Nach einer schlaflosen Nacht war sie gleich morgens in sein Büro geeilt und hatte ihm erzählt, wie Caitlin am Vorabend gemeinsam mit William das Gebäude verlassen hatte.

Piers sah, wie Elizabeths Lippe aufplatzte und ein winziger Blutstropfen austrat. Sie sah in letzter Zeit ziemlich mitgenommen aus. Ihre Haare wirkten, na schön, *struppig,* so als hätte sie keine Zeit zum Fönen, und der Ansatz gehörte nachgefärbt. Zum ersten Mal überhaupt entdeckte er Falten auf ihrem Gesicht: Ihre Stirn war von ernsten Sorgenfurchen gezeichnet. Man sah ihr das Alter an. Das hatte ihr der Stress angetan. *Er* hatte ihr das angetan. Er spürte kurz Gewissensbisse. Er hatte Elizabeth immer gern gehabt und sie nur ungern für seine Zwecke eingespannt. Aber ohne sie würde sein Plan nicht aufgehen. An jenem Abend in Tokio hatte er die Saat des Zweifels in Elizabeths Herz ausgebracht. Jetzt konnte er förmlich zusehen, wie sie aufging, genährt von ihrer lang gehegten Furcht, William könnte Caitlin lieber haben als sie.

»Hast du eine Idee?«, fragte sie Piers zum zwanzigsten Mal. Ihre Fantasie war eindeutig heiß gelaufen.

»Ich weiß nicht«, sagte Piers langsam.

Elizabeth sprang aus ihrem Stuhl auf. »Also, ich will das jetzt wissen. Ich habe ein Recht, das zu wissen. Ich werde ihn direkt fragen.«

Piers sah, wie sie sich zur Tür wandte. Die sonst so hoheitsvolle, gefasste Erbin wirkte paranoid und hektisch. »Warte, Elizabeth«, hielt er sie zurück. Sie drehte sich stirnrunzelnd um. Er stand auf und ging zu ihr. »Soll ich nicht lieber mit deinem Vater sprechen? Vielleicht ist er mir gegenüber offener.«

Normalerweise ließ sich Elizabeth von niemandem sagen, was sie tun oder lassen sollte. Aber jetzt zögerte sie. Sie hatte in den letzten Wochen an sich zu zweifeln begonnen, und das machte sie anfällig.

»In Ordnung«, sagte sie schließlich. »Vielleicht ist das besser.« Sie lächelte Piers matt an. »Danke, Onkel Piers. Es ist schön, jemanden zu haben, auf den ich zählen kann.«

Der letzte Satz hatte beinahe sehnsüchtig geklungen. Piers tätschelte ihren Arm. »Schon gut, meine Liebe. Du weißt, dass ich alles tun würde, um dir zu helfen.« Er verstummte kurz und zögerte dann, bevor er fragte: »Und was ist mit der anderen Sache?« Damit meinte er den Buyout. Er hatte die Organisation selbst in die Hand genommen, hatte einen Finanzier gefunden und alle legalen Vorarbeiten erledigt. Inzwischen war alles startbereit. Er brauchte nur noch Elizabeths Einwilligung. »Hast du dich schon entschieden?«

Sie wandte den Blick ab. »Ich … ich weiß nicht.« Ihre Stimme bebte. »Ich weiß einfach nicht, was ich tun soll.«

Piers spürte, dass er sie auf keinen Fall unter Druck setzen durfte. »Nimm dir so viel Zeit, wie du brauchst«, sagte er sanft. »Du musst dir erst ganz sicher sein.«

Piers fragte William nicht gleich nach Caitlin. Er war ein Meister in der Informationsbeschaffung und wusste, dass er das Thema am besten zur Sprache brachte, indem er es ganz beiläufig anschnitt, so als würde es ihn nicht weiter interessieren. Er wartete, bis er kurz vor dem Gehen war, und sagte dann, als wäre es ihm eben erst eingefallen: »Ich habe gestern Abend noch bei dir angerufen, aber da warst du schon gegangen … mit Caitlin, wie ich gehört habe. Ist irgendwas?«

William nahm sich eine Sekunde Zeit, seine Antwort zu überlegen. Er und Caitlin hatten vereinbart, niemandem von ihrer Reise zu erzählen. Aber er wollte seinen Bruder nicht anlügen.

»Sie fährt nach Valleymount, wo sie herkommt«, erklärte er wahrheitsgemäß. Dann erzählte er Piers von den mysteriösen Schecks, die in Katies Hinterlassenschaften aufgetaucht waren. »Sie will mit Nuala sprechen«, schloss er, »weil die womöglich weiß, warum ihre Mutter damals wirklich abgereist ist.«

William sah, wie Piers bei seinen Worten erbleichte.

»Ist alles in Ordnung?«, fragte er besorgt.

Piers rang sich ein Lächeln ab. »Es geht mir gut. Sehr gut. Nur eine leichte Migräne. Irgendwo muss ich noch ein paar Tabletten haben. Wenn du mich entschuldigst …«

In seinem Büro angekommen, schloss Piers die Tür, lehnte sich dagegen und kniff die Augen zu. Er hatte geglaubt, das Geheimnis sei für alle Zeiten gewahrt. Aber Nuala wusste gerade so viel, dass Caitlin die entscheidenden Verbindungen knüpfen konnte. Er musste die Sache beschleunigen und alles ins Rollen bringen, bevor sie Gelegenheit hatte, nach Valleymount zu reisen.

54

Als Caitlin in Dublin aus dem Flugzeug stieg, überkam sie ein Anflug bittersüßer Nostalgie. Für einen kurzen Augenblick war sie wieder fünfzehn, trauerte um ihre Mutter und wurde zu einer Familie verfrachtet, die nichts mit ihr zu tun haben wollte. Seither hatte sie sich von Grund auf verändert. Genau wie Irland. Im Lauf des letzten Jahrzehnts war der keltische Tiger erwacht, hatte sich gerekelt und zu brüllen begonnen. Irland war nicht mehr die Witzfigur Europas, es war ein florierendes, aufstrebendes Land, ein Ort, an dem man gerne lebte.

Bald hatte sie den Flughafen verlassen. Sowohl William als auch Lucien hatten ihr angeboten, sie zu begleiten. Aber sie hatte abgelehnt und erklärt, dass sie das alleine durchstehen müsse. Lucien war nicht begeistert gewesen, dass sie eine so anstrengende und emotional belastende Reise unternehmen wollte.

»Ich möchte nicht, dass du dich zu sehr aufregst, *Chérie.*« Sein Blick kam instinktiv auf ihrem Bauch zu liegen. »Nicht wenn das dem Baby schaden könnte.«

Gerührt von seiner Fürsorge, aber nicht gewillt, sich umstimmen zu lassen, hatte sie ihn liebevoll angelächelt. »Lucien, ich weiß, dass du dir Sorgen machst. Aber das muss ich einfach tun.«

Sie wusste, dass er ihr gern widersprochen hätte. Aber ihr entschlossener Blick hatte ihm gezeigt, dass es zwecklos gewesen wäre.

Vor dem Flughafen wartete bereits der Wagen, den sie für die Fahrt nach Valleymount bestellt hatte. Als sie sich in den Rücksitz sinken ließ, stellte sie überrascht fest, dass sie nervös war. Sie hatte die jährliche Pilgerfahrt zum Grab ihrer Mutter all die Jahre beibehalten und selbst während der mageren Zeiten in Paris und New York das Geld für den Flug zusammengekratzt. Aber sie hatte jedes Mal in Dublin übernachtet und war immer nur für einen Tag nach Valleymount gekommen, ohne jemals einen ihrer ehemaligen Bekannten oder Freunde zu besuchen.

Auch darum war der Anruf bei Nuala so schwierig gewesen. Aber ihre Befürchtungen, dass Nuala sich vielleicht nicht freuen würde, wenn sie sich nach so vielen Jahren meldete, waren absolut unbegründet. Im Gegenteil, Nuala hatte überglücklich geklungen, endlich von der Tochter ihrer alten Freundin zu hören, und ihr versichert, dass sie Caitlins Karriere in der Zeitung verfolgt hätte.

»Wir sind alle schrecklich stolz auf dich«, hatte sie verkündet. »Und deine Mam wäre es auch.«

Caitlin hatten die Worte gefehlt.

Sie hatten eine Weile telefoniert. Róisin wohnte nicht mehr in Valleymount, sie war mit ihrem Mann und zwei Kindern nach Australien gezogen.

»Alle anderen sind auch ausgezogen, wir haben also reichlich Platz für dich.«

»O nein«, hatte Caitlin hastig abgelehnt, denn sie wusste nicht, ob sie dort nicht von ihren Erinnerungen erdrückt würde. »Ich möchte euch keine Umstände machen.«

»Natürlich.« Nuala hatte verlegen geklungen. »Du wirst bestimmt im Hotel wohnen wollen.«

Damit war die Sache für Caitlin klar. Denn wenn sie eines nicht war, dann ein Snob. »Natürlich bleibe ich gern bei euch«, hatte sie aufrichtig geantwortet.

Valleymount hatte sich kaum verändert. Die hübschen Steinhäuser sahen aus wie damals; die Nachbarschaft war gealtert, aber ansonsten dieselbe wie früher. Unwillkürlich begann sich Caitlin zu fragen, wie ihr Leben wohl verlaufen wäre, wenn ihre Mutter nicht gestorben wäre, wenn sie nie etwas über ihre Abstammung und über die Melvilles erfahren hätte.

Nuala öffnete kreidebeschmiert und mit zwei Enkeln am Rockzipfel die Tür. Es waren die Kinder von Róisins älterer Schwester Evelyn, sagte Nuala; sie passte auf die beiden auf, während ihre Tochter bei der Arbeit war.

»Das dritte schläft oben in der Wiege«, erzählte sie Caitlin und ließ sie ins Haus. Sie roch nach warmer Milch und Talkum und sah aus, als gäbe es für sie nichts Schöneres.

Nuala setzte die Kinder vor dem Fernseher ab – im Wohnzimmer gab es noch dieselben Blumenmustertapeten und die braune Samtcouch von damals, fiel Caitlin auf –, dann zogen sich die beiden Frauen in die Küche zurück. Während Nuala Wasser aufsetzte, ließ sich Caitlin an dem alten Bauernhaustisch nieder, an den sie sich noch aus ihrer Kindheit erinnerte.

Sie plauderten ein wenig, während Nuala in der Küche hantierte.

»Also, worum geht es dir wirklich?«, fragte sie schließlich und schenkte dabei zwei große Tassen Tee ein. »Um deine Mam, stimmt's?«

Sie sah Caitlins überraschtes Gesicht und lächelte schlau. »Ich habe mir schon gedacht, dass du nicht grundlos nach so vielen Jahren hierherkommst. Du willst wissen, was damals wirklich passiert ist, habe ich recht?«

»Ja. Ja, stimmt genau.« Caitlin zog die Stirn in Falten. »Ich habe unter ihren … also, unter ihren persönlichen Sachen etwas gefunden, ein paar Schecks. Und zwar ein paar Monate, nachdem ich nach England gezogen war, kurz nach ihrem … nachdem sie gestorben war.« Sie räusperte sich. »Und ich wollte wissen, ob du mir etwas darüber sagen kannst, ob du weißt, was sich damals zwischen ihr und meinem Vater abgespielt hat.«

Nuala sah sie lange nachdenklich an. »Ja«, sagte sie dann. »Ja, ich weiß, was sich damals abgespielt hat.«

Und dann setzte sie sich, um Caitlin zu erzählen, was sie wusste.

Piers' Augen sahen sie ernst an. »Du musst dich jetzt entscheiden, Elizabeth.«

Elizabeth seufzte schwer. Es war Freitagabend, und sie war am

Ende. Der Stress der letzten Wochen zehrte an ihr. Cole hatte sie seit seinem Auszug mehrmals angerufen. Bis jetzt hatte sie es vermieden, mit ihm zu reden. Stattdessen hatte sie – zur Kontrolle – die Festnetznummer angerufen, die er ihr hinterlassen hatte, innerlich bereit, den Hörer sofort auf die Gabel zu knallen, falls eine Frauenstimme antwortete. Zu ihrer Erleichterung hatte sie die Stimme eines höflich-neutralen Hotelportiers vernommen. Obwohl Elizabeth ein Stein vom Herzen gefallen war, weil er zumindest nicht zu *ihr* gezogen war, hatte sie keine Nachricht hinterlassen. Sie war immer noch zu verletzt und zornig, um über ihre Ehe zu sprechen oder um ihm von ihrem gemeinsamen Baby zu erzählen.

Heute Morgen hatte sie die erste Vorsorgeuntersuchung hinter sich gebracht – allein. Sie war in der elften Woche, und die überzogen fröhliche Hebamme hatte ihr versichert, dass Mutter und Kind wohlauf seien. Nach einem kurzen Blick auf Elizabeths linke Hand hatte sie geträllert: »Daddy hat heute wohl keine Zeit, wie?« Elizabeth hatte mit einem finsteren Blick reagiert und geantwortet: »Er hat zu tun.« Bis zum Ende der Untersuchung hatte die Hebamme nicht mehr ganz so gut gelaunt gewirkt. Sie hatte Elizabeth informiert, dass sie bis zu zehn Vorsorgeuntersuchungen brauchen würde, da dies ihre erste Schwangerschaft sei. Kurz hatte sich Elizabeth ausgemalt, wie es wohl wäre, zu jeder ganz allein aufzutauchen. Dann hatte sie sich vorgenommen, sich darüber nicht den Kopf zu zerbrechen.

Sie hatte mit dem Gedanken gespielt, sich den Tag freizunehmen. Aber dann hatte sie nicht die Kraft aufgebracht, nach Hause zu fahren, und war stattdessen ins Büro zurückgekehrt, wo sie den restlichen Nachmittag an ihrem Schreibtisch gesessen und vor sich hin geträumt hatte. Um sieben, nachdem alle anderen heimgegangen waren, war Piers aufgetaucht und hatte sie gefragt, ob sie sich entschieden hätte, den Übernahmeversuch zu starten, als wäre der Tag nicht schon anstrengend genug gewesen.

Sie starrte auf die vor ihr liegenden Dokumente. Aus irgendeinem Grund war ihr nicht wohl dabei, ihre Aktien in fremde Hände zu geben, auch wenn sie wusste, dass das notwendig war, wenn sie die Mehrheit am Unternehmen erwerben wollten. Als Einzelpersonen konnten sie keinen Übernahmeversuch starten, dafür brauchten sie eine Holding Company, in die sie ihre jeweiligen Aktien einbringen mussten, um anschließend ein Kaufangebot für die übrigen Aktien abzugeben. Durch die Dokumente, die Piers aufgesetzt hatte, wurden ihre Anteile an Melville gegen einen proportionalen Anteil an solch einer Holding getauscht, wobei Elizabeth, nachdem sie zusammen mit Piers sechzig Prozent der Anteile halten würde, auch dort das Sagen hätte.

»Können wir nicht noch ein bisschen abwarten?«, fragte sie.

Piers schüttelte den Kopf. »Dann könnte unser Finanzier abspringen«, meinte er bedauernd. »Wenn wir nicht bald handeln, wird er sich nach einer anderen Investitionsmöglichkeit umsehen.«

Elizabeth kaute auf ihrer Lippe. Genau da lag das Problem. Dieser Finanzier bot ihnen exzellente Bedingungen. Es handelte sich um einen Private-Equity-Investor, der seine Geschäfte anonym über eine Luxemburger Mantelgesellschaft abwickelte. Normalerweise bestanden derartige Investoren darauf, für ihr Geld einen entsprechenden Anteil an der gegründeten Holding Company zu erhalten, und hätten auch in die alltäglichen Geschäfte von Melville eingreifen wollen. Dieser Investor hingegen war bereit, ihr Vorhaben über einen Kredit zu finanzieren, wenn auch gegen saftige Zinsen. Zudem gab es eine Klausel bezüglich der Aufteilung etwaiger Gewinne, aber die war praktisch bedeutungslos, verglichen mit den Vorteilen, das Heft nicht aus der Hand geben zu müssen.

Elizabeth hörte ihm nur mit halbem Ohr zu. Sie konzentrierte sich ganz auf die unterschriftsreifen Dokumente, die vor ihr lagen. Insgeheim hatte sie ein schlechtes Gewissen, so als würde sie damit alles verraten, was ihr je wichtig gewesen war. Gleichzeitig gab sie ihrem Vater die Schuld. Wenn er an sie geglaubt hätte, wenn er nicht Caitlin vorgezogen hätte …

Und in ihrem Hinterkopf lauerte ständig der Gedanke, dass sie nach alldem nicht auch noch die Firma verlieren durfte. Sie hatte schon Cole verloren. Sie wollte irgendetwas in ihrem Leben vorweisen können.

»Elizabeth?«, fragte Piers noch einmal.

Die Entscheidung war gefallen.

Piers sah, wie Elizabeth ihre Unterschrift hinkritzelte, und merkte, wie ihm ein Stein vom Herzen fiel. Er hatte jedes Detail minutiös organisiert. Es war eigentlich eine Schande, dass er niemandem von diesem ausgeklügelten und gerissenen Plan erzählen konnte. Solange die Familie sechzig Prozent der Firmenanteile hielt, war es einem außenstehenden Interessenten unmöglich, eine Aktienmehrheit zusammenzukaufen und damit die Firma zu übernehmen. Jetzt hatte Elizabeth eine Bresche in diesen Abwehrwall gerissen. Indem er ihre Eifersucht und Unsicherheit ausgenutzt hatte, hatte er sie dazu überreden können, dem Management-Buyout zuzustimmen – durch den Armand Bouchard in die Lage versetzt wurde, die Firma zu übernehmen.

Elizabeth hatte sich darauf verlassen, dass Piers die Einzelheiten des Vertrages ausarbeitete. Darum hatte sie es versäumt, auch das Kleingedruckte zu lesen, in dem festgehalten wurde, dass der Geldgeber – und der war Bouchard – das Recht hatte, seine Gelder in Aktienanteile umzuwandeln, sobald die Holding, die den Buyout organisierte, mehr als zwanzig Prozent des Aktienkapitals von Melville aufgekauft hatte. Da Bouchard bereits Piers' Melville-Aktien besaß und dazu weitere zehn Prozent, die er auf dem freien Markt zusammengekauft hatte, würde er danach über eine Zweidrittelmehrheit in der Holding Company verfügen. Elizabeth hatte eben mit einem Federstrich ihre Aktien und ihre Zukunft in der Firma aufgegeben und eine feindliche Übernahme durch Bouchard ermöglicht, weil die Familie fortan nicht mehr über die Aktienmehrheit verfügte.

Um das Schicksal von Melville endgültig zu besiegeln, hatte

Piers sich auch Ambers Anteile sichern wollen. Dieser Teil des Planes hatte längere Vorbereitung erfordert. Er hatte genug über ihre Probleme gewusst, um zu erkennen, dass sie ein einfacheres Ziel wäre als Elizabeth. Trotzdem hatte er erst einen Weg finden müssen, wie er unbemerkt an ihre Aktien gelangen konnte, und darum einen Privatdetektiv beauftragt, sie auszuspionieren. Als er erst von Johnny und dann von seinen Schulden erfahren hatte, war ihm klar gewesen, dass dies der richtige Ansatzpunkt war. »Einhunderttausend Dollar gehören dir, wenn du Amber dazu bringst, diese Dokumente zu unterschreiben.« Piers hatte sich von Johnny auf hundertfünfzig hochhandeln lassen, allerdings wäre er durchaus bereit gewesen, noch mehr zu zahlen. Ambers Aktien wurden in einer Depotstelle der Privatbank Coutts aufbewahrt. Durch die Dokumente, die sie auf Johnnys Drängen hin unterschrieben hatte, wurden die Aktien an ihn, Piers, verkauft. Er wiederum würde sie an Armand Bouchard weiterverkaufen.

Piers hatte die Hintertür geöffnet und den Wolf ins Haus gelassen. Jetzt blieb es Bouchard überlassen, einen so hohen Kurs anzubieten, dass er die übrigen Aktionäre überzeugen konnte, an ihn zu verkaufen. Aber mit der finanziellen Schlagkraft der GMS-Gruppe im Rücken würde er das mit Sicherheit schaffen, davon war Piers überzeugt. Und William hatte keine Ahnung.

Amber brauchte einen Schuss. Sie saß auf dem Wohnzimmerboden, die Arme um die Knie geschlungen, wiegte sich hin und her und sehnte sich nach einem Schuss, so wie sie sich noch nie in ihrem Leben nach etwas gesehnt hatte. Wo steckte Johnny nur? Er hatte versprochen, dass er ihr was beschaffen würde.

»Wenn du nett zu mir bist, bin ich auch nett zu dir«, hatte er gesagt.

Sie hatte getan, was er von ihr verlangt hatte und diese verdammten Papiere unterschrieben. Jetzt musste er seinen Teil der Abmachung einhalten.

Seit Wochen hatte er ihr zugesetzt, ihm ihre Aktien zu überschreiben. Anfangs hatte sie sich strikt geweigert. Selbst in ihrem Zustand war ihr klar, dass ihr Vater vor Wut toben würde.

»Willst du denn nicht verstehen?«, hatte er sie mit Tränen in den Augen angefleht. »Diese Typen, denen ich Geld schulde, die bringen mich noch ins Krankenhaus.«

»Tut mir leid«, hatte sie abgelehnt. »Wir müssen uns was anderes ausdenken.«

Daraufhin war er eklig geworden und hatte angefangen, ihr den Stoff vorzuenthalten. Acht Stunden ohne Schuss, und schon war es ihr scheißegal, wem die blöden Aktien gehörten. Nach zehn Stunden hatte sie ihn angebettelt, endlich unterschreiben zu dürfen.

Johnny hatte ihr versprochen, dass er sie danach versorgen würde. Nur hatte er das nicht getan. Stattdessen war er ins Schlafzimmer verschwunden und seither nicht wieder aufgetaucht. Das war nicht fair. Sie brauchte den Stoff sofort, sonst würde sie sterben, das spürte sie einfach.

Sie stand auf und taumelte zum Schlafzimmer. Sie wollte schon die Tür aufdrücken, als sie ihn reden hörte. Das trieb er also. Er hing wieder am Telefon und verabredete sich mit jemandem. Bestimmt mit Sheri, da war sie sicher. Nicht dass es sie noch interessiert hätte, mit wem er schlief. Aber wenn sie ihn dabei erwischte, konnte sie ihm Druck machen, ihn vielleicht zwingen, ihr was Besseres zu besorgen als üblicherweise.

Langsam und leise hob sie den Hörer vom Apparat im Wohnzimmer ab und deckte die Sprechmuschel mit der Hand zu, damit niemand sie hörte.

Aber am anderen Ende war nicht Sheri. Amber blinzelte überrascht, als sie eine vertraute Stimme hörte. Sie brauchte eine Sekunde, um sie einzuordnen, dann begriff sie – das war Onkel Piers. Warum in aller Welt rief er hier an? In ihrem Nebel spürte Amber, wie ihr Herz schneller zu schlagen begann. Hatte ihr Vater ihn gebeten, nachzuprüfen, ob es ihr gut ging? Während der letzten Wochen hatte sie sich oft aus ganzem Herzen gewünscht, sie wäre mit Elizabeth nach England zurückgeflogen. Jetzt würde sie vielleicht eine zweite Chance bekommen.

Um ein Haar hätte sie sich gemeldet und ihm verraten, dass sie mithörte, aber dann ließ ihr Instinkt sie innehalten. Was er da sagte, ergab irgendwie keinen Sinn.

»Mein Vertreter wartet bereits im Hotel«, sagte Piers. »Sobald Sie ihm die Papiere übergeben haben und er bestätigt hat, dass sie ordnungsgemäß unterzeichnet wurden, werde ich das Geld auf Ihr Konto überweisen.«

Johnny hustete nervös. »Das ist alles legal, oder?«

»Absolut legal«, versicherte ihm Piers. »Amber hat lediglich ein Dokument unterschrieben, das die Bank dazu ermächtigt, ihre Aktien zu verkaufen. Das ist unanfechtbar.«

»Super.« Johnny klang immer noch verunsichert. »Gut. Sagen Sie mir noch mal, wo ich diesen Typen treffe.«

Sacht und behutsam, um keinesfalls gehört zu werden, legte Amber den Hörer auf die Gabel zurück.

Amber wartete, bis Johnny losgefahren war. Sie wusste, wohin er fuhr – er brachte Piers Gesandten die Dokumente.

Sobald er weg war, rief sie ihren Vater an. Als er nicht antwortete, probierte sie es erst bei Elizabeth und dann bei Caitlin. Aber die Antwort war überall die gleiche. Niemand war für sie zu sprechen.

»Aber es ist ein Notfall!«, erklärte sie Williams Assistentin.

Das beeindruckte die Frau offenbar wenig. »Wie gesagt, ich gebe Ihre Nachricht weiter.«

Das Problem war, dass sie zu oft um Hilfe gebettelt hatte. Sie waren daran gewöhnt, dass sie wegen irgendwelcher Krisen anrief. Sie konnte sich nicht darauf verlassen, dass jemand in nächster Zeit zurückrufen würde. Damit blieb ihr nur eine Möglichkeit. Sie musste selbst nach London fliegen. Einen Moment spürte sie tiefe Erleichterung – ihr erstes natürliches High seit langer Zeit. Das war ihre Chance, sich zu beweisen.

Sie buchte einen Platz für den nächsten Flug. Die erste Klasse konnte sie sich nicht leisten – ihr Vater hatte vor Monaten im Zuge seiner »liebevollen Strenge«-Kampagne ihre Kreditkarte sperren lassen. Sie belastete drei weitere Kreditkarten bis zum Anschlag, um das Geld für ein Economy-Ticket aufzubringen. Dann tätigte sie noch einen Anruf. Während draußen das Taxi wartete, gönnte sie sich einen letzten Schuss, denn bevor Johnny das Haus verlassen hatte, hatte sie ihn gezwungen, ihr seinen Stoff zu überlassen. Aber das würde nicht reichen. Erst musste sie den Flug überstehen, und wenn sie dann in London war ... Sie musste etwas mitnehmen.

Hastig leerte sie ihre Chanel-Puderdose und ersetzte das Make-up durch einen ganz anderen Puder. Eine Sekunde starrte sie unschlüssig auf das massivsilberne Döschen. Sie wusste, dass es riskant war. Das Taxi hupte schon wieder. Damit war die Entscheidung gefallen. Sie ließ die Puderdose in ihr Schminketui fallen, zog den Reißverschluss zu und versenkte es in ihrer Handtasche. Wahrscheinlich würde sie es nicht benutzen. Aber das Wissen, dass es da war, beruhigte ungemein.

»Alles in Ordnung, Miss?«

Amber öffnete die Augen und blickte in das besorgte Gesicht der Stewardess. Es war überhaupt nichts in Ordnung. Sie hatte erst die Hälfte des dreizehnstündigen Fluges überstanden und, was noch wichtiger war, vor acht Stunden ihren letzten Schuss gesetzt. Inzwischen zeigten sich die Entzugssymptome. Ihr Körper war mit kaltem Schweiß überzogen, und sie zitterte unkontrollierbar. Sie sah aus, als wäre sie von jeder bekannten tropischen Krankheit befallen.

»Alles okay«, brachte sie zwischen zusammengebissenen Zähnen heraus. »Grippe.«

Die Stewardess sah sie eigenartig an. »Okay«, sagte sie. »Möchten Sie, dass ich Ihnen eine Decke bringe?«

Amber nickte, um die Frau wieder loszuwerden.

Kaum war sie verschwunden, da schleppte sich Amber zur Toilette, um den letzten Rest zu schniefen. Vor allem musste sie endlich aus dieser Kiste raus. Sobald sie das Flugzeug verlassen hatte, konnte sie auf eine Damentoilette verschwinden und sich wieder in Form bringen.

Sie bibberte sich durch die nächsten sechs Stunden, wobei sie sich jede Stunde elender fühlte. Als das Flugzeug gelandet war, mussten sie noch zwanzig Minuten warten, bevor sie aussteigen durften.

Amber stieg als Erste aus. Als sie die Treppe hinunterkam, sah sie unten drei uniformierte Polizisten mit einem großen Schäferhund stehen. Ihr blieb nichts anderes übrig als weiterzugehen. Sie erreichte die letzte Stufe und tat so, als hätte sie nicht bemerkt, wie die Stewardess auf sie deutete. Aber ein Mann in einem dunklen Anzug, der neben den Polizisten stand, trat vor und legte eine feste Hand auf ihre Schulter.

»Miss, würden Sie bitte mitkommen?«

»Es stimmt also?«, fragte Caitlin. Sie war zutiefst enttäuscht. Das war nicht das, was sie hören wollte. »William hat sie rauswerfen lassen?«

Nuala sah sie mitfühlend an. »So hat sie es mir erzählt. Während er verreist war, hat die Verkaufsleiterin deine Mam entlassen, und sie hat keinen Zweifel daran gelassen, dass die Anordnung aus seinem Büro gekommen war.« Sie fasste nach Caitlins Hand und drückte sie. »Aber das kannst du ihm nicht mehr vorhalten. Nicht mehr nach so langer Zeit.«

»Das mag sein.« Caitlin schwieg einen Augenblick. Etwas an der ganzen Geschichte war ihr rätselhaft. »Aber ich verstehe trotzdem nicht, wie er von mir erfahren hat.«

Nuala seufzte. »Also … weißt du, deine Mutter hatte damals niemanden, dem sie das mit dem Baby erzählen konnte. Niemanden außer mir. Ich wollte, dass sie es William sagte. Erst wollte sie sich weigern, aber ich habe ihr keine Ruhe gelassen.« Nuala hielt inne und seufzte wieder. »Leider sah sie in der Nacht, als sie zu ihm wollte … also, da sah sie ihn zusammen mit seiner Frau. Und da beschloss sie, dass sie die Sache auf sich beruhen lassen sollte.« Nuala biss sich auf die Lippe, denn sie wusste, dass die nächsten Sätze für Caitlin nicht leicht zu verdauen wären.

»Sag schon«, drängte Caitlin. »Ich muss das wissen.«

»Damals hatte es jemand wie deine Mam, so ganz auf sich allein gestellt, sehr schwer«, erklärte Nuala. »Als ledige Mutter in Irland – sie konnte schon von Glück sagen, wenn man ihr das Baby nicht wegnahm und sie verjagte. Katie wusste das natürlich. Sie hat damals sogar überlegt, ob sie dich zur Adoption freigeben soll, weil sie das für das Beste hielt. Aber das brachte sie nicht übers Herz, Gott sei ihr gnädig«, ergänzte Nuala hastig. »Ich sagte ihr damals, sie sei verrückt, das weiß ich noch heute, aber sie hat darauf bestanden, dass sie dich behalten wollte.« Jetzt sah Nuala zu Caitlin auf. »Ich habe es nur getan, weil ich solche Angst um sie hatte und nicht wusste, wie sie ohne Geld zurechtkommen sollte.«

»Was getan?«, fragte Caitlin.

Nuala holte tief Luft. »Damals hatte ich Melville schon verlassen. Ich war verheiratet und mit Róisin schwanger; wir waren am Überlegen, ob wir in die Heimat zurückziehen sollten, und ich wollte deiner Mam helfen. Also bin ich in der Woche nach deiner Geburt zu Melville gegangen und habe verlangt, diese Frau, diese Verkaufsleiterin, zu sehen. Und zwar sofort, mitten im Laden. Ich erzählte ihr, was passiert war, und dann sagte ich, dass ich mit Mr Melville sprechen wollte, deinem Vater.« Nuala sah auf, und in ihren Augen glänzten Tränen der Reue. »Natürlich wollte Anne, so hieß die Frau damals, um jeden Preis vermeiden, dass ich vor der Kundschaft eine Szene machte. Also hat sie mich mit nach oben in ihr Büro genommen und gesagt, ich sollte dort warten.«

Caitlin schüttelte den Kopf; sie konnte nicht glauben, was sie da hörte.

Nuala schnaubte. »Nun, wie sich herausstellte, war er offensichtlich zu beschäftigt, um mit mir zu reden. Denn zwanzig Minuten später erschien nicht er, sondern die alte Melville mit ihrem jüngsten Sohn. Offenbar hatte er die beiden vorgeschickt.«

In Caitlins Kopf begannen die Alarmglocken zu schrillen. »Du meinst, du hast mit Piers und Rosalind gesprochen? Und nicht mit meinem Vater?«

»Genau«, bestätigte Nuala. »Sie waren sehr förmlich. Offenbar hatten sie die Sache schon durchgesprochen und sich abgestimmt, was sie sagen würden, damit sie sich zu nichts verpflichteten. Sie gaben mit keinem Wort zu, dass du irgendwas mit William zu tun gehabt hättest – und vergiss nicht, damals gab es noch keine DNA-Tests. Aber sie sagten, dass«, Nuala imitierte einen britischen Oberklassenakzent, »man durchaus Mitleid mit Katies Notlage habe, nachdem sie eine so geschätzte Mitarbeiterin gewesen sei, und dass die Firma darum als Zeichen des guten Willens jährlich einen Scheck zu deinem Geburtstag schicken würde.« Nuala schüttelte angewidert den Kopf. »Ein Zeichen des guten Willens, von wegen. Immerhin hatte ich diesen Knickern überhaupt etwas abgerungen, das dachte ich jedenfalls. Nur war deine Mam eine wirklich stolze Frau. Natürlich hat sie getobt, als sie erfuhr, was ich getan hatte. Und sie weigerte sich, auch nur einen dieser Schecks einzulösen. Jedes Jahr kam einer zu deinem Geburtstag; und jedes Jahr hat sie ihn weggesteckt.«

Caitlins Herz schlug schneller. Nuala erfasste vielleicht nicht, was diese Auskunft bedeutete, aber Caitlin tat es durchaus. »Und dir ist nie der Gedanke gekommen, dass Anne damals die beiden in ihr Büro geholt haben könnte, weil ihr diese zwei auch aufgetragen hatten, meine Mutter rauszuwerfen? Ich meine, das klingt doch vernünftig, oder? Schließlich wurde meiner Mam gekündigt, während William im Urlaub war. Vielleicht steckten die beiden von Anfang an hinter der ganzen Geschichte.«

Nuala starrte sie lange an. »Lieber Jesus«, hauchte sie. »Auf die Idee bin ich nie gekommen.«

Caitlin rief William an, um ihm zu erzählen, was sie erfahren hatte.

»Meine Mutter und Piers?«, wiederholte er ungläubig. »*Die* wussten von Anfang an von dir?«

»Ja«, antwortete Caitlin leise.

»Aber in all der Zeit haben sie mir nie von dir erzählt.« Er klang schockiert. »Noch letzte Woche hätte Piers sich mir anvertrauen können, da habe ich ihm erzählt, dass du nach Valleymount reisen würdest, um Nuala zu treffen, und er hat keinen Ton gesagt.«

Es blieb still. Caitlin wusste nicht, was sie sagen sollte, denn sie wusste, wie nahe sich William und Piers standen. »Möchtest du, dass ich heute Abend zurückfliege?«, fragte sie schließlich.

»Nein«, antwortete William. »Das ist nicht nötig. Ich glaube, ich sollte mich auf die Suche nach Piers machen und mir anhören, was er zu alldem zu sagen hat. Ich kann … ehrlich, ich kann es einfach nicht glauben.«

Erst kurz vor Mitternacht gestattete die Polizei Amber ein Telefonat. Inzwischen konnte sie wieder klarer denken. Der diensthabende Arzt hatte ihr etwas Methadon gegeben, das hatte sie beruhigt. Es war nicht wie ein Schuss, aber es musste reichen. Sie wusste nicht einmal, wen sie zuerst anrufen sollte. Schließlich entschied sie sich für Elizabeth. Sie wählte die Nummer, rechnete damit, auf einem Anrufbeantworter zu landen, und traute ihren Ohren nicht, als ihre Schwester persönlich am Apparat war.

Amber erklärte hastig, was sich abgespielt hatte und dass Piers versucht hatte, an ihre Aktien zu kommen.

»Aber keine Angst«, sagte sie. »Ich habe die Bank telefonisch angewiesen, die Aktien noch nicht zu verkaufen. Ich habe sie immer noch.«

Am anderen Ende blieb es lange still. Als Elizabeth schließlich antwortete, ahnte Amber bereits, was sie sagen würde.

»Zu spät. Ich habe meine schon überschrieben.«

55

Am Montagmorgen gaben Armand Bouchard und Piers Melville das Übernahmeangebot ab. Auch ohne Ambers Anteil kontrollierte Bouchard über die Holding zweiundzwanzigeinhalb Prozent aller Aktien. Falls alle anderen Anleger beschlossen, sein Angebot anzunehmen, würde seine Holding insgesamt zweiundfünfzigeinhalb Prozent auf sich vereinen und hätte damit eine klare Mehrheit.

Im Verlauf des Wochenendes hatten sich die einzelnen Puzzlesteinchen zu einem Bild zusammengefügt. Nachdem Elizabeth mit Amber gesprochen hatte, war ihr endlich klar geworden, was Piers getan hatte. Sie hatte William angerufen und eine ruhige, würdige, wenn auch leicht zittrige Nachricht hinterlassen, in der sie genau schilderte, was sie getan hatte, und ihren Rücktritt aus dem Vorstand erklärte. Seither hatte niemand Verbindung mit ihr aufnehmen können. Piers war ebenfalls untergetaucht.

Um zehn Uhr vormittags hatte sich der Vorstand von Melville – wie zu erwarten ohne Piers und Elizabeth – versammelt, um Bouchards Angebot zu diskutieren. Caitlin, die am Vorabend aus Dublin zurückgekehrt war, nahm neben William Platz.

Hugh Makin ergriff das Wort. Ganz offensichtlich war er bestimmt worden, für die übrigen Vorstandsmitglieder zu sprechen. »Die Mehrheit unter uns ist der Ansicht, dass wir unseren Aktionären die Annahme des Angebotes empfehlen sollten«, sagte er, womit klar war, dass es heute Morgen bereits eine inoffizielle Besprechung gegeben hatte.

Alle sahen auf William. Er schien seinen Kampfgeist verloren zu haben. Seine Schultern hingen herab, und er hielt den Kopf gesenkt. Der Verrat seiner Tochter hatte ihn tief getroffen.

»Vielleicht haben Sie recht«, murmelte er. »Vielleicht ist es Zeit aufzugeben.«

»Nein!« Caitlin widersprach laut und deutlich. Auf gar keinen Fall würde sie Piers gewinnen lassen.

Douglas sah sie wütend an. »Ich glaube kaum, dass Sie in einer Position sind…«

»Lassen Sie sie aussprechen, Douglas.«

Williams Stimme klang müde, aber er besaß noch genug Autorität, um Douglas verstummen zu lassen.

»Die Familie hält immer noch siebenundvierzigeinhalb Prozent der Aktien«, begann Caitlin. »Das bedeutet, dass wir um die verbleibenden dreißig Prozent streiten, die von anderen Anlegern gehalten werden. Wir brauchen die Aktionäre nur zu überzeugen, dass es gewinnbringender ist, wenn die Firma weiterhin im Familienbesitz bleibt.«

»Das Angebot liegt vierzig Prozent über dem gegenwärtigen Kurs der Aktie«, warf Douglas ein.

»Ja, aber die Firma befindet sich immer noch im Umbruch. Sie bietet wesentlich mehr Wertsteigerungspotenzial.« Sie machte eine kurze Pause, um ihren Worten Nachdruck zu verleihen. »Bouchard versucht die Firma zu einem Spottpreis aufzukaufen. Und Sie wollen das zulassen.«

William meldete sich als Erster zu Wort. »Sie hat recht. Wir sollten nicht gleich beim ersten Angebot einknicken. Wir können uns zumindest gegen den Übernahmeversuch zur Wehr setzen, das sind wir unseren Aktionären schuldig. Wer weiß, vielleicht haben wir damit sogar Erfolg. Wenn nicht, dann lassen wir diesen Bastard wenigstens ordentlich bluten.«

Dem konnte niemand widersprechen. Als Vorstandsmitglieder mussten sie im Interesse ihrer Aktionäre handeln.

Nachdem alle gegangen waren, sah Caitlin auf William. Gestern Abend war so viel passiert. Nachdem sie Amber endlich abgeholt und sich zusammengereimt hatten, was Bouchard und Piers im Schilde führten, hatten sie keine Zeit mehr gefunden, über Caitlins Mutter zu sprechen. »Hör mal, ich wollte mich entschuldigen, weil ich dir nicht geglaubt habe.«

William hob die Hand. »Mach dir deswegen keine Gedanken.« Seine Stimme klang barsch. »Was geschehen ist, ist geschehen. Ich will mich jetzt darauf konzentrieren, die Firma zu retten. Wir können immer noch in der Vergangenheit wühlen, wenn wir aus diesem Schlamassel raus sind.«

Caitlin zögerte kurz und fragte dann: »Gilt das auch für Elizabeth? Denn wir brauchen ihre Hilfe, wenn wir auch nur eine Chance haben wollen.«

Es war elf Uhr vormittags, und Elizabeth war immer noch im Morgenmantel. Sie hatte noch keine Zeitung aufgeschlagen und es vermieden, im Fernsehen die Nachrichten zu sehen.

Sie konnte nicht fassen, wie blauäugig sie gewesen war, Piers zu vertrauen. Sie war so versessen darauf gewesen, die Firma zu führen, dass sie alles verspielt hatte. Sie hatte ihren Vater und Caitlin hintergangen, sie hatte die Firma ruiniert; und, was am schlimmsten war, sie hatte Cole vertrieben.

Die Klingel riss sie aus ihren Gedanken. Insgeheim hoffte sie, es wäre Cole. Doch im Innersten wusste sie, dass das eine Illusion war, und so war sie nicht wirklich enttäuscht, als sie die Tür öffnete und Caitlin vor ihr stand.

»Was meinst du?«

Es war eine Stunde später, und die beiden Frauen saßen in Elizabeths Küche. Caitlin hatte eben ihren Plan zur Rettung der Firma umrissen.

Gemäß den gesetzlichen Regeln für eine feindliche Übernahme bekam Melville eine Frist von zweiundvierzig Tagen eingeräumt, um das Angebot abzuwehren. Als vor Jahren erstmals die Gerüchte um eine feindliche Übernahme hochgekocht waren, hatte William darauf bestanden, eine sogenannte »Giftpillen-Klausel« in die Verträge seiner Töchter einzufügen. Demzufolge konnten Caitlin und Elizabeth fristlos aus der Firma ausscheiden, falls jemand, der nicht zur Familie gehörte, mehr als dreißig Prozent des Aktienkapitals erwarb. Caitlin hatte vor, diesen Passus als Hebel zu nutzen.

»Wir müssen vor allem darauf bauen, dass Melville ein Familienunternehmen ist und dass die Familie am besten geeignet ist, es zu führen«, sagte Caitlin zu Elizabeth.

Die Regeln für eine feindliche Übernahme besagten auch, dass Melville eine Aktionärsversammlung einberufen konnte, auf der den Investoren, Analysten und der Presse erklärt wurde, warum der Wert der Firma das Übernahmeangebot überstieg. Daraus konnten sich zwei Möglichkeiten ergeben – entweder würde der Preis für die Übernahme nach oben getrieben, oder die Investoren würden Bouchards Angebot ausschlagen. Caitlin wollte diese Versammlung mit einer Modenschau verbinden, statt wie vorgesehen die Kollektion im Oktober vorzustellen.

»Es ist ein bisschen unorthodox, aber ich glaube, das wäre am beeindruckendsten«, meinte Caitlin. »Ich kann im Geheimen daran arbeiten, ich allein mit ein paar vertrauenswürdigen Kolleginnen aus dem Atelier.«

Elizabeth überlegte kurz. »Damit blieben dir – wie viel? – vierzig Tage, um eine ganze Kollektion auszuarbeiten? Könntest du das schaffen?«

»Den Versuch wäre es jedenfalls wert.«

Elizabeth nickte. »Das klingt, als hättest du mit Daddy alles unter Kontrolle«, sagte sie steif. »Ich wünsche euch viel Glück.«

Caitlin lächelte sanft. »Hör schon auf, Elizabeth. Ich bin hier, weil wir dich im Vorstand brauchen. Das Ganze kann nur klappen, wenn die ganze Familie zusammensteht.«

Elizabeth blieb ein paar Sekunden lang still. Es gab nur eines, was sie davon abhielt, sofort zuzusagen. »Und was meint Daddy zu alldem?«, fragte sie zaghaft. »Dass ich wieder mitmischen soll? Ich kann mir nicht vorstellen, dass er begeistert ist über … das, was ich gemacht habe.«

»Ich glaube, das bereitet ihm im Moment die wenigsten Sorgen«, versicherte ihr Caitlin.

Elizabeth dachte noch einmal kurz nach, dann nickte sie. »Einverstanden. Dann sag mir, was ich tun soll.«

Weil Caitlin vollauf damit beschäftigt war, eine umwerfende Kollektion zu entwerfen, und die meisten Vorstandsmitglieder dem Übernahmeangebot zwiespältig gegenüberstanden, blieb es Elizabeth und William überlassen, alles zu unternehmen, um Bouchards Vorstoß abzuwehren.

William übernahm Piers' Rolle als Finanzvorstand. Er setzte sich mit der Finanzabteilung zusammen, um neue, belastbare Prognosen für die nächsten fünf Jahre zu erstellen. Als die zu seiner Zufriedenheit ausgefallen waren, setzte er sich mit einem Bankerteam von Sedgwick Hart, Coles ehemaliger Firma, zusammen, um auszuloten, wie hoch der Wert des Unternehmens maximal festgesetzt werden konnte.

Elizabeth übernahm währenddessen die Öffentlichkeitsarbeit. »Ich weiß, dass ich zurzeit nicht ganz auf dem Damm bin«, gestand ihr William. »Ich glaube, dein Gesicht ist frischer, und genau das müssen wir vermitteln.« Das bedeutete, dass sie sich mit allen wichtigen Investoren treffen und ihre Geschäftsideen vorstellen musste. Nachdem die fünfzehn wichtigsten Investoren über vier Kontinente verstreut waren, war das eine aufreibende Tortur. Jede Nacht sackte sie wie tot ins Bett. Aber in gewisser Hinsicht war sie dankbar für die Ablenkung durch die Arbeit. Cole hatte sie mehrmals angerufen, weil er sich mit ihr treffen oder sich erkundigen wollte, wie es ihr ging. Bis jetzt hatte sie ihn noch jedes Mal abgewimmelt. »Ich brauche noch mehr Zeit, bevor ich eine Entscheidung fällen kann«, hatte sie ihm erklärt.

Er schien das zu akzeptieren. Sie fragte nicht, ob er immer noch mit Mariko schlief. Zurzeit waren sie getrennt. Genau genommen ging sie das also nichts an.

Aber sie begann allmählich zu erkennen, wie sehr sie ihn vermisste. Wenn sie spätabends in ihr leeres Haus zurückkehrte, war niemand da, dem sie von ihrem Tagesablauf erzählen und mit dem sie über alle angenehmen und unangenehmen Erlebnisse sprechen konnte. Erst jetzt begann sie zu begreifen, wie er sich gefühlt haben musste, als sie rund um die Uhr gearbeitet und ausschließlich für die Firma gelebt hatte.

Das entschuldigte nicht, was er getan hatte. Aber sie sah es inzwischen in einem anderen Licht.

Selbstverständlich hatte sich ihre Familie nach Cole erkundigt. Ihre Antwort war knapp ausgefallen. »Wir haben momentan Probleme, darum ist er vorübergehend ausgezogen.« Weitere Details nannte sie nicht, und ihre Miene lud nicht zu Nachfragen ein.

In ihrem Haus in Hoxton arbeitete Caitlin ebenfalls von früh morgens bis tief in die Nacht, allerdings unter Luciens wachsamem Auge. Normalerweise verbrachte sie Monate mit der Planung und Recherche für eine neue Kollektion – jetzt hatte sie nur wenige Wochen. Aber das war kein Grund, ihre eigenen Ansprüche herunterzuschrauben. Die scharfen Blicke der Mode- und Finanzwelt lauerten nur auf jedes noch so kleine Zeichen von Schwäche.

Das Thema war schnell gefunden. Sie wollte ihre Heimatverbundenheit, den englischen Ursprung der Marke herausstellen. So viele kleine und mittlere britische Unternehmen waren in letzter Zeit von ausländischen Firmen aufgekauft worden, von französischen und spanischen Modekonzernen auf dem Shoppingtrip – Melville sollte unabhängig bleiben. Für Caitlin schien der Zweite Weltkrieg diesen Kampfgeist perfekt widerzuspiegeln.

Elizabeth und William waren von ihrer Idee wenig angetan. Das überraschte sie nicht besonders. In vielerlei Hinsicht waren die vierziger Jahre mit ihren Rationierungen, der Beschränkung auf möglichst praktische Kleidung und der Kampagne, alte Sachen zu reparieren und zu improvisieren, ein eher freudloses Jahrzehnt für die Frauenmode gewesen. Trotzdem hatten damals fantastische Modemacher wie Norman Hartnell und Hardy Amies gewirkt, die mit ihren dezent-schlanken Silhouetten das Beste aus den rationierten Stoffen herausgeholt hatten. Wenn sie das zum

Ausgangspunkt nahm und ihren ganz persönlichen Dreh hineinbrachte …

»Wir sind in deiner Hand«, sagte William.

Elizabeth stimmte ihm zu. »Tu, was du für richtig hältst«, erklärte sie Caitlin.

Und das tat Caitlin. Sie rekrutierte Ellie und zwei weitere vertrauenswürdige Designassistentinnen und schlug in ihrem Haus ein neues Hauptquartier auf. Nachdem die Zukunft der Firma völlig offen war, war das Atelier bei Melville in einem Sumpf der Resignation versackt, weshalb alle die Lüge glaubten, als öffentlich erklärt wurde, die drei hätten die Firma verlassen.

Zum Glück war der Ess- und Wohnbereich in Caitlins Haus offen, zehn Meter lang und lichtdurchflutet. Sie räumten die Möbel in eines der freien Zimmer und erkoren den Raum zu ihrem Atelier. Tief in der Nacht wurden Nähmaschinen, Ankleidepuppen und Zeichenbretter aus der Firma angeliefert. Caitlin verstand sich gut mit ihren Lieferanten, darum konnte sie einfach anrufen, eine Bestellung durchgeben und sich die Ware am nächsten Tag liefern lassen, ohne dass Fragen gestellt wurden, schließlich brauchten sie nur Material für die Vorführstücke.

Die Arbeitsbedingungen waren geradezu lächerlich einfach, aber die drei hatten noch nie so viel Spaß zusammen gehabt: bis zur absoluten Verausgabung zu arbeiten; sich über die Nähmaschine zu beugen, bis der Rücken schmerzte; zwischen Pizza, chinesischem und indischem Lieferessen hin und her zu wechseln; rund um die Uhr am Tropf der Kaffeemaschine zu hängen.

Zwei Wochen, bevor die Kleider vorgeführt werden sollten, kam Elizabeth vorbei, um sich anzusehen, was Caitlin geleistet hatte. Sie war tief beeindruckt.

»Anfangs hatte ich ja Zweifel«, gab sie zu. »Aber du hast es absolut auf den Punkt gebracht. Das wird sie umhauen.«

»Danke.«

Dann zog Elizabeth die Stirn in Falten. »Aber wen sollen wir als Model nehmen? Wenn wir uns an eine der üblichen Agenturen wenden, wird durchsickern, was wir vorhaben.«

Caitlin lächelte geheimnisvoll. »Auch da hätte ich eine Idee.«

Am nächsten Tag reisten Caitlin und Elizabeth zu Amber ins Causeway Retreat. Gleich nachdem sie Amber am Abend ihrer Rückkehr nach England von der Polizeiwache abgeholt hatten, hatte William sie hier, in die zurzeit exklusivste private Entzugsklinik Englands, einweisen lassen. Ein Entzug gehörte zu den Bedingungen für ihre Entlassung. Sie hatte noch Glück gehabt, dass man bei ihr nur geringe Spuren von Drogen gefunden hatte, denn so konnten die Behörden Nachsicht walten lassen, solange die Familie die Verantwortung für Amber übernahm.

Sie war inzwischen seit einem Monat im Causeway Retreat, und alle wollten wissen, wie es ihr inzwischen ging. Sie waren entsetzt gewesen, als sie Amber das letzte Mal gesehen hatten: den leeren Blick, den zum Skelett abgemagerten Körper, das ungewaschene Haar und den wächsernen Teint.

Mit einem dreißigminütigen Hubschrauberflug gelangten sie vom Stadtzentrum Londons auf die hundertvierzig Hektar große Insel vor der Küste von Essex – das war die praktischste Anreisemethode, da die Straße täglich nur vier Stunden während der Ebbe befahren werden konnte. Als Elizabeth und Caitlin eintrafen, befand sich Amber gerade in einer Gruppensitzung, und so wurden sie von einer Angestellten durch die Anlage geführt. Die Klinik ähnelte eher einem Fünfsternehotel als einem Krankenhaus und verfügte über einen Fitnessraum, einen Swimmingpool und ein Spielzimmer. Nachdem sie sich umgesehen hatten, setzten sie sich in den gepflegten, blühenden Garten und warteten.

Schließlich kam Amber mit einem Krug Orangensaft heraus. Nach einem Monat in der Klinik sah sie wieder aus wie früher. Die schlimmsten körperlichen Entzugssymptome hatten achtundvierzig Stunden nach ihrer letzten Dosis eingesetzt und eine Woche angehalten.

»Die psychischen Dämonen werden viel schwerer in Schach zu halten sein«, erklärte sie ihnen. Die tiefe, alles auslöschende Depression war durchstanden, aber die Suchtgefühle waren geblieben. Sie würden nie ganz verschwinden, hatte die Krankenschwester gewarnt. Der Hunger nach der Droge, der Traum vom nächsten Schuss würden sie zeit ihres Lebens begleiten. Sie allein entschied darüber, ob sie ihnen widerstehen konnte.

»Reden wir über was anderes«, sagte sie schnell.

Nachdem sie von der Außenwelt abgeschnitten war, interessierte es sie brennend, was aus dem Übernahmeangebot geworden war. Elizabeth erläuterte ihr knapp, was sie sich vorgenommen hatten.

»Ich wünschte, ich könnte euch irgendwie helfen«, sagte Amber, nachdem Elizabeth verstummt war. Sie bemerkte, wie Caitlin und Elizabeth sich kurz ansahen. »Was ist?«

»Weißt du«, setzte Elizabeth langsam an, »du könntest uns durchaus helfen. Darum sind wir hier.«

»Aber dazu müsstest du von hier weg«, warf Caitlin schnell ein. »Und das sollst du keinesfalls, wenn du nicht das Gefühl hast, dass du so weit bist.«

In mancher Hinsicht wollte Amber noch nicht weg. In dieser friedvollen, abgeschiedenen Umgebung, mit einem starken Netzwerk an Unterstützung und weitab von jeder Versuchung war es einfach, clean zu bleiben. Der Gedanke, diesen sicheren Hafen zu verlassen, machte ihr schreckliche Angst.

Doch gleichzeitig war ihr klar, dass sie nicht ewig hierbleiben konnte. Man hatte schon mit ihr über einen Nachsorgeplan gesprochen und ihr geraten, in London einen Psychotherapeuten aufzusuchen. Irgendwann würde sie ihren Mut zusammennehmen müssen.

Sie holte tief Luft. »Also, was soll ich tun?«

Während Melville die Abwehr mobilisierte, begann Armand Bouchard die Daumenschrauben anzuziehen. Bestimmt hatte Piers ihn auf die Punkte hingewiesen, in denen das Unternehmen besonders angreifbar war. Der Hauptkredit für die Firma würde ein paar Tage vor der angesetzten Konferenz auslaufen, und die Bank, die ihn vergeben hatte, hatte schon angedeutet, dass sie die finanzielle Unterstützung einstellen könnte. Bouchards GMS-Gruppe war ein Riesenkonzern, der in Finanzkreisen viel einflussreicher war als Melville. Niemand wollte es sich mit einem potenziell lukrativen Klienten verscherzen.

Elizabeth hing am Telefon. Aber überall schlug man ihr die Tür vor der Nase zu. Keine der Banken, mit denen sie normalerweise Geschäfte machten, wollte etwas von einem Kredit wissen. Alle fürchteten sich vor Bouchard. Sie erwiderten nicht einmal ihre Anrufe.

Sie knallte den Hörer auf den Apparat. Sie war stinkwütend, nachdem man ihr erklärt hatte, dass schon wieder ein Leiter der Kreditabteilung auf unbestimmte Zeit in einer Besprechung feststeckte. Sie blickte auf ihre Liste. Das war der letzte Name gewesen. Sie strich ihn durch.

»Scheiße«, fluchte sie halblaut.

Sie war mit ihren Ideen am Ende. Vielleicht war das ihre letzte Chance gewesen.

Eine Sekunde später schreckte sie hoch, weil das Telefon zu läuten begann. Sie griff nach dem Hörer und fragte sich, ob endlich einer der Banker zurückrief. Sie irrte sich. Es war noch besser.

»Hallo, Elizabeth«, sagte eine vertraute Stimme. »Ich habe gehört, ihr seid auf der Suche nach hundert Millionen Pfund. Und ich glaube, ich könnte euch helfen.«

Drei Tage später wurde der Vertrag in aller Stille unterzeichnet. Als Cole von dem gekündigten Kredit gehört hatte, hatte er seine alten Bankkontakte angezapft. Innerhalb weniger Stunden hatte er ein Syndikat aus fünf US-amerikanischen Investmentbanken zusammengestellt, die bereit waren, in den Deal einzusteigen. Da sie das Risiko unter sich aufteilten, hatte er sogar eine niedrigere Zinsrate für Melville aushandeln können als die für den ursprünglichen Kredit.

William trat in Elizabeths Büro, um ihr zu berichten, dass der Vertrag unterzeichnet worden sei. »Cole hat sich mächtig für uns ins Zeug gelegt, nicht wahr?« Er nahm vor ihrem Schreibtisch Platz.

»Ja«, erwiderte Elizabeth knapp.

Er sah sie lange an. »Ich hoffe, du hast ihn angerufen, um dich zu bedanken.«

Ihre Mundwinkel spannten sich an. »Das mache ich noch.« Es blieb still. »Ist sonst noch was?«, fragte sie.

William seufzte. »Hör zu, Elizabeth«, sagte er. »Ich weiß nicht, was zwischen dir und Cole vorgefallen ist. Und ich will es auch gar nicht wissen. Was es auch war, offensichtlich hat es dich tief verletzt.« William verstummte und wartete auf eine Antwort. Elizabeth starrte auf ihren Schreibtisch.

»Ja«, sagte sie leise. »Ja, das hat es.«

William nickte. »Also, mir ist klar, dass nur du allein entscheiden kannst, ob du ihm eine zweite Chance geben möchtest. Aber wie du dich auch entscheidest, du solltest dir sicher sein, dass du es aus den richtigen Gründen tust. Es ist viel zu einfach, den Trotz oder die Sturheit siegen zu lassen.« Er stand auf und wollte gehen. An der Tür drehte er sich noch einmal um. »Vergiss nicht, Elizabeth, verzeihen ist kein Zeichen von Schwäche.«

Nachdem er gegangen war, rang Elizabeth lange mit sich, bevor sie schließlich zum Hörer griff.

»Ich wollte dir nur sagen, wie dankbar wir dir sind, Cole«, sagte sie. Plötzlich wurde ihr bewusst, wie steif sie klang, und sie setzte noch einmal an. »Du kannst dir gar nicht vorstellen, wie viel das für uns bedeutet … für mich, meine ich.«

»Doch, das tue ich, Elizabeth. Besser als du meinst. Ich wünschte nur, du hättest dich getraut, mich um Hilfe zu bitten.« Er holte kurz Luft und sagte dann: »Elizabeth …«

Sie schloss die Augen. »Cole, bitte lass …«

»Nein.« Plötzlich klang seine Stimme energisch. »Lass mich noch eines sagen.«

Sie wartete.

»Ich vermisse dich, Elizabeth.«

Es blieb lange still. Nur ihr beider Atem war in der Leitung zu hören.

»Also, das wollte ich dir nur sagen«, erklärte er knapp. »Ich weiß, dass du gerade in Arbeit versinkst, aber vielleicht können wir in ein paar Wochen …«

»Ich vermisse dich auch«, sagte sie plötzlich.

»Wirklich?« Das gefiel ihm hörbar.

»Ja, wirklich.«

Sie sah auf die Uhr. Es war fast acht Uhr abends. Sie dachte daran, wie viel sie heute noch zu erledigen hatte. Und fällte dann eine Entscheidung.

»Cole?«

»Ja, Elizabeth?«

»Gehst du heute Abend mit mir essen?«

Es war nach neun, als er vor ihrer Tür stand. Sie begrüßten sich verlegen und mit einem kurzen, fast platonischen Kuss auf die Wange.

»Ich bin so froh, dass du angerufen hast«, sagte Cole zum vierten Mal seit seiner Ankunft. Sie war erleichtert, dass er genauso nervös wirkte wie sie.

Sie gingen in die Küche. Er hatte eine Flasche Taittinger mitgebracht und öffnete sie, während sie beim Chinesen anrief und das Essen bestellte.

»Für mich nicht«, sagte sie, als er zum Schrank ging, um zwei Gläser herauszuholen.

Er sah sie enttäuscht an, offenbar hatte er gehofft, dass der Alkohol die Stimmung ein wenig auflockern würde. »Ich dachte, es gäbe was zu feiern?«

Sie holte tief Luft. Jetzt war der Augenblick gekommen. »Ja, also, ich würde schon was trinken, aber«, sie zögerte. »Aber ich trinke momentan nicht.«

»Ach so.« Er sah sie ernst an. »Wahrscheinlich brauchst du einen klaren Kopf, weil so viel los ist.«

»Nein«, widersprach sie langsam und deutlich. »*Das* ist nicht der Grund, weswegen ich zurzeit nichts trinke.« Er brauchte ein wenig, um ihre Antwort zu verarbeiten. Dann hatte er kapiert, und sie sah, wie sich seine Miene veränderte.

»Du bist schwanger«, stellte er fast flüsternd fest.

Sie konnte ihm nicht ansehen, ob ihn das glücklich oder unglücklich machte. Er wirkte völlig perplex.

»Ja«, bestätigte sie, »ich bin schwanger.« Sie wartete eine Sekunde. Als er *noch immer* nichts sagte, fragte sie kleinlaut: »Ist das okay?«

Sie konnte sehen, wie seine Augen feucht wurden. »Okay?«, hauchte er. »Elizabeth, das ist verdammt noch mal das Schönste, was ich je gehört habe.«

Matthew Monroe starrte auf die Telefonnummer des örtlichen Polizeireviers. Er versuchte den nötigen Mut aufzubringen, um dort anzurufen. Er wusste, dass er es tun musste, dass er es Irina schuldig war. Aber er fürchtete sich gleichzeitig vor den Folgen, die das für ihn haben konnte.

Matthew war im Grunde ein anständiger Mensch. Mit seinen achtunddreißig Jahren führte er ein geordnetes, wenn auch nicht besonders aufregendes Leben. Er arbeitete in einem guten Job und besaß eine eigene Wohnung. Er hatte einen großen Freundeskreis, und an den meisten Abenden war er in einem der vielen Pubs am Flussufer in Kingston zu finden. Jeden Sonntag besuchte er seine Mutter zum Mittagessen; einmal im Monat fuhr er mit ihr zum Grab seines Vaters.

Aber trotz der Tatsache, dass er nett und obendrein finanziell unabhängig war, hatte Matthew nie eine Freundin gehabt. Und so wie er es sah, würde er auch nie eine haben. Das Problem war eine Schilddrüsenunterfunktion, aufgrund der er unter Übergewicht litt. Natürlich behaupteten die Leute, dass wahre Schönheit von innen kommt und man kein Buch nach seinem Umschlag beurteilen sollte, aber Matthew wusste es besser. Schon als Kind war er ständig auf der Straße angestarrt und verspottet worden.

Im Lauf der Jahre hatte er gelernt, sich so zu nehmen, wie er war, und war seitdem ein wesentlich glücklicherer Mensch. Aber obwohl er zahlreiche Freundinnen hatte, wusste er genau, dass er für sie, selbst wenn sie ihn noch so sympathisch fanden, immer nur der Typ war, mit dem sie ihre Männerprobleme besprechen konnten.

Mit siebenundzwanzig hatte er es aufgegeben, eine Frau zu finden, die mit ihm zusammen sein wollte, und war das erste Mal zu einer Prostituierten gegangen. Es war eine Erfahrung, die er seither sporadisch wiederholt hatte. Stolz war er nicht darauf. Aber jeder Mensch hatte ein bisschen Zuneigung verdient.

Irina hatte er gleich bei seinem ersten Besuch in dem Haus in Hounslow kennengelernt. Ihm war vom ersten Moment an klar gewesen, dass etwas faul war. Sie sprach kaum Englisch, trotzdem konnte er sich zusammenreimen, was ihr widerfahren war. Er las Zeitung und kannte die Geschichten von ausländischen Mädchen, die in England zur Prostitution gezwungen wurden.

Gemeinsam hatten sie ihre Flucht geplant. Aber dann war etwas schiefgelaufen. Als er angerufen hatte und einen Termin bei ihr vereinbaren wollte, laut ihrem Plan der letzte Termin, bekam er gesagt, dass sie zu ihrer Familie nach Litauen zurückgekehrt sei. Er hatte so getan, als würde er sich damit abfinden. Aber sein Instinkt hatte ihm gesagt, dass das nicht stimmte. Soweit er verstanden hatte, wurde sie gefangen gehalten. Warum sollte sie urplötzlich nach Hause geschickt werden?

Er wusste, was er zu tun hatte. Er griff zum Telefon und wählte. »Ich möchte jemanden vermisst melden.«

56

So etwas hatte die Finanzwelt noch nicht erlebt.

Genau zweiundvierzig Tage, nachdem Armand Bouchard sein Übernahmeangebot abgegeben hatte, wurden alle Interessenten eingeladen, der Aktionärsversammlung beizuwohnen, auf der Melville die Abwehrmaßnahmen gegen dieses Angebot vorstellen wollte.

»Warum erst in letzter Minute?«, wollte jeder wissen.

Die Aktionäre waren frustriert; die Finanzgemeinschaft war skeptisch. Der Aktienkurs hatte sich um Bouchards Angebotspreis eingependelt, was darauf hindeutete, dass der Markt annahm, er würde mit seinem Übernahmeversuch Erfolg haben. Trotzdem lag eine elektrisierte Spannung in der Luft, als sich die Aktionäre, Journalisten und Analysten im Somerset House versammelten, um sich anzuhören, was Melville anzubieten hatte. Vor zwei Jahren hatte es die Familie schon einmal geschafft, das Unternehmen wieder auf die Beine zu bringen. Vielleicht würden sie die Welt ein zweites Mal überraschen.

Hinter der Bühne hatte Caitlin ein eisiges Gefühl in der Magengrube, so wie vor jeder Modenschau. Die Zukunft des gesamten Unternehmens hing davon ab, dass ihre Kollektion einschlug. Dieses Wissen lastete schwer auf ihren Schultern.

Elizabeth sah zu ihr herüber und lächelte ihr aufmunternd zu, so als wüsste sie genau, was in Caitlins Kopf vorging.

»Keine Angst. Das wird ein Bombenerfolg.«

Caitlin erwiderte zaghaft ihr Lächeln. Im Innersten ahnte sie, dass ihre Halbschwester recht hatte. Mit Elizabeths und Ambers Hilfe hatte Caitlin eine Kollektion zusammengestellt, die ihrer Meinung nach ihre beste überhaupt war. Statt die Versammlung in einer miefigen Bank abzuhalten, hatten sie ein Zelt im Innenhof des Somerset House aufstellen lassen. Nichts verkörperte London so sehr wie dieser Fleck am Embankment, von dem aus man auf die Themse blicken konnte. Das Zelt war im Innenhof errichtet worden, wo im Winter die Eislauffläche stand, eingerahmt von den wunderschönen neoklassizistischen Gebäuden.

»Selbst wenn alles schiefläuft, kommen die Banker wenigstens mal aus der City raus«, hatte Caitlin überlegt, als sie den Veranstaltungsort vorgeschlagen hatte.

Sie hatte recht. Als die nüchtern gekleidete Armee von Analysten, Investoren und Wirtschaftspresseleuten ins Zelt strömte, knisterte die Luft vor Spannung. Dieses Publikum bekam sonst nur langatmige Präsentationen zu sehen, das hier versprach ausgesprochen amüsant zu werden. Gemeinsam mit ihnen nahmen ausgewählte Mitglieder der Modewelt auf ihren Stühlen Platz.

»Indem wir sie einladen, zeigen wir, dass wir auf unsere Kollektion setzen«, hatte Elizabeth gesagt. Innen war das Zelt dekoriert wie eine Tanzhalle der vierziger Jahre. In einer Ecke spielte eine Big Band Klassiker aus den vierziger Jahren; von der Decke hingen Flaggen. Wie üblich war auf jedes noch so kleine Detail geachtet worden.

Caitlin spähte in die Menge und suchte nach Luciens Gesicht, weil sie genau wusste, dass sie es beruhigen würde. Sie erhaschte einen Blick auf ihn, winkte ihm zu, und dann hatte sie keine Zeit mehr, sich Gedanken zu machen.

William tippte auf seine Uhr. »Fangen wir an.«

Caitlin machte sich auf zu ihrer Kabine, von der aus sie alles überwachte. Es war erst sechs Uhr abends, aber November und darum schon dunkel. Als die Lichter ausgingen, versackte das Zelt in Dunkelheit. Es war derselbe Trick wie damals bei ihrer Abschlussshow in Paris, und sie hatte sich überlegt, dass er auch hier gut ankommen würde, weil er der Vorführung zusätzlich Dramatik verlieh. Eine Sekunde später jaulte eine Luftschutzsirene auf. Alle zuckten auf ihren Plätzen zusammen; eine Frau schrie auf, dann folgte nervöses Lachen, als dem Publikum klar wurde, dass der Stromausfall zur Show gehörte. Caitlin lächelte dem

Mann am Soundpult zu. Genau diesen Effekt hatten sie erzielen wollen.

Als das Sirenengeheul erstarb, setzte die Band ein und begann Klassiker aus der Kriegszeit zu spielen. Amber trat auf den Laufsteg, in einen dramatischen schwarzen Ledertrenchcoat mit dazu passenden schenkelhohen Stiefeln gekleidet und mit streng aus dem Gesicht gekämmtem Haar. Sie hatte sich richtig ins Zeug gelegt und sich nicht nur bereit erklärt, selbst zu modeln, sondern auch alte Freundinnen zusammengetrommelt, die ebenfalls auftreten würden – alles Expromis wie sie, die bei den launischen Medien aus irgendeinem Grund in Verruf geraten waren und jetzt als Ehemalige gehandelt wurden.

»Vielleicht hilft es einigen auch, noch einmal durchzustarten«, hatte sie gemeint.

Unter donnerndem Applaus marschierte Amber über den Catwalk. Und das war erst der Anfang. Caitlins Thema, die vierziger Jahre, war ein voller Erfolg und hatte eine weitere atemberaubende Kollektion ergeben. Es gab weit geschnittene Tweedhosen mit hohem Bund; Etuiröcke mit Nahtstrümpfen; Landmädchen-Jodhpurs und lockere Baumwollkleider. Gleichzeitig war die Kollektion mit ihren Pilotenjacken, eng anliegenden Marinesakkos und Militärstiefeln von einer Art Army-Look durchsetzt. Die zentralen Farben waren Pflaume, Flaschengrün, Rostorange und Marineblau.

»Die meisten meiner Freundinnen sind keine Models«, hatte Amber vorab gewarnt.

Aber das war für Caitlin nur von Vorteil, denn ihre Kleider schmeichelten allen besser ausgestatteten Frauen. Vor allem ihre taillenbetonten Abendkleider mit den gepolsterten Schultern, engen Miedern und vollen, gerafften Röcken wirkten an einem klassischen »Sanduhr«-Körper am besten. Die Stoffe waren kunstvoll mit Perlen und Strass bestickt, um dem Ensemble Glamour zu verleihen.

Es war ein ausdrucksstarker, ladyliker Look voller Drama und

Romantik. Aber wie immer war es Caitlins Detailbesessenheit, die diese Show von anderen abhob. Noch in der vergangenen Woche hatte sie ihre Stylisten gebrieft.

»Dass es so wenig neue Kleider und Stoffe gab, machten die Frauen in den vierziger Jahren mit besonders auffallenden Frisuren und starkem Make-up wett«, hatte sie ihnen eröffnet.

Die Models waren entsprechend aufgemacht und zeigten leicht toupierte, seitlich gescheitelte Lockenköpfe; die Lippen leuchteten karmesin- oder scharlachrot aus den bleichen Gesichtern, und die kräftigen, angewinkelten Brauen waren ein echter Hingucker. Die Accessoires umfassten adrette Hüte, Lederhandschuhe und elegante Clutches.

Die Analysten und Investoren bejubelten jedes neue Outfit. Auch wenn sie keine Modeexperten waren, begriffen sie, dass sie hier etwas Außergewöhnliches vorgeführt bekamen. Die Pfundzeichen tanzten vor ihren Augen. Alle hatten ihre BlackBerries gezückt, und schon jetzt war der Aktienpreis auf dem Weg nach oben, weit über Bouchards Angebotspreis hinaus.

Als der Schlussapplaus erstarb, trat William auf das Podium. Er hatte nie besser ausgesehen und wirkte in seinem maßgeschneiderten Anzug aus der Savile Row würdevoll und gebieterisch wie ein wahrer englischer Gentleman. Er setzte mit seiner kräftigen, markanten Stimme zu einer Rede an. Es war eine aufrüttelnde Ansprache, die Elizabeth am Vorabend mit ihm zusammen verfasst hatte. Sie beschrieb noch einmal die Wurzeln des Unternehmens, begann mit John Miller und seinem Schusterhandwerk und arbeitete sich dann durch die Jahrzehnte vor, wobei besonders betont wurde, dass das Vermögen zwischenzeitlich geschrumpft, aber danach noch jedes Mal wieder gewachsen war.

»Melville war seit jeher ein Familienunternehmen«, schloss er. »Entgegen einiger Presseberichte in letzter Zeit steht die Familie immer noch geschlossen zu Melville. Und um das zu beweisen, möchte ich Ihnen meine Töchter vorstellen, die gemeinsam diesen wunderbaren Tag möglich gemacht haben.« Er winkte Amber zu sich. »Ich glaube, Sie alle kennen meine wunderschöne Tochter Amber«, wobei er sich vorbeugte und ihr einen Kuss gab. Auch in ihrem vorn geteilten Abendkleid mit dem gefährlich tief ausgeschnittenen Rücken sah sie fantastisch aus und erinnerte an eine wiedergeborene Veronica Lake.

Dann wandte er sich an Caitlin. »Und natürlich die talentierte Designerin der heutigen Show: Caitlin.« Sie trat zu ihm, und er nahm ihre beiden Hände. Als der Applaus verebbt war, stellte sie sich neben Amber, und die beiden Frauen fassten sich bei der Hand.

Dann wandte er sich Elizabeth zu. Eine Sekunde lang fragte sie sich, ob er sie nach dem, was sie getan hatte, überhaupt erwähnen würde. Aber dann lächelte er sie an.

»Elizabeth, bitte komm auch zu uns.« Er hob die Hand, und sie trat zu ihm auf das Podium. Sie zitterte fast und rätselte, was er jetzt sagen würde. Er umarmte sie genauso warmherzig wie seine beiden anderen Töchter, ehe er sich, den Arm um ihre Schultern gelegt, wieder ans Publikum wandte. Für jemanden, der nie besonders viel Körperkontakt mit seinen Kindern gehabt hatte, war es eine höchst ungewohnte Geste. »Und das ist meine älteste Tochter Elizabeth«, stellte er sie mit unüberhörbarem Stolz vor. »Sie hat in den letzten zehn Jahren mehr für diese Firma geleistet als ich in meinen beinahe fünfunddreißig Jahren als Chief Executive. Angesichts dieser Tatsache möchte ich heute mitteilen, dass ich dem Vorstand empfehlen werde, sie zu meiner Nachfolgerin zu ernennen, wenn ich mich Ende dieses Jahres zur Ruhe setze.« Elizabeth starrte ihn perplex an, während im Zelt die Hölle losbrach.

»Aber nach allem, was ich getan habe …«, flüsterte sie ihm zu. »Ich hätte um ein Haar die Firma ruiniert. Und ich dachte, du möchtest Caitlin als …«

Er schüttelte den Kopf. »Caitlin ist eine exzellente Designerin, und wir können von Glück reden, dass sie für uns arbeitet. Aber du hast schon so oft bewiesen, dass *du* den Weitblick besitzt, eine

Firma zu führen. Ich habe dir das nur nie gesagt, weil ich mir manchmal Sorgen mache, dass du mir die Show stehlen könntest!«

»Aber die Übernahme …«

»Ich weiß, dass das nicht deine Schuld war. *Erst jetzt* habe ich begriffen, wie Piers manipulieren kann.« Er nahm wieder ihre Hände. »Du verdienst es, Melville zu führen. Ich kann mir niemanden vorstellen, der besser geeignet wäre als du.«

Das waren die Worte, auf die sie ein Leben lang gewartet hatte.

Später am Abend öffnete William zur Feier des Tages eine Flasche Champagner. Er und seine drei Töchter hatten sich in seinem Büro in der Firmenzentrale versammelt, um die Ereignisse Revue passieren zu lassen.

»Für mich nicht«, sagte Amber, als er vier Gläser aus dem Schrank holte. Sie war in den letzten Jahren zu oft benebelt gewesen.

»Für mich auch keinen«, sagte Elizabeth.

Alle sahen sie fragend an.

Amber sprach die Frage schließlich aus. »Ich weiß, warum ich nichts trinke, aber warum willst du kein Glas?«

Aber Caitlin hatte schon begriffen. »O Elizabeth, du bist auch schwanger! Na klar!« Ihr Blick kam auf der rundlichen Taille zu liegen. Sie spürte, wie sich Tränen in ihren Augen sammelten. »Herzlichen Glückwunsch! Cole ist bestimmt ganz aus dem Häuschen!«

Elizabeth war wirklich überrascht, dass es bis dahin noch niemandem aufgefallen war. Sie war inzwischen im vierten Monat und wusste, dass alle noch so raffinierten Tarnungsversuche – vorzugsweise durch Kleider mit Empiretaille oder lange Jacken in gedeckten Farben – ihr wachsendes Bäuchlein kaum noch verheimlichen konnten.

Elizabeth dachte an den Abend, an dem sie es Cole erzählt hatte. »Ja«, sagte sie. »Ja, stimmt, er ist überglücklich. Er kann es kaum erwarten, dass wir eine richtige Familie werden.«

Schließlich schenkte William nur sich selbst ein Glas ein. »Gleich zwei Enkel auf einmal!« Er schüttelte ungläubig den Kopf. »Es ist wohl wirklich Zeit abzutreten!«

Draußen in der Albemarle Street blickte Piers an der Fassade hoch. Er sah Licht in Williams Büro brennen. Dort hatten sich alle versammelt, um zu feiern und um über ihn zu lachen.

Er hatte die Aktionärsversammlung im Internet verfolgt. Ihren Erfolg mit ansehen zu müssen, hatte ihn innerlich zerfressen. Er hatte nichts unversucht gelassen, trotzdem würde William die Firma behalten. Er hatte sich schon einiges von Armand Bouchard anhören müssen. Aber das zählte nicht. Das hatte von Anfang an nicht gezählt. Es zählte nur, dass William ihn bezwungen hatte. Er hatte alles riskiert und alles verloren. Aber das Spiel war noch nicht aus. William würde trotzdem bezahlen. Schließlich hatte Piers inzwischen nichts mehr zu verlieren.

Er stieg aus seinem Wagen, trat an den Kofferraum und nahm eine große Tasche heraus. Darin lag sein liebstes Jagdgewehr. Mit der Tasche in der Hand überquerte er die Straße und trat an den Firmeneingang. Er hatte absichtlich gewartet, bis der Nachtwächter seine Runde angetreten hatte. Er holte den Schlüssel heraus und probierte aus, ob er noch funktionierte. Wie erwartet hatte sich niemand die Mühe gemacht, seinetwegen die Schlösser auszuwechseln.

Er hatte die Tür schon aufgeschlossen und wollte gerade eintreten, als er eine schwere Hand auf seiner Schulter spürte. Er drehte sich um und blickte auf einen großen, stämmigen Mann in einem schlecht sitzenden Anzug.

»Piers Melville?«, fragte der Mann. »DC Rob Lumes. Ich möchte mit Ihnen über das Verschwinden einer gewissen Irina Serapiniene sprechen.«

Epilog

Piers wurde des Mordes an Irina Serapiniene angeklagt. Sein Anwaltsteam plädierte in der Verhandlung auf Unzurechnungsfähigkeit. Er wurde zu fünfundzwanzig Jahren in einer Haftanstalt für gefährliche Sexualverbrecher verurteilt.

Caitlin und Lucien heirateten an einem klaren Wintertag in Aldringham. Caitlins Hochzeitskleid war ein raffinierter Entwurf – natürlich von ihr selbst – und verbarg ihre schon weit fortgeschrittene Schwangerschaft. Drei Monate später wurde sie von einem kleinen Mädchen entbunden. Sie nannte es Katie.

Zwei Monate danach bekam Elizabeth einen kleinen Jungen. Sie nannte ihn Edward, nach ihrem Großvater. In der Nacht nach der Geburt debattierten seine Mutter und sein Vater stundenlang darüber, ob er eines Tages ein Mode- oder ein Restaurantimperium führen würde.

Im darauffolgenden Jahr verkündete Melville erneut ein positives Ergebnis. Der Aktienkurs schoss auf ein Rekordhoch. Damit war William endlich überzeugt, dass seine Führung als Erfolg gewertet würde, und erklärte seinen Rückzug aus der Unternehmensleitung. Dabei betonte er noch einmal, dass er sich Elizabeth als Nachfolgerin wünschte.
Überraschenderweise fehlte ihm das Büro kaum. Er und Isabelle

waren im Lauf der Jahre milder geworden, und sie hatten in Aldringham endlich eine gemeinsame Basis für ihr Zusammenleben gefunden, indem sie ihre Enkel verhätschelten.

Elizabeth wurde anerkanntermaßen die stärkste Chief Executive, die Melville je erlebt hatte. Aber sie nahm sich auch die Zeit, eine gute Ehefrau und Mutter zu sein. Zweimal pro Woche verschwand sie schon mittags aus dem Büro. Außerdem führte sie für die Mütter, die bei Melville beschäftigt waren, die Möglichkeit ein, in Teilzeit zu arbeiten, und gründete einen firmeneigenen Kindergarten.

Sie und Cole waren noch nie so glücklich gewesen. Als er im folgenden Jahr von Ernst & Young zum Jungunternehmer des Jahres ernannt wurde, stand sie bei der Verleihungszeremonie an seiner Seite. Später feierten sie die Ehrung im Bett. Neun Monate später gebar sie ein zweites Kind, ein Mädchen namens Charlotte.

Nach der Modenschau bekam Amber eine ganze Reihe von Angeboten. Sie lehnte alle ab und begann stattdessen im Marketing von Melville zu arbeiten. Zur allgemeinen Überraschung – vor allem ihrer eigenen – gefiel ihr die Arbeit. Die Konzentration auf die Karriere half ihr, den lang ersehnten Abstand zu Drogen, Alkohol und Männern zu finden.

Caitlins innovative Kollektionen blieben weiterhin das Erkennungszeichen der Marke. In den verspäteten Flitterwochen fuhr sie zusammen mit Lucien und der kleinen Katie nach Irland. Sie kamen dabei auch nach Valleymount und entdeckten am Rand des idyllischen Fleckens ein hübsches Häuschen, das sie auf der Stelle kauften.

Dort verbrachten sie die meisten Wochenenden und Ferien.